BASTEI LÜBBE
TASCHENBUCH

Über die Autorin

Catherine Webb, geboren 1986, schrieb ihren ersten Roman im Alter von nur vierzehn Jahren. Sie erregte damit sogleich großes Medieninteresse, und ihre Romane wurden bald nach Frankreich, Deutschland, Holland, Italien und Japan verkauft. Ihr Roman *Satan – Retter der Welt* wurde für die Carnegie Medal nominiert. Die Autorin lebt in London und studiert dort an der Royal Academy of Dramatic Art.

CATHERINE WEBB

DIE LUCIFER-CHRONIKEN

ZWEI ROMANE IN EINEM BAND

Aus dem Englischen von
Helmut W. Pesch

BASTEI
LÜBBE
TASCHENBUCH

BASTEI LÜBBE TASCHENBUCH
Band 20628

1. Auflage: Oktober 2010

Vollständige Taschenbuchausgabe
der als *Lucifer – Träger des Lichts* und *Satan – Retter der Welt*
bei Bastei Lübbe Taschenbuch erschienenen Einzelausgaben

Bastei Lübbe Taschenbuch in der Bastei Lübbe GmbH & Co. KG

Für die Originalausgabe:

Titel der Originalausgabe: »Waywalkers« und »Timekeepers«
Published by arrangement with Catherine Webb
Dieses Buch wurde vermittelt durch die
Literarische Agentur Thomas Schlück GmbH, 30827 Garbsen

Für die deutschsprachige Ausgabe:

Umschlaggestaltung: Guter Punkt, München
Satz: Urban Satzkonzept, Düsseldorf
Gesetzt aus der Baskerville
Druck und Verarbeitung: CPI – Ebner & Spiegel, Ulm
Printed in Germany
ISBN 978-3-404-20628-5

CATHERINE WEBB

LUCIFER

TRÄGER DES LICHTS

Inhalt

1
Der Mann in Schwarz

»Ein Adler mit Angst vorm Fliegen.« So das Urteil eines seiner Kollegen über Sam Linnfer. »Wahrscheinlich hat er auch noch irgendwo eine Leiche im Keller versteckt.«

Wie alle Gerüchte, so fand auch dieses irgendwann seinen Weg zurück zu Sam und zauberte ein breites Grinsen auf sein jungenhaftes Gesicht.

Wenn es eines gab, was Sam an seiner Arbeit liebte, dann war es das Geheimnis, das ihn in den Augen anderer Leute umgab. Es verschaffte ihm große Befriedigung, dieselben Züge zu benutzen, dieselben Mahlzeiten zu essen, an denselben Bushaltestellen zu warten und dabei doch immer über allem zu stehen, und sei es nur in den wilden, fantastischen Geschichten, die man über ihn erzählte.

Obwohl Sam in der Tat anders war, schien ihn jeder in der Universität irgendwie gut zu kennen. Sein aufblitzendes Lächeln und sein Mangel an Ehrfurcht gegenüber Respektspersonen machten ihn bei den Studenten beliebt, und offensichtlich langweilte ihn schon der bloße Gedanke an ein Leben, wie es die Professoren führten, bestimmt von einem täglichen Ritual, dessen Höhepunkt im Austausch von lateinischen Wortspielen zu bestehen schien, wenn sie im Speisesaal Hof hielten. Doch entsprach Sam auch nicht wirklich dem Bild eines Studenten, denn trotz seiner augenscheinlichen Jugend umgab ihn ein Hauch von Autorität, die einer langen, in keinem Lied besungenen Geschichte entstammte.

Meist trug er Schwarz – eine zugeknöpfte schwarze Jacke über einem ausgebeulten schwarzen Pullover und darunter ein formloses schwarzes Hemd. Er trug die schäbigen Kleider als eine Art Schutzpanzer, den noch keiner durchdrungen hatte. Viele stellten Vermutungen an, was er wohl unter all diesen Schichten von Kleidung verbergen mochte. Die meisten von ihnen lagen falsch. Der Gedanke, dass er aus Eitelkeit Schwarz trug, überlebte nie eine erste Begegnung: Zu diesen Kleidern gehörten ein Paar uralte Turnschuhe und ein verfilzter blaugrauer Schal, den irgendeine unbekannte Person mal für ihn gestrickt hatte. Das Bild wurde vervollständigt durch Manschetten, die nie geschlossen waren, Hemdknöpfe, die nicht zueinander passten, und manchmal ein geflicktes Jackett, das ihm das Aussehen einer modebewussten Vogelscheuche gab.

Um diesen Charakter, dessen Widersprüche andere Menschen so anzogen, abzurunden: Er hatte dichtes schwarzes Haar und Augen so dunkel, dass auch sie fast schwarz wirkten. Nicht dass viele ihnen lange genug standgehalten hätten, um dies bestätigen zu können, denn Sams Blick war von einer Intensität ohnegleichen. Seine Stimme hatte einen ganz leichten Akzent, wenngleich niemand sicher war, woher dieser Tonfall kam. Einige sagten, er sei nordenglisch; andere meinten, dass eine Spur Gälisch darin liegen müsse. Irgendwann schrieb man ihm den Hauch eines walisischen Akzents zu, was das Gerücht in die Welt setzte, er sei in den wilden Bergen am Mount Snowdon aufgewachsen. Ein paar schworen, er müsse ein Zigeuner sein. Sam selbst, wenn man ihn über seine Vergangenheit befragte, gab nur ausweichende Antworten.

Was das Geheimnis noch vertiefte, war die Tatsache, dass Sam auch eine Kenntnis ungewöhnlicher Sprachen an den Tag legte. Einmal war ein Wissenschaftler aus Indien zu Besuch, auf einem bezahlten Trip von jener Art, die Akademiker gern »Forschungsreise« nennen. Sam, der zufällig mitbekam, wie der Gast im Gespräch über einen englischen Begriff stolperte, war nicht nur imstande, mit dem korrekten Wort in Hindi auszuhelfen, sondern fügte auch noch ein paar Erklärungen in dieser Sprache hinzu. Nachdem etwas in dieser Art zum dritten Mal vorgekommen war, immer in einer exotischen Sprache, war dies tagelang Gesprächsthema gewesen.

Über Sams genauen Status an der Universität herrschte Unklarheit. Er hielt keine Seminare ab und korrigierte keine Hausarbeiten. Doch als eines Tages ein überarbeiteter Ordinarius bei einer schwierigen Frage über die traditionelle Verehrung der Erdmutter Gaia hatte passen müssen, war Sam es gewesen, der sie beantwortet hatte. Dies war der Beginn einer ungewöhnlichen Beziehung gewesen, wobei Sam gegen unbegrenzten Zugang zu den Universitätseinrichtungen bei der Abfassung von wissenschaftlichen Arbeiten half, die ansonsten wochenlange Recherchen in Anspruch genommen hätten. Institute, die sich mit alten Kulturen oder fremden Völkern befassten, begannen sein immenses Wissen anzuzapfen und zählten auf seine Fähigkeit, im Handumdrehen irgendwelche entlegenen Informationen auszugraben.

Seine Bewegungen bildeten ein Muster, wenn auch keiner dieses richtig zu deuten wusste. Etwa an fünf Tagen im Monat kam Sam mit dem Zug von London, aß am Dozententisch zu Mittag und saß dann in der Bibliothek, um sich Aufzeichnungen in fremden Sprachen aus vergessenen Büchern zu machen. Für den Rest des Monats war er wie vom Erdboden verschwunden.

Schließlich hatte er dann eine nominelle Anstellung akzeptiert. Als Teilzeit-College-Bibliothekar, dessen Fachgebiet niemand so recht kannte, verdiente er nicht viel, aber die Höhe seines Gehalts hatte ihn nie wirklich interessiert. Von den Begünstigungen, die man ihm angeboten hatte – angefangen von leicht verdientem Geld über klangvolle Titel bis hin zu Dingen, nach denen sich die meisten Dozenten die Finger lecken würden –, hatte Sam selbst die besten ausgeschlagen.

Einmal hatte er sogar einen Lehrstuhl abgelehnt, mit den Worten, er wolle sich nicht binden.

»Darf ich fragen, Linnfer, was Sie eigentlich genau tun?«, hatte der Dekan des Colleges einmal gefragt. »Wenn Sie nicht recherchieren, meine ich.«

»Ich schreibe Bücher für Schwachköpfe, die sich zu fein sind, sie selbst zu schreiben.«

Das Gesicht des Dekans hellte sich auf. Er liebte nichts mehr, als sich gegenüber einem Rivalen in »seinem« Feld einen Vorteil zu verschaffen, als ob ein Fachgebiet von jemandem besetzt werden konnte, der es erforschte. »Jemand dabei, den ich kenne, oder dürfen Sie es nicht sagen?«

Aber Sam gab keine Antwort. Nicht aus Diskretion – nein, diesmal hielt er den Mund, weil er sich gerade nicht einfach um eine Antwort herumgedrückt hatte; dieses eine Mal hatte er eine direkte Lüge gebraucht. Nicht dass er sich deswegen schuldig gefühlt hätte. Einige Wahrheiten waren viel, viel schädlicher als die gelegentliche kleine Lüge.

Und nein, es gab keine versteckte Leiche in seinem Keller oder in seiner Wohnung. Aber dafür einige andere Dinge.

An einem verregneten Abend im Februar kam Sam zu später Stunde die Treppe zu seinem Apartment hochgestapft. Er fischte in seiner Tasche nach dem Türschlüssel – und erstarrte.

Das Apartment lag in einem Mietshaus in einer jener endlosen Reihen von Mietshäusern am Rande von Camden, die seit vierzig Jahren immer teurer geworden waren, aber irgendwie immer noch tropfende Wasserhähne hatten. Die Frau, der er jede Woche die Miete zahlte, war in den Achtzigern, auf einem Ohr taub und kannte kaum seinen Namen. Sie nannte ihn immer noch Mr Samuel, obwohl er schon seit drei Jahren in der Wohnung lebte. Doch ihr schwindender Geist am Rande der Vergreisung kam ihm gerade recht. Wenn er seine Wohnung nächtelang nicht gesehen hatte, war Mrs Dinken die ideale Person, die bezeugen konnte, er sei die ganze Zeit dort gewesen – und es dabei sogar glaubte.

Doch an diesem Abend hatte Sams feines Gehör vernommen, dass sich etwas in der Wohnung bewegte. Seine dunklen, dunklen Augen hatten ein leichtes Glimmen unterhalb der Wohnungstür gesehen, was darauf hindeutete, dass drinnen irgendwo Licht brannte. Er wusste, dass er keins angelassen hatte. Als er weiter auf die Tür starrte, wurde sein Blick leer, und einen Augenblick lang schien er einer inneren Stimme zu lauschen. Schließlich wandelte sich sein Blick der Konzentration zu einem Stirnrunzeln. Er fand den Schlüssel und stieß die Tür auf.

Die Eindringlinge trugen so einfache, gewöhnliche Kleidung, dass Sam sie sofort als das erkannte, was sie waren. Polizisten.

Einer von ihnen zückte eine Polizeimarke. »Entschuldigen Sie, Sir.«

Wenn er schon anfing, sich zu entschuldigen, bevor Sam ins Zimmer getreten war, musste es schlimm stehen.

»Was«, fragte Sam mit einer sehr ruhigen, beherrschten Stimme, die sein junges Gesicht älter machte und ihm eine unerwartete Autorität verlieh, »machen Sie in meiner Wohnung?«

»Wenn Sie hereinkommen könnten, Sir ...«

Da er keine andere Möglichkeit sah, trat er in das kleine, ein wenig muffige Wohnzimmer mit seinen Stapeln von ungeöffneter Post, ungelesenen Zeitungen und Zeitschriften und leeren Kaffeetassen, in denen sich interessante Pilzkulturen bildeten. Trotz der Verwahrlosung umgab den Raum ein Gefühl der Ordnung und ein Hauch von Gemütlichkeit.

Es waren zwei Männer. Ohne ein weiteres Wort zu sagen,

bedeuteten sie ihm, durchzugehen und sich an den Küchentisch zu setzen. Einer von ihnen, der ältere, setzte sich ihm gegenüber, als wollte er ein Verhör durchführen. Der jüngere lehnte sich gegen eine Arbeitsplatte, mit einer lässigen Zwanglosigkeit, die Sam irgendwie verärgerte.

»Es tut mir leid, Sie behelligen zu müssen, Sir ...«

»Aber ...?«

»Die Sache ist etwas heikel.«

Sam zog seinen Mantel aus und schob ihn achtlos über die Stuhllehne. »Sagen Sie mir, was Sie wollen.«

Als der Polizeibeamte zu sprechen begann, war Sam Linnfer alsbald klar, dass ihm eine unruhige Nacht bevorstand.

2
Alte Freundschaften

Freya Oldstock, hatte der Mann gesagt. Ob das ein Name sei, der ihm irgendetwas sage.

Sam war auf der Hut und tat so, als müsse er darüber nachdenken. In Wirklichkeit klickte es in seinem Gedächtnis sofort, auch wenn Freya im Laufe der Jahrhunderte viele Namen verwendet hatte.

»Wir kannten uns, ja. Vor vielen Jahren.«

»Sie haben sich gut gekannt?«

»Ich mochte sie, gewiss. Ich glaube, sie mochte mich auch, doch keiner von uns beiden hat sehr viel über sich erzählt.« *Denn als ich sie kannte, sind wir nur wenig zum Reden gekommen.*

Wie ein Mann, den nach einer schweren Verletzung noch ein betäubender Schock umfängt, hatte er das Gefühl, dass als Nächstes etwas ziemlich Schlimmes folgen würde.

Er zwang sich zu sagen: »Wieso?«

Als er den Ausdruck auf Sams Gesicht sah, bleich und schlaff, tat der Polizist sein professionell Bestes, um taktvoll zu sein. »Tut mir leid, dass ich derjenige sein muss ... ihr Leichnam ... gestern gefunden ...«

Sams Gedanken waren in verschiedene Richtungen zugleich explodiert.

Freya ist tot?

Was sollte ich spüren?

Was soll ich sagen?

Freya, es tut mir leid ...

Wer würde so etwas tun?

Er musste die Männer bitten, es zu wiederholen, bevor er es wirklich begreifen konnte – den Ort, die Zeit. Ein Teil von ihm, der seltsam losgelöst auf sein betäubtes Ich blickte, sagte sich, dass die meisten Leute so reagieren würden.

Man hatte sie in ihrem Cottage in Holcombe, einem Dorf in Devonshire, gefunden. Erstochen. Er hatte die Geistesgegenwart zu fragen: »Womit?«

»Mit einer seltsamen Art von Waffe«, sagte der ältere Mann, wobei er ihn noch genauer beobachtete.

Natürlich. Glaubst du, eine gewöhnliche Waffe könnte Freya töten?

»Seltsam ... wie?«

Die beiden Polizisten tauschten einen kurzen Blick aus. Sam spürte, wie die Atmosphäre unversöhnlich wurde.

»Spuren von Knochen wurden in der Wunde gefunden. Nicht ihre Knochen – wir konnten keine DNA-Übereinstimmung finden.«

Das liegt daran, dass sie mit einer der wenigen Waffen angegriffen wurde, mit denen unsereins getötet werden kann. Das Gebein eines Drachen dürfte kaum in eurer Datenbank registriert sein – nein, kein Drachenbeindolch. Beim Licht, das heißt, es war einer von uns, der das getan hat ...

Sie warteten, um zu sehen, ob ihr Schweigen ihn zu irgendwelchen unbedachten Worten verleiten würde. Aus Kummer, aus Verwirrung, aus Furcht vor einer Gefahr, die weit über ihre Vorstellung hinausging, konnte er nicht anders:

»Und warum kommen Sie jetzt zu mir?«

Dass er ihnen nicht in die Augen blicken konnte, machte alles nur noch schlimmer. Irgendetwas an der Gegenwart der Gesetzeshüter gab ihm ein Gefühl der Schuld, auch wenn er es besser wusste.

Er versuchte zu vergessen, dass es um Freya ging, *seine* Freya. Er versuchte, die Sache kühl anzugehen und logisch zu denken. *Was können diese Menschen über sie wissen – und über mich?*

Sie ist tot; nichts, was ich tun könnte, kann sie zurückbringen. Ich muss an mich selbst denken; sie würde das verstehen.

»Dieser Brief« – er legte ihn vor Sam hin – »wurde gefunden. In zwei Umschlägen. Der erste war an jemanden namens Luc Satise adressiert, der Umschlag darin an Sam Linnfer. Wie es scheint, war das so gedacht, dass der Brief dann zu Ihnen gelangen sollte, falls der erste Umschlag keinen Empfänger fand.«

Sam nahm den Brief vorsichtig auf, als ob Freya ihn aus dem Jenseits angreifen könnte. Er war in einer sauberen, exakten Handschrift abgefasst, offenkundig der ihren, doch der Text war durch die Anwendung von Chemikalien verblasst. Anscheinend hatte die Polizei versucht, das Schriftstück zu analysieren, und sah die Ablieferung beim Empfänger nur als ein letztes Mittel an.

Er las:

Lieber Sam/Luc,

ich bin nicht sicher, ob dieser Brief Sam oder Luc oder beide erreichen wird. Doch wir müssen uns unbedingt treffen. Ich brauche Hilfe, und die anderen sind alle abtrünnig geworden. Zuerst wechselt der alte Hammer die Seite und jetzt der Chef meines Hauses, und ich kann nichts tun, um sie aufzuhalten. Ich würde mehr schreiben, aber ich fürchte, selbst das ist schon zu viel. Ich hoffe, dass mein Versuch, dich als einen anderen Ersten zu kontaktieren, nicht vereitelt wird, doch ich habe Angst, es könnte schon zu spät sein.

Triff mich zur üblichen Zeit im Hain. Wenn ich nicht da bin, rechne mit dem Schlimmsten. Mehr mündlich.

Freya

»Sagt Ihnen das irgendetwas, Sir?«

»Nein«, sagte er fest, während er den Blick nicht von dem Brief nahm. »Der ›Hain‹, das ist *The Grove,* eine Kneipe in

Hampstead, wo wir uns zu treffen pflegten. Aber das ist alles, was ich weiß.«

»Keine Ahnung, wer Luc Satise ist? Oder der ›alte Hammer‹?«

»Nein.«

»Oder ›der Chef meines Hauses‹?«

»Nein.«

»Was meint sie mit ›als einen anderen Ersten‹?«

»Ihre merkwürdige Art, jemanden zu bezeichnen, den sie mochte. ›Erste‹ waren Leute, die hoch in ihrem Ansehen standen. ›Zweite‹ waren die, die sie mochte, aber nicht schätzte. ›Dritte‹ waren tolerierbar, ›Vierte‹ nicht vertrauenswürdig, ›Fünfte‹ konnte sie nicht ausstehen.«

»Und was, glauben Sie, meinte sie mit einem ›anderen Ersten‹?«

»Sie hat oft gesagt, sie sei selbst ihr bester Freund. Eine seltsame Frau, diese Freya.«

»Seltsam, in der Tat, Sir. Rätselhafte Notizen an zwei Leute zu schreiben, aber so als wäre es ein und dieselbe Person. Leute in Kategorien einzuteilen. Eine Person voller Geheimnisse, nicht wahr? Vielleicht keine ... gewöhnliche Frau?«

Eine panikerfüllte Sekunde lang dachte Sam, sie wären ihm auf der Spur. Ebenso schnell ließ er den Gedanken wieder fallen. Nein. Sie hatten nicht genug Zeit gehabt, sein Apartment gründlich zu durchsuchen, und selbst wenn, war es versiegelt mit Mitteln, welche die Polizei nie verstehen würde.

Er gab sich jedoch Mühe, seine Stimme beherrscht klingen zu lassen. »Was meinen Sie damit?«

»Bei der Durchsuchung ihres Hauses« – Sam schauderte bei dem Gedanken an Eindringlinge, die Freyas geordnete, zerbrechliche Besitztümer durchwühlten – »fanden wir verschiedene bizarre Dinge. Eine Sammlung von Büchern – und verschiedene Diagramme – in unbekannten Sprachen und eine Küche voller unidentifizierter Kräuter und seltsam aussehender Messer.« Der Mann beugte sich vor und fügte hinzu: »Drei Pässe: britisch, schwedisch und russisch. Alle im selben Jahr ausgestellt.« Die kleinen Augen des Mannes, verengt durch seinen geweckten Jagdinstinkt, hatten eine verheerende Wirkung auf Sams Nerven. Er konnte es sich sparen, Sam zu erzählen, dass dies alles höchst »ungewöhnlich« war. »Und keiner von ihnen ungültig gestempelt.«

»Britin war sie ganz bestimmt und Schwedin auch, früher mal. Was den russischen Pass betrifft, ich weiß es nicht, aber ich würde die Möglichkeit nicht ausschließen.«

»Vom Gesetz her, Sir, war es keinesfalls möglich.«

»Oh.« Er gab ein nervöses Lachen von sich. »Ich habe davon keine Ahnung.«

»Und die Bücher, Sir?«

»Wie bitte?«

»Ich habe mir sagen lassen, Sie seien eine Art Experte für ausgefallene Sprachen.« Allein der Ausdruck – ›ich habe mir sagen lassen‹ – klang, als hätte man bereits Erkundungen über ihn eingezogen, und nicht nur beiläufige.

»Sie war sehr gut in alten skandinavischen Sprachen.«

Die Befragung war darauf angelegt, wie ihm klar wurde, den Befragten bei jeder Wendung zu überrumpeln. In einem Augenblick alte Sprachen, im nächsten zurück zu dem Brief, dann seine Vergangenheit mit Freya. Hier musste Sam auf der Hut sein. Er hatte keine Ahnung, welche anderen Spuren der Mann verfolgte. Wenn er eine Geschichte erzählte, war er ziemlich sicher, dass irgendjemand anders eine andere erzählen würde.

»Wir waren auf ähnlichen Fachgebieten tätig. Eines Tages trafen wir uns in der Bibliothek, als wir nach demselben Buch suchten, und seitdem sind wir uns ab und an wieder über den Weg gelaufen.«

Er wusste, dass sie ihm das nicht abnehmen würden.

»Ich habe mir sagen lassen, dass Ms Oldstock eine durchaus intelligente Frau gewesen sei. Warum, glauben Sie, sollte sie einen Brief schreiben, den keiner verstehen konnte, und ihn an Sie schicken?«

»Ich glaube nicht, dass er für mich gedacht war. Anscheinend sollte dieser ›Luc Satise‹ ihn kriegen. Ich war vermutlich zweite Wahl.«

»Aber nach dem Wenigen, was wir verstehen, war die Sache wichtig. Wenn sie sich nicht sicher war, dass ihr Brief Mr Satise erreichen würde, warum sollte sie versuchen, Sie zu kontaktieren? Ich dachte, Sie hätten sich nicht nahe gestanden.«

»Haben wir auch nicht. Ich habe keine Ahnung, warum sie das getan hat.«

»Kennen Sie irgendjemanden sonst von Ms Oldstocks ... Bekanntschaften?«

»Nein. Sie hat mich nie ihren Freunden vorgestellt.«

Eine gefährliche Antwort. Sam fühlte sich wie ein Mann, der auf einem Bein stand, ohne zu wissen, welche Kräfte ihn stoßen würden und aus welcher Richtung. Wenn andere »Bekanntschaften« im Spiel waren, hatte er wiederum keine Ahnung, welche Aussagen seiner eigenen widersprechen mochten.

Inzwischen schien der jüngere Mann mit jeder Antwort, die Sam gab, immer verärgerter zu werden. Er nahm den Brief und hielt ihn Sam unter die Nase. »Also, was können sie uns über diesen Teil erzählen – wo sie anzudeuten scheint, sie würde beobachtet? Sind Sie sicher, dass Sie nicht wissen, warum jemand Ms Oldstock beobachten könnte?«

»Ganz sicher. Ich weiß es nicht.« Er musste sich zurückhalten, um nicht darauf hinzuweisen, wie oft sie ihn das nun gefragt hatten.

»Neigte sie zu Verfolgungswahn?«

»Ganz bestimmt nicht!«

Der ältere Mann öffnete den Mund, um eine Frage zu stellen, und schien es sich dann anders zu überlegen. Schließlich stand er auf. »Tut mir leid, Sie behelligt zu haben, Sir. Wenn Ihnen noch etwas einfällt, rufen Sie uns bitte an.«

Sam war so dankbar, dass er mit aufgestanden war. In seiner Erleichterung war es schwer, nicht unkontrolliert draufloszureden. »Es tut mir leid um Freya«, sagte er, ebenso zu sich selbst wie zu den anderen. Er dachte daran hinzuzufügen: »Ich nehme an, Sie wissen nicht, wer sich um die Beisetzung kümmert?«

»Die Familie, Sir.«

Die Familie. Großartig.

Als die Polizisten gingen, drehte der Ältere sich noch einmal im Türrahmen um. »Nur noch eine Kleinigkeit, Sir.«

»Ja?«

»Wo waren Sie vorletzten Abend?«

Angesichts einer so ungeheuerlichen Unterstellung brachte es Sam irgendwie fertig, sich im Zaum zu halten. In einem wütenden, knappen Ton sagte er: »In der Uni.«

Es war ein Zeichen dafür, wie gut die Polizisten ihre Hausaufgaben gemacht hatten, dass der Mann nicht einmal fragte, welche Universität gemeint war. Er lächelte nur, gab ein freundliches »Gute Nacht, Sir« von sich und stiefelte mit seinem Begleiter die Treppe hinunter. Hinter ihnen schlug Sam die Tür zu, härter als notwendig gewesen wäre.

Erst als der Hall ihrer Schritte verklungen war, lehnte er sich gegen die Tür und schloss die Augen, um die Tränen zurückzuhalten.

3
Schadensbegrenzung

Obwohl der Aufruhr seiner Gefühle wieder abgeebbt war und er sich beruhigt hatte, ging Sam nicht gleich zu Bett, trotz der bereits fortgeschrittenen Nacht. Bei geöffnetem Fenster, das die kalte Februarluft hereinließ, saß er lange am Küchentisch, ohne sich zu rühren. Sein Gesicht war ausdruckslos bis auf die geröteten Augen, halb geschlossen gegen das grelle Licht der Erinnerung.

Freya war mit einer Drachenbeinklinge getötet worden. Drachenbein bedeutete, jemand wusste, was Freya war, und war stark genug, an sie heranzutreten und die Tat zu vollbringen. Bevor sie gestorben war, hatte sie versucht, ein Treffen mit ihm zu arrangieren. Gab es da eine Verbindung?

Aber wer würde Freya töten wollen? Sie hatte keine Feinde. Nicht jetzt. In der Vergangenheit, ja, aber der Krieg ist vorbei . . .

Dass die Polizei auf den Plan getreten war, verschärfte das Problem. Wenn früher etwas dergleichen geschehen war – und ja, es hatte solche Fälle gegeben –, war der Leichnam von Verwandten oder Freunden beiseitegeschafft worden, lange bevor die Behörden von der Sache Wind bekamen. Und bis die Bürokratie erst in Gang gekommen war, waren alle Spuren, dass eine solche Person je gelebt haben könnte, längst getilgt.

Aber diesmal nicht. Diesmal hatte die Familie nicht auf das Unglück reagiert. Wegen der . . . Abtrünnigen, von denen Freya kurz vor ihrem Tod berichtet hatte? Selbst der alte Hammer habe die Seiten gewechselt, hatte sie gesagt. Sam drehte sich der Magen um. Der alte Hammer und er waren nicht gerade dicke

Freunde. Es sah so aus, als könnte er von dieser Seite wenig Hilfe erwarten, um herauszufinden, was passiert war.

Außerdem, wie sollte er vorgehen, ohne die Polizei auf den Plan zu rufen? Er war sich sicher, dass seine Vorstellung nicht gut genug gewesen war, um sie abzuschütteln. Mord war Mord, und er musste so ziemlich die einzige Spur sein. *Was das betrifft, vielleicht der einzige Verdächtige.*

Er stand auf und tappte ins Schlafzimmer. Er kniete sich neben das Bett, schob einen abgetretenen roten Teppich beiseite und legte die Hand auf ein Bodenbrett. Es gab ein Aufblitzen darunter, wie von einem Zündfunken. Als das Licht erloschen war, zog er das Brett zurück und nahm verschiedene Gegenstände aus der Öffnung, darunter ein langes, schlankes Objekt und ein kürzeres, schmaleres, beide sorgsam in geöltes Leder eingewickelt, sowie einen zugebundenen Schuhkarton.

In dem Karton lagen ein Bündel Fünfzig-Pfund-Scheine, noch mit der Banderole der Bank versehen, und fünf abgegriffene Reisepässe: amerikanisch, britisch, deutsch, schweizerisch und kanadisch. Jeder war mit Länderstempeln von Grönland bis Ägypten, Nigeria bis Tibet versehen. Zwei, der kanadische und der Schweizer Pass, waren auf Luc Satise ausgestellt. Das Gesicht, das mit der üblichen Beliebigkeit von Passfotos daraus hervorblickte, war Sams eigenes, wenngleich ungewöhnlich hart und ausdruckslos. Es war bemerkenswert, dachte er, dass Pässe jeden wie einen Betrüger aussehen ließen. Der deutsche Pass trug den Namen Sebastian Teufel, die anderen beiden lauteten auf Sam Linnfer.

Aus seinem Schrank holte er eine Reisetasche, bereits fertig gepackt. Er hielt immer eine gepackte Tasche bereit, um für den Fall, dass er eines Tages Hals über Kopf verschwinden musste, nichts Lebenswichtiges zu vergessen. Er nahm auch eine Schachtel vom Boden des Kleiderschrankes auf, in der

Generalstabskarten und ein *London A to Z* steckten. Den Straßenführer schlug er am Ende des Verzeichnisses auf, wo in säuberlicher Schrift »Höllentore« geschrieben stand. Darunter fand sich eine Reihe von Ortsangaben: *Hyde Park. Camden Market. The Embankment. Mare Street.* Drei weitere Einträge unter der Überschrift »Himmelstore« trugen dieselbe Handschrift.

Sam machte nicht gerne von diesen Toren Gebrauch. Als Reisemethode waren die Weltenpfade, die jenseits der Tore lagen, riskant und oft ungenau. Wenn er ein Ziel stattdessen per Intercity erreichen konnte, dann tat er es, ohne auf die Kosten zu achten. Doch es war immer gut zu wissen, wo die Fluchtwege für den Ernstfall lagen.

Als Nächstes griff er zum Telefon.

»Hi, ich bin's, Sam.« Es war nicht sein üblicher Name, wenn er mit dieser Person sprach, doch er wusste, dass der andere ihn erkennen würde. Er wusste auch, wenn er sagen würde: »Hallo, hier ist Luc«, konnten seine Probleme noch schlimmer werden. Es war nicht auszuschließen, dass sein Telefon angezapft wurde, insbesondere, wenn er ein Tatverdächtiger war. *Und selbst wenn die Polizei nicht mithört, dann vielleicht andere.* Sam war nicht davon überzeugt, dass seine Tarnung gehalten hatte.

»Sam? Wie in ...«

»Adam, Gott sei Dank, du bist es!«, rief er aus, bevor der andere weiterreden konnte.

Adam schluckte das, was er hatte sagen wollen, runter, als er seinen eigenen alternativen Namen erkannte. Auch dass Sam so pointiert »Gott sei Dank!« gesagt hatte, wo er doch dergleichen aus Prinzip nicht in den Mund nahm, ließ Adam auf der Hut sein. »Oh. Ja. Hi, Sam ...«

Es gab keine richtige Art, eine Nachricht wie diese zu verpacken. Also sagte Sam es ihm geradeheraus.

»Freya? Tot? Wie?«

»Ich kann jetzt nicht reden. Kann ich dich im *King's Head* treffen, morgen, zur üblichen Zeit? Ich brauche Hilfe.«

Adam hätte ihm gern sein Beileid ausgedrückt oder ihn zumindest gefragt, wie es ihm ginge, aber er wagte es nicht. Wenn Sam Linnfer einen bat, sich mit ihm zu treffen, dann tat man das. Es war eine Sache von Respekt und Rang. Und wenn er sagte: »Ich brauche Hilfe«, dann musste es schon sehr schlimm stehen.

Und die Frage, die beide beschäftigte, war: *Wer würde Freya etwas antun wollen? Sie hatte keinen Feind auf der Welt – weder auf Erden noch sonstwo. Was für ein Gedanke! Natürlich hatte sie einen Feind – sonst wäre sie jetzt nicht tot.*

Sam wusste, als er den Hörer auflegte, dass morgen, nachdem er alle Verfolger abgeschüttelt hatte, Adam alles über Freyas Tod herausgefunden haben würde, was er konnte. Adam hatte Augen überall, so ging das Gerücht. *Gerüchte gibt es immer. Und wie stolz würden einige Leute sein, wenn sie herausfänden, dass die fantastischsten davon wahr waren.*

Er ging in die Küche und tastete hinter einer großen Blechdose voll altbackener Pfannkuchen herum, die ihm ein Freund aufgedrängt hatte, der sich für einen hervorragenden Koch hielt und den aufzuklären Sam nicht das Herz gehabt hatte. Bei Köchen wie diesem wäre es praktisch, einen Hund zu haben, dachte er. Er zog ein dickes Adressbuch hinter der Dose hervor und blätterte es durch. Einige Adressen waren auf Englisch, doch die meisten waren in einer archaischen Schrift, welche die Gerüchte an der Universität um ein Vielfaches vermehrt hätte. Wenn er in Europa war, behauptete er, es handele sich um eine Form von Hindi; war er in Asien, gab er vor, es wären skandinavische Runen.

Doch von der Sprache abgesehen, war es einfach ein Adressbuch. Als er den Eintrag für Freya Oldstock gefunden hatte, schrieb er ihn sich in die Handfläche. Er wollte nicht mit dem

Buch in seinem Besitz erwischt werden – zu viele Leute darin scheuten die Öffentlichkeit.

Danach nahm er sich seine Karte für das Gebiet vor, die an strategischen Punkten in zwei Farben markiert war. Blau für Himmel, rot für Hölle. Er fuhr mit dem Finger um das Dorf Holcombe, in dem Wissen, dass er nicht lange würde suchen müssen. Freya hatte mit Sicherheit nahe an einem Tor gewohnt. Jedem aus seiner Familie lag es im Blut. Man lebte entweder so weit weg von einem Tor wie möglich und war verdammt schnell auf den Beinen, wenn man eines brauchte, oder man lebte nahebei und war allzeit bereit, darin zu verschwinden. Weil offensichtlich jeder auf dieser Welt, selbst die unschuldige Freya, die noch vor kurzem aller Freund gewesen war, Feinde hatte.

Als die Uhr zwölf schlug, legte Sam Linnfer schließlich seinen Kopf auf das Kissen und fiel in einen traumlosen Schlaf. Draußen auf der Straße war das Miauen einer Katze zu hören, in der Ferne das Rauschen einer Hauptstraße und das nasse Vorbeiwischen eines Busses. Als der Bus durch eine Pfütze fuhr, die sich um einen verstopften Gully gebildet hatte, überschüttete ein Wasserschwall eine Gruppe betrunkener Jugendlicher, die aus einem nahe gelegenen Pub kamen, und ersparte ihnen so vielleicht drei Stunden an Ausnüchterung. Der Videoverleih auf der anderen Seite der Straße spielte seine endlosen stummen Lieder und Filme auf dem nie ermüdenden Fernsehschirm im Schaufenster, und New Look saß gequetscht zwischen dem Schuhservice und dem Zeitschriftenkiosk, der selbst zu dieser ungastlichen Stunde noch aufhatte, damit die Familie, der er gehörte, wer-weiß-welche Schulden abtragen konnte. Nur eins von den fünf Kindern sprach Englisch, und der Mann hielt sich einen sehr alten Hund mit gelben Zähnen und von unberechenbarer Bösartigkeit. Vor dem Laden war ein Stand, der seltsam gebogene Pflanzen verkaufte, die wie eine Art religiöses Symbol aussahen und die nur eine bestimmte ethnische Minderheit auf der Welt so kochen konnte, dass der von ihr besonders geschätzte Geschmack nach totem Hund richtig zur Geltung kam.

Ein Rabe flog über die Straße. Dies war ungewöhnlich, und zwar aus mehreren Gründen. Zum einen ist Camden nicht gerade bekannt für seine Raben; die Mülleimer voller McDonald's-Verpackungen zogen, wenn überhaupt, eher eine unterernährte Brut von Tauben an. Dieser Rabe war gut im Futter, sein Gefieder glänzend schwarz. Er flog entlang einer schnurgeraden Linie, wobei er sich unterhalb der Hausgiebel hielt und der Straße folgte – so, als habe er genaue Anweisungen erhalten und müsse die Straßenschilder sehen, um zu wissen, wo es langging. Einmal schoss er über eine Querstraße hinaus und drehte sich um die eigene Achse, wobei er die Verkehrsregeln in einer Art missachtete, dass es einer Politesse Tränen in die Augen getrieben hätte. Irgendwie schaffte er es, von der Tufnell Park Station zur Camden Road zu gelangen und einem Kanal zu folgen, bis er, ziemlich verirrt wirkend, schließlich auf die Straße stieß, wo Sam wohnte. Dort ging er so scharf in die Kurve, dass er fast gegen eine Straßenlaterne geprallt wäre. Während er die stille Straße entlangflatterte, ging sein Blick hierhin und dorthin, bis er schließlich das Haus erreicht hatte. Dort landete er auf einem Fenstersims und sah sich um.

Dann geschah etwas. Der Rabe selbst war zum planmäßigen Denken nicht fähig, doch hinter jenen starren Knopfaugen lag nichtsdestotrotz ein scharfes Bewusstsein, ein Licht, das die meisten Menschen nicht in einem Gehirn von der Größe einer Walnuss erwarten würden und das hungrig von den Bildern zehrte, die der Rabe mit seinen Augen aufnahm. Als der Rabe jedoch den Fenstersims berührte, schien sich etwas zu verändern. Ein Kribbeln durchlief den Körper des Tieres. Silberne Funken blitzten aus seinen Augen. Der Griff, der seinen kleinen Verstand umfangen hielt, lockerte sich, löste sich, wurde aufgehoben. Dann war der Rabe mit einem Mal wieder nur ein Rabe und schoss in Panik davon, völlig desorientiert und ohne die geringste Erinnerung daran, was soeben geschehen war.

Im Bett drehte sich Sam um und öffnete die Augen. Er war nicht überrascht, dass irgendjemand versucht hatte, ihn auszuspionieren; vielmehr hatte er damit gerechnet, weshalb er auch gewisse Vorsichtsmaßnahmen ergriffen hatte. Seine Wirtin, in ihrer geistigen Verwirrung, hatte nie bemerkt, wie er viele Stunden damit verbracht hatte, im ganzen Haus Symbole zu zeichnen, die gelegentlich bei Gewittern Funken sprühten, obwohl sie nicht mit dem Stromnetz verbunden waren. Es war kein gutes Zeichen, sagte er sich, bevor er sich wieder in den Schlaf sinken ließ, dass seine Schutzvorkehrungen aktiviert worden waren, aber er würde sich damit abfinden müssen.

Fürs Erste.

4
Adamarus

Es gibt viele Pubs namens *King's Head* in London. Doch für Adam kam nur einer in Frage: die gemütliche Kneipe dieses Namens in einer der vielen Querstraßen der Fleet Street. Gewöhnlich war sie voller Journalisten, die das taten, was Journalisten am besten können: reden und Geld ausgeben. An dem verschwiegenen Platz, wo der König seinen Kopf versteckte, versprach eine Tafel, dies sei *»An Authentic Pub, Lunch at the Bar«*.

Adam hielt sich seit einer Stunde in einer Ecke an einem Glas Bier fest, und die Essenstheke zog seinen Blick inzwischen magisch an. Er war klein und ein wenig untersetzt, mit klammen Händen, einem sommersprossigen Gesicht und rotem Haar. Der Gedanke, Sam zu treffen, machte ihn nervös, und er fand es schwer, still zu sitzen.

Als die Tür endlich von einer schwarzen Gestalt verdunkelt wurde und Sam hereintrat, den Regen von seinem Mantel schüttelte und pfeilgerade auf ihn zukam, erkannte Adam in ihm einen Mann, der in den Krieg zog. Davon zeugten die Reisetasche und die ach-so-bequeme Jacke mit wenigstens drei Taschen, die ein gewöhnliches Auge nicht sehen konnte. Die Ärmel des Anoraks waren ausgebeult, und als Sam ihn auszog, bemerkte Adam, dass sein Pullover auch lose hing.

So sah es also aus. Zum ersten Mal nach Jahren der Ruhe war Sam bereit, zu der Waffe zu greifen, die verborgen in ihrer Scheide in seinem Ärmel steckte. Und ja, auf seinem Rücken hing eine schmale Plastikhülle, kaum länger als ein Beutel mit Golfschlägern. Sam war auf dem Kriegspfad.

All das machte Adam noch nervöser, sodass er, als Sam sich zu ihm setzte und ihn grüßte, am liebsten herausgeplatzt wäre: »Ich war's nicht!« Sam erweckte bei Adam und verwandten Geistern eine Ehrfurcht, die jemand, der die Wahrheit nicht kannte, nie verstehen würde.

»Hast du etwas in Erfahrung bringen können?«

»Ich hab mich gestern Abend umgehört. Habe mit ein paar Leuten in Devon gesprochen.«

»Lass hören!« Sam war nicht an dem Wie interessiert. Im Augenblick ging es ihm nur um das Was und das Warum.

»Es klingt nicht gut.« Adam erzählte ihm, was er an einem Abend hektischen Telefonierens herausgefunden hatte. Eine Nachbarin behauptete, sie habe an dem Nachmittag, bevor Freya tot aufgefunden wurde, einen Mann in ihr Haus gehen sehen. Er sei mehrere Stunden dort geblieben, erklärte die Frau, die angeblich die ganze Zeit im Garten nebenan gearbeitet hatte. Sie gehörte offensichtlich zu der Art von Frauen im Rentenalter, die ihre Nase gern in die Angelegenheiten anderer Leute steckten.

»Sie beschrieb den Mann als dunkelhaarig, groß. Elegant.«

»Dunkles Haar?«

»Sehr dunkel. Und sehr dunkle Augen. Das ist ihr sogar vom Nachbarsgarten aus aufgefallen.«

»Verdammt.« Sam sah Adams Blick und fügte hinzu: »Ich habe ein Alibi, falls irgendjemand meint, ich sei's gewesen. Und ich bin nicht ›elegant‹.«

Adam runzelte die Stirn, wie als Eröffnung für den schlimmen Teil, der jetzt kam: »Ihr Mörder muss sie sehr gut gekannt haben. Und sie muss sich sehr gefreut haben, ihn zu sehen. Das heißt, bevor er sie mit dem Drachenbeindolch erstochen hat. Was ich meine, ist ... sie wurde in ihrem Schlafzimmer ermordet.«

»Du meinst, es war einer ihrer Liebhaber?«, fragte Sam.

»Ziemlich sicher. Zumindest wissen wir, dass es nicht einer von ihrer Sippschaft gewesen sein kann, da er nicht blond und blauäugig war.«

Nein, dachte Sam. *Dunkles Haar und dunkle Augen, das klingt eher nach einem der jüngeren Riege. Jemandem aus meinem Umfeld. Wen davon kannte sie gut genug, um ihm nicht zu misstrauen? Vielleicht sogar gut genug, ihn zu lieben? Aber Freya hat so viele geliebt. Selbst mich, auf ihre eigene seltsame Art. Verbotene Liebe hat immer einen gewissen Reiz auf sie ausgeübt.*

In Gedanken begann Sam Freyas viele Liebhaber in seiner Familie aufzulisten: *Erste – außer mir: Seth, Jehova, Thor, Helios. Zweite: Gawain, Jason, Mark. Von denen zwei tot sind. Dritte: Rhys, Alrim, Saul. Zahlreiche andere, die nicht wussten, wen sie liebten. Und danach hört's bei mir auf. Scheiße, mit dieser Vergangenheit* – er erinnerte sich an den Raben – *ist es kein Wunder, dass ich unter Beobachtung stehe. Der einzige Erste weit und breit mit schwarzem Haar, schwarzen Augen und einem Ruf als jemand, der mit einer Klinge umzugehen weiß und wenig Skrupel kennt, wenn es ums Überleben geht. Seth und Jehova haben meine Haarfarbe – aber warum sollten sie Freya töten? Ich dagegen – ich bin der ideale Sündenbock. Und selbst wenn ich kein Motiv habe, habe ich genug auf dem Buckel, dass die Leute meinen, sie müssten eins finden.*

Aber ich war nicht da. Ich kann es beweisen.

»Die Gruppe der Verdächtigen ist klein, aber schwer zu packen. Wissen wir, wo sich welche von ihnen aufhalten?«

»Rhys, Alrim und Saul werden langsam alt, da sie dritte Generation sind. Einer von ihnen ist siebzig und wird schon grau.« Adam stieß ein missfälliges Lachen aus, als sei graues Haar etwas, was er sich nicht vorstellen könne. »Und der überlebende Zweite, Mark, steht immer noch unter Jehovas Fittichen.«

»Das macht ihn ungefähr so zugänglich, als wollte man eine Dose aus Edelstahl mit einem Faustkeil öffnen.«

»Es gibt noch andere, auf die die Beschreibung zutreffen würde, weißt du. Über die meisten von ihnen ist nicht viel bekannt. Aber von ein paar weiß man, dass sie mit ihr gevögelt haben.«

»Zähl sie mir auf«, sagte Sam abrupt. Als er all jene Namen der Reihe nach aufgelistet hörte, hatte er das Gefühl, ihm müsste schlecht werden. Adams vulgärer Ausdruck klang ihm noch in den Ohren; seine Ungerechtigkeit tat weh. Freya war die Liebe. Freya war das Leben. Niemand konnte überrascht sein, dass sie fast jeden, der ihr nahekam, geliebt hatte. Und der Feigling, der sie getötet hatte, hatte nicht mal den Mumm gehabt, seine eigene Waffe zu gebrauchen statt des Drachenbeins. Freya hatte auch ihm vertraut. Freya hatte nie gelernt, jemandem nicht zu trauen.

»Wann ist das Begräbnis?«

»Morgen Abend. Die Familie vergeudet keine Zeit, sie zurück in den Himmel zu holen. Ihre Mutter ist außer sich.«

Sam stand auf, um zu gehen, doch Adam streckte den Arm aus, um ihn zurückzuhalten. Er berührte Sam nicht wirklich – er war zu eingeschüchtert für eine solche Geste. »Es ist nur für die engste Familie gedacht. Alte Schule. Die Walhalla-Gang.«

Sam blieb stumm, als er sich die Tasche über die Schulter warf. Im Umdrehen sagte er nur: »Du hast mir sehr geholfen, Adamarus.«

Die Zugfahrt nach Devon war lang. An solch einem kurzen Wintertag erwartete Sam nicht, vor Sonnenuntergang anzukommen. Das Abteil war voll: müde aussehende Geschäftsleute mit Jackett und Krawatte, eine lärmende Gruppe von Schülern, eine Mutter und ihre zwei gelangweilten Kinder. Sam widerstand der Versuchung, in die erste Klasse zu wechseln und so dem ständigen Gequengel der Kinder zu entgehen, sondern blickte in die untergehende Sonne und sah, ohne wirklich etwas zu sehen, die englische Landschaft vorüberziehen. Große, regengetränkte Felder zwischen den dünner werdenden Vorstädten. Hier und da ein Bauernhaus aus Ziegeln und Holz, mitunter auch aus Stein, in dem früh Licht brannte. Dann die Ungeheuerlichkeit anderer Städte, riesige Fabriken, die Wolken von chemischem Qualm aus ihren metallenen Schornsteinen ausstießen. Die großen Parkplätze an den Bahnhöfen, mit Safeway- und Tesco-Supermärkten nebenan. Die leeren Nebengleise. Die Kaninchenhöhlen in den Bahndämmen.

Sam sah all dies, doch er registrierte es nicht. Seine Gedanken waren bei Freya und seinen Erinnerungen.

Sie haben sich gut gekannt?

Ich mochte sie, gewiss.

Er hatte sie gekannt, damals, in den alten Zeiten, und so würde er sie immer in Erinnerung behalten. Sie trug einen mit Efeu umrankten Stab, und mit Efeu, das sich um ihre Stirn wand, war auch ihr langes blondes Haar bekränzt. Die liebste und schönste aller Frauen, die an einem Fluss stand und einer vollkommenen Welt ihre Lieder schenkte.

Doch als er sie später wiedertraf, war sie nicht in jener Welt – und er auch nicht. Es war, als der Krieg im Himmel auf seinem Höhepunkt war. Wenn es Krieg im Himmel gab, ob die Streiter nun altbekannten Parteien wie Walhalla und Olymp, Elysium oder Arcadia oder solch neuen und unerwarteten Gruppierungen wie Nirwana oder Shangri-La angehörten, konnte man sicher sein, dass es Rückkoppelungen auf der Erde gab. Manchmal kam es einfach daher, dass der Krieg im Himmel die Ressourcen der Erde anzapfte – Waffen, Soldaten –, um die Verbündeten ihrer Feinde dort wie im Himmel auszumerzen. Häufiger jedoch war es einfach eine Sache der menschlichen Empathie. Das Bewusstsein der Sterblichen war bedauernswert unterentwickelt, doch sie konnten es immer noch spüren, wenn die Wesen des Himmels kämpften – der Tod all jener Engel, Avatare, Walküren und Seraphim hallte auf Erden wider, und auf eine blinde Art wussten die Menschen davon. Und sie kämpften auch. Es war ansteckend. Und was ihnen an himmlischer Magie fehlte, machten sie dabei durch schieren Einfallsreichtum an Zerstörungskraft wett.

Eine Sirene heulte. Die Straßen waren leer bis auf ein paar Ratten, die durch die zerstörten Häuser strichen. Der Himmel war voller Rauch, und er konnte das Brummen von Flugzeugen und die fernen dumpfen Einschläge von Bomben hören.

Warum war er hierhergekommen? Die ganze Welt stand ihm offen, was also tat Sam Linnfer, auch bekannt als Sebastian Teufel, mit seinem jungenhaften Lächeln im zerstörten Berlin der Luftangriffe des Jahres 1944?

Er kannte die Antwort bereits. Er war gekommen, weil er sich selbst hatte überzeugen wollen. Er war gekommen, um zu sehen, was ein Land so vielen Millionen Menschen angetan hatte, und um sich zu vergewissern, dass dieser Ort noch menschlich war. Er war gekommen, nachdem er vier Jahre lang in Frankreich für die Franzosen gekämpft hatte und nun sah, wie die Waage sich zur anderen Seite neigte, und er hatte immer auf der Seite der Verlierer gestanden. Er war gekommen, weil tief in seinem Inneren ein Teil von ihm, der immer noch in jener vollkommenen Welt der guten alten Zeiten von damals wandelte, gewusst hatte, dass dies hier nur ein Schatten des Kriegs im Himmel war. Es war seine Aufgabe, diesen Schatten zu erhellen, wie und wo auch immer er es vermochte.

Der Luftangriff war zu Ende, und die Menschen von Berlin begannen aus ihren Bunkern hervorzukriechen. In ähnlichen Szenarios wie diesem hatte er vor nicht allzu langer Zeit geholfen, Verschüttete aus den Ruinen von Dover und London freizugraben oder Verwundete mit einem Funken seiner Magie am Leben zu erhalten. Selbst wenn er nicht schuld war an ihren Leiden, war es doch die Schuld seiner Familie, und daher fühlte er sich irgendwie mitverantwortlich. Diesen Menschen zu helfen, sah er als seine Pflicht an. Diese Einstellung war ihm weder angeboren noch anerzogen worden. Doch wie verschiedene andere menschliche Werte half ihm dieses Ideal, Handlungen nachträglich zu rechtfertigen, die allein aus einer plötzlichen Eingebung zustande gekommen waren.

Er traf auf einen Zug von Feuerwehrleuten, die ein brennendes Gebäude zu löschen versuchten. Sie bemühten sich, das Feuer unter Kontrolle zu bringen, bevor es auf die wenigen intakten Häuser in der Nachbarschaft übergriff. Sam blieb auf der anderen Seite der Straße stehen und starrte auf das Feuer. Unter seinem Blick schienen die Flammen zu schrumpfen. Schließlich waren nur noch ein paar glimmende Kohlen übrig, deren Glut erlosch, als er die Fäuste ballte. Der ganze Prozess hatte ihn zehn Minuten Konzentration gekostet.

Zehn Minuten, in denen er dastand wie auf dem Präsentierteller.

»Papiere!«

Ein Braunhemd-Offizier, in Uniform, deren blankgeputzte Knöpfe einen absurden Kontrast zu den zerbombten Häusern im Hintergrund bildeten. Herrisch streckte er die Hand aus. Sam wühlte in seinen Taschen und zog seine Ausweispapiere hervor. Der Mann blätterte sie durch, als suchte er nach einem Grund für einen Streit. Ein einziger Schwachpunkt in Sams Dokumenten, ein falscher Blick, und Sam könnte sich gezwungen sehen, mythologisch zu werden. Was sehr peinlich wäre.

Doch die Papiere, wie Sam wohl wusste, waren einwandfrei. Dafür war sein Blick schäbiger Unterwürfigkeit ziemlich aus der Übung, und so musterte er den Braunhemdmann mit unverfrorener Neugierde.

Wie nicht anders zu erwarten, machte das den Mann zornig.

»Was stehen Sie hier so herum?«

»Ich weiß nicht, wohin ich gehen soll.«

Eine andere Stimme. »Er kann mit mir kommen.«

Die Sprecherin war blond, hoch gewachsen und trug einen langen Mantel, dem der ganze Dreck ringsum nichts hatte anhaben können. Doch dies war es nicht, was Sam aufmerken ließ. Er hatte vor langer Zeit gelernt, dass die äußere Erscheinung nur für irdische Dinge von Belang war. Was zählte, war der Glanz, den er im Inneren wahrnehmen konnte. Und hier stand er einer Ersten gegenüber, in derselben Straße, in derselben Stadt. Er wollte es kaum glauben.

Wenn Freya ihren Charme voll einsetzte, konnte keiner ihr so schnell widerstehen. Innerhalb einer Minute hatte sie den widerstandslosen Sam am Arm gepackt und zog ihn die Straße hinunter. »Wo ist das nächste Tor?«, fragte sie leise.

»Letzte Nacht ist eine Bombe daraufgefallen.«

»Wir sind in Gefahr – nicht durch Menschen. Es gibt hier Leute, die einen anderen Krieg führen.«

Sam spürte, wie sich sein Magen umdrehte. »Wer? Und wie viele sind es?«

»Fünf Feuertänzer. Sie sind mir auf den Fersen. Jetzt, da Walhalla gefallen ist, war dies der einzige Ort, der mir einfiel, wo Feuertänzer eine größere Chance zu sterben haben als ich ... Was machst du hier?«

»Ich bin überall in dieser Schattenwelt. Ist das nicht die Geschichte? Diese Feuertänzer – hat jemand auch welche nach mir ausgeschickt?«

»Du bist die Mühe nicht wert. Der Kampf geht um den Himmel, nicht um die Erde.«

Irgendwo fiel klappernd ein Dachziegel zu Boden. Der Laut, der hier gewöhnlich genug war, ließ Sams Kopf dennoch hochzucken. Auch Freya blickte sich um. Ein Schatten verschwand über einer Dachkante, und plötzlich fühlten sie sich sehr allein. Sie waren nun ein Stück weit entfernt vom Heulen der Feuerwehrsirenen und den Stimmen von Menschen, die aus ihren Kellern kamen, um zu entdecken, dass alles, was sie ihr Eigen genannt hatten, zerstört war. In der Nähe lag eine zertrümmerte Eisenbahnstation. Die Wagen standen noch auf den Bahnsteigen, ihre Fenster waren ohne Glas. Ein Absperrseil, welches das skelettierte Gebäude umspannte, trug ein Schild: »Betreten verboten! Bombengefahr!«

»Sie sind im Bahnhof«, flüsterte Sam.

»Sie wissen nicht, dass du hier bist. Sie sind jetzt auf deinem Territorium.«

Er lächelte trocken. »Du möchtest, dass ich für dich den edlen Ritter spiele?«

Sie hob die Hand an den Kopf und zog etwas aus dem Haar, das zu einem Knoten gesteckt war. Der Haarknoten löste sich nicht, da er auf andere Weise zusammengehalten wurde, aber als Sam auf das schmale, lange Ding schaute, kam ihm ein Wort in den Sinn: *Nadel.* Die Spitze glänzte und sah sehr scharf aus. Das Ding war aus einem dunklen, dunklen Metall gemacht, und er hatte das Gefühl, es könnte vergiftet sein.

»Willst du?«, fragte Freya leise.

Er schnipste mit der rechten Hand, und ein schlanker silberner Dolch blitzte darin auf. Eine zweite Handbewegung, und er war wieder verschwunden. »Warum sollte ich dir helfen?«, fragte er, den Blick unverwandt auf ihr Gesicht gerichtet.

»Weil ich nicht zu denen gehöre, die dich ausgestoßen haben. Weil du weißt, dass die Feuertänzer nur von den Bösen unter uns eingesetzt werden. Weil es feige ist, Feuertänzer gegen eine Erste zu schicken. Weil seit viel zu langer Zeit keiner aus der Familie mit dir geredet hat.«

Sam überlegte. Natürlich mochte es sein, dass sie ihn mit ihrer einzigartigen Macht auf subtile Weise zu beeinflussen suchte. Doch es war selten, einer solchen Aufrichtigkeit zu begegnen, insbesondere bei jemandem aus seiner großen Familie. Zu lange hatte niemand von den Seinen auf eine so vernünftige, freundliche Art mit ihm gesprochen. Er sagte: »Also gut. Gib mir fünf Minuten, um in den Bahnhof zu gelangen.«

Sie nickte, atemlos vor Erwartung. Obgleich ihr Gesicht Kampfbereitschaft zeigte und sie ihre Waffe fest im Griff hatte, waren ihre Augen angewidert von dem, was bevorstand. Sam hingegen bewegte sich bereits mit katzenhafter Entschlossenheit. Er hatte keine Skrupel, Feuertänzer zu töten.

Der Zug fuhr über einen Fluss. Sam schloss die Augen, als die Hügel des Jetzt in einem Auflodern von Sonnenlicht vergingen. Der Himmel war rosa, mit leuchtenden Schatten, die sich auf der Unterseite der Wolken spiegelten.

Damals, in jenem ausgebombten Bahnhof, hatte es für ihn keine Notwendigkeit gegeben, Freya zu helfen. Doch was sie so besonders machte, war die Tatsache, dass es ihr gleich gewesen war, was die anderen gesagt hatten. Sie hatte ihn so genommen, wie er war. Er hatte es als Ehre empfunden, sein Leben für sie aufs Spiel zu setzen. Das war Freyas Magie, ihre stärkste Waffe. Und es war ihr selbst nie zu Bewusstsein gekommen, wie hemmungslos sie diesen Zauber einsetzte.

Der Bahnhof war verlassen gewesen. Glassplitter übersäten den Bahnsteig, und die Feuerwehr hatte nicht einmal mit dem

Aufräumen angefangen. Verdrehte Metallstreben hingen auf allen Seiten wie geschwärzte und verbrannte Lianen in einem chaotischen Dschungel. Keine Seele regte sich.

Mit einer Mischung aus Glück und Können hatte Sam den Aufstieg zu den Resten einer Signalbrücke geschafft, von wo man auf die Gleise hinunterschauen konnte. Er schwang sich durch ein zerbrochenes Fenster und landete mit einem gedämpften Aufprall auf der metallenen Plattform darunter. Sie knirschte unheilvoll, und irgendwo hörte man den dumpfen Schlag fallender Ziegel. Aber sie hielt.

Er schob sich seitwärts weiter, den Dolch in der Hand, spähte hinunter in die Bahnhofshalle und suchte nach seinen Gegnern. Er presste den Rücken gegen die nächstgelegene Wand und versuchte mit schierer Willenskraft, etwas von ihnen zu hören. Unten, auf einem mit herabgefallenen Ziegeln übersäten Boden, lag ein Blindgänger in einem Krater und zählte die Sekunden bis zur Ewigkeit.

Sam hörte es. Das leise Aufsetzen eines Stiefels auf der Plattform der Signalbrücke. Dann spürte er es, das leichte Wippen des Metalls, als der Fuß angehoben, aufgesetzt, wieder angehoben wurde. Näher. Fünf Meter entfernt. Dann drei. Zwei. In den Schatten hatte jemand – oder etwas – innegehalten, kaum einen Meter neben ihm, und atmete schwer.

Eine Bewegung über ihm. Zu spät schalt sich Sam einen Narren – Feuertänzer griffen immer zu zweit an. Eine schlanke Gestalt, in das Rot des Henkers gekleidet, schwang sich von den zerfetzten Dachsparren über ihm herab und traf; ihre roten Füße prallten hart gegen Sams Brust und schleuderten ihn zurück. Im selben Augenblick wirbelte ihr Genosse um die Ecke. Flammen loderten um seine Hände. Das Feuer sprang auf Sam über, um ihn zu versengen. Als der zweite Feuertänzer auf der Plattform landete, die unter dem Gewicht knirschte, kam Sam taumelnd auf die Füße. Er schüttelte sich wie ein

Hund, um die Flammen loszuwerden. Das Feuer spritzte in Tropfen nach allen Seiten, und Sam erhob sich unversehrt. Beide Feuertänzer schlugen zugleich zu, jeder mit einem Dolch aus weißem Gebein. Aber Sam war bereit. Als er sah, wie der Drachenbeintod auf seine Kehle zufuhr, hob er die Arme. Beide Dolche explodierten in der Hand ihrer Besitzer und verwandelten sich in Staub.

Die Feuertänzer hielt das nicht auf. Aus dem Stand sprang einer einen Meter hoch in die Luft, packte einen überhängenden Balken und schwang seine Beine, um Sams ungeschütztes Gesicht zu treffen. Im letzten Augenblick duckte und drehte Sam sich unter ihm weg. Ohne einen Gedanken an den zweiten Feuertänzer in seinem Rücken zu verschwenden, warf er sich gegen das Geschöpf und rammte es gegen das Geländer der Brücke. Wieder knirschte die metallene Plattform. Dann bebte sie. Aber inzwischen kannten die beiden Feuertänzer das Spiel. Während der eine Sam packte und versuchte, seine Arme und Beine festzuhalten, versetzte ihm der andere einen Schlag ins Gesicht, dann einen zweiten. Sam wankte.

Funken blitzten in Sams Augen. Dann spürte er Betonstaub unter seinen Fingern zerbröseln, und aus dem Augenwinkel sah er, wie sich Metallbolzen in ihrer Verankerung lockerten, die aus Ziegelmauerwerk bestand, welches von wenig mehr als Trägheit gehalten wurde. Für einen Augenblick ließ er die Angreifer unbeachtet und konzentrierte sich auf das Mauerwerk hinter ihm. Ein Teil der Mauer wölbte sich explosionsartig nach außen, dann prasselten die Steine eine Dachschräge hinunter und landeten mit dumpfem Aufprall unten auf der Straße.

Es genügte. Der Bolzen löste sich, und die Plattform kippte plötzlich auf eine Seite. Ein paar zeitlupenhafte Sekunden lang hielt sie inne, dann sackte sie ein kleines Stück ab, drehte sich schließlich und krachte auf den Boden der Bahnhofshalle unter ihnen. Es war ein Sturz, den kein Feuertänzer überleben konnte.

Und auch kein Mensch.

Sam kam in einem fremden Bett zu sich. Er fühlte sich grün und blau geschlagen, und der rechte Arm und das rechte Bein prickelten als Folge der Regenerierung. Sein ganzer Körper tat ihm weh. Er versuchte, sich aufzusetzen, und bereute es im selben Augenblick.

Das Nächste, was ihm auffiel, war die Hitze. Und die Fliegen – etwas, was kaum mit dem herbstlichen Berlin in Einklang zu bringen war.

»Schön, dass du wieder da bist«, sagte eine helle Stimme. »Das waren eine Menge Brüche, die du da ausheilen musstest.«

»Ich bin aus der Übung mit Feuertänzern«, meinte er und fühlte sich dabei doppelt so alt, wie er war. Und das war, mit Verlaub, verdammt alt.

Freya war auch nicht unbeschadet davongekommen. An ihren bloßen Armen waren Striemen von Verbrennungen, wo die Feuertänzer sie erwischt hatten, und eine Seite ihres Gesichts war hellrosa.

»Wo sind wir?«

»Spanien. Ich bin gewandelt.«

Er fiel fast aus dem Bett vor Überraschung. »Du hast den Weg über den Himmel genommen?«

»Keine Sorge, niemand hat dich gesehen.«

»Du bist wohl nicht ganz bei Trost!«

»Ich war es dir schuldig. Du hast ihren Anführer getötet.« Freya schien niemals etwas übel zu nehmen. Alles in ihren Augen war entweder licht oder dunkel. Für sie, eine Tochter von Zeit und Liebe, verdiente selbst das schwärzeste Schwarz eine zweite Chance.

Das war zu der Zeit gewesen, als der Krieg im Himmel seinen Höhepunkt erreicht hatte. Schließlich hatten die Königinnen eingegriffen. Die offiziellen Gemahlinnen von Vater Zeit – Liebe, Krieg, Weisheit, Nacht, Tag, Chaos, Ordnung, Glaube – hatten ihre zerstrittenen Kinder bei der Hand genommen und Verträge aufgesetzt, um die neuen Grenzen zu schützen. Eine kurze Zeit hatte es Frieden im Himmel gegeben.

Frieden, der durch den Tod Freyas gebrochen worden ist. Erst jetzt wurde Sam das volle Ausmaß dessen bewusst. Es würde Fehden im Himmel geben, von denen einige auf die Erde durchschlagen würden, wie es immer geschah. Doch was waren die Gefahren heutzutage, in dieser Zeit nuklearer und bakterieller Kriegsführung?

Je länger er darüber nachdachte, umso lebenswichtiger erschien es ihm, in Erfahrung zu bringen, was Freya ihm hatte sagen wollen.

Es war spät, als Sam in Holcombe ankam. Das Dorf trug seine Abgeschiedenheit wie einen schützenden Mantel gegen eine feindliche Welt. Die Hecken in den Vorgärten waren akkurat beschnitten, und manche der weißgekalkten Häuser hatten sogar noch ein Rieddach aufzuweisen. Die wenigen Läden auf der Hauptstraße waren in makellosem Zustand, damit die Leute nicht aufgaben und stattdessen zu Saintbury's oder Boots in die nahe gelegene Kreisstadt gingen. Holcombe war ein Dorf für alte Leute – unmodern, still und ganz bewusst zurückgezogen. Jedes Cottage hatte einen Namen, und als der Bus sich vor dem Postamt leerte, wünschte der Fahrer mindestens der Hälfte seiner Fahrgäste eine gute Nacht, Mrs Walsham, auf Wiedersehen, Mrs Leigh. Sam hatte das Gefühl, dass auch die Höflichkeit des Dorfes ein Akt des Widerstands gegen die Welt da draußen war.

Zu dem Zeitpunkt, als er Holcombes einzige Pension erreicht hatte, wo er sich für seine späte Ankunft entschuldigte, hatte seine Stimme bereits den örtlichen Akzent angenommen. Auf die Frage nach seinem Namen entschied er sich gegen Sam oder Luc, aus der Befürchtung heraus, dass einer dieser Namen Aufmerksamkeit erregen könnte.

»Simon Luther.«

Er zahlte für die Nacht in bar, und man führte ihn hinauf zu einem Schlafzimmer mit einer schrägen Decke und einem einzigen kleinen Fenster. Es blickte hinaus auf einen kleinen Spielplatz mit einer Blockhütte am Ende und die Hügel und Wälder jenseits davon, die sich für alle Augen außer seinen in der Dunkelheit verloren. Kein Wunder, dass Freya diesen Ort geliebt hatte. Selbst aus der Ferne konnte er die Anziehungskraft eines Himmelstors spüren.

Sein Zimmer sah so aus, wie man es in so ziemlich jeder englischen Privatpension fand. In der Ecke ein Waschbecken, ein großes Bett mit Nylonüberzug, Wolldecken und einer schweren, gerüschten Tagesdecke. Eine Blumentapete, angebracht von Leuten, die nicht an das dachten, was ihnen gefiel, sondern – wider besseres Wissen – was anderen Leuten gefallen müsste. Ein fadenscheiniger Teppich wies verschiedene Flecken auf, von Kaffee und Tee bis hin zu verblassten Substanzen, die Sam nicht näher erforschen wollte. An der Tür mit ihrem stabilen Schloss waren ein Nichtraucherschild und ein Hinweis für das Verhalten im Brandfall angebracht.

Sam machte sich nicht die Mühe, seine Sachen auszupacken, aber wühlte in seiner Reisetasche, bis er ein sehr kleines Radio fand, das er auf einen beliebigen Sender einstellte. Eine besorgte Stimme informierte die Welt, dass sich mehr internationale Streitkräfte in Zentralasien zusammenzogen und dass die Israelis wieder gegen einen ihrer zahlreichen Feinde ›Vergeltung‹ geübt hätten.

Zum Klang dieses Stroms schlechter Nachrichten schritt Sam den Raum ab. An der Tür legte er seine Hände auf das Holz und blieb fünf Minuten lang bewegungslos und mit geschlossenen Augen so stehen. Dieselbe Prozedur wiederholte er mit dem Fenster. Schließlich wandte er sich um und trat in die Mitte des Raums. Dort stand er ein paar Sekunden lang mit erhobenen Handflächen.

Wenn irgendjemand ihn beobachtet hätte, hätte er vielleicht bemerkt, wie sich an jedem Punkt ein leichtes Glimmen um seine Finger bildete, ein Hauch von Silber, der so schnell verblasste, wie er entstanden war.

Als er sich an jenem Abend schlafen legte, fragte er sich, was die Polizei wohl von seiner plötzlichen Abwesenheit halten mochte. Und wer den Raben geschickt hatte.

5
Freya

Die Adresse, die er hatte, lautete Thomas Strepton Road Nr. 9. Sam hatte keine Ahnung, was Thomas Strepton getan hatte, damit eine Straße nach ihm benannt worden war. Tatsächlich war es mehr ein Hohlweg zwischen mechanisch beschnittenen Hecken, wo das Dorf ins offene Land überging.

Freyas Haus sah genauso aus, wie er es erwartet hatte. Es hatte ein dickes Rieddach und einen Garten mit Nistkästen und einer Vogeltränke. Efeu rankte sich die rötlichen Steinmauern hoch. Sam war nicht überrascht, alle Fenster offen zu sehen. Manchmal half das, nicht nur den Staub, sondern auch die Erinnerungen fortzuwehen. Was ihn weit mehr überraschte, war, dass es nicht die geringsten Anzeichen polizeilicher Aktivitäten gab.

Es dauerte lange, bevor jemand an die Tür kam. Das Mädchen, das sie schließlich öffnete, hatte Freyas blondes Haar und blaue Augen. Aber es war anders als sie, wie Sam spürte, da es nichts von der Macht einer Ersten besaß.

»Ja?« Die Stimme war leise.

»Mein Name ist Luc Satise.« In dem Versuch, ihre Verwandtschaft zu Freya zu erraten, fügte er hinzu: »Hat Ihre ... Mutter von mir erzählt?«

»Großmutter«, berichtigte sie ihn. »Nein, nicht dass ich wüsste.«

»Ah.« Enttäuschung machte sich breit. »Trotzdem vielen Dank. Es tut mir sehr leid, von Ihrem Verlust zu hören, und wenn ich etwas für Sie tun kann ...«

»Es sei denn«, fiel sie ihm ins Wort, »Sie sind jener Luc Satise, der in Paris gegen die Feuertänzer gekämpft hat.«

Er lächelte, da er die Falle erkannt hatte. »Berlin, nicht Paris.«

Sie trat beiseite. »Kommen Sie herein.«

Auch das Innere des Hauses war so, wie Sam es sich vorgestellt hatte. Poliertes Holz, Topfpflanzen, Licht und Raum. Gemütlich, altmodisch, aber in der Art, wie alles beschaffen war, ein wenig an die Hallen Walhallas erinnernd. Er wurde in die Küche geführt und nahm dankbar eine Tasse Tee entgegen.

Fran, als ein Kind Freyas in zweiter Generation, stammte von einem sterblichen Großvater ab, den, wie sie sagte, Freya sehr geliebt hatte. Sie hatten mehrere Kinder gehabt, die sich über die ganze Welt verstreut hatten und vermutlich lange nach Fran selbst sterben würden. Eines von diesen, ein Sohn, hatte eine andere Sterbliche geheiratet, und sie war ihr einziges Kind gewesen. Beide waren bei einem Autounfall ums Leben gekommen, und Fran war in die Obhut ihrer unsterblichen Großmutter gelangt. In der Folge hatte Freya sie das Wenige gelehrt, was Fran nun von Magie, Himmel und Hölle wusste.

Sie hatte nie jemand anderen von den Ersten, den Kindern von Vater Zeit in erster Generation, gesehen, und als sie Sam beobachtete, war die Anspannung in ihrem Blick und ihrer Haltung zu spüren. Anders als ihre Großmutter betrachtete sie ihn mit Voreingenommenheit – und er wusste es. Er sah das Misstrauen in ihrem Gesicht und bemerkte mit einer Mischung aus Belustigung und Ärger, dass sie stets eine offene Schublade mit Messern in Reichweite behielt.

Sie habe keine Ahnung, wer Freya getötet hatte, sagte sie, und wolle es auch nicht wissen. Ihre Einstellung war, da im Himmel Krieg herrschte, war das Beste, was sie tun konnte, sich herauszuhalten. Als eine Dritte, mit überwiegend sterblichem Blut, wäre sie eine leichte Zielscheibe – insbesondere jetzt, da sie niemanden hatte, um sie zu schützen. Als Sam diese Worte hörte, runzelte er die Stirn, weil eine Bitterkeit darin lag, die von mehr als nur Trauer herzurühren schien. *Werd endlich erwachsen, Sam,* seufzte eine Stimme in seinem Innern. *Sie hat nicht Tausende von Jahren auf diesem Planeten Zeit gehabt, sich an den Gedanken des Todes zu gewöhnen. Sie lässt sich von Gefühlen leiten.*

Es müsse jemand gewesen sein, erklärte er, dem Freya nahegestanden hatte. »Können Sie sich denken, wer es war?«

»Freya hat allen nahegestanden«, sagte sie, wiederum mit Bitterkeit. »Allen und jedem.«

Sam konnte nicht umhin, sich vorzustellen, was viele über Fran sagen dürften. »Das kleine Wiesel: verwöhnt als Kind, gezwungen, erwachsen zu werden, dabei verbittert geworden.« Sam selbst sah die Sache milder. Es konnte nicht angenehm für Fran gewesen sein, langsamer zu altern als alle ihre Freunde, aber schnell genug, um älter auszusehen als die eigene Großmutter. Oder zu wissen, dass die Familie, in die sie hineingeboren wurde, in einen endlosen Krieg verwickelt war, aber sie selbst wehrlos sein würde, wenn jemand versuchen sollte, sie umzubringen. Von da war es nur ein kleiner Schritt zu der Frage, *wie* ihre Eltern gestorben waren – gewiss wäre mehr als ein Autounfall vonnöten gewesen, um ihren Vater zu töten. Es hätte jener Art von vorsätzlicher Gewalt bedurft, die Freya vernichtet hatte. Gedanken wie diese hatten Schatten unter ihre Augen gelegt und ließen ihr Gesicht, das ansonsten dem einer jungen Frau in den Zwanzigern glich, alt aussehen. Ihr Lächeln war zu einem leeren Ausdruck gefroren, hinter dem ständige Berechnungen abliefen. *Natürlich fragst du dich, ob du als Nächste an der Reihe bist.*

Mit der abgehackten, schrillen Stimme der Nervosität sagte sie: »Freya hat gut von Ihnen gesprochen. Sie sagte, Sie seien der einzige Erste, der nicht verdorben worden sei.«

»Verdorben von was?«

»Von Macht. Von der Verlockung des Himmels und der Aussicht, ihn auf ewig zu regieren.«

Sam sagte nichts. Er wusste, was ungesagt blieb. *Ein Grund, weshalb ich nicht verdorben bin, ist die Tatsache, dass ich nie die Gelegenheit hatte, meine Seele zu verkaufen. Welche Ironie! Der Einzige, der seine Seele rein bewahrt hat, und doch angeblich der größte Seelenverderber von allen.*

»Weißt du, warum sie mit mir reden wollte?«

»Sie hat mir gesagt, sie habe etwas Wichtiges entdeckt, aber dass sie auch Hilfe nötig habe. Sie sagte, es betreffe Erde, Hölle und Himmel zugleich, und aus dem Grund sollten Sie einbezogen werden.« Ein Schatten von Unmut schien über ihr Gesicht zu wandern. »Sie wollte mir aber nicht sagen, was es war.«

»Könnte sonst jemand wissen, was diese dringliche Entdeckung war?«

»Nicht dass ich wüsste. Sie war kaum je hier.«

»Das wird jetzt furchtbar klingen«, wagte er einen Vorstoß, »aber könnte ich einen Blick auf ihre Sachen werfen?«

Fran sah aus, als wollte sie nein sagen, aber besann sich eines Besseren. »Sie sagte, ich könne Ihnen trauen.« Sie stieß ein raues Lachen aus. »›Trau der Dunkelheit in Person, er ist kein übler Kerl.‹«

In Freyas Schlafzimmer hatte man ihre persönliche Habe schon in Kartons verstaut. Sam war bestürzt, wie schnell das alles vonstattenging. Auf dem Teppich war immer noch ein Fleck an der Stelle, wo sie verblutet war, wenngleich die Familie sich große Mühe gegeben hatte, alle Spuren zu beseitigen, um der Polizei keine Hinweise zu bieten. Der Tatort war auf Fingerabdrücke untersucht und von der Spurensicherung durchkämmt worden, doch Sam wusste, dass sie nichts finden würden.

Er setzte sich mitten im Zimmer auf den Boden und begann die Kartons zu durchwühlen. Mit jedem weiteren fühlte er sich mehr wie ein Eindringling. Bücher, Kleider, Kassetten, Schreibpapier. Nichts wie Make-up oder dergleichen; so etwas hatte Freya nicht nötig gehabt. Alte Bündel von Briefen, die bereits durch die Hände der Polizei gegangen waren. Ihr Tagebuch.

Die Aufzeichnungen gingen bis ein paar Tage vor ihrem Tod. Er blätterte die Seiten durch. Am zehnten Januar hatte sie ein Treffen mit jemandem namens Gail gehabt. Der Name kam öfter vor; die letzte Begegnung lag vier Tage vor dem Datum, an dem das Tagebuch abrupt endete. Es gab auch mehrere Treffen mit jemandem, der nur als »Historiker« bezeichnet wurde.

Als Sam zum Ende des Tagebuchs blätterte, fiel ein Schwall von Papieren heraus. Die Karte eines örtlichen indischen Restaurants, das ein Stück vom Himmel verhieß. Quittungen für einen Shetlandpullover und einen Anorak, datiert Ende Januar. *Warum hat sie sich Winterkleidung gekauft, als der Winter schon zu Ende ging?* Eine Einladung zu einer Taufe, die nun ohne sie stattfinden würde. Eine Postkarte, datiert vom 14. Februar, mit dem Bild eines buddhistischen Tempels zwischen hohen Bergen. Auf der Rückseite stand etwas auf Kantonesisch geschrieben. Sam entzifferte die Botschaft ohne Mühe: »Freya – wir haben eine wunderschöne Zeit hier, das Essen ist ausgezeichnet. Haben gestern eine aufregende Entdeckung gemacht. Du fehlst uns hier.« Keine Unterschrift. Sam drehte die Karte ein paar Mal hin und her, prüfte das Bild und dann die Marke auf der Rückseite. Sie war in Tibet abgestempelt.

Daraus ließen sich zwei Schlüsse ziehen. Erstens, die Karte war nicht einfach ein Urlaubsgruß von einem guten Freund, sondern enthielt eine wichtige Mitteilung. Zweitens, Freya war darauf vorbereitet gewesen, auf das »Du fehlst uns hier« kurzfristig zu reagieren; darum hatte sie auch die warme Kleidung gekauft.

Die Erkenntnis folgte auf dem Fuße, dass er, um herauszufinden, was so wichtig war, nach Tibet würde gehen müssen – und zwar bald, wenn er den Absender noch antreffen wollte. Damit war der nächste Schritt bereits vorgezeichnet: Er würde in der nächsten größeren Stadt schneefeste Kleidung kaufen und dabei in Gedanken Sätze in allen tibetischen Dialekten üben, an die er sich erinnern konnte.

»Wer ist Gail?«, fragte er, bevor er ging.

»Ich weiß es nicht. Sie hat mir nie irgendetwas erzählt.« Sie sprach die Worte wie auswendig gelernt.

»Oder der ›Historiker‹?«

»Keine Ahnung.«

Er hatte das Gefühl, dass sie log.

Er spürte Frans Blick in seinem Rücken, als er über die Schwelle trat. »Pass auf dich auf!«

»Bin ich in Gefahr?«

»Man ist immer in Gefahr. Wenn man vernünftig ist, ist die Gefahr kleiner.«

Ihr Blick war fest und ihre Stimme ruhig, als sie ihm antwortet: »Ich bin nur eine Tochter von Vater Zeit in dritter Generation«, sagte sie schlicht. »Gefangen zwischen den Welten. Selbst wenn ich von einem Lastwagen überfahren würde, würde ich überleben. Also gibt es keinen Grund, vernünftig zu sein, was das betrifft, oder?«

Sam sagte nichts.

»Andererseits«, fuhr sie fort, den Blick immer noch auf ihn gerichtet, »wenn ich auf die andere Seite trete, wenn ich vergesse, wie wenig auf diesem Planeten mir etwas anhaben kann, und mich der Welt zuwende, von der ich den Rest meines Blutes geerbt habe, was dann? Dann bin ich ein Schwächling, ein armseliges Halbblut. Eine Zielscheibe des Spotts und der Verachtung. Wenn Gefahr von dieser anderen Welt droht, bin ich machtlos dagegen.« Sie lächelte matt.

»Darum macht es für mich keinen Sinn, vernünftig zu sein.

Nichts hier kann mir ein Leid tun, und wenn das Leid von dort kommt, kann nichts, was ich tue, etwas dagegen ausrichten. Es liegt im Blut, nicht wahr? Dem Blut, das sie mir gab ... Also, dann!«

Sie schlug ihm die Tür vor der Nase zu, und er stand allein auf der Schwelle.

Die nahe gelegene Kreisstadt war alles, was Holcombe sich bemüht hatte nicht zu sein. Läden großer Handelsketten beherrschten die Hauptstraßen, und dazwischen machten sich Parkplätze breit, riesigen Kahlschlägen gleich. Sam kaufte einen Tibet-Reiseführer, der auch das Gebiet umfasste, welches er zu besuchen gedachte, und fand darin sogar ein Bild des buddhistischen Tempels von der Postkarte. Er wechselte auch etwas Geld – nicht viel, denn, wenn er sich recht entsann, zählte in Tibet Geld nicht viel.

Er war sich nicht sicher, was er dort tun sollte, wenn er ankam, aber er war entschlossen, einen Versuch zu machen. Irgendetwas würde sich schon ergeben.

Unglücklicherweise bedeutete Tibet, dass er ein Tor würde benutzen müssen. Sam schulterte seinen Rucksack voller neu erworbener Kleidungsstücke und versuchte, nicht daran zu denken, welche Schwierigkeiten das mit sich bringen würde.

Es war jetzt Spätnachmittag, und er marschierte die Straße entlang, die aus Holcombe herausführte, mit Rucksack und einem schmalen Bündel auf dem Rücken und einem gefütterten Lederbeutel an seinem Gürtel.

Sam folgte seinen Instinkten. Und tatsächlich überholte ihn bald eine Kolonne von schwarzen Limousinen. Fünf Minuten später traf er erneut auf die Autos, aufgereiht in einer Parkbucht. Von dort führte ein Weg in den Wald. Es war kalt und nass, ein typisches Wetter für das West Country im Februar. Sam fröstelte, zog die Jacke enger um die Schultern und stapfte den schmalen Pfad entlang. Seine Füße patschten in andere, tiefere Fußspuren. Kein Lebewesen regte sich.

Nebel war aufgekommen, wie aus Ehrfurcht vor dem dunklen Geheimnis, das Freyas Abschied aus dieser Welt darstellte. Bald waren die Schwaden so dicht, dass Sam kaum die Hand vor den Augen sehen konnte. Er konnte die Magie darin spüren. Die Familie hatte diesen Nebel herbeigerufen, damit keiner sie bei ihrem Tun beobachtete.

Im Gehen streckte Sam seine geistigen Fühler aus, um Verbindung mit den Tieren des Waldes aufzunehmen. Wie immer waren die Eulen und die Dachse die ersten, die darauf ansprachen. Durch ihr Wissen und ihr Gespür wurde er ohne Umwege zu der Lichtung geführt, wo ein Dutzend schweigender Gestalten im Kreis stand.

Vom Rande der Lichtung, verborgen in der Düsternis unter den Bäumen, blickte Sam durch den Nebel, der von zwölf Fackeln bekämpft wurde. Vier dunkle Gestalten ließen einen Sarg zu Boden nieder und traten zurück. Einer der Fackelträger trat an das Kopfende. Er hatte nur ein Auge und ein narbenbedecktes Gesicht: Odin selbst. Als er sprach, war es in einer alten Sprache, die selbst Sam nur mit Mühe schnell genug übersetzen konnte.

»Sie war das schönste Kind von uns allen«, sagte er. »Tochter von Liebe und Zeit. Fürstin von Walhalla. Herrin der Natur und des Lebens.« Es lag kein Pathos in seiner Stimme – es waren schlichte Fakten, die er aussprach. Sie war die Herrin der Natur und des Lebens. Fakt. Sie war die Tochter von Liebe und Zeit. Fakt.

Als er zurücktrat, zogen die Fackelträger ihre Waffen. Einige waren Schwerter, andere Äxte mit einzelnen oder doppelten Klingen. Kalte Feuchtigkeit glitzerte auf dem Metall, alle Gesichter waren versteinert. Sam erkannte Thor, den alten Hammer, warf einen flüchtigen Blick auf den blinden Hektor, auf Signi und all die anderen – Gesichter aus seiner Vergangenheit, Erinnerungen, die jetzt mit Macht zurückkehrten.

Alle trugen Kronen oder Helme. Thor hatte einen Helm, der den Großteil seines Gesichts bedeckte, was ihm das Aussehen eines Henkers in Rüstung gab. Hektor trug eine dunkle Krone mit einen Relief von schwarzen, verdorrten Blättern. Odin, das einäugige Oberhaupt von Walhalla, war mit eisernen Dornen gekrönt. Ein Schmerzensmann, wenn Sam je einen gesehen hatte. Odin oblag es, die Ehre seines Hauses hochzuhalten, und es schien, als würde er dabei erbärmlich scheitern. Er hatte fast alles versucht, um dessen Größe wiederherzustellen – selbst, so ging das Gerücht, den einen oder anderen Mord –, doch Walhalla musste mehr und mehr den anderen Häusern des Himmels weichen. Die Chance, dass ein Angehöriger Walhallas den Thron des Himmels bestieg, stand jetzt eins zu einer exorbitant hohen Zahl.

Die Kinder von Walhalla begannen zu singen, sehr leise. Es war eine Totenklage. Auch Sams Lippen formten lautlos die Zeilen mit; er kannte jedes Wort davon aus einem Teil seiner Vergangenheit, den er vor langer Zeit vergessen hatte, doch der jetzt in ihm aufstieg und die Welt mit Schatten von Dingen erfüllte, die einst waren. Während er sang, nahm er aus der Gürteltasche den schmalen silbernen Reif, der auch ihn als einen Fürsten des Himmels auswies. Feuchtigkeit schimmerte daran, überzog sein Gesicht und Haar mit Glanz. Er setzte ihn auf aus Ehrerbietung für die Verstorbene, als er seine Trauer mit der von Odin, Thor, Hektor, Fricka und den anderen vereinte. Alte Schule. Schwache Schule. Und dennoch, wegen des Kriegs im Himmel, die Art von Leuten, die Sam auf ein bloßes

Wort hin töten würden – einfach nur deshalb, weil er war, wer er war.

Als das Lied endete, trat jeder der Reihe nach vor Freyas Sarg und legte etwas hinein, sei es ein Zauber oder eine letzte Gabe. Danach hoben vier von ihnen den Sarg auf und wandten sich mit dem Gesicht nach Norden. Odin und Thor, die einander gegenüberstanden, hoben die Hände und öffneten sie. Wo ihre Finger die Luft durchteilten, folgte weißes Feuer, sich windend wie eine Schlange im Griff des Fängers, und zeichnete den Umriss eines Tores, das von dichtem weißen Nebel erfüllte war. Durch dieses Tor hindurch entschwand der Sarg mit seinen stummen Trägern. Dann folgte der Rest der Trauergemeinde; immer zwei und zwei zogen sie schweigend durch das Tor. Nur Odin und Thor blieben zurück, als das Tor sich schloss.

Thor sprach als Erster: »Wer hat das getan? Und warum? Ich verstehe es nicht!«

»Du wirst es bald verstehen. Ich verspreche es«, sagte Odin ruhig.

»Es gibt keinen Grund für ihren Tod!«

»Aber du weißt, wer dafür zur Rechenschaft zu ziehen ist. Und warum du das Werkzeug unserer Rache sein musst.«

Thor ließ den Kopf hängen, immer noch voller Zorn. »Jahrhunderte lang habe ich dir gedient, wie alle in Walhalla. Andere Tode ... am Ende habe ich immer verstanden warum. Aber sie ... meine Freya ...«

Odin drückte ihm die Schulter in einer Geste, die väterlich wirken sollte. »Es gibt Beweise, das kann ich dir versichern. Ihre Briefe, die Bekanntschaften, die sie pflegte ... Und da du ebenso gut wie ich weißt, wer dies getan hat, müssen wir zuschlagen, solange wir können. *Du* musst zuschlagen.«

»Wo ist er? Wo können wir ihm das Schicksal geben, das er verdient?«

Odin sprach leise, fast sanft: »Wir wissen es nicht. Er ist

schlau. Er ist auf der Flucht. Aber es gibt Orte, wo er zu finden ist. Gehenna. Pandämonium. London. Paris. Und früher oder später, wenn wir ihn nicht finden, wird er zu uns kommen. Er wird nicht anders können – es wird ihm unmöglich sein, sich von denen fernzuhalten, die ihr nahestanden. Er hat sie auch geliebt.«

»Alle haben sie geliebt. Meine Freya.«

»Ja – das heißt, alle bis auf einen. Den, der sie getötet hat. Und du machst dir etwas vor, wenn du glaubst, sie sei dein gewesen. Sie gehörte niemandem außer sich selbst; auf diese Weise, so scheint es, hat sie ihr eigenes Schicksal besiegelt ... Aber du weißt, was zu tun ist. Finde ihn.«

Zum Abschied legte Odin Thor noch einmal die Hand auf die Schulter, bevor er sich umdrehte und durch das Tor ging. Mit hängenden Schultern sah Thor ihm nach; dann schaute er sich um und musterte die Lichtung, als wäre ihm gerade erst bewusst geworden, wo er war.

Er kniff die Augen zusammen. »Wer ist da? Komm heraus!«

Sam hütete sich, eine Bewegung zu machen. Er sagte nichts, sein Atmen war schrecklich laut. *Du könntest kein Rhinozeros finden, du Trampel, geschweige denn mich.*

»Bei allem, was ehrenhaft ist, zeige dich!«

Ehre, Thor? Du bist nicht klug genug, um zu wissen, was das heißt. Mut, ja – das ist eine Tugend, die ich dir nicht abstreiten kann. Leider hast du auch eine Neigung, es zu übertreiben, und zu viel Mut ist selten gut.

Frustriert stieß Thor ein zorniges Knurren aus und schritt seinerseits durch das Tor davon.

Sam ließ ihn gehen.

Um das Höllentor wallte kein Nebel. Es lag nur eine kurze Busfahrt von Holcombe entfernt, in einem hügeligen Gelände mit eingezäumten Weideflächen, wo Schafe im Regen an nassem Gras rupften und ihre klatschnasse Wolle wie Gewichte an ihnen hing. Sam, die Jacke hochgeschlossen gegen die Nässe und mit einem schweren Rucksack, trug bereits seine Thermokleidung, als er über die Felder stapfte, und ihm war unangenehm warm. England war selten so kalt, wie seine Kleidung es erfordert hätte.

»Schlamm, Schlamm, *Schlamm*«, sang er halbherzig, während er vor sich hinplatschte. Gras war alles, was hier wuchs, und auf Meilen im Umkreis gab es kein Zeichen menschlichen Lebens. Der Schlamm gluckste unter seinen Füßen.

Abrupt senkte sich das Land zu einer kleinen Niederung, wo sich in prähistorischer Zeit ein Fluss den Weg zum Meer gebahnt hatte. Auf dem Grund der Senke war ein trockener Wasserlauf, ein paar Fuß breit. Sam stieg in das Flussbett hinab und folgte ihm hinauf, in die Richtung, in der die Quelle gewesen wäre.

Nach etwa zehn Minuten, während der Himmel sich verdunkelte und der Wind kälter wurde, erreichte er ein Gehölz aus Eichen und Weißdornbüschen. Er bahnte sich einen Weg durch ein dichtes Gewirr von Dornenzweigen, das die meisten Besucher abgeschreckt hätte. Innerhalb des Wäldchens war es noch dunkler, doch es gab Schutz vor dem Wind. Sam streckte seine Fühler nach dem Tor aus. Schnell hatte er es aufgespürt, ein Portal aus Schwärze, das wenige Schritte vor ihm in der Luft zu hängen schien. Vorsichtig richtete er seinen Geist auf das Tor und zwang es allein durch Willenskraft, sich für ihn zu öffnen.

Nur die Kinder von Vater Zeit konnten auf den Pfaden zwischen den Welten wandeln, so hatte man ihn gelehrt. Alle anderen verloren den Weg.

Er fragte sich, welches Tor er am anderen Ende des Pfades öffnen sollte. Jedes Tor führte zu einem anderen, doch die

Natur der Pfade war dergestalt, dass man im Voraus entscheiden konnte, zu welchem. Es war eine ungenaue Art zu reisen; man kam oft meilenweit von dem Ort entfernt an, zu dem man wollte, und ohne die Mittel, sein Ziel zu erreichen. Wenn man ein Tor zur Hölle wählte, hatte man von dort aus einen unmittelbaren Zugang zu jedem Tor irgendwo auf der Erde. Nichtsdestotrotz hasste Sam das Weltenwandeln.

Als weißes Feuer das Tor umhüllte, fasste Sam einen Entschluss. Er würde nach Gehenna gehen und dort ein paar Dinge deponieren.

Er zwang sich in das Tor hinein. Sogleich war er von einem blassen Nebel umgeben und spürte die plötzliche Kälte. Schatten regten sich und lauerten ringsum. Er biss die Zähne zusammen und ging weiter, setzte mit qualvoller Langsamkeit einen Fuß vor den anderen. Das Atmen fiel ihm schwer; er musste ganz flache Züge machen, und jeder davon schwächte ihn mehr. Es gab nur so viel Luft auf den Pfaden, wie man durch das offene Tor mit sich brachte. Wer zu lange auf dem Pfad blieb, erstickte.

Sam zwang sich, in Bewegung zu bleiben, rief sich mit Gewalt das Bild von Gehenna vor Augen. Das Bild zu verlieren hieß den Weg zu verlieren. Hartnäckig ignorierte er die lauernden Schatten voraus, doch er wusste, dass er die Augen offen halten musste, um das Tor nicht zu verfehlen. Geisterhafte Finger zerrten an seinem Gesicht, seinem Haar. Kaum vernehmliche Stimmen flüsterten, warben um seine Aufmerksamkeit, baten ihn, anzuhalten und ihnen zu helfen. Dies waren die Schatten derer, die auf dem Pfad in die Irre gegangen waren. Jene Sterblichen, die durch Zufall in ein Tor geraten waren und die nicht das Blut und die Widerstandskraft hatten, derer es bedurfte. Und jene Kinder von Vater Zeit, die ihren Weg verloren hatten.

Da war ein Licht, das durch den Nebel leuchtete. Dankbar,

dass sich seine Reise dem Ende näherte, taumelte er darauf zu, stolperte vor Hast beinahe über seine eigenen Füße. Das weiße Licht wurde schärfer, bildete einen Durchgang, eine deutliche Form. Er fiel hindurch, keuchend und nach Luft schnappend, während sich in seinen Beinen ein dumpfer Schmerz von den Anstrengungen des Pfades ausbreitete.

Er war in einem Raum ausgekommen, den man am ehesten als Verlies bezeichnen mochte. Gehenna war um ein Tor herum errichtet worden, und die dämonischen Baumeister hatten nicht ganz zu Unrecht argumentiert, wenn jemand durch ein Tor dorthin zu kommen versuchte, sollte er am besten an einer Stelle auftauchen, wo er keinen Schaden anrichten konnte.

So war der Raum, in dem Sam angekommen war, kalt, dunkel und ein wenig feucht, mit glatten Steinwänden und einer schweren hölzernen Tür. Er überlegte, ob er gegen die Tür hämmern sollte, doch entschied, dass es keinen Sinn machte. Schließlich wollte er nicht bleiben. Stattdessen setzte er seinen Rucksack ab, zog eine Wollmütze heraus, wickelte seinen Schal um Mund und Nase und holte mehrmals tief Luft. Auch wenn er für die tibetischen Berge wohl gerüstet war, sah er doch mit Unbehagen auf den Schatten, wo das Tor wartete. Die rationale Überlegung gebot, dass er wieder zu Atem kam, bevor er den Weg zurück wagte; zugleich forderte die irrationale Furcht, dass er zuerst das Für und Wider seiner Handlungen erwog.

Also stand er eine lange Zeit einfach da und überlegte, sammelte seine ganze Kraft, um sich erneut jenen Schatten zu stellen. Dann nahm er all seinen Mut zusammen und trat hinein; denn er wusste genau, wenn er es jetzt nicht tat, während dieses plötzlichen Aufwallens von Tapferkeit, würde er vielleicht nie mehr den Nerv dazu aufbringen.

Nebel. Schatten. Druck. Nicht genug Luft, brennende Lungen, winselnde, lauernde Schemen. Schatten, die ihn anflehten, sie zu erlösen, die versuchten, ihn von dem geraden Weg abzubringen. Das Ziel verschwamm. Das Bild, das er vorgegeben hatte, war nicht in unmittelbarer Nähe eines Tores, und der Pfad suchte nach dem nächsten Zugangspunkt. Dies machte das Gehen noch schwerer. Sam war mit kaltem Schweiß bedeckt, und seine Hände zitterten, als die Luft noch knapper wurde. Ein Licht voraus, aber oh, wie schwer war es zu atmen, wie leicht würde es sein, das Bild loszulassen, seine Augen zu schließen und …

Die Erkenntnis, dass er dabei war, den Kampf zwischen Weltenwandeln und Überleben zu verlieren, rüttelte ihn zu neuen Anstrengungen auf, und er schritt schneller aus; den Blick auf das Licht geheftet, ließ er sich davon anziehen wie von einem Magneten, zerteilte die Schatten, ungeachtet des Brennens in seinen Lungen und der Einflüsterungen ringsum.

Er stürzte aus dem Tor, mitten hinein in den scharfen Wind, der um die Berge heulte. Der Schneesturm peitschte so heftig, dass er kaum etwas sehen konnte. Er war in eine Wechte gefallen und blieb dort fast zwanzig Minuten lang liegen, um wieder zu Atem zu kommen, während sich um ihn herum bereits eine kleine Schneebank bildete.

Er hatte fast schon vergessen, wie es im Winter im Hochgebirge war – wie bitterkalt und gefährlich der Wind, wie dünn die Luft.

Nun, sich selbst tadelnd wegen seines Mangels an Voraussicht, konnte er sich kaum an das Wenige erinnern, das er zum Überleben brauchte. Sein Ziel war nahe. Alles, was er tun musste, war, es zu finden. *Das Wichtigste ist, in Bewegung zu bleiben. Wer sich hinlegt, erfriert. Steh auf und beweg dich, oder du wirst bald merken, was für eine dumme Idee das hier war.*

Wie wünschte er sich, er hätte das alles im Voraus planen und das Flugzeug nehmen können!

Die Tibeter wissen, was Mühsal ist; sie ist Teil ihrer Geschichte und war es immer gewesen. In seinen jüngeren Tagen hatte Sam, begierig darauf, die Erde zu erforschen, Tibetisch gelernt. Er hatte sich hundert Jahre Zeit gegeben, um alle möglichen Sprachen der Erde zu lernen, aber jedes Mal, wenn er nach Tibet gekommen war, hatte er einen Blick auf das Wetter, die Berge und das Essen – oder dessen Nichtvorhandensein – geworfen und beschlossen, so schnell wie möglich wieder abzureisen. Das Land selbst schien auf Selbstvernichtung aus zu sein, im Norden wüstentrocken und im Süden Teil des riesigen Himalaja. Erst kamen die Mongolen, dann die Chinesen, dann noch einmal die Chinesen, dann wieder die Chinesen, während die Inder an der südlichen Grenze hockten, um zu sehen, was passierte, und dabei die eine oder andere Atombombe testeten, wie um sicherzugehen, dass sie richtig geölt war. Nach einer gewissen Zeit unter chinesischer Herrschaft war ein Sechstel der tibetischen Bevölkerung gestorben; das kommunistische Regime war gnadenlos in seiner Unterdrückung jeder Unterstützung für den Dalai Lama und all seine anti-chinesischen Bemühungen. Das hatte einen Teil von Sams Familie wirklich sauer gemacht, aber selbst dieser scheute sich, es mit einem Sechstel der Weltbevölkerung aufzunehmen. Die Mehrzahl der Tibeter waren Nomaden, und die wenigen Klöster, die die Angriffe der Roten Armee überlebt hatten, lagen tief in den Bergen, wo der Widerstand noch seine Botschaft des Antikommunismus flüsterte. Wenn auch ohne große Wirkung.

Doch das Kloster, das Sams Ziel darstellte, war nicht nur entlegen, sondern wurde seit langem als Teil des Weltkulturerbes betrachtet, zugänglich zumindest für seinen Taschenreiseführer und die Macher von Postkarten. Selbst die berüchtigten Roten Garden hatten es nicht angerührt. Auch wenn es keinen Beweis dafür gab, hatte Sam den Verdacht, dass hier jemand von seiner Familie interveniert hatte.

Aber dort oben im Winter aufzutauchen, aus dem Nichts ...

Was werden sie denken?, fragte sich Sam, als er, den Weg vor ihm mehr erfühlend als sehend, durch den Schnee pflügte. *Ein Europäer, der fließend Tibetisch, Kantonesisch und Mandarin spricht und aus einem Schneesturm kommt* ... Er hatte seine Entschuldigungen schon bereit. *Verzeihen Sie, ich bin Bergsteiger, der Sturm hat mich überrascht* ...

Etwas Dunkles ragte im Schnee vor ihm auf, abgesetzt in Schwarz und Weiß. Sam sah eine riesige Wand, ein Relikt aus alten Zeiten, als Raketen und Schießpulver nur für Feuerwerke dienten. Das Tor war geschlossen, was verständlich war. Die ganze Stadt, ohne Elektrizität oder ausreichende Wasserversorgung, maß wenig mehr als eine halbe Meile im Durchmesser, und in ihrem Herzen erhob sich das Kloster von der Postkarte, die jemand an Freya geschickt hatte. Von hier musste die Karte in einer Eselslast den Berg herabgeschafft, im Tiefland auf einen rappelnden alten Lieferwagen verladen und zweifellos von mindestens fünf Zollbeamten am Flughafen gelesen worden sein, bevor sie auf das Flugzeug verladen worden war, um Freya kurz vor ihrem Tod zu erreichen.

Da Sam keine andere Möglichkeit sah, sich Zutritt zu verschaffen, hämmerte er gegen das Tor. Ein Riegel wurde zurückgeschoben, und ein Paar misstrauischer Augen richtete sich auf den Fremden, der eine nicht allzu dicke Schutzkleidung trug, welche in Devon gekauft worden war. Sam wusste nicht, ob dem Torwächter seine blasse Haut unter dem Schal auffiel, doch er hörte den Fetzen einer Frage auf Tibetisch, die gegen den Sturm geschrien wurde. Er schrie zurück: »Bitte! Lasst mich ein!«

Der Riegel schnappte ein. *Sie werden es nicht tun. Fremde sind hier nicht willkommen.* Im nächsten Augenblick schämte er sich für den Gedanken. *Es sind gute Menschen. Sie werden mich nicht erfrieren lassen.*

Ein kleines Tor öffnete sich, und dankbar taumelte er in die relativ geschützte Vorhalle. Zwei Männer in dicker Leder- und Fellkleidung begannen ihn zu befragen, noch während sie ihn nach innen zogen, in die Wärme. Woher er gekommen sei. Was er hier wolle.

»Ich suche jemanden. Es ist wichtig.«

Im Torhaus waren mehr dunkelhäutige Wachen, die überrascht aufblickten. Als Sam seinen Schal löste und neben dem flackernden Feuer mehr oder weniger zusammenbrach, enthüllte das Licht der Flammen seine zweifellos europäischen Gesichtszüge. Sofort wurde die Befragung aggressiver. Europa stand bei den Tibetern aus historischen Gründen nicht in allerbestem Ansehen.

»Wie sind Sie hierhergekommen? Was wollen Sie?«

»Ich suche jemanden«, wiederholte er. Er richtete die volle Kraft seines Blicks auf die am nächsten stehende Wache, die unwillkürlich zurückwich. Ja, jetzt, da sein Gesicht im Licht lag, gab es wenig Zweifel. Im Feuerschein waren seine Augen, die von den meisten Menschen als sehr, sehr dunkelbraun wahrgenommen wurden, nahezu pechschwarz. *Vielleicht ist es auch das Licht,* dachte der Mann. *Ja, ein Trick des Lichts.* Alle dachten das.

»Jemanden, der Kontakt mit einem anderen Besucher aus Europa hatte, einer Frau. Sie reiste wahrscheinlich unter dem Namen Freya Oldstock. Blondes Haar, blaue Augen. Groß, sehr schön. Kam aus dem Nichts, vermute ich, so wie ich.«

Sie blickten sich unbehaglich an. »Was haben Sie mit dieser Frau zu tun – wenn sie denn hier war?«, fragte einer.

»War sie hier?«

»Vielleicht.«

»Wen hat sie besucht?«

»Was wollen Sie?

»Ich bin ihr Freund. Sie ist tot.«

Schockiertes Schweigen. »Tot?«, fragte einer. »Die Herrin ist tot?« Wie bei jedem, dem sie begegnet war, hatte Freya auch ihr Herz gewonnen.

»Ich muss die Person sprechen, die sie besucht hat.«

»Wir wissen nicht, wer es war. Sie ging immer zum Kloster.«

»Dann muss auch ich dorthin.«

Sie gingen wieder in Abwehrhaltung. »Haben Sie Papiere? Wer sind Sie?«

Bei diesen Worten schien Sam die Geduld zu verlieren. Er richtete sich zu seiner vollen Größe auf. *Sein Blick brennt sich in einen hinein, als ob er alle Gedanken lesen würde,* dachte der Wachhauptmann. *Die Herrin hatte Augen wie diese, doch ihre waren blau – und ihr Blick war sanfter, freundlicher.*

»Luc Satise nennt man mich und Sam Linnfer und Sebastian Teufel. Sagt den Leuten im Kloster, dass ich unter einem oder all diesen Namen komme. Namen sind Schall und Rauch. Sagt ihnen, irgendjemand aus meiner Familie hat Freya ermordet, und es mag sein, dass er auch hinter ihnen her ist. Sagt ihnen, sie sei mit einem Drachenbeindolch getötet worden, der selbst Unsterbliche vernichten kann. Sagt ihnen all das – und bringt mich zum Kloster!«

Etwas an Sams Worten ließ keine weitere Diskussion zu. Ein Junge lief voraus, während der Hauptmann mit Sam in einem klapprigen Jeep folgte, der fünf Versuche brauchte, um zu starten, und an jeder Straßenecke stehen blieb. Die Wachen schienen sehr stolz auf den Wagen zu sein.

Die ganze Zeit redete der Hauptmann nervös auf Tibetisch. Er hatte Freya gekannt. »Sie kam eines Tages aus dem Schnee. Sagte, sie müsse das Kloster besuchen. Sie war freundlich, sehr freundlich, ja.«

»Wie oft kam sie hierher?«

»In jüngerer Zeit? Einmal, vielleicht zweimal im Monat. Wir haben nie gesehen, wie sie gekommen ist oder wohin sie ging. Alles, was sie uns gesagt hat, war, dass sie einen lang vermissten Vetter suchte.« Er lachte. »Das ist so, wie wenn man einem Kind sagt, es solle seine Nase nicht in Dinge stecken, die es nichts angehen. Ihre Besuche begannen vor ungefähr einem halben Jahr. Sie hat damals schon jemanden im Kloster gekannt.«

Wir kennen immer jemanden. Wenn man weiß, wo oder wie man hinsehen muss, gibt es in jeder Straße in jedem Dorf in jedem Land jemanden, den wir kennen.

Der Hauptmann fügte hinzu: »Woher kennen Sie sie?«

»Ich bin auch ein lang vermisster Verwandter«, erwiderte Sam milde. »Nun ja, Halbbruder. Derselbe Vater, verschiedene Mütter.«

Die Straßen waren eng und holprig, nicht einmal für die Geländereifen des Jeeps geeignet. Leute starrten ihnen stumm aus Hauseingängen nach, während sie vorbeifuhren, und folgten ihnen mit den Blicken.

»Verzeihen Sie den Leuten«, sagte der Hauptmann, als sei ihm der Mangel an europäischen Manieren bei seinem Volk peinlich. »Abgesehen von der Herrin haben sie nie jemanden von Ihrer Art gesehen.«

Von unserer Art? Nun ja, wir sind wohl als andere Spezies anzusehen. »War sie allein?«

»Beim ersten Mal war ein Mann bei ihr. Sie hat ihn im Kloster gelassen. Soweit ich weiß, ist er immer noch dort.«

Sam brannte vor Fragen, doch der Hauptmann war schneller. »Darf ich fragen – woher können Sie Tibetisch?«

»Ich bin viel herumgekommen.«

»Verzeihen Sie«, sagte der Hauptmann wieder – anscheinend fühlte er sich verpflichtet, sich für alles zu entschuldigen –, »aber wie viele Sprachen sprechen Sie?«

»Eine paar lebende und viele tote.« Es war die einzige Antwort, die Sam darauf zu geben pflegte.

Das Kloster tauchte aus dem Schnee auf. Am Tor stand eine Gruppe von Mönchen in orangefarbenen Gewändern bereit, ihn einzulassen. Während er durch kalte, von Kerzen erhellte Gänge hastete, erblickte er Wandbehänge und goldene Buddhastatuen und hörte den fernen, leisen Gesang und die dröhnenden Hörner von anderen Mönchen beim Gebet. Ohne ein Wort von seinen Begleitern wurde er in eine kleine Kammer geführt, in der ein Feuer glomm. Ein Mann in einer Robe mit einem roten Streifen, die ihn als Abt kennzeichnete, drehte sich um, verneigte sich leicht und sagte: »Sie sind gekommen.«

»Haben Sie mich erwartet?«, fragte Sam und nahm auf dem Stuhl Platz, der ihm angeboten wurde. Es war der einzige im Raum, und es war ihm nicht recht, dass der Abt stehen musste. Aber der Abt bestand darauf, und der Stuhl stand nahe am wärmenden Feuer.

»Bevor ich Ihnen mehr sage, brauche ich einen Beweis, dass Sie Sebastian Teufel sind.«

»Ah.« Sam stand auf, zog seine Jacke aus, nahm das längliche Bündel auf seinem Rücken ab und zog das lange silberne Schwert heraus.

Mit einem zufriedenen Seufzer und einem leichten Senken des Kopfes wie in der Gegenwart eines heiligen Objekts streckte der Abt die Hand über die Klinge aus und schloss die Augen. »Ja«, flüsterte er. »Ich höre es. Sie sagte, ich würde es hören. Ich weiß nicht viel von Ihrer Welt und glaube noch weniger von dem, was ich höre, doch mit ihr war es genauso. Ich konnte es bei ihren Dingen auch hören; alles, was sie berührte, schien zu summen.« Er blickte scharf auf. »Sie haben noch mehr?«

Sam zog auch den Dolch und den Stirnreif hervor. Diesen

hielt er mit den Fingerspitzen vor sich, als ob seine Berührung ihn entweihen könnte, selbst wenn es sein eigener war.

Der Abt wandte seine ganze Aufmerksamkeit darauf. »So. Auch Sie wurden gekrönt. Ebenso wie Ihre Brüder. Sagen Sie mir, ist es wahr, dass jeder außer dem rechtmäßigen Besitzer dem Wahnsinn verfällt, wenn er dies trägt?«

»Ich glaube, dem ist so. Was glauben Sie?«

Der Abt lächelte dünn. »Ich glaube, dass Aberglauben eine Menge Macht hat, ob er nun auf Wahrheit beruht oder nicht. Und ich glaube auch, dass jeder Mythos irgendwo in der Wirklichkeit verankert ist. Wenn die Herrin sich scheute, einen Kronreif zu tragen, dann erscheint es glaubhaft, dass ihr Bruder auch Angst davor haben würde. Entweder haben Sie keine Angst, oder es ist eine Lüge, dass die Krone Ihnen gehört. Ich glaube nicht, dass es eine Lüge ist, aber ich bin mir auch nicht sicher, ob ich glaube, dass es gänzlich wahr ist. Also werden Sie sich nicht daran stoßen, wenn ich Sie bitte, mir zu beweisen, dass dieses … dieses *Ding* wirklich Ihr Eigen ist.«

Sam zögerte, woraufhin der Abt die Stirn runzelte. »Warum so zögerlich? Es ist eine Prüfung, die sie selbst mir angeraten hat. Lassen Sie ihn seine Krone tragen, sagte sie. Kein anderer würde das wagen.«

»Ich kann's ihr nicht verdenken«, murmelte Sam, fast unhörbar. Vorsichtig setzte er sich die Krone auf das Haupt und sah den Abt an. »Ich bin nicht wahnsinnig«, sagte er. »Ich bin der, der ich zu sein behaupte.«

Immer noch war der Abt nicht zufrieden gestellt. Er beugte sich vor und sah Sam unmittelbar in die Augen.

Schließlich sagte er: »Ja, es ist nicht nur ein Trick des Lichts. Sie sind gekommen, Sie sind es wirklich.«

Sam steckte den Dolch weg und schob das Schwert in die Hülle. Er nahm keine Notiz von dem immer noch nachklingenden Unglauben in der Stimme des anderen. »Sie sagten, Sie hätten mich erwartet.«

»Ja. Es gab Sicherheitsvorkehrungen.«

»Erzählen Sie. Ich meine, alles.«

»Da gibt es viel zu erzählen. Und ich fürchte, ich kenne nur Teile davon.«

Sam setzte sich wieder. »Dann erzählen Sie mir, was Sie wissen. Das wird, zumindest für Sie, alles sein.«

»Ah.« Der Abt lächelte. »Sie sprechen sogar, wie Sie es mir schilderte. Ich habe mir Ihre Stimme vorgestellt – es kommt dem sehr nahe.« Er zog seine Kutte zurecht, und mit ernstem Gesicht nahm er Haltung an, die Positur des Geschichtenerzählers. Der Abt, erkannte Sam, war einer jener seltenen Menschen, die alles so berichten, wie ihre Augen und Ohren es wahrgenommen haben, nicht wie ihr Geist es deutet.

»Vor sechs Monaten«, begann er, »kamen Ihre Freundin und ihr Begleiter in meinem Kloster an. Er war jünger, und wo sie still war, war er laut, und wo sie heiter und gelassen war, war er immer auf dem Sprung, etwas anderes zu tun. Somit war ich unschlüssig, als sie mich bat, ihn eine Zeit lang in meinen Orden aufzunehmen. Doch mein Bibliothekar, den sie kannte, sprach gut von ihnen. Am Ende bereute ich meine Entscheidung nicht, ihren Gefährten ... Andrew« – er hatte Schwierigkeiten mit der Aussprache des Wortes – »in meinen Orden aufzunehmen. Er war ein gewissenhafter Arbeiter, und wenn er nicht bei meinem Bibliothekar war, half er meinen Mönchen bei ihrer Arbeit. Er besuchte oft die Kranken und ging mit den Mönchen ins Tiefland, um Vorräte zu besorgen. Im Kloster verbrachte er vielleicht zwei von vier Wochen, wenn das Wetter ihn nicht vom Reisen abhielt. Wir nannten ihn einfach Andrew. Einen anderen Namen hat er uns nie genannt.«

Ein wichtiger Anhaltspunkt, dachte Sam. *Einen von uns hätte das Wetter nicht aufgehalten. Wir hätten das Tor benutzt.*

»Er verschickte die ganze Zeit Postkarten – auf Kantonesisch – nach England, nach Frankreich, aber meist nach Amerika. Er schien nach etwas zu suchen. Jedes Mal, wenn er aus dem Tiefland wiederkam, brachte er mehr Bücher mit. Unsere Bibliothek hat sich in der Zeit fast verdoppelt. Eines Tages fragte ich ihn: ›Da du den Berg hinuntermusst, um all diese Bücher zu kaufen, warum machst du dir die Mühe, ihn wieder hinaufzusteigen?‹ Er lachte nur. ›Weil ich hier oben sicher bin. Dort unten halten andere Augen Ausschau.‹ Und er nahm es genau mit der Sicherheit. Niemand außerhalb des Klosters durfte sein Gesicht sehen. In der Stadt erwarb er Bücher immer über eine Kette von mindestens drei Zwischenhändlern, auch wenn er sie direkt für den halben Preis hätte kaufen können. Er machte den Eindruck eines Mannes, der auf der Flucht ist. Außer wenn er hier war und die ganze Zeit mit meinem Bibliothekar zusammenhockte.«

»Was ist geschehen?«

Der Abt mahnte ihn zur Geduld. »Zuerst lassen Sie mich von seinem Plan für den Notfall berichten. Er hat ihn mir genau erklärt, wissen Sie. ›Wenn ich je bei meinem eigenen Spiel ertappt werde, gibt es da jemand anderen. Ich bin schließlich nur sterblich. Unfälle passieren. Aber er – er wird dafür sorgen, dass diese Sache zu Ende geführt wird.‹ Er müsse nichts dafür tun, sagte er, weil Sie Ihren Weg hierher von selbst finden würden. Wenn ihm etwas zustieße, würde Freya sich mit Ihnen in Verbindung setzen. Wenn etwas mit Freya passiere, dann würden Sie, da war er sicher, herauszufinden versuchen, was geschehen sei. Und sobald Sie einmal die Witterung aufgenommen hätten, würden Sie die Jagd für nichts und niemanden mehr aufgeben. Er schien sich sehr sicher zu sein, dass Sie kommen würden. Ich sollte Ihnen in jeder Beziehung behilflich sein, aber ich müsse absolut sichergehen, dass Sie es sind. Er hat Sie beschrieben, Ihre Augen, Ihre Krone, Ihre Waffen.«

»Er scheint mir sehr vertrauensselig gewesen zu sein«, murmelte Sam.

»Er spielte ein gefährliches Spiel. So viel war mir klar.«

»Was ist passiert? Wo hat das Sicherheitssystem versagt?«

»Er machte eine Entdeckung. Ich weiß nicht, was es war, aber er schien überglücklich zu sein. ›Ich habe es gefunden‹, sagte er. ›Ich habe herausgefunden, um was es geht.‹ Ein paar Wochen später teilte er mir mit, dass er uns verlassen müsse. Er wirkte sehr beunruhigt. Mein Bibliothekar im Übrigen auch. Beide waren geradezu verängstigt. ›Sag ihm, wenn er kommt, es wäre schlimmer, als wir gedacht haben. Sag ihm, mindestens einer der Schlüssel sei bereits gefunden und sie seien töricht genug, nach dem vierten zu suchen.‹«

Sam sagte nichts. Sein Gesicht war ausdruckslos wie Stein geworden, und er saß mit dem Kinn in den Händen. Seine Augen waren auf die Flammen gerichtet, als hörte er gar nicht zu. In Wirklichkeit war Sam ein guter Zuhörer, ein sehr guter sogar.

»Sie wollten noch am selben Tag fort. Andrew wollte direkt ins Tiefland hinunter, und mein Bibliothekar sollte ihm ein paar Stunden später auf einem anderem Weg folgen. Ich konnte sie nicht überzeugen zu bleiben. Bevor mein Bibliothekar das Kloster verlassen konnte, begann der Schneesturm. Er kam so plötzlich, dass ich es fast nicht glauben konnte – es hatte nicht die geringsten Vorboten für den Wetterumschwung gegeben. Darauf wurde mein Bibliothekar noch banger. ›Sie kommen‹, sagte er. ›Sie wissen, dass ich noch hier bin.‹ Am nächsten Morgen war er verschwunden, und seitdem hat keiner ihn mehr gesehen. Keine Karawanen sind in jener Nacht losgezogen. Keine Pelze fehlten, auch keine Pack- oder Reittiere.«

»Tot?«

»Keiner konnte diesen Sturm ohne Schutzkleidung oder

Tiere überleben«, sagte er ruhig. »Es sei denn, er wäre ein Bruder Freyas. Doch nun sagen Sie mir, sie sei tot.«

»Ja.«

»Das tut mir sehr leid. Freya war etwas Besonderes.«

Es gab ein langes Schweigen. Sam schien auf seinen Stuhl festgefroren zu sein und starrte in das Feuer. Die Krone saß immer noch auf seinem Kopf, ein wenig schief, als hätte er sie ganz vergessen. Schließlich ergriff der Abt wieder das Wort. »Was ist es, wonach Andrew gesucht hat?«

»Ich weiß es nicht. Ich habe einen Verdacht, aber ich weiß es nicht.«

»Die Schlüssel?«

»Ja. Die Pandora-Schlüssel.«

»Wollen Sie mir davon erzählen?«

Seufzend richtete Sam sich auf. »Eine Legende, nicht viel mehr. Vier Schlüssel, um vier verbotene Türen aufzusperren, hinter denen vier Geister oder Wesen eingekerkert sind. Hass, Misstrauen und Gier sind die Geister. Aus dem Himmel verbannt und für alle Zeit zumindest aus jener Welt ausgesperrt, auch wenn ihre Kinder auf Erden und in der Hölle gedeihen.«

»Und die vierte Tür?«

»Der Großvater allen Übels. Uranos.« Sams Augen verschleierten sich leicht, als er murmelte: »Im Anfang war Uranos, und nichts veränderte sich. Im Anfang war Uranos, und Uranos war die Leere des Lebens ohne Tod und der Zeit ohne Sekunden. Dann kam Chronos, den wir Vater Zeit nennen, der gemeinsam mit seinen Kindern Uranos an einen Ort seines eigenen Nichts wegschloss. Aber Uranos ist hungrig und will seinem Nichts das ganze Universum hinzufügen.«

Sam schien zu erschauern, als werde er plötzlich aus einer Trance gerissen. »Die Wahrheit ist, Uranos ist eine ungeheuer mächtige Wesenheit, an die niemand wirklich glaubt. Es heißt, er habe geschworen, Himmel, Hölle, Erde und, am wichtigsten von allem, die Zeit zu vernichten.«

Das Lächeln um seine Lippen war verkniffen. »Es ist wie die Theorie vom Urknall, nur umgekehrt. Das Universum begann, als wir die Macht übernahmen. Es explodierte, und seitdem hört es nicht auf, sich zu bewegen, weil Chronos, unser aller Vater, die Zeit mit kleinen Anstößen in Form von Sekunden, Minuten, Stunden und so weiter in Bewegung hält. Doch vor dem Großen Knall, als alles in einem einzigen Punkt zusammengedrängt war, ohne Veränderung, ohne Bewegung, ohne Leben, aber trotzdem mit einer Art von Existenz – das war Uranos. Es ist schwierig, ihn zu definieren. Er existiert, ohne Zweifel. Aber ich glaube nicht, dass man sagen kann, Uranos *lebt.*«

»Weggeschlossen.«

»Ja.«

»Wie gut«, murmelte der Abt. »Und was würde geschehen, wenn man diese Geister befreite?«

Sam lächelte leicht. »Oh, ich schätze, eine kleine Apokalypse stünde uns bevor. Throne stürzen, Mächtige vergehen. Wer immer die Pandora-Geister beherrscht, würde buchstäblich imstande sein, seine oder ihre Feinde mit einem Wort zu vernichten.

Nehmen wir mal an, ich hätte Hass zu meiner Verfügung. Ich könnte den Himmel stürmen, in ... na ja, zum Beispiel Nirwana einmarschieren und sagen: ›Hi, Jungs, ergebt euch oder sterbt!‹ Und die Typen in Nirwana würden natürlich antworten: ›Stirb, stirb, du Abschaum, stirb.‹ Worauf ich dann den Geist des Hasses auf sie loslassen würde. Bruder würde Bruder hassen, Schwester gegen Schwester wüten. Ein Soldat, der sich anschickte, gegen mein Heer in die Schlacht zu ziehen, würde plötzlich den Mann neben sich verabscheuen und seinen eigenen Kameraden angreifen. Der Befehlshaber würde seine

Generäle verachten und sie zum Tode verurteilen, die Generäle würden ihren Befehlshaber verachten und versuchen, ihn zu stürzen. Es würde ein Blutbad geben – während ich mit einem überlegenen Grinsen danebensäße und zusähe.«

»Ein Schicksal, das sich zu verhindern lohnte«, meinte der Abt. »Aber warum, glauben Sie, haben Freya und Andrew nach den Schlüsseln gesucht?«

Sam dachte lange nach. »Ich weiß es nicht. Freya würde nie die Pandora-Geister benutzen, dessen bin ich sicher. Sie war eine Tochter der Liebe. Hass einzusetzen wäre gegen ihre Natur. Vielleicht sind die Schlüssel von anderer Seite in Gefahr – von jemandem, vor dem Freya sie zu schützen versuchte, und darum musste sie selbst danach suchen. Und vielleicht ist dieser Jemand ihr zuvorgekommen.

In diesem Fall ist Andrew nun sehr wichtig. Nicht nur dass er wissen dürfte, wo die Schlüssel sind, sondern es ist auch zu befürchten, dass die Gegenseite sein Wissen zu ihrem eigenen Vorteil nutzen wird, wenn er in ihre Hände gerät. Was gar nicht gut wäre.«

Der Abt seufzte und verschränkte die Arme vor der Brust, das erste Zeichen, dass auch er die Kälte spürte. »Ich verstehe die Beweggründe Ihrer Art nicht. Ich habe in Büchern gelesen, dass Sie die Erde durchstreifen, und jede Legende ist irgendwie auf Tatsachen gegründet. Ich habe gesehen, wie Leute unversehrt aus einem Schneesturm aufgetaucht sind mit nichts auf dem Rücken und dann wieder ohne ein Wort verschwanden. Ich habe gesehen, wie Freya, Andrew und der Bibliothekar bei der Erwähnung von Schlüsseln und Geistern erbleichten. Ich habe einen Mann mit schwarzen Augen gesehen, der eine silberne Krone trägt und unbewegt in das Feuer starrt, ganz gleich, was er hört. All dies kann ich bezeugen. Glauben kann ich es nicht.«

Sam lächelte, das angedeutete Lächeln von einem, der mehr

weiß, als er sagt, und Dinge gesehen hat, die kein Mensch jemals sehen wird, und der kein großes Aufhebens darum macht. Er wandte sich dem Feuer zu. »Wohin wollte Andrew?«

»Ich weiß es nicht.«

»Wie kann ich ihn dann finden?«

Freya wusste, wohin er wollte. Sie hatten es alles genau geplant. Aber ...«

Aber Freya ist tot.

»Haben Sie ein Bild, eine Beschreibung, irgendetwas?«

Der Abt suchte in einer Schublade und zog ein kleines Foto heraus. Es zeigte einen sommersprossigen jungen Mann, der vor dem Kreml stand und den Fotografen angrinste. Sam steckte das Foto ohne ein Wort in die Tasche; all seine Gedanken behielt er für sich. Er fragte: »Wer ist der Historiker?«

»Historiker?«

»Es gab einen Vermerk in Freyas Tagebuch – Treffen mit dem Historiker.«

»Ich weiß von keinem Historiker – wenngleich Andrew selbst in dieser Hinsicht sehr kenntnisreich war.«

»Oder jemand namens Gail?«

»Andrew hat den Namen erwähnt. Er sagte, Gail sei die geheime Quelle, die ihm frühe Warnungen oder wichtige Hinweise zukommen ließ. Aber das ist alles, was er gesagt hat.«

»Haben Sie irgendeine Ahnung, wohin Andrew gegangen sein könnte?«, drängte Sam erneut. »Irgendeinen Anhaltspunkt? Welche Sprachen hat er zum Beispiel beherrscht?«

»Er sprach ein bisschen Französisch. Und fließend Russisch.«

Das würde nicht viel helfen, in einem so großen Gebiet wie Russland.

»Was haben Sie mit den Büchern gemacht, die er gelesen hat?«

»Sie weggeschlossen.«

»Wenn jemand kommt und nach ihnen fragt ...« Sam zögerte, dann wühlte er in einer Tasche, bis er auf den Reiseführer und einen uralten Kugelschreiber stieß, der nur schrieb, wenn man seine Spitze mit der Zunge befeuchtet hatte. Er riss die letzte Seite aus dem Führer und schrieb einen Namen und eine Adresse darauf: *Adam Hartland, 12 Britannia Drive, London, E8.* Ein Haus, dessen Eigentümer fiktiv waren, doch dessen Post nie unbeachtet blieb. Adam schaute regelmäßig danach. ›Hartland‹ bedeutete, dass es für oder von Sam war.

»Bitte, schreiben Sie an diese Adresse. Sagen Sie nichts Konkretes, und unterzeichnen Sie nur als der Abt.«

»Wie gefährlich war dieses Spiel, auf das Andrew und Freya sich eingelassen hatten?«, fragte der Abt.

»Alles, was mit meiner Familie zu tun hat, ist gefährlich«, antwortete Sam und stand auf. »Ich bemitleide die Sterblichen, die darin verwickelt werden.« Er schlang sein Schwert auf den Rücken, zog seine Jacke wieder an und wandte sich zum Gehen.

Die harschen Worte des Abtes schnitten durch die Stille des Ortes. »Warum hat man dir eine Krone gegeben, obwohl du ein Bastardsohn bist?«

Sam Linnfer alias Lucifer alias der Träger des Lichts – jener schrecklichen Waffe, von der einige sagten, dass sie ihren Anwender vernichten würde – erstarrte, als habe ihm jemand ein Messer in den Rücken gestoßen. Ohne sich umzudrehen, erwiderte er in einem Ton, der kein Gefühl verriet: »Ich weiß es nicht. Man sagt, weil Vater Zeit erklärte, ich sei sein notwendiges Kind.«

Dann verließ er den Raum.

6
Bello

Als er erneut durch das Tor in den kleinen Kerkerraum stolperte, war Sam klar, dass irgendjemand dort gewesen war und die Sachen, die er zurückgelassen hatte, erkannt hatte; denn die Tür war offen, und auf dem Boden in der Mitte der Zelle, die sonst immer bitter kalt war, brannte ein Feuer. Zwei Köpfe schoben sich durch die Tür, als Sam eintrat. Jeder von beiden trug einen eng sitzenden eisernen Helm, besaß frostsilberne Augen und hatte Flecken mit blauen Schuppen auf der bleichen Haut. Weißes Haar wuchs in ihrem Nacken und fiel über ihren Rücken. Die beiden Wachen trugen leichte Kettenhemden unter weißen Pelzen und hielten Speere mit eisernen Spitzen.

»Corenial, Setrezen«, sagte Sam höflich.

»Der Fürst erwartet Euch, Herr«, knurrte einer der beiden. »Euer übliches Gemach ist vorbereitet.«

»Danke.« Er hatte seine Krone abgenommen, und sie ruhte nun in der Tasche an seinem Gürtel. Die Augen der Dämonen beobachteten sie bei jedem Schritt, den er tat, als er den Gang entlangging. Sie dürsteten danach, sie zu tragen, wie er wusste, wagten es aber nicht.

Es war nicht notwendig, die Winterkleidung abzulegen. Tibet und der Teil der Hölle, in dem Sam angekommen war, konnten sich die Hand reichen, was die Temperaturen betraf. Der einzige Unterschied war, dass in Gehenna immer Winter herrschte. Sieben Achtel der Hölle glühten sechzehn Monate im Jahr, und er hatte sich ausgerechnet das eine Achtel ausgesucht, in dem es immer fror.

Gehenna war eine Stadt mit einer langen Geschichte. Sam wusste das, denn er war ein Teil dieser Geschichte. Er hatte schließlich den Großteil von Gehenna erbaut. Sie lag im äußersten Norden des Planeten, und elf Monate pro Jahr sah sie das Sonnenlicht für maximal fünf Stunden am Tag. Für den Rest der Welt, außer einem kleinen Eisflecken am Südpol, galt das Gegenteil. Er sah kaum je die Nacht.

In Sams Lebzeiten war Gehenna erst ein Dorf gewesen, dann eine kleine Stadt, dann eine große Stadt mit einer Burg, dann ein Schutthaufen, dann wieder aufgebaut worden, noch einmal geschleift, dann erneut aufgebaut mit Stadtmauern und einem stehenden Heer und nie wieder eingenommen, obwohl man es versucht hatte.

Oh, und wie man es versucht hatte!

Aber er war vorsichtig gewesen. Inzwischen hatte er nicht nur einen amtierenden Fürsten mit einem Rat, sondern auch ein Netzwerk von Spionen und Boten. Er konnte von einem Angriff Monate im Voraus erfahren und sich auf der Erde umsehen, bis der Tag gekommen war, um dann nach Gehenna zurückzukehren und der vorrückenden Armee mit allen Tricks einer fortgeschrittenen Technik einzuheizen.

Einst hatte er hier als König regiert. Doch in den letzten Jahrhunderten war er weniger ein Administrator als ein gelegentlicher Nothelfer geworden, da Gehenna, nach Jahren mühevoller Aufbauarbeit, außer in besonderen Krisenzeiten auch ohne ihn zurechtkam. Er traute dem Fürsten und dem Rat zu, sich um ihre Angelegenheiten selbst zu kümmern, und sagte sich, dass er sich nach Tausenden von Jahren höllischer Küche und Waschwasser mit Eisstücken drin ein Recht auf die Erde, Kaviar und Zentralheizung verdient hatte. Nicht mehr gebraucht zu werden machte ihn sehr dankbar.

In dem kalten Gang nickten ihm weitere Dämonen zu, als er vorbeiging, ein Zeichen von Respekt und nicht viel mehr. Sie waren die perfekten Winterkrieger, dachte er bei sich, als er ihren Gruß erwiderte. Ihre Haut war dick, ihr weißes Haar und ihre blauen Schuppen waren eine gute Tarnung, und sie konnten stundenlang kämpfen, vorausgesetzt dass sie vorher anständig etwas zu essen gekriegt hatten. Sie glänzten im Schnee, ihre Sommervettern gediehen in der brennenden Wüste. Mit einer so offensichtlich durch die Evolution gezogenen Trennlinie war es Sam unverständlich, warum die Dämonen ständig im Krieg miteinander lagen. Wenn Eisdämonen es im Gebiet der Sanddämonen nicht aushalten konnten und umgekehrt, warum der ganze Streit?

Weil sie Dämonen sind, dachte er mit Abscheu. *Und trotz allem, was ich für sie getan habe, sind sie immer noch kriegslüsterne Primitive, die nichts verstehen außerhalb ihrer eigenen Waffen und Begierden. Und, bei Vater Zeit, ein Großteil der Waffen, die sie ihr Eigen nennen, stammt von mir. Ich habe sie alles über Mauern und Belagerungen, über Strategie und Taktik gelehrt, in der Hoffnung, dass sie des Krieges müde würden. Und mit welchem Ergebnis? Trotz all meiner Bemühungen, wette ich, würde die Hälfte von ihnen mir immer noch liebend gern ein Messer in den Rücken jagen.*

Er ging eine Treppenflucht hinauf, vorbei an Steinwänden, die mit Wandteppichen behangen waren, um die Wärme festzuhalten, und auf einen Flügel der riesigen Festung von Gehenna zu, wo die Feuer immer brannten. Die Wandbehänge zeigten Eisdämonen, die ihren Feinden verschiedene Dinge antaten, die sich Sam lieber nicht anschauen wollte. Er war damit vertraut, doch sie bereiteten ihm immer noch Übelkeit.

Er kam an eine große hölzerne Tür, die von zwei Dämonen bewacht wurde, trat darauf zu und schlug dagegen. Sie öffnete sich sofort.

Von den zwei Personen im Raum war eine sehr alt, eine noch jung. Der Ältere rekelte sich in einem gepolsterten Stuhl am

Feuer. Er trug ein mildes Lächeln auf dem Gesicht, das niemals schwand. Er hatte Katzenwiege gespielt, das alte Fadenspiel, das sich zwischen seinen Fingern mit endloser Geduld und der Konzentration eines Meisters zu immer neuen Mustern wandelte. Seine lange blaue Robe war am Saum ausgefranst, und an den Füßen trug er plüschige Slipper zu grellbunten Socken.

Als Sam eintrat, wandte sich das unveränderliche Lächeln des alten Dämonen und der Blick jener uralten Augen, die nie ein Gefühl zeigten, ihm zu. Die Stimme dieses Dämonen erhob sich nie im Zorn. Dieser Dämon hatte nie nach dem Blut der Schlachten gelüstet oder sein eigenes Weib wegen Unbotmäßigkeit geschlagen. Er war der notwendige Dämon, welcher den unbesungenen Posten füllte, den die stummen Denker der Welt – die Kinder, die nie die gewaltsamen Spiele auf dem Spielplatz mitmachen wollten und die nie ihre Hausaufgaben vergaßen – immer füllen: Staatsbeamter. Großwesir. Der alte Beelzebub. Die Macht hinter dem Thron.

Niemand ahnte, dass er solch eine Macht verkörperte, aber Sam wusste es. Und Beelzebub wusste es. Sie konnten das Wissen in dem jeweils anderen lesen, durch jedes gemessene Nicken, jedes leise Wort, das nichts enthüllte außer dem, was es ungesagt ließ.

Der jüngere Dämon war in jeder Hinsicht Beelzebubs Gegenteil. Er blickte nicht einmal auf, als Sam den Raum betrat, sondern fuhr fort, um einen Tisch herumzugehen, auf dem eine Karte ausgebreitet war. Auf der Karte lagen kleine Holzklötze mit Fähnchen. Sam seufzte innerlich. Der Junge spielte wieder mit seinen Soldaten.

Dieser jüngere Dämon trug eine lange blauweiße Robe mit ausgestellten Ärmeln und üppiger Stickerei, die ihm zwar etwas Königliches gab, aber auch den Eindruck erweckte, ein Kind habe den Kleiderschrank seiner Mutter geplündert. Dennoch, dies war derselbe Fürst, der manch einen Baron zur Unterwerfung gezwungen und der seine Krone gewonnen hatte, indem er seine Brüder einen nach dem anderen im Zweikampf tötete. Er strahlte Energie aus, wie immer, während eine steile Falte seine Stirn runzelte und seine Finger auf dem Schwert auf und ab trommelten.

Und ja, er ist ein guter Fürst, dachte Sam. *Die Art von Fürst, der weiß, wann man zu Bestechung greifen oder wann man die Dienste der allzeit bereiten Soldaten in Anspruch nehmen muss, um einem Unschuldigen ein Geständnis abzupressen, welches er gegen einen Schuldigen verwenden konnte, der zu groß für seine Stiefel geworden war. Ein skrupelloser Fürst. Und darum ein guter, aber nicht im moralischen Sinne.* Diese Unterscheidung zwischen Macht und Moral musste es irgendwo geben, und Sam hatte sie vor langer Zeit getroffen. Den Fürsten bewunderte er. Die Person konnte er nicht ausstehen. Er nahm an, dass das Gefühl auf Gegenseitigkeit beruhte. *Eines Tages,* dachte er säuerlich, *wirst du zu dem Schluss kommen, dass ich nicht notwendig bin. Und du wirst so verblendet von deinem eigenen Ruhm sein, dass du glaubst, dir könnte gelingen, woran zahllose andere gescheitert sind. Mich in der Nacht zu vergiften. Meuchelmörder auszuschicken. Vielleicht gar, mich zum Zweikampf zu fordern. Doch du weißt nicht, wie ich zu töten bin. Du weißt nicht einmal, auf welche Weise man mir überhaupt etwas anhaben kann. Du glaubst, blankes Eisen würde jedes Problem lösen.*

»Ah«, sagte Fürst Asmodeus. »Du bist zurück. War's schön auf der Erde?«

»Interessant.«

Beelzebub sah zu, schweigend wie immer. »Sag mir«, verlangte Asmodeus, »glaubst du, ich sollte Belial eine Forderung übersenden, seine Truppen aus dem Klauenpass zurückzuziehen, oder sollte ich einen Überraschungsangriff wagen?«

Sam trat an den Tisch und blickte auf die Karte. »Wenn du Belial eine Forderung sendest«, antwortete er gelassen, »wird er sie allein aus Trotz zurückweisen.«

»Ein Überraschungsangriff also?«

»Ich bezweifle, dass es eine Überraschung sein wird. Belial sucht seit Jahren nach einem brauchbaren Vorwand für eine Invasion. Ich rate davon ab, ihm einen zu liefern.«

»Hmm.« Asmodeus ging zur anderen Seite des Tisches. »Der Klauenpass schützt eine der besten Sklavenrouten. Die Wüste dahinter hat keine Verteidigung bis auf seine verdammte Festung – die Sklavenjäger bräuchten nur zuzugreifen, wenn sie bis dahin kämen.«

»Ich werde dir nicht helfen, Sklaven zu machen.«

»Nein, das wirst du wohl nicht«, sagte er mürrisch. »Du tust anscheinend überhaupt nichts, oder? Du bist nie hier.«

Weil ich dich als aussichtslosen Fall betrachte, mein Junge. »Wäre dir lieber, ich wäre hier? Um zu herrschen, so wie einst? Eine Krone zu tragen?«

Asmodeus warf einen Blick zu Beelzebub hinüber, um Hilfe für den Angriff auf seine Stellung zu suchen. Doch der alte Dämon war noch mehr erstarrt als gewöhnlich und starrte in die Flammen. Der Fürst bemühte sich, eine passende Antwort zu finden, aber ihm fiel nichts ein. Voller Wut machte er wie ein trotziges Kind seinen Abgang Richtung Tür, wobei er etwas von »Staatsgeschäften« brummelte.

»Reize Belial nicht zu mehr Krieg«, warnte Sam, doch Asmodeus hatte die Tür bereits hinter sich geschlossen.

Seufzend ließ sich Sam auf einen Stuhl am Kamin gegenüber von Beelzebub nieder, zog die Beine hoch, sodass sein Kinn auf den Knien aufruhte und er nicht größer war als ein Kind. »Warum haben wir ihn bloß gekrönt?«

»Weil Dämonen nur körperliche Stärke anerkennen. Weil sie jemanden als Fürsten brauchen, der skrupellos genug ist, seine eigenen Brüder zu töten, und weil auch wir einen Mann wollen, der keine Skrupel kennt.« Es war eine Antwort, die Sam viele Male zuvor gehört hatte.

Der alte Dämon fügte hinzu: »Du verbringst mehr und mehr Zeit auf der Erde. Hast du langsam die Nase voll von uns?«

»Ich weiß nicht. Aber es tut mir leid.«

»Nein. Ich bin derjenige, dem es leidtut.«

Eine Zeit lang saßen sie schweigend da.

»Bello, es könnte größere Probleme geben, als wir dachten«, sagte Sam schließlich. Bello war der Name, den er immer gebrauchte, zum Teil um seinen Gesprächspartner zu ärgern, zum Teil aus Zuneigung, zum Teil weil er selbst so viele Namen getragen hatte, dass er sich angewöhnt hatte, anderen eigene Namen zu geben.

»Größere Probleme als einen neuen sinnlosen Krieg von Asmodeus gegen Belial?«

»Viel größere. Meine Familie ist wieder im Krieg.« Sam beschrieb die Umstände von Freyas Tod.

»Ich glaube, sie hat Nachforschungen nach den vier Schlüsseln betrieben.«

Wenn Bellos Gesicht je eine Regung zeigte, dann zeigte es nun Überraschung. »Die vier Schlüssel?«, wiederholte er. »Die Pandora-Schlüssel? Aber die sind fort.«

»Das hat man mir auch erzählt. Aber Freya ist tot. Und im Himmel herrscht Aufruhr.«

Ein weiteres Schweigen folgte, länger und schmerzlicher als das erste, während ihre Gedanken zu gewissen offensichtlichen Schlüssen kamen. Bilder von Krieg und Zerstörung standen ihnen vor Augen, voll mit Wesen, die sich an der zu schaffenden Zukunft weideten.

Sam ertappte sich dabei, dass er vor Erschöpfung ob seiner Gedanken gähnte. Bello fragte: »Wirst du hier bleiben?«

»Nein. Die Menschen haben sich in den Kopf gesetzt, dass ich etwas mit Freyas Tod zu tun haben könnte. Und es gibt Leute, die ich finden muss – dringend.«

»Was kann ich derweil tun?«

»Ich brauche Informationen über die Schlüssel. Hinweise darauf, wo sie verborgen sind; was es bedeutet, wenn ihre Geister entfesselt sind; einfach alles. Und tu das, was du immer tust. Asmodeus im Zaum halten. Den unvermeidlichen Krieg so lange wie möglich hinauszögern.«

Beelzebub wirkte beunruhigt, ein Flackern in seinem ansonsten heiteren Gesicht. Doch selbst ein solches Flackern war so ungewöhnlich, dass Sam ihn scharf ansah.

»Was ist los?«

»Oh – Sorgen. Ich werde alt, weißt du. Vielleicht liegt es an mir, aber Asmodeus wird immer schwerer zu kontrollieren.«

»Kontrollierst du ihn?«

Der Dämon lächelte, ein wissendes Lächeln, getragen von dem Geheimnis, das nur sie beide kannten. So offensichtlich war dieses Geheimnis, so eklatant und so einfach, dass niemand sonst es gesehen hatte. Sam hatte oft gesagt, der beste Ort, ein Geheimnis zu verbergen, sei in aller Öffentlichkeit.

»Natürlich nicht. Ich kann seine Entscheidungen allenfalls ... *beeinflussen.*«

»Und es wird schwerer?«

»Ja. Die Hälfte meines Einflusses stammt von dir, und du bist nicht hier.«

Sam fühlte sich plötzlich schuldig angesichts dieser einfachen Aussage. »Ich werde mir Mühe geben. Alles was ich brauche, ist ein wenig Zeit, um herauszufinden, was Freya von mir wollte.«

»Zumindest«, sagte Beelzebub mit einem Lächeln, »war es nie ein Problem für dich, zu tun, was sie wollte.«

Aber was ist mit deinem Problem, alter Dämon?, dachte Sam, als er die letzten paar Stufen zu seinem Apartment hochstieg. Innerhalb von vierundzwanzig Stunden war er in Devon, in Tibet und in der Hölle gewesen. Nach London zurückzukehren war fast wie eine Heimkehr für ihn, und mit Erleichterung schloss er die Tür auf. *Hast du noch Zeit, es zu lösen? Manchmal vergesse ich, wie schnell ihr anderen sterbt.*

Aber jetzt fiel das Vergessen schwer. Als er sich zum Schlafen niederlegte, erinnerte er sich an Dinge, die er lieber vergessen hätte. Er war arrogant gewesen, die Jahre zu missachten, als er jünger gewesen war. Er hatte alles im Schneckentempo an sich vorbeiziehen lassen und nicht bedacht, dass zu der Zeit, wenn die eine Blume erblühte, die andere bereits verwelkt sein würde.

Nichts hatte er vergessen. Er erinnerte sich an Annette und dachte: *Sterbliches Kind, warum musstest du so alt werden?*

Es war einer jener denkwürdigen kühlen Frühlingsabende, bevor der Krieg im Himmel schließlich auf die Erde übergegriffen hatte. Er hatte versucht, eine Zigarette zu rauchen, da das Rauchen zu jener Zeit in Paris in Mode war, doch stellte fest, dass es nicht ging. Immer wenn er zu inhalieren versuchte, hatten sich die natürlichen Abwehrmechanismen seines Körpers gemeldet, und das Blut hatte in seinem Kopf gedröhnt, während seine regenerativen Kräfte in Aktion traten. So hatte er den Versuch aufgegeben und stand nun an eine Balkonbrüstung gelehnt und sah den vereinzelten Automobilen zu, die über die Straße fuhren, von einer Straßenlaterne zur nächsten abwechselnd in Licht und Dunkel getaucht.

Hinter ihm ein heller, überfüllter Raum und das schallende Gelächter seiner französischen Gastgeberin, als ein weiterer geschmackloser Witz zum Besten gegeben wurde. Der Humor war den ganzen Abend derber geworden, der Rauch dichter, das Trinken heftiger. *Die Menschen sind nervös,* dachte Sam. Sie spüren die Gefahr, die in der Zukunft lauert. *Neunzehnhundert-*

achtunddreißig, das Jahr, in dem Beschwichtigungspolitik einen brüchigen Frieden sichert und Deutschland seine erste kleine Schlacht gewinnt. Eine Schlacht, die mit Papier und Drohungen ausgetragen wurde, aber dennoch ein Sieg. Und immer noch frische Erinnerungen an einen anderen Krieg. Ihr seid alle nervös. Ihr spürt es in den Knochen, was geschehen wird; aber nach außen erklärt ihr, dass ihr kein Wort davon glaubt. Weil ihr es nicht wahrhaben wollt.

Er nahm einen Schluck aus dem Glas in seiner Hand. Auch betrunken zu werden war schwierig, sosehr er es auch versucht hatte. *Beim Barte des Chronos!*, fluchte er. *Warum kann mein Körper nicht zur Abwechslung einmal gehorchen?* Er hatte schon eine halbe Flasche Scotch geleert. Und das ohne weitere Folgen außer einer Whiskyfahne und dem gelegentlichen Grummeln seines Magens, während sein Körper Tausende kleiner Toxine, die einen gewöhnlichen Menschen auf die Bretter geschickt hätten, in ihre Bestandteile zerlegte.

Irgendjemand kam zu ihm auf den Balkon getaumelt. Eine junge Frau, Anfang zwanzig. Sie kicherte unkontrolliert. An die Brüstung geklammert, nahm sie mehrere tiefe Atemzüge. Dann kippte ihr Körper nach vorn wie ein totes Gewicht. Wäre nicht das leise Stöhnen gewesen, hätte man glauben können, sie sei dort im Stehen gestorben.

»*Merde!*«, stieß sie schließlich hervor.

»Was ist?«, fragte er auf Französisch.

Sie rollte ihren Kopf ein paar Mal hin und her und schlang die Arme um den Körper, um die Kälte abzuhalten, die durch ihr dünnes Kleid drang. Dann erklärte sie mit verwaschener Stimme: »Ich bin betrunken.«

»Das ist wahr.«

»Scheiße.«

»Es gibt Schlimmeres«, sagte Sam und wünschte sich, er könnte ihren betäubten Zustand teilen, trotz drohendem Kater und allem.

Erst jetzt schien sie ihre Umgebung wahrzunehmen und lächelte allerliebst, als hätte sie ihn gerade erst bemerkt. »Wer bist du?«

»Luc.«

»Und was machst du beruflich?«, fragte sie, die Worte fast gurrend. Sie schwankte, und er hielt sie automatisch fest. Gegen die Brüstung gelehnt, begann sie erneut zu kichern.

»Ich bin der Teufel in Verkleidung«, erklärte er. »Alles in Ordnung mit dir?«

Sie lachte. »Ich heiße Annette. Wie heißt du?«

»Ich sagte es schon. Lucifer.«

Aber Annette lachte nur.

Warum musstest du sterblich sein?, dachte er müde und drehte sich auf die andere Seite, um Schlaf zu finden, der ihm wie die Wirkung von Drogen, Alkohol und Zigaretten verwehrt zu sein schien. *Und wenn du schon sterblich bist, warum kannst du nicht einfach sterben und mich meinen Erinnerungen überlassen? Warum bist du immer noch da?*

Das Geräusch der Post, die auf die Türmatte fiel, weckte ihn. Die Sonne drang bereits durch seine fadenscheinigen Vorhänge, und ein rascher Blick auf die Uhr bestätigte ihm, dass es schon heller Tag war. War es wirklich schon so spät?

Sam schaffte es, sich in wenig mehr als zehn Minuten zu waschen und anzuziehen. Er nahm seine Post mit in die Küche und las sie bei einer Schüssel Cornflakes, wobei es ihm völlig gleich war, ob das Papier dabei Milch- oder Kaffeeflecken bekam.

Nachdem er drei Sendungen geöffnet hatte – eine Rechnung; einen Werbebrief, der ihm versicherte, dass sein Haus perfekt für eine bestimmte Immobilienfirma sei, sollte er je deren Dienste benötigen; und eine weitere Rechnung –, kam er an einen Brief, der in einem verschlossenen braunen Umschlag steckte und in Adams Handschrift an Luc – nein, das war durchgestrichen: an *Sam Linnfer* adressiert war. Er fragte sich, was Adam so schnell herausgefunden haben konnte.

Es war ein einziges Blatt darin, auf das in Eile eine Botschaft gekritzelt war: »Der alte Hammer hat Euch gefunden. Die Walküren haben alle Adressen, die ich kenne. Macht, dass Ihr wegkommt. Adam.« Der Brief war von Hand überbracht worden.

Er starrte eine lange Zeit darauf, las ihn wieder und wieder, als könnte er es nicht ganz glauben. Dann wurde er aktiv. In Windeseile durchsuchte er sein Apartment, holte Pässe hervor, Schlüssel, Kleidungsstücke, Karten – alles, was er in einem Rucksack verstauen konnte. Er konnte es sich nicht leisten, sich zu belasten.

Während er hin und her lief, versuchte er, sich zu erinnern, wie viele Adressen Adam kannte. Drei, vielleicht vier? Alle außer einer in England. Was sonst wusste Adam? Kontaktpersonen, geheime Treffpunkte, alternative Namen. *Gehen wir davon aus, dass »Sam« und »Luc« bekannt sind. Wie weit reicht Thors Einfluss – wird er auch Spione in der Passkontrolle haben? Oder bin ich der Einzige, der sich die Mühe gemacht hat, richtige Netzwerke aufzubauen? Wird er einfach die Walküren auf mich hetzen, oder ist das selbst für Thors kleinen Verstand zu schlicht?*

Wie viele Adressen können sie bis jetzt überprüft haben? Eine ganze Menge, sagte er sich. Er schulterte sein Gepäck, schlug die Tür hinter sich zu und sauste die Stufen hinunter. »Mrs Dinken! Wenn jemand kommt und in meine Wohnung will, aus welchem Grund auch immer, lassen Sie keinen rein, ja? Oh – und haben Sie was zum Schreiben?«, fragte er noch, als er in seinen Taschen nichts fand, während sie vor ihm auf dem Flur stand und mit eifrigem Nicken ihre Zustimmung zu Worten bekundete, die ungesagt blieben. Sie watschelte zurück in ein Zimmer. Eine Ewigkeit später kam sie mit Papier und Stift wieder zum Vorschein. Sam kritzelte eine hastige Notiz, sprang die Stufen wieder hinauf und heftete sie an seine Tür.

»Mr Sam Linnfer ist zurzeit aus geschäftlichen Gründen in Oxford. Bitte wenden Sie sich an seinen Assistenten.« Er hatte keinen Assistenten, aber das war nicht der Punkt.

Auf der Straße starrten ihn aus jedem Auto Augen an, und der Himmel kam ihm voller Raben vor. Er versuchte, sich an das zu erinnern, was er über das Aufspüren von Verfolgern wusste. Achte auf Autos, suche nach Details, an denen du sie identifizieren kannst. Achte auf Gesichter in Autos. Achte auf Fußgänger, die zu viel Zeit damit verbringen, in dieselben Schaufenster zu schauen wie du. Erinnere dich, zu welchen anderen Kontaktpersonen Adam Zugang hatte, von welchen anderen er wusste.

Sam ging mit forschem Schritt die Straße hinab, vorbei an Bushaltestellen und endlosen Läden mit Sonderangeboten. Dieser Ort, anders als Holcombe, hatte alle Persönlichkeit verloren. Teenager drückten ihre Nasen gegen das Fenster von GAP, und Geschäftsleute tranken überteuerten Kaffee mit Fantasiebezeichnungen wie »Espresso grande« oder »Mocca spezial«. Die Hauptstraße war ein einziger großer Supermarkt, durchschnitten von einem Fluss von Autos und Lastwagen, die aggressiv dem jeweiligen Ende der Straße zustrebten. Der Mann in dem kleinen roten Kabriolett hatte seine Stereoanlage voll aufgedreht, um die klassische Musik der Familie in dem großen grünen Volvo – eine Ehefrau mit geblümtem Seidenschal, ein Vater mit Krawatte und zwei herausgeputzte Kinder mit mürrischem Gesichtsausdruck, die vielleicht einmal Anwälte oder Richter werden würden – zu übertönen.

Thor glaubt, ich hätte Freya getötet. Oder vielleicht auch nicht; viel-

leicht benutzt er das nur als Vorwand, um mit mir ein Hühnchen zu rupfen. Er hasst mich. Warum? Ich habe ihm nie etwas getan.

Es gibt auch keine Beweise gegen mich. Sie haben nichts in der Hand.

Die unvermeidliche Gegenstimme meldete sich. *Thor will nichts beweisen. Er will nur ein Geständnis aus allem herausprügeln, was sich bewegt, und ich habe mich schon zu lange bewegt.*

Er hatte sein erstes Ziel erreicht. Eine Seitenstraße mit einem Gewirr von Marktständen aus Metallgestellen und Plastikplanen, dahinter Imbissstuben, Do-it-Yourself-Shops und Blumenläden, die echte Plastikblumen verkauften, für ein Pfund das Stück. Diese von Abfall gesäumte Gasse voller Lärm und Farben hatte Charme, wenn auch von der zwielichtigen Art, auf der Schattenseite des Gesetzes, mit zweifelhaften Uhren und DVDs mit seltsamen Covern, die irgendwie zur gleichen Zeit wie die Filme selbst auf den Markt gekommen waren.

Hier kaufte Sam einen billigen grünen Anorak und eine Baseballkappe, mit der Überlegung, dass wohl keiner von ihm erwarten würde, solche Sachen zu tragen. Er hatte einen gewissen Stil und genug Geschmack, um sich nicht zu kleiden wie ein Trainspotter. *Hi, ich bin der Fürst der Finsternis, ist das wirklich 'ne Castles-Class-Lok von 1923? Wow, lassen Se mich mal die Seriennummer sehn!* Er bahnte sich seinen Weg zurück zur Hauptstraße und nahm den erstbesten Bus, den er finden konnte. Er hatte ein bestimmtes Ziel vor Augen, aber die Absicht, sich viel Zeit zu nehmen, um dorthin zu gelangen.

Der Bus fuhr die Caledonian Road entlang mit ihren schäbigen Apartmentblocks, heruntergekommenen Reihenhäusern, Tierläden, ihrem Hallenbad und Gefängnis. Aber auch hier gab es so etwas wie Leben. Ein paar Häuserblocks nach Osten lagen grüne Parks und private Gärten und luxuriös sanierte Häuser, in denen sich Bankiers, Steuerberater und Politiker einträchtig in bürgerlicher Eleganz zu übertreffen suchten.

Keiner von ihnen sagte, dass sie nahe der Caledonian Road wohnten; sie waren aus Islington. Ihre Kinder hatten adrette Frisuren und spielten mit sauberem, neuem Spielzeug. Die Straßen, in denen sie lebten, waren zugeparkt mit Mittelklassewagen, mit denen sie zur Schule gebracht wurden. Und dies keine halbe Meile von den elenden Straßen um das Pentonville-Gefängnis entfernt. Es war, als ob Gott in all seiner Weisheit genau auf dem Mittelstreifen der Straße eine soziale Grenze gezogen hätte, über die hinweg sich der örtliche Pub und die neue Weinstube gegenseitig belauerten und die nur die Tollkühnen zu übertreten wagten.

Bei Kings Cross wechselte Sam den Bus. Der Bahnhof war ein schmuddeliges Gebäude, das durch eine Plaza voller Fast-Food-Läden und Hinweistafeln, welcher Zug heute wieder Verspätung hatte, noch schäbiger wirkte.

In Schrittgeschwindigkeit ging es mit dem nächsten Bus die Euston Road hinab. Von dort bog die Route ab zum Tavistock Square und einem Gebiet von Hotels, Büros und unterirdischen Parkhäusern. Am Russell Square gab es Schatten von hohen Bäumen und Universitätsgebäuden, deren Seminarräume sich bis in die hohen georgianischen Reihenhäuser ausgebreitet hatten. Sam sprang an einer Ampel ab und ging zu Fuß bis Holborn, von wo ein dritter Bus ihn bis zum Fluss brachte. Während er das Embankment entlangging, nahm er sich viel Zeit. Er war immer noch auf der Hut vor Verfolgern, ob magischer oder irdischer Natur, auch wenn er sich inzwischen ziemlich sicher war, dass es keine gab.

Außerdem musste er sich Gedanken darüber machen, was er sagen sollte. »Hi, du warst mal Spion und hattest Zugang zu einem Netzwerk, das ich brauche. Wo ist es?«

Die Antwort lag auf der Hand: »Aber das ist sechzig Jahre her, und du warst es, der beschlossen hat, das Mondgespinst-Netzwerk stillzulegen.«

Warum hatte er das getan? Hatte er sich selbst überzeugen wollen, dass er es nicht mehr brauchte und ein nettes friedlichen Leben ohne seine Hilfe führen konnte? Ein übereilter Entschluss, gelinde gesagt.

Jedoch nicht so übereilt, als dass er jede Tür hinter sich zugeworfen hätte. *Du hast sie ein Stück in das Netz eingeführt, für den Fall, dass sie einmal dessen Hilfe brauchen würde. Und weil sie eine Hintertür hat, hast du auch eine. Vielleicht warst du gar nicht so naiv.*

Der Fluss stand hoch, da Flut war, und die Spur einer Meeresbrise blies die Schwaden des Ufernebels fort; es war sogar möglich, den Lärm des Verkehrs zu überhören, der sich auf Westminster zubewegte. An einem kleinen Park neben einem der großen Hotels, die diesen Teil von London okkupierten, bog Sam ab und stieg zwischen riesigen Gebäuden voller Staatsbediensteter eine Treppe hinauf, wobei er zwei Stufen auf einmal nahm. Die Treppe endete in einer Seitenstraße, leer bis auf ein Postauto. Er ging jetzt schneller, da sein Ziel in Reichweite war, schlüpfte durch weitere kleine Straßen, wo das Sonnenlicht selten über die hohen Gebäude spitzte, bis der Straßenverkehr zu einem fernen Dröhnen abgeebbt war, weniger als eine Minute und doch eine Welt von dem Ort entfernt, an dem er sich befand.

Das Haus, nach dem er suchte, hatte zwei Messingschilder neben der Tür. Auf einem stand zu lesen, dass im Erdgeschoss die Kanzlei Noble & Transton residierte, Anwälte der sehr Reichen und Trivialen, Betteln und Hausieren verboten. Ein sehr viel kleineres Schild, verwittert und an den Kanten grün angelaufen, wies die Wohnung von Mrs Annette Wilson aus.

Er drückte die Klingel, und aus dem Lautsprecher drang eine kurz angebundene Stimme mit einem leichten französischen Akzent: »Ja, bitte?«

»Ich bin's. Luc.«

Ein langes Schweigen folgte. Luc versuchte, sich auszumalen, was sie jetzt wohl tat. Wahrscheinlich starrte sie im Schock auf die Sprechanlage, versuchte, sich zu überzeugen, dass ihre ertaubten Ohren nicht gehört hatten, was sie gehört hatte, rieb ihre verwelkten kleinen Hände aneinander und streckte ihren gebeugten Rücken, um den Türöffner zu drücken. Hatte sie nicht eine Haushälterin? Er erinnerte sich: ein Mädchen mit wässrigen Augen, das kaum ein Wort Englisch sprach und sich um Annette kümmerte, als wäre es eine Strafe für ihre Sünden in einem früheren Leben.

Schließlich summte die Tür, und er drückte sie auf. Die Eingangshalle war marmorverkleidet und kalt. Er lief die Stufen hinauf, um nach der Februarkühle, die draußen herrschte, ein wenig Wärme in sein System zu kriegen. Eine schwere Tür mit Paneelen öffnete sich, und jene besagte Sünderin blickte auf ihn herab und fragte mit einem schweren Akzent: »Mr Luc?«

Er nickte, und ohne ein weiteres Wort ließ sie ihn ein.

Der Teppich war so dick, dass Sam das Gefühl hatte, von ihm verschluckt zu werden. Er hatte vergessen, was für einen Sinn für Luxus Annette hatte. Sie war keineswegs eine arme Frau – die französische Regierung hatte sie gut belohnt für ihre Tätigkeit in der Résistance, und sie hatte eine Sammlung reicher Ehemänner hinter sich gebracht, wie ein Kind seine Lieblingsbonbons auflutscht, eins nach dem anderen. Plastiken, seltsame Dinge aus verdrehtem Holz, schmückten die Winkel des Raumes, und Lampen mit gebogenen Stielen beleuchteten zahlreiche Gemälde, darunter einige von ihr. Als Künstlerin war Annette gut gewesen. Mindestens ein Regal war voller Bücher über ihre Lieblingsbeschäftigung – Weben. *Arme Annette. Können deine Hände heutzutage überhaupt noch etwas halten?*

Und da war sie. Gekrümmt saß sie in einem großen Sessel

voller Kissen. Selbst jetzt war in ihrem alten, runzligen Gesicht noch zu lesen, wie hübsch sie einst gewesen war. Ihre Augen, immer noch schrecklich hell vor Intelligenz, musterten ihn kritisch, als sie die Sünderin mit einer vagen Handbewegung aus dem Zimmer schickte. Schließlich ergriff sie das Wort.

»Es ist wahr. Du wirst nicht älter, stimmt's? Warum kannst du nicht alt werden, Luc? Warum konntest du nicht sein wie meine Ehemänner? Sobald ich sie geheiratet hatte, vergaß ich warum, weil sie plötzlich alt und leblos waren. Warum konntest du nicht sein wie sie?«

»Wie geht es dir?«, fragte er, hockte sich zu ihren Füßen nieder und nahm ihre Hand, ihre kalte, schlaffe Hand. Sie lächelte zufrieden bei seiner Berührung.

»Du wirst nie alt«, murmelte sie müde. »Wie viele Herzen hast du gebrochen, weil du nicht sterben wolltest wie der Rest von uns?«

»Ich brauche Hilfe. Ich muss Verbindung mit ein paar alten Freunden aufnehmen. Sehr alten Freunden. Ich weiß, wir haben das Netzwerk stillgelegt, als der Krieg vorbei war, aber ich brauche nun wieder Zugang dazu.«

»Welches Netzwerk?«, fragte sie matt. »Es gab so viele.« Annette war mit dem Fallschirm hinter den feindlichen Linien abgesprungen und dann immer in Bewegung geblieben.

»Unser Netzwerk. Das, worüber niemand sonst etwas wusste. Das Netzwerk, das einem half, wenn man ihm half. *Unser* Netzwerk.«

»Ah ja«, sagte sie, als erinnerte sie sich erst jetzt. »Das Mondgespinst-Netzwerk, gegründet neunzehn-einundvierzig, angeführt von Luc Satise. Zweck ...« Ihre Stimme verlor sich wieder, als sie sich an die ungeschriebenen Akten zu erinnern versuchte, die keiner aufzuzeichnen gewagt hatte. »Hilfe von nicht-irdischer Art gegen Besatzungsmächte einzusetzen. Magie. Kannst du immer noch deine Zauber wirken, Luc?

Kannst du immer noch mit einem Hauch Feuer anzünden und den Wind singen lassen?«

»Das Mondgespinst-Netzwerk«, wiederholte er. »Du warst eine Agentin für verdeckte Operationen. Ich trat an dich heran und sagte dir, ich könnte dir Zugang zu einer Gruppe von Widerständlern verschaffen, Saboteuren, die von niemandem aufzuspüren wären, einem geheimen Netzwerk ganz besonderer Art.«

»Mondgespinst«, sagte sie träumerisch. »Du warst unser Glücksbringer. Immer wenn bei der Résistance etwas fehlschlug, aber alle lebend davonkamen; immer wenn wir verfolgt wurden, und ein Nebel kam auf; immer wenn eine Bombe nicht hochging und wir dachten, wir hätten versagt, doch sie explodierte, als wir Meilen entfernt waren – wir nannten es Glück. Doch das war es nicht, nicht wahr? All diese außergewöhnlichen Spezialisten.« Sie runzelte die Stirn. »Das Mondgespinst. Aber es wurde aufgelöst. Die Welt sei noch nicht reif für Magie, sagtest du. Und Frieden war das ultimative Glück.«

»Ja«, sagte er schnell. »Das Mondgespinst wurde aufgelöst; es wurde nicht mehr gebraucht. Doch ich habe einige der Quellen weiter gepflegt, für meine eigenen Zwecke, verstehst du. Erinnerst du dich an Adamarus?«

»Ach, ja. Er hörte das, was andere sagten, als eine Art Lied. Wenn jemand log, dann hörte er Missklang. Oder war das der andere …?«

»Ja – Adamarus war der Wahrheitsfinder. Ich war der Anführer. Und du warst unsere Verbindung mit der ›realen‹ Welt; du hast uns gesagt, was wann und wo gewünscht wurde. Erinnerst du dich an Wisperwind?«

»Das war der, der den Nebel rief, nicht wahr? Die Rettung für den Notfall«, murmelte sie, in Gedanken weit fort in einer anderen Zeit, an einem anderen Ort. »Der, den ich anrufen sollte, falls irgendetwas schiefging.«

»Ja. Ja, den meine ich. Wie war das Verfahren zur Kontaktaufnahme, das er dir gab? Wie solltest du ihn rufen?«

Doch sie hatte den Faden bereits wieder verloren. »Führt deine Familie immer noch Krieg?«

»Ja.«

»Hmm. Und du?«

»Ich stecke bis zum Hals drin, danke der Nachfrage. Mein Haupt-Kontaktmann ist aufgeflogen, und ein erzürnter Verwandter ist mit gewalttätigen Absichten hinter mir her.«

»Ach.« Das schien sie nicht im Geringsten zu sorgen. »Du hast das Netzwerk aufgelöst, als die Alliierten den Spieß umdrehten. Du sagtest, nachdem du vier Jahre lang auf der Seite der Verlierer gekämpft hättest, könntest du dir das schlecht abgewöhnen, und gingst nach Berlin, um Deutsche aus den Trümmern auszugraben, die sie sich selbst zuzuschreiben hatten. Du bist von einem Bein aufs andere gesprungen wie ein aufmüpfiges Kind, das seine alten Freunde satt hatte.«

»Ich habe für die Franzosen gekämpft, als sie starben. Als sie zu töten begannen, habe ich mich um die neuen Leidgeplagten gekümmert. Jeder Arzt hätte dasselbe getan.«

»Aber wenn du so die Seiten wechselst, verlängerst du nur den Kampf.«

»Wenn ich nicht helfe, werde ich das sein, was sie in mir sehen wollen.«

»Du und dein Stolz!« Sie seufzte und warf den Kopf zurück, als posiere sie für einen unbekannten Künstler. »Und warum willst du Wisperwind finden?«

»Selbst wenn das Mondgespinst-Netzwerk offiziell nicht mehr besteht, hören sie alle irgendetwas. Ich will wissen, was sie darüber gehört haben, wer meine Schwester getötet hat.«

Das weckte immer noch kein Interesse. Er hätte genauso gut sagen könne: »Ich möchte hören, wer Zucker statt Salz auf deinen Tisch gestellt hat.«

»Warum wirst du nie alt, Luc?«

»Wie ist das Verfahren?«

Sie begann zu summen. Er hielt ihre Hand fester, als könne er den schwachen alten Geist mit bloßer Willenskraft zu einer Antwort zwingen. Sie hörte auf zu singen und murmelte: »Sag dem Mann im Buchladen, dass du nach einer Erstausgabe von *The Whispering Game* suchst, und warte im Park.«

»Welchem Buchladen?«

»Librairie Rivière«, sagte sie auf Französisch. »Paris. Neben der Kirche.«

»Ist er noch da? Der alte Buchladen, derselbe Besitzer?«

»Der Besitzer war einer von ihnen«, antwortete sie, jetzt wieder auf Englisch, mit einer solchen Leichtigkeit, dass Sam sich fragte, ob sie überhaupt gemerkt hatte, dass sie die Sprache gewechselt hatte. »Er wird nie sterben. Nie, nie und nimmermehr.« Sie flüsterte die Adresse.

Er merkte, dass sie den Tränen nahe war. Also stand er auf, legte einen Arm um ihre Schultern und ließ ihren Kopf an seine Seite sinken.

»Warum willst du einfach nicht sterben?«, flüsterte sie.

»Ich kann nicht. Noch nicht.«

»Ich hasse dich, Luc. Ich hasse dich.«

»Und auch ich liebe dich immer noch.«

Sie schniefte. »Oh, Luc. Warum konntest du nicht jemand anders sein?«

»Dann wäre ich nicht ich.«

»Sag es mir, Luc. Wenn wir sterben, kommen wir alle in den Himmel. Nicht in die Hölle. In den Himmel. Versprich es mir, Luc.«

Er starrte auf sie hinab, von Schuld gepeinigt, fühlte, wie die schreckliche Wahrheit gegen seine Zunge drückte und verlangte, ausgesprochen zu werden. *Nein*, wollte er sagen, *dies hier ist deine große Chance. Dies ist dein Leben, und Himmel und Hölle gibt es nicht – jedenfalls nicht so, wie du es dir vorstellst. Der wirkliche Himmel jenseits des Tores ist ein Ort, wohin weder du noch ich gehen können.*

»Alle kommen in den Himmel«, sagte er leise, beschämt, wie leicht die Lüge über seine Lippen glitt. »Auch du.«

7
Mondgespinst

Die Schwierigkeit war, nach Paris zu gelangen. Zum Glück wusste er, wie lasch die Passkontrolle in Dover in einer frostigen Nacht sein würde, wenn der Regen von allen Seiten zugleich kam und die weißen Klippen den Wind direkt gegen den Fährhafen trieben, der unter ihnen lag.

Andernfalls wäre er wieder versucht gewesen, die Weltenpfade zu benutzen. Aber nein. Es würde vermutlich nicht länger dauern, wenn er die Fähre nahm und von dort den Zug nach Paris. Es hatte Zeiten gegeben, als er stundenlang durch Paris geirrt war, so niedrig war die Verteilung von Toren in der Stadt. Anders als in London waren viele der Tore dort überbaut worden. Manchmal wünschte er sich, Paris wäre schmutziger, dunkler, als es war. So könnte er ein Tor benutzen, ohne sich Gedanken darüber zu machen, ob er inmitten eines gepflegten Parks oder Kinderspielplatzes auskommen würde.

Der Bus von der Dover Priory Station bog zum Eingang des Fährhafens ein, und Sam begann im Geist seinen deutschen Akzent zu üben. Wenn er unter dem Namen Sebastian Teufel reiste, dann sollte er besser auch so klingen. Das Ergebnis ließ ihn dem Schurken in einem James-Bond-Film ähneln, doch es war das Beste, was er zustande brachte. Falls jemand ihn auffordern sollte, Deutsch zu reden, wäre er in Schwierigkeiten. Hoffentlich wollte auch niemand sehen, was er in seinem Rucksack trug. »Golfschläger«, sagte er versuchsweise mit seinem deutschen Akzent und rollte dabei die Silben im Mund.

»Aha. Eine gute Reise.«

»Danke«, sagte er zu der Frau an der Passkontrolle, ganz der höfliche deutsche Tourist. Sie hatte kaum hochgeblickt, um sein Passfoto zu überprüfen. Seine eigenen Sinne waren voll gespannt, lauschten, fühlten nach irgendeinem Zeichen von Thor oder seinen Gehilfen. *Ich bin der Einzige mit wirklich guten Verbindungen hier*, dachte er inbrünstig. *Die anderen sind so auf den Himmel fixiert gewesen, dass die Netzwerke, die sie hier unten haben, mehr als dürftig sind.*

Trotzdem, mit den Walküren ist nicht zu spaßen.

Die *Pride of Calais* war ungewöhnlich voll für eine Abendfahrt. Bei rauer See und solch einem Regen vermieden es die Passagiere, an Deck zu gehen, und drückten sich lieber unter Deck zwischen Spielautomaten und Kiosken herum. Es war unmöglich, irrational, aber als die Fähre sich vom Kai löste und die Lichter von Dover in der Dunkelheit verschwammen, sagte sich Sam, dass er es vielleicht doch gerade noch geschafft hatte. Thor war in England. Die Polizei war in England. Er würde das Mondgespinst-Netzwerk finden, unerkannt. Sie würden wissen, wo Andrew war, und Andrew würde alles erklären. Alles erschien mit einem Mal ganz einfach.

Doch es war zu schön, um wahr zu sein.

Als er in einer der vielen Bars saß und an einem Bier nippte, spürte Sam etwas und wusste, dass es die Antwort auf seine Sondierungen war. Er erstarrte, sah sich in plötzlicher Panik um. Ein schlafender Lastwagenfahrer; eine müde Frau, die versuchte, die *Times* zu lesen; ein paar Geschäftsleute, die sich unterhielten. Zahlreiche Leute in Freizeitkleidung, die alle nicht schlafen konnten, da das Schiff sich hob und senkte. Draußen an Deck war es dunkel.

»Und wohin wollen Sie?«

»Wie bitte?«, fragte er, wobei er sich gerade noch rechtzeitig an seinen deutschen Akzent erinnerte.

Der Barkellner, praktisch der Einzige auf dem Schiff, dem dessen konstante Bewegung nichts ausmachte, polierte ein Glas. »Oh, Sie sind Deutscher ... Warum fahren Sie nach Calais?«

»Ich fahre zu meiner Familie. Ich bin fertig mit meiner Arbeit, und jetzt machen wir Urlaub.« Sein nervöses Lächeln wurde verstärkt durch den Alarm, der nun seinen sechsten Sinn schrillen ließ. *Gefahr. Gefahr ist nahe.* »Ich liebe Golf, wissen Sie.«

»Ach ja? Sind das Ihre Schläger?«, fragte er mit Blick auf das Bündel, das Sam auf den Knien liegen hatte.

»Ja.«

»Oh ... Haben Sie Kinder?«

»Zwei Mädchen, kleine Lauser«, sagte er mit dem verlegenen Lachen eines stolzen Vaters, der versucht, nicht anzugeben.

»Ach. Ich habe selbst ein Mädchen. Hat nächste Woche Geburtstag. Liebt die Teletubbies, leider Gottes.«

Sam gab ein weiteres unsicheres Lachen von sich; er wusste nicht, ob die Deutschen Teletubbies hatten oder ob sie davon verschont geblieben waren. Etwas bewegte sich in der Dunkelheit draußen auf dem Deck. Sein Kopf fuhr herum wie der einer Schlange, doch es war niemand dort.

»Sauwetter, nicht wahr?«, meinte der Barkellner.

»Oh, ja. Entschuldigen Sie, aber ich muss raus und frische Luft schnappen. Es ist etwas stickig hier drin.«

»He, es ist nicht schön da draußen.«

Sam überging den Einwand. »Könnten Sie so lange auf meine Tasche aufpassen?«

Als er die Glastür aufschob, die aufs Deck hinausführte, peitschte ihm der Regen ins Gesicht. Sein Magen revoltierte. Er stemmte die Tür hinter sich zu und schob sich seitwärts das dunkle Deck entlang, wobei er jeden Schritt mit Vorsicht setzte. *Ich kann dich spüren. Ich weiß, dass du hier bist.*

Über ihm bewegte sich etwas. Er rannte los und bog um eine Ecke, wobei seine Füße auf dem glitschigen Deck fast den Halt verloren. Rutschend kletterte er eine Metalltreppe hinauf, drehte sich auf dem oberen Absatz, dann eine weitere Treppe, und schließlich stand er auf dem Oberdeck und spähte in die Dunkelheit.

Hier peitschte der Regen von allen Seiten zugleich, und die riesigen Schornsteine der Fähre wummerten laut. Hektisch blickte er sich um, spürte die Bewegung in der Luft hinter sich. Eine Walküre, durchnässt von ihrer Kletterpartie auf dem Deck, schwang sich über die Reling. Er sah das Aufblitzen einer Klinge und duckte sich, riss die Hände nach oben und schloss sie um ihren Arm.

Jahrhunderte des Überlebens hatten Sam seine eigene Kampfmethode gegeben, die perfekte Körperbeherrschung und ständige Übung erforderte. Alle Teile seines Körpers bewegten sich gleichzeitig; während seine Ellbogen die Walküre zurückstießen, hakte sich ein Fuß um ihren Knöchel und zog sie nach vorn. Sie fiel, rollte herum – und er war schon wieder woanders, hinter ihr, zog ihre Arme so fest zurück, dass ihr schier die Knochen brachen. Der Dolch fiel aus ihrer Hand. Mit einem Ausdruck der Empörung nahm er ihn auf.

»Stahl?«, schrie er ihr ins Ohr. Sein Griff hielt sie auf die nassen Deckplanken gepresst. Ihr Gesicht war schmerzverzerrt. »Du bist schlecht vorbereitet!«

Sie versuchte zu schreien, weniger um Hilfe herbeizurufen, als um ihm zu trotzen. Doch er hatte ihr bereits ein Knie in den Rücken gestemmt, um gleichzeitig eine Hand um ihren Mund zu schließen. Über das Heulen des Sturms und das Prasseln des Regens hinweg schrie er ihr direkt ins Ohr. »Thor hat dich geschickt, nicht wahr?«

Sie blieb regungslos.

»Hör zu, Mädchen, ich bin der Fürst der Finsternis, der Bastardsohn von Vater Zeit. Und ich bin imstande, dir beide Arme zu brechen, wenn ich keine Antwort kriege. Ich *weiß*, dass Thor dich geschickt hat, also nick einfach!«

Sie nickte. Wütend auf sich selbst, wand sie sich in seinem Griff und versuchte, ihn in die Hand zu beißen.

»Woher hat er gewusst, dass ich über Dover kommen würde?« Er zog seine Hand zurück, und sie begann zu schreien. Sofort hielt er ihr den Mund wieder zu und verdrehte ihr mit einem Ruck den Arm. »Sag's mir! Oder ich töte dich!« Er zog die Hand wieder zurück, ein kurzes Schnippen des Handgelenks, und der silberne Dolch lag in seiner Hand. Die Spitze war gefährlich nahe an ihrem Auge.

»Er weiß, dass Ihr nicht gern die Tore benutzt! Er hat den Walküren befohlen, alle Fähren zu bewachen, und andere angeheuert, die Flughäfen im Auge zu halten.«

»Wen, andere? Menschen oder Elfen?«

»Beides! Ein paar natürliche Zauberer, meistens Elfen.«

Das passte. Wilde Elfen waren diejenigen, gegen die Sam hauptsächlich sein Netzwerk errichtet hatte. Sie gehorchten nichts und niemandem außer ihrem Verlangen nach Magie, um sich davon zu nähren, oder ihrem Trieb, dem stärksten Herrn zu dienen.

Er schüttelte die Walküre härter. »Sag ihm, ich habe Freya nicht getötet. Sag ihm, er soll mich in Frieden lassen!«, schrie er, unbeeindruckt von ihren Anstrengungen. Er legte die Hand auf ihre Stirn. Ihre Augen schlossen sich, ihr Körper erschlaffte, und sie blieb mit dem Gesicht nach unten auf dem nassen Deck liegen.

Vor Kälte zitternd, schob Sam den Dolch wieder in die Scheide. Wenn Thor sämtliche Häfen beobachten ließ, dann hatte er seine Walküren ziemlich ausgedünnt. *Er muss wirklich zornig sein.*

Er kehrte in die Wärme des Schiffsinneren zurück, nahm

seine Tasche an sich, ohne dem erstaunten Barkellner ein Wort der Erklärung zu gönnen, und eilte zu einer Kabine in den Herrentoiletten. Dort zog er seinen nassen schwarzen Mantel aus und ersetzte ihn durch den grünen Anorak. In einem der Bordläden erstand er einen anderen Rucksack, der ihn als »World Trekker« auswies, und stopfte seine Siebensachen hinein. Er setzte die Baseballkappe auf, verzichtete aber auf die Sonnenbrille. Im trüben Februarlicht wäre sie zu auffällig gewesen.

Ferienreisende sind oft enttäuscht bei ihrer Ankunft in Calais. Nachdem man Dover, das größtenteils zerbombt und später behelfsmäßig wieder aufgebaut worden war, hinter sich gelassen hat, wünscht man sich, in einem schmucken Hafen zu landen, wo ein Mann mit einem Strohhut Wein und Knoblauch verkauft. Aber nicht in Calais. Vom Hafen geht es direkt weiter zur Autobahn, von wo aus der Blick über Eisenbahn- und Industrieanlagen schweift. Der Bus zum Stadtzentrum fährt vorbei an Reklamewänden und riesigen Wellblechbaracken, in denen Berge von Beton aufgehäuft sind, in Vorbereitung auf den unseligen Tag, an dem die Welt so viel von diesem Zeug braucht. Das erste Anzeichen dafür, dass man in einem anderen Land ist, ist das Rathaus aus rotem Ziegelstein, in pseudo-mittelalterlichem flämischen Stil, mit einem riesigen Uhrturm. Wie die zynischeren Touristen betonen, ist es sicher nicht Dover Castle. Aber es ist anders.

Das Endziel des Busses waren die beiden Eisenbahnstationen der Stadt, die eine international, die andere regional. Sam kaufte eine Fahrkarte und lief zum Bahnsteig, von dem der Zug nach Paris abging. Er erreichte ihn Sekunden, bevor das Pfeifsignal ertönte. Doch gewiss nicht zu früh. Wann würde die Trance, in die er die Walküre versetzt hatte, abklingen? War es jetzt schon bekannt, dass er in Calais von der Fähre gegangen war?

Kann ich es wagen zu schlafen?, fragte er sich, als der Zug aus dem Bahnhof ratterte. *Oder gibt es mehr Feinde dort draußen, die auf mich warten? Wegen eines Verbrechens, das ich nicht begangen habe? Oder um einer Wahrheit willen, deren Entdeckung Freya den Tod gebracht hat?*

Es war auf einer anderen Zugfahrt gewesen, von Paris nach Orleans, als er sich damals entschlossen hatte, aktiv zu werden. Er hatte dies nur mit Widerstreben getan, da er wusste, wie gefährlich es war, sich in Belange der Sterblichen einzumischen.

Seine Mitreisenden waren eine Frau mit Hut und schickem Mantel, die steif und mit leerem Gesicht dasaß. Entweder eine Spionin oder eine Informantin, sagte er sich aus einem plötzlichen Gefühl heraus. Ein Mann, der grobe, schmierige Kleidung trug, mit ungekämmtem Haar und Schmutz an Gesicht und Händen. Ein paar kichernde kleine Kinder, die ihre Nasen gegen das Fenster drückten und die draußen im Dunkel vorbeirauschende Landschaft zu erkennen versuchten. Eine weitere Frau in einem schäbigeren Mantel, die bei ihrem Mann saß. Auf ihrer Stirn stand eine unauslöschliche steile Falte.

Sam hatte gewusst, dass er früher oder später eingreifen würde. Er hatte die zerbombten Häuser in London gesehen, Gerüchte über Konzentrationslager gehört, war selbst im Warschauer Ghetto gewesen. In seinem Herzen wusste er, das Einzige, was ihn zurückhielt, war Angst. Immer noch fürchtete er die Sterblichen.

»Papiere.« Ein deutscher Soldat, der Französisch mit starkem Akzent sprach, betrat das Abteil. Sams Luc-Satise-Ausweis wurde kurz überprüft und dann zurückgegeben. Die Papiere der Frau mit dem Stirnrunzeln und ihres Ehemanns wurden inspiziert und einbehalten. Der Soldat verließ das Abteil wieder und zog die Tür zu. Von draußen hörte man eine halbherzige Unterhaltung mit seinem vorgesetzten Offizier.

»Sie stehen auf der Liste, Herr Hauptmann.«

»Sind Sie sicher?«

Sam warf einen Blick auf das Paar. Sie hielten einander bei den Händen. Ihre Gesichter waren leer. *Résistance-Kämpfer. Sie sind verraten worden, die Soldaten können sie identifizieren.*

Die Abteiltür wurde erneut aufgestoßen, und der Soldat deutete mit einer Pistole auf die beiden. »Ihr zwei. Mitkommen!«

Ohne ein Wort standen sie auf. Furcht war in ihren Mienen zu lesen. Sam sah in ihre Gesichter, in die Dunkelheit draußen und wieder zurück. Selbst die Kinder waren verstummt.

Der Mann und die Frau wurden in Richtung Zuganfang fortgeführt. Sie hielten die Köpfe gesenkt, in der unterwürfigen Haltung von Gefangenen. Sam wandte sich an seinen Nebenmann und fragte mit leiser Stimme. »Wie weit ist es noch bis Orleans?«

»Wir sind bald da.«

»Man wird sie erschießen, nicht wahr?«

»Erst verhören.« Es schien ihn gleichgültig zu lassen.

Sam stand auf. Draußen auf dem schmalen Gang hangelte er sich am Handlauf bis zum Ende des Wagens und schob ein Fenster hoch. Zum Glück trug der Wind den Qualm zur anderen Seite des Zuges. Er steckte den Kopf hinaus und blickte nach vorn zur Lokomotive hin. Seine Augen schlossen sich kurz, als er seine geistigen Fühler ausstreckte. Bremsen kreischten. Sam wurde auf eine Seite geschleudert. Der Zug ächzte unter dem Druck der plötzlichen Verlangsamung. Als er rüttelnd zum Halten kam, stieß Sam eine Wagentür auf und sprang hinunter in die Nacht.

Durch die Dunkelheit rannte er nach vorn den Zug entlang. Plötzlich sprang vor ihm ein deutscher Soldat heraus und schrie den Lokführer an. Sam duckte sich unter einen Wagen, kroch zur anderen Seite hindurch und lief geduckt weiter den Bahndamm entlang. Jetzt schrien bereits zwei Soldaten auf das Zugpersonal ein, das sich verwirrt auf dem Führerstand drängte, um herauszufinden, warum die geölte und bislang reibungslos funktionierende Maschinerie sich plötzlich gewaltsam sperrte.

An den Abteilen der ersten Wagenklasse angekommen, riskierte Sam einen Blick durchs Fenster. Zwei gelangweilte deutsche Soldaten hielten mit angelegten Gewehren das stumme französische Paar in Schach. Die Gefangenen trugen Handschellen, und das Gesicht des Mannes zeigte bereits Anzeichen eines Blutergusses am Mund.

Wieder fasste Sam einen Entschluss, auch wenn er sich selbst dafür einen blinden Narren schalt. Alle vier Köpfe fuhren herum, als er gegen das Glas klopfte. Er klopfte noch einmal, dann trat er schnell zurück und presste sich gegen die Seite des Zuges. Die Tür ging auf, und ein deutscher Soldat streckte den Kopf heraus. Sam sprang hoch, packte ihn um den Nacken, zog ihn in die Dunkelheit, wobei er rigoros sein Bewusstsein durchforstete. Ein sterblicher Geist, unvorbereitet – davon abgesehen hatten die Menschen es nie verstanden, sich gegen die Gedanken eines anderen zu verteidigen. Ein Ruf ertönte, und der Kamerad des Soldaten erschien mit angelegtem Gewehr in der Wagentür. Doch Sam stand bereit, ihn in einem Netz aus Magie zu fangen. Als der Mann heraussprang, trug ihn sein Sprung bis über den Bahndamm hinaus. Ein Aufschrei, ein Wimmern, dann blieb er liegen; sein Bein stand in einem unnatürlichen Winkel ab. Mehr Schreie und Rufe waren zu hören.

»Kommt!«, rief Sam. Der Mann und die Frau brauchten keine weitere Aufforderung und kletterten so schnell aus dem Zug, wie es ihre Handschellen erlaubten.

»Beeilt euch!« Sie rannten los, brachen sich blindlings ihren Weg durch das Dornengestrüpp am Fuße des Bahndamms. Hinter ihnen ertönte Gewehrfeuer, und Sam spürte, wie ihn etwas im Rücken traf. Der Schlag schleuderte ihn herum und warf ihn zu Boden. Der Mann und die Frau hielten inne, doch mit einer atemlosen und schmerzerfüllten Stimme rief er: »Weiterlaufen!« Sie zögerten, dann flohen sie in die Dunkelheit.

Keuchend vor Schmerz kroch Sam auf Händen und Knien durch Dornsträucher und Farngebüsch. Die Ranken zerrissen seine Kleider, und seine Hände bluteten. Nach Luft ringend brach er hinter einem Baum zusammen. Er konnte bereits spüren, wie sein Körper die Trance einleitete, welche die Wunde heilen würde, doch er ließ es nicht dazu kommen. Die unwillkürliche Starre, die der Heilungsprozess mit sich brachte, war ein Überbleibsel aus den Tagen, als die meisten Waffen nicht in einem stecken blieben. Kugeln waren anders. Er biss die Zähne zusammen und konzentrierte sich auf das, was er tun musste. Schmerz zerriss seinen Rücken, als endlich die Kugel frei kam, wie von einem ungeduldigen Chirurgen herausgezogen, den die Schmerzen anderer nicht kümmerten.

Das kommt davon, wenn man sich einmischt, dachte er bitter, bevor er der Länge nach mit dem Gesicht nach unten zu Boden fiel.

Er war aufgewacht an einem Ort, der nach Tod stank, und wusste, dass er noch nicht außer Gefahr war. Sein Rücken brannte wie Feuer, und sein Herz begann gerade erst wieder seinen normalen Schlag zu finden. Sein Körper war aus seinem vorherigen Zustand gerissen worden, weil die Trance durch einen Warnmechanismus durchbrochen worden war. Gefahr hatte ihn geweckt, eine Gefahr, der er nur bei vollem Bewusstsein begegnen konnte.

Er lag mit dem Gesicht nach unten in einer schlammigen Grube. Er trug dieselbe Kleidung wie zuvor, durchtränkt von seinem eigenen Blut. Als er sich fragte, wer er war und was er hier tat, klatschte ein Klumpen nassen Lehms auf seine Beine. Dann ein weiterer. Mit der Rückkehr des Bewusstseins hörte er das Knirschen einer Schaufel und spürte mehr Erdreich herunterprasseln. Irgendjemand war dabei, ihn zu begraben, ohne Sarg, in einem namenlosen Grab.

Auch wenn jeder einzelne Nerv dagegen aufschrie, stemmte er sich hoch. Es war ein einzelner Franzose, der ihn begrub. In seinem Schrecken ließ der Mann die Schaufel los, sodass sie dumpf zu Boden polterte.

»Hi«, sagte Sam. Schlamm tropfte von seinem Gesicht, als er seinen ausgedörrten Mund zu bewegen versuchte.

Der Mann drehte sich um und rannte davon. *Na, so schlimm sehe ich nun auch wieder nicht aus,* dachte Sam, bevor er erneut das Bewusstsein verlor.

Der Zug kam nach Mitternacht in Paris an, und Sam stellte fest, wie schwer es war, ein Hotel zu finden, das rund um die Uhr geöffnet hatte. Schließlich fand er eines in einer Seitenstraße, wo das Mädchen am Empfang, das von irgendwo aus Osteuropa stammte, vor Müdigkeit fast umfiel. Er buchte ein heruntergekommenes Einzelzimmer unter dem Namen Michel Lesson, den er aufs Geratewohl wählte, in der Hoffnung, dass ihn niemand nach seinem Ausweis fragen würde.

Als die Uhren der Stadt zwei schlugen, schlüpfte er wie schon so oft zuvor in eines jener fremden Betten in einem muffigen Zimmer mit einem Schwarzweißfernseher und einem Fenster, das auf Betonfassaden hinausblickte, und schlief ein, ohne sich auch nur Gedanken wegen seiner sonst üblichen Schutzzauber zu machen. Er war einfach zu müde.

Seine Träume waren voller Bilder von Schneestürmen in den tibetischen Bergen, Historikern, Andrews, Gails sowie Freyas Blut an den Händen eines Bruders. Obwohl er unter mehreren Decken lag, erwachte er zitternd vor Kälte.

Der Buchladen lag neben einer kleinen Kirche, die Sam, wäre da nicht das Schild gewesen, das sie als Haus Gottes auswies, wahrscheinlich übersehen hätte. Es war eine jener modernen Kirchen, die in dem Glauben gebaut worden war, dass das Gebet allein zählte, nicht der Ort, wo man es sprach. Doch was der Kirche an Persönlichkeit mangelte, machte die *Librairie Rivière*, gegründet im ersten Jahr des zwanzigsten Jahrhunderts, mehr als zehnmal wett.

Sam stieß die Tür auf, die mit fünfzig Jahre alten Plakaten beklebt war, und hörte den gedämpften Klang der alten Schelle. Er blickte sich um. Der Laden wurde ganz offensichtlich von einem Sammler geführt, und zwar einem leidenschaftlichen. Es gab eine Vielzahl von signierten Exemplaren, einige Erstausgaben, ein ganzes Regal mit alten Manuskripten und sogar eine Originalausgabe von *Pride and Prejudice*, die darauf wartete, für mehrere tausend Euro in den Besitz eines ungeheuer reichen Büchernarren zu wechseln. Eine rötlichgelbe Katze lag zusammengerollt und friedlich schlafend auf einem Regal. In einer Ecke bildete ein Haufen Kissen eine Kuschelecke für Kinder zum Vorlesen von Geschichten. Ein Auslagekästchen mit Broschüren zeugte davon, dass dies ein »Gemeinde«-Buchladen war.

Die Kasse war nicht besetzt. Sam sah sich mit Absicht erst ein wenig im Laden um, bevor er an die Theke trat und die kleine Klingel betätigte, die darauf stand.

»Bin schon unterwegs!«

Ein verhutzelter, kleiner Mann, eher Zwerg als Mensch, betrat den Raum. Er trug eine Brille mit Halbgläsern auf der Nasenspitze, und obwohl er langes graues Haar hatte und einen Wulst um den Bauch, war er so leicht auf den Füßen wie ein Kind. Für Sam war unverkennbar, dass eine Art Schatten ihm folgte, wahrzunehmen nur aus den Augenwinkeln. Dieser Mann, wie Adamarus, wie Wisperwind, war einer von den Anderen.

»Betreiben Sie diesen Laden schon lange?«, fragte Sam leise.

Der kleine Mann sah ihn an und japste, als ihm aufging, was für ein Wesen es war, das da vor ihm stand. »Ziemlich lange, Monsieur«, murmelte er und jonglierte mit seiner Brille, als wäre sie aus nasser Seife. »Wie kann ich Ihnen helfen?«

»Ich suche nach einer Erstausgabe von *The Whispering Game.*«

Der Mann wurde noch nervöser als zuvor, als seine alten Ohren auf einen Kode ansprachen, den er seit vielen Jahren nicht mehr gehört hatte. »Sie kennen nicht zufällig den Autor?«, fragte er mit atemloser Stimme.

Annette hatte nichts über Autoren gesagt.

»Nein. Aber ich kenne den Verlag. Mondgespinst, 1941.«

»Welches Interesse haben Sie an diesem Buch?«

»Ich war der Chef des Unternehmens.«

Der Mann stieß ein nervöses kleines Lachen aus, nun da er nicht nur wusste, was, sondern auch, wer hinter diesem verschlüsselten Ansuchen um ein Treffen steckte. »Ich werde versuchen, es zu besorgen, Monsieur.«

»Ich warte draußen.«

Mit einem teuflischen Lächeln verließ Sam den Laden. Ein Stück Fußweg entfernt war ein kleiner Park, den er von Annettes Berichten kannte. Er ging dorthin, fand eine Bank und setzte sich. Selbst in Paris war der Februar ein ungemütlicher

Monat, und es dauerte nicht lange, bis er sich in die Hände blasen und die Arme reiben musste, um die Kälte abzuhalten. Wie lange würde es dauern, um Wisperwind eine Nachricht zu übermitteln? Würde er überhaupt kommen?

Nach einer Weile stand er auf und hüpfte umher, um sich aufzuwärmen, womit er seltsame Blicke von Vorübergehenden auf sich zog. Mit seinem grünen Anorak und der Baseballkappe war das nicht überraschend. Das modebewusste Paris sah ihn vermutlich als wenig besser als einen Clochard an. Schließlich setzte er sich wieder und bibberte unauffällig vor sich hin, bemüht, niemandem in die Augen zu sehen und den Eindruck zu erwecken, er sei nur ein weiterer einsamer Fremder, welcher auf einen Freund wartete, der nicht kam.

Hinter ihm bewegte sich etwas.

»Du bist in Gefahr«, sagte eine Stimme an seinem Ohr wie das Seufzen des Windes.

»Und ich bin gefährlich.« Er wandte sich um, um Wisperwind besser in Augenschein nehmen zu können. »Danke, dass du so schnell gekommen bist.«

»Ich habe mir gedacht, dass du hierherkommen würdest; es erschien mir das logische Ziel. Ich habe Gerüchte gehört. Jemand von den Erstgeborenen ist tot. Unter den Unsrigen wird geflüstert, dass es Freya ist, die gestorben sei, und dass man nach dir sucht.«

Wisperwind war ein alter, alter Elf, wie Adamarus. Doch während Adamarus leicht als ein normales menschliches Wesen durchgehen mochte, war Wisperwind bleich wie Schnee, mit Fingern so lang und einer Gestalt so dünn, dass es schien, wenn man ihn nur zu stark anhauchte, würde er in tausend Scherben zerspringen. Er trug Bluejeans und ein fleckiges Hemd unter einer blauen Jacke, die an ihm hing, als wäre er vom Hals abwärts ein Skelett. Was bei näherer Überlegung durchaus zutreffen mochte.

In Wisperwinds Gesicht war nichts von der Jungenhaftigkeit, die Sam kennzeichnete, und kein Fremder, der Wisperwind beim Vorbeihuschen erspäht hätte, würde ihn anders als alt bezeichnen. Klugheit, Wissen und Zeit standen in seinen hellen Augen und dem schmalen Lächeln geschrieben, das, wie Beelzebubs, nie seinen Ausdruck zu ändern schien. Doch wo Beelzebubs Züge von Sorge zermürbt waren, war Wisperwinds Gesicht von einem Gefühl der Vorahnung gezeichnet.

Vorahnung, was mich betrifft? Oder was aus der Welt rings um uns her geworden ist?

»Ich weiß, dass die Anderen immer miteinander in Verbindung stehen. Es gibt Dinge, die ich herausfinden muss.«

»Natürlich. Auf unsere eigene Art liebten wir alle Freya. Und ich erinnere mich noch an die alten Zeiten. Das Mondgespinst-Netzwerk.« Wisperwind seufzte, ein Laut wie eine Brise, die von einem trägen Fluss an einem Sommertag aufsteigt. »Wir waren die Einzigen, die wirklich etwas *getan* haben, weißt du? Die anderen hatten viel zu viel Angst vor den Sterblichen. Oder hassten sie, für das, was die Menschen ihnen angetan hatten. Uns aus unseren Heimen vertrieben, unsere Schreine zerstört, uns das Gedenken verwehrt. Doch wir haben etwas *bewirkt.*«

»Hast du eine Ahnung, wie viele Thor nach mir ausgeschickt hat? Ich muss wissen, wie ernst die Lage ist.«

»Thor?«, echote Wisperwind ungläubig. »Nach dem, was ich höre, ist Thor das geringste deiner Probleme. Ein hirnloser Schläger, den du bei jedem Spiel schlagen kannst. Nein, worüber du dir Sorgen machen solltest, ist die jüngere Schule.«

Sam schnappte nach Luft. »Die Jüngeren? Warum sind *sie* hinter mir her?«

»Ich weiß nicht, ob sie im Besonderen hinter dir her sind«, gab Wisperwind zu. »Aber Walküren und Engel sind gesichtet worden. Ich weiß auch, dass gewisse dienstbare Geister angeheuert wurden, um deinen Standort ausfindig zu machen.«

Wann immer Wisperwind das Wort »dienstbar« aussprach, tat er dies mit Inbrunst. Dienstbare waren für ihn gefährliche Widersacher, die die Menschheit und all ihre Werke hassten. »Die mit Verbindungen haben auch die Dienste sterblicher Hexer angeworben.«

»Wen meinst du damit?«

»Diejenigen, die mehr Zeit auf Erden verbringen. Es heißt, Jehova habe Freya nahegestanden, bevor sie starb. Es heißt, dass Odin immer weniger Zeit in Walhalla verbringt, dass er mitunter monatelang auf die Erde verschwindet. Das ist nicht üblich bei Ersten – die Erde ist nur eine Quelle für sie, keine Welt. Einige sagen sogar, Odin sei in die Hölle gegangen, ein Reich, das von allen Ersten gemieden wird. Na ja, fast allen.«

Sam nickte, obgleich sein Herz klopfte. Wenn einer seiner Brüder die Hölle aufsuchte ... »Warum dorthin? Suchen sie Verstärkung?«

»Möglicherweise. Die Hölle hat einiges an Kämpfern zu bieten. Oni. Balors. Es gibt auch Gerüchte von ein paar Titanen in bestimmten Gebieten. Und Erste, wie du weißt, sind in der Hölle hoch angesehen. Die Ankunft eines Sohnes der Zeit, der ein großes Schwert und einen weisen Gesichtsausdruck trägt, würde ausreichen, um eine beträchtliche Gefolgschaft zu sammeln.«

»Sie würden nicht in der Hölle rekrutieren, wenn sie nicht ernsthaft versuchten, ihre Truppen zu sammeln. Traditionell geht man dorthin, wenn man nach ganzen Armeen Ausschau hält.«

»Ich weiß.« Wisperwinds Ton war selbst nach seinen Maßstäben beunruhigend.

Sam blickte scharf auf. »Was sonst noch?«

»Man hat auch Feuertänzer gesichtet.«

Sams Aufmerksamkeit verdoppelte sich. »Wie viele?«

»Zwei wurden in Rom gesehen. Zwei hat man in St. Petersburg erspäht, zwei in New York. Wir sind uns sicher, dass es noch mehr sind.«

»Wo«, begann Sam bedacht, »ist Andrew?« Er erzählte Wisperwind das Wenige, was er wusste, wobei er sich darüber klar war, dass Andrew den unbekannten Faktor in der Gleichung darstellte und zu behandeln war wie ein rohes Ei. Oder wie eine Bombe.

»Wir wissen nicht einmal, wer Andrew ist.«

Sam zog die Fotografie heraus, die der Abt ihm gegeben hatte. »Dieser Mann.«

Wisperwind dachte nach, durchforschte sein Gedächtnis. »Der Mann, der aus dem Kloster floh? Ja ... ein Historiker.«

»Bis du dir sicher? ... Also, wohin ist der Historiker – Andrew – gegangen?«

»Wir wissen es nicht. Mindestens ein Feuertänzer ist hinter ihm her. Vielleicht auch noch eine Walküre. Sie halten seinen Weg bedeckt. Nach der Spur der Dunkelheit zu urteilen, die er hinter sich herzieht, könnte er irgendwo östlich von Polen sein. Unsere Quellen finden es schwer, irgendetwas in Russland aufzuspüren. Wie glauben – aber es ist nur ein Gerücht ...«

»Seit wann haben wir Gerüchte missachtet?«

Wisperwind sah unbehaglich drein. »In Tibet sollen seltsame Dinge passieren. Irgendjemand hat spezielle Bücher zusammengetragen. Seltene Bücher. Den Illthoran, den Arrenisi-Kodex, die Ashen'ischen Berichte, alles Texte mit Bezug auf ...«

»Uranos und die Schlüssel«, sagte Sam leise. »Der Historiker hat nach Büchern geforscht, die mit den Pandora-Schlüsseln zu tun haben.«

Wisperwind nickte. »Aber die Schlüssel sind verschwunden, heißt es. Man braucht alle drei von ihnen, um die Pandora-Geister zu befreien. Um Uranos zu befreien, bräuchte es nur einen, aber der ist verschwunden – sie sind alle verschwunden.«

»So wie die Mannschaft der *Marie Celeste*, aber das hat sie nicht daran gehindert, durch die Anderwelt nach Hause zu wandeln.« Sam senkte die Stimme. »Hat der Historiker sie gefunden? Weiß er, wo die Schlüssel sind?«

Wisperwind zuckte die Schultern.

»Was meinst du?«

Wisperwind wich seinem Blick aus. »Niemand hat je versucht, nach den Schlüsseln zu suchen. Sie sind zu gefürchtet, zu gefährlich, verborgen von Vater Zeit selbst. Doch wenn es nur eine Frage des Suchens ist, dann – ja – gibt es eine Chance, dass er weiß, wo sie sind. Nicht einmal die Zeit kann alle Spuren verwischen. Sieht man, wie viel Arbeit dieser Mensch darin investiert hat, und den Aufwand, den man betreibt, um ihn zu finden, und den Tod Freyas – will man das alles rechtfertigen, muss er irgendetwas von immensem Wert wissen.«

»Die Schlüssel? Er weiß, wo sie sind?«

»Vermutlich. Es spricht einiges dafür.«

Sam ließ die Knöchel knacken. Der Laut ließ Wisperwind zusammenzucken.

»Sag mir«, Entschlusskraft lag in Sams Stimme, »wo ist das nächste Reisebüro?«

8
Der Historiker

Er war wieder im Krieg, in der Rolle des Spions.

In welchem Krieg? Es waren so viele gewesen.

Irgendeinem. Die Regeln waren für alle Kriege gleich.

Er musste Andrew finden. Andrew würde alles erklären – warum Freya sterben musste, welche Verfolger hinter Sam selbst her waren. Und wenn er es nicht wusste, dann würde er zumindest eine Verbindung zu Gail herstellen können, wer immer sie sein mochte.

In seinem Hotelzimmer beendete Sam einen Brief, verschloss ihn und gab ihn Wisperwind. »Ich möchte, dass Thor das hier kriegt, wie auch immer.«

»Was steht drin?«

»Oh, das solltest du wissen«, sagte Sam mit einem Lächeln. »Schließlich hat ihn angeblich jemand aus deinem Umfeld geschrieben. Jemand, der willens ist, meinen Aufenthaltsort zu verraten, und es Thor persönlich sagen möchte. Nur, wer auch immer jener Jemand ist, er wird leider nicht selbst zu der Verabredung kommen.«

»Du willst dich mit Thor treffen? Wird er darauf hereinfallen?«

»Thor wird es glauben, weil er es glauben will. Er wird da sein.«

Wisperwind runzelte die Stirn. »Warum ein solcher Vorwand, wenn du bloß mit ihm sprechen willst?«

»Wenn er weiß, dass ich es bin, wird er nicht kommen. Und ich glaube, er kann mir eine Menge erzählen.«

»Warum Thor? Warum nicht Odin?«

»Weil, anders als Thor, Odin klüger ist, als er aussieht. Thor ist nicht so vorsichtig.«

»Insbesondere, wenn du ihn kontaktierst, wie einer von den Anderen es tun würde?«

»Genau. Und versuche, jede russische Quelle zu aktivieren, die wir haben. Wenn jemand sich weigert, sag ihm, er wird mit schweren Flüchen im Genick aufwachen.« Er seufzte und reckte sich. *So, das war's. Mehr kann ich nicht tun, bis Thor sich meldet und wir den Historiker finden. Nichts außer dem, was ich immer tue – meine Nase in staubige Bücher stecken und hoffen, dass irgendein Hinweis aus der Vergangenheit mir sagt, was die Zukunft bringt.*

»Wohin wirst du gehen?«, fragte Wisperwind.

»In die Hölle.«

Beelzebub warf einen Blick auf Sams Aufzug und brach in Gelächter aus.

»Schnauze!«, schnappte Sam. »Ich wurde dazu gezwungen.« Unmutig streifte er den grünen Anorak ab und warf ihn in eine Ecke. Bello ignorierte ihn und kehrte zu einer langen Liste mit Notizen zurück, die er gerade zu ordnen versuchte.

»Ich habe versucht, etwas über die Schlüssel herauszufinden, während du fort warst«, sagte der alte Dämon, als Sam sich einen warmen schwarzen Pullover überstreifte und sich in den Sessel gegenüber fallen ließ.

»Wie schön«, sagte er, immer noch pikiert über Bellos Heiterkeitsausbruch. »Irgendwas Interessantes?«

»Kommt darauf an, was du weißt.«

»Über die Pandora-Schlüssel? Nur Legenden. Das ist alles, was man dem Dienstpersonal erzählt hat.«

Beelzebub beachtete die Bitterkeit und den Zorn in Sams Stimme nicht – für ihn als Dämon waren solche Gefühle ein alltäglicher Teil des Lebens. Er fuhr mit langem Finger über das Blatt mit seinen Notizen. Aus einem bestimmten Blickwinkel gesehen, ähnelte sein Fingernagel einer Klaue. »Wusstest du, dass die Fürsten des Himmels einst versucht haben, die Schlüssel zu zerstören – und die Geister, die sie gefangen hielten?«

»Ich weiß. Ich weiß auch, dass es ihnen nicht gelungen ist.«

»Wusstest du, dass Chronos es einmal versucht hat?«

Das weckte Sams Interesse. »Mein Vater? Was hat er gemacht?«

»Er hat versucht, jede einzelne Tür zu zerschmettern, um die Geister dahinter jeweils mit einem einzigen Schlag zu vernichten. Doch er vermochte es nicht. Die Erde ist ein Schatten des Himmels, die Hölle ein Schatten der Erde. Die Pandora-Geister zogen Macht aus dem Hass, dem Argwohn und der Gier der Erde und erneuerten sich genauso schnell, wie Vater Zeit sie zerstören konnte.«

»Wann war das?«

»In dem Jahr, bevor du geboren wurdest. Falls das irgendetwas zu besagen hat.«

»Davon wusste ich nichts.«

»Nun ja, es hat damals ziemliches Aufsehen erregt – dass die Zeit nicht imstande war, etwas zu zerstören. Die Leute waren mehr als nur ein bisschen erschrocken über diesen Beweis der Macht der Geister. Und über Uranos' Macht ebenso.«

Sam verzog das Gesicht. »Uranos. Ich schätze, er hat nicht mal einen Kratzer abbekommen.«

»Ich glaube nicht … Ich habe auch mal einige der hölleneigenen Aufzeichnungen durchstöbert. Du weißt, dass Belial ein Nachkomme von Zeit und Chaos in dritter Generation ist?«

»Ich hab davon gehört.«

»Belial wurde einmal nach seiner Abkunft befragt. Als er darüber sprach, dass Chaos eine Königin des Himmels sei, soll er gesagt haben: ›Chronos hat ihr nie ganz getraut. Sie war eine von den vielen, denen er nicht gesagt hat, wie man die Pandora-Geister vernichten kann.‹«

Sam, obgleich er in der Hölle war und damit so fern vom Himmel, wie man nur magisch sein kann, reagierte dennoch wie ein perfekter Sohn von Vater Zeit. »Unmöglich. Wenn er selbst die Geister nicht vernichten konnte, kann es keiner.«

»Logisch betrachtet ist Chronos als Verkörperung der Zeit am wenigsten geeignet, sie zu zerstören«, gab Bello milde zu bedenken. »Hass, Gier und Misstrauen, ja – er könnte imstande sein, sie zu vernichten. Aber nicht Uranos. Uranos ist alles, was Chronos nicht ist. Wenn diese beiden sich einmal von Angesicht zu Angesicht gegenüberstehen würden, würde nichts übrig bleiben, über das einer von beiden herrschen könnte.«

»Ach, hör auf. Belial wollte sich nur wichtig tun. Er hat versucht zu beweisen, dass er wusste, was jenseits der Tore lag, obwohl er nicht zwischen den Welten wandeln kann. Nun, ob du's glaubst oder nicht, Bello, er hat keine Ahnung. Er kann sich nicht vorstellen, aus welchen Schatten die armselige kleine Welt der Hölle hervorgegangen ist – er kann nicht einmal ansatzweise erraten, was Sterbliche und Unsterbliche zugleich erschaffen und erträumt haben.«

»Ich berichte nur, was ich herausgefunden habe, so wie du mich gebeten hattest. Ob die Quelle authentisch ist oder nicht, kann ich nicht sagen.«

Sam fühlte sich sofort schuldig. *Und ich soll ein Sohn des Himmels sein.* »Tut mir leid.« Ein paar Augenblicke lang starrte er ins Leere, ausdruckslos und starr wie eine Statue, abgesehen von dem Zucken der Finger auf der Sessellehne.

Beelzebub ließ ihm seinen Moment des Nachdenkens. Es hatte keinen Sinn, sich zu fragen, auf welche anderen, verborgenen Erkenntnisse aus seiner langen Vergangenheit Sam zurückgriff.

»Nun denn«, ergriff Sam schließlich wieder das Wort, »was ist aus den Schlüsseln geworden?«

»Sie wurden zerstreut.«

»Wodurch?«

»Durch wen?«, korrigierte Bello automatisch. »Durch Weisheit, die Königin des Himmels, der Chronos am meisten vertraute.«

»Und keiner weiß, wo sie sind?«

»Nein.«

»Hmm.« Wieder Schweigen, diesmal lange genug, um selbst Bello zu beunruhigen. »Sonst noch was?«

»Nichts, was du nicht schon weißt.«

Sam nickte und erhob sich. Bello stand mit ihm auf, was angesichts seines hohen Alters eher ungewöhnlich war. »Das heißt – eine Sache wäre da noch ...«

»Was denn?« Es klang schärfer, als Sam beabsichtigt hatte – er war schon ungeduldig zu gehen, berstend vor neuen Theorien und Plänen.

»Asmodeus. Du solltest wirklich mit ihm reden.«

»Jetzt nicht. Ein andermal.«

»Na gut. Wann immer es dir genehm ist.« Bello machte einen niedergeschlagenen Eindruck.

Sam seufzte und klopfte dem alten Dämon auf den schuppigen Rücken. »Tut mir leid. Doch wenn die Dinge auf der Erde außer Kontrolle geraten, dann weißt du, was in der Hölle geschehen wird. Jede Welt spiegelt die andere, eine wohlbekannte Tatsache.«

»Ich weiß. Aber bitte vergiss es nicht.«

Sam lachte. »Ich? Vergessen? Bei meinem Gedächtnis?«

»Ich habe Angst, dass es dort langsam ein bisschen voll wird.«

»Oh, bitte, hör auf. Das Gehirn ist größer, als einige Leute dir weismachen wollen.«

»Weißt du, warum du mit Asmodeus sprechen solltest?«

»Ich dachte, du hättest es gerade erklärt.«

»Nein.«

Sam verschränkte die Arme und sagte ruhig: »Na schön. Du hast das Schlimmste für zuletzt aufgespart, vermute ich.«

»Da hast du absolut Recht.«

»Schieß los!«

»Das Gehenna-Tor hat sich geöffnet.«

»Und?«

»Ein Weltenwanderer kam hindurch.«

»Du erstaunst mich. War es jemand, den ich kenne, oder einfach bloß so ein Weltenwanderer?«

»Es war Seth.«

Sams selbstgefälliger Gesichtsausdruck war wie weggewischt. *Seth? Was hat Seth mit der ganzen Sache zu tun? Warum Seth, der Sohn der Nacht?* »Seth?«, wiederholte er, um irgendetwas zu sagen. »Was wollte er?«

»Ich weiß es nicht.«

»Wie lange ist er geblieben?«

»Ein paar Stunden. Ich halte das Gehenna-Tor ständig unter Überwachung.«

»Wohin ist er gegangen?«

»Ich weiß es nicht.«

»Du überwachst das Portal, aber bei den seltenen Gelegenheiten, wenn jemand anders als der Fürst der Finsternis hindurchtritt, hältst du es nicht für nötig, dranzubleiben?«

»Er ist ein Sohn der Nacht. In diesem Reich ist es schwer, einem Mann zu folgen, der zur Dunkelheit geboren ist.«

»So wie du das sagst ...«, murmelte Sam. »Du musst irgendwann mal *Dracula* sehen. Toller Film. Du wirst dich biegen vor Lachen.«

»Ich verstehe nicht, was du meinst«, sagte Bello milde, »und das weißt du.«

Sam runzelte die Stirn. »Tut mir leid«, hörte er sich selber wie aus weiter Ferne murmeln. Doch seine Gedanken waren Meilen entfernt. *Das kann kein Zufall sein. Seth . . . hier?*

Er hatte natürlich das Gerücht gehört, dass Seth hinter der versuchten Ermordung von mehr als einem seiner Brüder stecke. Er hatte auch mit Interesse beobachtet, wie der geschniegelte Sohn der Nacht sich in seinen eleganten Kleidern mit Verbeugungen, Schmeicheleien und Charme überall durchgeschlängelt hatte. Der gewiefteste Redner im ganzen Himmel. Der so leicht lügt, wie er seine Schuhriemen zubindet, der selbst den misstrauischsten Zuhörer um den Finger wickelt und ein Lächeln auf sein Gesicht zaubern kann, auf das alle Sterne ihre Gunst scheinen lassen.

Es war in jenem längst vergessenen Zeitalter – bewusst vergessen von Sam –, als sein Vater, Chronos selbst, zu seinen anderen Nachkömmlingen über ihn gesprochen hatte. Dieses Kind ist notwendig für meinen großen Plan. Tut ihm nichts an. Sam war in einem fremden Bett aufgewacht und hatte sich einem Dutzend fremder Gesichter gegenübergesehen, die ihn anstarrten. Du bist ein Bastard, hatten die Gesichter geschrien. Wir haben nichts mit dir zu schaffen, außer dass unser Vater uns dazu gezwungen hat. Und auch wenn wir lächeln und lächeln und dich Bruder nennen, wird es immer Geflüster hinter deinem Rücken geben, und wir werden dich nie, nie als einen von uns akzeptieren. Wir werden dich mit ungesagten Worten vertreiben, bis du taub von ihnen bist.

Jehova hatte ihn völlig aus seinem Leben ausgeklammert. Nicht ein Wort, ob freundlich oder aggressiv, war zwischen ihnen gefallen, seit Sams wahre Herkunft offenbar geworden war. Doch Sam hatte die Gerüchte gehört, die vom Sohn von Glaube in die Welt gesetzt worden waren, und wusste, dass sie von einem geschliffen worden waren, der Glaube wie ein Schwert führte. Damals hatten die Kinder der Zeit sich gefragt, welche Notwendigkeit die Anerkennung eines illegitimen Kindes im Himmel erforderte, und waren im Zweifel gewesen, ob er Feind oder Freund war, und ungewiss über das Ausmaß seiner Macht.

Seth war zu ihm gekommen, in einen Hain an einem Fluss, wo Sam gerne saß. Andere waren auch zugegen, doch sie alle mieden seinen Blick. Alle bis auf Seth.

»Lucifer?«

Sam hatte fragend aufgeblickt und wollte automatisch aufstehen, als er einen anderen Sohn der Zeit sah, wenngleich einen von zweifelhaftem Ruf. Seth lachte und deutete ihm, sitzen zu bleiben, setzte sich selbst zu ihm, als wäre er Sams ältester Freund und ganz ungezwungen in dessen Gesellschaft.

»Nur keine Formalitäten. Ich bin der niedrigste Schurke des Himmels, und es ist nicht recht, dass ein Sohn der Magie vor mir aufstehen sollte.«

»Wenn das so ist, dann freut's mich, dich kennen zu lernen, Schurke«, antwortete Sam. »Was kann ich für dich tun?«

»Oh, ich bin nur bei meinen üblichen Spielchen. Kabalen, Intrigen ...« Er winkte die Worte lässig weg. »Entschuldige, wenn ich gleich mit der Tür ins Haus falle, aber das ist nun mal meine Natur. Sag mir, Lucifer – ich darf dich doch so nennen –, wie groß ist das Ausmaß deiner Kräfte? Ich meine, wirklich?«

Sam hatte gezögert. »Ich weiß nicht, wie ich es bestimmen soll«, sagte er schließlich. Viele Leute, ob auf der Suche nach einem Verbündeten oder um seine Stärke als Feind zu kennen, hatten ihn gefragt, wozu er imstande wäre. Er hatte sofort begonnen, seine Magie argwöhnisch zu hüten. Es war das einzige Geheimnis, das ihm noch blieb.

»Jetzt komm, einem Schurken wie mir kannst du es doch sagen«, sagte Seth. »Tatsächlich bin ich wohl der Letzte, dem du es sagen solltest. Ich muss dich warnen – alle meine Freunde lernen mich sehr bald hassen.«

»Ich werde es mir merken.«

»Jetzt komm!« Sein Lächeln funkelte, und er stieß Sam in die Rippen, als er sprach. »Ich weiß, du traust mir ungefähr so weit, wie du einen Blitz schleudern kannst. Doch das ist der Punkt, nicht wahr? Denn du könntest durchaus imstande sein, Blitze zu schleudern, nach allem, was man weiß.«

»Ich fürchte, ich kann dir wirklich nicht helfen.«

Für einen Moment sah es so aus, als wollte Seth nachsetzen, doch dann wurde sein Lächeln breiter, und er hob die Hände, als gäbe er sich geschlagen. »Nun, ich kann deine Haltung verstehen. Doch wenn ich noch eine weitere Frage stellen darf – du musst sie nicht beantworten, wenn du nicht willst –, aber was ist es? Dieses ... Ding in dir, das freigesetzt wurde, als du das erste Mal die Krone aufsetztest?«

»Ich weiß es nicht.«

»Die Wahrheit und nichts als die Wahrheit?«

»Ja. Unser Vater gebot mir, die Krone aufzusetzen, und ich gehorchte. Welches Geheimnis darin liegt, welche Absicht Vater Zeit damit verband, sie mir zu geben, weiß ich nicht. Ich nehme an, es ist eine Art Bestrafung.«

»Meinst du? Aber er bezeichnete dich als das notwendige Kind.«

Sam sagte nichts. Seine Augen waren auf einen fernen Punkt gerichtet. Sein Gesicht hatte einen Ausdruck von beinahe heiterer Entrücktheit. Auch Seth schwieg: ein brüderliches Schweigen geteilten Leids oder was immer Sam seiner Meinung nach in diesem Augenblick fühlen mochte.

Schließlich sprach Seth mit seiner leisesten, ruhigsten Stimme: »Schau, ich will dir helfen – wir sind schließlich Brüder. Es hat Gerüchte gegeben. Gerede. Ich hatte das Gefühl, ich sollte es dir sagen, das ist alles.«

Sam wandte sich um, sein Gesicht unlesbar. »Sag's mir.«

In seinem verschwörerischsten Tonfall fuhr Seth fort: »Man hat Nachforschungen angestellt. In den Bibliotheken, bei den Mächten, den Elementen. Es hat eine Menge Ideen gegeben, doch die im Augenblick favorisierte ist die, dass dieses ... Licht eine Art Waffe ist. Zum mindesten wird es ein Opfer blenden oder betäuben, wenn es entfesselt wird. Niemand ist sicher, wie es funktioniert, aber man glaubt, das Grundprinzip ist, dass das Licht, wenn es losgelassen wird ... alle Gedanken, alles Bewusstsein, alle Gefühle in sich hineinzieht. Um die Waffe auszulösen, bedarf es nur eines genauen Ziels, auf das der Zauber gerichtet ist.«

»Sprich weiter.«

»Stell es dir nur mal vor. Alle aggressiven Gedanken, die je gedacht wurden, alles Böse, jede Sünde, kondensiert in einem Lichtimpuls. Stell dir vor, was mit den Zielpersonen passieren würde. Ihnen würde der Kopf explodieren.«

Sam sagte nichts. Er starrte wieder in die Ferne und lauschte auf die ungesagten Worte. Schließlich wurde Seth klar, dass er aus seinem Bruder nichts herausbekommen würde.

Er stand auf. »Es ist nur eine Theorie. Doch es gibt Leute da draußen, die es glauben – die sogar Angst davor haben. Die ultimate Waffe, so nennen sie es. Sie fürchten sich vor dir. Ich denke, du solltest das wissen.«

In einem Wirbel von maßgeschneiderter Seide wandte er sich um und war schon im Begriff zu gehen, als Sams Stimme ihn innehalten ließ.

»Du hast den Rest nicht erwähnt«, sagte Sam. Seine Stimme schien seinem Geist folgen zu wollen, so losgelöst klang sie. »Die Gedanken und Gefühle von allem, was das Licht berühren kann, gebündelt auf ein einziges Ziel, würden nicht nur das Ziel vernichten, sondern auch die Person, die diese Kraft trägt. Das heißt, wenn man es in großem Maßstab verwendet. Wenn eine Entladung nur die Gedanken von zehn oder zwanzig Menschen aufgreifen würde, wäre das kein Problem. Der Träger könnte vermutlich mit dem Lärm jener Geister fertig werden, selbst wenn er sie zu Schrecken oder Hass oder Liebe anstacheln würde.

Doch in großem Maßstab – eine Million, eine Milliarde, *zehn* Milliarden Geister zu bündeln?« Er schüttelte den Kopf. »Der Träger würde in einem Meer von Gedanken ertrinken, seine eigene Identität verlieren. Wenn der Schock ihn nicht umbringt, wird er wahrscheinlich den Verstand verlieren. *Ich* würde den Verstand verlieren, wenn ich dies anders als in einem kleinen, begrenzten Umfang versuchte. Tausend Geister, die in meinem Kopf um Raum kämpften, wären genug, mich zu vernichten. Ich weiß es. Tu nicht so, als wüsstest du es nicht, Bruder.«

Seth sagte nichts, doch Mitgefühl lag in seinem Gesicht. Ob echt oder nicht, konnte Sam nicht erkennen.

Es dauerte lange, bis er wieder mit seinem Bruder sprach.

9
Licht und Feuer

»Kommt er?«

Wisperwind hatte in einem zerbeulten alten Toyota auf ihn gewartet, das Kinn in die Hände gestützt, mit einem bekümmerten Blick. Sam riss die Beifahrertür auf, warf seinen Rucksack auf die Rückbank und ließ sich in den Sitz fallen. Er war außer Atem, nachdem er das Stück von der letzten Bushaltestelle aus bergauf gerannt war. Die Fahrt aus Paris aufs offene Land hatte vierzig Minuten gedauert, vorbei an schier endlosen Reihen neuer Apartmenthochhäuser und riesigen Baustellen. Wisperwind parkte auf einem bewaldeten Hügel, von wo aus man in der Ferne einen Fluss erspähen konnte.

»Er kam eben an einem Tor hier in der Nähe an.«

Der Zeitpunkt für das Treffen, zu dem Sam, unter dem Deckmantel eines Mondgespinst-Verräters, Thor gebeten hatte, war erst in einer halben Stunde. Doch Sam war bereits nervös. »Sind alle auf ihrem Posten?«

»Ja.« Wisperwind wand sich. »Dir ist klar, dass wir dir nicht helfen können, wenn er dich angreift?« Als Fürst des Himmels hatte Thor, wie Sam selbst, absolute Macht über die Unirdischen.

»Gib nur Acht, dass du selbst nicht in Schwierigkeiten gerätst. Du weißt, wo wir uns treffen, wenn etwas schiefgeht?«

Wisperwind nickte.

»Gut.« Sam schüttelte Wisperwinds eiskalte, substanzlose Hand, wohl darauf bedacht, nicht zu fest zuzudrücken, und stieg aus dem Wagen. Er ging los, einen schlammigen Weg hinauf, der halb von Farnkraut überwuchert war.

In dem kalten Dämmerschein, der einem winterlichen Sonnenuntergang folgt, war die große, gemauerte Scheune zwischen den länger werdenden Schatten kaum zu erkennen. Sie war seit Jahren von allen verlassen außer dem wuchernden Efeu – und Ratten. Sam hatte sie ausgewählt wegen der Wälder in der Umgebung, die Sterbliche davon abhielten, in die Nähe zu kommen. Er konnte die Augen des Mondgespinst-Netzwerks in der Umgebung als ein Prickeln in seinem Nacken und ein sanftes Summen spüren, das seine Sinne erfüllte.

Er stieß die alte, verwitterte Scheunentür auf und trat in das muffige Düster. Die Dielenbretter unter seinen Füßen knarrten, als wollten sie durchbrechen. Die meisten Fensterscheiben waren zerbrochen, und Dorngestrüpp und Holunder waren hindurchgewachsen. Ja. Es würde gehen.

Als er das Schwert zog, hörte er aus der Ferne einen Automotor. Mit erhobener Klinge drehte er sich um. Von irgendwo draußen war das Schlagen einer schweren Tür zu vernehmen, und bald darauf wurden Schritte hörbar. Sam zog sich tiefer in den Schatten der Scheune zurück. Sie kamen zu früh – aber das war zu erwarten gewesen. Sie wollten prüfen, ob die Luft rein war.

Eine Walküre trat als Erste ein, mit einem langen Schwert in der Rechten. Mit Erstaunen erkannte Sam dieselbe Frauengestalt, der er auf der Fähre begegnet war. Ihr folgte, die mit Runen beschriftete Axt bereits gezückt, ein größerer, dunklerer Mann. Der tief herabgezogene Helm verbarg seine Gesichtszüge. Ein langer grüner Mantel, weiche Rentierstiefel. Kopfbewegungen wie eine Taube, die auf eine Katze wartet.

Und zu allem Überfluss war es der Falsche.

Odin sah Sam und lächelte. »Hallo, Kleiner. Dann waren's doch keine Elfen?«

»Wo ist Thor?«

»Unwichtig, kleiner Lucifer. Kleines Licht und kleines Feuer.«

Mehr Gestalten betraten die Scheune. Walküren mit gezückten Schwertern. Tod glitzerte in ihren Augen. Sam begann zurückzuweichen. »Was habt ihr vor?«, fragte er ruhig. »Warum seid ihr hinter mir her?«

Odin lächelte weiter. »Du hast einen strategischen Fehler gemacht, Lucifer. Du hättest es dir gründlicher überlegen sollen.«

»Du würdest lieber mich töten, als den Mann zu finden, der deine Schwester umgebracht hat?«

»Du bist nach Tibet gegangen, kleiner Lucifer. Du hast mit dem Abt gesprochen. Du hast Fragen gestellt.«

Sam trat noch einen weiteren Schritt zurück. Es waren jetzt mindestens ein Dutzend Walküren in der Scheune. Und Odin war ein Sohn von Krieg. *Das ist so unfair.*

»Woher weißt du, dass ich in Tibet war?« *Etwas hat den Bibliothekar beunruhigt ... er wurde entdeckt. Von Leuten, die Ausschau hielten, die die Bibliothek beobachteten, den Historiker.* »Wozu tust du das?«

Odin schüttelte den Kopf wie im Scherz. Seine Hände hingen herab; er hielt die riesige Axt in der Rechten, als wäre es eine Feder. Sam spürte, wie sein Rücken gegen die Wand stieß. Sehr leise, in den Tiefen seines Verstandes, dachte er: *Verdammt, das sieht wirklich nicht gut aus.*

»Ich versuche zu helfen!«, rief er aus. »Herauszufinden, wer deine Schwester getötet hat!«

»Kleiner Lucifer, will es dir wirklich nicht in den Kopf hinein, dass wir deine Hilfe vielleicht nicht wollen? Freya starb an einer Überdosis Wissen. Du, fürchte ich, wirst unwissend sterben.«

»Es kümmert dich nicht«, hauchte Sam. »Du arbeitest mit ihnen zusammen! Mit den Mördern deiner Schwester!«

Sam hatte, das musste man ihm lassen, immer ein gutes Gespür für den richtigen Zeitpunkt gehabt. Wenn man in die

Ecke getrieben ist und nirgendwohin mehr fliehen kann, dann ist das Letzte, was irgendjemand erwartet, dass man zum Angriff übergeht, als würden einem die Armeen der Hölle auf dem Fuße folgen. Und so, in jenem Augenblick bitterer Erkenntnis, ging Sam direkt auf Odin los. Und während er auf ihn losging, verwandelte er sich.

Vor langer Zeit hatte man ihm einmal von einer Rasse von Anderen erzählt, die Schatten als wirkliche Dinge ansahen und die in Schatten wandeln, Schatten *werden* konnten. Diesen Effekt hatte er nachzuahmen gelernt, unvollkommen, mit Magie – doch ein Dutzend Mal tödlicher. Als er den ersten Schritt getan hatte, war sein Schatten dichter geworden, hatte dann begonnen, selbst einen Schatten zu werfen. Als er seinen zweiten Schritt tat, war der Schatten seines Schattens wirklich geworden. Ein dritter Schritt, und es gab vier Sams, die alle auf die Reihen der Walküren zustürmten, mit silbernen Schwertern und Mord in ihren Augen. Als Sam schließlich sein Schwert hob und es gegen Odin schwang, war die Scheune voll von ihnen.

Für Odin bedeuteten diese Illusionen nichts; er würde sie in einer Sekunde durchschauen. Doch für die Walküren waren sie so real wie die Wirklichkeit, die sie umgab. So geschah es, dass die Walküren jeden Sam außer dem wirklichen angriffen. Und Sam, der unscheinbare, stille kleine Sam mit seinem jungenhaften Lächeln, das in jüngerer Zeit zu selten zu sehen gewesen war, ließ sein Schwert mit aller Kraft auf Odins erhobene Axt niedersausen.

Im Augenblick des Aufpralls, als Odins Arme sich in einem Wirbel zu bewegen schienen, um Sams tollkühnen Schlag zu parieren, wusste Sam, dass er keine Chance hatte. Im Bruchteil einer Sekunde war Odin von einem festen zu einem beweglichen Ziel geworden, eine Reaktion, die Sam mit all seinen Jahren harter Übung und kalter Duschen nie nachvollziehen könnte. Gegen einen Sohn von Krieg auf dessen eigenem Feld konnte Sam nicht gewinnen. Um ihn herum zerschnitten Schwerter die Illusionen wie die Schatten, aus denen sie bestanden, und durch einen Prozess der Eliminierung kamen sie Schritt für Schritt ihrem eigentlichen Gegner näher.

Schwert und Axt ineinander verhakt, blickte Sam direkt in Odins breites Grinsen. »Was hast du vor?«, zischte er.

»Das wirst du nie erfahren«, sagte Odin.

Sam zuckte innerlich die Achseln. »Dann werde ich wohl unwissend sterben. Und ehrlos.«

Odin, bei all seiner Überlegenheit als Kämpfer, hatte nicht erwartet, mit solcher Wucht ein Knie zwischen die Beine gerammt zu bekommen. Als er taumelte, riss sich Sam los. Er duckte sich unter einem Schwerthieb weg, der auf seinen Kopf gezielt hatte, ließ seine eigene Klinge heruntersausen und zeichnete damit eine rote Linie auf den Schenkel einer Walküre, zog das Schwert zurück, um einen Hieb zu parieren – und wechselte es in die Linke, um es in einem Bogen nach oben zu schwingen.

Die Luft bewegte sich. Die Walküren wichen unisono zurück wie ein improvisiertes Ballett. Sam war bereits auf dem Weg zur Tür. Mit einer anmutigen Bewegung seiner Rechten schob er die Walküren, die ihm den Weg versperrten, beiseite. Auf seine Geste hin ging das Stroh in der Scheune in Flammen auf, als sei es mit Benzin getränkt, und ließ sie in Panik auseinanderspritzen. Sam selbst machte sich keine Sorgen wegen der seltsam gefärbten Flammen. Eine wohl platzierte silberne Axt in seinem Rücken würde ihn töten. Feuer nicht.

Einen Schritt vor der rettenden Tür packte ihn etwas am Arm, schwang ihn herum. Er sah in Odins Auge. Im Feuerschein sah es irrer und erschreckender aus denn je. Fast hätte

Sam laut aufgeschrien, als das stumpfe Ende von Odins Axt sein Handgelenk traf und erst Schmerz, dann Taubheit durch seinen Arm schoss. Er hörte das Klirren seines Schwertes, als es zu Boden fiel, sah Odins Axt auf sein Gesicht zukommen, wich zurück und stürzte. Das Feuer war überall um ihn. Die Hitze war unglaublich. Der Schmerz in seinem Arm war auch unglaublich: ein dumpfes Pochen, das irgendwie in seiner Schulter am schlimmsten war, während es dort, wo die Axt ihn getroffen hatte, fast nicht zu fühlen war.

Odin ragte über ihm auf. Wenn Sam je einen Preis für das tückischste Blinken im Auge eines Gegners verleihen müsste, stünde Odin ganz oben auf der Liste der Anwärter. Er fragte sich, welchen Zauber er besaß, den Odin nicht abschütteln konnte. Er spürte, wie Feuer in seinem Innern aufstieg. Kaltes, weißes, blendendes Feuer. Er sah die große Axt aufblitzen. Der Gedanke kam ... *Ach, zur Hölle damit! Es gibt Schlimmeres.*

Er ließ das Feuer wachsen und brennen und sich aufbauen. Schloss die Augen. Öffnete die Hände.

Er hatte die Natur des Lichts nie wirklich verstanden. Niemand hatte sich bemüßigt gefühlt, ihn darüber aufzuklären; es war, als ob er, indem er es besaß, von selbst verstehen würde, was es war und wie man es benutzte. Doch er wusste, dass es sich nach seinen Gedanken richtete, solange sie verständlich und zusammenhängend blieben, und dass es, wenn es nach mehr Menschen suchte, um sich an ihrer Kraft zu nähren, nicht deren Herzen ergriff, sondern deren Geist.

So, auf dem Boden einer brennenden Scheune liegend, öffnete eine einsame Gestalt mit schwarzem Haar ihre Hände und ließ das Licht heraus. Es weitete sich um ihn aus in einem blendenden Kreis von Energie, sodass die Umstehenden vor Schmerz ihre Augen bedeckten. Es brach durch Wände, schoss durch den Geist Wisperwinds und strömte in einem sich rasch ausweitenden Kreis hinaus ins Land.

Und wo das Licht die Gedanken anderer berührte, da antworteten sie auf Sams eigene Angst. So flüsterte es ihnen von dunklen Ecken zu und von ungesehenen Schlangen und von der leeren Straße spät in der Nacht und der halb wahrgenommenen Gestalt im Laternenschein, die fort war, wenn man wieder hinsah. Es nahm die Furcht auf, nährte sich daran, wurde mächtig und stark.

Sam spürte seine Kontrolle entgleiten, als das Licht immer mehr Geister umfasste. Er versuchte, seine Gedanken zu sammeln, doch es war schwer, sich daran zu erinnern, dass er Sam war, nicht Jean-Paul oder Jeannette oder Julien; schwer, sich zu erinnern, dass er Angst hatte, von dem Licht verzehrt zu werden, und nicht vor den Spinnen im Garten und den Ratten in den Abwasserkanälen und der Gestalt, die verschwunden war, wenn man wieder hinsah, und vor den Ecken und der Dunkelheit und den Gedanken und dem Feuer …

Aber da war etwas in seinem eigenen Geist, etwas, was sich heiß anfühlte, als er den Griff darum schloss, heiß wie glühendes Eisen. Der Schmerz in seiner Schulter. *Seiner* Schulter, etwas, auf was er sich konzentrieren konnte: seinen Körper, seinen Geist, sein Ich.

Irgendwo in der Ferne verlangsamte die weiße Front des Lichts ihren Lauf, hielt inne und begann sich dann wieder zurückzuziehen, auf das Zentrum zurückzufallen, wobei das Licht immer heller wurde. Es traf Sam, der schwankte, wie unter einem physischen Schlag. Eine Sekunde lang war alles dunkel. Odin wankte, blinzelte Tränen weg. Die Walküren wagten wieder in Sams Richtung zu sehen … Was jetzt?

Sams Augen öffneten sich. Die schwarzen Iriden waren rein weiß, und die Gedanken, die seinem Gesicht zuvor solches Leben gegeben hatten, waren verloren. Es gab einfach zu viele andere Geister in seinem Kopf, die um Platz kämpften.

Ein kurzes Schweigen trat ein. Dann, mit dem entrückten

Lächeln eines Wahnsinnigen, hob Sam seine Hände und öffnete sie. Ein Strahl von weißem Licht schoss auf Odin zu, traf, wirbelte ihn herum wie eine Puppe. Die volle Kraft der Furcht von tausend Menschen fuhr durch Sam hindurch und wieder hinaus, füllte die Scheune mit dem Schrillen von Insekten, die kamen, um zu töten; dem Heulen von Wölfen im Wald; dem Summen der zerbrochenen Lampe auf der dunklen Straße, die eine Sekunde lang die halb wahrgenommene Gestalt aus der Düsternis riss ...

Selten hatte man Odin je schreien hören. Es war kein besonders eindrucksvoller Laut, etwas zwischen einem Gurgeln und einem Keuchen. Jetzt jedoch stand er eine Sekunde lang wie erstarrt. Dann drehte er sich um, stierte auf das Feuer, als hätte er den Tod darin gesehen, und rannte los. Die Walküren flohen auch, behinderten sich selbst in ihrer Eile, dem wie auch immer gearteten Dämon zu entkommen, der sie verfolgte.

Irgendwie gelang es Sam, sich zu bewegen. Er stemmte sich auf Hände und Knie hoch, versuchte aufzustehen und sackte halb wieder in sich zusammen. Sein Gesicht verzerrte sich, als er die Augen zukniff und seine Ohren gegen das Tosen all jener Geister mit den Händen bedeckte.

Seltsamerweise, obwohl er Odins Geist deutlich wahrnehmen konnte, gab es keine Worte. Nur Bilder. Auf der einen Seite den Schrecken des Unbekannten; das Klacken von Klauen auf steinernen Stufen; das Gefühl, beobachtet zu werden, ohne sehen zu können, wer da war ... Doch auf der anderen spürte er die Entschlossenheit, diesen Feind – ihn, Lucifer – zu Fall zu bringen, und hörte Odins Gedanken.

Und sah die Gesichter in seinem Geist.

Das Gesicht des Mannes auf dem Bild, das man ihm in Tibet gegeben hatte. Andrew. Odin hatte Andrew gesehen. Mehr Gesichter. Freya, so schön im Tod wie im Leben. Jehova, eine stattliche Gestalt, durch Odins Augen betrachtet, Bilder von den beiden beim Händeschütteln, Erinnerungen an Stimmen. *Dein Haus verfällt, Odin,* flüsterte die Erinnerung Jehovas, die Sam bis zu diesem Augenblick nie gehabt hatte, aus Odins Geist gepflückt. *Mein Haus stand immer für sich, allein. Zusammen können wir stark sein.* Erinnerungen, die nicht die seinen waren, blitzten durch seinen Geist, zu schnell, um sie zu sehen. Auch andere, vertraute Gesichter, bei denen Sam plötzlich zum ersten Mal fand, dass er sie nicht verstand. Thor. Michael. Uriel. Seth.

Wer unter diesen war nur ein Werkzeug? Und wer Odins Komplize.

Dann der Schrecken der Entladung des Lichts. Und Odins Gedanken. *Er weiß, wie man das Licht benutzt! Er weiß, wie es töten kann ...*

Die Tür wurde aufgestoßen, und Wisperwind stürzte herein, aufgewühlt bis ins Innerste. Auch er hatte die Auswirkungen verspürt.

»Zeit bewahre«, flüsterte Wisperwind, als er Sam half, auf die Füße zu kommen. »Du hast das Licht eingesetzt?«

»Verbinde mir die Augen«, flüsterte der weißäugige Sam, um einen Gnadenakt flehend.

Wisperwind griff in eine Tasche und zog einen gefleckten Schal heraus, mit dem er Sam die Augen verband. Dann nahm er das Schwert vom Boden auf, und wie ein Krankenpfleger, der einen gebrechlichen alten Patienten aus dem Operationssaal führt, half er Sam, sich zu dem Toyota zu schleppen.

10
Träger des Lichts

Sam war sich bewusst, dass sie zum Flughafen fuhren; oder so hatte er es von Wisperwind gehört. Doch das war das Einzige, dessen er sich in dieser hallenden, brennenden Welt, die durch die Dunkelheit der Augenbinde nur ein wenig erträglicher wurde, sicher war.

»Warum hast du es getan?«, wollte Wisperwind wissen.

»Odin ist einer von ihnen. Er steckt bis zum Hals drin.«

»Wer sonst noch?«

»Da liegt das Problem. Es gab so viele andere, als ich einen Blick in seinen Geist werfen konnte. Ich habe Jehova gesehen – der stach deutlich hervor. Aber was das Ganze bedeutet ...«

Wisperwind schwieg. Er fuhr wie alle Elfen, vorsichtig und genau am Tempolimit. Wie alle seinesgleichen hatte er etwas gegen Autos, und er hasste Autobahnen. Für ihn war jedes Auto ein Monster, das ihn zu erwischen versuchte, und nur grimmige Notwendigkeit vermochte ihn in den Fahrersitz zu zwingen. Er hielt das Lenkrad mit den Fingerspitzen, als ekelte er sich davor, es zu berühren.

»Was hättest du getan, wenn es außer Kontrolle geraten wäre?«

»Dazu ist es nicht gekommen, also fühle ich mich nicht verpflichtet, über diese Frage auch nur nachzudenken.«

Wieder Schweigen. Dann: »Glaubst du wirklich, dass Odin daran beteiligt war, seine eigene Schwester zu töten?«

»Ich weiß es nicht. Doch wer immer Freya getötet hat, ist unglaublich schlau. Ich glaube, Odin soll mich ablenken, während sie nach Andrew suchen. Ich bin überrascht, dass Andrew als Sterblicher so lange überlebt hat.«

»Ich fürchte, jeder Andere im Umkreis von ein paar hundert Kilometern hat gespürt, wie ...«

»Können wir damit aufhören?« Es war das erste Mal, dass Sam so barsch gesprochen hatte.

Diesmal wagte nicht einmal Wisperwind, das Schweigen zu brechen.

Sam verlagerte das Gewicht. »Könntest du vielleicht das Radio anmachen?«, fragte er. Sein Tonfall klang, als wäre er zerknirscht über seinen Ausbruch zuvor. Gewöhnlich mochte er keine Radiosendungen, ob französische oder andere. Die Lieder, die man dort spielte, kamen ihm oft vor wie ein wahnwitziger Spurt ohne Ziel oder ein Gassenhauer, der die blinde Hast des menschlichen Lebens zusammenfasste.

Wisperwind drückte einen Knopf auf dem Armaturenbrett.

»Sind deine Stimmen zu laut?«

»Sie werden leiser.«

»Was machen deine Augen?«

»Keine Ahnung.« Sam zog die Augenbinde hoch und blinzelte, als wäre ein Blitzlicht vor seinem Gesicht aufgeflammt. »Au!«

Wisperwind riskierte einen Blick. »Sie sind grau geworden. Ich glaube, es wird langsam wieder.«

Mit einem Seufzer und einem Schaudern zog Sam die Binde wieder vor die Augen und lehnte sich zurück.

»Keine Sorge, du hast genug Zeit.« Wisperwind drückte andere Knöpfe am Radio, bis er einen Sender mit beruhigender Musik fand. Nach einem solchen Ausbruch war Sams Geist voll von Dingen, die er nur erahnen konnte. »Wenn du angekommen bist, geht direkt zum Hotel, vorausgesetzt, dass du genug sehen kannst. Eine Dschinn wird dort auf dich warten.

Ich folge auf dem Weg durch die Anderwelt. Adamarus wird zu uns stoßen, sobald er sicher ist, dass ihn keiner beobachtet.«

Wie so oft, wenn er in ein anderes Land aufbrach, sah sich Sam einem rapiden Wechsel der Nationalität gegenüber. Um dich diesmal vorzubereiten, begann er laut auf Russisch zu reden: »Dreimal drei ist neun!«, rief er. »Ich bin der Teufel in Person, und was machen Sie? Es gibt ein paar Sprachen, bei denen man für eine perfekte Aussprache eine schwere Erkältung braucht. Ich bin seit Jahren nicht in Russland gewesen. Wie ist mein Akzent?«

»Gut«, sagte Wisperwind in derselben gutturalen Sprache. »Wie willst du den Sterblichen finden, wenn er so scharf bewacht wird?«

»Auf die üble Art. Ich werde jemanden finden, der in Odins Diensten steht, und ihm die Hölle heiß machen, bis er mir sagt, wo ich suchen muss.«

Am Flughafen ging Sam auf unsicheren Beinen über den Parkplatz von einem orangegelben Lichtfleck zum nächsten, während über ihm die Flugzeuge ihre Nasen in den Himmel reckten und davonzogen.

»Schaffst du das?«, fragte Wisperwind.

»Meinst du, ich sollte in diesem Zustand ein Weltentor benutzen?«, fragte Sam in einem Versuch, Humor vorzutäuschen. Er hatte seine Binde abgenommen, aber Wisperwind sah mit Sorge, dass sein gewöhnlich jungenhaftes Lächeln von Schmerz gezeichnet war und seine Augen immer noch hellgrau brannten. *Wäre ich ein Mensch, wäre dies mein Freund,* dachte er mit einem Gefühl des Schocks. *Wäre ich menschlich, würde ich nun Loyalität verspüren. Welch ein interessantes Konzept.*

»Dieser verdammte deutsche Akzent!«, rief Sam aus, während er in einer Tasche nach seinem Sebastian-Teufel-Pass suchte. »Und wir sollten besser die anderen Pässe aus dem Rucksack holen und in meine Tasche stecken. Zumindest mich wird man nicht durchsuchen.«

»Würde mich interessieren, wie du das da durch die Kontrolle kriegst.« Wisperwind deutete auf das Schwert, das wieder auf Sams Rücken hing. »Was, wenn sie es durch die Maschine schieben wollen?«

»Lass das mal den Meister machen.«

Sie gingen zum Air-France-Schalter, wo Sam Französisch mit einem deutschen Akzent zu sprechen versuchte, als er seinen Pass zur Überprüfung vorlegte, bevor er sein einfaches Ticket nach Moskau in Empfang nahm. *Wenn man anfängt, nach irgendjemandem zu suchen, dann am besten in der Mitte.* Sam blinzelte immer noch schmerzgequält, und seine Stimme war von Müdigkeit erfüllt. Wisperwind, dem dieser Zustand nicht entging, meinte: »Summ eine Melodie. Das wird die Laute in deinem Kopf übertönen.«

Sam versuchte es mit »Swing Low, Sweet Chariot«, schief und ohne wirkliche Überzeugung, doch die Falte zwischen seinen Brauen glättete sich ein wenig, und seine grauen Augen wurden allmählich dunkler.

Am Flugsteig angekommen, nahm er Wisperwinds Hand. »Danke für alles, was du getan hast.«

»Wir sehen uns in Moskau«, erwiderte Wisperwind. »Sobald ich ein Andertor gefunden habe.«

Nur die Anderen nutzten die Pfade der Anderwelt. Ob sie nach demselben Prinzip wie die Weltenpfade funktionierten, wusste Sam nicht.

Er sagte: »Pass auf dich auf.«

»Das tue ich immer. Bin ich nicht derjenige, der immer im Nebel verschwindet?«

»Natürlich. Ich hoffe, Adamarus ist so gut wie du beim Abschütteln von Verfolgern, da seine Deckung aufgeflogen ist.«

»Es ist schwer, jemandem durch die Anderwelt zu folgen.«

Die Schlange bewegte sich ein wenig weiter auf den Metalldetektor und die Sicherheitsschleuse zu, und Sam legte einen Finger auf die Lippen. Ein wenig von seinem alten Humor kehrte zurück. »Jetzt pass mal auf, wie der alte Satan seinen Zauber wirkt. Du kannst vielleicht was davon lernen.«

Wisperwind lachte. »Die Geister der Sterblichen beherrscht keiner wie du.«

Er wusste, sobald die Worte heraus waren, wie unangemessen sie waren, in Anbetracht der Sturzflut von Stimmen, die Sam in seinem labilen Zustand noch empfing. Sam aber machte sich nichts daraus und winkte ab. Ohne einen Blick zurückzuwerfen, ging er auf die Schleuse zu, wobei sein Gesicht den leeren Ausdruck eines Passagiers annahm, der einen späten Flug erwischt hatte.

»Wenn Sie bitte Ihre Taschen auf das Band legen würden, Monsieur. Und entfernen Sie bitte alle metallenen Gegenstände.«

Sam nahm seinen Rucksack ab und legte ihn in eine Plastikschale, ebenso das Kleingeld, das er aus der Hosentasche fischte. Dann trat er ungerührt durch den Metalldetektor. Auf den Dolch reagierte die Maschine in keiner Weise.

Ein Mann vom Sicherheitspersonal starrte konzentriert auf den Bildschirm, als Sams Gepäck, das sowohl das Schwert als auch die Krone enthielt, durch die Maschine zu laufen begann. Ja, dachte Wisperwind, der aus einiger Entfernung zusah, er starrte so konzentriert darauf, dass es ein Wunder war, dass ihm die Augen nicht aus dem Kopf fielen.

Plötzlich musste der Mann niesen, dann wieder, gewaltige Explosionen, die seinen ganzen Körper schüttelten. Tränen traten ihm in die Augen, und er tastete blind nach einem Päckchen mit Papiertaschentüchern. Als er sich schnäuzte, klang es wie ein Vulkanausbruch. Zwischenzeitlich waren Sams Taschen durch das System geschleust worden, ohne einen Piepser hervorzurufen. Er nahm sie wieder an sich, ohne einen Blick darauf zu verschwenden – der Magier, dem ein perfekter Trick gelungen ist. Der einzige Hinweis darauf, dass er sich ein ganz kleines bisschen von den anderen Mitreisenden unterschied, war ein selbstgefälliges Lächeln in den Winkeln seiner immer noch dunkler werdenden Augen.

So ist er eben, dachte Wisperwind. Man erwartet ein riesiges Theater mit Feuerwerk, das die Geister der Sterblichen mit Feuerstößen konzentrierter Magie ausradiert, und was macht Sam? Er kitzelt die Nase eines Mannes.

Sam Linnfer, Luc Satise, Sebastian Teufel, Lucifer, Satan, der Widersacher – ein Name so gut wie der andere, wie er selbst zu sagen pflegte – ging weiter auf internationalem Territorium auf eine ungewisse Wahrheit zu, die im Geist eines Sterblichen verschlossen war.

Niemand störte ihn während des Fluges. Er schien zu schlafen, mit einer Sichtblende über den Augen, während der Kopfhörer die Musik spielte, die er auf dem erstbesten Kanal gefunden hatte. Abgesehen von dem gelegentlichen Quengeln eines Kindes war das ganze Flugzeug vom Schlaf zum Schweigen gebracht. Es war die Art von Stille, in der das Brummen der Triebwerke deutlicher wird, zusammen mit dem gelegentlichen Erzittern, wenn die Maschine in eine Turbulenz geriet.

Aber Sam schlief nicht. Wie konnte er schlafen, wenn seine Augen so brannten und das Geflüster zahlloser Geister immer noch in seinem Kopf widerhallte? Das war auch der Grund, weshalb er dem Musikgedudel lauschte – endlose Lieder über das Trauma der Trennung, vermutlich gespielt von Menschen, die alle denselben Haarschnitt trugen. Zumindest übertönte es einige der Stimmen.

Er hätte fast die Kontrolle verloren; das war es, was ihn am meisten schockierte. Er hatte kurz davor gestanden, das bisschen Macht, das er darüber besaß, zu verlieren. Jener alte Fluch, ihm mit Buchstaben aus Feuer in Mark und Knochen geschrieben, der ihn für den Rest seiner Tage verfolgen sollte, hätte ihn fast ereilt. Und er hätte es fast auf die Menschheit losgelassen.

Das Licht . . .

»Tut es weh, wenn du es aussendest?«

Anettes Worte. Er blickte von seinem Studium der Karte auf, überrascht von ihrer Frage. In diesem tiefen, kalten Gewölbe voll von alten Weinflaschen und Spinnweben hatten sie den Plan der örtlichen Résistance-Gruppe diskutiert, eine militärische Anlage zu sabotieren. Ihre Frage war aus dem Nichts gekommen. Mit ihren sechsundzwanzig Jahren war Annette eine Frau, die der Krieg weise gemacht hatte. Seit einem Frühlingsabend im Vorkriegs-Paris hatte diese gut situierte Frau, die geglaubt hatte, die ganze Welt bestehe aus Cocktailpartys, ihren Ehemann verloren, gelernt, mit einem Fallschirm abzuspringen und mit bloßen Händen zu töten, und auf die ihr eigene stille Art ihre Seele dem Satan verkauft.

Doch wie Sam oft sagte, sie hatte keinen Pakt mit ihm geschlossen. Sie hatte ihm ihre Seele einfach aufgedrängt.

»Was soll wehtun?«, fragte er.

»Das Licht. Wenn du es aussendest. Tut es weh?«

Er blickte weiter auf die Karte, auch wenn er sie nicht mehr klar sah. »Manchmal mehr, manchmal weniger. Es hängt davon ab. Meistens sind die Nachwirkungen schlimmer als die Anwendung selbst.«

»Es ist schon seltsam.«

»Was?«

»Nun …« Sie machte eine vage Geste. »Du bist der Teufel. Solltest du nicht reine Finsternis ausstrahlen oder dergleichen?«

»Was ist ›reine Finsternis‹?«

»Oh, also wirklich!«

»Nein, ernsthaft. Welche Wirkung hätte reine Finsternis auf die Welt, wenn sie losgelassen würde?«

Sie runzelte die Stirn. »Ich weiß nicht. Sie würde alles töten, schätze ich.«

»Und was ist die Wirkung des so genannten ›Lichts‹ in mir?«

Sie beantwortete seine Frage nicht. »Lucifer … Luc …«

»Es versengt. Es blendet. Es verzehrt seinen Träger und öffnete die Seelen der Menschen, entfernt jeden Fetzen menschlicher Privatsphäre und legt die dunkelsten, tiefsten Gedanken der Sterblichen bloß, bringt sie dazu, ihre Lügen und ihre selbstsüchtigen Pläne preiszugeben. Jedoch nur die Lügen und den Hass. Es öffnet nichts von der Güte in den Herzen. Unter dieser Voraussetzung, ist es wirklich so überraschend, dass der Teufel es besitzen sollte?«

»Ich glaube nicht«, antwortete sie. Ein paar kurze Sekunden lang, als er von dem Licht in seinem Inneren gesprochen hatte, hatte Sam ihr eine Ahnung davon vermittelt, wer und wie alt er wirklich war. Es beunruhigte sie immer, daran erinnert zu werden, dass sie alt werden und sterben, aber dass dieser Mann vor ihr so bleiben würde, wie er jetzt war. Der Träger des Lichts. Der ewige Schatten, der die Sünder heimsucht. Ihr Luc Satise. Und doch niemandes Luc.

Annette hatte ihn einmal gefragt: »Warum bist du so?«

Er war überrascht gewesen – sie hatte bis 1969 gebraucht, diese Frage zu stellen. Vielleicht hatte sie erst jetzt den Mut aufgebracht, etwas zu ergründen, aus dem sie 1941 gelobt hatte sich herauszuhalten.

In ihrem Haar war bereits eine vorzeitig ergraute Strähne, wenngleich er zu höflich gewesen war, es zu erwähnen.

»Ich weiß, was du denkst. Du denkst, ich werde alt.«

Er öffnete dem Mund, um etwas in der Richtung wie »Nein, natürlich nicht« zu sagen – und sah ihren Gesichtsausdruck. »Oh.«

»›Oh‹? Was bedeutet ›oh‹?«

»Einfach ›oh‹. Wie in … ganz gleich, was ich wirklich denke, bei einer Diskussion mit dir zieh ich doch immer den Kürzeren.«

»Trinkst du immer noch Kaffee?«

»Meine Geschmäcker ändern sich mit den Zeiten. Vor zweitausend Jahren habe ich in Rom Haselmäuse gegessen.«

»Ich habe nie geglaubt, dass sie die wirklich gegessen haben.«

»Du würdest eine Menge Dinge nicht glauben, die man in Rom gemacht hat. Zivilisation führt zu Langeweile und Langeweile zu Anarchie, aber auf eine sehr zivilisierte Art.«

»Und ich habe mir gedacht, *du* würdest *mich* an meine Jugend erinnern. Du klingst älter, als ich aussehe.«

»Dafür könnte es einen Grund geben«, erwiderte er milde.

Sie lächelte leicht und drehte ihren Kopf schräg. »Du hast meinen Gatten kennen gelernt?«

»Den Mann, der draußen das Unkraut jätet?«

»Ja. Das hier ist sein Haus. Das ist sein Großvater an der Wand, das ist sein Sofa, seine Hausbar.«

»Ah.« Der Mann, den Sam draußen gesehen hatte, sah aus wie eine Figur aus einem Roman von Charles Dickens – komplett mit Taschenuhr, Backenbart und vermutlich sogar einem Zylinder irgendwo in einem Schrank im Obergeschoss der herrschaftlichen Villa, die Annette gegenwärtig ihr Heim nannte.

Die Sechzigerjahre schienen an diesem ländlichen englischen Dorf vorbeigegangen zu sein, ohne dass jemand gemerkt hatte, was man verpasste. Außer Annette natürlich.

»Er war im Krieg.«

»Ah. Als was?«

»Als Marinekapitän.«

»Wow! Ich hätte nie gedacht, dass ...«

»Stationiert in der Karibik.«

»Oh. Na ja, ich meine ...«

»Luc, hör auf zu stottern.« Sie starrte ihn an. Dann brach sie in Gelächter aus.

»Was?«

»Ich kann es nicht glauben, dass ich einen Mann anfahre, der Tausende von Jahren älter ist als ich.«

»Ich bin es gewohnt. ›Weißt du, wie alt ich bin, junger Mann?‹ – ›Wer, ich? Ich komm nur gerade zufällig hier vorbei.‹ – ›Ja, du! Als ich noch jung war, da waren die Männer anders. Wie ist dein Name? ... Sam? Was für ein Name soll das sein?‹«

»Also? Was für ein Name ist das?«

»Sam? Ableitung von Satan.«

»Und Luc ist abgeleitet von Lucifer?«

Offensichtlich.

»Welcher ist dir lieber?«

Er zuckte die Schultern. »Lucifer ist der Name, den ich bei meiner Geburt erhielt. Satan nannte man mich, als man herausfand, was mein wirklicher Name bedeutete. Träger des Lichts ist kaum eine angemessene Art, um die Seele der Finsternis, die Verkörperung des Bösen, den großen Widersacher zu beschreiben.« Seine Worte klangen bitter, seine Gedanken weilten bei Dingen, die er zu vergessen versucht hatte.

»Doch welchen von deinen menschlichen Namen ziehst du vor?«

»Keinen. Sie sind notwendig, das ist alles. Luc erinnert mich an das, was ich wirklich bin. Sam erinnert mich an die Verachtung, die mir meine eigenen Brüder und Schwestern zeigten – die mich aus dem Himmel warfen, weil ich bin, was ich bin. Der Bastardsohn. Das notwendige Kind, wogegen alle von ihnen offenbar nicht notwendig waren. Und obgleich Vater Zeit ein bitteres Schicksal über mich verhängte, gab er mir eine Krone. Immer noch glauben sie, er habe mich bevorzugt.«

»Und natürlich bist du dafür verantwortlich, dass die ersten Menschen aus dem Garten Eden vertrieben wurden.«

Das brachte ihn laut zum Lachen, was wiederum Annette erröten ließ. Immer wenn Sam aus keinem erkennbaren Grund lachte, fühlte sie einen Stich der Unzulänglichkeit. *Wer weiß, was er in seinem Leben gesehen hat? Ich bin ein Kind in seinen Händen.*

»Glaubst du das wirklich?«, wollte er wissen. »Du von allen Leuten glaubst noch an das, was in der Bibel steht?«

»Na ja, wurdest du nicht deswegen aus dem Himmel verstoßen?«

»Ich wurde verstoßen, weil ich meinem Gewissen folgte, und ihr Menschen solltet mir verdammt noch mal dankbar dafür sein!«

»Wieso?«

»Ich habe sie *gerettet.* Adam und Eva und wie sie alle hießen. Es gab eine ganze Schar von ihnen. Bereit, für ihre diversen Gottheiten zu sterben, damit eine Gruppe von wichtigtuerischen Weltenwandlern ihren fehlgeleiteten Traum erfüllen und an den Ort über dem Himmel gelangen konnte. Es war ein armseliges, brutales, dummes Experiment, und ich«, er machte eine spöttische Verbeugung, »war das, was Castro für Baptista war.«

»Was ist über dem Himmel?«

»Eden«, sagte er leise. »Das Reich der größten, wärmsten

Mächte. Mächte, welche selbst Chronos ziemlich vulgär aussehen lassen. Eden.«

»Und du hast sie aufgehalten? Warum?«

»Wenn«, erklärte er, immer noch lächelnd, »meine verrückten Brüder mit ihrem Plan, sich Zugang zu Eden zu verschaffen, Erfolg gehabt hätten, wären nicht nur Adam und Eva zugrunde gegangen. Dann hätte die Menschheit nicht einmal lange genug überdauert, um das Rad zu erfinden.«

Doch ich bin nicht bloß meinem Gewissen gefolgt, nicht wahr?, dachte Sam bitter. *Ich habe versucht, etwas zu beweisen. Ich habe versucht, mich von etwas frei zu machen, und ich dachte, zu tun, was ich tat, wäre genug. Was für ein Narr ich war!*

»Hier spricht Ihr Kapitän. Wir werden in einer Stunde Flugzeit in Moskau landen.«

»Erzähl mir von deinem Vater.«

Wieder, später. Als die Sechziger endgültig vorbei waren und die Achtziger zu beweisen versuchten, dass der Marsch durch die Institutionen auch etwas für sich hatte.

»Was gibt es da zu erzählen?«

Annette hatte die Achseln gezuckt. »Wieso ist Chronos der König des Himmels?«

»Wieso nicht? Chronos ist die Zeit. Die Zeit ist aller Dinge Herrscher. Chronos ist das unentrinnbare Schicksal, überall und immer. Chronos weiß, wie das Universum enden wird, sieht seinen eigenen Abgang. Deinen. Meinen. Und tut nichts, außer die Uhren am Ticken zu halten.

Im Himmel, der Raum der Uhren. Ein Raum, erfüllt vom Ticken. Die Wände, die Decke, der riesige Boden sind bedeckt mit Uhren, Sonnenuhren, Stundengläsern, Kerzen jeder Art ... Wenn diese Uhren stillstehen, wird Chronos tot sein. Wenn sie gegen den Uhrzeigersinn zu laufen beginnen ...

»Was würde geschehen, wenn dein Vater sterben würde?«

»Ah. Nun redest du über Uranos.«

Wenn sie gegen den Uhrzeigersinn zu laufen beginnen, wird Uranos König sein. Und wenn sie völlig aufhören zu gehen, dann deshalb, weil wir alle auf einen einzigen Punkt der Existenz zusammengedrängt sein werden. Nicht lebendig, nicht tot, nur da. In Uranos. Für alle Ewigkeit.

Er streckte den Arm aus und nahm ihre Hand in seine, etwas, wonach sie immer häufiger verlangte in der schweren Zeit, seit sie von ihrem dritten Ehemann geschieden war. Ihr Haar war nun ganz und gar grau. »Spürst du meinen Puls?«, fragte er.

»Ja.«

»Das ist ein Zeichen des Lebens. Mit jedem Herzschlag zehre ich die Existenz von Chronos ein wenig weiter auf, stehle ein wenig von seinem Leben. Doch jedermann tut das, und das Leben der Zeit ist tausend, Millionen, Milliarden Mal größer als das Universum. Aber wenn Uranos sich der Zeit bemächtigen würde, gäbe es keinen Pulsschlag mehr. So wie wir vom Leben der Zeit zehren, wenn das Herz in vollkommenem Rhythmus mit dem Takt der Uhren schlägt, so zehrt Uranos von unserem Leben. Er wird uns reduzieren auf den winzigsten Gedanken, den kleinsten Funken, den unsere Seelen hervorbringen können. Uranos ist das einzige Wesen im Universum, das nicht von der Zeit zehrt, sondern von jenem Teil des Universums, der zeitlos ist. Er ist Nicht-Leben, Nicht-Tod, er ist eine sehr, sehr einfache Art von Existenz; auf einen einzigen Punkt konzentriert, geht er nirgendwohin, verändert sich nie.« Er zuckte die Schultern. »Zeitlos.«

»Wie was? Was gibt es, das zeitlos ist?«, fragte sie spöttisch. »Du redest doch immer davon, dass die Zeit alles bestimmt.«

»Nicht alles. Es gibt Dinge, die außerhalb der Zeit liegen. Ideen sind zeitlos. Der menschliche Hass vor tausend Jahren ist derselbe wie der menschliche Hass heute. Dasselbe gilt für die Liebe. Dasselbe für das Mitgefühl. Für den Neid. Erinnerungen sind zeitlos – entweder hat man sie oder nicht. Uranos zehrt von diesen Erinnerungen, bis ihre Besitzer zu nichts geschrumpft sind. Uranos zehrt von diesen Ideen, bis alles, was bleibt, die nackten Knochen desjenigen sind, der diese Dinge fühlt. Wo Chronos das Leben und die Zukunft gibt, nimmt Uranos die Seele und die Vergangenheit und friert alles in sich ein. Unter Uranos gäbe es keinen Tod. Aber auch kein Leben.«

Sie saß eine lange Zeit still, spürte seinen Pulsschlag in ihrer Hand. »Du sagst, Chronos ist überall, in der Zukunft, in der Vergangenheit. Für ihn ist alles ein und dasselbe.«

»Ja.«

»Dann hat er den Krieg kommen sehen?«

»Ja. Er hat jeden Krieg gesehen und jeden Menschen, der darin stirbt.«

»Warum verhindert er es nicht?«

»Was? Soll Chronos die Welt anhalten und sagen: ›Nein, das soll nicht geschehen‹? Und was dann, wenn die Armeen eingefroren sind? Wie wäre das besser als Uranos: Armeen in lebendem Tod gefangen? Chronos hat die Evolution nicht begonnen, weißt du. Er kontrolliert die Menschen nicht. Alles was er tut, ist die Dinge in Gang zu halten.«

»Und doch sagst du, er hat mit voller Absicht dafür gesorgt, dass Magie dich empfing? Warum?«

»Als Werkzeug. Nur weil Chronos nicht direkt auf das Leben einwirkt, ist er sich doch nicht zu schade, Menschen darauf einwirken zu lassen oder sogar Unsterbliche. Er hat mich geschaffen, damit ich ein bestimmtes Stück Geschichte auf eine bestimmte Art und Weise geschehen lassen kann. Warum weiß ich nicht. Ich weiß auch nicht was. Aber ich bin mir sicher, wenn es so weit ist, dann werde ich es merken. Chronos würde kein Werkzeug schaffen, damit es sein Leben für einen wertlosen Zweck vergeudet.«

»Er greift nicht direkt ein?«

»Um Himmels willen, *nein!* Zu gefährlich. Es gibt Hunderte von Mächten dort draußen, Hunderte von Inkarnierten. Nicht viele Höhere Mächte, zugegeben, aber die Gefahr besteht, dass es immer einen größeren Fisch im Teich gibt. Und sie haben alle ihre eigenen Ziele und Pläne. Wenn Chronos direkt zu einer Macht sagen würde: ›Dies soll so sein, weil ich es befehle‹, oder: ›Ich herrsche hier, du sollst anderswohin gehen‹, würde dies womöglich dazu führen, dass ein System ins Wanken kommt, das bereits ... na ja, ziemlich instabil ist.«

»Wie instabil?«

»Nun, das letzte Mal, als die Höheren Mächte eine echte Auseinandersetzung hatten, wurden die Dinosaurier ausgelöscht. Darum wirkt Chronos nun vorzugsweise durch Sterbliche. So kann er sich einfach zurücklehnen und sagen: ›Ich hab doch gar nichts getan.‹«

»Du hast Angst«, sagte sie leise.

»Wie kommst du darauf?«

»Selbst wenn du nur davon sprichst, geht dein Puls schneller.« Sie lächelte leicht. »Du weißt, ich wurde dazu ausgebildet, solche Dinge zu bemerken.«

Befangen entzog er das Handgelenk ihrem Griff und lehnte sich zurück, ohne ihrem Blick zu begegnen. »Ich habe Angst«, gab er zu. »Die Zeit ist aller Dinge Herr, doch manchmal glaubt Vater Zeit, eine Lektion lehren zu müssen. Ich habe Angst, er will mich gebrauchen, um sich selbst eine Lektion zu verpassen.«

»Was meinst du?«

Er rollte den Kopf auf den Schultern, als würden ihn alte

Verspannungen und Schmerzen plagen. »Denk mal drüber nach. Du hast das Neue Testament gelesen, wurdest als gute Christin erzogen. Die Lehren darin werden von einem Mann gepredigt, der an ein Kreuz genagelt wurde, oder so geht die Legende.« Sie öffnete den Mund, um eine Frage zu stellen, aber er kam ihr zuvor. »Viele Menschen starben am Kreuz, Annette. Ich weiß es. Ich war da. Aber mein Punkt ist, die Symbolik dieses Todes hat Wellen durch die ganze Geschichte geschlagen und den Lauf der Welt neu geschrieben. Chronos sieht nicht nur, was war, sondern auch, was ist und was sein wird und die Vergangenheiten und Zukünfte, die sein könnten. Und, siehst du, darum habe ich Angst. Ich habe Angst, dass er, um eine bestimmte Zukunft geschehen zu lassen statt einer anderen, willens ist, meinen Tod durch die Zeitalter widerhallen zu lassen. Ohne mich vorher zu fragen, versteht sich.«

»Warum? Zu welchem möglichen Zweck würde er dich opfern?«

»Ich weiß es nicht. Das sind alles nur Vermutungen, verstehst du. Ich kann die Zukunft nicht sehen. Ich kann nur die Vergangenheit studieren und mich fragen, ob mein Vater uns in alle Ewigkeit im Kreis herumlaufen lässt oder ob er uns bereits jene Lektionen lehrt, um jene Welten zu schaffen, und ich es noch nicht bemerkt habe.«

»Die Zeit ist aller Dinge Herr«, murmelte sie. »Bis auf Uranos.«

»Bis auf Uranos«, stimmte Sam zu. »Es hat fast etwas Beruhigendes, zu wissen, dass es etwas gibt, womit mein Vater nicht fertig wird.«

Seine Augen waren inzwischen wieder schwarz, die Stimmen so gut wie verklungen. *Ist mein Schicksal unausweichlich? Vater, ich weiß, du kannst mich hören, weil jeder Gedanke, den ich habe, Zeit braucht, also etwas von dir. Hast du meine ganze Zukunft gesehen, und kümmert es dich nicht? Wirst du mich sterben lassen, damit eine Wirklichkeit ins Leben gerufen wird statt einer anderen? Und welches mögliche Interesse könntest du daran haben, Wirklichkeiten festzulegen? Wovor hast du solche Angst, Vater, dass du meine Augen so brennen lässt und meinen Geist mit den Gedanken Sterblicher erfüllst? Oder kümmert dich das alles nicht?*

Es gab keine Antwort. Es hatte nie eine gegeben.

Sam erinnerte sich, wie das Mondgespinst-Netzwerk gegründet wurde.

Adamarus war entgeistert gewesen. »Sich einmischen? Ihr? *Wir?*«

»Ja.«

»Wo? Warum? Wie?«

»Überall, auf jede mögliche Art. Denn was die Sterblichen tun, ist nicht nur gegen jede menschliche Moral, sondern sollte auch bei den Anderen ein paar Saiten zum Klingen bringen. Dafür braucht es eine Menge Böses, und so ist es nur ... moralisch«, er ließ sich das Wort auf der Zunge zergehen, »dass wir etwas tun.«

»Du hältst mir einen Vortrag über Moral? *Du?*«

»Du solltest nicht alles glauben, was du in der Bibel, der Thora oder dem Koran liest, weißt du. In Wirklichkeit bin ich ein netter Kerl.«

Es war Jehova. Zumindest war es ein Trost für Sam, dass er einem die Schuld gegen konnte. *Jehova hat mir das angetan, hat meinen Namen zum Fluch gemacht. Jehova war derjenige, der als Erster den Begriff ›Satan‹ prägte. Sohn von Glaube, was hast du mir angetan?*

Die Musik im Kopfhörer wurde wieder leiser – das Unterhaltungsprogramm in den Flugzeugen machte mehr Ärger als Vergnügen. Aber nun war sein Kopf nahezu frei von den Stimmen, und er konnte die ganze Kraft seines Zorns gegen Jehova richten. *Zorn, nicht Hass,* schärfte er sich ein. *Wer hasst, wird zu dem, was der Gehasste in ihm sieht, und das werde ich niemals sein.*

11
Könnte-sein-Stadt

Moskau ist eine von diesen Könnte-sein-Städten. Sie könnte eine der größten der Welt sein mit ihrer kaiserlichen Architektur und ihren seltsamen alten Gebäuden, in denen sich West und Ost vermischt. Sie könnte schön sein, sie könnte der Mittelpunkt der Welt sein, wäre da nicht die Last einer bedrückenden Vergangenheit und ein Klima so rau, dass viel von Russland ebenso gut von der Landkarte gefegt worden sein könnte. So viele Könnte-Seins waren hier begraben, in dunklen Vorstädten und von Müll gesäumten Straßen, die nun auch vor den allgegenwärtigen Läden amerikanischer Handelsketten kapitulierten, nachdem sie ihnen so lange widerstanden hatten.

In der Nacht, wenn die Straßen um Sams Vorstadthotel verlassen waren und ein frostkalter Wind durch die Eiszapfen pfiff, die von den Gesimsen hingen, und kleine Wirbel von schmutzigem Schnee aufscheuchte, erwachte das dunklere, geisterhafte Moskau zum Leben. Er konnte fast die geflüsterten Stimmen einer bitteren Vergangenheit hören und dachte an all die Menschen – Napoleon, die Bolschewiken, die vordringenden Deutschen, entrechtete und zornige ethnische Minderheiten –, die dieses Gespenst hatten in Stücke reißen wollen.

Mein Leben besteht aus einem einzigen immer wiederkehrenden schäbigen Hotel, dachte Sam, als er aus dem klapprigen privaten Taxi taumelte, das alles war, was er am Flughafen hatte auftreiben können. Das Hotel lag in einem heruntergekommenen Gebäude zwischen einem alten Café und einem großen grauen Plattenbau.

»Sebastian Teufel«, sagte er zu der Frau an der Rezeption. »Ich habe reserviert.«

Er wurde mit der üblichen russischen Wärme begrüßt und fragte sich, ob sie der aufrichtigen Gastfreundschaft gegenüber Fremden entsprang oder der Freude, die Geldbörse eines Fremden zu sehen. Er hatte in letzter Sekunde noch daran gedacht, seine Euros am Flughafen zu wechseln; was hätte sie gemacht, wenn er mit ausländischem Geld zu zahlen versucht hätte? *Es vermutlich mit einem Lächeln entgegengenommen.*

Der Raum sah nicht anders aus als der in Paris, den er erst am Morgen dieses Tages verlassen hatte, außer dass es Schimmel in einer Ecke gab und dass die Tapete noch mehr abblätterte. Irgendwie schaffte er es, einen Schutzzauber auf Tür und Wände zu zeichnen, bevor er auf dem Bett zusammenbrach, ohne sich vorher auch nur die Stiefel auszuziehen.

Wie lange Sam geschlafen hatte, konnte er nicht sagen. Doch zu dem Zeitpunkt, als er ein respektvolles Klopfen an der Tür hörte, stahl sich bereits volles Tageslicht durch den dünnen Vorhang. Von draußen hörte er das Klirren von fallendem Eis im Sonnenschein.

Stöhnend kämpfte sich Sam aus dem Bett, wobei er die Hälfte der Decken mit sich nahm, und öffnete die Tür. »Ja?«, schnappte er.

Ein untersetzter Mann stand vor ihm. Unter einer großen Fellmütze stachen Haarbüschel hervor, die so rot waren, dass sie eigentlich nur gefärbt sein konnten. Als der Mann Sam sah, verbeugte er sich tief. Das Wort, das Sam als erstes in den Sinn kam, war ›Skateboarder‹. Er hatte die Statur eines Athleten, aber das rote Haar und die intelligenten Augen flüsterten von einem gänzlich anderen Leben. Nachdem er die erste Beschreibung verworfen hatte, fand Sam sich an Bilder aus einem Buch erinnert, das keltische Krieger mit stacheligen Haaren zeigte, die angriffen, um zu töten oder, was häufiger der Fall war, getötet zu werden.

Er wartete auf die ersten Worte des Mannes, neugierig, ob seine Diagnose zutreffen würde oder nicht.

»Euer Hochwohlgeboren.«

»Was?« Sam war perplex. »Euer Hochwohlgeboren« war weder die Sprache eines Skateboarders noch die eines keltischen Kriegers.

»Euer Hochwohlgeboren, Wisperwind hat mich geschickt.«

Hereingebeten, schien der Mann zu schweben, und als Sam ihm in dem engen Raum einen Moment zu nahe kam, verspürte er eine unwahrscheinliche Hitze, die von dem vermummten Körper ausging. Hitze und dem Geruch von ... Blättern? Sam drehte den Wasserhahn auf, schlug dagegen, bis Wasser kam, und steckte dann den Kopf darunter. Der Schock des eiskalten Wassers brachte ihn wieder in die Wirklichkeit zurück, und er wusste mit einem Mal, was das alles zu bedeuten hatte. Das und die Tatsache, dass der Mann die ganze Zeit, während er mit der Morgentoilette beschäftigt war, einfach neben dem Bett stehen geblieben, sich nicht einmal hingesetzt hatte. Jetzt wusste Sam warum.

»Du bist der Dschinn, stimmt's?«

Das Geschöpf verbeugte sich erneut. »So ist es, Euer Hochwohlgeboren.«

»Hör auf mit dem Quatsch. Im Moment heiß ich Sebastian, und so soll's auch bleiben.«

Der Dschinn wirkte erstaunt über diese Formlosigkeit. Er hatte offensichtlich jemand oder etwas ... Satanischeres erwartet. Sam, willensstark und stolz wie er war, fand, dass ihn die Unterwürfigkeit, die der Dschinn an den Tag legte, verärgerte. Zur gleichen Zeit wurde ihm durch die steife Haltung des Geschöpfes klar, dass hier ein Geist stand, der vermutlich seinen eigenen Teil an Kämpfen ausgestanden hatte. Gewiss sah er aus wie ein Krieger – aber eher wie einer, der sich entschieden hatte, seinen Trotz nicht hinauszuschreien, sondern sich des Temperaments zu befleißigen, wie man es von dem Schatzmeister eines Kricketclubs erwartete. Das Ergebnis war eine unheimliche Kombination, die Sam den Eindruck vermittelte, dass hinter diesem äußeren Konflikt von Krieger und Diener die schlimmsten Aspekte von beidem lauerten.

»Wie ist dein Name?«

»Ich verwende den menschlichen Namen Peter Schukow, Euer ... Herr.«

»Herr« war schon eine Verbesserung gegenüber »Euer Hochwohlgeboren«, aber Sam war nicht in toleranter Stimmung, insbesondere gegenüber einer so zwiespältigen Gestalt wie dem Dschinn. In seinem ermüdeten Zustand machte die Verwirrung, die er empfand, es ihm noch schwieriger, seinen Ärger zu unterdrücken.

»Hast du mir etwas zu berichten?«

»Über den Sterblichen, den Ihr sucht? Ja, Herr.«

»Und? Und bitte, setz dich hin.«

Der Dschinn setzte sich nervös auf die Kante des Bettes, als wäre es ein heiliges Objekt. Er umklammerte eine große Tasche, die er öffnete, als käme es ihm gerade erst in den Sinn. Er zog daraus einen schwarzen Parka von der langen dicken Art hervor, wie die Russen sie schätzen. »Ich habe eine Jacke für Euch mitgebracht, Herr. Es ist hier kälter als in Paris.«

Sam nahm das Geschenk dankbar entgegen und merkte, wie ein wenig von seiner Feindseligkeit verrauchte. »Wie ... äh ... umsichtig. Danke ... Was ist mit dem Sterblichen?«

»Er ist hier, Herr.«

»Hier?« Die unerwartete Nachricht traf ihn wie ein Blitz aus heiterem Himmel.

»Ja, Herr. Hier in Moskau.«

»Woher weißt du das?«

»Seine Verfolger sind hier, schon seit mehreren Tagen. Zwei Walküren, ein Engel und zwei Feuertänzer. Sie alle durchsuchen die Stadt.«

Sam hob eine Hand. »Entschuldige, wenn ich skeptisch bin.« Ohne auf Peters Erstaunen über die Formulierung zu achten, fuhr er fort: »Wenn Walküren, Engel und Feuertänzer zusammenarbeiten, statt zu versuchen, einander umzubringen, warum haben sie ihn noch nicht gefunden?«

»Sie arbeiten nicht zusammen, Herr. Gestern gab es eine Auseinandersetzung zwischen den Feuertänzern und dem Engel, und zumindest einmal sind die Walküren fast mit ihnen allen handgreiflich geworden. Und da ist noch mehr, Herr.«

»Wieso überrascht mich das nicht?«

»Irgendeine Macht beschirmt den Sterblichen. Wir können sie nicht sehen oder spüren, aber wir wissen, dass sie da ist.«

»Wie?«

»Ein paar von uns haben versucht, den Sterblichen im Vorgriff auf Eure Ankunft zu sichten. Wir sind gegen eine Mauer geprallt.«

So. Andrew hat Freunde ebenso wie Feinde. »Wer sonst noch hält Ausschau nach Andrew, neben Erzengeln und dergleichen?«

»Ein kleiner Hexenzirkel und ein paar dienstbare Geister von unserer Seite.«

»Hexen? Welcher Art? Es gibt so viele.«

»Sie wissen nichts, Herr. Niemand sagt Sterblichen, warum sie nach jemandem suchen sollen, nur nach wem.«

Sam blieb eine lange Zeit stumm, um die Worte des Dschinns zu verdauen, während dieser wartend auf der Bettkante saß und Wachsamkeit und Pflichtbewusstsein ausstrahlte.

Sam sagte: »Wisperwind hat mir gesagt, viele unserer Quellen seien ausgetrocknet. Woher kommt das?«

»Es hat Razzien gegen die irdischen Tarngeschäfte örtlicher Anderer gegeben, die dem Mondgespinst-Netzwerk nahe stehen. Einige von uns, die keine Tarnung verwenden, sind offen angegriffen worden. Nie tödlich, nur zu dem Zweck, uns aus Moskau und Umgebung zu vertreiben. Es gibt einen engen Ring von Dienstbaren um die Stadt. Die Dienstbaren sollen uns draußen halten, während die Himmlischen nach dem Historiker suchen. Unterdessen schirmt ihn irgendjemand ab.«

Sam überlegte. »In Tibet hat mir der Abt erzählt, Andrew habe gewusst, dass ich komme. Und dass er den Abt gebeten habe, mir zu helfen.«

»Wie meinen, Herr?«

»Ich frage mich, wie dieser Schutzschild genau wirken mag. Ob er mich durchlassen würde, um der Freundschaft willen.«

»Es scheint ein sehr guter Schild zu sein, Herr.«

»Ich bin ein sehr guter Magier«, sagte Sam. Nicht als Zurechtweisung, sondern als Feststellung.

Irgendjemand weiß, dass ich nicht bloß versuche, Andrew zu finden. Sie wissen, dass ich auf der Spur bin und nahe dran – sogar in der richtigen Stadt.

»Was werdet Ihr tun, Herr?«

»Als Erstes? Unter die Dusche gehen und frühstücken.«

Diese ganze Geschichte ist wie eine ummauerte Stadt, und die Antwort liegt irgendwo im Innern. Durch Freyas Tod, Odins Hass, Andrews Flucht und die Enthüllung des Abtes kann ich klar die Größe und Form der Mauern erkennen. Doch bis ich den Historiker gefunden habe, sind mir alle Tore versperrt.

Das Frühstück bestand aus »authentischer europäischer Küche« – fettige Spiegeleier mit ebenso fettigem Schinken auf einem Teller mit zwei roten Klecksen, die so etwas wie gegrillte Tomaten darstellen sollten. Bei dem Anblick sagte sich Sam, dass er nicht nach Russland gekommen sei, um etwas zu essen, was er in irgendeinem seiner europäischen Heimatländer hätte besser bekommen können.

Während des Essens bedachte er die ungelöste Frage nach Freyas Sicherheitsvorkehrungen. Wieso hatten sie versagt? Sie mussten hoch gewesen sein, wenn man bedachte, wie sie Andrew, ihren wichtigsten Ermittler, abgeschottet hatte. Selbst Sam, der so viel länger auf der Erde war als die anderen Fürsten, hatte nicht bemerkt, dass sie, eine seiner Schwestern, einer großen Sache auf der Spur war.

All diese Hintertürchen. Wie lange hatte Freya gewusst, dass sie sich, wenn nötig, an Sam um Hilfe wenden würde? Wie lange schon war Sam ihr unwissentlicher Komplize, derjenige, bei dem man sich darauf verlassen konnte, dass er die Antworten finden würde? *Ist es mein Schicksal, jedem, meinem Vater, meiner Schwester, als Helfer zu dienen? Selbst Jehova hat mich zu seinem Vorteil benutzt, mit seinem halb-sterblichen Sohn, und ich habe ihm ahnungslos den Weg bereitet.*

Peter, der ihm gegenübersaß, sah ohne ein Wort zu, während Sam frühstückte. Alles, was der Dschinn haben wollte, war eine Tasse Kaffee. Wenn Sam sich richtig an die Ernährungsgewohnheiten der meisten Dschinns erinnerte, waren ihre Geschmäcker für die menschliche Küche ansonsten eher … ungewöhnlich.

Vielleicht war es die selbstsichere Art, mit der Sam seinen Teller zurückschob und seine Finger streckte. Jedenfalls hob der Dschinn plötzlich den Blick und sagte: »Ihr habt Euch entschieden, was Ihr tun wollt?« Es war nicht wirklich eine Frage.

»Ja. Wenn Freyas Plan fest genug gezurrt war, um mich so effektiv in die Sache hineinzuziehen, dann wette ich, dass sie auch aus dem Grab heraus nicht lockerlässt, um mir den Weg frei zu machen. Ich werde nach ihm sichten.«

Sam musste zugeben, dass Peter ein Profi war. Aus den Augenwinkeln warf der Dschinn ihm manchen verstohlenen Blick zu, als er Sams Gesicht studierte. Und immer wenn Sam sich schnell genug umdrehte, um seinen Blick aufzufangen, oder auch nur leicht irritiert wirkte, verneigte sich Peter sofort, als wäre es seine Schuld.

Seine Kompetenz sprach Bände, als sie in Sams Zimmer zurückkehrten. Ohne ein Wort ging Peter zum Waschbecken, steckte den Stöpsel rein und drehte den Wasserhahn auf. Hier war einer, der wusste, was Sichten bedeutete. Rasch füllte er das Becken mit eiskaltem Wasser, zog die fadenscheinigen Vorhänge zu und hängte seinen Mantel darüber, sodass der Raum nur noch von der einzigen gelben Glühbirne an der Decke erhellt wurde.

Seinerseits sah der Dschinn respektvoll zu, wie Sam sich ans Werk machte, das Licht ausdrehte, sodass der Raum hinter der behelfsmäßigen Verdunkelung in fast völlige Finsternis getaucht wurde, und mit der Lässigkeit eines Meisters, der eine alltägliche Verrichtung erledigt, zum Waschbecken ging. Der Lärm des Verkehrs draußen wirkte mit einem Mal lauter. Auf der Straße stritt sich ein Paar. Zwei rivalisierende Katzen zischten sich im Hinterhof an. Ein Baby weinte. In der Nacht könnte ein Kind sich im Halbschlaf aus einer derartigen nachbarschaftlichen Musik eine ganze Geschichte zusammenspinnen.

Sam hörte nichts von all dem, als er seine Hände mit den Handflächen nach unten über die Oberfläche des Wassers ausstreckte. Wie schäbig, dachte Peter, Magie unter solchen Bedingungen vollbringen zu müssen. Ein Fürst des Himmels sollte seine Zauber über marmornen Becken sprechen, in Tempeln erhellt von Kerzenschein. Alles hier wirkte wie eine Beleidigung für die Größe eines Weltenwandlers: die improvisierte Blende über der durchhängenden Vorhangstange, das rosa Plastikbecken, der Sperrholzschrank. Peter wollte ausrufen, nein, das gehe so nicht, alles andere wäre besser als dieses triste, lärmige kleine Zimmer.

Aber Sam war bereits in den Zauber versunken und achtete nicht mehr auf das schmutzige Becken und den zerbrochenen Spiegel. Peters Entrüstung wandelte sich in Zerknirschtheit. Wer war er, dass er an solchen Details Anstoß nahm, wenn sie für ein Wesen, das zwischen den Welten wandeln und alles zerstörende Magie heraufbeschwören konnte, nichts bedeuteten? So hielt er sich still und sah zu, wie die Magie ihr Werk tat.

Eine Sichtung, hatte Sam einmal erklärt, sei genau wie ein magischer Fernseher. Dies hatte nicht die erwartete Reaktion bei seiner Zuhörerschaft hervorgerufen. Die hatte hören wollen, dass eine Sichtung der größte magische Fortschritt sei, der je erzielt worden sei, und dass ihre Manipulation von Bildern sich jedem Verständnis entziehe.

Nein, hatte Sam knallhart gesagt. Es sei wie ein Fernseher, und der Geist sei die Fernbedienung. Wir drücken einen bestimmten Knopf, um dem Fernseher zu sagen, was wir sehen wollen, ein Signal wird zum Gerät gesandt, und das Gerät schaltet den richtigen Kanal ein und empfängt ein Bild. Dieses Bild wird dann auf den Bildschirm projiziert, indem Partikel mit sehr hoher Geschwindigkeit dagegen geworfen werden. Mit einer Sichtung sei es nicht anders. Der einzige Unterschied sei, dass bei einer Sichtung der Fernseher seine Energie direkt von dem beziehe, der die Fernbedienung drücke, und wenn man den Finger vom Knopf nehme, würde das Signal erlöschen.

Ach ja, und es könnte notwendig sein, zwischendurch ein paar Mal gegen den Fernseher zu hauen, damit es funktioniert.

Licht erglühte unter Sams Fingern, ein nebliges Weiß, das wie auf einem imaginären Fernsehschirm die Oberfläche des Wassers erfüllte, von einem unsichtbaren Gedanken gelenkt. Sam dachte an Andrew, an das Bild von dem sommersprossigen jungen Mann, das man ihm gegeben hatte. Er rief sich das Bild vor Augen und machte es zum Brennpunkt seines Willens, befahl der Sichtung, dieses und nur dieses Signal zu finden.

Es dauerte lange, doch schließlich war es da. Dasselbe sommersprossige Gesicht – doch die Augen waren nun müde, schwer von Schlafmangel. Andrew trug einen schmutzigen alten Mantel, und sein Haar war wirr. Er hatte sich seit Tagen nicht rasiert; auf seinen Wangen waren die Stoppeln schon zu einem Vollbart gewachsen, wenngleich Sam nicht sicher war, ob das als Verkleidung gedacht war. Auf seiner Stirn und um Augen und Mund waren Falten, die auf dem Bild nicht da gewesen waren.

Dann, unvermittelt, fast im selben Augenblick, als das Bild aufschien, war es fort, und was blieb, war nur ein pulsierendes, nebliges Weiß unter Sams Fingern. Er suchte noch einmal nach dem Bild, doch es war, als ob eine feste Wand ihm Widerstand leistete. Sam nahm einen tiefen Atemzug, fast ohne zu wissen, dass er es tat, und widmete sich dem Hindernis, das ihn so zurückwies.

Er war der einzige Sohn von Magie und Zeit. Wenn er nicht durch einen einfachen Schild hindurchkam …

Ja, er sah dessen Schwächen – typische Fehler an typischen Stellen. Die kleinen Schwachstellen, wo Zauber miteinander verwoben waren, winzige Unvollkommenheiten in einer ansonsten makellosen Struktur. Dies war nicht das Werk eines Menschen oder auch nur eines gewöhnlichen Geistes. Wahrlich, Andrews Freund war einer von den Großen.

Im letzten Moment entschied Sam sich dagegen, den Schild einzureißen. Der Prozess wäre mühsam – eine der vielen harten Übungsaufgaben, die ihm seine Mutter zu stellen pflegte, um seine Ausdauer zu prüfen; damals, als er die andere Seite seiner Herkunft noch nicht einmal gekannt hatte. Und sobald der Schild gefallen war, würden andere gleichermaßen imstande sein, Andrew zu erspähen. Das war etwas, was Sam um jeden Preis vermeiden wollte. Wenn Andrew zu finden war, dann musste er der Erste sein, der ihn fand.

Er begann die Oberfläche des Schilds abzutasten, auf der Suche nach Rezeptorzaubern, die wie bei einem menschlichen Körper die Antigene auf der Oberfläche eines Angreifers lesen und erkennen konnten, wie man ihn am besten abwies. Gewöhnlich war es etwas, was er nie tat; sich einem Feind zu offenbaren heißt, seine beste Waffe zu verlieren. Doch er tat es jetzt, im Vertrauen auf Freyas Voraussicht, dass der Schild ihn einlassen würde.

Und da war es. Ein Rezeptorzauber, der hastig auf die Oberfläche des Schilds aufgepfropft worden war, genau da, wo Sam selbst ihn angebracht hätte. Nach der Art zu urteilen, wie Spuren in verschiedenen Schattierungen von Magie daran hafteten, war mehr als eine Person auf diesen Zauber gestoßen und als Feind eingestuft worden.

Doch Sam öffnete sich selbst weit für den Zauber und ließ ihn über sich hinwegrollen, spürte, wie dieser durch die Tiefen seiner Magie pflügte zu seiner tiefsten Seele, auf der Suche nach dem Hinweis dafür, wer er war und was seine Absichten waren. Und hinter dem Zauber ein Bewusstsein. Müde, angeschlagen von zu vielen Angriffen – dasselbe Bewusstsein, das diesen Schild errichtet hatte und immer noch aufrecht hielt. Sam öffnete sich ihm ganz, flüsterte durch den Zauber: *Ich bin ein Freund. Du weißt, wer ich bin und was ich will. Du weißt, ich will helfen.*

Er spürte, wie sich das andere Bewusstsein regte. Ein alter, alter Geist, müde vom Kampf, doch voller Entschlossenheit und voller Schmerz. Sam wurde von dem Verlangen erfüllt, eins mit dem zu werden, der solchermaßen empfand, ihn, wer immer es sein mochte, zu trösten. Sein plötzlicher Drang, wie ein freundlicher Vater zu murmeln: »Da, da«, schockte jeden Teil in ihm, der je auf den Namen Teufel Anspruch erhoben hatte.

›Du bist gekommen.‹ Der Hauch eines Gedankens, so erleichtert, dass Sams Herz sich aus Mitgefühl hob. ›Chronos sei gepriesen, du bist da.‹ Plötzlich wurde die Stimme tiefer, dunkler. ›Hilf mir!‹

›Was soll ich tun?‹

›Ich kann den Schild nicht mehr lange halten. Hilf mir!‹

›Wo ist Andrew? Ich kann ihn in Sicherheit bringen.‹

Bilder fluteten seinen Geist. Ein Platz, ein kleines Café, kaum zu erkennen hinter den Menschenströmen, die vorübereilten. Das Klirren von Eis, das von den Dachtraufen auf das Pflaster herunterfiel. Indem er seine eigene Kraft in den anderen Geist einspeiste, drehte Sam das Bild, um etwas zu finden, das ihm einen Hinweis darauf geben konnte, wo dieser Ort war. Endlich erkannte er ein Gebäude nahe dem Café – groß und anmaßend, wie viele Moskauer Gebäude es waren.

Das Museum für … für …

›Halt den Schild noch ein bisschen länger‹, bat er. Unter dem Druck des aufrechterhaltenen Kontakts begann der andere Geist zu schwächeln.

Jetzt konnte er ein Schild sehen. Das Museum für Naturgeschichte.

›Ich kann in einer halben Stunde da sein. Andrew soll sich nicht von der Stelle rühren.‹

›Beeil dich!‹

Sam löste sich bereits aus dem Zauber. Die Dunkelheit in dem kleinen Raum wurde vollkommen, als das Licht unter seinen Händen verblasste. Kaum dass Peter aufgestanden war, berstend vor Fragen, war Sam an der Tür, hatte das Licht eingeschaltet und schnappte sich seinen Parka.

»Wie kommen wir am schnellsten zum Museum für Naturgeschichte?«

»Mit dem Taxi, Herr. Die U-Bahn und die Straßenbahnen brauchen viel länger.«

»Lauf nach unten und bestell eins. Sag, wir wollten zum Puschkin-Museum.«

»Aber, Herr, das Puschkin-Museum liegt ...«

»Ich will nicht, dass uns jemand folgt.«

Unten in der Hotelhalle blieb Sam stehen und lauschte. Jetzt schenkte er den Geräuschen der Umgebung seine volle Aufmerksamkeit, sandte seine Gedanken durch die Straßen, um zu hören, ob es irgendetwas gab, so klein es sein mochte, was fehl am Platze war.

»Das Taxi ist in zehn Minuten hier, Herr«, sagte ihm Peter, der über die eisbedeckten Eingangsstufen hereinkam.

Sam runzelte die Stirn. »Wie viele Leute haben wir hier in der Gegend stationiert?«

»Vier in Moskau, Herr. Weitere sieben beobachten die Tore innerhalb eines Radius von dreißig Kilometern.«

»Und ungefähr wie viele gibt es auf der Gegenseite?«

»Ungefähr ein Dutzend in Moskau und zwanzig im Umkreis von fünfzehn Kilometern, von denen die meisten heute Morgen Stellung bezogen haben.«

»Es gibt aber keine zwanzig Tore.«

»Sie beobachten Flughäfen und Straßen, Herr.«

»Haben sie mich ankommen sehen?«

»Wir glauben nicht. Weitere kommen jede Stunde herein, und je größer ihre Zahl wird, desto aggressiver werden sie.«

Sam biss sich auf die Unterlippe. »Gib allen Befehle, das Gebiet zu räumen«, sagte er schließlich.

»Herr!«

»Sag ihnen, sie sollen kein Geheimnis aus der Tatsache machen, dass sie sich zurückziehen. Und beauftrage irgendjemanden, zwei Tickets auf den Namen Luc Satise nach London zu buchen, frühestmöglicher Flug.«

»Herr?« Peter wusste ebenso gut wie Sam, dass Luc Satise wohl der letzte Name war, unter dem er reisen sollte.

»Tu's einfach, bitte. Und wir sollten einen Treffpunkt ausmachen, für den Fall, dass wir getrennt werden. Ich will, dass Adamarus Andrew nach London bringt, doch wir müssen damit rechnen, dass irgendetwas schiefgehen könnte. Wenn das der Fall ist, sollten sich so viele von uns wie möglich vor der Kaluga-Bahnstation treffen, heute Abend um sieben.« *Ich beginne den Feind zu verstehen, wer er auch sein mag. Er ist immer einen Schritt voraus; seine Truppen bewegen sich immer ein bisschen schneller, als ich es kann, und für jeden Zug, den ich mache, wird bereits ein Gegenzug ausgeführt. Also verwirren wir jetzt den Gegner, machen ihn glauben, ich hätte es irgendwie geschafft, ihn zu überholen.*

Doch wird er darauf hereinfallen?

Das Taxi war ein kleiner enger Wagen mit einem grinsenden Esten am Steuer. Es war kurz vor Ablauf der versprochenen zehn Minuten angekommen, was an sich schon verdächtig war. Sam wusste, dass Taxis immer zu spät kamen.

»Nicht zum Puschkin-Museum«, sagte er dem Fahrer, als sie quietschend vom Bordstein losfuhren. »Museum für Naturgeschichte.«

»Das kostet mehr.«

»Kein Problem.«

»Warum haben Sie Ihren Hockeyschläger dabei.«

»Weil ich ein Vandale bin und beschlossen habe, alles im Museum kurz und klein zu schlagen.«

»Gut!«

Bei der ersten Wendemöglichkeit kratzte das Taxi die Kurve, und ein Schwarm Tauben schoss himmelwärts. Sam revidierte bald seine Ansicht über die Dinge, die ihn umbringen konnten. Wenn irgendein Sterblicher es schaffen könnte, ein unsterbliches Leben zu beenden, wäre dieser Mann ein Kandidat für den Posten. Auch Peter bedachte den Rücken des Fahrers mit bösen Blicken. Zwei plüschige Würfel hüpften unter dem Rückspiegel gegeneinander, und ein Aufkleber auf der Heckscheibe machte klar, dass der Fahrer Fan einer St.-Petersburger Fußballmannschaft war.

»Ein Scheiß-Verkehr«, erklärte der Fahrer vergnügt, als sie eine rote Ampel überfuhren. »Zehnmal schlimmer als früher.«

»Wirklich?«, fragte Sam schwach. Bei der nächsten Ampel musste ein Lastwagen ausweichen, um einen Zusammenstoß zu vermeiden. Peter war blass geworden – Dschinns, wie sich Sam erinnerte, waren leichter zu töten als Unsterbliche. Der Fahrer hatte als Kind wohl zu viele Autorennspiele gespielt – von der Art, bei der man die doppelte Punktzahl kriegt, wenn man Passanten umnietet. *Jedenfalls,* dachte er in stiller Verzweiflung, *dürfte es ein Verfolger schwer haben dranzubleiben.*

Dennoch behielt er den Rückspiegel im Auge und sandte seine Sinne himmelwärts aus.

»Ich hab mal Hockey gespielt. Eishockey, mein ich. Ich galt als sehr gut.«

»Ach ja?«

»Auf welcher Position spielen Sie?«

»Verteidiger.«

»Sind Sie gut?«

»Im Fechten bin ich besser. Einer meiner Brüder hat es mir beigebracht. Verschiedene Kampftechniken.«

»Haben Sie viele Brüder?«

»Jede Menge.«

»Und welcher von ihnen ist Kampflehrer?«

»›Lehrer‹ dürfte übertrieben sein. Ich bekomme gelegentlich Crash-Kurse. Meistens ohne Warnung. Einige meiner Brüder sind temperamentvoll.«

»Ihr kämpft richtig? ... Arschloch!« Das galt dem Fahrer eines roten Saab, einem Geschäftsmann mit gelecktem Haar und der Aura eines Ganoven, der aus einer Seitenstraße geschossen kam und sie knapp verfehlte. »Der Scheißkerl hat Glück gehabt, dass er uns nicht erwischt hat.«

Als sie sich dem Museum und dem nahe gelegenen Café näherten, schwoll Sams Herz vor Erwartung. Wie viele, viele Fragen Andrew ihm beantworten konnte!

Er spürte etwas. Eine Gedankensonde streifte seine Sinne. Er drängte sie zurück, spürte, wie sein Magen sich verkrampfte. Irgendein Feind hatte das Passieren eines Anderen bemerkt und nachgehakt. Wer war es? Ein Feuertänzer? Ein Engel? Eine Walküre?

»Sie sind sehr nahe«, sagte er leise.

»Was?«, wollte der Fahrer wissen.

»Ihr seid sicher, Herr?«, fragte Peter, für den jede Wissbegierde in Sams Gegenwart eine undenkbare Sünde war.

»Ja. Sehr, sehr nahe.«

Aber sie selbst waren es auch. Als der Wagen um eine Ecke

bog, erkannte Sam das Museum, dann sah er das Café. Als das Taxi zum Halten einschwenkte, konnte er Andrew im Fenster sitzen sehen, mit einer Tasse Kaffee vor sich und einem ebenso müden wie verängstigen Blick in den Augen.

Sam drückte dem Fahrer ein Bündel Banknoten in die Hand. »Behalten Sie den Rest.« Er sprang auf die Straße, das Schwert über den Rücken geschlungen, und rannte auf das Café zu. Peter hinter ihm hatte Mühe, nicht den Anschluss zu verlieren.

Vor der Tür hielt Sam an. Selbst in einem Moment wie diesem schaffte er es, in einen schlendernden Gang zu wechseln. Andrew blickte auf, als er näher kam. Seine Augen weiteten sich. »Endlich«, sagte er mit einer Stimme, die rau war von zu wenig Essen und Mangel an Schlaf.

»Ich bin gekommen«, sagte Sam und setzte sich. Andrews Hände krampften sich um die Kaffeetasse, seine Knöchel waren weiß. Um ihn konnte Sam den blassen Schimmer einer Schutzmagie wahrnehmen, mit derselben Signatur der Macht, die den Schild errichtet hatte.

»Die da auch«, entgegnete er matt. Mit einem Kopfzucken deutete er auf zwei dunkelhäutige Asiaten, die von einem anderen Tisch herüberstarrten. Sie trugen Rot. Rote Jeans, geschmacklose rote Hemden, dunkles Haar, narbige Gesichter, vermutlich durch einen Hauch Magie geschönt. Wenn sie die Absicht gehabt hatten, unerkannt zu bleiben, dann hatten sie sich nicht viel Mühe gegeben. Über ihnen plärrten aus einem Lautsprecher harte elektronische Klänge. Unter der Jacke trug jeder von ihnen zweifellos ein gekrümmtes Schwert, kurz, aber tödlich.

»Seit wann sitzen die beiden hier?«

»Seit zehn Minuten.«

»Wie haben sie dich gefunden?«

»Ich war ein Narr. Ich hatte mich vor ein paar Nächten in ein

Hotel eingebucht und meine Zahnbürste dagelassen. Freya hat mich gewarnt, sie könnten mich durch einen einzigen Gegenstand ausfindig machen, wie Spürhunde.«

»Scheiße.«

»Es ist noch schlimmer«, sagte Andrew. »Ich kann mich vom Hals abwärts nicht bewegen.«

Die ruhige Art, mit der er sprach, wurde durch einen schrillen Unterton, der an Hysterie grenzte, Lügen gestraft. »Ich ... ich kann mich nicht bewegen«, wiederholte er. »Ich habe einen Schluck von dem Kaffee getrunken – ich war ein Idiot!« Von dem lächelnden jungen Mann war nichts mehr geblieben; sein Blick war voller Schrecken.

»Keine Panik«, murmelte Sam. Er konnte sich tausend verschiedene Möglichkeiten denken, wie die Feuertänzer ihr unglückliches Opfer vergiftet haben könnten, und nur eine Hand voll möglicher Lösungen für dieses neue Problem.

Peter, der wie ein gehorsamer Diener zwei Schritte hinter Sam stand, ergriff schließlich das Wort: »Wenn die Feuertänzer hier sind, werden die anderen nicht weit sein.«

»Wer ist das?«, fragte Andrew mit ängstlicher Stimme.

»Ein Freund. Peter, ich brauche einen Rollstuhl, so schnell wie möglich.«

»Einen Rollstuhl?«, wiederholte Peter. »Wie soll ich an so etwas kommen, Herr?«

»Ruf einen Krankenwagen, und wenn er kommt, dann schnapp dir einen. Wie du das machst, überlasse ich ganz dir.«

Mit einigem Widerstreben ging Peter nach draußen und bahnte sich seinen Weg durch den Verkehr zu einer nahe gelegenen Telefonzelle, ein Krieger, dem man die Aufgabe eines Kriminellen erteilt hatte.

Sam wandte sich wieder Andrew zu. Dieser hatte leise zu schluchzen begonnen. Die Feuertänzer würden an so einem öffentlichen Ort nicht eingreifen – nicht mehr, als sie es getan hatten.

»Es wird alles gut«, erklärte Sam, als Andrews Tränen schneller flossen. »Es gibt nichts, was Feuertänzer anrichten können, das ein Sohn der Zeit nicht ungeschehen machen kann.«

»Verdammte Freya«, flüsterte Andrew, unfähig, sich selbst die Augen zu wischen. »Das ist alles ihre Schuld.«

Sam war versucht, ihm zuzustimmen, als eine Befürchtung seine nachklingende Trauer über Freyas Tod verscheuchte. »Wo sind deine Sachen?«

Andrew schaffte es, mit dem Kinn in Richtung seiner Füße zu deuten, wo unter dem Tisch eine kleine Tasche seine Besitztümer enthielt.

»Du hast einen Pass?«

»Ja.«

»Unter welchem Namen?«

»Meinem eigenen.«

»Ah. Welche Nationalität?«

»Amerikaner.«

»Wo wirst du sicher sein?«

»Nirgendwo.«

»Du bist ein unverbesserlicher Optimist.«

Irgendwie gelang Andrew ein Grinsen. »Komisch«, sagte er, »aber Optimismus fällt mir im Moment ziemlich leicht.«

»Ich habe immer so eine positive Wirkung auf Leute.«

»Oh, sicher.« Aber er sah ein bisschen glücklicher aus.

Auf der anderen Straßenseite stand Peter in der Telefonzelle, den Kopf leicht zur Seite geneigt, als er seinen Anruf tätigte. Dann ging Sams Blick vorbei an dem Dschinn zu der Stelle, wo zwei blonde Frauen die Straße heruntergeschritten kamen.

»Scheiße!«

»Was?«, rief Andrew.

»Walküren«, flüsterte Sam.

Peter wandte sich im selben Moment um, und seine Augen weiteten sich, als auch er sie sah. Er knallte den Hörer auf die Gabel und rannte aus der Telefonzelle auf das Café zu.

Atemlos riss er die Tür auf. »Der Rettungswagen braucht mindestens fünf Minuten! Was sollen wir tun?«

Die Walküren überquerten die Straße und kamen zielstrebig auf sie zu.

»Okay«, sagte Sam. »Peter, würdest du bitte Andrew unter den Arm fassen? Andrew, wir gehen 'ne Runde spazieren.«

Der Dschinn hob Andrew hoch wie eine Marionette. Sam packte ihn auf der anderen Seite. Die Arme des Amerikaners hingen nutzlos herunter, und seine Zehen schleiften über den Boden. Andrew hatte sogar Mühe zu verhindern, dass sein Kopf herabbaumelte. Offensichtlich breitete sich das Gift der Feuertänzer immer noch in seinem Körper aus und drohte ihm das Bewusstsein zu rauben. Alle Augen im Café waren auf die drei gerichtet, als sie auf die Tür zugingen. Ein Schaben von Stühlen auf dem Boden verriet, dass die Feuertänzer ebenfalls aufgestanden waren.

Vor der Tür hatten die beiden Walküren angehalten, um auf sie zu warten.

»Peter«, sagte Sam mit leiser Stimme, »schaff Andrew zur Straßenecke und warte auf den Krankenwagen. Steigt nicht ein, ehe ich da bin.«

»Herr?«

»Frag nicht. Tu es einfach.«

Er wandte sich zum Gehen, doch Andrew krächzte etwas. Sam drehte sich um und versuchte Mitgefühl zu zeigen, trotz seines pochenden Herzens. »Gabriel«, hauchte Andrew. »Wenn ich nicht ... dann Gabriel. Sie sind ihr sowieso auf der Spur. Ich kann's dir genauso gut sagen.«

»Warum sind sie hinter dir her?«, fragte Sam ruhig.

Andrew stieß ein bitteres Lachen aus. »Ich habe herausgefunden, wo die Schlüssel sind. Sie wollen Pandora befreien – Gott!« Schmerz verzerrte sein Gesicht, und Sam trat unwillkürlich einen Schritt auf ihn zu, ohne dabei die Feinde aus den Augen zu lassen, die von allen Seiten näher kamen.

Andrew wirkte sehr klein und zerbrechlich und irgendwie nicht stark genug, um das Wissen zu ertragen, das er besaß. »Da ist noch mehr ... Gefahr ...«

Sam drückte ihm beruhigend die Schulter. »Du kannst es mir später erzählen«, drängte er. »Wenn wir hier raus sind.«

Die Tür des Cafés fiel ins Schloss, als die Feuertänzer hinter ihnen aufrückten. Die Walküren kamen drohend näher, in der offenkundigen Absicht, ihren Abgang zu verhindern.

Sam drehte sich so, dass er beide feindliche Parteien im Blick hatte, während er selbst zwischen ihnen und Andrew blieb. »Meine Damen, meine Herren«, sagte er mit höflicher Verbeugung, »kann ich Ihnen helfen?«

»Gib ihn uns«, sagte ein Feuertänzer leise.

»Ah. Da haben wir ein Problem«, meinte Sam, wobei er langsam zurückwich, um nahe bei Peter und Andrew zu bleiben, während diese sich die Straße hinunterbewegten. »Seht ihr, ich bin von Natur aus sehr misstrauisch. Und ich fürchte, ihr könntet nicht die richtigen Leute sein, um für meinen kranken Freund zu sorgen.«

In der Hand eines der Feuertänzer blinkte etwas auf. Eine kleine Klinge aus einem hellen Material, das durchaus Drachenbein sein mochte.

»Gib ihn uns!«, wiederholte der Feuertänzer.

»Nein.«

Menschen ringsum warfen ihnen Blicke zu, unsicher, was diese seltsame Konfrontation zu besagen hatte oder wie Andrews baumelnde Gestalt zu deuten war.

Ein Wagen bremste plötzlich am Bordstein, und das Fenster

wurde heruntergedreht. Aus dem Augenwinkel sah Sam Wisperwind, der hinter sich griff, um die Fahrgasttür zu öffnen.

»Peter! Schaff Andrew in den Wagen!«, befahl Sam. »Wisperwind! Bring Andrew hier raus, ganz gleich wie!«

Peter begann Andrew auf den Wagen zuzuschleppen, und eine Walküre trat in Aktion. Sam war bereits da, die Hand erhoben mit der Handfläche nach außen wie ein Taekwondo-Kämpfer. Obwohl er sie gar nicht berührte, taumelte die Walküre zurück, als wäre sie getroffen. Ein Feuertänzer sprang vor. Ein Messer blitzte auf, und die umstehenden Sterblichen stoben in Panik auseinander. Sam bekam seinen Dolch frei und benutzte ihn, um die Hand mit dem Messer zu durchbohren. Die andere fing er in einer Faust von Magie auf und drehte beide zugleich nach unten.

»Komm!«, schrie Wisperwind.

»Ab mit euch!«, rief Sam zurück. »Ich finde euch schon!«

Der zweite Feuertänzer stürzte sich auf den Wagen. Sam machte einen Satz, packte ihn um die Hüfte und zerrte ihn von der Tür weg. Die Tür schlug zu. Er hörte jemanden vor Wut aufbrüllen und trat nach einem Schienbein, bevor er zur Seite sprang und auf Russisch schrie: »Hilfe! Banditen! Überfall!«

Die Menge zeigte kaum eine Reaktion. Zu viel Fernsehen hatte sie gegen Anblicke wie den eines einsamen Mannes, der von einer Gruppe Fremder angegriffen wird, geimpft. Vermutlich warteten sie darauf, dass Sam einen Ninja-Schrei ausstieß und seine Gegner mit einem doppelten Salto rückwärts erledigte. Typisch Sterbliche!

Das Problem mit dem Edelmut, dachte Sam, als der Wagen sich entfernte, *ist, dass man selten ungeschoren davonkommt.* Er konnte sich der Erkenntnis kaum verschließen, dass er allein gegen vier wütende Diener des Himmels nicht die geringste Chance hatte. Also setzte er alles auf eine Karte und schwang die linke

Hand in einem großen Bogen. Vor seiner ausgestreckten Handfläche taumelten die Angreifer zurück – und Sam drehte sich um und rannte los.

Er lief die Mitte der belebten Straße entlang, in dem Wissen, dass er sich physisch auf eine Weise regenerieren konnte, wie es die anderen nicht vermochten. Autos kurvten und Reifen quietschten um ihn herum, doch er rannte einfach weiter. Er sah eine Straßenbahnhaltestelle und hielt darauf zu, die Augen auf eine Straßenbahn gerichtet, die von der anderen Seite näher kam. Er warf einen kurzen Blick zurück und sah, dass ihm sein wahnwitziger Spurt durch den Straßenverkehr einen kleinen Vorsprung vor seinen Verfolgern verschafft hatte. Ein Feuertänzer war am nächsten, dann eine Walküre; den anderen beiden, die sich durch den dichten Verkehr drängelten, stand die Furcht vor allen mechanischen Dingen ins Gesicht geschrieben.

Doch als er die Haltestelle erreichte, war Sam bereits klar, dass die Bahn nicht rechtzeitig ankommen würde. Er würde sich auf sich selbst verlassen müssen. Er spürte, wie sein Herz schneller schlug, und seine Haut erbleichte, während Chemikalien ähnlich wie Adrenalin – bis auf ein paar kleine, subtile Unterschiede – durch seine Adern zu rinnen begannen. Er fragte sich, wie gut Feuertänzer wohl laufen konnten. Sicher nicht besser oder weiter als er!

Also rannte er, ohne wirklich darauf zu achten, wohin, und ließ die ganze Zeit unbewusst Magie in seine Füße fließen. Fußgänger wichen erschrocken zur Seite, Autos hupten, als er ihnen in die Quere lief. Er erhaschte einen Blick auf einen Wegweiser und änderte scharf die Laufrichtung, als er sah, was dort stand: Bahnhof.

Seine Verfolger waren schnell, aber er war schneller und einen Tick klüger. Und ihn beflügelte Furcht – die Furcht, dass er Wisperwind seinem Schicksal überlassen hatte; Peter und Andrew ebenfalls.

Folgt mir, dachte er verzweifelt. *Vergesst Andrew. Ich bin euer Ziel, nicht sie.*

Die nächste Straße, in die er einbog, war belebt genug, um mehr Schutz zu bieten. Indem er das Schwert vom Rücken nahm und in die Armbeuge legte, begann er sich weniger auf das bloße Weiterlaufen zu konzentrieren. Gegen ihn drängte die fließende Masse von Menschen wie die Strömung in einem Fluss. Zufällig fand er sich von einem Passanten in die Türnische eines Ladens gedrückt. Er schnappte nach Luft – in seiner wilden Flucht hatte er nicht darauf geachtet, wie weit er gelaufen war. Hinter ihm in der Menge konnte er vier Wellen ausmachen, wo die einzelnen Verfolger sich auf ihn zu bewegten. Doch es waren jetzt so viele Menschen zwischen ihm und ihnen, dass er sich gerade sicher genug fühlte, um es zu wagen …

Der Bettler beobachtete den Fremden mit Interesse. Wiesen die gefütterte Jacke und der Hockeystock, den er trug, auf Müßiggang und Reichtum hin? Könnte das jungenhafte Gesicht, gerötet vom Laufen, von einem Lächeln der Großzügigkeit gekrönt werden, sobald sein Atem nicht mehr in keuchenden Stößen kam?

So konzentriert war der Bettler auf seinen potenziellen Gönner, dass er der Einzige auf der Straße war, der etwas merkte, als … *es* … geschah …

Die Haut des Mannes wurde dunkler, seine Kleidung heller; die Jacke wurde zu einem dichten Pelz, auf dem Gesicht spross ein entsprechender Bart. Der Hockeyschläger wurde zu einem Geigenkasten, auf den nun breiteren, höheren Rücken des Mannes geschlungen. Die Augen traten weiter auseinander und wurden heller, das Haar lichtete sich zu einem Mausbraun und stach in gezackten Strähnen unter dem Hut hervor. Und als der Fremde sich von dem Eingang in den Menschenstrom hinausschob, mit dem Gang eines Einheimischen bei seinen täglichen Geschäften, hatte der Bettler sich fast schon selbst überzeugt, dass der Mann die ganze Zeit so und nicht anders ausgesehen hatte. Als die veränderte Gestalt sich in der Menge verlor, schüttelte er nur noch den Kopf über seine eigene Dummheit.

Und Sams Illusion war vollkommen.

12
Der Mann ohne Gesicht

Es muss irgendwo eine Religion geben, die mich als den Mann ohne Gesicht bezeichnet. Wenn sie wüssten, wie schwer es ist, gesichtslos zu sein.

Seine Anstrengung, die Illusion aufrechtzuerhalten, machte Sam bereits zu schaffen. An andere Dinge zu denken war so schwer, dass er fast nach seinem Pass gegriffen hätte, als der ältliche Schalterbeamte ihn fragte, wohin er fahren wolle.

»Geht es Ihnen gut?«

Selbst sein Russisch drohte unter der Belastung zusammenzubrechen. Er kaufte eine Fahrkarte nach Minsk; er wusste selbst nicht warum, nur, dass er so weit weg wollte wie möglich. Peter hatte seine Tasche mit den Pässen darin – was wahrscheinlich bedeutete, dass er ein Tor benutzen musste.

Aber mit Andrew dürfte es schwieriger werden. Sie werden Probleme haben, ihn aus dem Land zu schaffen. Er ist ein Sterblicher, er kann nicht einmal durch die Anderswelt gehen. Und sein Pass ist nutzlos. Alles hängt jetzt vom Mondgespinst ab.

Sam versuchte sich auszumalen, was jetzt dort vorging, wenn das Mondgespinst-Netzwerk seine Möglichkeiten ausspielte. Nachdem der Wagen mit Andrew ein paar Stunden lang ziellos durch die Stadt geirrt war, würde er in eine Tankstelle fahren, wo ein anderes Fahrzeug wartete, auch mit drei Leuten. Zwei würden aus jedem Wagen aussteigen und zur Toilette gehen, sich etwas zu essen kaufen oder dergleichen. Bei der Rückkehr würde jedes Paar ohne Aufsehen in den ›falschen‹ Wagen einsteigen und wegfahren. Diesen Trick würde man mehrmals wiederholen, vielleicht sogar mit Autos derselben Marke und mit demselben Kennzeichen, um mögliche Verfolger zu verwirren.

Doch auch wenn das Mondgespinst-Netzwerk schnell handelte, war dies immer noch Feindesland. Wenn Stunde um Stunde mehr Andere hereinströmten, um die Straßen und Flughäfen zu beobachten, würden sie auch die Bahnhöfe überwachen? Oder waren sie auf seinen Bluff hereingefallen und hatten sich an die Flugbuchung auf Luc Satise und den zweiten, unidentifizierten Passagier gehängt?

Am besten ist es, immer das Schlimmste anzunehmen. Dann kann man angenehm überrascht werden, wenn es anders kommt. Mittlerweile bereitete ihm seine Tarnung solche Mühe, dass er sich Sorgen machte, ob er die Illusion auf Dauer würde beibehalten können.

Er entschied sich für einen Kompromiss. An einem Stand auf dem Bahnsteig kaufte er eine Tageszeitung. Doch erst als er im Zug war und dieser aus der Station ratterte und seine Sinne auf kein Anzeichen von Gefahr aufmerksam geworden waren, hob er die Zeitung, um sein Gesicht zu verbergen, während er die Illusion verblassen ließ. Ein Mitreisender bedachte ihn mit einem scharfen, fragenden Blick, doch kam zu dem Schluss, dass der glatt rasierte, dunkelhaarige Mann im Abteil die ganze Zeit dort gesessen hatte und dass er sich an das Gesicht eines bärtigen Herrn von einer anderen Reise an einen anderen Ort erinnerte.

Es tat gut, sein eigenes Gesicht wiederzuhaben. Die vernarbte russische Landschaft raste vorbei und ließ Devon trotz Sams Abscheu vor der Verschandelung der englischen Natur heimelig und gepflegt erscheinen. Russland, auch wenn Teile davon große Schönheit besaßen, war so endlos, dass die Menschen keine Hemmungen hatten, riesige Teile davon zu verunstalten. Und zu dieser Jahreszeit, wenn das Eis schmolz und der Schnee von einem langen Winter braun und klumpig in hässlichen Haufen herumlag, wirkte das Land öde und trostlos.

Ein gutes Stück vor Minsk stieg er aus, nachdem er seine Illusion wiederhergestellt hatte, und legte sich einen Plan zurecht, wie er mit einer Reihe von Zugwechseln über das russische Eisenbahnnetz nach Kaluga und zu seinem Treffen mit Wisperwind gelangen konnte. Es wurde zu einer langen und komplizierten Fahrt mit immer wieder derselben Routine: Einsteigen, Illusion sinken lassen, auf die nächste Umsteigemöglichkeit warten, eine neue Illusion aufbauen, einen anderen Zug besteigen, die neue Illusion ablegen ... Und die ganze Zeit ließ ihn die Frage nicht ruhen, was seine Verfolger wohl machten. Auch wenn er das Gefühl hatte, dass Augen ihn beobachteten, wusste er doch, dass er dieser Ahnung besser nicht nachgeben sollte. Seine Nerven waren zum Zerreißen gespannt; wenn er nur an Spinnen dachte, konnte er sie krabbeln spüren, und wenn er von Möwen geträumt hätte, so hätte er gewiss ihren Schrei gehört und für Wirklichkeit gehalten.

»Warum hat eigentlich niemand Interesse daran, die Erde zu beherrschen?«

Annettes Frage hatte Sam überrascht. »Wäre dir das lieber?«

Es war in jenen Jahren der Dämmerung, als ihr Haar weiß zu werden begann, aber bevor sie anfing, ihm den Tod zu wünschen. Das würde bald kommen; doch jetzt bewegte er sich möglichst unauffällig in ihrer kleinen Wohnung, brachte ihr Tee und versuchte zu vergessen, wie alt und müde sie geworden war.

»Warum nicht?«

Er musste einen Moment nachdenken, um einen Weg zu finden, seine Erklärung so klingen zu lassen, dass sie Annettes eigene Welt nicht herabsetzte. »Es ist wie ... wie die Olympischen Spiele«, sagte er schließlich. »Warum in der Hölle regieren, wenn einem die Erde offen steht? Warum ein Reich auf Erden errichten, wenn einem der Himmel gehören kann? Jeder will auf dem obersten Treppchen stehen.«

Es klang nicht besonders überzeugend. Doch er fühlte sich außerstande, ihr den Himmel zu schildern, wo die Sterne ihren Reigen tanzten und jeder Baum voller Früchte hing und man überall sicher schlafen konnte. Zum Teil hatte er ein schlechtes Gefühl dabei, weil dies ihr Leben und dessen Freuden zu mindern schien; auch fürchtete er, dass seine Beschreibung nun falsch sein könnte. Er erinnerte sich an den Himmel als einen Ort, wo Drachen in den Lüften spielten – doch das war vor dem Krieg gewesen.

»Jehova war an der Erde interessiert, nicht wahr?«

»Jehova war ein Narr«, hatte Sam gesagt, mit mehr Leidenschaft, als er erwartet hatte. »Jehova dachte, die Erde sei die Zukunft – dass eines Tages die Schlacht um den Himmel die Sterblichen mit einschließen würde. Er glaubte, Sterbliche für jene Schlacht vorbereiten zu können, mit Leib und Seele. Er glaubte, er könnte sie von irdischen Lastern läutern und auf Erden einen anderen Himmel schaffen – *seinen* Himmel. Ich sagte ihm, seine Ideale würden jedes Maß sprengen. Ich habe ihn gewarnt, es würde nicht funktionieren.«

Jedes Wort wurde ausgespien, wie eine Schlange Gift verspritzt. Doch er wusste, das irgendwo in ihm ein kindischer Teil seiner selbst hämisch frohlockte: »Ich hab's ja gesagt!« – selbst wenn das erwachsene Ich davon angewidert war.

Fast hätte er seinen Ausstieg verpasst. Aufgeschreckt sprang er aus dem Zug, als er merkte, dass dieser angehalten hatte. Die Illusion legte sich um ihn in einem Wirbel verzerrter Bilder. Er konnte nur hoffen, dass kein Beobachter in der Nähe seinen Fehler bemerkt hatte. Leise fluchend verzog Sam sich in eine Ecke des kalten, feuchten Bahnhofs, um auf seinen nächsten Zug zu warten.

›Sag es niemandem‹, hatte es geheißen. ›Erzengel genießen hohes Ansehen. Ihre Eltern sind mächtige Engel; doch selbst ganz, ganz mächtige Engel können nicht das, was du kannst.‹

›Ja, Mutter.‹

Er trug die weißen Gewänder eines Erzengels, dazu bestimmt, vorbehaltlos dem Sohn von Glaube zu dienen. Dazu bestimmt, sein Leben hinzugeben, wenn es das war, was Jehova verlangte. Er war unglaublich stolz auf sich selbst und hatte bereits mehrere andere neu ernannte Erzengel kennen gelernt, mit denen er rasch Freundschaft geschlossen hatte. Uriel, Gabriel, Michael, Raphael – sie waren alle Feuer und Flamme, ihrem neuen Herrn dienen zu dürfen.

»Er hat große Pläne, habe ich gehört«, hatte Uriel geflüstert. »Es heißt, er will uns mit zur Erde nehmen.«

Dies hatte alle von ihnen aufmerken lassen, mit Ausnahme von Michael. Er war der Unbekümmerte, bei dem man sich immer darauf verlassen konnte, dass er einen praktischen Rat und Hilfe bereit hielt. Sam mochte Michael – jenes freundliche, geckenhafte Grinsen, seine lockeren Sprüche und die entspannte Art, mit der er anderen Engeln ihre Aufgaben zuteilte.

»Weltenwandeln?«, hatte einer ausgerufen. »Wir? Können wir das überhaupt?«

»Nicht allein«, hatte Michael erwidert, der immer eine Antwort auf Lager hatte – und häufig die richtige. »Aber wenn er uns mitnimmt, uns führt, dann geht's. Dann können wir es schaffen.«

›Sag es niemandem‹, hatte seine Mutter in Sams Geist geflüstert. ›Du bist nicht wie die anderen. Sie werden dir zürnen, wenn sie entdecken, was du bist.‹

Sam hatte gehorcht, hatte seine großen magischen Fähigkeiten verborgen, hatte mit den anderen vor Jehova gekniet und sich in seiner Rolle wohl gefühlt. Damals hatte er nicht gewusst, wer sein Vater war. Nur seine Mutter hatte er immer gekannt – die allzeit gegenwärtige Stimme in seinem Geist; das feurige Rad, das ihn in der Kälte wärmte; die magische Kuppel, die ihn vor dem Regen schützte; der Strom von Macht, der ihn auffing, wenn er fiel. Magie war seine Mutter, und er sagte es niemandem.

›Mutter?‹

›Ja?‹

›Warum muss ich mich schämen für das, was ich bin?‹

Er spürte ihre Erheiterung. Es war zu einer der wenigen friedlichen Zeiten, als er allein seinen Gedanken nachhing, nicht Diener für Jehova spielte oder sich auf seine Reise zur Erde vorbereitete. Er stand auf einem Balkon hoch oben in den Marmorklippen und blickte hinauf auf die rosarot dahineilenden Wolken des Himmels, unbeobachtet von allen. Wenige lebten so hoch oben – sie mochten die Kälte und die dünne Luft nicht. Aber Sam gefiel es hier. Hier oben war er allein und konnte tun, was er wollte. Und was er wollte, war, etwas über sein verborgenes Geburtsrecht zu erfahren.

›Nein, schämen sollst du dich nie. Doch es gibt Zwietracht im Himmel. Häuser streiten gegen Häuser, Fürsten gegen Fürsten. Jehova ist daran beteiligt, und darum bist du, als sein Diener, es auch. Doch wenn sie wüssten, was du bist, wärest du noch in weit höherem Maße darin verwickelt – vielleicht sogar in Gefahr.‹

Er spielte mit Feuer, während sie Gedanken austauschten,

flocht es durch seine Finger wie bei einem Fadenspiel, schuf Muster in der Luft. ›Warum? Haben sich Chaos und Feuer nicht in der Hölle gepaart? Ist nicht Liebe eine untreue Königin, und sind nicht ihre illegitimen Nachkommen überall? Ist nicht Magie heilig und mit einer Wohnstatt im Himmel bedacht, wenngleich nicht am Hof der Zeit? Aber immer noch im Himmel und unberührbar als eine der großen Inkarnierten?‹

›All dies ist wahr. Doch obgleich ich heilig bin und du, als mein Sohn, es damit auch wärest, würde es nicht lange dauern, bis die Leute fragten, wer dein Vater ist.‹

›Und wer ist mein Vater?‹

Magie antwortete nicht. Diese Frage beantwortete sie nie.

Er war nun seit fast fünf Stunden unterwegs. In einem Versuch, die Reisemüdigkeit zu bekämpfen, hatte er ein Rätselheft gekauft, das er auf den längeren Strecken zwischen den Bahnhöfen mit der gedankenlosen Sorgfalt eines Mannes ausfüllte, den Langeweile und Müßiggang plagen. Wenn die Aufgaben zu einfach wurden und er zehn Unterschiede zwischen Bild A und B auf einen Blick erfassen konnte, glitten seine Gedanken wieder zurück in die Vergangenheit. Zurück zu jenem bitteren Tag, als Jehova die Hand seiner Engel ergriffen und Sam die wahre Identität seines Vaters erfahren hatte.

Es hatte sich monatelang angekündigt. Jehova hatte jedem Erzengel eine lange Liste von Aufgaben gegeben, die von dem kleinsten Anstupsen der Gedanken eines Stammeskriegers bis zur Brandstiftung in einem wohl bewachten Palast reichten. Wir werden die Sterblichen rein machen, hatte er gesagt. Wir werden sie zu Unsrigen machen.

Niemand hatte den Plan wirklich verstanden. Jehova benutzte sein großes Geschick, den Glauben zu manipulieren; das war alles, worüber sie sich einig waren. Irgendwie wollte er den Glauben der Sterblichen auf Erden reformieren. Niemand zweifelte daran, dass es ihm gelingen würde, und niemand stellte seine Absichten in Frage.

Außer Sam. Er hatte sich gefragt, hatte sich Gedanken gemacht über die vielen, vielen möglichen Folgen dieses Vorhabens. Man hatte es das Eden-Projekt genannt.

Auch seine Mutter hatte sich beunruhigt gezeigt, als er ihr davon erzählte. ›Dein Herr hat große Ideen, und das ist gefährlich. Umso mehr, weil sie einer gerechten Sache dienen sollen.‹ Diejenigen, die dem Lebensweg der Magie folgten, hatten oft durch die Hand derer gelitten, die einer gerechten Sache dienten.

Und so hatten sie vor dem Weg zur Erde gestanden. Jehova hatte stolz und eindrucksvoll auf das Tor geblickt. »Meine getreuen Diener, wir sind im Begriff, eine Welt zu verändern.«

Sam hatte einen angemessenen Ausdruck von Ehrfurcht in sein Gesicht gelegt, als die Erzengel sich einer nach dem anderen bei den Händen fassten und eine Kette bildeten.

Er war der Letzte in der Reihe.

»Lasst nicht los!«, hatte Jehova gewarnt. »Folgt mir. Wenn ihr loslasst, werdet ihr den Weg verlieren. Euch wird der Weltenpfad dunkel und still erscheinen. Für mich ist er voller Licht und Geräusche. Versucht nicht, mich abzulenken. Wenn ihr einander loslasst, werdet ihr auch mich verlieren, und wenn wir zwischen den Welten wandeln, bin ich alles, was euch vor einem üblen Ende bewahrt.«

Sie hatten eine Kette gebildet. Sam ging als Letzter hinter Michael. Dann hatte Jehova sie durch das Tor geführt, und sie waren ihm stumm und getreu nachgefolgt.

Sam hatte sofort gemerkt, dass etwas nicht stimmte. Nicht

mit Jehova und auch nicht mit den anderen Erzengeln, sondern mit ihm. Er sah nicht die angekündigte Dunkelheit, noch hörte er das erwartete Nichts. Er sah einen weißen Nebel, in dem Schatten lauerten, vernahm geflüsterte Lockungen von verlorenen Geistern, spürte am äußersten Rand des Bewusstseins eine verblassende Welt hinter und eine aufscheinende Welt vor sich. Die anderen Erzengel schienen von den Lichtern und Lauten ringsum nichts zu sehen und zu hören; ihr Atem ging flach und hechelnd. Sam keuchte auf, als etwas gegen seinen Knöchel peitschte und direkt hindurchging wie ein Schatten. Das Keuchen ließ seine Lungen brennen und seinen Kopf schwindeln; es war keine Luft da.

»Lucifer«, schmeichelte eine Stimme in seinem Ohr. »Bitte komm zu uns, Lucifer.«

Vor sich konnte er einen weißen Durchgang sehen, auf den Jehova sie zuführte. Seine Hand war schweißnass – Michaels ebenso. Bilder erfüllten seinen Geist, als er auf jene Tür blickte – Bilder von einer nachtdunklen Oase, in der sie auskommen würden. Und andere – von den Schatten, von Irrwegen in dem endlosen weißen Nebel, vom Ersticken, vom Wandeln auf einem Bett des Todes und von Pestilenz, die er einatmete, während sie weitergingen.

Nur die Söhne der Zeit konnten zwischen den Welten wandeln, jedermann sonst war blind.

Aber er war nicht blind.

»Lucifer.«

Unwillkürlich wandte er sich zur Seite und spürte, wie seine Hand aus der Michaels glitt.

Sofort wurde er zurückgezerrt. Geisterhafte Klauen krallten sich um seine Schultern und Hüften, versuchten ihn niederzuringen. Er riss sich los, rannte durch den Nebel auf die weiße Tür zu, das Bild seines Ziels vor seinem geistigen Auge.

Es gab keine Luft mehr zum Atmen. Jehova war durch die Tür verschwunden, und die anderen verschwanden mit ihm. Sam stürzte vor, schloss seine Ohren gegen die bittenden Stimmen und bekam wieder Michaels Hand zu fassen. Durch den Nebel sah Sam ein weißes, verstörtes Gesicht, das sich mit blinden Augen hierhin und dorthin wandte. Er hatte Michael nie so angsterfüllt gesehen.

Dann plötzlich waren sie durch, das Portal schloss sich hinter ihnen, und die Erzengel standen keuchend und nach Luft ringend da, während Jehova sie durchzählte, um zu sehen, ob keiner fehlte.

»Schrecklich«, stöhnte Gabriel. »Diese Dunkelheit. Diese Stille.«

»Ich glaube, du würdest das, was ich sehe, weit schrecklicher finden«, erwiderte Jehova milde.

Michael starrte auf Lucifer, der auf dem Sandboden zusammengebrochen war und nun mit großen Zügen nach Luft schnappte. Er wirkte weit mitgenommener als der Rest. »Ich ... glaubte schon, ich hätte dich verloren«, sagte er.

Eine ganze Zeit lang blieb Sam still. Irrtümlich hielt Michael dies nur für eine Auswirkung des Weltenpfades.

»Musst du dir eingebildet haben«, log Sam.

Er war nun auf der letzten Teilstrecke; der Zug sollte um sechs Uhr zweiundfünfzig in Kaluga eintreffen. Während er dem eintönigen Rattern lauschte, betete er zu allen Göttern, die es nie gegeben hatte, dass seine Feinde, selbst wenn jemand seine Illusionen durchschaut hatte, nicht erkennen würden, dass Kaluga sein Endziel war. Dann ein weiteres Gebet, noch inbrünstiger, dass Wisperwind es ebenfalls geschafft hatte. Beten, obwohl er wusste, dass es nichts gab, zu dem er beten konnte, war alles, was ihm blieb.

›Mutter?‹

›Ja?‹ Sie war immer da, wenn er sie rief – an diesem Ort zumindest, seinem verborgenen Ort in den Wolken.

›Wer ist mein Vater?‹

›Ein liebes, freundliches Wesen.‹

›Wir sind zwischen den Welten gewandelt. Einen Monat lang war ich auf der Erde, und heute sind wir zurückgewandelt. Wer ist mein Vater?‹

›Wie hat dir die Erde gefallen?‹

›Mutter!‹

Sie schwieg, bevor sie antwortete: ›Warum fragst du mich das?‹, sagte sie schließlich. ›Du hast die Antwort immer gewusst.‹

Im Zugabteil tastete Sam nach seinem Schwert. Selbst durch die Umhüllung und die Schichten des Leders hindurch konnte er hören, wie es sein tödliches Lied sang. Es war seines Vaters Geschenk an ihn, genau wie die anderen, die legitimen Kinder, alle Geschenke erhalten hatten. Es war der endgültige Beweis.

Er hatte gewusst, dass nur Kinder der Zeit Einlass in den Raum der Uhren erhielten. Er hatte auch gewusst, dass nur jeweils ein Kind dort zugegen sein durfte. Ferner hatte er gewusst, dass der Raum immer bewacht wurde, von Engeln, die nur Vater Zeit und seinen Königinnen treu ergeben waren.

Doch die langen Stunden, in denen er Zauber und Tricks gelernt hatte, waren nicht vergebens gewesen. Als über den Wolken des Himmels die Sonne unterging und die Sterne in all ihrem Glanz hervortraten, hatte Sam seine weißen Erzengelgewänder angezogen, unter denen er eine Rolle Seil verborgen hatte, die um seine Hüften gewickelt war, und hatte sich von seiner Wohnstatt auf den Weg zu dem mit Gold gedeckten weißen Marmorpalast gemacht, der sich über einer diamantenen Klippe erhob.

Am Tage führte eine Treppe aus Sonnenlicht dorthinauf, in der Nacht eine aus Sternenschein. Der Weg war bewacht, und einen anderen gab es nicht. Lucifer nahm dieses Problem auf seine Art in Angriff. Wenn es Thor gewesen wäre, der versucht hätte, sich Zugang zum Palast zu verschaffen, hätte es Mord und Totschlag gegeben. Wäre es Jehova gewesen, hätte er die Wächterengel glauben gemacht, das Richtige zu tun, indem sie ihn durchließen. Doch Sam war keiner von den beiden. Außerdem rechneten die Engel nicht damit, dass ein Sohn der Magie sich in den Palast einzuschleichen versuchte.

Sam wusste, dass Jehova auf der Erde war und noch ein paar Tage dort bleiben würde. Er wusste auch, dass nur Wesen mit besonderen magischen Fähigkeiten eine Illusion durchschauen konnten. Und schließlich wusste er, wie seine Mutter ihm gesagt hatte, dass er ihr einziger Sohn war, der kein sterbliches Blut besaß, und gewiss ihr einziges Kind im Himmel. Und so bedeckte er am Fuß der silbrigen Treppe aus Sternenlicht sein Gesicht mit den Händen, und als er wieder aufblickte, war es nicht Sam, der dort stand, sondern Jehova.

Selbstsicher begann er nun den Aufstieg. Ein Engel sprach ihn an, als er vorbeiging, und er antwortete in demselben salbungsvollen Tonfall, den Jehova immer benutzte. Am oberen Ende der Treppe war er nicht einmal außer Atem, und selbst sein Gang glich dem Jehovas – eine Art Über-den-Boden-Gleiten, fast ein Schweben –, so vollkommen war die Illusion.

»Ich gehe zum Raum der Uhren«, sagte er zu einem anderen Engel.

Es gab einen hektischen Moment, als er vor dem Raum der Uhren stand und darauf wartete, eingelassen zu werden, und eine andere Tür aufgehen sah. Athene kam heraus. Sie warf Sam einen bösen Blick zu, alte Schule an junge Schule, und rauschte vorbei. Doch als sie schon an ihm vorüber war, überlegte sie sich die Sache noch einmal und wandte sich um. »Du besuchst den Raum?«

Er nickte, da er sich gerade noch rechtzeitig erinnerte, wie wenig Jehova redete.

»Warum?«

»Weil es mein Wille ist, Schwester.«

Sie runzelte leicht die Stirn, und einen Augenblick lang dachte er, sie hätte die Illusion durchschaut. Doch dann schüttelte sie den Kopf und ging weiter. Ihm war der Schweiß ausgebrochen, und seine Hände zitterten. Er presste sie zusammen, bis die Knöchel weiß hervortraten, um das Zittern zu unterdrücken, und wäre beinahe zusammengeschreckt, als ein Engel mit leiser Stimme verkündete, er könne nun eintreten.

Mit einer Verbeugung des Dankes, respektvoller Erlöser bis zuletzt, stieß er die große goldene Tür auf, die er zu anderer Zeit als protzig bespöttelt hätte, und betrat einen Raum, der von tickenden Uhren dröhnte. Oder genauer gesagt, von einem einzigen großen Ticken. Die Wände, die Decke, der riesige Boden waren bedeckt mit Uhren – Pendeluhren, Sonnenuhren, Stundengläsern, Wasseruhren; Uhren jeder Art. Zu jeder Sekunde bewegte sich der kleinste Zeiger an jeder Uhr, jeder mit einem präzisen Klick, fielen die Wassertropfen, rannen die Sandkörner; ein rhythmischer Laut, der, zusammengenommen, wie das Pochen eines riesigen Herzens den Raum erfüllte. Da Sam sich sicher war, allein zu sein, ließ er seine Illusion fallen, drehte sich langsam und sah dem Wunder zu, wie jede Uhr der Ewigkeit entgegentickte.

Wenn diese Uhren aufhörten zu ticken, dann, so wusste er, war Chronos tot. Wenn sie gegen den Uhrzeigersinn zu laufen begannen, war Uranos König.

Wie er sich so langsam um die eigene Achse drehte, eine kleine, winzige Gestalt in dem riesigen Raum, fragte er sich plötzlich, was er hier eigentlich suchte. Hatte er ein Zeichen erwartet? Die Zeit gab nie ein Zeichen. Man sah Chronos nie, genau wie er seine Mutter nie wirklich gesehen hatte, nur ein schattenhaftes Bild ihrer selbst. Die Höheren Mächte waren jenseits körperlicher Gestalt, was es so schwer machte, ihnen in die Augen zu sehen. Doch man konnte Chronos um eine Gunst bitten. Wie zeigte er, dass er zuhörte?

Weil er immer zuhört, weil wir Teil von ihm sind, eine Verlängerung seines Willens.

»Vater!«, rief er leise, was ihm sofort irgendwie töricht vorkam. Welche Reaktion erwartete er? »Du weißt besser als ich, warum ich hier bin. Das heißt, wenn es einen Grund dafür gibt.«

Keine Antwort. Langsam kniete er nieder, seine starren Augen blickten nirgendwo und überall zugleich hin.

»Was bin ich?«, fragte er. »Dein Bastardsohn? Ein weiteres Bastardkind unter vielen? Doch du hast deine illegitimen Söhne fortgeschickt, und nur selten sind sie zugleich Kinder der großen Inkarnationen. Kinder der Elemente, ja. Selbst Kinder von Sterblichen, wenn du meinst, dass ein solches Kind deinen Zwecken dienen wird. Doch was ist der Zweck meiner Existenz in deinem Plan der Dinge? Ich habe deine Kinder beobachtet, und jedes von ihnen hat einen Zweck, ob es ihn erkennt oder nicht. Jedes führt einen Teil des Plans aus, den du ersonnen hast. Aber was ist dein Plan? Die Zeit, heißt es, bezwingt alles, doch ich kann nicht sehen, was es da für dich zu bezwingen gibt.

Wovor hast du solche Furcht, dass du ein Kind der Schande

wie mich so nahe bei dir leben lässt? Denn die Kinder der Magie werden verfolgt und geschmäht. Ihre Macht ist unberechenbar. Sie ist eines der wenigen Dinge, die dem gesunden Menschenverstand zuwider sind – denn Wunder sind nicht Teil deines großen Plans.

Warum also duldest du mich hier in deiner Nähe, doch lässt mich im Unklaren über das, was ich bin? Für welche Zukunft willst du mich benutzen, wie Jehova die Menschen benutzt?«

Keine Antwort. Doch seine Ohren entdeckten eine andere Art von Entgegnung.

Irgendwo ging eine Uhr nicht im Takt. In dem gewaltigen Gleichklang der tausend Uhren, die zusammen die Sekunde schlugen, gab es zwischen den Sekunden einen winzigen Klick.

So leise, dass man ihn fast nicht hörte; nur eine Uhr, die nicht mit all den anderen einhertickte.

Sam stand auf, um den Raum abzusuchen, um diese eine Uhr zu finden. Er versuchte, keinen anderen Laut zu hören außer jenem abweichenden Ticken. Nachdem er die halbe Runde gedreht hatte, legte er sein Ohr an eine Uhr. Dann an eine andere. Dann an eine dritte, alle innerhalb eines kleinen Gebiets, und horchte konzentriert.

Und schließlich fand er sie. Eine kleine Standuhr mit einfachem Zifferblatt, dessen Zahlen in einer fließenden Schrift gehalten waren, die er nicht lesen konnte, schlug eine halbe Sekunde gegen den Takt der anderen. Sam strich mit den Händen über den Uhrkörper; er war von einer seltsamen Form, als hätte ein verrückter Schmied angefangen, ihn einzuschmelzen, und sich dann eines Besseren besonnen. Sams Finger ertasteten eine kleine Vertiefung, und als er darauf drückte, sprang die Uhr auf. Mit einem Aufschrei fuhr er zurück.

Doch nichts geschah. Das Herz schlug ihm bis zum Hals, denn er wusste, dass dies einem Gespräch mit Vater Zeit so nahe kam, wie es ihm möglich war. In der Uhr war ein dunkler Hohlraum, und Sam langte hinein. Seine Hand schloss sich um etwas Hartes, Kaltes. Er spürte einen Schock wie von einer elektrischen Entladung, als er es berührte.

Er zog das Objekt hervor. Es war ein langes, leichtes silbernes Schwert in einer einfachen Lederscheide. Voller Anspannung zog er es heraus. Die Klinge sang in seinen Ohren und in seinem Blut, als sie die Luft durchschnitt. Er machte ein Paar Übungshiebe und wusste, dass er nie etwas Vergleichbares verspürt hatte. Er steckte das Schwert wieder in die Scheide, irgendwie peinlich berührt von der Absurdität seiner einsamen Fechtübungen in dem riesigen Saal, und legte es vorsichtig auf den Boden. Erneut langte er in den Hohlraum.

Seine Finger schlossen sich um einen kleinen silbernen Schlüssel, der an einer Kette hing und verlockend vor seinem Gesicht hin und her pendelte. Als er ihn berührte, überschwemmte eine Flut von Bildern seinen Geist. Bilder von einer silbernen Tür, hinter der ein Tor zu einem anderen Ort lag. Einem Ort, den nur sein Schlüssel, von seiner Hand geführt, öffnen würde. Jedes Kind der Zeit besaß einen.

Aber da war noch mehr. Ein silberner Dolch, der auf seine heimliche Natur wie zugeschnitten war. Und dahinter ein schlichter, schmuckloser silberner Reif. Er wagte nicht, ihn aufzusetzen, da er nicht wusste, wem diese Schätze gehörten – selbst wenn ein Teil von ihm schrie, dass diese Krone nur zu ihm sang. Der Verstand sagte ihm, dass er den Zorn des Besitzers nicht auf sich ziehen sollte, falls sie schließlich doch nicht ihm zugedacht waren.

Und als Letztes fand er ein Stück Pergament, so alt, dass er befürchtete, es könnte in seinen Händen zu Staub zerbröseln. Er entrollte es und las die fremde Schrift langsam und sorgfältig, wobei er sich fragte, in welcher Sprache der Text verfasst war und warum er ihn ohne Probleme verstehen konnte.

Ich, der Kanzler des Raums der Uhren – er hatte nie zuvor von diesem Amt gehört –, *tue hiermit kund zu wissen, dass die hierin enthaltenen Gegenstände nur unter solchen Bedingungen gewährt werden, als da wären:*

1. *Wenn ein Fürst oder eine Fürstin der Zeit solche Waffen dringend braucht und seine oder ihre Sache gerecht ist.*
2. *Wenn ein Held des Himmels in Gefahr ist, seine Aufgabe nicht zu erfüllen und Hilfe durch Magie braucht.*
3. *Wenn der Träger des Lichts erwählt wird.*
   In diesem dritten Fall sei der Leser gewarnt. Denn der Träger des Lichts wird Furcht und Befremden erwecken, da er für alle Zeit verflucht und gesegnet zugleich ist. Seine Aufgabe ist notwendig, doch er wird das Ziel des Feindes sein, wenn jene Notwendigkeit zum Handeln ruft. Darum soll sein Fluch ihm zum Segen gereichen und sein Segen zum Fluch. Hier endet meine Warnung.

Sam rollte das Pergament zusammen und fragte sich, was es bedeutete. Er hatte den unangenehmen Verdacht, dass sich das Wort »notwendig« auf ihn bezog. Er legte das Pergament in sein dunkles Versteck zurück und versuchte sich einzureden, dass irgendwelche Dinge, die mit solch einer deutlichen Warnung einherkamen, nicht für ihn bestimmt waren. Als er nach den anderen Schätzen griff, hörte er leise Schritte hinter sich.

Instinktiv fuhr er herum. Der silberne Dolch lag in seiner Hand, als wäre er von selbst hineingeglitten, und war abwehrbereit erhoben.

Jehova blickte auf ihn herab. Aber das war unmöglich! Jehova war auf der Erde und wurde noch längst nicht zurückerwartet. Außerdem hätten die Wache nie mehr als eine Person in den Raum eingelassen.

Was zwei Alternativen offenließ: Entweder er war ertappt worden, und Jehova war gekommen, um ihn hinauszuwerfen. Oder der, der da vor ihm stand, war nicht, was er zu sein schien. Doch als Sam seine geistigen Fühler ausstreckte, konnte er keine Illusion um die Gestalt erkennen. Aber er konnte auch die Macht des Glaubens nicht erspüren, die Jehova von einem Sohn von Krieg oder einem Sohn von Liebe unterschied. Seine Tastversuche stießen gegen eine unsichtbare Wand.

»Setz die Krone auf, Lucifer«, gebot Jehova.

Sam sagte nichts. Er bückte sich und zog langsam das Schwert, um Jehova Zeit zu geben, sich aus dem Staub zu machen oder um Hilfe zu rufen. Im Inneren hoffte Sam, dass sein Gegenüber eins von beidem tun würde und er selbst so eine gewisse Vorstellung von dem bekäme, was da vor sich ging.

Aber als Sam sich wieder aufrichtete, Dolch und Schwert gleichermaßen gezückt und bereit, zeigte Jehova keine Regung.

»Wer bist du?«, fragte Sam.

»Ich bin du.«

Er fuhr herum. Dort stand er selbst, lässig gegen eine Seitenwand gelehnt und mit seinem eigenen jungenhaften Lächeln auf dem Gesicht.

›Ich bin deine Mutter‹, flüsterte eine Stimme in seinem Geist.

»Ich bin alles, was lebt.«

Er dreht sich wieder um, sah diesmal Michael, der an Jehovas Seite trat.

»Ich bin alles, was stirbt.« Wieder Jehova.

»Du hättest es mir direkt sagen können. Ich hätte es dir nicht verübelt«, murmelte er. »Vater.«

»Setz die Krone auf«, flüsterte Jehova.

»Warum?«

»Setz sie auf, sie ist dein!«, sagte Michael.

›Setz sie auf.‹

Sam kniete nieder und legte seine Waffen wieder ab. Vorsichtig nahm er den Reif vom Boden auf, hielt ihn mit beiden Händen, als wäre er etwas Zerbrechliches.

»Wenn ich dieses Ding aufsetze«, sagte er schließlich, langsam und mit Bedacht, »wird es nicht nur mich verändern, sondern auch jeden, der mich ansieht. Wenn ich dies aufsetze, werde ich aufhören, der freundliche, lächelnde Lucifer zu sein. Aber ich will nicht jemand anders werden. Leute, die mich Freund nannten, werden dies sehen und werden in mir einen König erblicken. Und ich werde sie nicht länger Freund nennen können.«

»Setz sie auf.«

»Nein. Ich bin glücklich, wie ich bin.«

›Warum bist du dann gekommen?‹

»Setz sie auf!«, donnerte Jehova.

Sam hob die Krone, doch er hob sie nicht über seinen Kopf, sondern streckte sie Jehova entgegen. »Setz du sie auf! Du, der du das Leben der Menschen regierst und bestimmst, wann sie leben und wann sie sterben – trag du sie! Du brauchst mich nicht!«

Jehova war fort. Sam kniete vor der leeren Luft. Die Krone zitterte in seinen ausgestreckten Händen.

»Würdest du es deinem Vater verweigern?«

Er drehte den Kopf nicht, denn er ahnte, welche Vision er diesmal sehen würde. Die Stimme war freundlich gewesen, mitfühlend. So wie er sich die Stimme seines Vaters immer vorgestellt hatte. Einen solchen Vater hatte er sich gewünscht, einen freundlichen alten Gelehrten, der mit seinem Kind Spiele treiben und später, wenn dieses Kind älter war, dessen Kümmernissen mit einem weisen Lächeln auf dem Gesicht und Lachfältchen um die Augen zuhören würde. Und er wusste, wenn er den Kopf jetzt drehte, dann würde er genau jenen Vater sehen, den er sich erträumt hatte, eine Gestalt seiner eigenen Fantasie, geschaffen zu dem einzigen Zweck, ihn besser manipulieren zu können.

»Sag mir, was du von mir willst. Sag mir, was du planst. Sag mir, warum du mich so nahe bei dir haben wolltest und zugleich so fern.«

»Du bist notwendig«, war die einfache Antwort. Sam schloss die Augen, als sein Vater in sein Gesichtsfeld trat, weigerte sich, auf sein Traumbild zu blicken; denn er wusste, welche Macht es über ihn haben würde, wenn er ihm in die Augen sah. Er spürte, wie warme alte Hände über seine Wangen strichen, dann seinen Kopf nach oben hoben, damit sein Vater – *nein, nicht sein Vater, eine Illusion, von seinem Vater geschaffen, von jemandem, der nie sein wirklicher Vater gewesen war* – die Züge seines Sohnes betrachten konnte. Er spürte, wie die warmen alten Hände sich um die seinen legten und sanft die Krone seinem Griff entwanden. Er öffnete die Augen und blickte auf in seines Vaters Gesicht, als dieser die Krone über Sams Haupt erhob.

»Warum?«, fragte er. Es war wie ein Hauch.

»Meiner Furcht wegen«, flüsterte sein Vater und senkte die Krone auf Sams Haupt herab.

Allein in der nun leeren Halle, mit der silbernen Krone auf seinem schwarzen Haar, während die Uhren nun wieder in vollkommenem Gleichklang tickten, kniete Sam und schrie. Die silberne Krone wurde weiß; flammende Helle durchströmte ihn und umgab ihn mit einer Aura von weißem Feuer. Seine Augen wurden weiß, seine Finger krümmten sich zu Klauen, als er mit der Kraft der Verzweiflung versuchte, sich die Krone vom Haupt zu reißen.

Mit einem Knall wie von einem Gewehrschuss flog sein Kopf nach hinten, als das Feuer aus der Krone schoss, in ihn hinein und aus ihm heraus in die Welt. Es erfüllte den Raum, den Palast, es blendete jeden, der darauf blickte, erfüllte den Himmel selbst, drang in die Tore und erfüllte die Weltenpfade mit

Licht, das den Nebel hinwegbrannte. Durch die Tore breitete es sich aus zur Erde, fauchte über die unberührte Landschaft, fand weitere Portale, füllte jeden Winkel und jede Spalte jeder Welt, bis es so dünn war wie Schatten, dann dünner, dann verblassend, dann verschwunden …

Im Raum der Uhren, allein, mit weißen Augen hinter verschlossenen Lidern, brach der Träger des Lichts in sich zusammen und lag da wie tot.

13
Nebelschleier

Die Sonne war schon untergegangen, als der Zug in den Bahnhof von Kaluga einfuhr. Es war zehn Minuten vor der vereinbarten Zeit. Unter dem Deckmantel der Illusion kaufte Sam sich einen übel schmeckenden Instantkaffee und hockte sich mit dem Plastikbecher in der Hand auf einen Fahrradständer draußen vor dem Eingang zum Bahnhof. Er war zu müde, um den Menschen, die den Parkplatz querten, den flackernden Neonlichtern oder den knisternden Lautsprecheransagen im Bahnhof Beachtung zu schenken. Es war ein Wunder, dass seine Illusion ihn nicht hier und jetzt verließ, während seine Gedanken auf Pfaden wandelten, die zu komplex waren, als dass der Körper ihnen hätte folgen können. Er hatte seinen Kaffee ausgetrunken, doch unbewusst hob er den Becher wieder zum Mund. Irgendwo schlug eine Uhr sieben. Er wartete.

Am Himmel zogen sich Wolken zusammen, und Schnee begann zu fallen – feuchter Schnee, der sofort schmolz, wenn er auf das Pflaster traf. Sam streckte die Hand aus und sah zu, wie die kleinen Kristalle sich darauf niederließen, vergingen und zu Wasser wurden, so rasch, als sei die Natur auf Schnellvorlauf gestellt.

Viertel nach. Ein freundlicher Gepäckträger, der ihn als Fremden erkannte, fragte, ob alles in Ordnung sei. Er bejahte es; doch die Frage hatte etwas in ihm in einen Zustand der Alarmbereitschaft versetzt.

Wo ist Wisperwind?

Er hatte das Gefühl, dass die Sekunden vorbeikrochen. In seiner Fantasie sah er in jedem Auto, das am Bahnhof vorbeifuhr, drei Personen sitzen, doch keine davon warf ihm einen Blick zu. Zugleich gab er sich selbst die Schuld an diesem neuerlichen Fehlschlag – und zerbrach sich den Kopf, um einen Ausweg zu finden.

Der feuchte Schnee fiel nun dichter. Seine Kleider waren inzwischen halb durchweicht. Der Schneeregen und seine eigene Müdigkeit ließen die Neonlichter verschwimmen. Sam schüttelte den Kopf, um ihn zu klären, und merkte, dass sein vorgetäuschter Bart sich gelichtet hatte, ohne dass es ihm bewusst geworden war. Mit schierer Willenskraft brachte er ihn erneut zum Vorschein, und das selbst geschaffene Trugbild legte sich wieder über seine wahre Gestalt.

Nebel kam auf. Ein seltsamer Nebel, denn für Kaluga war so etwas nicht typisch, nicht um diese Jahreszeit und nicht bei diesem Wetter. Innerhalb von wenigen Sekunden stieg er von überallher auf, wurde dicht und erstickte sogar den Schnee. Er verdrängte den Gestank der Autoabgase und ließ einen leichten Hauch von toten Blättern zurück. Bald war er dicht genug, dass die Lichter der Straßenlaternen nur noch als leuchtende orangefarbene Flecke im trüben Dunst schwammen. Sam ließ seine Illusion sinken, verließ sich auf den Nebel als Deckung. *Wo bist du, Wisperwind? Warum hast du deine Macht aufgeboten?*

Ein Betrunkener beschwerte sich lautstark über den Nebel, als er mit einer Flasche in der Hand auf der Suche nach ein wenig Wärme und Schutz die Stufen zum Bahnhof hochtorkelte. Ein vorbeigehendes Paar wunderte sich darüber, wie plötzlich das Wetter umgeschlagen war. Eine hinkende alte Frau versicherte ihrem bejahrten Begleiter, dass dies »nicht normal« sei.

Ein Auto stoppte abrupt – doch nicht Peter stürzte heraus, mit Sams Namen auf den Lippen, sondern ein junges Paar, das in Panik war, den Zug zu verpassen. Hinter ihm hupte ein Lastwagenfahrer; verärgert setzte der Fahrer des PKWs sein Gefährt wieder in Bewegung.

Das Quietschen von Bremsen gehörte zu einem kleinen weißen Ford, der aussah, als würde er jeden Moment auseinanderfallen, als er schlingernd und mit überhöhter Geschwindigkeit auf den Parkplatz einbog. Kaum die ängstliche Fahrweise von Wisperwind. Der Wagen hielt dennoch vor Sam an, und ein Fenster wurde heruntergekurbelt. Ein bleiches Gesicht, das Sam nie zuvor gesehen hatte, rief ihm zu: »Hierher!«

»Wer bist du?«

»Peter schickt mich. Er ist in Schwierigkeiten!«

Überrascht mich nicht. Sam hielt die Hände bereit für einen Kampf oder einen Trick, als er auf den Wagen zuging. Keiner von seinen Warnzaubern ging los, so nahm er auf dem Beifahrersitz Platz und sank in das Polster zurück, als der Wagen losfuhr. »Wer bist du?«, fragte er.

»Man nennt mich Mascha.«

Er erkannt sie als Nixe, roch das Meer und bemerkte ihr gefärbtes blondes Haar. Unter der Tönung war die Farbe vermutlich blau. Sie hatte ein kleines, sorgenvolles Gesicht und konzentrierte sich ganz aufs Fahren.

»Wo sind Peter und Wisperwind?«

»Sie sind in Sicherheit. Im Augenblick.«

»Und der Mensch, Andrew?«

»Auf dem Weg zur Hölle.«

Sams müdes Gesicht verzog sich, bevor sein Gehirn die Worte übersetzte. »Er stirbt?«

»Das Gift des Feuertänzers zehrt ihn aus. Er liegt im Koma, wacht vielleicht nicht mehr auf. Er und die anderen sind zusammen.«

»Aber wo?«

»Es ist nicht weit«, versprach sie. »Aber der Feind ist auch nahe.«

Sie waren von der Hauptstraße abgebogen und fuhren jetzt durch leere Seitenstraßen. Ein Plattenbau ragte im Nebel auf, grauer, hässlicher Beton. Zerbrochenes Glas war zu sehen und Autos, die seit Jahren nicht mehr bewegt worden waren. Aber in ein, zwei Fenstern sah Sam, dass wenigstens irgendjemand stolz genug auf die eigene Wohnung gewesen war, um eine hässliche Plastikvase mit Blumen zu füllen. Wenn man nichts anderes kannte, mochte jedes Zuhause als wunderbarer Ort erscheinen.

Mascha hielt vor einem der höchsten Wohnblocks an. »Sie sind da drin. Dritter Stock. Der Aufzug ist kaputt.«

»Kommst du nicht mit?«

»Ich habe damit nichts zu tun. Ich bin nicht verrückt.«

Irgendein sechster Sinn Sams schlug bei diesen Worten an. *Oh, aber du hast was damit zu tun. Jetzt schon.*

Auch sie war voller Misstrauen, als Sam sich anschickte auszusteigen. Ihre Augen folgten jeder seiner Bewegungen oder versuchten es zumindest. »Ist noch was?«

»Nichts. Ich will nur nichts hier lassen.«

Spürte sie die Lüge hinter seinen Worten? Wenn ja, dann sollte sie wissen, dass sie nichts gegen ihn ausrichten konnte ...

Die Tür des Hauseingangs stand unerklärlicherweise offen. Irgendjemand hatte ein altes Telefonbuch zwischen Tür und Rahmen geklemmt. Hinter ihm quietschten die Reifen, als der Wagen davonschoss.

Sam trat in die Eingangshalle. Das Tropfen von undichten Rohren war zu hören und das Mahlen eines Lifts, der zwischen den Stockwerken festhing. Es stank nach Urin, und an einigen Stellen verunzierten Graffiti die Wände. Sam wunderte sich erneut über Wisperwinds Wahl eines Verstecks. Im Schein der einsamen Glühbirne, welche die Halle erleuchtete, zückte er sein Schwert, dann zog er den Dolch aus dem Ärmel und band ihn sich mit der Schnur von seinem Schwert lose um den

Unterschenkel. Seine Nerven schrien: *Gefahr!*, doch von wem oder woher konnte er nicht sagen.

Mit dem Schwert in der Hand schlich Sam die Betontreppen hoch. Dabei zählte er die Stufen, aus keinem ersichtlichen Grund, streckte zugleich seine Sinne nach vorn und hinten aus und hielt sich eng an der Wand. Es war kalt genug in dem Gebäude, dass sein Atem eine weiße Wolke bildete.

Er bog auf dem Absatz zum dritten Stock um die Ecke, und was dann geschah, kam für ihn ebenso vorhersehbar wie plötzlich.

Sie lauerten direkt hinter der Ecke. Sam hatte sie nicht erspürt; denn es waren Menschen, und er hatte nicht mit einer nichtmagischen Drohung gerechnet. Sie stürzten alle zugleich auf ihn zu, und er merkte schnell, wie schwer es war, ein Schwert zu führen, wenn drei große Männer auf einen eindrangen. Hände packten seinen Schwertarm und hielten ihn fest. Ein Arm legte sich um seine Kehle, brach ihm fast das Genick. Etwas Hartes stieß ihm in den Rücken. Er schloss die Augen, um Magie zu sammeln und die Männer abzuschütteln, und hörte das Klicken einer Pistole. Und eine Stimme: »Silberkugeln, Lucifer! Zwing mich nicht …!«

Sam öffnete die Augen wieder. Er spürte die ölige Mündung der Waffe im Nacken, wusste, dass sie Silbergeschosse enthielt, wusste, dass er sterben würde. Er gab allen Widerstand auf – was seine Angreifer noch mehr zu verwirren schien, sodass es noch einige Hiebe dauerte, bis seine betäubten Ohren die Worte vernahmen: »Hört auf damit und schafft ihn rein!«

Es war die Niederlage, die Sam unbewusst den ganzen Tag hatte kommen sehen. Die letzte Abrechnung, mit der er gerechnet hatte. *Traue keinem außer dir selbst,* dachte er. *Dann weißt du wenigstens, warum du was falsch machst.*

Er war sich bewusst, dass jemand ihm sein Schwert abgenommen hatte und dass andere ihn in eine kleine Wohnung zerrten, einen spärlich möblierten Raum, wo unter großen Lampenschirmen gelbe Lichter schienen und eine alte Dame Tee servierte. Eine Hexe, stellte er mit nur mildem Interesse fest. Es gab mehr von ihnen, als die meisten vermuteten. Alte Hexen insbesondere wussten ihre magischen Fähigkeiten geschickt zu verbergen. Sie hatten erkannt, dass die beste Methode war, einfach seinen Geist auszusenden, während man den ganzen Nachmittag mit den Freundinnen herumsaß.

Zwei Leute durchsuchten ihn, doch sie gingen dabei nicht sehr gründlich vor. Man hatte ihnen sicher gesagt, wo sie suchen sollten, da sie sich hauptsächlich auf Arme und Handgelenke konzentrierten.

Eine weitere Hand tastete ihm den Hals ab. »Nichts da.«

Höchst unprofessionell, dachte Sam.

Unsanft wurde er in die Mitte des Teppichs gestoßen und an Händen und Füßen mit Klebeband gefesselt. Er hörte, wie die alte Dame mit besorgter Stimme fragte: »Was ist mit seinen Augen? Wird er keine Magie wirken?«

Wieder der Druck einer Pistolenmündung gegen seine Haut. »Nein, nicht mit dem hier im Nacken. Du bist zu empfindlich, nicht wahr, Lucifer?«

Ein Teil seines Geistes, der in Deckung gegangen war, als der Kampf begann, kam nun wieder hervorgekrochen und eröffnete ihm einige interessante Tatsachen. Zum einen hockten da Wisperwind und Peter, ebenfalls an Händen und Füßen gefesselt und mit verbundenen Augen, am anderen Ende des Zimmers unter einem Fenster an der Wand. Neben ihnen stand ein weiterer Anderer, der für Sams magische Augen in demselben Licht glühte, wie es Wisperwind eigen war. Ein Nebelbeschwörer also. Zum anderen sah er auf einem Sofa Andrew liegen, bewusstlos, blass und schweißbedeckt; sein Atem ging flach. Und überdies – für Sam der wichtigste Faktor – standen eine Handbreit von seiner Nase entfernt zwei schwarze, glänzende Stiefel, und die Stimme, die gesprochen hatte, klang ... vertraut.

»Michael? Was machst du hier?«, fragte er matt.

»Schauen, dass dir nichts passiert, altes Haus.«

»Sehr nett von dir. Hat Jehova dich geschickt? Was macht er in diesem ganzen Schlamassel?«

Die Stiefel verschwanden, ein Paar Knie kam in Sicht, dann eine Hand. Aus der Hocke heraus rollte Michael Sam weit genug herum, dass sie einander in die Augen sehen konnten.

Er war genau, wie Sam ihn in Erinnerung hatte. Der Effiziente mit allen Antworten.

»Ich würde dir gern eine Theorie vortragen, Lucifer.«

»Schieß los.« Er verzog das Gesicht bei seinen eigenen Worten, als er an die Pistole dachte. »Vielleicht nicht gerade die beste Wortwahl. Aber bitte, lass hören!«

»Du hast dich da in eine Sache reingeritten, die dich nichts angeht.«

»Ah. Da es nichts gibt, was mich angehen sollte, außer der Tatsache meiner Verbannung, finde ich es schwer, näher zu bestimmen, was diese ›Sache‹ sein könnte.«

»Lucifer, ich habe einen Auftrag erhalten.«

»Wirklich? Wie schön für dich.«

»Ich bin dir noch etwas schuldig. Jehova versteht, dass ich so handeln muss. Du hast mir einmal das Leben geschenkt. Nun tue ich dasselbe für dich.«

»Warum nimmst du dann nicht das lebensbedrohliche Ding da weg? Dann könnte ich dir leichter glauben.«

Michael überhörte die Worte und hielt die Pistole weiterhin auf ihn gerichtet.

»Und warum erzählst du mir das alles?«

»Um dich zu warnen. Mit diesem Sterblichen als Komplizen hat Freya versucht, die Schlüssel zu finden, um die Pandora-Geister freizulassen. Sie wusste, wenn man sie entdeckte, konnte sie sich darauf verlassen, dass du ihr Werk vollenden würdest. Die Schlüssel zu finden und sie ihrem Komplizen zu geben, der ihren Plan zu Ende führen würde. Du warst nur eine Figur in ihrem Spiel, Lucifer. Ein notwendiges Teilchen im Puzzle, nichts weiter.«

Sam blieb stumm. Glaubte Michael, der getreue Idiot, wirklich seine eigene Geschichte? Schließlich schüttelte er den Kopf. »Nein. Nein! Ich weiß nicht, wer dir das alles in den Kopf gesetzt hat.« Er sah Michael in die Augen, doch sah darin nur den unbeirrbaren Glauben an die gerechte Sache. »Freya war die Tochter der Liebe. Sie hätte nie die Geister befreit.«

»Wie du willst, Lucifer. Meine Schuld ist nun beglichen. Es wird keine weiteren Warnungen mehr geben.«

Sam, auf dem Teppich, schnaubte verächtlich. Michael erhob sich wieder und gab jemandem einen Wink. Ein paar seiner menschlichen Helfer traten auf Andrew zu, packten ihn an Armen und Beinen und zerrten ihn hoch. Peter und Wisperwind wurden auch gezwungen aufzustehen.

»Was willst du jetzt tun?«, rief Sam. »Mich hier liegen lassen?«

»Nein.«

Er hob die Augen und versuchte den Kopf zu drehen, um sehen zu können, was Michael tat. Während einer der Menschen die Pistole mit den Silberkugeln hielt, zielte Michael, dessen Waffe mit einer gewöhnlichen Bleikugel geladen war, mit ruhiger Hand auf Sams Rücken. »Tut mir leid. Aber wir können es uns nicht leisten, dass du uns folgst.«

Zu seiner Ehre musste man sagen, dass Sam mehr an Peter und Wisperwind dachte als an die Pistole. Mit Pistolen kam er klar. Pistolen waren physische Waffen, und was sie seinem Körper an Verletzungen zufügen konnten, nachdem er Tausende von Jahren auf der Flucht gewesen und so oft erschlagen, erstochen und erschossen worden war, dass er inzwischen langst den Überblick verloren hatte, war unerheblich. »Was ist mit Peter und Wisperwind? Was wirst du mit ihnen machen?«

»Wenn du uns folgst, werden sie sterben.«

Sam kniff die Augen zusammen, den Bruchteil einer Sekunde, bevor der Knall des Schusses ihn erreichte und sein Kopf nach vorn auf den Teppich fiel.

14
Eine alte Schuld

Er erinnerte sich an Michael als eine rechtschaffene Seele. Sie waren gute Freunde gewesen, doch Michael hatte immer die Pflicht über alles gestellt. Wenn Jehova ihm den Auftrag erteilt hätte, seine eigene Mutter zu töten, er hätte es getan.

Aber es war auch wahr, dass er in einem gewissen Sinne Sam sein Leben verdankte, eine Schuld, die nun in Kaluga beglichen worden war, nachdem sie ungefähr fünfhundert Jahre lang in seinem Herzen geschwelt hatte.

Im Jahre Unseres Herrn 1582 hatte Sam Linnfer sich müde seinen Weg durch einen endlosen, dichten Wald voller Wölfe und Raubgesindel gebahnt. Dann blieb er wie festgewurzelt stehen, als er sich dem Racheengel gegenübersah.

Sam trug einen schwarzen wollenen Mantel und alte Stiefel, die in ständigem Kampf mit seinen Füßen standen, wie schnell sie Blasen hervorrufen konnten. Er führte ein Pferd am Zügel, das eher noch schlimmer aussah als er selbst. Er war verdreckt und schlammbespritzt, und sein Gesicht und seine ungeschützten Hände waren stark gerötet. Und wie gut seine regenerativen Fähigkeiten auch sein mochten, sie hatten noch nicht Zeit genug gehabt, um die purpurnen Blutergüsse zu beheben, die eine Seite seines eingefallenen Gesichts bedeckten. Auch seine Kleider waren zerrissen, wie von den Klauen eines Bären zerfetzt, und wenn er die Hände vom Zügel des Pferdes nahm, zitterten sie.

»Sie wollten mich verbrennen«, sagte er. Es war weder eine Anklage noch eine Bitte um Hilfe. Es war eine Aussage, die den anderen warnte, von ihm wegzubleiben. Die Bedeutung dahinter war klar: Wenn sie mich nicht verbrennen konnten, glaub nicht, dass du mir etwas anhaben kannst.

»Ich habe einen Auftrag zu erfüllen«, sagte Michael. Er trug sein weißes Erzengel-Gewand.

»Ich seh's.« Sam war immer noch arg mitgenommen. Selbst er hatte zu kämpfen, wenn fanatische Menschen ihn auf dem Scheiterhaufen verbrennen wollten. »Sind die anderen in der Nähe? Sie können nicht weit sein, wenn du diese bekloppte weiße Robe überall tragen willst.«

Michael trat näher. Er trug sein Schwert in der Hand, um dessen Schneide Flammen züngelten. »Ich wurde ausgesandt, um einen Ketzer zu finden. Ich habe ihn gefunden.«

Sam sah ihn näher kommen, doch seine Hände gingen nicht einmal in Richtung seines Schwerts. »Sie wollten mich verbrennen«, wiederholte er. »Findest du das nicht ironisch? Sie sagen, ich lebe in brodelnden Pfühlen von Feuer, und doch glauben sie, dass man mich verbrennen kann.«

Michael nahm ein paar Schritte von Sam entfernt Kampfstellung ein, das Schwert bereit.

Sam regte sich nicht. »Warum musst du gegen mich kämpfen? Ich weiß, Jehova kann meinen Namen nicht ertragen, weil ich Recht hatte und er Unrecht und sein großer Messias-Plan fehlgeschlagen ist. Doch warum musst du, *du*, mich bekämpfen?«

»Ich erhielt den Auftrag dazu.«

Sam seufzte und klopfte seinem Pferd sanft gegen die Flanke. Gehorsam trottete es beiseite. Er wandte seine volle Aufmerksamkeit Michael zu. »Ein Vorschlag zur Güte: Du steckst das Schwert ein und hörst auf, dich wie ein Volltrottel zu benehmen, und ich werde es deinem Chef nicht sagen. Wie klingt das?«

Michael war ganz in seine eigene Welt versunken – oder eine von Jehovas Schöpfung? »Du. Ein Sohn der Zeit, ein Fürst des Himmels. Ein Weltenwandler. Ich habe die Weltenwandler verehrt, dachte, sie wären beinahe ... göttlich. Und ich habe dir vertraut, dich meinen Freund genannt. Weißt du, wie ich mit Jehova gerungen habe, als er deinen Tod verlangte? Wie ich ihn angefleht habe, es sich noch einmal zu überlegen – auch wenn er mein Meister ist und nicht du. Er vertraut mir nicht mehr, weißt du, weil ich für dich eingetreten bin. Ich bin bei ihm in Ungnade gefallen, nur weil du mein Freund warst. Er ist wahrlich ein Sohn der Zeit und ein Fürst des Himmels. Du bist nur ein Verbannter, den ich einmal zu kennen glaubte. Ich hätte alles gegeben, um ein Weltenwandler zu sein. Und du ... du ...«

Sein Schwert sauste durch die Luft, doch Sam war bereits da. Seine Hände bewegten sich schneller, als das Auge folgen konnte, und die silberne Klinge war oben, als er sich wegduckte. Geschickt drehte er sich, schwang seine Klinge hoch und zur Seite und meinte: »So viele Jahre auf Erden, und man lernt, wie man überlebt, alter Freund.« Ein Stoß, eine Parade, eine leichte Drehung, bei der er einen Fuß ausstreckte, um seinen Gegner zu Fall zu bringen. Der stolperte, fiel und rollte dann ungeschickt aus dem Weg eines provokativ langsamen Hiebs.

»Ich habe das Überleben studiert – in China, in Afrika, in Frankreich und nun hier –, und, weißt du, ich fühle mich recht kompetent, was das betrifft«, fuhr Sam fort, als Michael auf die Füße kam. »Habe ich dir von den letzten Entwicklungen in der Hölle erzählt? Ich habe es tatsächlich geschafft, sie von den Wundern sanitärer Einrichtungen zu überzeugen. Die Tatsache, dass die Temperatur immer unter dem Gefrierpunkt ist, ist ein kleineres Problem, aber wie es so schön heißt: Kommt Zeit, kommt Rat.«

Er duckte sich unter einem weiteren Stoß hinweg, tanzte gewandt aus der Reichweite eines Hiebs, und in der Gegenbewegung schwang er sein Schwert in einem eleganten Bogen herum und nach unten, sodass er Michaels Klinge mit der seinen an den Boden band und sie sich von Angesicht zu Angesicht gegenüberstanden.

»Du willst nicht wirklich ein Sohn der Zeit sein, Michael«, sagte Sam leise und warnend. »Es ist die Sache nicht wert.«

Michael riss sich frei und versuchte, Sam das Knie in den Unterleib zu rammen. Doch Sam war bereits wieder fort und nutzte Michaels Ungleichgewicht zu einem wuchtigen Seitenhieb mit der flachen Schwertklinge.

»Erzengel haben es so viel einfacher«, erklärte Sam mit lauterer Stimme, während sie über den Pfad und zwischen den Bäumen umhertanzten und die Klingen wirbeln ließen. »Geschaffen zu werden, um zu dienen, gibt dem Leben irgendwie eine Richtung. Als ich noch ein Erzengel war, ging es mir viel besser. Es gab nicht diese Selbstzweifel, nichts von diesen quälenden Gedanken, wohin das alles führen mag. Es ist so einfach, seinen Glauben und seine Treue auf eine ziemlich sichere Bank zu setzen. Aber wir spielen immer um unsere Seelen – jeden Tag, Michael. Und jedes Mal, wenn wir verlieren, wird uns ein bisschen was von unserem Einsatz genommen. Nach ein paar tausend Jahren Glücksspiel können da verdammt hohe Schulden auflaufen.«

Sam hielt das Schwert nun mit nur einer Hand. Zu spät versuchte Michael, Deckung zu finden, während Sams freie Hand nach oben ging, mit ausgestreckter Handfläche. Mit der Handbewegung stieg auch Michael nach oben, bis er hilflos in der Luft hing. Nur sein wilder Blick und sein keuchender Atem zeugten davon, dass er noch lebte.

Doch Sam, der zu ihm hinaufsah, lächelte nicht im Geringsten.

»Sie wollten mich verbrennen«, murmelte er wieder. »Trachte nicht danach, ein Sohn der Zeit zu sein. Trachte nicht danach, alles, was dir lieb und teuer ist, vergehen zu sehen, um einer neuen Hoffnung Platz zu machen, die ebenfalls vergeht. Trachte nicht danach, die Dinge so klar zu sehen, wie Chronos dies seinen Kindern auferlegt. Wenn du gesehen hättest, was ich gesehen habe oder was ich sehen muss, bevor ich sterbe ... Nun, genug davon! Du siehst, was du sehen willst, und solange es währt, ist das ein wunderbarer Segen. Wenn wir sähen, was wirklich da ist, wer würde der Zeit mit festem Blick ins Auge schauen können?«

Er löste den Zauber, und der Erzengel fiel mit einem dumpfen Aufschlag zu Boden. Sams freie Hand durchschnitt die Luft, und die Wirkung war wie eine eiserne Faust gegen Michaels Schläfe. Ohne einen Laut kippte Michael zur Seite, und das Schwert rollte aus seinen schlaffen Händen.

»Sie wollten mich verbrennen«, flüsterte Sam.

Es war das Quieken von Ratten, das ihn weckte, oder womöglich der Laut von krallenbewehrten Tatzen, die über Plastiksäcke huschten. Die Sonne stand hoch am Himmel, aber das einzige Indiz dafür waren die drückende Hitze und der Lichtschein, der durch ein kleines Fenster am anderen Ende des Zimmers drang.

Er lag in einem Kellerraum, ungefesselt, auf einem Haufen von Müllsäcken, die sich unter einer Müllrutsche in einem großen Plastikcontainer türmten. Von einer Kugel im Rücken war nichts zu spüren, doch es gab auch kein Zeichen von seinem Schwert, von Andrew, Peter oder Wisperwind. Er fragte sich, wohin die Kugel verschwunden war, dann, als er sich umdrehte, spürte er, wie sein Magen revoltierte. *Zur Hölle ...*

Er hievte sich über den Rand des Müllcontainers und fiel hart. Er schaffte es, ein paar Meter zu kriechen, bevor er sich krümmte und den Inhalt seines Magens erbrach. Tränen liefen ihm aus den Augen, und er würgte und würgte, bis er nicht mehr konnte. Er spürte eine warme Nässe um die Nase, und als er mit der Hand darüberwischte, blieb eine klare Flüssigkeit mit Schlieren von Blut darauf zurück.

Jetzt wusste er, was mit der Kugel geschehen war. Sein Körper hatte sie absorbiert, sie aufgelöst und in den Blutkreislauf überführt. Er fragte sich, wie lange er in dem Keller gelegen hatte. Um eine Bleikugel zu verarbeiten, brauchte sein Körper vermutlich Tage.

Er schaffte es aufzustehen. Vor seinem verschwommenen Blick schwankte die Welt hin und her. Der Dolch, den er sich ans Bein gebunden hatte, war fort, doch ein Blinken von Silber zwischen dem Müll markierte die Stelle, wo er sich von der Schnur gelöst hatte, um nicht dem Feind in die Hände zu fallen. Sam hob eine Hand, und der Dolch flog in seinen Griff.

Sam, besudelt und stinkend wie er war, taumelte auf die einzige Tür des Raumes zu. Seine Hand fand blind die Klinke, doch die Tür war verschlossen. Er hämmerte gegen das metallene Türblatt. Tränen liefen ihm übers Gesicht, und das Tröpfeln aus seiner Nase war zu richtigem Blut geworden. Blei zu absorbieren war etwas, was er seit langer Zeit nicht mehr getan hatte. Er hämmerte weiter, schrie nutzlose Verwünschungen. Niemand antwortete.

Sam trat zurück und wischte sich mit einem dreckigen Ärmel die Augen ab. Schließlich stieß er ein animalisches Knurren aus, in dem seine ganze Wut lag, und hob beide Hände gegen die Tür. Sie explodierte nach außen mit der Kraft seines Zorns, und er stürmte hindurch, heulend wie ein verwundetes Tier. Ein Mann in einem grauen Kittel stand im Flur und riss vor Verblüffung den Mund auf. Sam stürzte auf ihn zu und schrie ihn an: »Wie lange hab ich da unten gelegen? Welches Datum haben wir heute?«

»Den dritten!«, stammelte der Mann. »Dritter März!«

Eine Woche! Sam fauchte ihn an: »Hast du ein Auto?«

Der Hausmeister sah auf Sams blutverschmiertes Gesicht,

seine zerrissene Kleidung und die wütende Art, wie er mit dem Messer fuchtelte, und sagte schnell ja.

»Dann wirst du mich fahren!«

Der Mann war völlig durchgeknallt. Aber er war ein Verrückter mit einem Messer. Nachdem er Iwan, den Hausmeister, der auf seiner wöchentlichen Runde gewesen war, um die Müllcontainer zu leeren, damit hinreichend beeindruckt hatte, hatte der Verrückte geknurrt: »Hol den Wagen!«

Und jetzt saß der Kerl, eingehüllt in eine Decke, die er bis zum Kinn hochgezogen hatte, neben Iwan auf dem Beifahrersitz und hielt ihm das Messer an den Bauch. Sein Gesicht war von Blut und Tränen verschmiert, und er redete mit sich selbst. Und stank. Das war es, was Iwan am meisten auffiel.

»Nach links«, schnappte der Mann.

»Wohin fahren wir?«

»Ein Tor. Ich muss da durch.«

»Was für ein Tor?«

»Fahr!«

Der Fremde verstummte wieder. Er wand und drehte sich, presste sich gegen die Rückenlehne des Sitzes und fuhr dann wieder hoch, als hätte ihn etwas in den Rücken gestochen. Schließlich fand er eine Stellung, die erträglich schien, und sah Iwan mit seltsam normalem Blick an. »Wie heißt du?«, fragte er.

»Iwan.«

»Verheiratet?«

»Ja.«

»Kinder?«

»Ja.«

»Dann werde ich mein Bestes tun, dir nicht die Kehle durchzuschneiden.« Der Verrückte stieß einen leisen Seufzer aus.

»Ich dachte, ich hätte sie überlistet, aber ich hab mich getäuscht. Doch sie werden es nicht schaffen, das Schwert oder die Krone zu zerstören.«

Iwan ging ein für seine Begriffe schreckliches Risiko ein: »Hören Sie«, sagte er, so freundlich wie möglich, »Sie brauchen Hilfe, das sehe ich. Ich bringe Sie ins Krankenhaus; da wird man sich um Sie kümmern.«

»Ich brauche keine Hilfe! Jedenfalls nicht solche.«

»Was ist mit Ihnen passiert?«, fragte Iwan nervös. *Sei freundlich zu ihm. Vielleicht lässt er dich dann am Leben.*

»Mit mir? Ich bin ich den blöden Krieg anderer Leute reingeraten und dachte, ich könnte sie ausmanövrieren, das war's!« *Aber ich habe ihr eine Wanze verpasst.*

Iwan hielt es für besser, den Mund zu halten. Der Mann gab seltsame Fahrtanweisungen. Sein »nach rechts« und »nach links« und »weiter geradeaus« schien nicht von irgendeiner Kenntnis der Gegend getragen zu sein, und er gab seine Befehle, als müsse er Hindernisse umfahren, die sich durch die Form der Landschaft ergaben. Rechts hier, weil wir nicht abbiegen konnten, wo ich wollte. Links hier, weil es keine andere Möglichkeit gibt. Es war, als hätte er ein inneres Radar und versuchte, den Nullpunkt eines unbekannten Koordinatenkreuzes zu erreichen.

Abrupt befahl der Verrückte Iwan anzuhalten. Sie hatten Kaluga längst verlassen und waren in der Mitte einer leeren Straße im ländlichen Nirgendwo. Iwan hielt an. Er machte sich nicht einmal die Mühe, an den Rand zu fahren. Vielleicht würde jemand seine Notlage erkennen.

Der Mann starrte auf einen kleinen Hain von Bäumen auf einem Feld. Er stieß die Wagentür auf. Halb stieg er, halb fiel er aus dem Wagen. Iwan spürte, wie sich sein Magen um dreihundertsechzig Grad drehte und ihm das Herz in die Kehle stieg. Der Rücken des Mannes war von Blut durchtränkt und von einer schwarzen Substanz, deren Natur Iwan nicht einmal erraten wollte. Er gab Gas.

Sam hörte die Reifen quietschen und den Wagen davonschießen, und fast glaubte er auch Iwans Aufschrei der Erleichterung und des Schreckens zu hören, der mit dem Motorengeräusch verhallte. Warme Nässe rann ihm den Rücken hinunter, und er wusste, dass sein Körper immer noch versuchte, das giftige Blei auszuscheiden. Er wankte über das Feld auf das Höllentor zu. Es würde ein gefährlicher Weg werden, in seiner Verfassung. Aber er war entschlossen. So entschlossen, wie er es zuvor nie gewesen war. Jetzt lagen die Dinge anders. Jetzt war er allein. Und damit gab es niemanden außer ihm, der Fehler machen konnte. Allein konnte er seine Zauber wirken und sicher sein, dass nichts ihn hinderte außer seiner eigenen Torheit. War er nicht ein Meister der Magie? Das notwendige Kind von Vater Zeit?

Die Botschaft, die zu Beelzebub kam, war, gelinde gesagt, verwirrend. Er war in seinem Gemach, lag auf dem Bett und starrte mit weiten, schlaflosen Augen an die Decke. Schlaf war ein Luxus, der ihm seit langem verwehrt geblieben war, doch Dämonenstolz gebot ihm, sich nicht zu beklagen. So konnte er auch keinen verlieren, als die Wachen an seine Tür klopften.

»Herr! Lucifer!«

›Herr‹ und ›Lucifer‹?, dachte er. *Was haben diese zwei Wörter miteinander zu tun?*

Aber er stand auf, zog eine warme Robe über und folgte den verstörten Wachen zu Lucifers Gemach. Er klopfte mit Vorsicht an die Tür, da er sich fragte, was es war, das Sam zurückgebracht haben könnte – und das in einem Zustand, der die sonst eher sturen Wachen völlig aus dem Häuschen geraten ließ.

»Es ist offen!«

Er trat ein, schloss die Tür hinter sich für den Rest der Welt und blickte ungläubig auf das, was er sah. Sam stand vor dem Kamin und zog sich ein weites Hemd über. Er war weiß wie die Wand, sein Haar nass von einem Bad, weder Schwert noch Krone war zu sehen. Ein Verband wand sich mehrmals um seinen Körper, um den schwarzen Ausfluss von einer verborgenen Wunde in seinem Rücken aufzufangen.

Er lächelte matt, als er Beelzebub sah, doch auch wenn er sich dabei Mühe gab, lag wenig Freude darin.

»Ich hab verloren.«

Sam brauchte eine halbe Stunde, um seine Geschichte zu erzählen. Er schilderte alles, von seinen Bemühungen, herauszufinden, wer außer Odin und Jehova nach den Pandora-Schlüsseln suchen könnte, bis zu seiner Niederlage in Kaluga.

»Was willst du jetzt tun?«, fragte Bello.

Sam zuckte die Schultern. »Es ist nicht so schlimm, wie es aussieht. Ich werde mich regenerieren. Dann gibt es verschiedene Dinge, die ich tun kann. Zuerst werde ich mir mein Schwert und meine Krone zurückholen. Sie können sie nicht zerstören, und sie wissen, dass ich sie überall finden kann. Wenn sie also schlau sind, werden sie sie wegwerfen. Aber ich *werde* sie zurückbekommen.«

»Und dann?«

Wieder ein mattes Lächeln. »Sie haben einen Fehler gemacht. Um mich von meiner eigenen Sicherheit zu überzeugen, haben sie einen Nebel heraufbeschworen, wie Wisperwind es getan hätte. Dann schickten sie eine Nixe, um mich aufzulesen, mit einer Geschichte, dass es Schwierigkeiten gäbe. Ich habe den Wagen der Nixe verwanzt, und bevor ich die Erde verließ, habe ich nachgespürt, ob die Wanze noch da ist. Sie ist es noch.«

»So. Du wirst mit dieser Schlacht weitermachen, auch wenn die anderen in der Überzahl sind und die schweren Geschütze auf ihrer Seite haben?«

»Ja«, sagte er fest. »Für Freya, für Wisperwind und für meinen eigenen kleinlichen Stolz – ich mache weiter.«

»Wann wirst du zur Erde zurückkehren?«

»Sobald mein Rücken nicht mehr wehtut.«

»Wann wird das sein?«

»In ein paar Tagen. Die Regeneration ist fast abgeschlossen, und ich habe mit ein bisschen Zauber nachgeholfen. Das meiste davon geschah in einer Trance.« Er rümpfte die Nase vor Ekel. »Eine Woche in einem Müllhaufen!«

Beelzebub schwieg wieder. Schließlich sagte er: »Kannst du laufen?«

»Ich hab's bis hier geschafft, nicht wahr?«

»Kannst du ohne größere Probleme laufen?«, beharrte er, mit einem nur leicht verärgerten Unterton in der Stimme.

Stärker klang die Besorgnis mit, was Sam gehörig schmeichelte. »Ja.«

»Ich möchte dir etwas zeigen?«

Sam schlang sich einen warmen Mantel um die Schultern und versuchte, gerade zu stehen, trotz der schmerzhaften Stiche, die ihm durch den Rücken schossen.

Bellos Gesichtsausdruck war nicht zu deuten, doch der Feuerschein enthüllte die Müdigkeit in seinen Augen, und an der Tür bekam seine tastende Hand erst beim wiederholten Versuch die Klinke zu packen.

Sam fasste ihn am Arm und öffnete die Tür. »Es geht dir nicht gut«, sagte er.

»Ich bin alt. Etwas, was du nicht verstehen würdest, Lucifer. Nicht physisch zumindest. Komm. Das hier ist wichtig.«

Sam folgte Bello den Gang hinauf. In seinem Kopf drehten sich bereits die Gedanken um das, was denn so wichtig sein könnte, dass er es unbedingt sehen sollte. Und aus Sorge um seinen ältesten Dämonenfreund. Bis zu diesem Moment hatte er sich nie gefragt, wie alt Bello war. *Wenn Bello stirbt, dann ist die Dämonenschaft wirklich nichts mehr als eine Ansammlung von Wilden.*

Mit dem tappenden Schritt eines alten Mannes ging Bello ihm voran eine Treppe hinauf. Sam folgte mit dem Trippeln eines Jungen, dem alles zu langsam geht. Wenn man sie so sah, hätte niemand gedacht, dass Sam der Ältere war, trotz all der Wunden, die Zeit und Krieg den beiden zugefügt hatte. *Zwei alte Kämpen, die gekommen sind, um einen Blick auf das Schlachtfeld zu werfen,* dachte Sam und wies sich gleich zurecht: *Wir sind, wer wir sind. Versuche nicht, eine Kugel im Rücken oder das Gewicht des Alters romantisch zu verklären.*

Am oberen Ende einer langen gewundenen Treppe traten sie auf einen Turm hinaus. Eine Wache salutierte zackig, doch Bello winkte sie fort und sagte, sie wollten nicht gestört werden.

Es war bitterkalt. Eis bildete sich bereits auf Sams feuchtem Haar, gab ihm das Aussehen eines seltsamen Helms. Unter ihnen breitete sich die Stadt Gehenna aus. An jeder Straßenecke brannte ein Feuer. In den Hügeln jenseits kehrte ein Trupp auf riesigen, zottigen Reittieren von der Jagd zurück. Wachtfeuer brannten am Horizont.

»Was gibt es da zu sehen?«, fragte Sam, als er in der Kälte zitternd über die Brüstung spähte.

»Da!« Bello deutete mit dem Finger. Sam folgte dem Fingerzeig, bis sein Blick auf der kleinen Schmiede der Burg zu ruhen kam. Durch die Dunkelheit erspähten seine Augen eine wimmelnde Masse von Soldaten. Lärmfetzen drangen herauf. Vor der Schmiede teilte ein Zeugwart schwere Schilde und lange Schwerter aus. Als Sam dies entdeckt hatte, ging sein Blick automatisch über die Schutzmauer zu dem Raum zwischen den Torhäusern und der Feste. Selbst zu dieser späten Stunde konnte er nun, da er danach lauschte, das Klirren von Waffen hören. Das tiefe Brüllen zottiger Tiere, die mit Harnischen aufgezäumt wurden. Die Schreie von Ausbildern, die ihre Mannschaften drillten.

»Asmodeus hebt überall Truppen aus. Tausend Mann wurden in der ersten Woche eingezogen, zweitausend in der zweiten. Ein Stoßtrupp hat einen Grenzsoldaten gefangen genommen, der unter Folter verhört und dann öffentlich hingerichtet wurde. Belial schreit nach Blut. Der Krieg ist so gut wie erklärt.«

»Er ist ein Narr«, knurrte Sam.

»Das ist noch nicht alles. Der Rat hat versucht, sich ihm zu widersetzen. Er ließ zwei Ratsmitglieder in den Kerker werfen, und der Rest wurde nach Hause geschickt. Er sagte mir, du würdest nicht mehr zurückkommen; schien sich dessen ziemlich sicher zu sein.«

Sam wandte sich Bello zu. »Was hat er gesagt? Wie waren die genauen Worte?«

»›Ich bin nicht so unwissend über die Dinge auf Erden, wie du glaubst. Lucifer kommt nie mehr zurück.‹«

Sam merkte, dass er zitterte. Er drehte sich mehrere Male wie ein gefangenes Tier und starrte hinauf zu der Burg, die er vor langer Zeit erbaut hatte, dann in die Ferne zum schneebedeckten Horizont. »Bello, ich möchte, dass du von hier verschwindest«, sagte er. »Du kennst die sichersten Verstecke.«

»Was wirst du tun?«

»Einen kleinen Schwatz mit Asmodeus halten. Vielleicht auch einen großen.«

Beelzebub nickte. »Ich weiß, wo du ihn finden kannst.«

Sams Rücken pochte inzwischen alarmierend, doch er ignorierte es. Als er mit Feuer in den Augen und Zorn in seinem verkniffenen Gesicht durch die dunklen Korridore schritt, war ihm nicht anzumerken, dass er erst vor wenigen Stunden aus einer langen Trance erwacht war.

Die Türen zur großen Halle flogen mit einem dramatischen Schlag auf. Holz donnerte gegen Holz. Im Zentrum der Halle war ein Platz freigeräumt worden, und da war Asmodeus, der ein paar Dämonen anfeuerte, die mit nackten Oberkörpern einen Ringkampf aufführten. Der Preis war ein Mädchen, aus der Wüste, nach den Flecken roter Schuppen an Hals und Gesicht zu urteilen, das in eine Decke gehüllt neben dem prasselnden Feuer stand und in der ungewohnten Kälte zitterte. Bei Sams Erscheinen kam alles zum Halten. Die Ringer lösten sich voneinander, das Geschrei der Umstehenden senkte sich zu einem Flüstern, und das Klappern der Trinkgefäße hörte auf.

»Alle raus!«, brüllte Sam. Aus seinen Fingern und Haaren regneten Funken. Im Kamin flammte das Feuer auf, in Antwort auf seine Magie. Während die Soldaten sich an Sam vorbeidrückten, blieb Asmodeus hochmütig auf seinem Stuhl sitzen. Als der letzte Soldat gegangen war und nur das Sklavenmädchen, Asmodeus und Sam übrig waren, hob Sam eine Hand, und die Türen hinter ihm schlugen vor den Augen der Neugierigen zu.

»Wie schön, dass du dich zu uns gesellst«, sagte Asmodeus, kühl wie nur ein Frostdämon sein kann. »Was zu trinken?«

Mit ein paar Schritten hatte Sam den Raum durchmessen, trat an den Tisch, wo Asmodeus saß, packte ihn hart am Kragen und zog ihn über die Tischplatte zu sich. »Sag mir, was du weißt und was du planst«, flüsterte er, »und *vielleicht* werde ich es mir überlegen, dich nicht hier und jetzt zu töten.«

Zu seiner Überraschung und seinem Unbehagen lachte Asmodeus. »Droh mir nicht, alter Mann«, sagte er. »Deine Macht ist am Ende, jeder kann das sehen.«

»Meine Macht? Wage nicht, mich über meine Macht zu belehren, kleiner Dämon, oder du wirst entdecken, was genau es ist, das mir meinen Namen gegeben hat.«

»Droh mir nicht!«, wiederholte Asmodeus, riss sich aus Sams Griff los und trat einen Schritt zurück. »Ich habe Freunde, die mächtiger sind als du.«

»Wer? Wer hat dir gesagt, ich würde nicht zurückkehren? Wer war so sicher, dass ich sterben würde?«

»Versuch, mir etwas anzutun, und sie werden dich zur Strecke bringen«, warnte Asmodeus. »Ich weiß nicht, wie du ihnen entkommen bist, aber wenn du mir auch nur ein Haar krümmst, werden sie dich kriegen. Und sie haben keine Skrupel zu töten.«

Sam hob die Hände, die Handflächen gegen den Dämonenfürsten ausgestreckt. Wie Michael vor Jahrhunderten wurde Asmodeus hochgehoben und durch die Luft gewirbelt. Er prallte gegen eine Wand, wo er hängen blieb. Seine Füße baumelten ein paar Handbreit über dem Boden.

»Sag es mir!«, donnerte Sam. Seine Stimme wurde leiser, drohend und unheilvoll. »Ich habe dein Königreich geschaffen. Mit Blut und Gewalt habe ich es errichtet, und wenn du glaubst, ich würde davor zurückschrecken, nach Blut und Gewalt zu greifen, dann verstehst du das Land nicht, das du regierst.«

»Du kannst mir nichts anhaben«, höhnte Asmodeus. »Meine Freunde werden dich töten, wenn du mir etwas antust.«

Sam ließ eine Hand heruntersausen, und der Kopf des Dämonen wurde herumgeworfen, als hätte ihn ein Schlag getroffen. »Wenn ich nach deinen Regeln spielen muss, um die Wahrheit zu finden, so sei es!«, warnte er. »Sag mir, wer deine Freunde sind! Wer hat dir gesagt, dass du mit dem Krieg Ernst machen sollst?«

»Seth«, flüsterte Asmodeus. Sein Gesicht glühte vor Stolz und Häme. »Seth kämpft für meine Sache. Seth wird mich bewahren!«

Sams Zauber schwankte, stockte. Asmodeus stürzte zu Boden.

Seth, Sohn der Nacht. Also war es wahr, was Bello gesagt hatte, dass Seth irgendwie seine Nase in die Angelegenheiten der Hölle steckte. Seth tat, was Sam immer befürchtet hatte – er tat jenen letzten kleinen Schritt in seine Welt.

Warum hat eigentlich niemand Interesse daran, die Erde zu beherrschen?

Wäre dir das lieber?

Er hatte Annettes Frage damals nicht wirklich beantwortet. Niemand will die Erde haben, weil sie ein bloßer Schatten der Herrlichkeit des Himmels ist – eine verzerrte Kopie. Und die Hölle ist ein Schatten der Erde. Wenn man im Himmel nicht leben kann, nimmt man widerwillig die Erde. Wenn man auf Erden nicht bleiben kann, ist man wahrlich verzweifelt genug, mit der Hölle vorliebzunehmen.

Und jetzt mischte sich Seth, der größte Heimlichtuer von allen, Freund des eingekerkerten Unheilstifters Loki, tatsächlich in die Belange der Hölle ein. *Seiner* Hölle.

»Was hat Seth dir erzählt?«

»Er sagte, seine Brüder seien hinter dir her, dass sie und er zusammen dich töten würden. Weil du mit einer verräterischen Fürstin gemeinsame Sache gemacht hättest. Er sagte, er würde mir helfen, meine Heere zum Sieg zu führen.« Asmodeus glühte vor Triumph, erfüllt von dem fälschlichen Glauben, einen Sohn der Zeit seinen eigenen Zwecken dienstbar gemacht zu haben.

»Warum? Warum, zur Hölle, gibt sich Seth mit der Hölle ab? Die Hölle steht unter ihm, sie kümmert ihn nicht! Warum also mischt er sich ein? Was in der Hölle ist von Wert für ihn?«

Asmodeus antwortete nicht.

»Heilige Zeit! Willst du, dass ich das Licht anwende? Und die Antwort direkt deinem armseligen kleinen Geist entreiße?«

»Er sucht nach ... Macht.«

»Das klingt aber höchst geheimnisvoll«, knurrte Sam. »Versuch's mal ein bisschen genauer.«

»Es ist ... er sucht ... ein spezielles Artefakt.«

»Es gibt zahllose ›Artefakte‹, selbst in der Hölle. Einige wurden von gelangweilten Hexen erfunden, um Schaben zu töten, andere von verrückten Hexern, um Sonnen auszulöschen. Welches Artefakt könnte so wertvoll sein, dass Seth sich in die Hölle hinabbegibt, um einen Krieg anzuzetteln ... verbündet mit dir?«

Als Asmodeus nicht sofort antwortete, verlor Sam die Geduld. Er hob eine Hand. Licht, nicht brennend weiß, sondern sanft und warm, das Schlimmeres ahnen ließ, sprang in seine Handfläche. »Ich werde es tun«, zischte er. »Glaub mir, ich werde es.«

»Den ... vierten Schlüssel.«

»Den vierten?«

Asmodeus brauchte nicht zu antworten. Er konnte die Furcht in Sams Gesicht sehen. Aber er sprach dennoch, fasziniert von dem plötzlichen Schrecken, der Sams Blick erfüllte. »Uranos. Er will Uranos befreien.«

Sam brauchte eine Ewigkeit, um zu antworten. Mehrere Ewigkeiten, nach der Rechnung seines zu Eis erstarrten Herzens. »Uranos? Das würde er nicht ... Das *wagt* er nicht.«

»Wir werden Uranos finden«, sagte Asmodeus leise, der sich wieder erholte, als er sah, wie sehr seine Worte Sam getroffen hatten. »Um Chronos zu besiegen, um Schicksal, Vorherbestimmung und Tod zu bezwingen ... Und du kannst es nicht aufhalten. Du hast dem nichts mehr entgegenzusetzen.«

»Uranos' Schlüssel ... in der Hölle? Das ist es, nicht wahr? Uranos' Schlüssel liegt in der Hölle verborgen, und Belial hat sich geweigert, Seth bei der Suche zu helfen. So hilfst du ihm stattdessen. Das ist der Grund, weshalb du dieses Heer aufstellst und in diesen unsinnigen Krieg ziehst. Du ziehst nicht aus, um Belial zu besiegen, sondern um den Schlüssel zu finden – das ist der Grund, weshalb Seth hier ist!

Du Narr! Du gibst Seth das Mittel in die Hand, uns alle zu vernichten! Du gibst ihm das Heer, das er braucht, um das Ende von allem herbeizuführen!«

»Nicht von allem«, zischte Asmodeus. »Das Ende von allem, *wie wir es kennen.* Uranos ist nur eine andere Art der Existenz, eine andere Art des Lebens, und er belohnt seine Freunde!«

»Wo ist er? Wo in der Hölle ist der Schlüssel? In der Mitte der Wüste, vergraben unter ein paar tausend Tonnen Sand? In den Bergen? Im Strudelozean, im Tartarus, in Pandämonium – wo ist er? Glaub nicht, Seth sei sich zu schade, dich den Wölfen vorzuwerfen, wenn es ihm nötig erscheint! Also, wo ist der Schlüssel?«

»Ich weiß es nicht! Nur Seth weiß es!«

»Du Narr«, flüsterte Sam. »Du wirst sterben.« Als ob so etwas Geringes zählte angesichts des Schreckens, der nun drohte.

Asmodeus raffte sich auf, und in trotziger Haltung, das Kinn gereckt, sagte er: »Du wagst es nicht, mir etwas anzutun.« So viel störrische Dummheit hatte fast etwas Bewundernswertes.

»Ich bin nicht der, der dich töten wird. Entweder Belial, Seth oder deine eigene Hand wird den Schlag führen.« Es war eine Vermutung, keine Prophezeiung, aber Sam wusste, dass er Recht hatte. »Es gibt nichts, was ich tun kann, um es zu verhindern.« Er wandte sich um und hob die Hände in Verzweiflung. Die Türen sprangen vor ihm auf, in Antwort auf einen stummen Befehl. »Ich habe versucht, ein sicheres Königreich für dich zu errichten, aber jetzt kann ich nichts mehr für dich tun! Jetzt kämpfe ich nur noch für mich selbst!«

»Lucifer!«, rief Asmodeus aus, ohne zu wissen warum, als die dunkle Gestalt durch die offene Tür in die bittere Kälte hinaustrat.

Sam fuhr herum. Ein anklagender Finger richtete sich auf Asmodeus' Gesicht, sodass der Dämon sich fast geduckt hätte aus Angst, dass Flammen daraus hervorschössen. »Du bist ein Narr, Asmodeus! Ein kleingeistiger, primitiver Narr! Du hast dein ganzes Volk verkauft als Söldner in einem Krieg, der von einer anderen Welt aus geführt wird!«

»Lucifer!«

Sam lachte und wandte sich ab, schritt durch den dichten Schnee, der ihn umwirbelte. »Alle, denen ihr Leben lieb ist, verlasst diesen Ort!«, rief er im Gehen aus. »Folgt eurem Fürsten nicht ins Verderben!«

»Lucifer!«, schrie Asmodeus und rannte ihm nach. Der Schnee fiel nun noch dichter, schien sich um Sam zu legen, wie um seinen Meister zu schützen, bis alles, was noch von seiner Existenz zeugte, die Stimme war, die durch die Burg hallte.

»Flieht, solange ihr könnt! Der Sohn der Nacht regiert nun in Gehenna!«

»Lucifer!«, kreischte Asmodeus, als die Wachen zu ihm gelaufen kamen, unsicher und verwirrt. »Lucifer, du hast sogar deine eigenen Kämpfe verloren! Du bist nichts!«

Die einzige Antwort war der sanfte Schneefall, und als die Wachen die Tür zu Sams verschlossenem Gemach aufbrachen, war das Bett gemacht, der Schrank leer.

Selbst der Kamin war kalt. Was merkwürdig war, denn nur ein paar Minuten zuvor hatte dort noch ein Feuer gebrannt.

15
Schwachstellen

Am Tag zuvor war in einer großen Polizeiwache nahe der Victoria Station der Dienst habende Beamte gebeten worden, in einen Raum zu kommen, wo der Inhalt einer Reisetasche zur Begutachtung ausgebreitet worden war.

Ein silbernes Schwert, äußerst scharf. Ein silberner Reif, der unter anderen Umständen als Krone hätte bezeichnet werden können. Ein paar Kleidungsstücke in Schwarz. Und fünf Pässe, zwei auf den Namen Sam Linnfer, zwei auf den Namen Luc Satise und einer auf den Namen Sebastian Teufel.

Ein Geschenk an die Gesetzeshüter von einem ungenannten Freund.

Ein paar Stunden später war ein Haftbefehl gegen Sam Linnfer ausgestellt worden. Erst am folgenden Tag würde Sam selbst ungerührt in die Polizeiwache hineinspaziert kommen und mit all seinen Besitztümern wieder hinausgehen.

Er hatte keine Kämpfe mehr auszutragen, die nicht seine eigenen waren. Darin fand Sam einen gewissen Trost. In der Vergangenheit hatte er Gesellschaft und Freundschaft gesucht, und damit war die Verantwortung gekommen, anderen zu helfen und sich um sie zu sorgen. Er hatte es sogar genossen, die Kämpfe anderer Leute auszutragen, von dem Vertrauen seiner Freunde getragen zu werden. Vertrauen war ein Luxus, der ihm oft verwehrt geblieben war, und in der Kameradschaft hatte er zumindest etwas davon gefunden.

Aber das war nun vorbei. Das Mondgespinst-Netzwerk war so gut wie aufgeflogen, Peter und Wisperwind Geiseln für sein Wohlverhalten. Freya war tot. Seth, Sohn der Nacht, bahnte sich, womöglich mit schrecklicher Absicht, seinen Weg in das Vakuum, das Sam selbst allzu lange schon in der Hölle hinterlassen hatte.

Seth, Odin und Jehova sind alle drei hinter diesen Schlüsseln her. Einer von ihnen hat Freya ermordet. Oh, Licht! Alle drei von ihnen spielen mit dem Feuer!

Doch in diesem Moment der Aussichtslosigkeit, in dem er alles verloren zu haben schien, was er besaß, selbst seine irdischen Identitäten, hinter denen er sich hätte verstecken können, hatte er einen Grund, sich sicher zu fühlen. Nicht glücklich oder gut, aber sicher. Jetzt war alles, was seine Feinde tun konnten, ihn zu treffen – er hatte keine Schwachstellen mehr, die nicht seine eigenen waren.

Keine außer einer, flüsterte eine kleine Stimme in seinen Gedanken.

Ein wildes Hämmern ließ die Tür erdröhnen, verbunden mit dem Summen einer Klingel. Solche Szenen waren nicht üblich in den ruhigen Hinterstraßen von London, WC 2. Als selbst jetzt auf sein Klopfen keine Antwort kam, trat Sam zurück in die Mitte der Straße und legte den Kopf in den Nacken, um zum Fenster hinaufzurufen: »Annette! Annette, bitte mach auf!«

Keine Antwort. Er lief zurück zur Tür und rammte die flache Hand mit einer Kraft gegen das Schloss, dass der Rückstoß einen Schauder bis in sein Schultergelenk jagte. Das Schloss klickte, der Riegel schob sich wie aus eigenem Willen zurück, und die Tür schwang auf. Sam stürmte die Treppe hinauf, drei Stufen auf einmal.

Die Tür zu Annettes Apartment stand bereits offen. Ihre Dienerin starrte anklagend auf ihn herab.

»Wie sind Sie hereingekommen?«, fragte sie in ihrem stark akzentuierten Englisch. »Madame wünscht keine Besucher.«

»Weg da!«, schnappte Sam, schob sie zur Seite und betrat die Wohnung.

»He!«, rief sie aus und versuchte, ihn aufzuhalten, indem sie ihm weitere Türen versperrte. Da er mit der Kraft eines Irren nach Annette suchte, drängte Sam sich leicht vorbei.

»›He‹ war nie ein Wort der Macht, und wenn es eins wäre, so beherrschst du es nicht.«

Er stürmte durch eine Tür, die sie verraten hatte, indem sie sie zu deutlich bewachte, und hörte Annettes Stimme im gleichen Augenblick, als er ihrer selbst gewahr wurde. Annette saß aufrecht im Bett, von Kissen gestützt und mit hochgezogenen Decken. Ihr dünner gewordenes weißes Haar umfloss ihr Gesicht wie eine Fassung aus reinem Silber, deren einziger Zweck darin bestand, dem verzauberten Prinzen ihr juwelengleiches Antlitz darzubieten.

»Lass uns allein«, murmelte sie zu dem Mädchen, ohne die Augen von Sam zu wenden.

Als die Tür ins Schloss fiel, stürzte Sam an Annettes Seite, erforschte ihr Gesicht, ihren Geist, nahm ihre alten Hände in die seinen und lachte laut aus schierer Erleichterung. »Ich hatte Angst, sie könnten dir etwas antun«, sagte er. »Ich dachte, ich würde dich vielleicht nicht mehr wiedersehen.«

Ihr Gesicht wurde ernst. In einem mütterlichen Ton sagte sie: »Was hast du jetzt schon wieder angestellt, dummer Junge?«

Sam lachte nur noch lauter. Im Überschwang der Erleichterung fand er kaum die Worte. »Ich wurde erschossen, habe zwei Kämpfe zugleich verloren und verbrachte eine Woche auf einer Müllhalde, um mich zu regenerieren.«

»Ah. Immer noch die alten Spiele, auch wenn du selbst inzwischen viel zu alt dafür sein solltest!«

»Ich weiß, ich weiß.«

»Und jetzt ist die Polizei hinter dir her.«

Sams Lachen verstummte abrupt. »Was hast du gesagt?«

»Die Polizei, junger Unsterblicher. Die Friedenshüter, die Säulen der Gerechtigkeit. Sie kamen her und stellten Fragen über dich, meinten, ich wäre eine ›aktenkundige Kontaktperson‹ von Luc Satise. Sie haben deine Pässe, kennen deine Decknamen. Sie haben dein Schwert und deine Krone und scheinen aus unbekannten Quellen darüber informiert worden zu sein, dass du jemanden umgebracht hast.«

Sein ernstes Gesicht kam dem ihren gleich, doch wo ihre Augen zugleich lachten und weinten, enthielten die seinen nichts als Besorgnis.

»Was hast du ihnen gesagt?«

»Nichts. Du wärst der nette junge Mann, der mal mit meiner Enkelin ausgegangen sei; das sei alles, was ich wüsste.

Dann kamen die anderen Männer, die Fragen über dich stellten. Sie wirkten sehr zornig. Ist er mit irgendwelchen Ärzten befreundet, wo hält er sich am liebsten auf, können Sie uns Adressen angeben? Ich habe ihnen natürlich nichts gesagt. Ich war nur die harmlose alte Dame, die wirres Zeug redet.« Sie ballte ihre alten Finger zur Faust, und mit ihrer freien, zittrigen Hand zog sie sein Gesicht näher zu sich heran. »Was hast du getan?«, fragte sie leise.

»Was haben sie sonst noch gesagt?«

»Ich soll dir etwas sagen, wenn du hier aufkreuzt. Dich warnen, auch wenn sie dich nicht hätten töten können, hätten sie immer noch deine Freunde in Kaluga. Und dass du dich raushalten sollst.«

Er sagte nichts.

»Luc? Luc, ich habe dich geliebt. Ob ich in den Himmel oder die Hölle komme, ich werde auf dich warten. Was hast du getan?«

Er machte sich von ihr los und wandte sich zur Tür. »Ich bin nur gekommen, um zu sehen, ob alles mit dir in Ordnung ist«, murmelte er. »Ich hatte Angst, sie könnten dir etwas antun.«

»Wir sind alle jung im Himmel. Wir sind alle alt in der Hölle. Wir können zusammen alt oder jung sein. Wenn du stirbst. Wenn du zu mir kommst.«

Sam wandte sich in der Tür um und sah aus, als wollte er etwas sagen. Er wollte ihr sagen, dass er für sie sterben würde, wenn sie nur das Wort aussprach. Nie mehr in ihr Leben zurückkehren würde. Ein Geist unter vielen.

Aber er hatte nicht den Mumm. Was, wenn er sie noch einmal brauchte?

So sagte er nichts.

Für sie hatte er genug gesagt.

Ich hatte Angst, sie könnten dir etwas antun.

Annette lächelte vage in sich hinein und lehnte sich gegen den Berg von Kissen zurück, als die Tür sich schloss. Der Unsterbliche hatte Angst um ihr Leben gehabt. Sie war zufrieden.

Also hatte Michael nun dafür gesorgt, dass die britische Polizei hinter ihm her war. Wider Willen war Sam beeindruckt. Gewiss war er ein Meister in der Kunst der konstruktiven Behinderung. Sterbliche Polizeikräfte waren nichts, was sich nicht mit zwanzig Jahren Aufenthalt im Ausland oder einfach durch das Verbrennen von ein paar Akten in den Griff kriegen ließ. Aber er konnte nicht leugnen, dass es lästig war.

Michael versucht, mich auszubremsen. Der schlaue Erzengel kann rechnen – sagen wir, eine Woche für die Regeneration, ein Tag, um mich zu orientieren, ein weiterer Tag, um meine Sachen zusammenzusuchen, noch ein Tag, um die Spur wieder aufzunehmen. Michael tut alles, was in seiner Macht steht, um mich kaltzustellen, ohne dabei bis zum Äußersten zu gehen.

Der gute alte Michael. Ich könnte dir fast – aber nur fast – alles vergeben.

Das nächste Problem war Geld. In den Zeiten, als er einfach mit einer Handbewegung die Illusion von Gold hervorrufen konnte, war alles viel einfacher gewesen. In den komplizierteren Zeiten, als Maschinen und Ordnung ihren Einzug hielten, hatte er sich gezwungen gesehen, ein Bankkonto zu eröffnen. Und zu seiner Schande hatte er es durch Tricks und Kniffe heimlich, still und leise zu einem hübschen Vermögen gebracht, das seit mehr Jahren, als Sam Linnfers Geburtsurkunde dies möglich zu machen schien, Zinsen für ihn ansammelte.

Das Konto wurde überwacht, dessen war er sich sicher. Doch selbst in diesen Tagen der Sicherheitsvorkehrungen gab es noch andere Möglichkeiten, an Geld zu kommen.

Zuerst ging er zu einem Antiquitätenladen in einer der Straßen nahe Annettes Apartment. Nachdem er einen ebenso hilfsbereiten wie aufdringlichen jungen Mann verscheucht hatte, der es nicht verstehen konnte, dass jemand seine Leidenschaft für sündhaft teure Regency-Stühle und -Tische nicht teilte, befasste er sich mit einer kleinen Statue. Sie war mit einem Preis von fünfhundert Pfund ausgezeichnet und stellte eine unmöglich geformte Frau dar, die eine Halskette trug und sonst wenig. Sam studierte sie, bis seine Augen schmerzten, prägte sich jeden Zug und jede Kontur ein, hob sie hoch, fühlte ihr Gewicht, drehte sie nach allen Seiten um.

Als er den Antiquitätenladen mit leeren Händen verließ, blickte der Verkäufer übellaunig diesem Philister – oder Geizhals – hinterher, der seine Zeit vergeudet hatte.

Es war irgendwie seltsam, mit leeren Händen durch London zu gehen. Sam, immer in Bewegung, war an ein Gewicht auf seinem Rücken gewohnt. London selbst war immer eine sichere Stadt für ihn gewesen; die kleinen Seitenstraßen und ausgedehnten Vorstädte hatten zahllose Verstecke und Fluchtmöglichkeiten geboten. Das Busliniennetz und das U-Bahn-System waren kompliziert genug, um jeden Verfolger abzuschütteln, und die Innenstadt mit ihren großen, einheitlich gestalteten Häusern war verwirrend genug, um es jedem Späher, so geschickt er auch sein mochte, schwer zu machen, die richtige Adresse herauszufinden.

Aber jetzt war er auf der Hut vor allem und jedem. Vorbeieilenden Passanten warf er forschende Blicke zu und blieb oft vor Schaufenstern stehen, um zu sich zu vergewissern, ob ihm jemand folgte. Suchte den Himmel nach Raben ab. Sondierte die Straße nach Anderen. Doch da war nichts.

Er bog um die Ecke in eine kleine Seitenstraße. Vor zweihundert Jahren war dieser Ort voller Pferdedreck gewesen und erfüllt von schmutzigen, lärmenden Kindern. Jetzt gab es hier Boutiquen, die Weihrauchstäbchen und Papierlampen mit ›authentischem‹ Licht verkauften.

Irgendwie war er, während er in diese Gasse einbog, an ein Gepäckstück gelangt.

Es war nicht sein Schwert oder sein Rucksack; doch seine Hände, die ein paar Augenblicke zuvor leer gewesen waren, hielten nun einen großen, schweren Gegenstand, der in Seidenpapier gewickelt war. Er suchte sich einen Antiquitätenladen aus, der seinen Charakter und Charme einem blitzenden Schaufenster und überhöhten Preisen geopfert hatte, trat durch die Tür und ging auf die Theke zu.

»Verstehn Se wat von Antiquitäten?«, fragte er die Frau, die dort saß.

»Das hier ist ein Antiquitätenhandel, wissen Sie, und ich leite ihn.« Sie hatte einen beleidigten Ton, der Sam beim ersten Hinhören missfiel. Er war genau in der richtigen Stimmung für Vorurteile.

»Ich will dat hier verkaufen.« Er packte sein Bündel aus. Unter der Umhüllung kam eben jene Statue zum Vorschein, die, ob die Dame es wusste oder nicht, immer noch ein paar Straßen weiter an ihrem angestammten Platz thronte.

»Wir sind kein Trödelladen, wissen Sie.«

Er hatte das Gefühl, dass sie den Ausdruck »wissen Sie« ziemlich häufig gebrauchte.

»Zweihundert Pfund, Ma'am. Und dat is' 'n guter Preis.« Er liebte dieses »Ma'am«. Wenn sie ihn schon mit irgendwelchen Nachsätzen nervte, konnte er das auch.

Widerstrebend schenkte sie der Statue einen Blick. Dann einen zweiten. Schließlich nahm sie sie in die Hände und drehte sie um, studierte die Basis, strich mit den Fingern darüber, und ihr Gesicht hellte sich zu einem leichten Stirnrunzeln auf.

»Hundertundfünfzig, und das ist mein letztes Angebot.«

»Anderswo krieg ich fünfhundert dafür.«

Sie zögerte. »Woher haben Sie die Statue?«

»Meine Mam is' grade gestorben.«

»Hmm.« Beileidsbezeugungen schienen dieser Frau nicht leichtzufallen. Ihr ganzes Leben war Arbeit, und Arbeit war für sie der einzige Weg, sich selbst zu überzeugen, dass ihr Leben erfüllt war. »Verstehen Sie etwas davon?«

»Ich weiß, dat mein Freund gesagt hat, ich könnte dafür Geld kriegen.«

Wieder ein kleines »Hmm«, ein Schürzen der Lippen. »In Ordnung. Zweihundert, auch wenn's mir in der Seele wehtut.«

Ja, dachte er. *Aber es tut dir nicht weh. Wenn du jemand anders gewesen wärst, wenn die Zeiten anders gewesen wären, hätte ich mich schuldig gefühlt. Aber im Augenblick ist das ein Luxus, den ich mir, mittellos wie ich bin, nicht leisten kann.*

»In bar.«

»Sind Sie verrückt?«

»Bargeld, oder ich geh mit dem Ding woandershin.«

Sie stieß verärgert die Luft aus, doch zählte ihm dann widerwillig zehn Zwanzig-Pfund-Noten auf den Tisch. Er nahm sie und machte, dass er wegkam. Fünf Minuten später war nicht nur er auf Nimmerwiedersehen verschwunden, sondern auch die Statue. Als hätte es sie nie gegeben.

Sam folgte seinem Gespür, das ihm den Weg zu seiner geraubten Waffe wies, so wie er ihm von der Hölle aus gefolgt war.

Als er das Tor zur Erde geöffnet hatte, hatte er sich auf kein spezielles Ziel konzentriert, sondern auf das Lied, das in seinem Kopf sang – die Melodie, die all seine Waffen gemeinsam hatten. Er hatte sich davon leiten lassen, war auf dem Weltenpfad darauf zugegangen, bis er glaubte, seine Lungen und sein Geist müssten bersten. Zu seiner Überraschung hatte ihn das Lied nach London geführt. Und jetzt führte es ihn weiter zu einem Bus, der durch den langsamen Verkehr Richtung Südwesten fuhr.

Eine junge Mutter sehnte sich nach Schlaf, während ihre Kinder auf dem Sitz neben ihr wibbelten und kicherten. Der Schaffner diskutierte mit einem Mann, der zwei große Einkaufstaschen trug. Hier ist nicht genug Platz, Sir. Der nächste Bus kommt in ein paar Minuten, Sir. Ein Junge hörte Rap aus einem Ohrstecker, viel zu laut. Alles, was Sam mitbekam, war das regelmäßige Dum, Dum, Dum des Schlagzeugs, wie der Herzschlag eines Elefanten. Ein paar Frauen in Hosenanzügen redeten mit hoher, überdrehter Stimme, entzückt von dem ›Charme‹ des Busses. Sie arbeiteten in der City, dem Finanzdistrikt. Busse waren für andere Leute oder wenn es keine Taxis gab.

Sams Gedanken gingen zurück in die Vergangenheit.

Es hatte einen anderen gegeben. Vor seiner Zeit; doch damals im Himmel hatte Sam all die Geschichten gehört. Einen anderen Sohn der Zeit, Stolz und Freude von allen Werken seines Vaters.

Er hatte die Geschichte von Baldur von einem zugleich klugen und guten Mann gehört, einem Mann, der sich nie für irgendeine Sache hatte einspannen lassen, weder von seinen Geschwistern noch von irgendjemandem sonst ...

»Sie hassen dich, Lucifer.«

»Warum?«

»Weil du für etwas stehst, was sie nicht begreifen können.«

Sam saß mit untergeschlagenen Beinen auf einem Tisch in einer kühlen, halbdunklen Bibliothek, mit einem vergessenen Buch auf dem Schoß und schaute sehnsüchtig auf das Sonnenlicht draußen. Der Bibliothekar saß an einem Tisch ihm gegenüber und stellte Kreuzverweise zwischen Büchern her, die so alt aussahen, dass sie nur durch ein Wunder nicht längst auseinandergefallen waren. Sam konnte draußen vor dem Fenster Engel reden hören und das Fauchen eines Drachen, und er wünschte sich von ganzem Herzen, irgendwo anders zu sein. Doch er hatte seinem einzigen guten Freund versprochen, ihm zu helfen, und im Himmel wog ein gebrochenes Versprechen besonders schwer.

»Alles steht in Büchern geschrieben, weißt du«, sagte Buddha plötzlich. Es war ein Lieblingsthema des kleinen, stillen Sohns der Weisheit. Seine Haut war braun, seine tintenfleckigen Finger gezeichnet von langen Arbeitsstunden nicht nur in der Bibliothek, sondern auch im Garten und den Laboratorien der Alchimisten und von seiner liebsten Freizeitbeschäftigung, dem Angeln. Sam hatte sich zu ihm hingezogen gefühlt, weil er anders war als seine anderen Halbbrüder und -schwestern. Buddha schien nichts von Himmel, Erde, Hölle oder Sam selbst zu wollen. Sein Halbbruder hatte auch Sams Zuneigung gewonnen durch die Tatsache, dass Buddha ihn an ein ständig überraschtes Meerschweinchen erinnerte.

»Es gibt immer jemanden, der irgendwo Dinge dokumentiert. Vielleicht nicht genau, aber zumindest versucht man es.«

»Was meinst du?« Sam war an diese plötzlichen Themenwechsel gewöhnt und folgte liebend gern Buddhas oft verwirrenden Gedankenprozessen zu einem unbekannten Ziel.

»Nun, hier ist ein Beispiel. Ich habe drei Bücher, die die Geschichte von Baldur erzählen, und keines davon stimmt in irgendwelchen Details mit den anderen überein außer der Tatsache, dass er gestorben ist.«

»Bist du Baldur je begegnet?«

»Ich? Liebe Zeit, nein. Ich war noch ein Kind.«

»Erzähl mir von ihm.«

Buddha veränderte seine Haltung, um es sich bequem zu machen. Er saß immer gerade, als hätte ihm jemand einen unsichtbaren Faden durch Rücken und Kopf gezogen und hielte diesen straff gespannt.

»Einst gab es nicht acht Königinnen, sondern neun. Und die neunte war Licht. Sie hatte nur einen Sohn, und Chronos verkündete, wenn jemand den Himmel beherrschen würde, dann wäre es dieses goldene Kind. Baldur. Baldur wurde eine Macht gegeben ähnlich der, die du besitzt. Wie bei dir erschien sie in der Form von Licht, ausgelöst, wenn er es wollte.

Es sei, erklärte Chronos, die ultimate Waffe. Dieses Licht würde alles Böse in der Welt fortbrennen und nur das Gute übrig lassen. Dieses Licht würde alles Unreine vernichten. Also löste Baldur es eines Tages aus. Und das Licht breitete sich aus über die Erde und zerstörte Tausende von Leben und machte Ozeane zu Wüsten. Baldur war so entsetzt von dem, was er getan hatte, dass er sich weigerte, es je wieder einzusetzen. So zartfühlend und freundlich war dieser Sohn von Licht, dass er keinem lebenden Wesen etwas antun wollte.

Chronos war zornig und blieb dabei, dass Baldur in sich die ultimate Waffe des Guten trüge. Doch Baldur weigerte sich. Er sei kein Kämpfer, sagte er, und die Waffe werde nie zum Einsatz kommen. Chronos tobte und sagte, dass er Baldur die andere

Waffe hätte geben sollen. Die verfluchte Waffe, die ihren Benutzer verzehrte ebenso wie ihr Ziel und die Welt von Dunkelheit und Unreinheit singen ließ.«

Buddha starrte Sam an, aber Sam ließ sich nichts anmerken. Er blieb weiter sitzen, unbeweglich wie Buddha selbst, bis sein Bruder fortfuhr.

»Auch wenn er fluchte, Chronos strafte sein Kind nicht, sondern sagte, es würde immer noch eines Tages den Himmel regieren. Inzwischen wurde Loki – seiner Natur als Vater der Lügen und der Unbeständigkeit getreu – eifersüchtig. Er war eifersüchtig auf dieses schöne Kind mit der unglaublichen Waffe in seinem Innern. Eifersüchtig, dass Vater Zeit es unter den anderen hervorhob. So erschlug Loki Baldur. Und Licht floh vor Kummer aus dem Himmel. Und die ultimate Waffe gab es nicht mehr.«

»Wenn … wenn unser Vater Baldur so geliebt hat, warum hat er Baldur nicht vor dieser Gefahr gewarnt?«

»Chronos sieht alle Zukünfte voraus, doch er weiß nicht, welche davon eintreffen wird, bevor es geschieht. Er sah, dass es eine geringe Wahrscheinlichkeit gab, dass Loki seinen eigenen Bruder töten würde, und so versuchte er Loki und Baldur getrennt zu halten. Die Wahrscheinlichkeit blieb klein; die meisten Zukünfte, die Chronos sah, verhießen, dass Baldur überleben würde. Aber Loki ist unberechenbar, und er machte aus jener geringen Wahrscheinlichkeit Realität. Ich glaube, dass Chronos in der Sekunde, bevor Baldur starb, sah, wie all jene Tausende von künftigen Möglichkeiten sich änderten, wie die Möglichkeiten, in denen Baldur überlebt, eine nach der anderen vergingen, und die Möglichkeiten, in denen Loki seinen Bruder tötet, in Wellen zunahmen. Die unwahrscheinliche Zukunft, in der Baldur starb, war Wirklichkeit geworden.

Es gab natürlich Gerüchte. Gerüchte, dass Loki es die ganze Zeit geplant und es irgendwie geschafft hatte, Chronos für die wirkliche Gefahr, in der sein Sohn schwebte, blind zu machen. Gerüchte von Zaubern, die Lokis Gedanken dem Zugriff der Zeit entzogen hatten, Gerüchte über alles vom Wilden bis zum Trivialen, ohne große Rücksicht auf das Glaubhafte. Aber der Grund war eigentlich ganz simpel: Chronos hatte das Vermögen seiner Kinder unterschätzt, ihre Kräfte gegen ihn zu wenden.

Ein Fehler, den Chronos nicht noch einmal machen wird. Nun benutzt er seine Kinder, um die Zukunft zustande zu bringen, die er will.«

Sam schwieg lange, bevor er wieder sprach. »Er benutzt mich, nicht wahr? Mich, das notwendige Kind.«

»So sieht es aus. Und um die Wahrheit zu sagen, diese andere verfluchte Waffe, von der Chronos sprach ... Nun, wenn ein Sohn von Licht sie nicht auslösen wird, dann wäre der Sohn eines nicht so zarten Elements vielleicht eher dazu imstande.«

»Sprich's aus, Bruder«, ermahnte ihn Sam. »Die Waffe auszulösen und dabei selbst vernichtet zu werden. Seth weiß es. Ich weiß es. Du weißt es. Unser Vater weiß es. Die interessante Frage ist, ob er mich auch falsch eingeschätzt hat.«

Buddha lächelte matt, doch es war etwas in seinen müden Augen, was Sam das Blut in den Adern gefrieren ließ.

»Lucifer, hast du nicht zugehört? Nach Baldur wird Chronos keinem mehr eine Wahl lassen.«

16
Aufräumarbeiten

Michael hatte genau so gehandelt, wie Sam es getan hätte. Er hatte den wertvollsten Besitz des Feindes in die Hände eines Halb-Feindes gegeben, dem Sam nichts antun würde.

Sterblichen etwas anzutun hieß, ihre Aufmerksamkeit zu erregen, und wie Sam oft betont hatte, es gab eine Menge Sterbliche, die einem lästig werden konnten.

Nachdem er also seinem sechsten Sinn zu den Stufen der Polizeiwache gefolgt war, wo nur einen Tag zuvor ein Haftbefehl mit seinem Foto ausgehängt worden war, gab Sam sich einige Mühe, seinen Plan durchzuführen.

Auf seinem Rücken trug er einen anderen Rucksack, ebenso neu wie die Dinge, die er enthielt. Er blickte hinauf zu dem gelben Ziegelsteingebäude mit dem Schriftzug »POLICE« auf einer blau erleuchteten Fläche am Eingang und ohne jegliche Fenster im Erdgeschoss. Während er so dastand, begann sein Gesicht sich zu verändern. Versuche nie, mit schwerem Geschütz zu schießen, wenn du denselben Zweck mit einem Trick erreichen kannst.

Er wurde, in einem Wort, zu einem Polizisten. Ja, in jenem Augenblick wäre ein scharfer Beobachter vielleicht überrascht gewesen, wie sehr er zu einem Polizisten wurde. In seinem festen, aber freundlichen Gesicht, das nicht die geringste Ähnlichkeit mit Sams eigenem aufwies, hätte ein Fremder keinen Polizisten gesehen, wie es ihn in Wirklichkeit gab, einen Vollzugsbeamten, der ein paar Verbrechen zu viel gesehen hatte, sondern die naive Interpretation eines Filmregisseurs, wie ein Polizist aussehen sollte – ein guter pflichtbewußter Mann.

Doch am bezeichnendsten war nicht die scheinbare Authentizität von Sams neuen Gesichtszügen oder die Uniform, die immer schon da gewesen sein musste. Wenn jemand ihn hätte beschreiben sollen, auf einen flüchtigen Blick hin, wäre alles, was er hätte sagen können, dass er eben keine besonderen Merkmale aufwies. Er war einfach ... typisch.

Mit unbewegtem Illusionsgesicht lief Sam kaltblütig die Stufen hinauf und in die Polizeiwache. Der Trick besteht darin, so auszusehen, als wüsste man, was man tut. Menschen widerstrebt es, andere zu befragen, die absichtsvoll dreinschauen, aus Angst, dass deren Absicht auf sie zurückfallen könnte.

Der müde Polizist am Empfang blickte auf, doch als er die Uniform sah, schaute er wieder weg. Sam trottete so viele zugängliche Flure entlang, wie er finden konnte, bis sein sechster Sinn ihn informierte, dass er eines der vielen Türschlösser würde knacken müssen, um an seine Beute zu gelangen.

An der Tür, zu der ihn seine Sinne gelenkt hatten, war ein Zahlenschloss. Er gab irgendeine sinnlose Kombination ein, während sein Geist durch die Tür zu dem Schloss auf der anderen Seite drang und gegen ein Dutzend komplizierter Mechanismen drückte, bis er eine Feder fand, die ihm Widerstand entgegensetzte. Er verstärkte den Druck und spürte, wie es klick machte. Die Tür war offen.

Als er den kleinen Raum betrat, der von grellweißem Neonlicht erhellt war, hätte er bei dem Anblick, der sich ihm bot, beinahe laut aufgelacht. Auf dem Tisch vor ihm lagen sein Schwert und seine Krone. Er konnte sich gerade noch beherrschen, nicht darauf loszustürzen und sie zu packen. Eine Frau in einem weißen Kittel drehte sich zur Tür um. Ihr Gesicht war nachdenklich.

»Wer sind Sie?«

Ein Dutzend Antworten kamen ihm in den Sinn, die er sich vorher zurechtgelegt hatte. Dennoch zögerte Sam, lange genug, dass sie ihn erneut fragte, wobei sie ihm ins Gesicht sah und versuchte, die nicht erkennbaren Züge zu erkennen. »Ich soll die Sachen hier holen«, antwortete er schließlich.

»Davon hat man mir nichts gesagt.« In ihrem leicht gekränkten Tonfall lag eine Aufforderung, ihr irgendein offizielles Formblatt vorzulegen, das keine noch so geschickte Illusion hervorzaubern konnte. Illusionen brauchten genaue Vorstellungen als Grundlage, und Sam hatte keine Ahnung, wie so ein Formular aussehen sollte.

Um Zeit zu gewinnen, versuchte er das Thema zu wechseln, und dazu fiel ihm nichts Besseres ein, als zu fragen: »Haben Sie das Metall analysiert? Was haben Sie herausgefunden?«

Sie runzelte die Stirn, aber er hatte sie richtig eingeschätzt. Eine Wissenschaftlerin, die man nur nach ihrem Spezialgebiet zu fragen brauchte, um alle anderen Gedanken in ihrem Kopf zu verdrängen. Sie nahm die Krone mit behandschuhten Fingern auf und drehte sie um. »Es ist ein Metall, wie ich es nie zuvor gesehen habe. Irgendeine Legierung, vermute ich, aber woraus? Ich weiß es nicht. Es spricht auf keinen der Standard-Tests an. Und sehen Sie sich das an!«

Sam zuckte zusammen, als sie den Reif so hart, wie sie konnte, gegen die Tischkante schlug. Als sie ihn wieder hob, war nicht einmal ein Kratzer zu sehen. Ein Bunsenbrenner stand in der Nähe, und sie hielt die Krone über die Flamme. Rasch bildete sich ein großer schwarzer Fleck, doch als sie den Reif wieder herauszog und darüberrieb, kam wieder das reine Silber zum Vorschein.

»Unzerstörbar. Genauso wie das Schwert. Außerdem sehr leicht. Und unmöglich zu datieren.« Ein plötzlicher Einfall ließ sie lächeln. »Was meinen Sie? Ob es mir stehen würde …?«

»Nicht aufsetzen!« Er hatte schärfer gesprochen als beabsichtigt und fügte hastig hinzu: »Sie könnten das Beweisstück kontaminieren.«

In ihren überraschten Blick mischte sich Argwohn: »Wer sind Sie? Ich habe Sie noch nie hier gesehen.«

Er nahm seinen Beutel von der Schulter und setzte ihn ab, ohne auf ihre Frage einzugehen. *Einfach so tun, als sei alles völlig in Ordnung* ... Aus den Tiefen seiner Tasche zog er ein Päckchen hervor, das sich beim Entfalten als ein schmaler Golfschlägerbeutel entpuppte. Er wandte sich der Frau zu und lächelte entschuldigend.

»Tut mir leid.«

Ihr wurde plötzlich klar, wie still es auf dem Flur war und wie leer im Laboratorium. Instinktiv öffnete sie den Mund, um zu schreien, auch wenn sie nicht sicher war, woher die Gefahr kam oder warum – aber sie wusste, dass dieser Mann nicht das war, was er zu sein schien. Bevor sie einen Laut von sich geben konnte, packte sie etwas – hart und unsichtbar, aber genauso grob wie der Griff eines Polizisten – und schleuderte sie nach hinten. Ihr Kopf schlug gegen die Wand, und sie rutschte zu Boden.

Im Handumdrehen hatte Sam sein Schwert in den anonymen Beutel und die Krone in seine Tasche gesteckt. Dann trat er zu ihr und überprüfte ihren Puls; sie war nur momentan bewusstlos, nichts weiter. Er schlang sich den Beutel über die Schulter und eilte aus dem Raum, schlug die Tür hinter sich zu und ging schnell den Flur hinunter. Es kam jetzt darauf an, in Bewegung zu bleiben, immer geradeaus zu schauen und die Illusion aufrechtzuerhalten. Er war der Mann ohne Gesicht.

Dennoch, wie immer wenn man sich allein auf feindlichem Gebiet bewegt, war da die Angst eines Schauspielers, seinen Text zu vergessen, wenn er vor dem Publikum stand. Ein einziger Fehler, und er war verloren; jede Bewegung musste perfekt sein. Zeige nie deine Furcht. An diesem Ort ist Furcht verräterisch.

Aber die Illusion zeigte keine Gefühlsregung, auch wenn das Gesicht darunter von Hitze gerötet war und Sam spüren konnte, wie sein Herz pochte. Für jeden anderen, der Interesse an ihm zeigte, hielt er ein kleines Bild bereit, einen geflüsterten Gedanken, der ihn dazu brachte, sich abzuwenden. Nach so vielen Jahrhunderten der Illusionen sandte er solche Bilder fast schon unbewusst aus.

Dennoch gab es Aufregung auf den Fluren hinter ihm. Stimmen wurden laut. Sam ging weiter, ohne den Kopf zu drehen. Es galt, eine feine Balance zu wahren. Wenn er einfach weiterging, ohne auf das zu achten, was in seinem Rücken geschah, könnten die Leute sich wundern. Wenn er sich umdrehte und anhielt, könnte er sich in der Schlinge fangen, und seine Tarnung wäre aufgeflogen.

Er ging weiter, einfach geradeaus, die Augen auf die Tür nach draußen und den Weg in die Freiheit gerichtet. Wieder in die Empfangshalle, wo ein Beamter bereits einen Anruf von einem unsichtbaren Informanten entgegennahm, der etwas von einem »Überfall« und »Diebstahl von Beweismitteln« faselte. Es forderte Sam alle Willenskraft ab, bei den letzten Schritten bis zur Tür nicht in Panik zu verfallen und loszulaufen. Dann war er die Stufen hinunter, wandte sich vom Eingang der Polizeiwache ab, ließ seine Illusion fallen und rannte, so schnell er konnte.

Andrew hatte auf jener Straße in Moskau einen Namen geflüstert, den Sam seinerzeit bewusst verdrängt hatte. Er hatte ihn verdrängt, weil er damit beschäftigt gewesen war, die Walküren und Feuertänzer abzulenken. Jetzt, da er wusste, wo er stand und wofür er kämpfte – jetzt war dieser Name plötzlich der Mittelpunkt seiner Welt. *Gabriel.* Gail und Gabriel. Die beiden Namen, wie Luc und Lucifer, erschienen ihm zu ähnlich, als dass es Zufall sein könnte. Gabriel. Ein Erzengel. Die Art von

Person, die imstande wäre, ihren Herrn zu verraten, wenn sie das volle Ausmaß dessen erkannte, was Jehova plante, und die versuchen würde, Andrew vor Entdeckung zu schützen, der als Einziger wusste, wo die Pandora-Schlüssel zu finden waren.

Sam vergeudete keine Zeit. Er ging direkt in den nächsten Pub, bestellte sich ein kleines Guinness und eine Tüte Erdnüsse. Als beides verzehrt war, suchte er die Herrentoilette auf. Sie war klein, schäbig und hatte nur für einen Benutzer Platz. Aber sie hatte ein Schloss an der Tür und war dunkel genug für seine Zwecke. Er sichtete.

Gail. Gabriel. Wer du auch sein magst. Wer es auch war, der vergeblich versucht hat, Andrew zu beschützen. Wenn sie wissen, wo du bist, dann muss ich es auch wissen. Ich muss dich als Erster finden, koste es, was es wolle. Haaalloo, ist da jemand, oder muss ich das Licht einsetzen und die Gedanken der Menschen lesen, damit ich kriege, was ich will?

Bilder, Gefühle, Laute ... Die Sichtung filterte sie eins nach dem anderen heraus und setzte sie langsam zu einem Bild zusammen. Gail-Gabriel. Erzengel. *Haaalloo* ...

Und plötzlich, wie er es geahnt hatte, war da ein Schild, der seinen Geist hart zurückprallen ließ und jeden Zugang zum Objekt seiner Sichtung abschnitt. Wie in Moskau suchte er nach den Kennmarken, öffnete sich ihnen, flüsterte: *Hier bin ich. Ich bin ein Freund.* Der Schild teilte sich. Er drang hindurch, fühlte, wie das Leben sich unter ihm regte, und wie ein Vogel schoss er auf sein Ziel zu und traf *einen weiteren Schild.* Er hämmerte dagegen mit nutzloser Kraft, aber der Schild gab nicht nach. Er suchte nach Zeichen, fand sie, hörte sie wispern: *Feind.* Spürte, wie Magie sich sammelte, um ihn zurückzudrängen, erhob seinen eigenen Schild, ließ den Sturm vorbei, griff an, schirmte sich wieder ab. Alles vergebens. Er wusste, dass es keinen Zweck haben würde. Er sah, wie die innere Verteidigung konstruiert war, genau innerhalb des ersten, freundlichen Schilds und nahtlos an dessen Form angepasst, sodass jeder, der den ersten durchbrach, an dem zweiten scheitern musste.

Er wusste auch, wer diesen Schild errichtet hatte. Der Geruch der Magie, der ihm anhaftete; die Art, wie er konstruiert war: alles glatte Linien, traditionelle Kurven, keine Fantasie, kein Funke, eine bloße Anwendung althergebrachter Gesetze der Abschirmung durch einen peinlich genauen, geübten Praktiker. Er erkannte diese Struktur wieder. Er konnte den Weltenwandler nennen, der sie gemacht hatte. Jehova. Jehova war es, der ihn nicht hineinließ. Jehova wusste, dass er kommen würde. Michael musste es ihm gesagt haben. Jehova war es, der ihm den Weg zu Gail abschnitt.

Zu Gabriel.

Seinem Erzengel.

Diesmal gab er sich nicht mit Flugzeugen ab. Er hatte keine Pässe, und das Geld, das er erschwindelt hatte, würde nicht ausreichen. Er ging direkt zu einem Höllentor und wandelte von dort ruhig und mit stetem Schritt zu einem Tor in einer einsamen Höhle, die in der Nähe von Gehenna, wenn auch nicht direkt am Ort lag.

Ein Schwarm von weißen, fledermausähnlichen Geschöpfen mit spitzen Zähnen und tief liegenden Augen flatterte auf und stob davon, als er durch das Tor trat. Die Kälte traf ihn wie eine Faust; seine Kleider waren viel zu dünn, um ihn warm zu halten, während er dort stand und mit schweren Atemzügen die Stimmen des Weltenpfads zu vergessen suchte, die ihm wie Spinnweben anhafteten. In weiter, weiter Ferne konnte er die Geräusche der Stadt hören, doch er kümmerte sich nicht darum. Die Hölle war nicht mehr von Belang für ihn. Vielleicht später, ja, aber nicht jetzt. Nicht da Seth seine Finger im Spiel hatte, der schlaue, gerissene Seth.

Als er sich wieder umdrehte und dem Portal zuwandte, zitterte er. Sein Atem stand in Wolken vor seinem bleichen Gesicht. Er wühlte in seinem Beutel, bis er einen zweiten Anorak fand, den er über den ersten anzog, einen langen Schal von jener verfilzten Art, die er liebte, und einen großen Hut. Er schwang den Beutel wieder über die Schulter, und ohne weiteres Zögern trat er direkt wieder durch das Tor. Er wusste, wenn er wartete und auf das Tor starrte, um zu überlegen, was er tun wollte, würde er sich nie mehr aufraffen können.

Während die Schatten an ihm zerrten und der Nebel seine Lungen mit brennendem Feuer füllte, fühlte ein Teil von Sam sich seltsam glücklich. Michael hatte auf ihn geschossen, Seth war in seine Welt eingedrungen. Doch irgendwie hatte er in dem ganzen Durcheinander, obwohl ständig auf der Flucht, herausgefunden, wer seine Feinde waren. Odin, Jehova und Seth. Er war wieder im Krieg. Er hatte ein Ziel vor Augen.

Sam Linnfer trat wieder aus dem Portal. Er war in Russland.

Mascha war eine seltsame Nixe. Die meisten ihrer Art waren rastlos, trieben immer durch die Anderwelt auf der Suche nach etwas, was ihre ewige Neugier befriedigte. Aber sie nicht. Sie hatte vor langer Zeit erkannte, dass man, wenn man an einer Stelle blieb, zusehen konnte, wie die Welt sich um einen herum veränderte. Sie fand diese allmähliche Veränderung interessanter, als entwurzelt und unstet umherzuwandern. Mascha hatte die Revolution von 1917 ausgesessen, den zweiten Weltkrieg, das Ende des sowjetischen Kommunismus. Sie hatte Bauwerke wachsen und einstürzen sehen, kannte jeden, der jemals durch die kleine Straße vor ihrer Wohnung gekommen war, und hatte selbst das Undenkbare getan – einen irdischen Teilzeitjob angenommen. Zwei Abende die Woche war sie Platzanweiserin im Theater, und das war etwas, was sie liebte. Nicht nur gab es dort einen endlosen Zug menschlichen Lebens, wenn die Besucher kamen und gingen. Unter dem Deckmantel einer nicht ganz irdischen Illusion war sie in der Lage gewesen, fast jede Vorstellung zu sehen.

Mascha hatte, wie manche mit einer gewissen Abscheu kundtaten, eine Schwäche für Sterbliche.

Sie wohnte in einem kleinen Apartmenthaus an einer Straße, auf der nie mehr als zwei oder drei schrottreife Fahrzeuge pro Stunde vorüberfuhren. So war sie eines Abends überrascht, als ein neues Auto, ein rotes, unter einer Straßenlaterne vorfuhr und einen Passagier ausspuckte. Sein Gesicht war unter einem großen Hut verborgen, und als ihr suchender Geist ihn berührte, war da ... nichts. Kein Schimmer von Macht, ob sterblich, unsterblich oder elfisch, aber auch nicht das offene Buch, das die meisten Sterblichen darstellten. Nur Leere.

Sie beobachtete, wie die seltsame Gestalt auf das Hochhaus zukam, wobei sie sich immer in den Schatten hielt. Sah, wie der Schattenmann sich über ihren Wagen beugte und ihn studierte, den Kopf zur Seite geneigt, als lausche er auf etwas. Er richtete sich wieder auf und blickte hoch, direkt auf ihr Fenster. Sie wich instinktiv zurück und zog die Vorhänge zu. Dann schalt sie sich selbst eine Närrin. Sie öffnete die Vorhänge wieder einen Spalt weit und spähte auf die dunkle Straße hinunter, aber der Mann war fort.

Verschreckte Leute tun ihre Ängste oft als eingebildet ab, und genau das tat Mascha nun. Sie ging zurück in die Küche ihrer engen Wohnung, nahm sich das Buch, in dem sie gelesen hatte, und machte es sich vor dem kleinen Gasofen zu einem angenehmen Abend mit ihrem neuesten Hobby bequem – menschlicher Literatur.

Es klopfte an der Tür. Mascha sprang auf. Einen kurzen Moment überlegte sie, was sie tun sollte; dann siegte ihre Neugierde über die Furchtsamkeit. An der Tür spähte sie durch das Guckloch. Ein Mann in einem langen schwarzen Mantel stand im Flur, mit dem Rücken zur Tür, den Kopf abgewandt, als beobachte er das Treppenhaus.

Sie öffnete die Tür – und wusste nicht, wie ihr geschah. Eine Sekunde zuvor hatte der Fremde noch ausgesehen wie ein verirrter Besucher, in der nächsten war sein Fuß in der Tür, und sein Gesicht war verzerrt von einem Ausdruck solch gnadenloser Entschlossenheit, dass sie entsetzt zurücktaumelte.

In betäubtem Schweigen nahm sie die schwarze Kleidung, die schwarzen Augen, das schwarze Haar und den finsteren Ausdruck im Gesicht des Mannes wahr, den sie in den Tod zu führen versucht hatte. Dann kreischte sie los und hob ihre Hände zu einem Abwehrzauber. Ihr Element kam ihr zu Hilfe: Eine Wasserkugel floss aus ihren Händen hervor und legte sich um Sams Mund und Nase – doch er schüttelte einfach den Kopf, und die Kugel zerplatzte.

Wie Wisperwind den Nebel beherrschte, so beherrschte sie das Wasser, und die Leichtigkeit, mit der er ihren einzigen guten Zauber zunichtegemacht hatte, ließ ihr vor Schrecken übel werden. Sie schrie lauter, als er hereinstürmte und die Tür mit dem Fuß hinter sich zuwarf. Mit einem Griff hatte er sie am Arm gepackt und stieß sie in den nächsten Raum, das Bad. Sie trat und schlug um sich, doch er war stärker als sie, warf sie auf den Boden, umschloss ihre Knie mit seinen eigenen und presste ihr die Arme an die Seiten.

Ein Dolch war an ihrer Kehle. Sie wusste, es war sein Dolch, jene Art von Waffe, die imstande war, jedes Leben zu beenden, auch das eines Wesens der Anderwelt.

»Sei still!«, schrie er ihr ins Ohr.

»Sie haben mich gezwungen!«, heulte sie. »Ich hatte keine andere Wahl!«

Er musste sie geschlagen haben, denn sie erinnerte sich an

Schmerz, wirklichen Schmerz, zugefügt mit einer Präzision, die ein bloßer Sterblicher nie zuwege gebracht hätte. Sam wusste, wo und wie man Elfen und Feen wehtat.

»Wohin hat man sie gebracht? Wo ist Wisperwind?«

Sie wimmerte. »Ich weiß es nicht.«

Wieder Schmerz, diesmal nicht von körperlicher Art, sondern wie ein magischer Blitz.

»Hör mir zu!«, zischte Sam. »Ich bin Satan. Ich bin der Teufel. Ich bin alles, was der Himmel ächtet, und man hat mir alles genommen außer den Kleidern, die ich am Leibe trage. Glaube nicht, dass ich mich in dieser Lage an Gesetz und Moral halte. Ich will nicht sein, was man mir nachsagt. Aber wenn sonst nichts weiterhilft, dann werde ich zehnmal schlimmer sein als jede Geschichte, die je von einer Kanzel gepredigt wurde. Habe ich mich klar ausgedrückt?«

Sie nickte verängstigt.

»Wie kannst du mit Leuten Verbindung aufnehmen, die wissen, wo meine Freunde sind?«

»Über einen Kristall. Sie kommen her zu mir.«

»Gut.« Er streckte die Hände nach ihrem Gesicht aus.

Als ihr dämmerte, was er tun würde, begann sie wieder zu zappeln und zu treten und kreischte mit aller Kraft. Doch es half ihr nichts. Als er die Hände an ihre Schläfen legte und in ihren Geist eindrang, zerfetzte er ihre Abschirmung, als wäre sie aus dünnem Papier.

Es war der ultimative Schock geistiger Vergewaltigung, und sie wurde starr, als seine Stimme aus dem Inneren ihres Kopfes zu ihr sprach. ›Du kannst mich nicht bekämpfen. Versuche es nicht einmal, Nixe!‹

Sie fühlte, wie ihr Körper unter ihm erschlaffte, auch wenn sie sich in ihrem Inneren noch so wehrte. Doch sein Griff war erbarmungslos. Er drang nicht in ihre Erinnerungen ein, las auch nicht ihre Gedanken; dennoch war der Schrecken, dass ein anderes Ich sie beherrschte – sanft, aber unwiderstehlich –, dergestalt, dass sie am liebsten laut gegen das unbarmherzige Schicksal aufgeschrien hätte, das sie so tief gedemütigt hatte.

Sie spürte, wie Sam sie losließ und wie sie aufstand. Doch sie war immer noch selbst zu keiner Bewegung imstande, so stark war seine Gewalt. Er sprach langsam, Silbe für Silbe, während er sich mühte, seinen Griff um Maschas Geist nicht zu lockern. Er konnte spüren, wie ihre Erinnerungen und Gedanken nach ihm riefen, doch er wich ihnen bewusst aus. Selbst die Anderen erholen sich nur in den seltensten Fällen davon, ihr ganzes Innere preisgegeben zu haben.

»Steh auf!«

Sie erhob sich, ausdruckslos, mit schlaff herunterhängenden Armen.

»Hol den Kristall!« Er folgte ihr aus dem Bad in ihr Schlafzimmer – und war bass erstaunt. Von Sterblichen gemalte Bilder, menschliche Bücher, selbst ein Fernseher und ein Radio. Die meisten Anderen schauderten allein bei dem Gedanken an solche Dinge.

Mit Bewegungen wie ein Zombie schloss sie einen Kasten auf und nahm einen kleinen, handtellergroßen Kristall heraus.

»Ruf deinen Kontaktmann. Sag ihm, dass du ihn dringend treffen musst.«

Ohne auch nur zu blinzeln, ohne innezuhalten, legte sie ihre Hände um den Kristall und schloss die Augen. Zwischen ihren Fingern sah er ein kurzes, schwaches Aufglühen. Das Ganze dauerte höchstens eine Sekunde.

Wortlos legte sie den Kristall in den Kasten zurück.

»Wann wird er hier sein?«

»Halbe Stunde.«

»Was ist sein Element?«

»Nebel.«

»Was? War er es, der den Nebel beschworen hat an dem Tag, als ich in Kaluga ankam?«

»Ja.«

Er überlegte einen Moment, aber sagte nur: »Gibt es ein Kennwort? Irgendetwas dergleichen?«

»Nein.«

»Das heißt, er klopft einfach an die Tür?«

»Ja.«

Er nickte knapp und hob die Hand, um sie ihr wieder auf die Stirn zu legen. Ihre Augen schlossen sich, und mit einem leisen Seufzer glitt sie zu Boden. Sam fesselte und knebelte sie, ehe er sie unter das Bett rollte. Er löste seinen Griff von ihrem schlummernden Geist bis auf einen posthypnotischen Befehl, fünf Stunden lang zu schlafen.

Nachdem dies erledigt war, ging er in die Küche und machte sich einen Kaffee. Mit der dampfenden Tasse ging er in das kleine Wohnzimmer, wo er einen Stuhl an den Tisch zog und einen weiteren gegenüber platzierte, wie ein Vernehmungsbeamter, der sich auf ein Verhör vorbereitet.

Es klopfte an der Tür. Sam ging hinüber und trat an das Guckloch heran. Er sah – sowohl mit seinen physischen Augen als auch mit seinem Geist – die in einen dicken Mantel gehüllte Gestalt mit einem bleichen Gesicht wie Wisperwind, an die er sich aus seiner letzten Begegnung mit Michael erinnerte. Er öffnete die Tür.

»Guten Abend«, sagte Sam höflich. Der Elf fuhr herum, sein Mund klappte auf, er hob die Hände zur Verteidigung, wie Marie es getan hatte. Doch Sam war bereits bei ihm, packte den Elf in einem magischen Griff, der ihn von den Füßen hob und in der Luft baumeln ließ.

Mit einem Fingerschnippen entzündete Sam eine kleine Flamme in seiner Handfläche. Das war vielleicht ein wenig theatralisch, aber er wollte Eindruck schinden.

»Ein falscher Laut, und du bist der nächste Fall von unerklärlicher spontaner Selbstentzündung.«

Der Elf war so klug, den Mund zu halten.

»Sollen wir?« Der Elf wurde wieder auf die Füße gestellt. Eine Sekunde lang sah es aus, als wollte er die Flucht ergreifen. Doch Sams leises Lächeln und die Art, wie er den Feuerball von Hand zu Hand warf, als wäre er eine Kricketkugel, die er schlenzen wollte, ließ den Elf davon Abstand nehmen.

»Rein mit dir.« Sams Stimme war hart, trotz seines Lächelns, das keine Sekunde verblasste. Der Elf schob sich durch die Tür und fuhr zusammen, als sie hinter ihm zuschlug.

»Ins Wohnzimmer. Hinsetzen!«

Sam nahm ihm gegenüber Platz und schnippte den Feuerball auf den Tisch zwischen ihnen, wo er hochhüpfte und dann in der Luft hing, wobei er sich langsam um sich selbst drehte und gelegentlich einen rötlichen Funken von sich gab.

»Ich bin wirklich sehr dankbar, dass du gekommen bist«, sagte Sam und nahm einen Schluck von seinem Kaffee. Der Elf rutschte unbehaglich auf seinem Stuhl hin und her, gab aber immer noch keinen Laut von sich. »Damit die Spielregeln zwischen uns klar sind: Du rufst um Hilfe, und du wirst zum Feuerball. Du stehst von diesem Stuhl auf, und du wirst zum Feuerball. Du vergreifst dich im Ton oder versuchst, mich zu belügen, und genug von dir wird zum Feuerball, dass du die Wunde nie wieder heilen kannst, aber auch nicht daran stirbst. Du versuchst mich anzugreifen, und du wirst zum Feuerball. Du versuchst dein Element zu beschwören, und« – sein Lächeln wurde breiter – »du wirst zum Feuerball.«

Er faltete die Hände vor sich auf dem Tisch, mit verschränkten Fingern, sodass sie fast die rotierende Feuerkugel berührten. »Also. Wo sind Wisperwind, Peter und Andrew?«

Zu seiner Ehre muss gesagt werden, dass der Geist ihm zu trotzen versuchte. »Was habt Ihr mit Mascha gemacht?«

»Sie schläft. Glaubst du, ich würde sie töten? Weswegen? Weil sie gezwungen wurde, sich zum Narren zu machen? Nein.« Er beugte sich vor, und jetzt lag kein Lächeln auf seinem Gesicht. »Pass auf. Ich bin der Teufel. Seit Jahrhunderten haben die Leute von mir die schlimmsten Dinge erzählt, und ich hatte alle Mühe, sie Lügen zu strafen. Aber in diesem Fall bin ich gewillt, eine kleine Ausnahme zu machen. Nur dieses eine Mal bin ich bereit zu zeigen, dass diese netten kleinen Geschichten über mich wahr sind. Wenn ich du wäre, würde ich mir zweimal überlegen, ob es das wert ist.«

Der Elf ließ den Kopf hängen. »Ich kann Euch nicht sagen, wo der Sterbliche ist. Das weiß nur der Erzengel Michael. Ich weiß, dass er sehr krank ist und sterben könnte. Das Gift des Feuertänzers saugt ihm Stück für Stück das Leben aus. Der Erzengel versucht, ihn zu retten, weil er weiß, woher der Schild kam, der ihn schützte. Aber die anderen – ja, ich kann Euch zeigen, wo sie sind.«

»Bevor du mir irgendetwas zeigst, sag mir, wer sie bewacht. Und denk daran, keine Lügen.«

»Drei Gnome und zwei sterbliche Hexer. Das ist alles, ich schwöre es.«

»Gut!« Sam stand auf. »Und keine Tricks.«

»Wer kann einen Sohn der Zeit betrügen?«

»Ein anderer Sohn der Zeit, da du fragst, aber ja.« Sam kippte den Rest seines Kaffees hinunter und deutete zur Tür. »Sollen wir?«

17
Die Rache des Unsterblichen

Der Elf saß am Steuer. Sam, mit dem gezückten Schwert auf den Knien, ließ ihn nicht aus den Augen. Nach einer halben Stunde Fahrt durch die menschenleeren Straßen Moskaus hielten sie vor einem Nachtklub mit blinkender Neonreklame und hämmernder Musik an. Ein Muskelmann stand in der Tür, um unwillkommene Besucher abzuweisen. Nahebei lud ein Lieferwagen Paletten mit Katzenfutter für einen Supermarkt ab. In einem Hauseingang schliefen Obdachlose. Der Elf, der Sam hierhergebracht hatte, deutete auf eine Treppe, die zu einem Untergeschoss hinabführte.

Sam konnte, wie angekündigt, die Ausstrahlung dreier Gnome und zweier menschlicher Hexer spüren. Die Menschen schienen zu schlafen, die Gnome nicht. Gnome schliefen selten. Hinter ihnen, in einem durch Zauber geschützten Raum, war ein ganz leiser Hauch von toten Blättern und dem typischen Geruch zu verspüren, der nach dem Regen kommt.

»Warum hat Michael sie am Leben gelassen?«, fragte er leise.

»Er tötet nicht gerne Elfen. Und auch wenn sie Euch treu ergeben sind, dachte er, Ihr würdet wohl nicht mehr lange am Leben bleiben.« Der Elf hatte keine Angst, die Wahrheit zu sagen, da er wusste, dass Sam jede Lüge als solche erkennen würde.

»Vielen Dank«, knurrte Sam. »Du erfüllst mich mit Zuversicht. Nur noch eines: Arbeitet der Erzengel mit den Feuertänzern zusammen?«

»Nein.«

Sam war überrascht, ließ es sich aber nicht anmerken. »Wie interessant«, sagte er schließlich. »Danke, du warst mir eine Hilfe.« Er legte eine Hand sanft auf die Schulter des anderen. Der Elf erschauerte und schloss die Augen, als er sich wappnete gegen das, was er für den nahenden Tod hielt.

»Ich hoffe, du hast einen schönen Tag.« Der Elf kippte nach vorn, bewusstlos. Sein Kopf fiel gegen die Hupe. Hastig zog Sam ihn zur Seite, sodass er nun quer über den beiden Vordersitzen lag. Sam schloss die Wagentür hinter sich ab und ging auf den Eingang des Klubs zu. Das gezückte Schwert trug er offen und für alle sichtbar in der Hand.

Der Türsteher starrte die Gestalt in Schwarz mit einer Mischung aus Ungläubigkeit und Zweifel an. Er wirkte beinahe erleichtert, als Sam sich mit einem freundlichen Lächeln zur Seite wandte und über eine Eisentreppe mit eisglatten Stufen in die Dunkelheit des Kellergeschosses verschwand.

Die Treppe endete vor einer großen Metalltür. Sam klopfte dagegen und wartete, ein dunklerer Schattenriss gegen die Düsternis. Was an mattem Licht sich in seinen Augen fing, ließ sie glühen wie die einer Katze.

Schritte waren zu hören, und die Tür öffnete sich.

»Guten Abend«, sagte Sam – und sein Fußtritt traf den Gnom in der Leibesmitte, dass dieser zusammenklappte. Sam wirbelte durch die Tür. In der gleichen Bewegung hatte er sein Schwert hochgerissen, den Gnom von hinten gepackt und ihm die Klinge an den Hals gelegt. Zwei andere Gnome, die mit Tarot-Karten Poker gespielt hatten, sprangen auf und suchten nach ihren Waffen. Ein Paar menschlicher Zauberer hatte friedlich auf zwei alten Matratzen geschlafen. Ein Rohr tropfte. An einer Wand stand eine Phalanx von Waschmaschinen, die vor sich hin rödelten, und auf der gegenüberliegenden Seite eine Reihe von versifften Waschbecken.

»Ich weiß, dass ihr Anderen loyal zueinander seid«, sagte Sam ruhig, »auch wenn ihr es nicht Loyalität nennt, aus Angst, es könnte als menschliches Gefühl ausgelegt werden. Ich weiß auch, dass die meisten Anderen grundsätzlich gut sind. Ich weiß, ihr würdet euren Freund nicht gern sterben sehen.«

Die Gnome tauschten zweifelnde Blicke.

»Auch ich bin loyal gegenüber den Meinen«, fuhr Sam fort. »Und dies ist der Handel, den ich euch anbiete. Ihr gebt mir meine Freunde, und ich werde eurem Freund nicht die Kehle durchschneiden.«

»Zwei für einen?«, stieß ein Gnom hervor.

Sams freie Hand schoss hoch, schneller als das Auge folgen konnte. Sein Dolch zuckte durch den Raum und hielt, sich um seine eigene Achse drehend, direkt vor dem Herzen des Sprechers inne.

»Nein. Zwei für zwei, und wir sind quitt.«

Die Gnome rührten sich nicht.

Sam seufzte laut. »Meine Herren, ich habe eine harte Woche hinter mir. Meine Schwester wurde getötet, sterbliche Verbündete wurden vergiftet, Freunde entführt – das alles macht mich nicht glücklich. Ich bin sicher, unter normalen Umständen könnten wir in Ruhe über alles reden wie vernünftige, zivilisierte Unsterbliche. Aber das sind keine normalen Umstände. Also, ihr gebt mir zwei Leute, ich gebe euch zwei Leute. Damit ist das Konto ausgeglichen.«

Die beiden Menschen waren inzwischen aufgewacht und rappelten sich hoch. Verständnislosigkeit stand in ihren Gesichtern. Sam schenkte ihnen ein humorloses Lächeln.

»Schön, dass ihr wach seid. Holt meine Freunde her, oder ich jage euch alle in die Luft.

Immer noch rührte sich keiner.

»Wollt ihr euch etwa mit dem Teufel selbst anlegen?«, brüllte Sam. Die aufflammende Wut sprengte seine Selbstkontrolle und ließ seine schwarzen Augen Blitze sprühen. Die verklingenden Echos, von den Wänden hin und her geworfen, erfüllten die Dunkelheit mit zornigem Gewisper. *Dem Teufel selbst? Um ein Ungeheuer zu besiegen, muss man zunächst es selbst werden, seinen Feind erkennen. Um einen rücksichtslosen Gegner zu besiegen, muss man da auch rücksichtslos werden, wie der Teufel selbst?*

Der dritte Gnom löste sich aus seiner Starre. Er hastete zu der hinteren Tür und hatte es so eilig, sie zu öffnen, dass er in seinem Ungeschick den Schlüsselbund fallen ließ. Sams ausgestreckte Hand blieb bewegungslos, hielt den rotierenden Dolch in der Luft, bereit, den zweiten Gnom jederzeit zu treffen. Der dritte Gnom verschwand in die Dunkelheit des anderen Raums. Der Klang von Stimmen drang heraus, Bewegung.

Ein paar Augenblicke später, und er kam wieder heraus, Peter und Wisperwind mit einer Pistole in Schach haltend. Sams Gefährten waren in einem üblen Zustand, verdreckt und müde. Er konnte sehen, dass ihre Schilde von zu vielen Verhören in Fetzen hingen.

»Lucifer«, murmelte Wisperwind ungläubig.

»Du hast doch nicht im Ernst geglaubt«, meinte Sam leichthin, »eine Kugel im Rücken könnte mich von einem Stelldichein mit alten Freunden abhalten?«

Er wandte sich den anderen zu. »Nun gut«, sagte er, »es geht jetzt folgendermaßen weiter: Wisperwind und Peter machen den Abgang. Ich ebenfalls, und damit ist die Sache erledigt. Niemandem geschieht etwas, keiner gerät in Panik, keiner macht in letzter Sekunde irgendwelche Dummheiten. Haben wir uns verstanden?« Alle ringsum nickten.

Sam zeigte auf die Tür. »Ab mit euch«, sagte er leise. Wisperwind und Peter flüchteten. Sam folgte ihnen, rückwärts gehend, wobei er den Gnom, den er mir dem Schwert bedrohte, mit sich zog. Seine freie Hand zuckte, und der Dolch kehrte in seine Finger zurück. Er ging weiter, bis er die kalte Nachtluft in seinem

Nacken spürte. Er holte tief Luft, dann ließ er den Dolch los, der in der Luft vor der Kehle des ersten Gnoms hängen blieb. Sam zog das Schwert zurück, dann ging er rücklings aus der Tür, die Augen vor Konzentration zu schmalen Schlitzen zusammengezogen, um den Dolch an Ort und Stelle zu halten. Im Raum bewegte sich niemand; keiner wagte zu atmen.

Mit den Füßen jede Stufe ertastend, stieg Sam die Treppe hinauf. Er hielt die Augen fest auf die schwebende Klinge gerichtet und hatte eine Hand ausgestreckt, um sie zu stabilisieren. Auf halber Höhe der Treppe schloss er die Finger. Der Dolch sauste um Haaresbreite am Hals des Gnoms vorbei und flog in Sams Hand. Sam drehte sich um und rannte, immer zwei Stufen auf einmal nehmend, nach oben und knallte dabei mit einem geistigen Schub die Tür hinter sich zu.

Am Ende der Treppe wandte er sich um. Er rechnete damit, dass jeden Moment die Tür aufgestoßen wurde und das Knallen von Schüssen ertönte. Doch Peter stand bereits da, mit vor Anstrengung verzerrtem Gesicht und vorgestreckten Armen, die Handflächen nach außen gerichtet, und hielt mit reiner Willenskraft die Tür geschlossen.

Sam warf Wisperwind die Autoschlüssel zu und zeigte auf den Wagen: »Schmeiß die Schlafmütze raus.«

An Peters Seite hob Sam seine eigenen Hände, um die Magie gegen die Tür zu verstärken. Als Wisperwind den bewusstlosen Elf aus dem Wagen hievte, wurde es dem Türsteher vor dem Nachtklub zu viel, und er verließ seinen Posten. »He!«

Der Motor des Wagens brüllte auf, und Sam packte Peters Arm. »Weg hier!« Als der Bann gebrochen war, flog die Tür auf, und die Elfen und die beiden Zauberer stürmten aus dem Kellerversteck. Sam und Peter rannten an dem Türsteher vorbei, als existierte er gar nicht, und sprangen in den Wagen. Die Türen hatten sich noch nicht ganz geschlossen, als Wisperwind bereits aufs Gas trat.

In dem Wagen herrschte atemloses Schweigen.

»Hallo«, sagte Sam. »Ich bin auch froh, euch zu sehen.«

»Uriel hat das Verhör geleitet, zum großen Teil«, sagte Wisperwind.

Sie hatten an einer schäbigen Tankstelle angehalten, wo nach Plastik aussehende Hamburger das einzig mehr oder weniger Essbare waren, das es gab. Sam pickte von seinem die Gurkenscheiben herunter und versuchte, nicht daran zu denken, woraus der Burger selbst wohl bestand.

»Sie wollte vor allem was über dich wissen. Wie viel du wusstest, wie viel du uns erzählt hast.«

»Hat man euch was getan? Als ihr erklärt habt, dass ich euch nichts gesagt habe, meine ich?«

Peter schüttelte den Kopf. »Sie konnten spüren, ob wir die Wahrheit sagten.« Er fügte hinzu: »Sie waren sehr interessiert an dem Licht. Ob du versuchen würdest, die Zielpersonen nur zu betäuben, wenn du es auslöst. Ob du kontrollieren könntest, welche Gedanken du hörst. Ob du nur Gedanken innerhalb des Radius hörtest, den das Licht erreicht, oder von überall.

Es war klug von dir«, fuhr er fort, »dass du alle, einschließlich uns, im Dunkeln gelassen hast. Es gibt nur eine Person, die all diese Fragen beantworten kann, und das bist du.«

»Und Chronos«, knurrte Sam. »Warum verhören sie nicht gleich Vater Zeit!«, spie er mit plötzlicher Vehemenz aus.

Die Geister sagten nichts, sahen ihn nur an. Sam widmete sich wieder seinem Hamburger und versuchte ihn mit einem Schluck des billigen Fusels, der als Wodka bezeichnet wurde, hinunterzuspülen. Er wischte sich den Mund mit dem Handrücken ab. Schließlich sagte er. »Es tut mir leid, was ... was mit euch passiert ist. Ich werde es wiedergutmachen, irgendwie.«

»Eine Sache noch«, sagte Wisperwind. »Uriel hat uns gefragt, was wir von den Schlüsseln wüssten. Den Schlüsseln zu den Pandora-Geistern. Wir haben gesagt, nichts. Uriel geriet in Zorn und sagte, drei seien gefunden worden und nur der vierte fehle jetzt noch. Sie wollte wissen, ob du ihn hast.«

Sam starrte ins Leere und forschte in seinen Erinnerungen. »Ein ausnehmend kluger Mann, auch wenn er aussah wie ein Meerschweinchen, sagte mir einmal, drei der Pandora-Geister seien eingekerkert, weil Chronos sie über alles fürchte: Gier, Hass und Argwohn. Geister wie Korruption, Neid und Eifersucht jedoch wandeln frei umher. Chronos fürchte die Pandora-Geister, weil er wisse, dass sie Vater gegen Vater, Sohn gegen Sohn aufhetzen könnten. Und weil Uranos will, dass dies geschieht. Weil Uranos, eingekerkert durch den vierten Schlüssel, will, dass die Kinder der Zeit sich gegen ihren Erzeuger wenden und Uranos' Kampf für ihn ausfechten. Also wurden die Schlüssel an verschiedenen Orten in Sicherheit gebracht, und Chronos verbot allen, die Pandora-Geister freizusetzen.

Aber es liegt nun einmal in der Natur denkender Wesen, nach allem zu verlangen, was man nicht haben kann. Und jedes Gebot einmal brechen zu wollen ... Oh, beim Licht!« Er stützte den Kopf in die Hände und seufzte.

Die Geister sahen ihn an und blieben stumm. »Schaut«, sagte er, »ich weiß, wohin ich als Nächstes gehe. Ich weiß, was ich tun werde. Bringt euch in der Anderwelt in Sicherheit. Wenn ihr irgendwem aus dem Mondgespinst-Netzwerk begegnet, sagt ihm auch, er solle verschwinden. Freya hat entdeckt, was vor sich ging, und sie wissen, ich bin ihr auf der Spur.« *Was der Grund ist, weshalb sie auch mich töten wollen.*

Peter und Wisperwind erhoben keine Einwände, sondern fuhren mit ihm direkt von der Tankstelle zum nächsten Andertor. Bei ihrem Abschied sagten sie kein Wort, sondern verschwanden in die Anderwelt mit der Nonchalance von Königen; weder dankten sie ihm für die Rettung, noch machten sie ihm Vorwürfe, weil er sie in Gefahr gebracht hatte. Solcherart waren die Geschöpfe der Anderwelt – sie fühlten nur, was sie fühlen wollten, und waren stolz darauf und entschlossen, keine anderen Gefühle zu empfinden.

Allein fuhr Sam durch leere Straßen und eine noch leerere Landschaft in die Richtung, wo er ein Höllentor erspürte. *Drei von ihnen, die mit Feuer spielen. Sicher werden sie nicht so unglaublich dumm sein, die Pandora-Geister tatsächlich freizusetzen …*

Er dachte über die drei nach. Er dachte an die Geschichte mit dem klugen, mitleidigen Messias, dem Romantiker, der nie einen wirklichen Namen gehabt hatte. Ja, Jehova war erpicht darauf, ein Zeichen im Sand der Zeit zu setzen. Sam konnte sich vorstellen, wie er gierig den Geist des Argwohns für sich reklamierte, als seinen Diener, um ihn im Rahmen jener heimlichen Spiele, die er so liebte, gegen seine Feinde einsetzen zu können.

Odin war jemand gewesen, den Sam durchaus respektiert hatte. Vater von Walhalla, Oberhaupt seines Hauses, der schlaue Schweiger, der es immer irgendwie schaffte, dass seine nicht so klugen Brüder mit einem blauen Auge davonkamen, wenn sie sich wieder in Schwierigkeiten gebracht hatten. Es waren der schlüpfrige Loki und der Tod Baldurs gewesen, die den Niedergang Walhallas eingeleitet hatten, eine Entwicklung, die für Odin Schmach und Schande bedeutete. Aber wer hätte gedacht, dass er aus Verzweiflung so weit vom Pfad der Zeit abweichen würde? Auf der anderen Seite war Odins Hingabe an sein Haus immer von einer dunkleren Leidenschaft umschattet gewesen. Mit einem Wort: Besessenheit. Gier.

Und Seth. Der Stille. Von Ehrgeiz zerfressen, ohne Zweifel. Derjenige, den alle im Verdacht hatten, mit Loki gemeinsame Sache gemacht zu haben, aber dem man nie etwas hatte nachweisen können. Versuchte er, den Hass zu kontrollieren?

Auf einem schlammigen Feldweg hielt er den Wagen an. Der Weg führte zu einem Weidegrund, auf dem zwei wohlgenährte, wenngleich schmutzige Pferde grasten. Er ging um das Feld herum, vorbei an einer hohen Hecke. Nach ungefähr fünfzig Metern kam er an eine Lücke und bahnte sich einen Weg hindurch. In der Hecke war eine kleine Lichtung. Die Überreste eines Feuers hatten einen Kreis toter Blätter geschwärzt. Ein Kind hatte ein Schild in kyrillischer Schrift aufgestellt: »Geheimlager«. Ringsum war eine Einzäunung aus Pfosten und Seilen errichtet worden, um den Raum für die spielenden Kinder abzusichern.

Sam musste unwillkürlich lächeln. Wenn die Eltern gewusst hätten, von welcher Art der geheime Ort war, an dem ihre Kinder spielten, hätten sie ihnen bestimmt einen anderen Spielplatz gesucht.

Er ging um die ausgebrannten Überreste des Feuers herum, hob eine Hand und spürte, wie das Tor auf seine Berührung reagierte. Sam trat nicht hindurch, sondern sandte seinen Geist voraus in den Nebel, suchte in den Schatten nach etwas, von dem er wusste, dass es da sein würde. Er fand, was er suchte, packte es mit seinem Willen und zog es heran, sosehr es auch in seinem Griff zappelte und sich wand und in den Nebel zurückzutauchen versuchte.

Widerstrebend ließ sich das Geschöpf aus dem Tor hinaus und in die wirkliche Welt hineinziehen, wo es sich zitternd zu Sams Füßen niederduckte. Sam bewegte die Hand, und das Portal fiel wieder in sich zusammen.

Die Kreatur vor ihm war ... befremdlich. Zarte Flügel sprossen auf ihrem Rücken, doch ihr Gesicht war von Hass verzerrt, ihre Kleidung zerfetzt und ihre Augen erfüllt von einer wilden Feindseligkeit gegen den, der sie gefangen genommen hatte. Ihre Nägel waren zu nadelspitzen Krallen geformt, bereit, ihrem Opfer die Augen auszukratzen, und ihre Zähne waren klein und scharf, um Fleisch zu zerreißen. Es war ein Dunkelelf, ein verzerrter Schatten seiner irdischen Verwandten. Wo Elfen wie Wisperwind und Adamarus Gefühle aus freiem Willen aufgegeben hatten, konnte das Geschöpf zu Sams Füßen nichts anderes empfinden als den Hass der Zwischenwelt, und seine Stimme war die lauteste und süßeste, wenn es darum ging, unachtsame Wanderer in ihr Verderben zu locken. Es hasste Erde, Himmel und Hölle gleichermaßen und winselte erbärmlich, weil es gewaltsam aus seinen Jagdgründen zwischen den Welten herausgezerrt worden war.

»Also«, sagte Sam so freundlich, wie er konnte, wenn es ihm auch den Magen umdrehte, an all die betörenden Einflüsterungen zu denken, mit denen das Wesen ihn versucht hatte, »wenn du tust, was ich sage, wird dies alles schnell vorbei sein. Geh zu Seth. Sag ihm, ich will ihn treffen, allein, auf neutralem Boden. Am üblichen Ort.«

Der Dunkelelf rührte sich nicht.

»Sofort!«

Das Geschöpf fletschte knurrend die Zähne, aber erhob sich dennoch auf die Beine, da es wusste, dass es dem Tod geweiht war, wenn es nicht gehorchte, und machte einen Satz auf die Stelle zu, wo das Tor gewesen war. Dunkelelfen konnten sich schneller auf den Weltenpfaden bewegen als irgendein anderes Wesen. Es war dies, was sie so wertvoll machte für jeden, der wusste, wie man sie heraufbeschwor.

Sam öffnete das Tor erneut und fragte sich, mit welch größerer Wut jene Klauen nun an ihm zerren würden, da er die Ruhe des Wesens gestört hatte. Er richtete sich auf und sagte sich, dass er ein Fürst des Himmels war, der sich nicht fürchtete.

Fürst des Himmels dem Namen nach. Fürst der ungewollten Lande dürfte es besser treffen.

Wenn er voll und ganz an sich geglaubt hätte, hätte er nicht bei seinen eigenen Worten gelacht. Er lachte laut.

Aber immer noch ein Fürst. Einer, der keine Angst vor Schatten hat.

Entschlossen ging er auf die Suche nach dem neutralen Boden mit dem einen Gedanken, der ihm Kraft gab. *Die Lücken schließen sich.*

18
Puzzleteile

Sam trat aus dem Tor heraus und fand sich in völliger Dunkelheit wieder. Seine Ohren wurden betäubt von Wasserrauschen und seine Nase von dem Gestank von Algen. Als er weiterging, rutschten seine Füße auf nassem Marmor aus, und fast wäre er hingefallen. Sein katzenhaftes Sehvermögen stellte sich rasch auf die Dunkelheit ein, und seine Augen konnten einen unterirdischen Fluss erkennen, der durch eine Höhle aus weißem Marmor rann, welche ein längst verstorbener zwergischer Baumeister in makellosen Proportionen aus dem Stein gehauen hatte.

Das Höllentor hatte sein eigenes gemeißeltes Portal, auf dem sich Feuer und Eis in einem verschlungenen Tanz ineinanderwanden. Sam wandte sich davon ab und ging über den glatten Marmorpfad auf die einzige, schwache Lichtquelle zu. Das Licht kam aus einem kleinen Durchgang, ein mattes weißes Flackern eines magischen Scheins, der niemals erlosch. Im Eingang hielt er inne und nahm seine silberne Krone hervor, setzte sie auf in Ehrerbietung für einen anderen gekrönten Fürsten, der für alle Ewigkeit im Inneren ruhte. Dann zog er sein Schwert und trat ein.

Die Höhle war riesig. Sie war trocken, trotz des rauschenden Flusses draußen und des unnatürlich stillen Sees in ihrem Zentrum. In der Mitte dieses Sees ruhte ein goldener Sarg auf einer Plattform aus Diamant, die auf dem Wasser schwamm, als sei sie nicht schwerer als eine Feder. Die Wände waren aus Kristall und warfen unendliche Widerspiegelungen des weißen magischen Lichts der Höhle zurück, die alle Schatten vertrieben. Wo ein verirrter Lichtstrahl sich fing, wurde er in die Tiefen des größten Kristalls zurückgeworfen und trat auf der anderen Seite gebrochen wieder hervor, um Baldurs letzte Ruhestätte mit allen Farben des Regenbogens zu erfüllen.

Sam verneigte sich steif vor dem Grab, das traditionelle Zeichen des Respekts, und umrundete mit leisen Schritten den See, wobei er den Blick nie von dem goldenen Sarg nahm. Er hatte das Gefühl, wenn er spräche, würde der Schrein zerspringen und in sich zusammenfallen. Er hielt sein silbernes Schwert gezückt, um sich selbst ebenso wie die Hüter des Ortes davon zu überzeugen, dass er ein Fürst des Himmels war, von gleichem Rang wie dieser schlafende Sohn von Licht. An diesem Ort würde keiner je Blut vergießen. Es war ein Heiligtum, die ultimative Freistatt.

Er brauchte nicht lange zu warten. Dennoch fuhr er unwillkürlich zusammen, als eine leise Stimme vom Eingang her sagte: »Schau an, wen haben wir denn da? Was macht der Rücken?«

Seth, gekleidet mit seiner üblichen Eitelkeit, stand in der Tür. Er trug ein langes, gekrümmtes Schwert an der Seite und war mit einer langen schwarzgoldenen Samtrobe bekleidet, die in den späten Sechzigerjahren für gerade mal zehn Minuten der letzte Schrei gewesen war, heute aber nur noch im Kleiderschrank von Exzentrikern überlebte.

Unbehaglich nahm Sam die dunklen lachenden Augen wahr, die Intelligenz wie einen Makel trugen. Sams eigenes weißes Gesicht war hart wie Stahl. Er steckte sein Schwert ein. »Ich weiß, was du vorhast.«

»Das freut mich für dich.«

»Ich weiß, dass du versuchst, die Hölle zu übernehmen.«

»Nur einen kleinen Teil davon. Und nicht für lange.«

Sams Gesicht wurde warm, und sein Magen zog sich zusammen. Er schluckte die Worte herunter, die mit der Galle aufstiegen. »Du hast Freya getötet.«

»Nicht persönlich.«

»Dann hat Jehova es getan. Oder Odin.«

»Sie war uns im Weg. So wie du.«

»Du willst sie wirklich freisetzen? Die Pandora-Geister? Alle drei? *Und* Uranos?« Selbst jetzt konnte Sam seinen eigenen Worten kaum glauben.

»Ja. Wenn es sich anbietet.« Seth seufzte, als langweile ihn das. »Weißt du, ich bin nur aus Neugierde gekommen.« Er blickte Sam an. »Und um den Feind einschätzen zu können.«

»Warum bin ich dein Feind?«

»Es ist nicht, *wer* du bist, Lucifer, sondern *was* du bist. Der Träger des Lichts. Du bist Vaters Werkzeug, dazu bestimmt, in seinem Dienst zu sterben. Du hast keine Wahl. Nicht seit wir uns aktiv gegen Vater aufgelehnt haben und Vater Freya ausgeschickt hat, um uns nachzuspionieren ...«

»Hat er das?«

»Höchstwahrscheinlich. Wobei ich zugeben muss«, fügte er mit einem plötzlichen schiefen Lächeln hinzu, »dass sie die Sache ziemlich verpatzt hat. Der einzige Grund jedoch, weshalb ich hier bin, ist, um zu sehen, was Vater uns als Nächstes zwischen die Beine werfen wird. Sieht so aus, als wärst du es.« Er legt den Kopf auf die Seite. »Warum wolltest *du*, dass wir uns treffen? Warum willst du mich sehen?«

»Vielleicht, weil ... weil ich dich einst respektiert habe. Ich wollte sehen, was davon übrig ist. Ich hoffte, wir könnten dieser Sache Einhalt gebieten.«

»Mein lieber Junge, du kommst mehrere Jahrhunderte zu spät. Aber du warst nie auf der Höhe der Zeit.«

Sam sagte nichts, doch er spürte, wie der Hass in ihm aufstieg. *Seth hatte alles, was ich nie hatte, und sieh, was er daraus gemacht hat.*

»Nein«, sagte Seth schließlich, ohne die Augen von Sam zu nehmen. »Ich glaube nicht, dass du ein Problem sein wirst. Es ist wirklich schade. Du hättest ein großer Verbündeter sein können. Wenn Baldur heute noch am Leben wäre, wenn er mein Feind gewesen wäre und nicht du, hätte ich dich wahrscheinlich eingeladen, dich unserer Sache anzuschließen.«

»Oh, wie schön. Und danke, meinem Rücken geht es gut.«

Seths Augen glühten. »Ich wollte dich tot sehen. Aber Jehova hat diesen Narren Michael damit beauftragt. Er hätte daran denken sollen, dass Erzengel keine Erzengel töten, nicht einmal gefallene.«

»Und was bezweckt ihr mit eurer ›Sache‹?«

»Sie wird uns frei machen.«

»Ich fühl mich frei genug.«

»Dann hast du nie französische Philosophie studiert. Nirgendwo sonst findest du so Tiefschürfendes über die Isoliertheit des Seins und die Gefangenschaft der Seele.«

»Ich ziehe den guten alten Skeptizismus vor.«

»Hat er dich dahin gebracht, wo du heute stehst?«

»Das war dein Verdienst.«

»Unsinn! Ich habe nur nachgeholfen, in den letzten paar Wochen. Es war Vater, der dich so weit gebracht hat.«

»Ich habe nichts mit ihm gemein«, sagte Sam kalt.

»Aber du bist ein Teil von ihm. Er ist ein Teil von dir. Enger kommt man nicht zusammen.«

»Das gilt für dich genauso wie für mich. Dennoch widersetzt du dich ihm.«

Spott und Verachtung funkelten in Seths Augen. »Das sagst ausgerechnet du, Lucifer? Hast du nicht dein ganzes Leben lang versucht, dich Vater zu widersetzen. Dich seinem Griff zu entwinden, seine Pläne zu vereiteln, etwas zu sein, was du nach seinem Willen nicht sein sollst? Dein ganzes Leben war ein einziger Alleingang. Ich gehe da einfach nur einen Schritt weiter.«

»Wie? Was genau gedenkst du zu tun? Sag's mir!«

»Warum sollte ich? Du hast Freunde, die schöne, starke Schilde konstruieren können und das Spiel kennen, das unsere geliebte Schwester Freya endlich aufgehört hat zu spielen. Man hat dich gejagt, auf dich geschossen, dich zusammengeschlagen, man hat dich zu jeder Musik tanzen lassen außer deiner eigenen – finde es doch selbst heraus! Oder erwartest du ernsthaft, dass ich meinem größten Feind reinen Wein einschenke?«

»Ich habe dir nie etwas getan. Ich habe mich erst eingemischt, als du meine Schwester umgebracht hast.«

Seth blieb ungerührt. »Du würdest mich auf jeden Fall bekämpfen. Chronos wird dich dazu zwingen. Du wirst, fürchte ich, an einer Überdosis sterben. Von Zeit, meine ich.« Er runzelte die Stirn, dann lachte er. »Entschuldige«, sagte er. »Es amüsiert mich, dass ich, ein Sohn der Nacht, der diese ganze Sache geleitet hat, von Freyas Tod an, mit der einen Waffe rede, die mich daran hindern könnte, Freiheit zu erlangen.«

Eine Waffe. Keine Person. »Welche Freiheit?«

»Freiheit von unserem Vater, natürlich. Freiheit von der Zeit. Siehst du, Lucifer, du denkst nur in vier Dimensionen. Das war immer dein Problem. Einfach ein bisschen zu pragmatisch, ein bisschen zu sehr hier-und-jetzt. Vater Zeit mag das Leben sein. Aber er ist auch der Tod.«

»Du kannst dich seiner Macht nicht widersetzen.«

»Du hast es getan. Du solltest der Träger des Lichts sein, Baldurs glorreicher Nachfolger. Aber du hast auf seinen Thron gespuckt und ihm getrotzt, er solle dich doch zwingen, das Licht freizusetzen. Du hast gesagt, du würdest nicht sein Diener sein. Eine riskante Politik, wenn du mich fragst.«

»Glaub mir, ich habe dafür bezahlt. Auf die Erde verbannt,

für Tausende von Jahren, noch bevor die Zahnpasta erfunden wurde. Und aufgrund meiner Unbotmäßigkeit hat Vater seinen anderen Kindern nicht Einhalt geboten, als sie mich verbannten, nachdem ich das Eden-Projekt verhindert hatte.«

Seth sagte nichts. Als er dann wieder das Wort ergriff, klang seine Stimme ernst, beinahe besorgt: »Schließ dich mir an.«

»Nein.« Sam kämpfte den Impuls nieder, diesen heiligen Ort zu entweihen und Seth ins Gesicht zu schlagen. »Du hast Freya getötet.« Sein Gesicht war gerötet vor Zorn und Bitterkeit.

»Was kümmert es dich? Für dich ist sie doch gewiss nur etwas, was du nicht berühren kannst, aus einer Welt, die hinter dir liegt. Was hat sie dir bedeutet?« Seths Ton war leicht, aber er beobachtete Sam genau.

Sams Züge waren erstarrt.

»Ich verstehe«, murmelte Seth. »Das ist es. Was hat Freya dir bedeutet? Was würdest du zu ihrem Angedenken tun, jetzt da sie tot ist? Ist es das, wofür du kämpfst?« Er senkte die Stimme, doch der Triumph darin war nicht zu überhören. »Aber sie hat dich verlassen. Sie ging zu Thor. Du hast ihr nichts bedeutet. Hör auf mit diesem unsinnigen Spiel, Lucifer. Nicht einmal du bist mächtig genug, um gegen uns zu gewinnen.«

»Ich habe sie geliebt.« Sam sagte es ebenso um seiner selbst willen wie aus irgendwelchen anderen Gründen. »Aber ich sehe jetzt« – er warf einen scharfen Blick auf Seth – »dass jemanden wirklich zu lieben seltener ist, als selbst mir klar war.«

Seth beachtete ihn nicht. Er machte einen Schritt auf Sam zu, der instinktiv zurückwich. »Warum setzt du das Licht nicht frei, jetzt? Baldur würde dir vergeben. Du bist sein Erbe, praktisch sein Sohn, wenn auch nicht von seinem Blut. Also lies meinen Geist und dann zerstöre ihn. Das ist es doch, was du wirklich willst, nicht wahr?« Sein Lächeln war unerschütterlich. »Komm. Kämpfe. Du hast immer gekämpft, warum nicht jetzt?«

Sam sagte nichts.

»Ah.« Seths Lächeln wurde breiter. »Aber du kämpfst bereits, nicht wahr?«

Sams Augen blitzten, aber er zeigte immer noch keine Reaktion.

»Nur bin ich es nicht, gegen den du kämpfst«, flüsterte Seth. »Du kämpfst gegen Chronos. Du glaubst, er will, dass du mich vernichtest. Und darum tust du es nicht. Du kämpfst gegen das Unvermeidliche. Aber du wirst diesen Kampf verlieren. In Wahrheit hast du immer verloren. Wie Freya.« Sams Hände, die schlaff an seinen Seiten hingen, ballten sich zu Fäusten. »Weißt du«, hauchte Seth, »es war Jehova, der sie getötet hat. Natürlich hat er erst seinen Spaß mit ihr gehabt. Na, wie findest du das?«

Warte, bis wir uns zu einer anderen Zeit begegnen, an einem anderen Ort ...

Der Ausdruck in Sams Gesicht entging Seth nicht. »Wie wäre es mit Gift? Viel effizienter. Oder mit dem Licht? Verbrenn mich zu Asche, spüre, wie dein Geist in ein Meer von tausend anderen Geistern hineingezogen wird, vergiss deinen Namen, vergiss deine Sorgen, vergiss ...«

Sams Hand zuckte hoch, und der silberne Dolch lag darin. Die Spitze kam einen Fingerbreit vor Seths Gesicht zum Halten. Seths eigener Dolch war ebenfalls gezückt, zielte auf Sams Unterleib. Das Wasser um Baldurs Sarkophag erzitterte in konzentrischen Kreisen. Funken knisterten in der Luft um ihre Waffen. Keiner konnte seine Hand auch nur einen Millimeter weiterbewegen.

»Zu einer anderen Zeit, an einem anderen Ort.« Sam sprach

es laut aus. Er lächelte grimmig. »Außerdem gibt es da noch Dinge, die ich wissen muss.«

Sie behielten einander im Auge, als beide Dolche verschwanden. »Woher willst du dein Wissen bekommen?«, fragte Seth. »Es ist niemand mehr übrig.«

»Doch, da gibt es noch jemanden.« *Freyas Tagebuch. Gail. Erinnerst du dich an mich, Freya? Ich bin der, der durch die Welt zieht, um die Kämpfe anderer Leute auszutragen. Vermisst du mich, Freya? Ich bin netter, als ich aussehe.*

»Aber vielleicht bin ich eher da als du«, sagte Seth. »Und ich fürchte, wenn du dich aus dieser Sache nicht schleunigst heraushältst, wirst du nie wieder irgendetwas erfahren.«

»Nein. Du irrst dich«, sagte Sam. »Du solltest wissen, dass ein Mann, der nichts zu verlieren hat, zehnmal härter kämpft. Ihr legitimen Kinder der Zeit habt das wahre Ausmaß meiner Macht nie wirklich gekannt oder verstanden. Magie wurde nie zu einer offiziellen Königin des Himmels gekrönt, weil die anderen Königinnen sie fürchteten; sie war eine von jenen Mächten, welche der Zukunft die Stirn bieten konnten, indem sie die unwahrscheinlichste, die winzigkleinste Möglichkeit zum Leben erweckte. Wunder waren immer ein unvorhersehbarer Faktor, der sich über alle Planungen und Prophezeiungen hinwegsetzt – das ist der Grund, weshalb man meiner Mutter nicht die Ehre erwies. Und das ist es, warum du mich fürchtest!«

Diesmal war von Seths glatter Art nichts mehr zu sehen. Seine Augen brannten, doch sein Gesicht war so ausdruckslos wie ein Visier.

»Vergiss eines nicht: Ich bin derjenige, der als Gott der Zerstörung verehrt wird.« Er wandte sich ab, bevor Sam etwas erwidern konnte, und schritt zur Tür. Doch ehe er sie erreicht hatte, hielt er noch einmal inne und drehte sich um wie ein Schauspieler, der die Bühne verlässt. »Als Träger des Lichts, der allein kämpft, magst du interessant sein. Aber mehr auch nicht.«

Er verschwand in der Dunkelheit, und Sam starrte ihm nach in die Leere.

Du hast ihr nichts bedeutet.

»Sebastian?«

In der Sekunde, als er sie sprechen hörte, wusste er, was sie sagen würde. »Sebastian« hatte ihm alles gesagt.

»Lucifer. Ich heiße Lucifer«, antwortete er ruhig, auch wenn er wusste, dass es vergebens war. »Nenn mich bei meinem richtigen Namen, bitte.«

Er hatte vor dem Fernseher gesessen und zugesehen, wie der Mensch seine ersten Schritte auf dem Mond tat, und sich gefragt, was die Menschheit sich als Nächstes würde einfallen lassen. Sam hatte mehrere Stunden auf sie gewartet, und als sie zaghaft an seine Tür geklopft hatte, war ihm alles klar gewesen. Normalerweise klopfte sie nie an. Dafür verstanden sie sich viel zu gut.

»Du weißt, dass ich fortmuss«, sagte sie plötzlich, als wollte sie verzweifelt, dass er ihr glaubte. »Ich kann nicht mehr bei dir bleiben.«

»Warum?«, fragte er einfach.

»Mein Haus stirbt.« Sie schrie ihm die Worte fast ins Gesicht, denn sie wusste, dass ihm Thor und Odin und der ganze Rest ihrer alten, einstmals mächtigen Familie völlig egal waren. »Walhalla liegt im Sterben.«

Ab mit Schaden. »Und darum musst du losziehen und an Thors Seite die Prinzessin markieren. Ja, ich glaube, ich kenne die Story. Es ist das Märchen von der Prinzessin und dem Bettelknaben, in dem die schöne Prinzessin gezwungen wird, für Volk und Vaterland den Prinzen zu heiraten. Und der arme

Bettelknabe darf weiter Mist schaufeln wie alle anderen vertriebenen Bauern.«

»Lucifer ...«, begann sie, mit einem flehenden Unterton in der Stimme.

»Dann geh doch!«, schnappte er, plötzlich entschlossen. »Tu, was du glaubst tun zu müssen. Tu es jetzt und schau nicht zurück. Ich werde mich an unsere Abmachung halten; ich schwöre es. Du wirst nichts mehr von mir hören. Erst wenn du es selbst willst.«

Wenn überhaupt, so machte dies alles noch schlimmer. Aber das hatte er ja vorher schon gewusst.

»Sebastian! Lucifer! Schau mich an.« Freya konnte alle Gefühle auf einmal zeigen, und sie waren alle echt. Auch das war eine Gabe der Tochter der Liebe.

»Nein.«

»Warum nicht?«

Er zuckte die Schultern.

Als sie näher trat, starrte er gebannt auf den schwarzweiß flackernden Bildschirm, wo ein Mann in einem weißen Raumanzug eine viertel Million Meilen entfernt auf einem Stück toten Gesteins auf und nieder hüpfte. Er fragte sich, ob die Weltenpfade auch zum Mond oder zu anderen Planeten führten oder ob Chronos andere Kinder für jenen Zweck gezeugt hatte.

Er spürte Freyas Wärme, als sie neben ihm niederkniete. Er spürte ihren Atem seinen Nacken kitzeln und schloss die Augen.

»Du kannst die Augen nicht auf ewig davor verschließen«, sagte sie leise. »Ich muss so handeln. Das weißt du. Wir haben alle Dinge tun müssen, die zu dem Zeitpunkt übereilt oder schmerzlich oder hart erschienen, doch auf lange Sicht zahlt es sich aus! Wir haben so ein langes Leben. Man kann nicht immer für die Gegenwart leben – früher oder später muss man an die Zukunft denken, einfach weil es so viel davon gibt. Und wenn die Zukunft auf ihrem gewundenen Weg wieder die Gegenwart erreicht hat – ja, dann ist es Zeit, zu lachen und zu lieben und ein Geschöpf des Jetzt anstelle des Morgen zu sein, frei von allen Kümmernissen. Doch um jene Zukunft zur Gegenwart zu machen, musst du denken und handeln wie unser Vater. Sei ein Kind der Notwendigkeit, tu das, was getan werden muss. Ich möchte, dass du das verstehst.«

»Verstehen?«, antwortete er mit einem Auflachen. »Du willst den notwendigen, illegitimen Sohn der Zeit Verständnis lehren?« Er drehte sich um und sah ihr direkt ins Gesicht. Sie wich seinem Blick nicht aus, so schwer es ihr fiel.

»Ich liebe dich. Und auch wenn ich verstehen kann, warum du gehst und wohin, verstehe ich nicht, warum ich, der ich ein ganzes Leben damit verbrachte habe, allzu gut zu verstehen, dich nicht gehen lassen kann. Ich habe mein ganzes Leben nach Vernunft und Logik gelebt, aber jetzt ...« Er zuckte wieder die Schultern und wandte den Blick ab. »Deine Logik scheint die meine untergraben zu haben. Ich glaube, es gibt eine Grenze für das Ausmaß an Vernunft im Universum. Je mehr der eine davon hat, umso weniger hat der andere. Es ist eine Frage des Gleichgewichts; man muss versuchen, den Punkt zu finden, an dem Vernunft und Logik bei allen Beteiligten ausgewogen ist, sodass sie einander schließlich auf gleicher Höhe in die Augen sehen können.«

Sie lächelte leicht, doch es lag kein Humor darin. Ganz behutsam gab sie ihm einen langen, zärtlichen Kuss. Als sie sich von ihm löste, lächelte sie immer noch, doch alles, was er tun konnte, war, sie in stummem Verlangen anzuschauen.

»Ich liebe dich, Lucifer. Ich möchte, dass du das weißt.«

»Ich liebe dich auch. Ich weiß aber, dass es keinen Unterschied macht.«

»Wenn du das glaubst, dann hast du wirklich nichts verstanden.« Sie stand auf und ging zur Tür.

Er drehte sich um, um ihr nachzuschauen. Er wünschte sich, sie würde gehen, als ob sie nie da gewesen wäre. Er betete darum, dass sie innehalten und zurückkommen würde. »Freya!«, rief er, als sie die Tür erreichte. Kniend richtete er sich auf, streckte die Hände aus wie ein Bettler. Sein Gesicht war heiß, sein Herz raste. »Freya!«

Sie drehte sich nicht um.

19
Das Ausmaß der Macht

Ihr habt das wahre Ausmaß meiner Macht nie gekannt.

Selbst im Himmel, vor seiner Verbannung, hatte er ihnen seine Kräfte nicht gezeigt. Selbst als er ums Überleben kämpfte, hatte er sich nie völlig gehen lassen. Doch jetzt, da die Dinge sich dermaßen hektisch beschleunigten?

Er ging direkt in das Höllentor, ohne zu zögern, und schritt, ohne nach rechts und links zu blicken, durch die sich windenden Schatten. In der Hölle angekommen, holte er ein paar Mal tief Luft, drehte sich um und ging wieder zurück, nachdem er nicht mehr als dreißig Sekunden an jenem Ort verbracht hatte. Wie damals, als er seine Waffen zu finden versuchte, gab er keine spezielle Richtung, sondern ein Ziel vor. Lichter flackerten in den Nebeln voraus, eine Vielzahl von Toren wetteiferten um eine Position nahe dem Ort, wo er hinwollte. Sam hielt das Bild fest vor Augen, bis nur noch ein Tor in den Nebeln vor ihm leuchtete.

Er trat hindurch und schnappte keuchend nach Luft, als er in das kalte Licht hinaustrat.

Beim ersten Umsehen konnte er keinen unmittelbaren Hinweis darauf finden, wo er war, doch er hörte ein Kichern von Stimmen nahebei. Er war hinter einem kleinen Gebäude herausgekommen, an dem eine maschinengeschriebene Notiz auf Englisch verlautete, dass dies die Hütte der Parkverwaltung sei. Als er um die Ecke bog, sah er einen Spielplatz voller lachender Kinder mit Mützen und Handschuhen. Die Sonne stand noch hoch am Himmel, das Wetter war kalt, aber klar. Ein drastischer Zeitunterschied somit zwischen Russland und dem Ort, wo er jetzt war. Er schätzte, zwischen sieben und neun Stunden.

Ohne sich durch die Ungewissheit der Situation irritieren zu lassen, suchte er mit seinen Sinnen nach seinem Ziel. Spürte es. Er setzte sich in Bewegung, zuerst langsam, und dann schneller, bis er in einen leichten Trott gefallen war. Es gab eine Menge Jogger hier, wie er bemerkte. Männer mit weißen Zähnen und Frauen in engen Lycrahosen, die man nur tragen konnte, wenn man bereits gut trainiert war, lauschten Spanischkursen für Fortgeschrittene oder Musik von tragbaren Abspielgeräten, während sie unter Bäumen, die immer noch in vollem Grün standen, ihre Runden drehten. Sam mischte sich unter sie, hielt das Tempo mit.

Er sah das Ende des Parks, erkannte die neu-alten Steinmauern und die hohen Straßenlaternen, sah die gelben Taxis sich zwischen den riesigen Benzinfressern aus den Vorstädten drängeln. Sah die dicht aneinandergereihten, vielstöckigen Apartmenthäuser, deren Türen von behandschuhten Portiers bewacht wurden. Hörte den jungen Mann an dem alten Laternenpfahl unbefangen zu einem unhörbaren Beat rappen. Sah die Station und das Schild. Central Park West. Fünfundachtzigste Straße.

Was, zur Hölle, machte der Erzengel Uriel in New York?

So wie sterbliche Reisende Jetlag hatten, so litt Sam allmählich unter »Weltenpfadlag«. Sein Körper sagte ihm, dass es jetzt jene späte Nachtzeit war, zu der im Fernsehen nur noch Wiederholungen der Folgen von letzter Woche und so genannte erotische Filme mit Werbespots für Telefonsex-Nummern laufen. Aber seine Augen sagten ihm, dass die New Yorker U-Bahnen sich gerade erst mit Männern in Business-Anzügen und Frauen in Kostümen füllten, die auf dem Weg nach Hause waren, aber noch immer dringende Gespräche auf dem Handy zu führen hatten. New Yorker, so hatte er vor langer Zeit gelernt, hörten nie auf zu arbeiten, selbst nach Feierabend. Das goldene Wort »Karriere« hing allzeit vor ihren Augen, und ja, sie arbeiteten so, wie Vater Zeit arbeitete – machten kleine Möglichkeiten zu Wirklichkeit, machten Geld, machten, dass ihre Luxus-Träume wahr wurden.

Uriels Signal fühlte sich immer noch fern an – aber er war darauf eingenordet. Jahre in Jehovas Diensten hatten ihn besonders empfänglich für die unsichtbaren Auren anderer Erzengel gemacht, und er folgte seinem Spürsinn wie ein Hund seiner Nase. Es war leicht, jemanden in New York zu finden, wenn man wusste, wonach man suchte. Wenn das Signal wie eine Kompassnadel nach rechts oder links schwang, ging man einfach direkt darauf zu und benutzte die nach Nord-Süd und Ost-West ausgerichteten Straßen als Leitlinien. Also marschierte er los, ohne darauf Rücksicht zu nehmen, ob ihm Leute in die Quere kamen, oder auf die Straßen zu achten, außer wenn er eine überqueren musste.

Als er der Central Park West südwärts folgte, spürte er, wie das Signal wieder ausschlug. Er überquerte die Straße am Natural History Museum und ging vorbei an dem riesigen Gebäude mit seinen in der Brise wehenden Bannern von Dinosauriern und Sternen zur Columbus Avenue. Rund um die Uhr geöffnete Geschäfte machten sich den Platz mit schmierigen Cafés streitig, und lange einstöckige Busse röhrten nordwärts Richtung Harlem, während Limousinen nach Süden und Westen Richtung Broadway strömten. Zwei müde hispanische Nannys karrten ihre blonden Schützlinge zurück zu ihren Spielzimmern. Ein Liebespaar flirtete auf einer Bank in einem kleinen eingezäunten Bereich, wo man Hunde ungestraft von der Leine lassen konnte.

Sam spürte, wie die näher rückende Präsenz von Uriel plötzlich nach Osten schwang. Nahm sie die U-Bahn? Eine so rasche Bewegung machte das wahrscheinlich. Er trabte geduldig weiter, Richtung Südost, während der Himmel sich blaugrau verfärbte und die ersten Straßenlaternen angingen. Er überquerte die Sixth Avenue, wo junge Menschen in trendiger Kleidung beim Shoppen die Zeit vergaßen und andere, die sich die ausgestellten Luxusgüter nicht leisten konnten, sich die Nasen an den Schaufenstern platt drückten. Hier gab es mehr Verkehr, und obwohl die Straße vor Leben wimmelte und Apartments sich zu Wolkenkratzern türmten bis hinauf zum Empire State Building, das alles überragte, gab es wenige oder gar keine Grünflächen. Sam ertappte sich bei dem Gedanken, was der Anti-Technokrat Wisperwind wohl zu einer solchen Szene sagen würde, die so einen dramatischen, glamourösen Unterschied zu Russland bot, wo ... Hölle, ja, wo er erst vor drei Stunden gewesen war.

Uriel war wieder zum Stillstand gekommen. Jetzt, da Sam näher kam, schien die Präsenz des Erzengels zu ihm zu rufen, ihn anzulocken. Er überquerte die Fifth Avenue, ohne dabei auf den starken Verkehr oder die Wahrzeichen zu achten, die ihm von jeder Straßenecke förmlich entgegensprangen. Weiter ging es nach Osten, wo der Glamour anscheinend ausgegangen war und nur noch riesige Bürohochhäuser und langweilige Arkaden mit überteuerten Juwelierläden und Modeboutiquen übrig gelassen hatte. Er traf wieder auf Glamour, verlor ihn, kam an einem Restaurant mit weiß-rot karierten Tischdecken vorbei, wo der Direktor einer Firma seinem verhassten Rivalen bei einem Glas trockenen italienischen Weins um den Bart strich. Das Schild an der Tür verhieß authentische italienische Küche. Alles in New York war authentisch, selbst jene Dinge, die offensichtlich unecht waren.

Es bedurfte der Augen eines Fremden, um das Netz von Illusionen zu durchdringen, das die Stadt um sich gesponnen hatte. Wie ausländischen Journalisten das Rattenproblem und

Elfen der Mangel an Grün in diesen dichten Straßen ins Auge fiel, so sahen Sams schwarze Augen die länger werdenden Schatten, die Mülltonnen, die nicht geleert worden waren, und die Falschheit des Lächelns überall. Es erinnerte ihn an die Zeile, die ihm am Anfang dieser ganzen Geschichte in den Sinn gekommen war:

»Oh, was für Narren diese Menschen sind!«

Sam hatte einst Shakespeare in Amerika auf der Bühne gespielt gesehen, aber es bei dieser einmaligen Erfahrung belassen. Er hatte den Dichter selbst in seinen Werken auftreten sehen, und zu hören, wie Hamlet mit amerikanischem Akzent über sein Unglück seufzte, hatte jenen Teil von ihm beleidigt, der sich immer noch an die Erleichterung erinnerte, im sechzehnten Jahrhundert zu leben. Soweit es ihn betraf, war diese Zeit die beste von allen gewesen; nachdem die Renaissance begonnen hatte, hatte es eigentlich nur besser werden können. Für seinen Geschmack hatte das Mittelalter viel zu lange gedauert.

»Was für dumme, primitive Narren«, wiederholte er im Flüsterton.

Er wandte sich wieder nach Süden. Das Straßenmuster wurde nun komplizierter, mit gelegentlichen Diagonalen und selbst dem einen oder anderen Baum, der zwischen dem Pflaster wuchs, vom öffentlichen Raum durch einen Zaun getrennt. Dann der Washington Square, wo in den niemals endenden Lichtern Autos und Bäume ringsum ihre Schatten warfen. Hinein in die kleineren, ruhigeren Wohnstraßen mit ihren luftigen Penthäusern und kleinen Kiosken, die Zeitungen in einem halben Dutzend verschiedener Sprachen verkauften, vorwiegend Englisch und Spanisch. Ein Mann und eine Frau, die sich ihres perfekten Lebens in dieser perfekten Welt erfreuten, führten einen großen grauen Hund spazieren, welcher beim Anblick jedes Fremden stehen blieb und das Herz

Weißäugig wandte Sam sich ihr zu. Sein Gesicht war schmerzverzerrt. »Ich kann deine Gedanken hören«, sagte er leise. Seine Stimme vibrierte von innerer Anspannung. »Und du wirst mir nun verraten, wo Andrew ist. Wo ich Gail finden kann. Was hier wirklich vor sich geht.«

›Nein.‹ Er konnte ihre Gedanken hören, ihre Ängste spüren, ihre vielen Ängste, was er ihr antun könnte. Ihre Angst war seine Angst, und er zitterte, als sie ihn durchströmte. Ihr Hass war sein Hass, und er biss sich auf die Lippe, als er ihn niederkämpfte. Ihre Gedanken waren seine Gedanken. ›Nein. Ich werde nichts sagen. Nein. Ich darf nichts sagen.‹

»Wo ist Andrew?«

Und während sie antwortete: »Ich weiß nicht, was du meinst«, hörte er ihre Gedanken. ›Tot. Seth hat ihn umgebracht.‹

»Wo ist dann sein Bündnispartner? Gail.«

»Lucifer – nein, hör doch ...« ›Sie versteckt sich, und zwar sehr gut. Versteckt sich hinter ihren Tricks und ihren Schilden. Oh, Erlöser hilf mir, er ist in meinem Kopf, er liest meine Gedanken, deshalb hat er das Licht freigesetzt. Bitte, bitte, hilf mir.‹

»Mach es mir nicht so schwer. Wo ungefähr steckt sie?«

Bilder überfluteten ihn, und er konzentrierte sich auf Gail, hörte nicht auf die Gedanken der vielen, vielen anderen Leute ringsum, konzentrierte sich auf Uriel. Bilder einer Karte, mit einem Kreis um eine kleine Ansammlung von Orten. ›Sie versteckt sich irgendwo da, abgeschirmt. Die Verräterin.‹

»Verräterin? Was meinst du damit?«

Uriel stöhnte vor hilflosem Zorn und kämpfte gegen ihre Fesseln, aber sie konnte ihre Gedanken nicht unterdrücken. ›Gabriel hat uns verraten, sie hat mächtige Freunde, und wir können sie nicht finden. Er ist in meinem Kopf, er liest meine

Gedanken, und ich kann ihn nicht hinausdrängen. Ich muss ihn fernhalten, bitte, bitte, hilf mir doch!‹

»Wer sind ihre ›mächtigen Freunde‹? Wer sind Gails … Gabriels ›Freunde‹?«

›Menschen und Andere. Elfen und Hexer. Verräter. Bastarde. Narren. Nein, ich darf nicht denken, er kann meine Gedanken hören.‹

»Wie viele Leute durchsuchen das Gebiet?«

»Geh aus meinem Kopf!«, schrie sie. »Geh raus!« ›Drei Erzengel, zehn Engel. Die Feuertänzer haben zu viel Angst. Die Tore werden kontrolliert – wir müssen irdische Mittel benutzen, um rein- und rauszukommen. Nein!‹

»Die Tore werden kontrolliert? Du meinst, Andere überwachen sie?« Seine Augen brannten, in seinen Ohren dröhnte es. Er konnte spüren, wie etwas wie Feuer durch ihn hindurchströmte; es ließ seinen Kopf schwindeln und sein Herz pochen, und die ganze Welt brannte in den dunkelsten Farben der Seele.

»Du wirst sterben, Lucifer!« Sie kämpfte gegen ihn an, aber vergebens, versuchte ihn durch schiere Willenskraft und Wut aus ihrem Kopf zu vertreiben. Er achtete nicht darauf und hörte weiter zu. Er hatte keine andere Wahl, als zuzuhören. ›Jeder, der durch ein Tor kommt, wird gesehen und damit zur Zielscheibe.‹

»Jehova sucht nach den Pandora-Schlüsseln, ja? Zusammen mit Odin und Seth?«

»Nein.« ›Ja.‹

»Wie viele Schlüssel haben sie bis jetzt gefunden?«

»Keinen.« ›Drei.‹

»Will Seth wirklich Chronos stürzen? Er hat mich nicht angelogen? Aus Neid? Oder aus Missgunst? Oder aus irgendeinem anderen Grund, aus dem man ihm nicht trauen kann?«

»Natürlich hat er gelogen. Du weißt, dass es in seiner Natur liegt.« ›Nein – nein, er meint es ernst. Er will ihn wirklich finden – Uranos' fehlenden Schlüssel, irgendwo in der Hölle versteckt.‹

Sams Geist war erfüllt von wilden, brennenden Bildern. Menschliche Gedanken, irdische Gedanken rasten durch ihn hindurch, Hintergrundgeräusche von den Straßen unten. Er tastete nach seinem Schwert; er konnte kaum etwas sehen. Alles war von Feuer umringt und blendete ihn. Er hatte das Gefühl, als müsse ihm der Kopf platzen.

»Lucifer!« Uriel schrie ihm hinterher, als er auf die Tür zutaumelte. Er war sich vage bewusst, dass er es geschafft hatte, sich seinen Rucksack umzuhängen.

Er empfing Bilder von Uriel, die er nicht sehen wollte. Bilder von seinem eigenen Tod, tausendfach, auf tausend verschiedene Arten. Auch andere Bilder, von Jehova, der von hohen Dingen sprach. ›Wir werden die Welt nach unserem Willen formen, meine Engel. Wir werden ein und für alle Mal beweisen, dass es nur eine richtige Art zu herrschen gibt.‹

Er fand die Tür.

»Lucifer! Du kannst meine Gedanken lesen, und du wirst es bereuen!«

Er wirbelte herum, seine Hand schoss vor. »Schweig!« Etwas, was die Luft aufjaulen und die Gläser in den Regalen klirren ließ, fetzte durch den Raum und traf sie mit Wucht, und Uriels Gedanken verstummten. Doch das Licht in seinen Augen sagte ihm, dass sie noch am Leben war. Irdische Gedanken, irdische Vorstellungen erfüllten ihn, drängten ihm Dinge auf, die so profan und unmoralisch waren, dass er weinte, sie zu hören.

Diesmal nahm er den Aufzug. In der Kabine rutschte er zu Boden, presste seine fest geschlossenen Augen gegen die Knie und hielt sich mit den Händen die Ohren zu, als der Lärm der

Welt auf ihn einstürmte. Dies war die andere Seite der Macht, die das Licht ihm gab.

Im Erdgeschoss wartete ein Paar auf den Aufzug. Er hörte ihre Gedanken, als die Tür sich öffnete und sie ihn auf dem Boden kauern sahen.

›Ein Verrückter, ein Mörder. Man sollte ihn einsperren, schnell, ruf um Hilfe!‹

Irgendwie schaffte er es, aus dem Aufzug und auf die Straße zu stolpern. Dort traf ihn der Wirrwarr noch schlimmer und vielfach verstärkt, tausend betäubende Stimmen, die alle das eine, vorherrschende Wort flüsterten: ›Ich, ich, ich, ich.‹

Er rannte, ohne Ziel, nur um zu rennen, um Distanz zwischen sich und die Mauer menschlicher Stimmen zu legen, die ihn zu erschlagen drohte. Menschen wichen erschrocken vor ihm zur Seite. Ob es das blanke Schwert in seiner Faust sein mochte, was sie erschreckte, oder die Weiße seiner Augen. Oder die Furcht in seinem Gesicht. Er fürchtete sich vor den Sterblichen, mehr als sie sich vor ihm. Sie hatten Angst vor den Lügen, die im Umlauf waren, er vor den Wahrheiten, die sich ihm nun offenbarten. Er wollte sich zu der Frau auf der Straße umdrehen und sie warnen: »Er betrügt Sie, denkt an eine andere.« Er wollte den alten Mann ins Gesicht schlagen, der ihn sah und dachte: ›Noch so ein verdammter Jude.‹ Er wollte das verstörte Kind trösten, das seinen Albtraum auf der Straße auf sich zukommen sah. Er wollte die gehässige Frau ohrfeigen, die in ihm einen weiteren Versager sah, der sein Schicksal selbst zu verschulden hatte. Aber er tat es nicht.

Sam rannte weiter in die dunkler werdenden Schatten.

Er nahm den Bus zu einem Tor in New Jersey. Die ganze Zeit hielt er die Augen geschlossen und summte still vor sich hin, jede Melodie, die ihm gerade in den Sinn kam, während die brüllenden, tobenden Stimmen langsam leiser wurden. Schmerzhaft langsam. Er konnte immer noch die Gedanken der Menschen, die ihn im Bus über ihre Zeitungen und Aktentaschen hinweg anstarrten, wie aus weiter Ferne wispern hören, ihre kleinen ahnungslosen Gedanken, die ein Monster aus ihm machten. Manchmal fing er auch ihre unterschwelligen Wünsche und Ängste auf – ein Mann, den es nach seiner Sekretärin gelüstete; eine Frau, die vor Wut schäumte über die Inkompetenz einer unglücklichen Hilfskraft und sich darauf freute, diese feuern zu können; ein alter Mann, der an die nervigen Kinder nebenan dachte; zwei Jungen, die daran dachten, wie sie ihre Freunde demnächst mit schmutzigen Anekdoten und Berichten von erlogenen Taten beeindrucken würden.

Doch allmählich verblasste dies alles mit der Weiße in seinen Augen, und er saß da mit seinem Beutel auf den Knien und fühlte nichts Schlimmeres als die gewöhnliche Abscheu vor den Gedanken, die kurz seine eigenen gewesen waren.

Sam blieb bis zum Ende der Route im Bus sitzen, wobei er mindestens zwei Tore links liegen ließ. Er fühlte sich einem Marsch über den Weltenpfad noch nicht gewachsen. Als der Bus die Endhaltestelle erreichte und er als einziger Fahrgast übrig geblieben war, musste der Fahrer kommen und ihn am Arm schütteln. »He, Schlafmütze«, sagte er. »Endstation.«

Sam öffnete die Augen und gähnte. Seine Augen waren immer noch hellgrau, und er konnte in einer Sekunde die Farbe der Seele des Mannes sehen. Zu seiner Erleichterung war die äußere Dunkelheit nur eine Illusion, eine Vorspiegelung von Aggressivität, um ein warmes Herz zu verbergen. Sam musste unwillkürlich lächeln.

»Was ist so komisch?«, wollte der Fahrer wissen.

»Ich lächle nur.«

»Dann lassen Sie mich doch an Ihrem Scherz teilhaben, ja?«

Er hob die Stimme, aber Sam konnte sehen, dass seine Schroffheit aufgesetzt war.

»Sie versuchen, die Tatsache zu verbergen, dass Sie ein guter Mensch sind, weil Sie Angst haben, wieder verletzt zu werden.«

Der Fahrer zuckte zurück, als hätte man ihm ins Gesicht geschlagen, und Sam konnte seine Gedanken deutlich hören. ›Er weiß von Jenny, wie kann er von Jenny wissen und diesem Scheißkerl Carl?‹

Sam drückte sich an ihm vorbei und stolperte zur Vordertür des Busses und hinaus auf die Straße. Es war vermutlich Dummheit gewesen, den Mann anzusprechen. Doch nach einer Reise, bei der er die ganze Zeit den Stimmen anderer gelauscht hatte, tat es gut, die eigene wieder zu hören.

Hier draußen war es gnädig still – eine kleine Ansammlung von Häusern im ländlichen New Jersey, mit sauberen Autos, die in makellosen Einfahrten parkten. Die drängenden Stimmen der Stadt waren weit weg; die meisten Gedanken hier waren zum Schweigen gekommen, ersetzt durch geistloses Abendfernsehen und hier und da dem kurzen Aufblitzen von Träumen schlafender Kinder.

»He!« Der Busfahrer rief hinter ihm her. »Brauchen Sie Hilfe?«

»Danke, alles klar«, rief Sam zurück, sich halb umwendend. Seine Stimme klang sehr laut in der Stille, und als er über den menschenleeren Gehweg davonstapfte, begann er wieder vor sich hin zu singen, ganz auf die Worte konzentriert, um die wenigen Gedanken, die in seinen Kopf krochen, zu vertreiben. *»Are you going to Scarborough fair?«* Eine Katze, auf einsamer nächtlicher Streife wie er, miaute herzerweichend und strich ihm um die Beine. Er streichelte sie geistesabwesend und ging weiter. *»Remember me to one who lives there.«*

Eine Mädchenclique kam lauthals kichernd mit Flaschen in

den Händen die Straße hinab. Sam blickte zur Seite, als sie vorübergingen, und weigerte sich, in ihre Seelen zu blicken, aus Furcht, dass selbst in so jungen Menschen etwas Schwarzes lauern könnte.

»She once was a true love of mine«, sang er.

Er konnte ein Tor in der Nähe spüren. Aber seine grauen Augen schweiften von der Seitenstraße, wo das Tor lag, weiter zu einer kleinen Kirche, wenig mehr als eine Hütte mit einem kleinen Holzturm, und seine Füße bewegten sich wie aus eigenem Antrieb darauf zu. Vor dem Portal zögerte er, blickte auf das Bild von Jesus am Kreuz und die Inschrift darüber – »Er starb für unsere Sünden« –, bevor er an die Tür klopfte. Sie öffnete sich unter seiner Hand, und als niemand antwortete, stieß er sie auf und schlüpfte in die kalte, leere Kirche.

Das einzige Licht kam von einem Ständer mit nahezu heruntergebrannten Kerzen. Der Altar war schlicht, und die buntverglasten Fenster wirkten primitiv und kitschig, verglichen mit den alten Kathedralen Europas. Aber sie war still; selbst die Gedanken aus den umliegenden Häusern waren hier gedämpft. Und es gab keine Seelen hier, die das Licht prüfen könnte.

Er trat an eine Kirchenbank und presste seine Hand gegen die Armlehne. Ein leichter silbriger Schimmer blieb zurück, der ihn warnen würde, wenn jemand sich näherte. Den Kopf auf ein Kniekissen gebettet, streckte er sich auf der Bank aus und schloss die Augen. Stille umfing ihn. Kein brennendes Feuer vor ihm, keine tosenden Stimmen in ihm. Er würde ein paar Minuten hier liegen bleiben, und dann würde er durch das Portal gehen. Zwischen den Welten zu wandeln war zu allen Zeiten eine gefährliche Sache, und er würde es mit allen Sicherheitsvorkehrungen tun, die er finden konnte.

Und in der heiligen Kirche Jesu Christi schlief der Teufel den Schlaf des Gerechten.

Als Sam erwachte, konnte er die Stimmen nicht mehr hören. Müde, mit schmerzenden Knochen, zog er sich hoch und öffnete die Augen. Die Welt brannte nicht mehr – nach Stunden des Feuers war das Schlimmste vorbei.

Er konnte nun den Schritt durch das Tor riskieren. Gabriel finden. Diese Schlacht ein für alle Mal beenden.

20
Verräter und Erzengel

Er benutzte die Bilder, die er in Uriels Gedanken gelesen hatte, um sein Ziel zu bestimmen. Als er durch das Höllentor ging, glaubte er das Gesicht des Dunkelelfen zu sehen, den er sich dienstbar gemacht hatte, um Seth zu finden. Nach Gabriel zu sichten würde zwecklos sein – Uriel hatte klargemacht, dass die Abschirmung des Erzengels außergewöhnlich war. Es kümmerte ihn auch nicht, wer ihn aus dem Tor hervortreten sah. Er war jetzt auf dem Kriegspfad, bereit zu kämpfen, wie er es nie zuvor gewesen war.

Trotz seiner Müdigkeit, auch wenn Körper und Geist unter der Anstrengung schmerzten, hörte er Uriels Stimme wieder in seinem Geist. *Jeder, der durch ein Tor kommt, wird gesehen und damit zur Zielscheibe.*

Das sollte ihm recht sein. Er wollte, dass Gabriel wusste, wo er war. Er wollte zur Zielscheibe werden.

Er trat durch das Erdentor und sah sich um, ob es irgendwo einen Hinweis darauf gab, wo er sich befand. Es war dunkel. Er war in einem Hinterhof voller Kisten ausgekommen. Es roch nach Bier. Er hörte Geräusche von Bewegung aus dem Inneren des großen gekalkten Hauses vor ihm und kletterte schnell über die Hofmauer, um nicht entdeckt zu werden.

Es gab andere Häuser mit Fensterläden. Geruch von niedergegangenem Regen lag in der Luft. Die Dächer waren mit Wellblech gedeckt, das vor sich hin rostete. Sam spürte Augen, die ihn beobachteten, fühlte wachsame Geister, die sich um ihn regten, und fragte sich, wer oder was seine Ankunft bemerkt hatte. Er stieg über ein paar weitere Mauern, bis er in einer schlammigen Straße auskam und sich umsehen konnte.

Seine Nachtsicht zeigte ihm, dass in der einen Richtung eine menschenleere Landschaft lag, die nur geringfügig durch ferne Hügel und den einen oder anderen Dornbusch belebt wurde. Die Schilder waren auf Spanisch. Als er sich umwandte, sah er auf der anderen Seite ein kleines Dorf liegen, das sich einer Tankstelle mit ganzen zwei Zapfsäulen auf ihrem kleinen Vorplatz und einer Kneipe rühmen konnte, komplett mit zwei alten Männern auf der Türstufe und dem Klacken von Pool-Billard-Kugeln. Außerdem gab es noch einen Dorfladen, aus dem eine alte Dame mit gebräunter Haut und einem geblümten Kleid trat, die Arme voll beladen. Fünf alte, zerbeulte Autos. Drei Motorräder. Ein Fahrrad.

Eine stillere Kleinstadt hatte er nie gesehen. Und es gab nichts, wo ein Fremder sich verstecken könnte. Das Land ringsum war vollkommen ungeschützt. *Wenn jemand sich hier mit einem guten Gewehr mit Zielfernrohr verschanzt, käme niemand rein oder raus.*

Der perfekte Ort für Gabriel, um eine Belagerung auszusitzen. Sam ging zu der Kneipe hin, bestellte sich ein Bier und nahm dann seine Flasche mit nach draußen, um sich zu den alten Männern auf die Stufen zu setzen. Er war dankbar, dass er ihre Gedanken nicht lesen konnte. Ausgerüstet mit seinem Bier und dem damit verbundenen Recht, hier zu sitzen, zog er den Dolch und legte ihn lässig vor seinen Füßen auf den Boden. Die alten Männer machten, dass sie fortkamen.

Sam summte eine kleine Melodie vor sich hin. Er zog die Jacke enger um die Schultern, lehnte seinen Kopf gegen die Wand und summte weiter. Er wartete.

Das Dorf hatte wenig an Nachtleben zu bieten außer dem Zirpen von Insekten und dem fernen Gemurmel der Trinker in der Kneipe. Man hörte das Tack-Tack, mit dem ein Junge den einzigen Spielautomaten in der Kneipe malträtierte, und das Flippern der Kugel. Gläser klirrten. Leute sahen Sam, sahen die blanke Klinge und machten einen Bogen. Sam wartete.

Ein zerbeulter alter Wagen hielt auf ihn zu. Unter normalen Umständen hätte er ihm keine Beachtung geschenkt. Doch dieser Truck trug Zauber auf Türen und Windschutzscheibe; sie flammten vor seinen magischen Augen, während die Magie ihn zugleich wispernd drängte, seinen Blick abzuwenden. Er zwang sich, hinzusehen und sie zu studieren. Ein allgemeiner Schild gegen Sichtungen, ein Ablenkungszauber und ein Standard-Schutzzauber. Der Wagen hatte drei Insassen. Alle drei waren Andere.

Der Wagen kam vor ihm zum Halten. Drei Augenpaare betrachteten ihn durch die Fenster. Eine Tür öffnete sich, und eine Stimme rief auf Englisch: »Leg das Schwert in den Kofferraum!«

»Beweist mir erst, dass dies keine Falle ist, wie in Kaluga«, gab er zurück.

»Wir können überhaupt nichts beweisen. Du musst uns einfach glauben, wenn wir sagen, dass Gail uns geschickt hat. Behalte den Dolch, wenn du dich damit sicherer fühlst.«

Mit einem innerlichen Achselzucken tat Sam wie geheißen und stieg in den Wagen.

»Ist euch jemand gefolgt?«, fragte er.

»Nein. Niemand hat es bis jetzt geschafft, den Schild zu durchbrechen.«

»Wie kommt's?«

»Gail geht kein Risiko ein. Doch es ist gut, dass du gekommen bist.«

Sam sagte nichts. Er beobachtete die leere Landschaft, die am Fenster vorbeirauschte. »Wo sind wir?«, fragte er unvermittelt.

»In Mexiko. Gail hat hier Quartier bezogen, als sie hörte, dass Andrews Tarnung aufgeflogen war. Aber sie wusste, dass du nicht lockerlassen würdest.«

»Wie das?«

»Du bist nicht der Einzige mit Freunden unter den Elfen, weißt du«, sagte der Fahrer mit einem leisen Lachen.

Sam fühlte seine Finger kribbeln. Er kannte dieses Lachen. »Adam?«

»Tja, ich hab mich anwerben lassen.«

Sie bogen von der Hauptstraße ab und schlängelten sich über schlammige Pfade, die kaum breit genug für den Wagen waren. Sam spähte voraus in die Dunkelheit und sah ein kleines Farmhaus. Eine Öllampe brannte auf der Veranda, und die Fenster waren von einem matten gelben Glühen erhellt. Sie hielten vor dem Haus, und Sam durchforschte rasch die Gegend, bevor er ausstieg. Der Ort war geladen mit Magie. Zauber, die die Aufmerksamkeit anderswohin lenkten; Zauber, die riesige Landstriche ringsum abschirmten; Zauber, um Sichtungen abzuwenden; Zauber, um vor herannahender Gefahr zu warnen – und alle von solch geschickter Hand gewirkt, dass Sam sich unwillkürlich fragte, ob seine Mutter ihn belogen hatte und er nicht doch einen unbekannten Bruder oder eine Schwester erster Generation besaß.

Er nahm sein Schwert und seine Umhängetasche wieder an sich und folgte Adam die Stufen hinauf zum Haus. Es gab keine Elektrizität, aber die staubigen alten Räume mit ihren zerschlissenen Sofas und mottenzerfressenen Vorhängen wurden von Öllampen erleuchtet. Sam ging weiter, selbst in diesem späten Stadium noch immer auf der Hut gegen möglichen Verrat.

Drei Lehnsessel, deren Polster durch den brüchigen alten Stoff quoll, standen vor dem Kamin, mit dem Rücken zur Tür. Zwei davon waren besetzt. Sam nahm, ohne zu fragen, den dritten.

»'n Abend zusammen«, sagte er locker.

»Gut gemacht«, meinte Gabriel. »Du hast es geschafft.«

»Ihr habt es mir nicht leicht gemacht. Und wer deine Schutzzauber gemacht hat, der war wirklich brillant.«

»Danke«, sagte Buddha.

21
Offene Verschwörung

Auch wenn sie lächelten und ihr leichter Tonfall ihre Müdigkeit überspielte, war eines klar: Sie hatten Angst. Sam sah es sofort. Etwas in ihren Augen spiegelte seine eigenen Ängste und Zweifel wider.

»Warum habe ihr mich hierherkommen lassen?«

»Wir brauchen dich«, antwortete Gabriel. »Du bist das notwendige Kind. Du bist auch der, der weiß, wo man sich verstecken kann. Wir hatten nicht deine Erfahrung mit Hölle oder Erde.«

»Sag mir, was, zur Hölle, hier vor sich geht.«

Buddha lächelte. »Der Ausdruck war besser gewählt, als du ahnst.«

Am Ende war es Gabriel, die es ihm sagte. Sie hatte sich nicht verändert, seit er sie das letzte Mal gesehen hatte, mehrere Jahrhunderte zuvor. Sie hatte kurz geschnittenes mausgraues Haar und eine Haltung von beeindruckendem Pragmatismus. Obwohl sie mit untergeschlagenen Beinen in dem Sessel saß, füllte ihre schmächtige Gestalt ihn kaum aus. Sie sah jedem immer direkt ins Gesicht, und wenn sie sprach, war ihre Stimme sachlich und nüchtern.

»Zuerst half ich bei der Suche nach dreien der Pandora-Schlüssel. Jehova sagte nichts davon, dass auch Seth und Odin nach ihnen suchten. Ich sollte den Schlüssel zum Kerker von Argwohn finden.«

»Warum hast du dich nicht geweigert?«

»Aus demselben Grund, weshalb Michael dich zu töten versucht hat.« Sie zuckte die Schultern. »Und demselben Grund, der Uriel für die wirkliche Gefahr dieser ganzen Sache blind gemacht hat. Jehova hat es befohlen. Und für uns ist ... war ... Jehova wie ein Gott. Es gibt einige – Uriel, Rafael –, die in ihrem Herzen wissen, dass er etwas Widersinniges tut. Doch er ist auch ein Sohn von Glaube, und nach Tausenden von Jahren im Bannkreis seiner Macht ist es schwer, mit ihm zu brechen. Er tut mehr weh, als du denkst.«

Sie seufzte, in Gedanken weit fort, während ihre Stimme automatisch fortfuhr: »Damals wusste ich nicht viel über die Schlüssel. Alles, was ich wusste, war, dass sie verloren gegangen waren und dass sie angeblich Türen zu großer Macht öffnen würden. Ich wollte, dass Jehova diese Macht bekam; ich wollte es wirklich. Ich dachte, er sei gut, und wenn irgendjemandem diese Macht zustünde, dann ihm.«

»Warum hat er dir nicht gesagt, dass er mit anderen zusammenarbeitete.«

»Aus genau dem Grund, weshalb ich ihn – und ihn allein – verehrte. Mir zu sagen, dass es andere gab, hätte gewissermaßen die Heiligkeit unserer Suche ... *befleckt.* Es hätte auch die Zweifel genährt, die bereits in mir aufkeimten, als ich mehr über die Pandora-Geister herausfand. Wusstest du, dass Atlantis – die Stadt auf Erden, nicht das Reich der Anderen – auf den Meeresgrund versenkt wurde, weil Misstrauen sich in den Köpfen ihrer Meerzauberer breitmachte?«

»Nein. Wie ging es weiter?«

»Eines Tages wurde ich vor Jehovas Angesicht gerufen, um ihm zu beschreiben, wie ich überall vergeblich nach den Schlüsseln gesucht hatte. Er sprach überzeugter denn je von der Macht, welche die Pandora-Geister bieten könnten. ›Wir müssen die Geister finden, Gabriel. Und wenn wir sie haben, müssen wir der Welt zeigen, was wahre Gerechtigkeit ist.‹ Er hatte oft so gesprochen, doch nie schien er dem Ziel seiner Wünsche so nahe zu sein wie damals.«

Sam konnte bereits den Rest ihrer Geschichte mit seinem inneren Ohr hören. *Drei meiner Brüder, die mit Feuer spielen.*

»Du wusstest, dass es falsch war«, half er nach. »Bei deiner Suche fandest du Näheres über die Schlüssel heraus, und dir wurde klar, wie gefährlich die Macht war, mit der du spieltest. Du gingst zu Freya, die ihre sterblichen Verbündeten auf den Plan rief. Sie sagte dir, du solltest dir nichts anmerken lassen, solltest so tun, als würdest du weiter nach den Schlüsseln suchen, während du in Wirklichkeit herauszufinden versuchtest, wer die beiden anderen Sucher waren. Gleichzeitig versuchte Andrew, den anderen zuvorzukommen. Seine Aufgabe war es, die Schlüssel als Erster zu finden und sie an einen anderen Ort zu verbringen, in einem Rennen gegen die vereinte Macht meiner Brüder. Habe ich Recht?«

Sie nickte. »Andrew sollte für mich die Recherchen machen. Während ich meinem Meister nachspionierte, versorgte er mich mit Informationen, wo ich angeblich suchte, und mit Gründen warum, damit kein Verdacht auf mich fiel und damit wir, wenn möglich, als Erste an die Schlüssel gelangten. Inzwischen versuchte Freya, Chronos zum Eingreifen zu bewegen. Doch Chronos wollte nicht. Chronos sagte, die Zukünfte trieben in alle möglichen Richtungen auseinander, und nur eine davon sei zulässig, und diese Zukunft müsse aus eigener Kraft eintreten.«

»So«, ergriff Buddha das Wort, »wandte Gabriel sich an mich. Und ich erklärte mich bereit, ihr zu helfen, auch wenn ich ihre Geschichte nicht ganz glauben konnte.«

»In der Zwischenzeit«, sagte Gabriel, »entdeckte ich, dass Seth und Odin die beiden anderen waren, welche die Pandora-Schlüssel suchten. Doch Andrew war schneller gewesen. Er hatte ihre Verstecke gefunden – nicht das von Uranos' Schlüssel, aber die der anderen drei. Er zerstörte das Buch, das diese Informationen enthielt, aber nicht bevor er das Ergebnis seiner Suche Freya mitgeteilt hatte. Und sie gab das, was sie wusste, an ihre andere fähige Hilfskraft weiter. Ihre Enkeltochter Fran.«

»Fran? Aber Fran hat abgestritten, irgendetwas von der Sache zu wissen. Fran war diejenige, die ...«

»... die uns verraten hat«, sagte Buddha. »Freya war vorsichtig gewesen, dass muss ich ihr zugestehen. Sie erwähnte Gabriel immer nur als ›Gail‹. Meinen Namen hat sie in dem Zusammenhang überhaupt nicht genannt. Als Andrew seinen letzten Bericht schickte, versuchte sie, dir eine Botschaft zukommen zu lassen, um dich so unauffällig wie möglich mit ins Boot zu holen.«

»Aber es war zu spät«, murmelte Sam, der in seinen Gedanken bereits ein Stück voraus war. »Andrew musste fliehen, der Bibliothekar, der ihm geholfen hatte, wurde getötet. Fran hatte wem auch immer erzählt, dass Freya zu viel wusste, dass sie Namen kannte, Orte.«

»Freya wurde ermordet, was dich ins Spiel brachte«, sagte Gabriel. »Buddha und ich versuchten, Andrew vor Entdeckung zu schützen, bis du zu ihm gelangen und ihn in Sicherheit bringen konntest. Du bist schließlich ein Meister darin, in schwierigen Situationen zu überleben. Doch wir konnten ihn nicht völlig abschirmen. Nachdem er vergiftet und gefangen worden war, belebte man ihn so weit wieder, dass man ihn verhören konnte. So erfuhren sie von meiner Verwicklung in die Sache. Zum Glück hatte auch er keine Ahnung von der Rolle, die Buddha dabei spielte. Freya war so vorsichtig gewesen, ihm nichts davon zu sagen.

Die Hunde waren mir auf den Fersen. Wieder kam mir Buddha zu Hilfe, verstärkte meine Schilde mit seiner Kraft, damit wir hier ausharren konnten, bis du kamst.«

»Du bist gekommen«, sagte Buddha. »Das war das Wichtigste. Um zu überleben, brauchen wir dich.«

»Wieso?«

»Sie haben die Schlüssel, weißt du. Seth, Odin und Jehova – jeder von ihnen hat einen und ist bereit, die Geister loszulassen. Wenn das geschieht, bist du der Einzige, der sie aufhalten kann.

Du bist der Träger des Lichts, du kannst die Pandora-Geister vernichten. Liebe zerstört Hass, Vertrauen zerstört Argwohn, Mitleid zerstört Gier – und du hast als Einziger die Macht, diese Gedanken zu lenken. Das Licht zieht seine Energie aus menschlichen Seelen; es nährt sich von ihren Gedanken, den zeitlosen Ideen. Wenn du die Gedanken anderer lebender Geschöpfe erfasst und sie auf nur einen Aspekt konzentrierst – auf Liebe, zum Beispiel – und dann diese Macht auf ihr Gegenteil richtest – auf Hass –, dann wirst du imstande sein, selbst den Hass zu vernichten.«

»Nach demselben Prinzip könnte ich eine Höhere Macht zerstören«, sagte Sam. »Doch Höhere Mächte sind aus allem Leben geboren. Wenn nur eine einzige Person verbliebe, um Hass, Gier oder Argwohn Nahrung zu geben, wäre alles vergebens gewesen. Um zu tun, was du beschreibst, würde ich den Geist aller lebenden Wesen in mich aufnehmen müssen. Und das« – er lächelte, doch seine Augen hätten eine Schlange das Fürchten lehren können – »wäre keine angenehme Erfahrung.«

»Dann werden wir sie daran hindern müssen, die Geister freizusetzen. Und deshalb ist das Licht – und damit leider auch deine Person – plötzlich so wichtig geworden«, sagte Buddha.

Tausend Dank für das »leider«, Bruder.

»Da ist noch etwas«, sagte Buddha, als er sah, wie Sams Augen leer wurden. Er beugte sich vor und sprach drängend. »Uranos. *Wenn* Seth Uranos freilässt, wer außer dir kann Uranos davon abhalten, Chronos zu stürzen? Chronos hat Uranos einmal besiegt, aber die Hoffnung auf einen zweiten Sieg wäre gering. Chronos ist zu ausgedehnt; zu viel von seiner Energie ist dadurch gebunden, dass er das Universum in Gang hält. Wenn Seth zu der Überzeugung kommt, dass die Drohung mit Uranos allein nicht ausreicht – wenn er Narr genug ist, ihn tatsächlich zu befreien, bist du der Einzige, der ihn aufhalten könnte.«

Sam blieb eine lange Zeit stumm. Dann sagte er: »So viel weiß ich selbst, auch wenn mir keiner gesagt hat, wie dies möglich sein soll. Doch wenn es mich schon so viel gekostet hat, Odin abzuwehren oder in Uriels Geist zu lesen, dann wird ein Kampf gegen Uranos vermutlich der letzte sein. Uranos ist Anti-Zeit, Anti-Leben. Um ihn zu zerstören, müsste ich *alles* Leben durch mich hindurchströmen lassen. Nicht nur menschliche Gedanken, sondern das Leben von Ameisen und Vögeln, Bäumen und Gras. Und es gibt 'ne Menge Ameisen.« Er starrte Buddha an, hoffend und fordernd zugleich, dass dieser das alles abstreiten möge.

Aber der Sohn der Weisheit sagte nichts, und Sams Herz sank weiter. »Seth würde es nicht wagen, Uranos zu befreien.«

»Seth rüstet eine Armee in der Hölle, nicht wahr?«, sagte Buddha. »Er wird in Belials Gebiet einmarschieren, er wird den Schlüssel ausgraben, wo dieser auch sein mag, und er wird sagen: ›He, schaut mal, Brüder und Schwestern, ich hab den Schlüssel, und jetzt tut, was ich euch sage!‹ Und wenn sie dann sagen: ›Ach, du bluffst doch, du würdest es nie wagen‹, wie wollen wir wissen, ob er nicht doch Uranos freisetzt, nur um sie Lügen zu strafen? Alles, was wir wissen, ist, dass er eine Menge getan hat, um so weit zu kommen. Wer sagt, dass ihn sein Schwung nicht noch weiter trägt?«

Sam öffnete den Mund, um zu sprechen, dann ruckte sein Kopf hoch. »Habt ihr das gehört?«

»Ich höre nichts«, sagte Gabriel.

»Ich auch nicht.«

Sam saß auf der Sesselkante und drehte das Gesicht zur Decke, als wollte er hindurchsehen. »Ich habe etwas gehört.«

Buddha war schon auf den Beinen, die Augen geschlossen. »Meine Schilde sind intakt.«

»Meine auch«, sagte Gabriel. »Es gibt nichts innerhalb des Schilds, das sich ohne unsere Zustimmung bewegen könnte.«

Sam war auch aufgesprungen. Er trat an ein verriegeltes Fenster und zögerte. »Wenn ich das hier aufmache, werde ich nicht von irgendwelchen Zaubern geröstet, oder?«

»Du bist der Meister der Magie«, sagte Buddha. »Sag du es mir.«

Sam öffnete das Fenster und spähte hinaus.

Auch wenn er den anderen den Rücken zuwandte, sahen sie dennoch, wie er erstarrte.

»Sam?«, fragte Buddha scharf und eilte zu ihm, als Sams Mund sich zu einem wortlosen Schrei öffnete. »Lucifer!« Er packte ihn bei den Schultern und schüttelte ihn hart. Nur kurz blickte er aus dem Fenster, um zu sehen, was Sam gesehen hatte. Doch die Nacht sah für ihn genauso aus wie vorher.

Gabriel war auch an Sams Seite. Mit zusammengekniffenen Brauen schaute auch sie aus dem Fenster. So war sie die Nächste, die es bemerkte. »Heilige Zeit«, ächzte sie. »Seht euch den Himmel an!«

Buddha wandte den Blick zurück zu dem klaren, sternbedeckten Himmel. Er gehörte nicht zu denjenigen, die sich Erschrecken anmerken ließen, geschweige denn fluchten, doch seine Augen weiteten sich deutlich. »So etwas«, sagte er schließlich, »sieht man nicht jeden Tag.«

Sam, der reglos wie eine Statue dagestanden hatte, befreite sich aus Buddhas Griff. Wild von einem zum anderen blickend, stolperte er fast in seiner Hast, vom Fenster zurückzutreten.

»Könnt ihr es nicht hören? Sie sind hier! Hört ihr sie nicht? Sie sind überall!«

»Sam, beruhige dich«, sagte Buddha und wollte ihm die Hand auf die Schulter legen.

Sam schlug seine Hand beiseite. »Hör doch! Sei einen Moment still und horch, ja?«

Buddha schwieg und lauschte.

»Ich höre nichts«, sagte Gabriel, ungeduldig wie immer. Sie hatte sich nicht vom Fenster wegbewegt und schaute hinaus auf einen Himmel, der von zahllosen blutroten Sternen und einem dräuenden blutroten Mond entstellt war. Menschen hätten es als atmosphärische Störung bezeichnet; das taten sie immer. Doch Sam wusste es besser. Ob aufgrund seiner Magie oder seiner besonderen Gabe des Lichts, für ihn waren die Stimmen deutlich hörbar.

Nach Buddhas aufgerissenen Augen zu urteilen, konnte dieser sie auch hören. Er sprang vor, packte Gabriel am Arm und riss sie vom Fenster weg.

»Warn die anderen!«, schrie er. »Alle müssen raus hier! Durch die Anderwelt, wie auch immer. Hauptsache, dass sie hier wegkommen, so schnell wie möglich.« Er wandte sich wieder Sam zu, der regungslos in der Mitte des Zimmers stand und mit allsehenden Augen ins Nichts starrte. »Du hörst sie durch das Licht, Bruder«, zischte er, als Gabriel, noch verwirrt, aus dem Raum stürzte. »Wie stark ist ihr Lied?«

»Es wird lauter.«

»Wie schnell?«

»Sehr schnell.«

Buddha fasste Sam erneut bei den Schultern, und diesmal ließ Sam es geschehen. »Du hörst die Pandora-Geister. Die Pandora-Geister sind frei! Sie können jeden befallen außer dir.

Das Licht in dir wird *geschaffen* durch Gedanken – ohne die

Gedanken anderer gäbe es kein Licht. Vom ersten Augenblick an, als du es einsetztest, warst du ein Teil des Lichts, ein anderer Geist, der in einem Meer von Gedanken treibt. Ein Teil von dir ist in jeden Geist eingegangen, den das Licht berührt hat – und umgekehrt. Wenn die Pandora-Geister dich berühren wollen, hieße das, sie müssten jeden Geist im Universum berühren. Und das können sie nicht, denn wenn sie ihre Macht ausweiten, wird sie dünner.

Hör mir zu!« Buddha schüttelte Sam, der nie geglaubt hätte, dass dieser zu einem solchen Ausbruch fähig gewesen wäre. »Von dem Augenblick an, wenn du das Licht aussendest, beginnst du dich in einem Meer von Geistern zu verlieren. Deshalb hat das Licht eine solche Wirkung auf dich – du ertrinkst in den Gedanken anderer, während deine eigenen Gedanken überall sein können. Wie kann Hass oder Argwohn jemanden zum Ziel haben, dessen Geist in alle Winkel der Welt verstreut ist?«

Sam starrte ihn mit offenen Augen an.

»Begreifst du nicht? Für uns gibt es keinen Schutz auf der Welt, der die Pandora-Geister abhalten könnte. Und wenn Seth, Odin oder Jehova diesen Ort als Ziel ausgemacht haben, bin ich machtlos dagegen, dass sie in meinen Geist eindringen. Und wenn sie das tun, werde ich nicht viel mehr als ein Werkzeug unserer Feinde sein.«

»Ich verstehe nicht«, sagte Sam, beinahe flehend.

»Stell dir vor, was passieren wird, wenn der Hass mich überwältigt, während ich neben dir stehe!«, zischte Buddha drängend. »Wie leicht es für mich wäre, dir die Kehle durchzuschneiden.«

Sams Blick ging hinab zu Buddhas Händen. Sie zitterten leicht, und obwohl sie keine Waffe trugen, hütete er sich, dem zu trauen. Er begann zurückzuweichen.

Buddha sprach leise und drängend. »Die Pandora-Geister

können durch Schilde und Schutzzauber und magische Illusionen hindurchsehen. Sie können mich klar und deutlich erkennen. Sie können auch dich sehen, aber du bist anders. Du trägst Baldurs Macht in dir, und du hast bewiesen, dass du willens bist, sie anzuwenden, im Gegensatz zu ihm. Du bist immer noch einer der Guten, Lucifer. Wenn der Hass mich bezwingt und ich dich angreife, dann wirst du nicht zurückschlagen. Wie laut ist das Lied?«

»Laut. Es erfüllt den Raum. Ich kann es hören ... Hass. Ja, ich kann ihn jetzt deutlich hören ...«

Buddha hatte einen Mantel von einem Haken genommen und öffnete die Tür. Von draußen hörte man bereits das Geräusch davonfahrender Autos.

»Traue niemandem«, sagte Buddha mit leiser Stimme. »Wenn sie herausfinden, wem du vertraust, dann werden sie genau die gegen dich wenden. Finde Seth, finde Uranos' Schlüssel. Wenn die Pandora-Geister frei sind, kann ich nicht bleiben.«

Er war bereits aus der Tür.

»Warte! Wohin willst du gehen?«

Buddha drehte sich halb um und schenkte ihm ein seltsames, schiefes Lächeln. Das Gebiet um das Haus herum war bereits leer, und abgesehen von den Stimmen der eindringenden Geister, die ihrer Freude darüber Ausdruck gaben, dass sie nach so langer Gefangenschaft nun endlich frei waren, war die Nacht unnatürlich still.

»Wohin denn schon, Lucifer? Wenn Gabriel die Gier befällt, wird sie ihnen verraten, welche Rolle ich in dem Ganzen spielte. Wenn mich der Argwohn infiziert, werde ich selbst es verraten. Wir sind so gut wie verloren. Unsere einzige Chance ist, dass du sie schlägst.«

»Sie schlagen? Wie? Was erwartest du von mir?«

Aber es war bereits zu spät. Das Lied erfüllte seine Ohren,

und als er den Kopf wandte, sah er die Schatten in den Winkeln näher rücken. Buddhas Augen waren weit aufgerissen und glühten von innen. Dann sah Sam, wie Buddha die Hände vor die Ohren schlug und mit einem hohlen Stöhnen in die Knie sank. Sam stürzte unwillkürlich vor, doch bei der Bewegung hob Buddha scharf den Kopf. Seine Augen waren weiß und glühten heller als der rote Mond.

»Lauf!«, zischte er. »Lauf, was du kannst!«

Sam zögerte nicht länger. Er war zurück durch die Tür, hatte Beutel und Schwert gepackt, und lief, so schnell er konnte. Der Boden war uneben, das Lied sang in seinem Kopf. ›Wir sind hier, Träger des Lichts. Du kannst uns vernichten, und das weißt du. Also werden wir dich zuerst vernichten. Wir sind hier, du kannst dich nicht verstecken. Wir werden jeden deiner Freunde finden und dafür sorgen, dass sie dich verdächtigen, erpressen oder hassen. Nur weil dein Geist durch das Licht geschützt ist, in all jenen anderen Geistern, die über all jene Welten verstreut sind, heißt das nicht, dass wir dir nichts anhaben können. Du bist jetzt ganz allein. Du hast verloren. Du hast versagt.‹

Er lief weiter im matten Licht des roten Mondes. Hohe Gräser zerrten an seinen Beinen, doch er verfiel alsbald in einen steten Schritt, flinker und mit mehr Anmut als die schnellsten irdischen Athleten. Je besser er in den Rhythmus seiner Bewegung kam, jeden Schritt wie einen Taktschlag zählte, umso mehr konnte der Hall seiner Gedanken das Getöse der Geister übertönen und es ihm möglich machen, es zu ignorieren. ›Es gibt keinen Schutz, keinen Schild, keinen Zauber, der uns aufhalten kann, denn wir sind aus eurem Geist geboren . . .‹

›Weshalb mein Geist, der in tausend andere Geister gedrungen ist, vor euch sicher ist.‹

›Wir sind die Mächte, die Chronos niemals anerkannt hat, die Geister, die aus den dunklen Orten eurer Seelen geboren wurden. Wir sind ein Teil von euch, du kannst uns nichts anhaben, auch wenn du deinen Geist in all jenen anderen verbirgst, da du dich mit jedem Tag, der vergeht, darin verlierst …‹

›Seid still!‹

Das nächste Höllentor war Meilen entfernt, doch er konnte meilenweit laufen, ohne zu ermüden.

›Du bist ganz allein. Wir werden jeden deiner Freunde gegen dich aufhetzen, weil du uns bedrohst. Du bist für uns ein Risiko.‹

›Wie das?‹

Während er weiterlief, wurde das Lied schwächer – oder vielleicht auch das Pochen des Blutes in seinen Ohren lauter –, bis es plötzlich fort war. Sam blieb stehen und sah sich um. Er stand inmitten einer offenen Fläche trockenen Grases. Das einzige Licht kam vom Mond über ihm. Er fragte sich, welche Art von Geschöpfen in dem Gras leben mochten und wie viel Überredung sie brauchten, um sich von ihm fernzuhalten. Die Nacht war still. Nicht einmal die Grillen wagten ihr gewohntes Zirpen anzustimmen.

Ein orangerotes Licht hinter ihm ließ ihn aufmerken, und er spähte in die Richtung. Seine scharfen Nachtaugen erkannten das Haus, wo ein paar Minuten zuvor Gabriel, Buddha und er gesessen hatten. Flammen schlugen daraus hervor. War der Hass so ein mächtiger Geist, dass er den friedfertigen, maßvollen Buddha dazu bringen konnte, sich ebenso gegen Holz und Eisen zu wenden wie gegen Fleisch und Blut? Er hoffte, nein.

»Luc?«

Er drehte sich um. Adamarus stand vor ihm, unbewaffnet, atemlos vom Rennen, mit weit geöffneten Augen.

»Heilige Zeit«, murmelte Sam und ging auf ihn zu. »Alles in Ordnung mit dir?«

»Ich … ich bin okay«, keuchte er. »Aber … die Pandora-Geister? Die Sterne und der Mond … und dann Euer Bruder …«

Sam sagte nichts. Er schämte sich seiner Familie, und das nicht zum ersten Mal. Dann runzelte er die Brauen. Seine scharfen Ohren hörten wieder ein Wispern, so leise, dass es vom Rascheln des Grases fast nicht zu unterscheiden war. Fast.

»Adam?«

»Ich bin froh, dass ... Ihr okay seid. Eine Sekunde lang habe ich geglaubt, wir wären erledigt.« Seine Stimme klang nun geringschätzig. »Wenn die Geister unter *meinem* Befehl gestanden hätten, hätte ich sie bestimmt besser eingesetzt.«

»Adam!«

Sam hielt seinen silbernen Dolch in der Hand. Er sah, dass Adam die Klinge anstarrte, fast wie hypnotisiert.

Adam lächelte, ein grausames, untypisches Lächeln. »Das ist ein hübsches Ding«, sagte er, in derselben Art und Weise, wie eine Elster von einem Stück glitzernder Folie sprechen würde. »Du hast auch 'ne silberne Krone, nicht wahr. Ich hab sie gesehen. Ist die mächtig?«

»Adam, ich glaube, es wäre eine gute Idee, wenn wir uns eine Weile trennen würden«, meinte Sam nervös.

»Kannst du sie mir mal zeigen? Die Krone, meine ich?«

»Das ist sicher kaum die Zeit oder der Ort.«

»Ich würde sie mir gern ansehen. Ja, sehr gerne.«

»Tut mir leid, vielleicht ein andermal ...«

»Ich will sie mir ansehen!«, zischte Adam in plötzlichem Zorn. »Das würde ich wirklich sehr, *sehr* gern mal tun.«

»O Scheiße«, seufzte Sam leise, während Adamarus sich zu seiner ganzen nicht sehr eindrucksvollen Größe aufrichtete, die Arme ausbreitete und sprang. Und in der Bewegung veränderte er sich. Die Nägel wurden länger, die Ohren spitz, die Augen verengten sich. Er war ein Gestaltwandler, wie Sam sich erinnerte, doch wie bei den meisten Anderen waren seine Verwandlungen nur partiell.

Und nun verwandelte er sich in ... ja, Sam sah Schlangenzähne, Wolfsklauen, Eulenaugen, eine Hundenase, Echsenschuppen und genug Büschel menschlichen Haars und Flecken menschlicher Haut, um einen glauben zu machen, dass diese Monstrosität aufrecht gehen und sogar ein Gespräch führen konnte.

Er duckte sich unter dem Geschöpf hinweg und fragte sich, ob ihn eine dieser Klauen oder Fänge ernsthaft verletzen könnte. Dann beschloss er, sich keine weiteren Gedanken mehr zu machen, weil er genug damit zu tun hatte, die Fänge und Klauen von seiner Kehle fernzuhalten.

Ineinander verschlungen rollten sie über den Boden. »Adam! Ich will dir nicht wehtun!«, rief Sam. Eine Klaue zerfetzte sein Hosenbein und die Haut darunter. Er fühlte, wie eine weitere Klaue seine Seite entlangfuhr, und schrie laut auf. Aber er verspürte weder die Hitze noch den Schwindel einer tödlichen Wunde, und ihm wurde klar, dass Adam in seinem übereilten, von Gier beflügelten Angriff versäumt hatte, sich Silberklauen wachsen zu lassen.

Sie rollten weiter, und in den Dunkelheit sah Sam Reißzähne auf seine Kehle zuschnellen. Instinktiv fuhren seine Hände nach oben, um die Kreatur abzuwehren. Er hörte einen leisen Aufprall, wie von einem wassergefüllten Ballon, dessen Hülle einen Stoß erhielt. Ein warmes Tröpfeln rann seinen Arm hinab. Er spürte, wie der silberne Dolch gegen etwas Hartes traf.

Adam, immer noch mit gefletschten Zähnen über Sam gebeugt, begann sich zu verändern. Sam stieß ihn mit einem Aufschrei der Bestürzung von sich und ließ dabei seinen blutbefleckten Dolch fallen. Das Blut war von einem durchscheinenden Grün, das in allen Farben des Spektrums schillerte.

Dann lag Adam in seiner wahren Form da. Ein kleines Wesen, kaum fünf Fuß groß, mit spitzen Ohren und engen kleinen Augen, das sich den blutenden Bauch hielt. Sam spürte einen magischen Wind vorbeirauschen, als der Geist der Gier, der sein Opfer fallen sah, aus dem Körper entwich, um sich nach einer anderen Kreatur umzusehen, die er heimsuchen konnte, und dann verblasste, als hätte es ihn nie gegeben.

Sam starrte auf die Wunde, riss das zerfetzte, blutbefleckte Hemd von Adamarus' Leib. »Nein«, flüsterte er verzweifelt. »Nein! Du bist ein Geschöpf der Anderwelt, du darfst nicht so sterben!«

Adam stieß einen winselnden Laut aus, als Sams Finger zu hart zudrückten. Er war von einem Sohn der Zeit getroffen worden, mit einer Waffe, die Chronos selbst verzaubert hatte. Nicht einmal der Elfenkönig würde einen solchen Stich verkraften. Sam starrte mit seinem Katzenblick auf die Wunde. Adam versuchte zu sprechen.

»Sag nichts und bleib ruhig«, murmelte Sam, während er hektisch versuchte, die Blutung zu stillen. Wo das Blut des Elfen auf die Erde fiel, wuchs das Gras grün und stark.

Adam versuchte erneut zu sprechen, spuckte Blut und sackte zurück. Sein Atmen klang, wie wenn ein Kind auf einem Grashalm pfiff. Sam seufzte und wünschte sich, dass die wirkliche Welt mehr Ähnlichkeit zur Welt der Oper hätte, sodass Adamarus im Sterben noch die Kraft hätte, ihm zu sagen, was er jetzt tun sollte. Aber nein. Das Blut floss jetzt langsamer, aber nur weil Adams Herzschlag schwächer wurde.

Sam nahm seinen Dolch wieder an sich. Er strich sich das Haar aus dem Gesicht, ungeachtet der Blutspur, die seine Finger hinterließen. Dann holte er tief Luft und legte seine Hände über die Wunde.

Er konnte das Prasseln der fernen Flammen hören und fragte sich, wo Buddha sein mochte. *Dies ist eure Schuld, meine Brüder. Vater, warum greifst du nicht ein? Was hält dich davor zurück, Leben zu retten? Freyas Leben! Mein Leben! Warum lässt du deine Kinder einfach sterben?*

Er hörte seine eigene Stimme, jünger, hoffnungsvoller, an

einen Vater gerichtet, der sich weigerte zu antworten. *Die Wunderwirker sind alle Kinder der Magie, und Wunder sind nicht Teil deiner großen Ordnung der Dinge.*

Sieh zu, wie dein Sohn ein Wunder vollbringt, Vater. Sieh, warum du solche Angst vor mir hast! Wenn deine Pläne davon abhängen, dass dieser Geist jetzt stirbt, und jede mögliche Zukunft darauf begründet ist, dass dies geschehen muss, dann ist es kein Wunder, dass die Kinder der Magie aus dem Himmel verbannt sind! Denn wir sind diejenigen, die das Unmögliche ins Leben rufen, und wenn du meine Brüder nicht aufhalten kannst, dann wirst du auch mich nicht stoppen.

Er schloss die Augen und senkte seine Hände auf die Wunde herab. Licht umspielte seine Fingerspitzen. *Ich trotze dir, Vater! Es gibt kein Schicksal.*

Während das Licht an Stärke zunahm, begann die Wunde sich zu schließen. Sams schwarzes Hemd wurde noch dunkler, als sein eigenes Blut aus verschiedenen Wunden zu sickern begann. Aus alten Wunden, die wieder aufbrachen, als er seine regenerativen Kräfte in Adam hineinfließen ließ. Er spürte, wie das Blut von der Kugel, mit der Michael ihn getroffen hatte, ihm den Rücken hinunterrann, und betete, dass der Prozess der natürlichen Heilung lange genug am Werk gewesen war, um seine schwächer werdenden Kräfte zu unterstützen.

Adam stieß ein Keuchen aus und atmete jetzt leichter. Sam beugte sich über den am Boden liegenden Elf und konnte sich nicht mehr halten. Er musste sich auf Hände und Knie stützen. Die Welt drehte sich gefährlich um ihn. Irgendwie schaffte er es, seinen Beutel zu finden. Taumelnd richtete er sich auf. Mit unsicheren Schritten ließ er Adam zurück und stolperte fort, ohne einen einzigen Gedanken an die schwankende Welt oder seinen blutenden Rücken zu verschwenden. Es gab keine Chance auf eine regenerative Trance, dessen war er sich sicher. Adam hatte seine Heilkräfte für den Augenblick erschöpft, und jetzt würden sie Zeit brauchen, sich selbst zu regenerieren.

Er wagte nicht, an seine eigenen Wunden zu denken. Wenn er damit anfing, dann würde ihm klar werden, wie dumm er gewesen war und wie nahe ihn dies an den Rand der Niederlage gebracht hatte, und das würde ihn nicht weiterbringen. Stattdessen dachte er an die tausend anderen Zukünfte, die sich soeben eröffnet hatten. Adams Chance zu überleben hatte eins zu einer Million gestanden, und er hatte die Zukünfte geschaffen, die hinter jener einen Möglichkeit lagen.

Da guckst du, Paps!

Eine lange Zeit lief Sam einfach weiter und weiter. Als er schließlich stehen blieb, drehte sich alles um ihn. Er sank zu Boden, steckte seinen Kopf zwischen die Knie und versuchte durchzuatmen.

Von irgendwo hinter ihm hörte er einen leisen, höhnischen Laut. Jemand klatschte. Er drehte sich um.

Seth lächelte. Aus Mangel an einer besseren Idee lächelte Sam zurück, obwohl ihm nicht dazu zumute war. »Hi.«

»Du machst dich gut, Bruder«, sagte Seth. »So ganz allein, ohne Freunde. Denn die wurden in alle Winde verstreut, jetzt da mir die drei Pandora-Geister zur Verfügung stehen. Was kannst du jetzt wohl noch ausrichten, um mich daran zu hindern, den vierten Schlüssel zu finden? Mich daran zu hindern, zu Uranos zu gelangen?«

Sam sagte nichts.

Seth kam langsam auf ihn zu, eine schattenhafte Gestalt in der Dunkelheit. Er war ein Sohn der Nacht, er war in seinem Element. Sam fühlte sich erschöpft und ausgelaugt, und Blut, das meiste davon sein eigenes, klebte ihm an Rücken und Händen.

»Gewiss, die Tatsache, dass du der Träger des Lichts bist, ist eine kleine Unannehmlichkeit, aber mehr nicht, würde ich meinen.«

Sam behielt das Krummschwert des anderen im Auge. »Und warum hast du Uranos immer noch nicht befreit?«

»Dazu gilt es mehr zu überwinden als nur ein paar Schutzzauber, weißt du. Chronos will wirklich nicht, dass er freikommt.«

»Und wenn du stirbst, heißt das, dann wird niemand ihn befreien?«

»Und wenn *du* stirbst«, erklärte Seth, »wird niemand ihn aufhalten.«

Sam erhob sich langsam aus seiner hockenden Stellung und zog dabei sein Schwert. »Warum versuchst du, ihn zu befreien?«, fragte er, um Zeit zu gewinnen.

»Oh, bitte. Jetzt komm mir nicht mit Moral.«

»Ich bin einfach nur neugierig.«

»Nach all dem? Nachdem du durch die halbe Welt gehetzt bist, um einen Weg zu finden, mich aufzuhalten, jetzt, da die Pandora-Geister meinem Willen gehorchen, bist du einfach nur neugierig? Bitte.« Seth trat plötzlich einen Schritt auf Sam zu. Sam wich unwillkürlich zurück, taumelte leicht unter seinem eigenen Gewicht. Er fühlte sich sehr, sehr müde.

»Du solltest die Geister hören, Bruder«, flüsterte Seth. »Sie können das Land selbst zum Hass aufrütteln, wenn sie es wollen. Sie können im Handumdrehen Freude in Missgunst verwandeln, Liebende zur Feindschaft gegeneinander bewegen und Brüder, ihrem eigenen Zwilling zu misstrauen. Aber *dich* … dich können sie nicht anrühren. Du bist gefährlich. Du bist der Träger des Lichts.«

»Du hast Andrew umgebracht.«

»Er wusste zu viel. Wo die Schlüssel verborgen waren. Wo Uranos ist und wie man ihn finden kann.«

»Willst du es mir nicht sagen?«

Seth stieß ein verächtliches Schnauben aus und begann Sam zu umkreisen. Sam hob sein schweres, schweres Schwert in

Abwehrhaltung und drehte sich mit ihm. »Ich schätze, er muss irgendwo in der Hölle sein«, meinte er. »An einem schwer bewachten Ort. Da ist es nur logisch, dass du eine Armee von Dämonen rekrutiert hast, um an Uranos heranzukommen. Sonst hättest du Asmodeus nicht gebraucht. Belial ist schlauer, als er aussieht, und hat dir die Hilfe verweigert.«

»Für einen Narren denkst du sehr logisch.«

»Danke. Aber da hört meine Logik auf. Warum versuchst du, Uranos zu befreien?«

Seth täuschte einen Ausfall an, aber Sam gab seine Deckung nicht auf. »Sag es mir doch«, fuhr er fort, mit so schmeichlerischer Stimme wie möglich. »Wenn du mich schon töten willst, kannst du mir wenigstens sagen warum. Uranos ist Anti-Zeit, das Ende von allem. Welcher Wahnsinn treibt dich dazu, ihn zu befreien?«

»Du bist so engstirnig, liebster Bruder. Uranos ist nicht das Ende von allem; er ist das Ende von allem, *wie wir es kennen*. Ein Ende der Zeit – ein Ende des Todes, ein Ende des Schicksals, ein Ende der Gefangenschaft, in der wir leben.«

»Und du würdest ihn befreien? Du würdest deinen eigenen Vater vernichten?«

»Vater, Bruder, Schwester – hast du denn gar nichts gelernt, lieber Junge? Sie sind alle gleich. Für Uranos ist alles nur ein Teil von ihm selbst.«

»Du bist nicht Uranos! Du bist Seth! Du bist ein Sohn von Zeit und Nacht! Du hast ihnen geholfen, Freya zu töten, du hast Andrew getötet!«

»Andrew!« Wieder dieses verächtliche Schnauben. »Er war ein Mensch, sie hätte sich nie mit ihm abgeben sollen. Natürlich war es nicht leicht, und er wehrte sich nach Kräften. Doch er besaß Wissen, das ich haben wollte, und am Ende war er zu schwach. Ich konnte es seinem Geist entreißen, alles rausziehen, was ich wissen wollte, und das ließ ihn leer zurück. Bei weitem nicht so scheußlich wie das Licht. Es überrascht wohl nicht, dass der Tod ihm dann leichtfiel.«

Sam sagte nichts. Sein Gesicht war starr wie Eisen. Er brauchte dringend Schlaf. Doch er fühlte sich so losgelöst von allem, so entfremdet, dass allein der Gedanke, von etwas so Warmem und Weichem wie Schlaf berührt zu werden, unvorstellbar war.

Seths Lächeln wurde breiter. »Das bringt dich aus der Fassung, liebster Bruder? Du bist ihm durch die halbe Welt nachgereist, und er ist dir weggestorben. Er hat mir gegeben, was ich wollte, und das war's dann. Er hat mir verraten, wo der vierte Schlüssel ist; er hat mir gesagt, wie ich Uranos finden kann. Mit den Heerscharen der Hölle und den Pandora-Geistern im Rücken *werde* ich ihn befreien. Ich werde diese stupide, sinnlose Form der Existenz beenden und eine andere schaffen.«

»Was mich betrifft, so hänge ich an dieser Existenz. Also kann ich das nicht so recht nachvollziehen.«

»Nicht nachvollziehen?« Seths Klinge zuckte vor, und Sam parierte sie unbeholfen. »Du hattest Glück im Unglück, Lucifer. Du kriegtest zwar Hass und Misstrauen zu spüren, du musstest aus dem Himmel fliehen und dich in der Hölle verstecken, aber du fandest Trost bei Sterblichen und Schwächlingen.

Aber ich nicht. Nein, ich bin der Sohn der Nacht, der Bruder Lokis, der Mörder Baldurs. Ich bekam den Argwohn, das höfliche Misstrauen, die kalte Wärme, die schrecklich besorgten Gespräche, die eifrigen Versicherungen, dass mir keiner die Sünde meines Bruders anrechne. Ich bekam die Einsamkeit in der Menge. Ich hätte in einem Meer von Menschen stehen und jeden einzelnen kennen können, doch niemand hätte auf meinen Ruf gehört.

In dieser Beziehung sind wir sehr ähnlich. Wir sind beide einsam. Doch anders als du muss ich jeden Tag mit den Lügen meiner Brüder und Schwestern leben. Sie sagen mir ins

Gesicht, wie sehr sie sich freuen, mich zu sehen, aber zu sich nach Hause einladen würden sie mich nie.«

Sam überlegte. »Du bist ein Fall für den Psychiater. Hat dir schon mal jemand gesagt, dass du an dieser Situation was ändern solltest? Oder glaubst du wirklich, dass das dir das Recht gibt, das Universum zu beenden?«

Seth schnaubte. »Du verstehst das nicht. Du kannst dich jeden Moment verlieren, all deine Sorgen in den Wind werfen, indem du das Licht berührst und dich in die Seelen anderer ergießt ...«

»Liebe Zeit, das ist doch alles zum Heulen! Du willst das Universum zerstören, bloß weil du ein schlechtes Jahrhundert hattest?«

»Das Universum, wie wir es kennen, Lucifer: *Wie wir es kennen!* Wenn Uranos herrscht, werden wir nie mehr allein sein – immer wird er da sein, und alles Leben wird eins sein. Kein Schmerz, kein Leid, kein Tod.«

»Kein Leben, keine Veränderung, nichts, was darauf hindeutet, dass es sonst noch etwas gibt.«

»Keine Einsamkeit mehr! Vielleicht nicht gemeinsam, aber auch nicht mehr allein!«

»Seth?« Sam hatte so leise gesprochen, dass es Seth fast nicht ins Bewusstsein drang. Sam lächelte leicht, sein Blick war vage. »Dein Schuhriemen ist offen.«

Seth blickte nach unten. Im selben Augenblick riss Sam seine Hände nach oben, und eine Sekunde lang explodierte die Luft in Licht. Als Seth seine Augen gegen das Licht abschirmte, machte Sam einen Satz nach vorn und hämmerte den Knauf seines Schwerts gegen Seths linke Schläfe.

Seths Kopf flog zur Seite. Eine seiner Hände ließ das Heft des Krummschwerts fahren, fuhr hoch und krallte sich um Sams Gesicht. Kalter Brand strömte davon aus, und Sams Lippen wurden blau, als sich dieser in seine Haut fraß.

Sam fiel das Schwert aus den tauben, gefrorenen Fingern. Er hob die Hände und schloss sie um Seths Handgelenk. Feuer – wirkliches Feuer, heiß und rot und hungrig – sprang aus seinen Fingerspitzen und setzte Seths Ärmel in Flammen.

Seth schrie, riss seine Hand von Sams Gesicht zurück und packte mit seiner freien Hand den Ärmel, um das Feuer zu ersticken. Sam taumelte zurück. Blut lief aus seiner erfrorenen Nase, wärmte die eisige Haut seines Gesichts.

Er starrte Seth an, der seinen starren Blick erwiderte. Sam verzog das Gesicht zu einem schmerzhaften Grinsen, hob langsam mit zusammengelegten Handflächen die Hände und öffnete sie.

Nichts geschah. Seine Hände waren leer.

Seth runzelte die Brauen, zögerte, kam zu einer Entscheidung und brachte seine Hände in einem Bogen nach oben. Die Dunkelheit um Sam verdichtete sich zu einer schwarzen, lebenden, erstickenden Masse.

Sam lächelte immer noch und hob seine leeren Handflächen höher und höher, als ziehe er Fäden aus der Erde selbst.

Seth blickte nach unten und schrie. Gras knotete sich um seine Füße. Er versuchte sich zu befreien, doch je mehr er um sich trat, umso enger zogen sich die Fesseln.

Ein weiterer blendender Lichtblitz von Sam, und die Dunkelheit, die ihn umgab, zerteilte sich. Ein Feuerblitz von Seth, und das Gras zu seinen Füßen wurde zu Asche. Doch Sam war noch nicht fertig. Er schwenkte die Hände, als schlage er jemanden, und Seth taumelte. Bevor sein Bruder das Gleichgewicht zurückgewinnen konnte, tat Sam es wieder, vor und zurück, vor und zurück, und Seth wankte bei jedem Schlag. Er fing sich lang genug, um das Gras um Sams Füße in Flammen aufgehen zu lassen. Doch Sam ignorierte das Feuer und schlug weiter zu, wobei seine Augen nie Seths Gesicht verließen, selbst als die Flammen um ihn emporzüngelten.

Ich bin der Sohn der Magie, du der Sohn der Nacht, aber hier spielen wir nach meinen Regeln, mit Magie, und ich kann gewinnen ...

Seth ging zu Boden. Er blutete. Er versuchte fortzukriechen. Mit einem Aufschrei der Empörung setzte Sam ihm nach, durch die Flammen hindurch. Im Gehen zog er seinen Dolch. »Du Bastard«, zischte er, »du hast sie beide getötet, du Bastard!«

Seth rollte sich herum, sah Sam und griff nach ihm. Seine Hände drangen direkt in Sam hinein, als bestünde er aus Nebel.

Sam erstarrte. Seine Augen weiteten sich, ein Schrei erstickte auf seinen Lippen. Seth packte fester zu. Magie durchfuhr Sams ganzen Körper, als Seth versuchte, alles aus ihm herauszureißen, was Sams Selbst ausmachte. Blitze schossen aus Sams halb erfrorenen Fingern zur Erde. Seine Augen wechselten von Schwarz zu Weiß und wieder zu Schwarz; sein Mund formte unhörbare Worte. Seths Gesicht war eine Maske des Schmerzes und der Konzentration, als Sam durch die Magie, die sie beide verband, zurückzuschlagen versuchte. Jeder seiner Schläge traf, richtete neuen Schaden an, aber nie genug ...

»Vater«, flüsterte Sam, »Um des Lebens willen, hilf mir ...« Sein Blick traf den Seths. Seth lächelte, ein kleines Zucken der Mundwinkel, das ihn viel Kraft gekostet haben musste. Sam lächelte auch, und sein Blick ging zu dem Dolch, den er nutzlos mit seiner linken Hand umklammert hielt. Das Lächeln wurde breiter.

Seths Mund öffnete sich zu einem »O«, als er seine Hände zurückriss – zu spät. Sams Finger öffneten sich.

Der Dolch fiel, viel zu schnell für irgendetwas außer Magie, direkt auf Seth zu.

Im letzten Augenblick bewegte sich Seth, doch sein Schrei hallte von den umgebenden Hügeln wider, als der Dolch in seine Seite schnitt. Sam brach auf Hände und Knie zusammen.

Tränen stachen in seinen Augen, jeder Atemzug brannte wie Feuer in seinen Lungen.

Seth kroch von ihm weg! Sam hätte Triumph verspürt, wenn sein Gehirn nicht im Begriff gewesen wäre, ihm aus den Ohren zu quillen. Blut lief aus seiner Rückenverletzung und der Stelle, wo Adamarus ihn verwundet hatte. Bis jetzt hatte er nicht wirklich begriffen, wie drängend sein Verlangen nach Schlaf geworden war.

»Pandora wird jetzt ein Ende mit dir machen, selbst wenn ich es nicht kann«, zischte Seth.

Sam blickte auf. Seth hatte sich auf die Füße gerappelt und stand schwankend da. Blut rann aus seiner Seite, und sein Gesicht war schweißbedeckt und bleich wie ein Leintuch. Sam versuchte vergeblich, seine Hand zu heben, um Feuer zu schleudern. Seth machte einen ruckartigen Schritt auf ihn zu, dann einen weiteren. Wieder blickte Sam auf, und diesmal schaffte er es, die Hand oben zu behalten.

Feuer blitzte um seine Finger. Seth hielt inne, dann zog er sich langsam zurück.

Er rannte nicht – er war vermutlich nicht imstande dazu. Aber Sam beobachtete jeden seiner Schritte, als er davonhinkte. Zweimal fiel er hin, zweimal stand er wieder auf. Noch einmal blieb er stehen, mit schmerzverzerrtem Gesicht. Ein paar hundert Schritte von Sam entfernt fiel er auf die Knie, zögerte, dann stemmte er sich mit Hilfe eines Astes, der auf dem Feld lag, wieder hoch.

Während Sam in erschöpftem Schweigen zusah, schleppte Seth sich geschlagene zehn Minuten weiter über das öde Land, bevor er anhielt und die Hand hob. Ein Tor öffnete sich. Seth drehte sich um, die Hand gegen die Seite gepresst, und spähte durch die Dunkelheit, um einen letzten Blick auf seinen Feind zu werfen, schüttelte den Kopf und trat in das Tor hinein, das sich hinter ihm schloss.

Sam legte den Kopf auf den Boden und machte die Augen zu. Dankbar spürte er, wie sein Körper in die Tiefschlafphase einer regenerativen Trance stürzte.

Vielleicht hatte er nur ein paar Minuten lang geschlafen. Vielleicht eine Stunde. Doch als er erwachte, wand sich sein ganzer Körper in Agonie, und er hatte das Gefühl, dass seine Haut mehrere Größen zu klein war. Er schmeckte Salz im Mund, roch Gras und hörte den sanften Wind, der durch das Gras strich.

Den Wind und den Gesang. Er war überall um ihn herum. Er blickte hoch. Nichts. Aber ringsum verspürte er das Summen der Pandora-Geister, die ihn einkreisten. Er richtete sich auf die Knie auf. Die Sterne waren wieder weiß, aber das Lied der Geister ging immer noch weiter. Es ist beinahe schön, dachte er und hörte genauer hin. Schrecklich, grauenvoll wie der Choral der entfesselten Menge bei einer Kriegskundgebung, aber schön. Er schaute zum Himmel hinauf und lauschte.

Etwas krallte sich um seine Fußknöchel. Sam sah nach unten. Wie das Gras sich um Seth emporgewunden hatte, so wand es sich nun um ihn, säbelte und feilte eine Schraffur von Grasschnitten in seine Haut. Der Boden unter ihm wurde heiß, und er begann hineinzusinken. Er stieß einen Schrei aus und kam taumelnd auf die Füße, doch seine Füße wurden festgehalten, und er schwankte.

Geier kreisten am Nachthimmel. Er sah sie im Sturzflug hinunterstoßen. Er riss die Arme hoch, um seinen Kopf zu schützen, und versuchte gleichzeitig, die Füße loszureißen. Heißer Schlamm spritzte hoch, verbrannte ihm Gesicht und Hände. Er hörte Wölfe heulen und sah dunkle Gestalten über das Feld auf ihn zugelaufen kommen. Etwas Hartes und Heißes traf ihn am Arm, und er schrie auf und fiel aufs Gesicht.

Gedankenschnell rollte er sich herum. Da sah er sie. Sie standen am Rande des Feldes, eine lange Reihe von Mexikanern mit grimmigen, ausdruckslosen Gesichtern, von Fackellicht erhellt. Der Sang der Pandora-Geister war überall. Triumphierend dröhnte er in seinen Ohren. Einer der Mexikaner lud ein Gewehr nach, um erneut auf ihn zu schießen. Sam versuchte fortzukriechen, doch das Land selbst hielt ihn fest. Er hatte eine Kugel im Arm, und der betäubende Schmerz ließ ihn kaum einen klaren Gedanken fassen.

Das Land selbst hasste ihn. Das Volk war aufgestanden, ihn zu vernichten, angetrieben von den Geistern. Alle Lebewesen, ob Vogel, Gras, Wolf oder Mensch, hatten sich vereint, um ihn zu vernichten. Es gab keinen Ausweg mehr. Er hatte keine Waffen mehr zur Verfügung, keine Tricks mehr im Ärmel, keine Verbündeten und keine Chance.

Außer einer.

Sam schloss die Augen und ergab sich dem Schicksal.

Sebastian ...

Zeit bewahre! Willst du, dass ich das Licht aussende?

Du hast ihr nichts bedeutet.

Sebastian.

Vater, hilf mir ...

Ihr habt das wahre Ausmaß meiner Macht nie gekannt.

Er fragte sich, welche Gedanken seine eigenen waren. Er konnte sie hören ...

Kleines Licht, kleines Feuer ...

... warum läufst du weg ...

... warum versteckst du dich ...

Damit es dazu kommt?

Und das Licht breitete sich um ihn aus, beugte das Gras, als es über das Land flutete, beugte selbst die Bäume und ließ sie knarren, ließ jene Geschöpfe, welche die Gefahr besser spüren konnten als Menschen, Schutz in Höhlen und Nischen suchen,

Schutz vor der blendenden Weiße, welche die Sterne erbeben ließ. Berührte die Seelen der Menschen. Berührte die Seelen jedweder Kreatur, sterblich wie unsterblich. Berührte die Seelen der Geister. Zog sie alle in sich hinein.

Ich will …

Mich hungert …

Kleines Licht und kleines Feuer.

Das Licht, es kommt, es kommt …

Lauft schneller als der Morgen, schneller als das Licht …

Er hat Angst.

Wir können ihm nicht entgehen …

Kleines Licht, kleines Feuer.

Bin ich es, der das denkt? Oder sie?

Ich bin …

Aber ich bin auch …

Mein Name ist …

Aber mein Name ist …

Und ich will …

Aber ich nicht …

Wir können dem Licht nicht entgehen, Brüder.

Er wagt es nicht, uns zu vernichten.

Er hat nicht die Macht.

Aber ihr habt das wahre Ausmaß meiner Macht nie gekannt, nicht wahr?

Bin ich du?

Oder du?

Wer bist du dann?

Oder du? Oder du? Oder du?

Dem Licht entgehen …

Oder du? Oder du? Oder du?

Oder ich …

Oder ich …

Oder ich …

Und als die Stimmen so laut wurden, dass sie nicht mehr zu ertragen waren, kam etwas anderes mit ihnen. Das Licht blätterte durch die Karteikästen von ein paar tausend Erinnerungen, isolierte drei Faktoren, brachte sie an die Oberfläche und goss sie über das Land aus.

Das Licht, das sich in einem pfeilschnell wachsenden Kreis um Sam verbreitet hatte, verlangsamte seinen Lauf, zögerte eine Sekunde und erlosch. Ringsum verlegene Dunkelheit. Stille. Wenn man die Stimmen ignorierte:

Ich ...

Und ich ...

Und ich ...

Und ich ...

Bin ich du?

Oder ich?

Oder ich?

Bin ich es, der das denkt?

Oder jemand anders?

Wie ich?

Oder ich ...

Oder ich ...

Wer von allen bin ich? Mein Name ist ...

Aber mein Name ist ...

Und mein Name ist ...

Durch die Stimmen hindurch stiegen die Erinnerungen auf.

Irgendwo in der Dunkelheit war ein Mann, der einmal Sam Linnfer gewesen war oder auch nicht.

Oder vielleicht ich ...

Oder ich ...

Oder ich ...

Er lächelte. Liebe, Vertrauen, Mitleid – er war überrascht, wie viel davon aus den Gedanken all jener Geschöpfe, deren

Seele er berührt hatte, nach oben kam. Eine warme Sphäre, die an die Oberfläche eines Meeres von niemals schweigenden Stimmen emporstieg, sich zu demselben Radius ausdehnte, den das Licht umfasst hatte, und wie alles andere verging. Alles außer den Stimmen.

Am Ende, als sein Körper tausende Meilen von seinem Geist entfernt war, der selbst nur ein winziger Funke unter tausenden war, war er dankbar, dass er keinen Schmerz mehr spürte.

Eine Blase aus Licht, heller als alles andere in der Nacht, stieg vor Sam auf, spaltete sich in drei Teile und schoss von ihm fort, westwärts, dem Sonnenuntergang entgegen. Das Land unter ihnen wurde für eine Sekunde aus dem Dunkel gerissen, als hätte die Sonne entschieden, dass acht Lichtminuten Entfernung von der Erde nicht nahe genug sei. Dann stiegen sie auf und wurden Teil des Himmels.

Eine lange Stille trat ein. Hoch, hoch oben trafen drei Sphären aus brennendem Licht, die alles enthielten, was Sam an Liebe, Vertrauen und Mitleid hatte finden können, auf drei verzerrte Gebilde, die vor dem Licht zu fliehen versucht hatten. Und in einem einzigen Augenblick sengenden Feuers – Vertrauen gegen Argwohn, Liebe gegen Hass, Mitleid gegen Gier – schrumpften sie und stürzten hinab zur Erde. In Schweigen nahm die Erde sie auf.

Zurück blieb ... irgendwo ... Sam?

Bin ich das?

Oder ich?

Oder ich?

Wer von allen bin ich?

Ich höre dich denken.

Doch vielleicht denke ich, und ich höre einfach dich denken ...

Oder vielleicht bin ich alle von euch.

Oder keiner von euch ...

Habe ich das gedacht?

Oder ich?

Oder vielleicht auch ich?

Oder vielleicht ich?

Wer bin ich?

Du?

Ich?

Er?

Sie?

Ich?

Du?

Wir?

Irgendwo, mitten auf einem Feld in Mexiko, das nun noch leerer war, nachdem das Licht es verbrannt hatte, lag eine kleine, zusammengekrümmte Gestalt, deren weiße Augen ins Nichts starrten.

Epilog
Ein kurzer Sieg

Sam hörte einen Kessel pfeifen. Es war ein seltsames Geräusch, eines, das er nicht erwartet hatte. Er hatte zumindest mit Feuer und Schreien gerechnet. Eine lange Zeit lag er ganz still und starrte gegen die Decke. Es war nicht der interessanteste Anblick, denn sie war von Wasserflecken verfärbt und nicht mehr besonders weiß. In einer Ecke hing ein Spinnennetz.

Er lag auf einem Sofa, zugedeckt bis zum Kinn und mit einem fremden Hemd bekleidet. Der Rücken tat ihm weh. Der Arm ebenfalls. Er hob versuchsweise den Arm und sah ihn sich an. Er war mit einer blutdurchtränkten Mullbinde bedeckt, die er vorsichtig abwickelte. Ein großer Bereich von getrocknetem Blut kam zum Vorschein. Er kratzte das Blut ab. Darunter kam ein rosiges Netz von Narbengewebe zum Vorschein, wo die Kugel eingedrungen war. Es gab keine Kugel, auch keine Wunde, und die Vernarbung heilte bereits ab.

Er setzte sich auf. Er spürte die Wärme seines Gesichts und seiner Hände, als hätte er sich nicht vorstellen können, jemals wieder zu heilen. In diesem Augenblick ging die Tür auf, und jemand kam rücklings, mit einem Tablett in den Händen, herein. Sam blickte ein paar Sekunden auf den gerundeten Rücken, ohne sich irgendetwas dabei zu denken, dann sah er auf das Tablett. Der Toast und Kaffee darauf fanden seine ungeteilte Aufmerksamkeit den ganzen Weg durch das Zimmer hindurch bis zu seinem Schoß.

Adam hockte sich neben ihn auf das Sofa.

»He«, machte Sam.

»He. Ihr lebt also.«

»Glaub schon. Und du?«

»So, wie's aussieht. Die Pandora-Geister scheinen fort zu sein.«

»Ich ...«

»Ihr habt die Geister mit dem Licht angegriffen. Ihr habt tausende Seelen gebündelt, habt an Vertrauen, Liebe und Mitleid gedacht – und peng! Sie sind geplatzt.«

»Aber ... ich habe sie nicht vernichtet.« Sams Kommentar bedurfte keiner Antwort. »Wenn ich sie getötet hätte«, fuhr er langsam fort, »hätte ich jede einzelne Seele, jedes Bewusstsein in jeder einzelnen Welt zusammenbringen müssen. Die Anstrengung hätte mich wahrscheinlich ebenso getötet wie sie.«

»Ihr habt auch Seth nicht getötet«, sagte Adam. »Obwohl Ihr ziemlich nahe dran wart. Und offensichtlich seid auch Ihr nicht tot.«

»Aber ich war auch verdammt nahe dran?«, fragte Sam.

Adam nickte. »Seth ist geflohen«, fügte er hinzu. »Die Geister sind stark geschwächt und haben sich verkrochen. Ihr habt sie für eine Weile aufgehalten.«

»Für eine sehr kleine Weile.«

»Eine Atempause«, stimmte Adam zu.

»Was ist geschehen, nachdem ...?«

»Ich wachte auf mit Eurer Magie um mich herum und einer vagen Erinnerung der Art, dass ich – äh – versucht hatte, Euch zu töten. Von den Geistern war nichts mehr zu spüren, also ging ich Euch suchen. Ihr wart im Koma; Ihr habt fast eine Woche lang in einer regenerativen Trance gelegen. Keiner von uns konnte Euch wecken. So haben wir Euch eingepackt und heimgeflogen.« Adam lächelte nervös. In seinen Augen stand Staunen, gepaart mit einem Hauch von Furcht. »Ihr habt gesiegt.«

»Für den Augenblick.«

»Dennoch habt Ihr gewonnen. Zumindest eine Schlacht, wenn nicht den Krieg.«

Sam sagte nichts.

»Wie ... wie war es? Das Licht.«

»Es war ... geradezu friedlich. Ich hörte die Seelen von allen reden. Ihre vereinten Gefühle – Liebe, Vertrauen und Mitleid. Und dann ... Dann spürte ich, wie Hass, Gier und Argwohn vor dem Licht zu fliehen versuchten, und ich tat nichts. Ich war nichts – wir waren eins. Aber ...« Sam lächelte leicht. »Aber ich weiß nicht, ob das meine eigene Erinnerung ist oder ob ich mich an die Erinnerung von jemand anderem entsinne.«

Schweigen. Dann sagte Adam: »Was werdet Ihr jetzt tun?«

»Ich weiß es nicht. Seth hat Andrew durch die halbe Welt nachgejagt, um seinem Geist die Information über Uranos zu entreißen, was Andrew das Leben kostete. Ich glaube nicht, dass Seth dieses Wissen auf ewig vergraben wird.«

»Ihr meint wirklich, er will weiter nach Uranos suchen?«

Sam dachte nach. *Uranos ist nicht das Ende von allem; er ist das Ende von allem, wie wir es kennen. Ein Ende der Zeit – ein Ende des Todes, ein Ende des Schicksals, ein Ende der Gefangenschaft, in der wir leben.* Seth hatte vor Eifer geglüht, als er das sagte. In seinen Augen hatte ein fanatischer Glanz gelegen, wie Sam ihn oft in Jehovas Augen bemerkt hatte. Der Blick eines Mannes, der entschlossen war, einen wahnwitzigen Plan zu Ende zu führen. »Ja, ich glaube, das wird er. Aber jetzt noch nicht. Er kann es nicht.«

»Was ist mit Fran?«

Sam zuckte die Schultern. »Sie hat Freya an jene drei verraten. Sie hat ihnen gesagt, was Freya getan hatte und wie sie ihre Pläne vereiteln wollte.«

»Werdet Ihr sie zur Rechenschaft ziehen?«

»Sie ist ein Kind des Chronos in dritter Generation. Es gibt bessere Gelegenheiten für Rache. Sie wird ihrem Schicksal nicht entgehen, genau wie Asmodeus und Seth. Aber Uranos ...«

»Wenn Uranos freikommt.«

»Dann werde ich wahrscheinlich gezwungen sein, wieder das Licht anzuwenden. Etwas, dem ich, um das klarzustellen, aus Prinzip abgeneigt bin.«

»Aus welchem Prinzip?«

»Lucifers Überlebensprinzip, komplett mit Fußnoten und einer illustrierten Sonderausgabe für den passionierten Sammler. Aber Uranos *wird* nicht freikommen.«

»Warum nicht?«

Ein Lächeln. Der Hauch einer Erinnerung an jenes jungenhafte Grinsen, das einst sein Kennzeichen gewesen war, ein Funke des alten Sam. »Warum nicht? Weil ich mit einem großen Schwert und einer Menge Motivation dafür sorgen werde, darum nicht. Wenn irgendeiner von denen auch nur zuckt, werde ich da sein. Ich bin schließlich der Teufel. Nachdem man mir Tausende von Jahren nachgesagt hat, dass keiner an mir vorbeikommt, bin ich fast geneigt, es zu glauben.«

»Meint Ihr nicht, dass Tausende von Jahren von seiner eigenen dunklen Macht zu hören zu einer gewissen Selbstüberschätzung führen kann?«

»Du redest mit einem Mann, der womöglich die Welt vor einer kleineren Apokalypse gerettet hat.«

»Für den Augenblick.«

»Ja«, stimmte Sam zu. »Für den Augenblick.«

Eine lange Zeit sagte keiner etwas. Adam brach das Schweigen, und in seiner Stimme schwang etwas, was, wäre sie menschlich gewesen, als Furcht gedeutet werden könnte. »Und was nun?«

»Was nun?« Sam hätte fast gelacht. »Jetzt werde ich frühstücken. Ich sterbe vor Hunger. Und morgen ist ein neuer Tag, nicht wahr?«

»Solange es Leben gibt, gibt es Hoffnung.«

»Solange es Zeit gibt«, wies Sam ihn milde zurecht. »Und

selbst dann braucht dieses Sprichwort eine neue Formulierung. Vielleicht: ›Solange es Zeit gibt, gibt es Bewegung auf der Raum-Zeit-Linie‹?«

»Und Hoffnung?«

»Du wirst doch nicht zum Romantiker, oder?«

»Noch nicht.«

»Aber morgen?«

»Ich weiß nicht, ob es so etwas wie einen romantischen Elfen gibt.«

»Die Zeit verändert jeden, Adam. Das solltest du inzwischen gelernt haben.«

Schweigen. »Und morgen?«

»Es gibt Hoffnung«, stimmte Sam schließlich zu. »Neue Bedrohungen, aber auch Hoffnung.«

»Für den Augenblick.«

»Bis morgen. Und vielleicht darüber hinaus.«

Sam lächelte vage und lehnte sich zurück. Mit halbem Ohr lauschte er den Stimmen, die immer noch in seinem Kopf widerhallten. *Uranos ist nicht das Ende von allem; er ist das Ende von allem, wie wir es kennen.*

Ich weiß, Bruder. Aber die Dinge, wie wir sie kennen, sind nicht völlig schlecht, nicht wahr?

Er schlief.

Weniger eine Erinnerung als ein Traum. Ein Traum der Vergangenheit und vielleicht auch der Zukunft.

Träume haben eine Bedeutung, so hatte man ihm erzählt. Doch Erinnerungen machen einen zu dem, was man ist. Und so erinnerte er sich.

Der Raum der Uhren war leer. Der einzige Laut darin war das ständige Ticken von Uhrwerken. Er schaute sich um, und sein Blick fiel auf die Uhr, in der er vor langer, langer Zeit ein

Schwert und eine Krone gefunden hatte. Dann hob sich sein Blick zum ersten Mal zu dem riesigen leeren Thron an der Kopfseite der Halle empor. Hinter dem Thron war die größte Uhr von allen, aus reinem Licht gemacht. Ihr Ziffernblatt sah merkwürdig aus; man hatte ihm einmal erzählt, dass der Sekundenzeiger nicht die Pause zwischen einem Schlag und dem nächsten maß, sondern die Schwingung des Lichts.

Sam stand da und starrte auf den leeren Thron.

»Nein«, sagte er schließlich, »es kümmert dich nicht, nicht wahr?« Er seufzte und begann die Halle mit seinen Schritten zu durchmessen, wobei er weitersprach, wie zu sich selbst.

»Es ist sehr kompliziert, aber ich glaube, der Dreh- und Angelpunkt der Sache ist dies: Du bist der Prozess, durch den wir leben und schließlich sterben. Du bist der Anfang und das Ende, und beides ist dir von Natur aus gegeben. Allein aber bist du nicht mehr als das. Aber mit dem Leben, insbesondere denkendem und fühlendem Leben, wirst du zu etwas mehr. Jeder Gedanke, den ich fasse, braucht Zeit und nimmt ein bisschen von dir, und so erinnerst du dich natürlich daran, als ob es dein eigener wäre. Und so ist jeder Gedanke und jedes Gefühl ein Teil von dir, ist *in* dir, irgendwo in einem großen Gemenge zusammen mit allen anderen. Und doch kümmert dich das alles nicht.«

»Warum bist du hier?« Die Stimme schien von allen Seiten zugleich zu kommen, erfüllte den Raum, dröhnte betäubend in seinen Ohren.

Er duckte sich in Furcht, doch als er sprach, geschah es mit Trotz: »Du solltest es wissen! Du bist in meinen Gedanken!«, schrie er laut, um die Echos zu übertönen.

Der Raum schien sich zu verdunkeln, die Schatten wurden länger, verschmolzen ineinander. Sam war es plötzlich sehr kalt.

»Anmaßender Bursche! Du wagst es, jetzt zu mir zu kommen? Du wagst es anzunehmen, dass ich dir helfen werde?«

»Ich bin dein Sohn!«

Etwas huschte über Sams Fuß. Etwas anderes packte ihn von hinten, doch als er sich umdrehte, war es nur ein Schatten. Etwas Schweres traf ihn zwischen den Schultern, und er fiel auf Hände und Knie nieder.

Auf Hände und Knie, direkt vor dem leeren Thron. Dann packte ihn eine Hand, unnachgiebig und kalt wie Eis, bei den Haaren und riss seinen Kopf hoch. Er spürte den Druck einer Klinge an seiner Kehle und den Schmerz eines Schnitts, als wäre es wirklich geschehen.

»Niemand hat je so zu mir gesprochen wie du, Knabe. Niemand hat es je so gewagt, meinen Zorn herauszufordern!«

»Du hast mich selbst dazu gebracht!«, schrie er zurück, zitternd vor Furcht. Es war nicht seine Furcht, denn in dem Augenblick verspürte er eine große innere Ruhe, sondern ein älterer Schrecken, der aus seinen Erinnerungen gespeist und ihm von einem zornigen Vater immer wieder vorgehalten wurde.

»Bin ich nicht dein notwendiges Kind? Hast du mich nicht geschaffen, um deinem Zweck und allein deinem Zweck zu dienen? War nicht das Licht zu sanft für dich, und ist nicht Magie die einzige Macht, die deine tödlichen Spiele mitspielen kann? Bin ich nicht dein?«

»Du widersetzt dich mir! Mir! Mit jedem Atemzug, den du tust, trotzt du mir, und jeder Gedanke, den du denkst, ist darauf gerichtet, mich zu überlisten. Mich!«

Sam öffnete den Mund, um zu sprechen, doch die Stimme peitschte seine Ohren, bevor er etwas sagen konnte. »Streite es nicht ab, denn ich bin in deinen Gedanken und bin es immer gewesen!«

»Dann weißt du auch, warum ich dir trotze! Wie kannst du in mir sein, und doch kümmert es dich nicht?«

Schmerz durchfuhr ihn wie Feuer. Sam wand sich, doch der

Griff war unmöglich zu brechen. »Du weißt, dass ich nicht die Absicht habe, dir und deinen Plänen zu dienen. Wenn es dich nicht kümmert, warum tötest du mich dann nicht und sparst dir den Ärger?«

Der Griff lockerte sich plötzlich, und Sam kippte nach vorn, nach Atem ringend. Die Furcht war fort, und der Schmerz ebenso. Doch die Schatten umtanzten ihn immer noch. Er ließ den Blick durch die Halle schweifen. Es war niemand da.

»Warum widersetzt du dich mir?«, flüsterte eine Stimme, und sie klang so traurig und müde, dass ihn ein plötzliches Schuldgefühl überkam, den Sorgen dieser alten Macht noch eine weitere hinzugefügt zu haben.

»Dich kümmert es nicht einmal, was mit deinen Kindern geschieht. Sie vernichten sich gegenseitig, und wenn dies eine bestimmte Zukunft herbeiführt anstelle einer anderen, dann nimmst du es in Kauf. Der einzige Grund, weshalb du mich noch nicht vernichtet hast, obwohl ich mich gegen dich auflehnte, ist, weil du mich brauchst.

So. Ich habe das Eden-Projekt vereitelt. Hoho! Gut für mich. Wenigstens dein Sohn kann etwas fühlen, auch wenn der Vater das Herz eines Ziegelsteins hat. Und was jetzt? Wenn du mich am Leben lässt, lass mich um meinetwillen leben, nicht um deinetwillen. Vater! Willst du mich wirklich glauben machen, dass ich als ... als eine Maschine geschaffen wurde, die eine bestimmte Aufgabe vollbringen und dabei krepieren soll? Kannst du nicht wenigstens so tun, als würde es dich kümmern?«

Schweigen. Mit einem Seufzer raffte Sam sich auf und bedachte den Thron mit einem ausgesprochen finsteren Blick. »Es ist dir egal, nicht wahr? So war es immer. So wird es immer sein.«

»Du wirst mir dienen.« Es war ein Wispern, nicht mehr. »Was immer du tust, du wirst mir dienen. Es gibt kein Entkommen.«

Sams Augen wanderten zu der Lichtuhr hinter dem Thron. Und er lächelte ein leeres, humorloses Lächeln.

»Man kann allem entkommen, wenn man nur weiß, wie man es anstellt.«

Er setzte sich in Bewegung, tat den ersten Schritt, den zweiten. Erst langsam, dann immer schneller lief er. Magie erhob sich um ihn, als er auf den Thron zurannte. Schatten griffen nach ihm, krallten nach seinen Füßen. Die Furcht war wieder da und der Schmerz, zehnfach stärker als zuvor. Und die dröhnende Stimme, die den Raum erfüllte, die das ganze Universum erfüllte mit ihrem Zorn.

»Du wirst dich mir nicht widersetzen, Träger des Lichts! Nicht dieses Mal!«

Bilder erhoben sich vor seinen Augen, schreckliche Bilder, aus den Erinnerungen von Milliarden anderer Seelen ans Licht gezerrt, doch Sam achtete nicht darauf. Er wusste, wer er war, und er konzentrierte sich auf jenes eine Ich unter all den anderen. Im Weiterlaufen verwandelte er sich. Funken sprühten aus seinen Fingern, und als er seine Arme ausbreitete, war es, als ob ein Mantel aus reinem Licht mit ihnen aufwallte, Schwingen gleich, die ihn trugen.

»Lucifer! Du kannst mir nicht entrinnen!«

Mit einem Lachen, das dem Mut der Verzweiflung entsprang, stürmte Lucifer direkt durch die Uhr aus Licht und auf der anderen Seite wieder hinaus.

So hatte er am Ende also doch Recht gehabt, und als er seine magischen Schwingen öffnete und spürte, wie ihn der Aufwind ergriff, fragte er sich, was seine Brüder und Schwestern wohl sagen würden, wenn sie wüssten, wie dünn die Wände der Zeit und auf wie viel Leichtgläubigkeit sie gebaut waren.

Irgendwo in London öffnete sich ein Durchgang aus silbernem Licht, schimmerte ein paar Sekunden in der Luft und verschwand wieder.

Er wusste, wer der Feind war, wohin er zu gehen und was er zu tun hatte. Es gab drei davon, die mit Feuer spielten. Sie hatten sich die Finger verbrannt, aber das Spiel ging weiter.

Er hatte nur eine winzige Chance, eine Chance von eins zu einer Million. Aber es war besser als nichts.

CATHERINE WEBB

SATAN

RETTER DER WELT

Inhalt

Prolog
Sam Linnfer

Wo beginnen? So viele Geister, die meinen Geist bedrängen, meine Seele füllen, ohne Ausweg, kein Entkommen. So viele Orte, die einander überlagern, all diese Erinnerungen, keine davon mein Eigen, nichts davon mehr ich. Das Licht hat mir dies angetan; immer war es das Licht. So viele Stimmen, die meine Ohren erfüllen, doch sie sprechen wie eine, und sie sagen alle dasselbe: Wir sind der Plan und die Tat, die Stärke und die Schwäche, das Licht und das Dunkel, der Einzelne und das Ganze, die Magie ... die Magie und was? Was ist das Gegenstück zu Magie, warum weiß das Licht es nicht? Gewiss kennt das Licht, das so viele Geister umfasst, so viele Gedanken spürt, so viel in so wenig ist, so viel in mir, alle Antworten. Wo einen Anfang setzen?

Selbst hier weiß das Licht die Antwort, obwohl es schwer ist, all die vielen Stimmen zu einem einzigen Klang zu vereinen. Tausend Geister, die nicht mein eigener sind, tausend einzelne Seelen, die in meine Seele geflossen sind, ebenso wie meine in die ihren, flüstern die Antwort; und selbst im Augenblick des Begreifens fühle ich, wie ich von dem Einen in die Vielen entgleite, und nicht einmal die Magie kann mich halten. Nicht mehr.

Einen Anfang setzen ...

Am Anfang war Uranos, und unter seiner eisernen Herrschaft gab es keinen Wandel. Alles war in einem Punkt aufgehoben, eine endlose Existenz ohne Tod, aber auch ohne Leben. Dann kam Chronos, der mit Uranos kämpfte, und er setzte ihn jenseits des Schleiers der physischen Welten gefangen, schloss ihn fort für alle Ewigkeit und verbarg den Schlüssel zu seinem Gefängnis, auf dass keiner ihn finden möge. Und mit Chronos, den wir Vater Zeit nennen, kam das Leben, und mit dem Leben kamen die anderen Höheren Mächte, seine Königinnen des Himmels. Nacht, Tag, Krieg, Weisheit, Licht, Leben, Chaos, Ordnung und Glaube brachten ihm Kinder hervor, und diese Kinder wurden zahlreich und mächtig. Unsterblich und magisch, nutzten sie ihre Gabe, auf den Pfaden zwischen den Welten zu wandeln, durch die Tore von Himmel, Hölle und Erde.

Doch es gab Unfrieden im Himmel, und die Kinder der Zeit bekämpften einander; jedes Haus strebte nach der Herrschaft über jenes magische Land. Und Vater Zeit fürchtete, dass seine Kinder seinen alten Feind Uranos befreien könnten, und so schuf er eine Waffe von solcher Macht, dass selbst die Höheren Mächte bei ihrem Anblick erbebten. Und er nahm jene Waffe, die er das Licht nannte, und legte sie in das Herz seines liebsten Kindes, seines goldenen Sohnes, Baldur, des einzigen Sohnes von Licht, der am höchsten verehrten Königin des Himmels. Und der Himmel frohlockte, jene gewaltige Macht in den Händen jenes großen Mannes zu sehen, bei dem keiner fürchten musste, dass er sie zu bösen Zwecken missbrauchen würde, und der in allen Welten aufs Höchste geliebt wurde. So sehr, dass das Gerücht ging, Baldur sei das einzige Kind, dem selbst Vater Zeit in Liebe zugetan war, der die Menschen allenthalben nur als Werkzeuge benutzte.

Doch Loki, ein Sohn der Nacht, dessen Herz von Furcht erfüllt war, schloss einen Handel mit dem schlafenden Gott Uranos und erschlug Baldur, den Träger des Lichts, und mit dieser Tat säte er wiederum Furcht in das Herz von Vater Zeit. Denn ohne das Licht fürchtete Chronos die Wiederkehr von Uranos. Loki selbst wurde gefangen gesetzt wie sein Meister Uranos, der eingekerkert blieb und in der Dunkelheit seine

Pläne schmiedete. Alle fürchteten, dass ohne das Licht Uranos aus seinem Kerker entkommen und Chronos auf ewig vernichten könnte. Also weinte der ganze Himmel über den Tod Baldurs, des strahlenden Kindes der Zeit, vor allem aber sein Vater, der bangte, dass er mit dem Tod seines Sohnes die größte Waffe verlor, die er besessen hatte; denn Vater Zeit wollte sich nicht direkt in den Ablauf der Dinge einmischen.

Dann trat eines Tages ein neuer Träger des Lichts aus den Schatten. Als Sohn von Zeit und Magie, illegitimer Fürst des Himmels, war dieses Kind zu dem einzigen Zweck gezeugt worden, Chronos gegen seine Feinde zu dienen, und die Macht des Lichts war auf ewig in seinem Herzen eingeschlossen. Misstrauisch wurde er geschaffen, schlau und geschickt, sodass er überleben würde, wo Baldur gestorben war, sollte ein anderes Kind der Zeit sich gegen ihn wenden. Doch er war auch widerspenstig und rebellierte angesichts des Zwecks, für den sein Vater ihn bestimmt hatte, und er wandte sich ab vom Himmel und wurde auf die Erde verbannt. Dort weilte und wachte er Tausende von Jahren, immer des Lichts in seinem Inneren gewärtig und erfüllt von dem Wunsch, diese Bürde nicht mehr tragen zu müssen.

Er wandelte auf Erden und in der Hölle unter vielen Namen. Sam Linnfer. Luc Satise. Sebastian Teufel. Satan. Der Teufel. Lucifer. Und wenige wagten, ihn herauszufordern, aus Furcht vor Magie, seiner Mutter, und der Macht des Lichts, die er in sich barg, und so überdauerten er und seine Macht.

Die Zeit zum Handeln kam unerwartet, als drei von Lucifers Brüdern – Jehova, Odin und Seth, Söhne von Glaube, Krieg und Nacht – sich zusammentaten, nachdem ihre Häuser durch den langen Zwist geschwächt waren, und schworen, die Pandora-Geister zu finden, die von Vater Zeit gebannt und eingekerkert worden waren, der Gefahr wegen, die sie für sein Reich darstellten: Argwohn, Gier und Hass. Doch die Schwester der drei, die schöne Freya, Tochter der Liebe, entdeckte, was sie planten. Aber Freya wurde verraten und getötet, und die Geister wurden befreit, und ihre Mächte leisteten nun den Befehlen von Jehova, Odin und Seth Folge.

Als Lucifer sah, was geschehen war, ergriff er die Flucht vor den Geistern. Seth, der Anführer der drei Verschwörer, trat ihm entgegen, doch bei ihrem Zweikampf siegte die Magie über die Nacht, und Seth zog sich verwundet zurück. Am Ende seiner Kräfte, verfolgt von Argwohn, Gier und Hass aller Geschöpfe, griff Lucifer zum letzten Mittel gegen die Pandora-Geister und setzte das Licht ein, wenngleich ihn dessen Aussendung in große Gefahr brachte. Denn das Licht zehrte vom Geist der Menschen und bezog seine Macht aus ihren Gedanken. Doch bei diesem Prozess bestand die Gefahr, dass sein Geist, der all jene anderen Geister bündelte, in einem Meer von Gedanken verloren ging, und ihn wieder an seinen rechtmäßigen Ort zurückzurufen war schwer. Mit den vereinten Gefühlen der Menschen –, Vertrauen, Mitleid und Liebe – gelang es Lucifer, die Pandora-Geister zurückzuschlagen, wenn auch nicht zu zerstören.

Doch bei dem Kampf gegen Seth hatte Lucifer eines erfahren, das alles, was sonst vorgefallen war, unwichtig erscheinen ließ. Sein Bruder sammelte ein Heer in der Hölle, um etwas zu suchen, was auf ewig verborgen bleiben sollte. Der Schlüssel, der Uranos in seinem Kerker gefangen hielt, war irgendwo in den glühenden Wüsten der Hölle versteckt, und Seth, erfüllt von Hunger nach Macht und Hass auf seine Geschwister, war entschlossen, ihn zu finden.

Durch das Licht vor der Macht der Geister geschützt, hatte Lucifer, indem er Seth verwundete, die Katastrophe abgewendet. Doch nur fürs Erste, wie er wohl wusste. Er blickte auf zum Himmel und spürte das Auge seines Vaters auf sich ruhen. Die ganze Zeit hatte Chronos gewartet. Als König des Himmels hatte er den Träger des Lichts nur mit einem Zweck im Sinn geschaffen: Uranos zu vernichten. Doch die Macht des Lichts, die durch Lucifers Geist strömte, gegen Uranos einzusetzen war nur möglich, wenn der Träger des Lichts die Seelen aller Geschöpfe in sich aufnahm. Und Lucifer wusste, ebenso gut wie sein Vater im Himmel, dass dies nicht nur Uranos' Ende bedeuten, sondern ihn selbst mit ins Verderben reißen würde.

Es war, wie Lucifer selbst gesagt hätte, eine ziemlich beschissene Situation.

1
Sohn der Magie

Dies, dachte Sam Linnfer, *ist eine ziemlich beschissene Situation.*

In seinem schäbigen Clerkenwell-Apartment reichte Adam, Elf, Gestaltwandler und zeitweiliger Spion für Sam, ihm eine Tasse Kaffee und sagte: »Ich hab mich umgehört. All unsere Quellen im Himmel sind stumm wie ein Fisch; nichts rührt sich dort. Auch der Großteil der Hölle ist auf Tauchstation gegangen, wenngleich es ein Gerücht gibt, dass Seth Hades ausradiert hat. Die Hauptstadt Pandämonium scheint jedoch noch standzuhalten.«

Sam nippte an seinem Kaffee und runzelte die Stirn über seine eigenen Gedanken. Wie immer war Adams Wohnzimmer eine Müllhalde: leere Coladosen überall, ungelesene Zeitungen mit Essensflecken, Stapel von mehr oder weniger zerfledderten Büchern und ein Teppich, der aussah, als hätte ihn ein mittelgroßes Löwenrudel als Toiletten-Ersatz benutzt. Adam selbst, ein kleiner Mann mit rotblondem Haar und Sommersprossen, wirkte winzig neben den Haufen von Unrat.

Nichts von alldem war wichtig für Sam. Was allein zählte, war das Wissen, das in seinem Kopf saß, wo es einen durch und durch unglücklichen Eindruck machte. Je mehr er die Situation bedachte, umso weniger hoffnungsvoll war ihm zumute.

Wenn man nach einer Woche regenerativer Trance aufwacht, nachdem man von Seth zusammengeschlagen wurde und als letztes Mittel das Licht angewandt hat – das ist kein besonders guter Start in den Tag.

»Was werdet Ihr tun?« Adams Blick war mild, aber wachsam.

»Was *kann* ich tun?« Sam seufzte. »Ich kann nicht mal länger als ein paar Stunden hier bleiben und mit dir reden. Sobald sich Jehova an meine Existenz erinnert, wird er die Pandora-Geister aussenden, um mich zu vernichten. Und wenn sie merken, dass sie in meinen Kopf nicht hineinkönnen, werden sie dich als Ziel nehmen. Und du weißt gut genug, dass du mich dann entweder hassen, verdächtigen oder auf mich neidisch sein wirst, je nachdem, welchen Geist sie vorschicken, und dann wird die Sache unangenehm.«

Adam errötete bei der Erinnerung, wie er selbst vor nicht allzu langer Zeit von einem der Pandora-Geister beherrscht worden war – Gier, die ihn hatte versuchen lassen, Sam zu töten.

Eine Woche. Eine ganze Woche im Tiefschlaf, um sich zu regenerieren. Der Gedanke, dass so viel Zeit verstrichen war, beunruhigte Sam. Trotz seiner eigenen Verletzungen war Seth in der Zwischenzeit seinem Ziel, Uranos zu befreien, vielleicht schon näher gekommen. Uranos, Anti-Zeit, das Ende des Lebens. Manchmal fragte sich Sam, warum er nicht einfach seinem offenbar vorherbestimmten Schicksal ins Auge sehen sollte – zu sterben, indem er das Licht gegen Uranos einsetzte. Doch jedes Mal bestärkte ihn das kleine Wort »Schicksal« in seiner Entschlossenheit. Wenn dies die Absicht seines Vaters gewesen war, als er ihn zeugte, dann würde Sam alles in seiner Macht Stehende tun, um Chronos zu trotzen und am Leben zu bleiben.

Aber nicht um den Preis, Uranos in Freiheit zu sehen.

Es blieb nur eine einzige bohrende Frage: Wie?

Und darauf wusste er keine Antwort. Zumindest keine, die ihn zufrieden stellte.

»Ein Mann, ein Sterblicher im Dienste Freyas, fand heraus, wo Uranos gefangen gehalten wird«, sagte er. »Der Mann wurde von Seth getötet, doch nicht bevor er Seth jenen Ort verraten hatte. Daher ist Seth die einzige Person, die weiß, wo Uranos' Schlüssel verborgen ist. Richtig?«

Adam blickte unbehaglich drein. »Richtig«, gab er widerstrebend zu.

»Ich kann mich Seth nicht entgegenstellen, denn mit einem Heer von Dämonen, den Pandora-Geistern und Odin, wahrscheinlich auch Thor, auf seiner Seite wäre ich erledigt, bevor ich auch nur sagen könnte: ›Entschuldigung, falsche Tür!‹ Ich kann keine neuen Bündnisse schmieden, weil, wie die Dinge liegen, die Pandora-Geister sie in einer Sekunde sprengen würden, und aus demselben Grund kann ich nicht auf alte Verbündete zurückgreifen. Ich bin aufgeschmissen.«

»Aber«, wagte Adam zu äußern, »ich glaube nicht, dass Ihr aufgeben wollt, oder?«

Sam verzog den Mund zu einem müden Lächeln. Es war anders als sein übliches jungenhaftes Grinsen auf einem jungen Gesicht, das durch das Wissen in jenen schwarzen Augen alt geworden war, aber immerhin ein Lächeln. »Wer hat was von Aufgeben gesagt?«

Er war dabei, seine Taschen zu packen, als es kam. Er erstarrte, wo er stand, und versuchte, sich auf das Jucken in seinem Hinterkopf zu konzentrieren.

Lucifer ...

›Wer ist da? Wer will etwas von Lucifer?‹

Plötzlich ein Lachen, laut in seinem Kopf. ›Hallo, Bruder.‹

Er seufzte. ›Seth. Und zu denken, dass ich dich niedergestochen habe.‹ Der ölige Sohn der Nacht, mit seinen fast immer perfekten Manieren.

›Und zu denken, dass ich dich zu Brei geschlagen habe.‹

›Ich schätze, wir sind quitt. Planst du immer noch, das Universum in einem Meer von Blut und Tod zu ertränken?‹

›Tatsächlich wollte ich etwas subtiler vorgehen. Ein See höchstens.‹

›Ah, die feine Zurückhaltung meiner weltenwandelnden Brüder. Irgendjemandes Blut im Besonderen dafür im Blick?‹

›Deins natürlich. Dürften so um die zweieinhalb Liter sein, schätze ich.‹

›Mehr als bei dir, wie der Zustand meines Dolches bezeugt. Und warum hältst du nach mir Ausschau, Bruder?‹

›Wollte nur sehen, ob du schon tot bist.‹

›Tja, Pech gehabt! Ich lebe, bin guter Dinge und freue mich auf Runde zwei! Also, warum kommst du nicht her, und wir regeln das wie Unsterbliche? Wenn nicht, dann hör auf mit dem Quatsch, Seth. Denn ich *werde* zu dir kommen. Ich werde dich vernichten.‹

›Ebenso, Bruder, ebenso.‹

›Du hast es immer noch nicht kapiert, was? Ich bin der Träger des Lichts. Wenn es zum Schlimmsten kommt, werde ich alles, was ich zu packen kriege, gegen dich einsetzen, und ich hoffe, es zerbrutzelt dir den Verstand. Ich werde alles an Angst, Hass, Zorn, Groll, Bitterkeit und Eifersucht im Universum nehmen, was ich finden kann, und es wie eine Bombe direkt in das Zentrum deines verdrehten kleinen Gehirns schleudern.‹

›Und ich kontrolliere deine ehemalige Höllenarmee *und* die Pandora-Geister. Wie stehen die Chancen jetzt, Träger des Lichts? Kleiner Lucifer? Du wirst es nie wagen, das Licht in einem solchen Ausmaß einzusetzen. Du hast viel zu viel Angst davor.‹

Einen Augenblick lang spürte Sam hinter Seths Stimme etwas anderes. Als er einen Vorstoß wagte, prallte sein Geist gegen etwas Kaltes und Hartes, und er hörte Seth lachen.

›Ist das das Beste, was du kannst, Sohn der Magie? Ich hatte mehr von dir erwartet!‹ Seths Gegenschlag kam, umflammte Sams Sinne wie Feuer. Sam schloss die Augen dagegen, kroch die Flammenspur von Seths Magie entlang, um seines Bruders Geist zu finden, und schlug zurück mit Keilen aus Eis, die gegen das Feuer hämmerten, so hart es ging.

›Du Bastard!‹, schrie er. ›Du warst es! Du hast sie umgebracht!‹

Er spürte, wie Seth zurückwich. ›Freiheit, Bruder! Freiheit von Zeit, Freiheit von Tod, Freiheit von Tyrannei!‹

›Du hast Freya getötet, meine Freya!‹

›Sie war nie dein!‹ Licht brandete gegen Sams Augen. Instinktiv hob er seinen mentalen Schild, um den Zauber abzuwehren, und hieb erneut auf Seth ein.

Auf die Stelle, wo Seth gewesen war.

Der Kontakt war abgerissen. Seth war fort.

Sam ließ sich langsam auf Adams zerschlissenes Sofa nieder und stöhnte.

Probleme ...

Hatte er es geschafft, Seth rechtzeitig abzuwehren? »Sichten« war ein Zauber, der dazu diente, physische Objekte zu lokalisieren und Informationen zu erlangen – war es ihm gelungen, Seth rechtzeitig in die Flucht zu schlagen, bevor sein Bruder seinen Standort herausgefunden hatte? Und selbst wenn, so standen Seth andere Mittel zur Verfügung, um ihn zu finden, nicht wahr?

Seth hatte die Pandora-Geister ...

Es klopfte an der Tür. Sam stand auf; er schwankte leicht, als das Blut aus seinem Kopf wich und nach unten sackte. »Adamarus?«

Die Tür ging auf, und Adam steckte den Kopf herein. »Ich wollte nur fragen, ob alles in Ordnung ist.«

Sam öffnete den Mund, um zu antworten, und zögerte.

Da war etwas ... wie ... Singen? Sehr weit entfernt?

Er starrte Adam mit langsam wachsendem Schrecken an. »Ach, du liebe Zeit«, murmelte er.

»Was ist los? Sam, was ist passiert?«

Er sah den Ausdruck der Besorgnis in Adams Gesicht. »Sie sind hier«, antwortete Sam mit einem leichten Achselzucken. »Ich hätte nicht bleiben sollen.«

»Wer ist hier?«

Er lächelte matt. »Alle.«

An diesem Punkt, im Einklang mit dem universalen Gesetz, dass alles, was schiefgehen kann, irgendwann einmal schiefgeht, zersplitterte das Fenster. Ein bisschen effekthascherisch, dachte Sam; Killer sollten von Rechts wegen einfach an die Tür klopfen und den Erstbesten umbringen, der aufmacht. Durch das Fenster hereinzukommen war ein unnötiger Aufwand, insbesondere, da das Zimmer im ersten Stock lag.

»Scheiße!«, hörte er Adam ausrufen – und wirbelte rechtzeitig herum, um einen der Meuchler des Himmels, einen Feuertänzer, ganz in Rot, mit gezücktem Drachenbeindolch auf sich zukommen zu sehen. »Adam, mach dass du rauskommst!«, schrie Sam, doch dieser gab keine Antwort. Sam wich zurück bis zum Kleiderschrank und schaute sich nach Adam um – und sah ihn stocksteif dastehen, mit einem leichten Lächeln auf dem Gesicht.

Die Musik in Sams Ohren dröhnte triumphierend, der Gesang der Pandora-Geister, ein Lied von ... Hass? War es Hass, den Seth ausgesandt hatte? Aber warum unternahm Adam dann nichts?

Keine Zeit für Spekulationen. Ein Feuertänzer stieß mit der Waffe nach Sam. Sam packte den Kerl – sofern man einen Feuertänzer »Kerl« nennen kann – am Handgelenk und riss ihn nach unten gegen sein aufgerichtetes Knie. Feuertänzer und Knie kollidierten, und der Feuertänzer sackte in sich zusammen. Ein Aufblitzen von Metall, als Sam seinen kleinen silbernen Dolch zückte, der, obwohl er nicht interessanter aussah als ein spitzer Bleistift, den Glanz von etwas hatte, das zum

Töten gedacht war. Sam blickte sich um. Drei Feuertänzer – einer zusammengekrümmt auf dem Boden und, nach seinem Stöhnen zu urteilen, wohl kaum zum Kämpfen imstande – und Adam. Der reglos dastand und ins Leere lächelte.

Die beiden anderen Feuertänzer beschlossen, es mit einem Fernangriff zu versuchen. Sie hoben die Hände, Feuer züngelte aus ihren Fingern. Sam errichtete einen Schutzschirm, als die Flammen auf ihn zuschossen, durch den Raum fauchten und um ihn herumwirbelten. Sie trafen den Kleiderschrank hinter ihm und schwärzten das imprägnierte Holz. Am Kopfende des Bettes entzündeten sich die Kissen und brannten mit kleiner Flamme weiter. Sam wartete, bis das Feuer vor seinen Augen erloschen war, und schlug zurück. Das Prinzip, Feuer mit Feuer zu bekämpfen, war, sonst zwar richtig, doch wenn man es mit Feuertänzern zu tun hatte, konnte man damit eine böse Überraschung erleben. Feuer vermochte sie kurzzeitig außer Gefecht zu setzen, aber töten würde es sie mit Sicherheit nicht.

Darum war das Licht, das Sam in seinen Händen ballte, hellblau, von Silber durchzogen, und es schimmerte und zischte leise. Er sah die Feuertänzer zurückweichen und grinste. »Damit hättet ihr rechnen müssen«, meinte er und warf das Kaltfeuer. Es traf die Feuertänzer, spritzte beim Aufprall in alle Richtungen. Frost kroch ihre roten Gewänder entlang, überzog sie mit Weiß. Bei gewöhnlichen Wesen – gewöhnlichen Unsterblichen – hätte es wenig mehr als steife Gliedmaßen und drastische Unannehmlichkeiten hervorgerufen. Bei Feuertänzern war die Reaktion ganz anders. Sie schrien. Im Augenblick der größten Ablenkung sprang Sam vor, wirbelte herum und stach seinen Dolch einem der Feuertänzer tief in die Schulter. Er hörte etwas, das unangenehm dem Knirschen ähnelte, wenn man auf Glasscherben tritt, und riss seine Klinge heraus, der ein Schwall orangerotes Blut folgte.

Schmerz explodierte in seinem Rücken, und er taumelte und wäre fast auf das Bett gefallen, wo das Feuer sich inzwischen ausgebreitet hatte und den Raum mit ätzendem Qualm erfüllte. Er hustete, mit tränenden Augen, und warf sich zur Seite. Die zersplitterten Überreste des Schemels, den Adam schwang, krachten auf das Bett neben ihm. Adams Gesicht war von Hass verzerrt. Das war es, was die Pandora-Geister einem antaten: Sie verzehrten den Geist, setzten an dessen Stelle nur ein einziges Gefühl. Sam war der Einzige, dem sie nichts anhaben konnten, denn durch das Licht, das ihn von innen erfüllte, mussten sie durch die Bruchstücke zu vieler anderer Geister hindurch, um ihn zu erreichen.

Selbst seine engsten Verbündeten konnten jedoch davon betroffen sein. Wie Adamarus. »Adam!«, schrie er, obwohl er wusste, dass es zwecklos war, mit ihm zu argumentieren.

Einer der eisverkrusteten Feuertänzer war ans Fenster gekrochen. Seine Kleidung war blutgetränkt. Sam sah zu, wie der Feuertänzer sich über die Brüstung hievte und hinauskippte. Ein Sturz würde einem Feuertänzer nicht wirklich schaden. Nicht annähernd so sehr wie die Magie, die Sam aufbringen konnte. Ein weiterer Feuertänzer hatte es bis zur Tür geschafft und versuchte, sich zur Treppe zu schleppen. Der dritte …

Der dritte …

Sam warf sich zu Boden. Was ein Glück für ihn war, da so die Klinge des Feuertänzers statt seiner Kehle nur die Luft durchschnitt. Ein Dolch aus Drachenbein, eine der wenigen Waffen, die einen Weltenwandler wie Sam töten konnten. Er stützte sich mit dem Rücken an der Wand ab und hob die Hände, als Adam das letzte Bein des Schemels gegen seinen Kopf schwang. Die Luft wellte sich und fing das Stuhlbein dort auf, wo Adam es hielt, der bewegungslos verharrte. Sam entwand es Adams Griff und warf es in eine Ecke des Zimmers.

Der dritte Feuertänzer stieß einen Schrei aus, der nichts

Menschliches an sich hatte, und warf sich mit flammenden Händen auf Sam, um ihn am Hals zu packen. Sam trat mit beiden Beinen aus, traf den Feuertänzer in die Brust. Hitze kroch seine Unterschenkel entlang, und seine Füße rutschten aus, als sie wieder in Kontakt mit dem Boden kamen. Die Sohlen seiner Schuhe waren halb geschmolzen. Er stieß den Feuertänzer zurück, der taumelte und auf das nun lichterloh brennende Bett fiel. Ein Schrei, kaum hörbar über dem Prasseln des Feuers und dem Summen der Pandora-Geister.

Adam grinste, als er auf ihn zukam. »Adam!«, schrie Sam. Der Rauch ließ ihn husten. »Sei nicht dumm!«

Adam zog seine Hände zurück. Seine Fingernägel wuchsen zu Krallen. Sam handelte instinktiv, drehte seine Hände in einem engen, schnellen Kreis umeinander. Adams Füße wurden nach oben gerissen, während sein Körper zugleich von einer unsichtbaren Kraft zur Seite geschleudert wurde. Eine Sekunde lang drehte er sich in der Luft um sich selbst, dann krachte er hart gegen die gegenüberliegende Wand, neben das zersplitterte Fenster.

Sam richtete sich auf und streckte die Hände aus. Auf dem brennenden Bett erhoben sich die bereits gepackten Taschen, die selbst schon rauchten, und flogen zu ihm. Er trat die Flammen aus, die sie zu versengen drohten, und warf die Taschen durch die Tür. Dann stolperte er zu Adam hinüber, mit tränenden Augen, das Jackett zum Schutz vor Mund und Nase gehalten. Adams Puls war schwach, aber noch spürbar. Inzwischen hatte das Feuer auch die Vorhänge erfasst. Sam packte Adam bei den Handgelenken und schleifte ihn aus dem Zimmer und die Treppe hinunter. Er war froh, dass sein Freund inzwischen wieder seine menschliche Gestalt angenommen hatte. Mit einem Tritt stieß Sam die Haustür auf und zerrte den Elfen hinaus auf die Straße.

Eine kleine Gruppe von Sterblichen hatte sich bereits versammelt und gaffte in einer Weise, die Sam ausgesprochen wenig hilfreich vorkam, auf das Feuer, das jetzt aus den zerbrochenen Fenstern nach außen züngelte.

Als sie ihn sahen, rußbeschmutzt und abgerissen, war das Schweigen fast hörbar. Natürlich, dachte Sam. Ein Pandora-Geist konnte weit mehr als eine Person gleichzeitig heimsuchen. Aber je mehr Leute er befiel, desto dünner und schwächer wurden seine Kräfte. Vielleicht, wenn er sich beeilte ...

Er packte seine Taschen und war schon halb die Straße hinunter, bevor jemand hinter ihm schrie: »Haltet ihn!« Aber da war er bereits nicht mehr einzuholen. Sollte sich doch die ganze Welt gegen ihn erheben! Er war es gewohnt, allein zu sein. Sollten sie doch seine Verbündeten umdrehen, sollten sie selbst Sterbliche gegen ihn wenden. Er war der Bastardsohn der Zeit. Sein ganzes Leben hatte er sich auf diesen Moment vorbereitet.

Er brauchte keine Rücksicht mehr zu nehmen. Er arbeitete am besten allein. Und jetzt, das wusste er, gab es ernsthafte Arbeit zu tun.

2
Soho Square

Er trug zwei Taschen. Eine davon war ein großer lederner Ranzen, der fast alles enthielt, was er auf der Welt besaß: etwas Geld, ein paar eilig gekaufte Kleidungsstücke, eine Krone, die nicht mehr war als ein schlichter silberner Reif, eine Telefonkarte und einen aufgeweichten Schokoriegel, der schon länger dort steckte, als gut für ihn war. Die andere Tasche war ein Plastikbeutel für Hockeyschläger, wie ihn sportliche Typen mit sich herumtragen, um der Welt zu zeigen, dass sie Profis sind. Sam hatte seit Jahrzehnten nicht mehr Hockey gespielt, und es war auch kein Schläger darin. In dem Beutel steckte ein kurzes, sehr leichtes silbernes Schwert, das in den Tausenden von Jahren, die er es besaß, kein bisschen angelaufen war; und irgendwo in den Tiefen seines linken Ärmels verbarg sich der dazu passende dünne silberne Dolch. Auch wenn keiner dieser Gegenstände besonders auffällig war, hatten sie doch die Macht, andere Weltenwandler zu töten, die Kinder der Zeit, bei denen gewöhnliche Waffen aus Eisen und Stahl versagten.

Er hatte bislang keines seiner Halbgeschwister getötet. Was bemerkenswert war, denn sie hatten bei zahlreichen Gelegenheiten versucht, ihn umzubringen, und er hatte ihnen sogar ein paarmal den Gefallen erwidert. Aber keine Seite in dem endlosen Konflikt von Sam gegen den Rest des Himmels hatte je einen größeren Teilsieg davongetragen. Bis jetzt.

Jetzt ging die Schlacht nicht darum, dass er der einzige illegitime Sohn der Zeit war, den sein Vater mit Schwert und Krone anerkannt hatte. Er war in diesen Konflikt hineingezogen worden, weil er in sich die Macht trug, nicht nur Uranos zu vernichten, sondern jede verkörperte Gewalt im Universum, sogar Vater Zeit selbst. Es gab dem Kampf eine beinahe unpersönliche Qualität, als ob »Träger des Lichts« nur ein Titel wäre: ein Ball in einem Flipperautomaten, der gefährlich hin und her hüpfte, aber dennoch zu nichts anderem gut war, als ein paar Punkte zu machen.

Somit war er entschlossen, es ihnen zu zeigen. Und mit »ihnen« meinte er all jene, die überzeugt waren, dass er in den Tod gehen würde, um Uranos zu vernichten, oder dass er nicht den Mumm hätte zu kämpfen oder dass er kämpfen und sterben und trotzdem verlieren würde. Vor allem würde er es seinem Vater zeigen. Chronos. Verkörperung der Zeit. Der Macht, die alles in ihren Händen hielt. Doch egal, er würde kämpfen.

Nach diesen hehren Gedanken entbehrte es nicht einer gewissen Ironie, dass sein Kampf mit einem Besuch in der Drogerie beginnen sollte.

Er kaufte ein paar Tuben Zahnpasta, in zwei verschiedenen Farben, was wichtig war. Ferner eine Flasche Waschbenzin, eine große Schachtel Talkumpuder und einen kleinen Spiegel mit Plastikrahmen. In dem benachbarten Kiosk erstand er mehrere Dosen Cola, einige Flaschen Limonade mit Schraubverschlüssen, ein Knäuel Schnur, eine Flasche vom billigsten Whisky, den er finden konnte, einen Schreibblock, einen Kugelschreiber und eine Rolle Küchentücher.

Er ging nach Kensington Gardens und setzte sich am Teichufer unter eine Platane. Kinder spielten Fußball, Leute fütterten die Gänse. Sie wollten eigentlich die Schwäne füttern, aber die Gänse waren einen Tick schneller. Über der roten Kuppel der Albert Hall war der Himmel blau mit einer gelegentlichen weißen Wattewolke. Liebespärchen schlenderten über die Wege zwischen Marble Arch und Queensway, und zwei Schulmädchen hielten ein Picknick mit pappigen Sandwiches und zu viel Schokolade ab, während sie in verschwörerischem Ton miteinander flüsterten.

Sam breitete seine Beute aus und machte sich in aller Ruhe und mit Sorgfalt ans Werk. Erst schüttelte er die Coladosen, dann zeichnete er Entzündungszauber auf ihre dünnen Blechwände, wobei sein Finger eine Spur roter Funken hinter sich herzog. Auf einen Gedankenimpuls hin würde die bereits unter Druck stehende Dose glühend heiß werden. Eine der Coladosen platzierte er in der Schachtel mit dem Talkumpuder.

Sam öffnete die Whiskyflasche, auf deren Innenseite er einen weiteren Entzündungszauber schrieb, wobei er diesmal das Ende des Schriftzugs offen ließ. Mit höchster Konzentration, damit der Zauber nicht spontan losging, nahm er das Knäuel mit der Schnur und wickelte das Ende des Zaubers um das Ende der Kordel. Er achtete darauf, die Schnur in Kontakt mit der Flasche zu halten und so nicht den Zauber zu beschädigen, als er die Kordel um den Flaschenhals band und den Verschluss wieder aufschraubte. Dann schrieb er »Bitte nicht berühren! Lucifer« auf ein Stück Papier und band dieses mit derselben Schnur an die Flasche. Die Limoflaschen leerte er ins Gras und verschloss sie wieder.

Nachdem er sein kleines magisches Arsenal präpariert hatte, ging er in Richtung Marble Arch. Jenseits vom Hyde Park und von mehreren Straßen mit teuren Hotels fand er eine Tankstelle und ging zu einer Zapfsäule. Er machte sich nicht die Mühe, eine vollständige Illusion zu erzeugen, sondern stellte sich einfach an die Pumpe und zapfte Benzin in die Limoflaschen und tränkte auch die Küchentücher damit.

Die Passanten gingen ohne einen Blick vorüber. Wenn jemand in seine Richtung schaute, sahen sie nicht mehr als einen Mann, der an einer Zapfsäule stand; Sam war sehr bedacht darauf, dass dies so blieb. Sicher, die Überwachungskameras würden sich von den kleinen gedanklichen Fühlern, die er ausstreckte, nicht täuschen lassen, aber sie waren das geringste seiner Probleme. Er schraubte den letzten Flaschendeckel wieder auf und ging weiter, nach Benzin stinkend und rundum zufrieden. Er war bei den Meistern der Brandstiftung in die Lehre gegangen. Und auch wenn er magische Mittel gewöhnlich wirkungsvoller fand, hatte er damals trotzdem genau zugehört.

Vorbei an den zahlreichen Antiquitätengeschäften der Bond Street, überquerte er die Regent Street und betrat die Gassen von Soho mit ihrer bizarren Mischung von georgianischer Architektur, Clubs, Büros und Prostituierten. Es begann dunkel zu werden, was gut war; er liebte Dunkelheit, insbesondere wenn er gezwungen war, sich auf dem Präsentierteller darzubieten.

Die Gassen wurden enger. Einige wimmelten von jungen modebewussten Leuten in Schwarz, andere waren nahezu leer. An einer Straßenecke fragte ihn eine Dame in Leder, ob er nicht reinkommen wolle – »Suchst du Unterhaltung, Süßer?« –, an einer anderen erklärte ihm ein Betrunkener in einem verdreckten Anorak, dass er der Teufel sei, und ein armer Teufel obendrein.

Als er den Soho Square erreichte, schaute er auf seine Uhr, die immer auf Greenwich-Standardzeit eingestellt war, ganz gleich, in welcher Zeitzone oder auf welcher Ebene er sich befand. Zehn vor neun. Eine gute Zeit; die Straßen waren weder angefüllt mit Büroangestellten, die von der Arbeit nach Hause eilten, noch mit Feiernden, die aus den Kneipen auf die Straßen drängten. Die Tore zu dem kleinen Park waren verschlossen; also warf er seine Taschen auf die andere Seite hinüber und kletterte über den Zaun. Er hatte diesen Ort, eine kleine grüne Ruhezone in einem Labyrinth von Läden und Bürogebäuden, aus einem besonderen Grund ausgesucht. Hier öffneten sich Tore zweier Wege, von denen der eine zum Himmel und der andere zur Hölle führte.

Sam ging zu einem Rasenstück unter einem blühenden Kirschbaum hinüber, dessen rosa Blüten in der Dunkelheit nur von Wesen mit außergewöhnlich lichtempfindlichen Sinnen gewürdigt werden konnten. Dort las er vier Stöcke auf und steckte sie in gleichen Abständen um sich in den Boden. Nachdem er die Whiskyflasche in seinem Rücken postiert hatte, in Richtung des Höllentors, wickelte er die daran befestigte Schnur ab und band sie an den Stöcken fest, jeweils ein kleines Stück über dem Boden. Dann stellte er den Karton mit dem Talkumpuder vor sich auf, in Richtung des Himmelstors und weit genug entfernt, um vor den Folgen einer möglichen Explosion bewahrt zu bleiben. Den Rest seines Arsenals – fünf nach Benzin stinkende Molotow-Cocktails mit heraushängenden Lunten und sieben pralle Coladosen – platzierte er in Reichweite.

Dann nahm er sich die Tuben mit der Zahnpasta vor. Diese kam in zwei Farben, einem hässlichen Rot und einem widerlichen Grün, und roch so ekelhaft, dass sie gegen irgendwas gut sein musste. Er malte einen großen grünen Zahnpastakreis um sich herum und schloss diesen mit einem traditionellen Abwendknoten. Schutzzauber waren immer stärker, wenn sie einer künstlichen Linie folgen konnten, aber der Zaubernde war frei in seiner Entscheidung, welches Material er dafür verwenden wollte. Sam hatte vor langer Zeit erkannt, dass Kreide zu unbeständig und wasserempfindlich war, Tinte einfach in die Erde sickerte und der Versuch, eine Linie mit einem Stock zu zeichnen, eher die Erde aufwühlte als eine Furche hinterließ, die als Leitpfad dienen konnte. Er hatte daraufhin eine Reihe von ausgefalleneren Materialien ausprobiert und schließlich herausgefunden, dass Zahnpasta seinen Zwecken am besten diente. Die rote Zahnpasta drückte er in Klecksen an strategischen Punkten außerhalb des Kreises aus und füllte sie mit Magie – nicht viel, gerade genug, dass Sam es merken würde, wenn jemand hineintrat, und er Zeit hätte zu reagieren. Die grüne Zahnpasta reicherte er mit einer aktiveren Form von Magie an, sodass sie von selbst einen kuppelförmigen Schirm aus Energie bildete, wenn er von außen angegriffen wurde.

Die Zahnpasta begann in einem weißlich hellen Schein zu glimmen. Wenn er Glück hatte, würde ein Angreifer den Kreis als einzige Verteidigungslinie ansehen und weder das Warnsystem noch die strategisch platzierten Sprengsätze bemerken. Die Whiskyflasche würde mit einem eindrucksvollen Knall hochgehen, weshalb er sie in seinem Rücken aufgestellt hatte. Wenn jemand ihn angreifen wollte, würde dieser womöglich versuchen, sich von hinten anzuschleichen. Und wenn der Feind in der Dunkelheit die gespannte Schnur übersah – tja, das war dann eben sein Pech. Alternativ, wenn seine Augen scharf genug waren, die Whiskyflasche und den daran befestigten Zettel zu sehen, würde er womöglich genau das tun, wovor die Aufschrift ihn warnte, und die Wirkung wäre dieselbe. Sam gehörte nicht zu den Leuten, die irgendetwas dem Zufall überließen.

Sam zog den Spiegel hervor. Das Ding sah ziemlich billig aus, ein Spiegel, bei dem der Betrachter sich fragte, ob der rote Lippenstift wirklich zu dem grünen Lidschatten passte. Aber es würde seinen Zweck erfüllen.

Sam ließ sich mit untergeschlagenen Beinen innerhalb des Kreises nieder, zog das Schwert halb aus dem Hockeybeutel und atmete mit einem langen Seufzer aus.

Sichten, hatte seine Mutter einmal gesagt, war eine ziemlich laute Angelegenheit.

»Laut?«, hatte er verwundert gefragt.

Die Inkarnation der Magie hatte ihrem Sohn weise zugenickt. Auch wenn sie nie als Königin des Himmels anerkannt und darum keine legitime Gemahlin von Vater Zeit war, gehörte Sams Mutter zu den Höheren Mächten. Magie war verstoßen worden, weil sie das Unmögliche zustande bringen konnte, und das missfiel Chronos. Denn als Verkörperung der Zeit blickte er auf Milliarden und Abermilliarden von Zukünften und konnte sehen, welche Zukunft am wahrscheinlichsten war, wie viele Auswirkungen eines Ereignisses zu demselben Ergebnis führen würden – dem einen, auf das er dann das Universum hinzusteuern versuchte.

Magie trug nie ein und dasselbe Gesicht, wenn sie in irdischer Gestalt umherging. An jenem Tag blickte sie streng, aber freundlich. Eine Lehrerin, die einem Kind Lebenswichtiges mitzuteilen hat.

»Einige Zauber sind leise. Eine Kerze anzuzünden, einen anderen Geist zu berühren, mit Tieren zu sprechen, den Winden zu flüstern, dem Land zu lauschen – dies sind stille Dinge. Aber seinen Geist in die Welt auszusenden und aktiv nach Antworten zu suchen, das macht eine Menge Lärm. Es zieht die Aufmerksamkeit anderer auf sich. Und wenn einer von diesen nicht will, dass die Antworten gefunden werden, wird er Leute ausschicken, um dich aufzuhalten.

Eine Sichtung kann dir zeigen, wo deine Feinde sich befinden. Aber es wird ihnen zugleich deine Position verraten, weil die Kraft, die notwendig ist, um die Sichtung aufrechtzuerhalten, wie ein Leuchtfeuer wirkt. Manchmal kannst du unbemerkt davonkommen, zum Beispiel wenn du nach etwas suchst, das nicht zurücksichten kann, oder nach etwas, das nicht auf der Hut vor Magie ist. Aber wenn du nach einem anderen magischen Wesen suchst, wird es höchstwahrscheinlich darauf reagieren und dich seinerseits ins Visier nehmen; und solange deine Sichtung andauert, wirst du dagegen machtlos sein.«

»Und was kann ich dagegen tun?«

»Deinen Verstand gebrauchen und vom schlimmsten Fall ausgehen. Geh davon aus, dass du gejagt wirst. Und bereite dich darauf vor. Stell den Jägern eine Falle.«

Während er wartete, ließ Sam seinen Geist treiben. Er hörte seines Vaters Stimme. *Du kannst mir nicht entkommen, Lucifer …* Doch die Stimme wurde leiser und verklang, ohne dass er darauf Antwort gab.

Er hatte kein Verlangen, mit Vater Zeit ins Gespräch zu kommen.

Er hörte Freyas Stimme, doch es war nicht mehr als eine Erinnerung, als sein Geist sich zu konzentrieren versuchte. *Sebastian, es tut mir leid.* Sie hatten einander geliebt, aber nur für kurze Zeit, bevor sie sich aus Pflicht hatte abberufen lassen, um ihr zerfallendes Haus Walhalla zu verteidigen. Bis zum Schluss hatte sie ihn bei dem Namen genannt, den er trug, als sie sich das erste Mal getroffen hatten. Sebastian. Fast als ob es ihr peinlich wäre, zuzugeben, dass sie den ausgestoßenen, verfemten Fürsten des Himmels liebte. Dabei war alles, was er getan hatte, das Eden-Projekt zu verhindern, das in seinen Augen böse gewesen war.

Sebastian, was machst du?

Tut mir leid, Freya. Sieh mal, du bist tot; ich hab jetzt keine Zeit, mir dir zu plaudern. Du bist bei dem Versuch gestorben, Seth daran zu hindern, Uranos zu befreien. Ich würde mich gern mit dir unterhalten, aber ich habe jetzt Wichtigeres zu tun. Ich muss Antworten finden.

Er war bereit. Doch wonach sollte er suchen? Es wäre zwecklos, nach Seth Ausschau zu halten, der treibenden Kraft hinter dem Plan, Uranos zu befreien. Seth würde mit an Sicherheit grenzender Wahrscheinlichkeit gegen jede Art von Sichtung geschützt sein. Und wenn er versuchen würde, Jehova zu finden, würde er sich einem ausgesprochen unzugänglichen Gesprächspartner gegenübersehen. Odin schloss er auch aus, denn obwohl der Herr von Walhalla in Sams Augen eine nicht so mächtige Gestalt war und sich nur aus Verzweiflung mit Seth und Jehova verbündet hatte, war er trotz alledem ein Sohn der Zeit.

Es gab jedoch andere, nach denen er Ausschau halten konnte. Er sandte seinen Geist mit dem Gedanken an Buddha aus, der neben dem Erzengel Gabriel einer von Freyas geheimen Verbündeten gegen Seth gewesen war. Was war wohl nach dem Angriff durch die Pandora-Geister, dem nur Sam hatte widerstehen können, aus ihnen beiden geworden?

Einen kurzen Augenblick erschien seines Bruders Gesicht im Spiegel – dann flackerte das Bild und erlosch. Sam aber gab nicht auf, verstärkte seine Bemühungen und spürte Buddhas Geist.

Kälte, Dunkelheit, Schmerz. Stimmen in den Schatten des Gefängnisses, wo er seit endlosen Tagen ausharrte. Ein Flüstern in Buddhas Ohr. *Du hast das Richtige getan, mein Bruder, doch aus den falschen Gründen. Fast hättest du alles verdorben, nur weil du nicht begreifst, was hier geschieht. Uranos wird freikommen. Der Träger des Lichts wird gegen sein Schicksal ankämpfen, aber es wird ihm nichts nützen, er wird sterben …*

Buddhas Geist regte sich, als er Sams Berührung spürte. ›Wer ist da? Wer sucht mich? … Sam? – Zeit bewahre, Sam, es ist nicht so, wie es –‹

Störung. Ein anderer Geist stieß dazwischen. Ein Schwindeln, ein Gefühl des Fallens, als eine zweite Präsenz Buddhas Gedanken den Sinnen entzog, eine Stimme, die dröhnte: ›Der Verbannte ist wieder da! Findet ihn!‹

Geister zerrten an ihm, versuchten, ihn durch seinen eigenen Zauber anzugreifen.

Sam riss sich los, trudelte wild und unkontrolliert. Er spürte, wie sie nach ihm griffen, ihn zurückzerren wollten, doch er war schon weg, tanzte fort, sprang aus ihrer Reichweite. Als die Welt wieder im Lot war, sah er nur noch sein eigenes Gesicht im Spiegel treiben, tausend Bilder von ihm selbst, die ihn verdrossen anblickten.

Ruhig. Konzentrieren. Atmen. Ein neuer Versuch, ein neues

Ziel. Buddha ist ein Gefangener, an den kommst du nicht ran. Versuchen wir es mit Freyas anderem Verbündeten: Gabriel – Gail.

Kalt draußen, warm drinnen. Helles Licht. Ein voller Magen. Schwere Hände, ein steter Blick. Stimmen, immer Stimmen. *Wem dienst du? Ich diene dir. Ich habe dir immer gedient, Meister. Wird der Träger des Lichts kommen? Ja, er wird kommen. Er kann nicht anders, selbst jetzt sucht er nach dir.*

Ein Geist regt sich. ›Sam?‹

›Gail, ich bin hier ...‹

›Wo bist du?‹

›Auf der Erde.‹

›Du bist in Gefahr.‹

›Ich weiß.‹

›Man sucht nach dir.‹

›Ich weiß.‹

›Jemand will dir helfen.‹

›Wer?‹

Störung, ein Geist, der sich dazwischendrängt, den Kontakt unterbricht, so wie zuvor. Ein Geist, der nicht aufhören wird, nach Sam zu fahnden; nicht jetzt, da er weiß, dass Sam dabei ist zu sichten.

›O mein Bruder!‹, tönt er.

Sam kennt die Stimme. Jehova, Sohn von Zeit und Glaube, hat einen sehr deutlich erkennbaren Geist, präzise wie das Ticken eines Uhrwerks. Sam hatte immer den Verdacht, dass Jehovas Abkunft ihm mehr mitgegeben hat, als die meisten anderen ahnen. Denn Jehova glaubt beinahe so fest an sich selbst, wie er Glauben von jedermann sonst fordert.

Jehova hat seine Sichtung verspürt und sucht nach ihm.

›Du kannst deinem Schicksal nicht entkommen, Sam. Du brauchst es gar nicht erst zu versuchen. Früher oder später wirst du sterben ...‹

›Du Schwein!‹, schreit Sam, sich kaum dessen bewusst, was er sagt oder tut. Der Spiegel wird rot, Flammen schießen über seine silberne Fläche. ›Du hast Freya ermordet, du hast deine eigene Schwester umgebracht!‹

›Du Narr! Seth, Odin oder Thor werden dich finden und töten. Doch bevor das geschieht, hast du noch ein Schicksal zu erfüllen!‹

›Du Schwein!‹, gellt Sams Stimme erneut, und er schlägt mit seinem Geist zu. Er spürt Jehova zurückzucken, schockiert. Dann schlägt sein Bruder zurück. Der Schlag lässt Sams Schilde erdröhnen, und die Schutzzauber um ihn her flammen auf. Sams Geist zieht sich zurück und flieht. Er will sich nicht in einem langwierigen Kampf erschöpfen, der ihm nichts nützen kann.

Treiben. Halt finden. Warten. Atmen. Er hat nicht den Eindruck, als ob jemand ihm folgt. Ein anderer Geist schlüpft in Richtung des seinen, ebenfalls angezogen durch das Gespür seiner Sichtung. Aber dies ist nicht Jehova, auch nicht Seth oder Odin. Sam erkennt ihn nicht, und die fremde Präsenz spricht ihn auch nicht an. Doch er kann spüren, wie sie an seine Schilde klopft wie im Spiel. Nicht mit Macht, sondern eher mit der Neugier eines Kindes.

Er sitzt auf einer Parkbank in Rom. Es ist Sommer. Der Geschmack von Eiscreme. Freya schaut ihn an; ein schmales Erdbeerbärtchen umrahmt ihre Lippen. Sie runzelt die Stirn, versucht, sich an etwas zu erinnern, das sie sagen will. Er wartet, sich nur halb der Tatsache bewusst, dass dies nicht die Wirklichkeit ist, sondern nur eine weitere Vision, die der Zauber heraufbeschworen hat, während der fremde Geist durch all diese dicken, dichten Schutzschirme mit ihm zu kommunizieren versucht.

»Hallo, Sebastian«, sagt Freya schließlich. Sie ist so schön, wie er sie in Erinnerung hat. Das Licht fängt sich in ihrem Haar und lässt es aufleuchten, ihre zarten Hände halten das Eiscremehörnchen, als wäre es aus Glas. Ihre Augen blicken ihn fragend an.

Sam, bereits verunsichert, wünschte sich, die Vision wäre nicht so überzeugend. »Und wen habe ich die Ehre anzusprechen, der in Freyas Gestalt zu mir kommt?« Er leckt an seiner Eiscreme. Sie schmeckt real, was gut ist.

»Warum kämpfst du?«

»Weil die Alternative das Ende des Universums ist.«

»Tief in deinem Innern bist du ein selbstloser Mann, Sebastian. Ich weiß, dass du frohen Herzens für bestimmte Dinge sterben würdest. Für mich würdest du sterben.«

»Für Freya vielleicht, aber sie hat das Ende des Lebens vor mir erreicht«, antwortet Sam.

»Du würdest sterben, um das Leben der Sterblichen zu retten, wenn sie bedroht wären. Also warum kämpfst du stattdessen?«

»Fragst du«, sagt Sam, »warum ich es nicht einfach geschehen lasse, dass Uranos befreit wird, und mich selbst heroisch opfere, um das Universum vor seinen schrecklichen Kräften zu retten?«

Freya oder was auch immer es ist, das Freyas Gesicht benutzt, scheint dies zu bedenken. »Ja«, sagt sie/es schließlich.

»Es ist nicht notwendig. Es gibt keinen Grund, warum Uranos je befreit werden wollte. Vater Zeit braucht mich nur für den Fall, dass er irgendwann seinem Kerker entkommt.«

»Du irrst dich. Uranos wird in jedem Fall eines Tages freikommen, so oder so. Es gibt keine Zukunft, in der das nicht geschieht. Wenn also dein Tod unvermeidlich ist, warum akzeptierst du die Tatsache nicht hier und jetzt?«

»Würdest du das?«, fragt Sam zurück. »Hölle, warum stelle ich so eine bekloppte Frage? Ich weiß nicht mal, wer du bist.«

»Du hast nach mir gesucht, oder nicht?«

»Nein.«

»Aber ja, Sebastian. Irgendwie hast du die Hoffnung noch nicht aufgegeben. Das ist es, was dich rebellisch macht. Und du dachtest, du könntest den Tod bezwingen und Freya finden. Du hast es geschafft. Und ich habe geantwortet.«

»Freya ist tot.«

»Und dennoch hast du nicht aufgegeben. Danke.«

»Wofür?«

»Dass du es versucht hast. Aber es bringt nichts, fürchte ich.«

»Dieses Gespräch ist sinnlos.«

»Du hörst mir nicht zu.«

»Ich höre zu. Ich glaube einfach nicht daran.«

Freya verblasste, nahm den Geschmack von Eiscreme mit sich. Sie ging stückweise, erst die Bank, dann die Eiscreme, dann die Beine, dann Rom, und schließlich verschwand der Rest von ihr mit einem Achselzucken. Nur ihre Stimme hing weiter in der Luft. Ein Flüstern in der Dunkelheit von Sams Geist. *Es tut mir so leid, Sebastian ...*

Er riss sich zusammen. Die Visionen verblassten, ließen nur den blanken Spiegel zurück. Ein weiteres Mal streckte er seine Fühler aus. Er war sich nicht ganz sicher, wonach er jetzt suchte, doch er ließ den Zauber treiben, der seinen Namen flüsterte, für alle, die ihn hören konnten. Es war weniger ein Sichten als ein Spüren, ein komplizierter, gefährlicher Zauber, der seinen eigenen Gesetzen folgte.

Aber eine Spürung war nicht minder laut als eine Sichtung. *Sam sucht heute, wer will ihm antworten?*

Und da war sie. Eine Stimme. Selbstsicher, fest.

»Und wenn er uns in die Quere kommt?«

»Halte ihn auf. Aber lass ihn nicht sterben. Er darf nicht sterben, das ist wichtig. Aber er darf sich auch nicht einmischen.«

»Ich diene.«

Aufblitzende Visionen. Ein Zimmer, ein Tisch, ein Stuhl, eine Gestalt in der Dunkelheit, ein Fenster, eine Kuppel, ein Fluss, eine Brücke, ein Schiff, ein goldenes Kreuz, ein roter Bus.

Erkennen. Stimmen, drängender. »Er sichtet, der Narr sichtet!«

Widerstand, Türen, die vor ihm zugeschlagen werden, ihn von seiner Beute trennen. Wieder dreht sich die Welt um ihn, trudelnd, sodass er sich kaum konzentrieren kann, während Visionen vor seinen Augen aufblitzen, Eindrücke von einer Kuppel, einem goldenen Kreuz darauf, einem roten Bus, der an der Apsis vorbeifährt, einer Taube, die auf einem Cherubim über dem Querschiff sitzt, einer langen weißen Fußgängerbrücke, wie eine Hängebrücke, nur dass die Verbindungsstücke nach beiden Seiten abgebogen sind, als wäre etwas Schweres daraufgefallen, der Fluss, die Themse ...

Dann das plötzliche Gefühl von Gefahr und Stimmen, die seinen Kopf erfüllen. *Sam, warum läufst du fort? Sebastian, Sebastian, welche Absicht verfolgst du? Luke, ist es das wirklich wert? Kleines Licht, kleines Feuer, kleiner Lucifer, kleiner Satan, Gefahr kommt ...*

Sam riss die Augen auf und starrte in die Dunkelheit des Soho Square. Der Spiegel in seiner Hand war glühend heiß, aber Sam bewegte sich nicht. Irgendjemand war auf einen Klecks roter Zahnpasta getreten und hatte gedacht, es wäre Vogelscheiße. Er streckte seine Fühler aus. Hinter ihm und ein wenig zu seiner Rechten; sie waren vermutlich durch das Höllentor gekommen. Ein halbes Dutzend oder so; er war sich nicht sicher. Er hielt sich völlig still. Der Druck des Dolches gegen seinen Unterarm war plötzlich spürbar.

Stimmen, flüsternd. Irgendjemand machte einen Schritt nach vorn, trat in weitere Zahnpasta und ließ Alarmsirenen in Sams Geist anschlagen. Der Eindringling stieß einen leisen Fluch aus.

Sam, der seine Bewegungen mit dem Rücken vor den Angreifern abschirmte, ließ den Spiegel zu Boden sinken und griff ganz langsam nach seinem Schwert.

Irgendjemand berührte die Schnur, zupfte daran. Das Ende der Schnur, das mit dem Entzündungszauber verknüpft war, verrutschte ein winziges Stück, und der Zauber, dessen komplizierte Matrix gestört wurde, ging los. Sam warf sich nach vorn, rollte sich ab und war bereits wieder auf den Beinen, mit dem Schwert in der Hand, als die Whiskyflasche explodierte. Glassplitter spritzten überallhin. In dem plötzlichen Licht sah er vier Feuertänzer und zwei Walküren, Odins persönliche Wachen. Keine Engel, stellte er mit Interesse fest; Jehova hatte offensichtlich niemanden zu der Meute der Jäger beisteuern können.

Als die Flammen sich legten, rief er den Karton mit dem Talkumpuder zu sich, schleuderte ihn in Richtung der Walküren und löste mitten im Flug den Entzündungszauber aus. Die Schachtel explodierte in einem Hagel von Metall- und Plastikfetzen und trieb den Walküren weißen Staub und glühend heiße Cola in die Augen. Schreiend taumelten sie zurück. Dann stürzten sich die Feuertänzer, die sich von dem anfänglichen Schock des Angriffs erholt hatten, auf Sam. Sie erreichten seinen Zahnpastakreis, und Funken blitzten, als die Bannzauber wirkten und sie zurückwarfen. Sam grinste und nahm mit seiner freien Hand einen Molotowcocktail vom Boden auf, aus dem die benzingetränkte Lunte baumelte. Feuertänzer mochten zwar Experten in allen Kriegskünsten des Himmels sein, aber sie hatten einfach keine Erfahrung mit irdischen Kampfmethoden. Sam sah ungerührt zu, als ein Feuertänzer vortrat und seinen Drachenbeindolch in den Bannkreis trieb. Der Kreis flackerte und begann zu verlöschen.

Sam wartete, bis der Bann aufgehoben war, dann erzeugte er mit einem Fingerschnippen einen Funken. Der Funke entzündete das Ende der Lunte, die Flamme fraß sich durch den blauen Stoff in Richtung Benzin. Die Feuertänzer starrten auf die Flasche, als wäre Sam nicht bei Sinnen, und fragten sich, was das sollte. Die Walküren, die einen besseren Überlebensinstinkt besaßen, begannen zurückzuweichen. Sam zuckte die Schultern und warf die Flasche in hohem Bogen auf den nächststehenden Feuertänzer. Sie traf ihn und explodierte. Die Dunkelheit lichtete sich jäh, als die rote Kleidung des Feuertänzers in Flammen aufging, und er schrie.

Feuertänzer sind keine mitfühlenden Wesen. Während einer von ihren Gefährten heulend und brennend umherwankte, bevor er in einem rauchenden Haufen auf dem Boden zusammenbrach, behielten die anderen weiterhin Sam im Auge, als wäre nichts geschehen. Die Walküren kamen mit tränenden und rot geränderten Augen auf den Kreis zu. Sam wich zurück, rief eine Coladose in seine Hand. Die Walküren und Feuertänzer griffen gemeinsam an.

Nichts kann einem so den Nerv rauben, wie von zehn Paar Händen und zehn paar Beinen gleichzeitig angegriffen zu werden, wenn man nur über jeweils ein gesundes Paar verfügt. Sam warf die Coladose und rannte los, hetzte über den Soho Square, so schnell er konnte. Hinter sich hörte er einen befriedigenden Knall und einen Aufschrei. Irgendjemand hatte offensichtlich unliebsame Bekanntschaft mit ein paar gezackten Metallsplittern gemacht.

Sam rannte weiter, das Schwert in der Hand. Er erreichte das andere Ende des Parks und drehte sich um, bereits im Begriff, einen neuen Zauber zu wirken. Um ihn herum entzündete sich die Luft in blauem Feuer. Eis bildete sich auf dem Gras unter seinen Füßen, sein Atem bildete Dampfwolken vor seinem Gesicht. Die Feuertänzer zögerten und hielten inne. Während er das Kaltfeuer am Brennen hielt, zog Sam seinen silbernen Dolch und warf ihn. Er war nicht zum Werfen gedacht, aber es war genug von Sams Magie darin, um sicherzustellen, dass er so gerade flog wie eine abgefeuerte Kugel. Der Dolch traf einen Feuertänzer mitten ins Herz, und die Kreatur brach zusammen.

Eine Walküre zog etwas hinter ihrem Rücken hervor. Sam sah eine kleine, leichte Armbrust. Der Bolzen war mit einer Spitze aus verzaubertem Silber versehen. Sam fluchte und machte eine weit ausholende Handbewegung nach oben. Die Walküre wurde von den Füßen gerissen und flog durch die Luft.

Doch die Störung in seiner Konzentration hatte ausgereicht, den Vorhang aus Kaltfeuer flackern zu lassen. Ein Feuertänzer schaffte es, ihn zu durchbrechen, und Sam war gezwungen zu parieren, was ihn aus dem Gleichgewicht brachte. Der Feuertänzer nutzte das aus und packte Sams Handgelenk mit seiner rot behandschuhten Faust. Feuer flammte um die Finger. Sams Ärmel begann zu brennen, und er schlug die Flammen hastig mit seinem Geist aus.

Aber jene Sekunde verlorener Konzentration hatte ihn fast seinen rechten Arm gekostet; er musste sein Schwert vor dem Körper vorbeiführen und dabei die Deckung seiner linken Seite aufgeben. Das Kaltfeuer erlosch, als er versuchte, zu viel Magie aufrechtzuerhalten.

Die Feuertänzer sahen ihre Chance gekommen. Sam wich zurück, bis er mit dem Rücken gegen den Eisenzaun stieß, und beschwor einen Schirm aus dichter blauer Magie um sich herauf. Zwei Drachenbeinklingen und zwei aus verzauberter Bronze stachen durch die magische Barriere, bewegten sich dann weiter mit quälender Langsamkeit auf ihn zu. Der Schild kreischte, als die Waffen sein Gitter aus Magie zu durchschneiden suchten.

Sam hörte ein leises »Tong«. Er sah eine Walküre zusammenbrechen, mit einem Armbrustbolzen im Rücken. Ihre Gefährtin wandte sich um, um zu sehen, wer den Schuss abgegeben hatte. In der Dunkelheit konnte Sam eine Gestalt in Mantel und Kapuze ausmachen, die in aller Seelenruhe ihre Waffe nachlud. Die Walküre stieß ein wütendes Schnauben aus und rannte auf den Mann zu. Sie kam bis auf zwei Schritte an ihn heran, als er erneut schoss und sie zurückgeworfen wurde, direkt ins Herz getroffen.

Die Feuertänzer, die merkten, dass etwas schiefgegangen war, zogen sich verunsichert zurück. Sam ließ seinen Schild sinken, blinzelte den Schweiß aus seinen Augen und versuchte, das Zittern in seinen Knien zu ignorieren. Der Kapuzenmann lud ein weiteres Mal nach, anscheinend völlig ungerührt. Sam nutzte den Moment, da die Aufmerksamkeit der Feuertänzer abgelenkt war, und stieß zu; sein Schwert unterlief die Deckung eines der Angreifer und traf ihn in die Seite. Die beiden verbliebenen Gegner zögerten, als ihnen klar wurde, dass sie jetzt zwei gegen zwei statt sechs gegen einen kämpften. Dann konzentrierten sie sich erneut auf Sam, entschlossen, die Sache zu Ende zu bringen.

Sam fing die Klinge des einen Feuertänzers mit der Parierstange seines Schwertes ab, packte den anderen am Handgelenk und zog sie so beide auf eine Seite. Er rief seinen Dolch zurück und fing ihn mit der linken Hand auf. Dann ließ er die Feuertänzer los, mit einem Schwung, der sie ins Taumeln brachte. Jetzt hatte er zwei Waffen zur Verfügung und nur vier Arme, mit denen er fertig werden musste. Er grinste, als die Feuertänzer wieder hochkamen, und griff nun selbst an, mit langen Schwertstreichen und schnellen Bewegungen mit dem Dolch, den er eng am Körper hielt, um sich mit dem Schwert nicht selbst in die Quere zu kommen.

Er hörte ein weiteres »Tong«, und ein Feuertänzer brach zusammen. Sam sprang über ihn hinweg und trieb nun selbst den letzten Angreifer vor sich her. Der Kapuzenmann machte keine Anstalten, die Armbrust neu zu spannen, sondern wartete im Schatten wie ein Zuschauer bei einem Sportereignis. Fast, dachte Sam, als ob er ihn weiterkämpfen ließ, um zu sehen, ob es irgendwelche Schwächen in seiner Technik gab.

Ein Stich mit dem Schwert, mühsam pariert von dem Drachenbeindolch. Eine Drehung nach rechts nahm das Messer mit sich, sodass die linke Seite des Feuertänzers entblößt war. Ausfall mit dem Dolch. Am Handgelenk gepackt, doch kein Problem, nach unten damit, und während der Feuertänzer abwärtsgezogen wurde, aufwärts mit dem Knie in den Magen. Der Griff an Sams Handgelenk lockerte sich. Sam drehte sich zur Seite und riss den Ellbogen hoch, der den Feuertänzer mitten auf die Nase traf. Der Feuertänzer taumelte zurück, und Sams Handgelenk war frei. Er trat einen Schritt vor und rammte in derselben fließenden Bewegung den Dolch direkt in die Brust des Gegners.

Der Feuertänzer ging zu Boden.

Sam, müde, schweißbedeckt und mit dröhnendem Kopf von zu viel Magie in zu kurzer Zeit, wandte sich zu seinem unverhofften Retter um. Der Kapuzenmann starrte zurück.

»Äh ... danke.« Der Mann sagte nichts. »Das war Hilfe zur rechten Zeit. Aber ich schätze, es war kein Zufall, oder?«

Immer noch gab der Mann keine Antwort. Sam versuchte es mit einer anderen Sprache, auf Elysisch: »Sprichst du kein Englisch?«

Keine Reaktion. Sam versuchte es in verschiedenen Dialekten der Hölle, dann auf Arkadisch, Französisch, Spanisch, Deutsch, Russisch und Chinesisch, aber nichts davon rief irgendeine Reaktion hervor. Schließlich kehrte er zu Englisch zurück. »Schau mal, ich bin dir wirklich dankbar für die unerwartete Hilfe, aber würde es dir was ausmachen, mir zu sagen, wer du bist? Und welche Rolle du bei dem allen spielst?«

Ein langes, langes Schweigen folgte. »Ich ... bin hier, um

Euch zu schützen. Vor Seth, vor Odin. Ich habe einen Auftrag.« Die Stimme war tief, mit einem leichten Akzent, aber Sam war sich nicht sicher, welchem. Vielleicht doch Elysisch? Eine irdische Sprache, vielleicht Gälisch? »Und es sieht aus, als hättet Ihr es nötig.«

Sam verbiss sich die scharfe Antwort, die ihm auf der Zunge lag. »Sehr freundlich von dir. Aber warum? Und wer hat dich beauftragt? Nicht dass ich undankbar wäre«, fügte er hinzu.

»Ich bin beauftragt worden, Euch auch vor Euch selbst zu schützen.«

Das schmeckte Sam noch weniger. »Ach«, knurrte er schließlich. »Was ist denn so gefährlich an mir selbst?«

»Ihr versucht, Seth zu bekämpfen? Zu Uranos zu gelangen, bevor er es tut?«

»Vielleicht«, gab Sam zu. »Aber ich sehe nicht so ganz, was dich das angeht.«

»Der Pfad, den Ihr einschlagen wollt, ist gefährlich. Es gibt Leute, die Euch davon abbringen wollen, zu Eurem eigenen Wohl.«

»Und dann wird es niemanden mehr geben, der Seth aufhält, und Uranos kommt frei, und wir alle werden frittiert, richtig?«, sagte Sam. »Entschuldigung, aber ich halte das für keine so gute Idee.«

Die Gestalt zuckte die Schultern. »Ich werde Euch beschützen, ganz gleich, was geschieht. Ob Ihr es wollt oder nicht.«

»Wenn du mir nicht sagen willst, wer dich geschickt hat, nenn mir wenigstens deinen Namen.«

»Nein.«

»Gib mir einen Anhaltspunkt, sonst werde ich dich Tinkerbell nennen.«

Der Fremde zögerte. Damit hatte er anscheinend nicht gerechnet. »Tinkerbell?«, echote er mit einem ungläubigen Ton in der Stimme.

»Genau«, sagte Sam. »Wie in *Peter Pan.* Ich bin mir sicher, jemand von deiner Statur möchte solch einen Namen nicht unbedingt bis an sein Lebensende mit sich herumschleppen.«

»Man hat mich schon Schlimmeres genannt«, sagte der Mann und wandte sich zum Gehen.

Sam lief ihm nach und fasste ihn an der Schulter. »He, warte!«

Der Mann bewegte sich so schnell, dass Sam es kaum sah. In einer Sekunde schaute er noch in die andere Richtung, in der nächsten standen sie Auge in Auge. Seine Hand hielt Sams Handgelenk fest wie eine Schraubzwinge. Er drehte Sam so schnell und hart den Arm auf den Rücken, dass Sam Tränen in die Augen schossen.

»Macht mir keine Schwierigkeiten, Lucifer. Ich bin leicht reizbar.«

»Kein Problem, Tinkerbell«, keuchte Sam. Nach einer schrecklich langen Zeit ließ der Druck nach, und er sackte nach vorn. Etwas Hartes traf ihn im Magen, und er klappte zusammen. Galle brannte ihm in der Kehle. Als er aufblickte, entfernte sich Tinkerbell bereits mit leichtem Schritt durch den Park. Sam verzichtete darauf, ihm zu folgen. Er lag auf dem versengten Gras und hatte genug Probleme damit, Luft zu kriegen, ohne sich übergeben zu müssen.

Sehr langsam hörte die Welt auf, sich um ihn zu drehen, und Sam fühlte sich stark genug, die Geschehnisse des Abends mit Verstand zu rekapitulieren. Was ihn alarmierte, war, dass Tinkerbell von jemandem beauftragt worden war, ihn zu beschützen. Einem Jemand, der offenbar eigene Absichten verfolgte.

Stimmen stiegen in seiner Erinnerung auf, frisch von der Sichtung.

Und wenn er uns in die Quere kommt?

Halte ihn auf. Aber lass ihn nicht sterben. Er darf nicht sterben, das ist wichtig. Aber er darf sich auch nicht einmischen.

Ich diene.

Eine Kuppel mit einem Kreuz darauf; eine silberne Klinge, die einen Fluss kreuzt: die Millennium Bridge, die Themse. Er hatte durch ein Fenster geblickt, durch das man auf die City of London, über die Brücke und hinauf zur St. Paul's Cathedral schauen konnte.

Jeder Knochen im Leib tat ihm weh. Dennoch rappelte Sam sich auf. Irgendwo auf der Südseite der Themse würde er eine Antwort finden. Er liebte nun mal keine offenen Fragen.

3
Bildersturm

Gegen halb sieben am nächsten Morgen stand Sam Linnfer mit hängenden Armen über ein Geländer an der Themse gelehnt und sah den träge vorbeiziehenden Fluten zu. Er liebte große Ströme, die durch große Städte flossen. Ganz gleich, in welchem Jahrhundert er durch London gekommen war, der Fluss war eine Konstante gewesen, die ihm ein Gefühl der inneren Sicherheit gegeben hatte.

Er blickte hinüber zum Nordufer, das sich auf der anderen Seite der Millennium Bridge erstreckte, und versuchte, das, was sich seinen Augen bot, mit dem Bild in Einklang zu bringen, das er bei der Sichtung gesehen hatte. Dann ging er ein paar Schritte die Themse hinunter, aber es war immer noch nicht ganz richtig. Die Gebäude befanden sich alle mehr oder weniger, wo sie sein sollten, doch er konnte noch nicht genug von St. Paul's Cathedral erkennen. Er drehte sich um und sah hinter sich. Über einem Zeitungskiosk erhob sich ein großer, rot verklinkerter Apartmentkomplex, dessen gepflegte eckige Balkone gläserne Schiebetüren aufwiesen.

Er fand eine Gasse, die durch eine Art Tunnel zu einem kleinen Innenhof führte. Ein Treppenhaus wurde von einer großen Metalltür versperrt. Sam studierte eine Zeit lang nachdenklich die Klingelanlage, dann drückte er irgendeine Nummer.

Eine alte, zittrige Stimme antwortete in einem Ton von solch greiser Unschuld, dass Sam sich fast entschuldigt und wieder kehrtgemacht hätte.

»Ja? Wer ist da?«

»Paket für sechsundfünfzig A«, sagte Sam. Das half immer.

»Oh. Kommen Sie rauf.« Nach einer kurzen Ewigkeit summte die Tür, und Sam drückte sie auf.

Das Treppenhaus hatte Fenster auf der Nordseite. Auf jedem Absatz hielt Sam an, um einen Blick hinauszuwerfen und das, was er sah, mit dem visuellen Eindruck aus der Sichtung zu vergleichen. Im vierten Stock war das Bild fast perfekt. Die erste Tür zur Linken wurde von einer jungen Frau geöffnet. »Ja?«

»Wartungsdienst, Ma'am. Wir haben Beschwerden über die Balkone vorliegen. Angeblich Schimmel. Es ist wahrscheinlich nichts, aber ich soll das überprüfen.«

Nachdem er auf direktem Weg zum Balkon geeilt war, tat Sam so, als sähe er sich nach Schäden um, wobei er mit einem halben Auge die Aussicht studierte. Immer noch nicht ganz richtig. Unter den besorgten Blicken der Frau überprüfte er jeden Winkel des Balkons wie eine Ameise auf Spinnenjagd.

»Scheint alles in Ordnung zu sein, Ma'am, aber wenn was ist, rufen Sie an, ja ...?« Und er war durch die Tür, bevor sie überhaupt daran dachte zu fragen: »Wen anrufen?«

An der nächsten Tür regte sich auf sein Klingeln nichts. Sam sah sich um und legte dann sein Ohr an die Tür. Kein Laut kam von drinnen; also riskierte er es, seine geistigen Fühler auszustrecken und vorsichtig nach Lebenszeichen zu suchen. Er fühlte nichts. Sein Geist berührte das Schloss, und er gab ihm einen mentalen Stoß. Es klickte, und die Tür ging auf.

Sam trat ein, zog die Tür hinter sich zu. Er befand sich in einem Apartment, das leer war bis auf ein Bett, einen Tisch und einen Stuhl – und mehr Fotos, als er je an einem Ort gesehen hatte. Die Wände waren bedeckt damit, weitere stapelten sich auf dem Boden.

Alle Bilder zeigten ihn.

Sie umfassten sein ganzes Leben von der Erfindung der Kamera an; die meisten in Schwarzweiß, viele in Farbe. Hier war er mit seinem Halbbruder Merlin; da mit dem König von Avalon; da wieder, irgendwo in dieser Stadt, so um 1880 herum, in einem Pub mit … Er stöberte weiter und wollte seinen Augen immer noch nicht richtig trauen.

Wer auch immer diese Dokumentation über sein Leben zusammengetragen hatte, war dabei zwar gründlich, aber völlig unsystematisch vorgegangen. Auf Blättern, die wie Puzzleteile im Raum verstreut lagen, fand er Aufzeichnungen über alles. Adressen in Städten auf der ganzen Welt, wo er gewohnt hatte; Nummern von Bankkonten; Sprachen, die er beherrschte; Kontakte; welche Waffen er besaß; mit welchen Waffen er gut war; wo er seinen Dolch aufbewahrte; welche Angriffszauber er bevorzugte und welche Zauber er zur Abwehr und zum Schutz einsetzte; seine Schwächen bei gewissen Waffen; ob er sie mit rechts oder mit links führte; eine Liste seiner Hobbys einschließlich Jonglieren, Malen, schlecht Singen und Kartentricks. Seine Lieblingsbücher, seine Lieblingsfilme, die Filme, bei denen er rausgegangen war, seine Lieblingsmusik. Nichts war übersehen worden.

Unter einem Haufen von Papieren fand er einen unvollendeten Brief.

Sehr geehrte Dame, sehr geehrter Herr,
Zwischenbericht, 2. April

Wie Euch bekannt sein dürfte, hat er letzte Nacht versucht, nach Antworten zu sichten. Zum Glück habe ich die Sichtung bemerkt und war somit imstande, ihn nach jener bedauerlichen Zwischenphase, als der Kontakt abgebrochen war, wieder ausfindig zu machen.

In der Folge beobachtete ich eine Auseinandersetzung zwischen ihm und sechs Meuchlern, die vermutlich von Odin im Namen von Seth ausgesandt worden waren. Trotz einiger beeindruckender Sicherheitsmaßnahmen seinerseits war ich gezwungen einzugreifen; es dürfte ihm jedoch nicht gelungen sein, Näheres über mich herauszufinden.

Ich glaube, dass er nichts über meine Ziele und Ihre Organisation und Identität weiß. Unterdessen können wir seinen Akten den Umgang mit Molotowcocktails und von einer Explosionsvorrichtung, die etwas mit Coladosen zu tun hat, hinzufügen.

Ich habe einen Sender bei ihm angebracht und werde morgen um 7:00 Uhr wieder Kontakt aufnehmen.

Was weitere Aktionen betrifft, scheint er nicht gefährlich genug zu sein, um ihn aus dem Verkehr zu ziehen. Er weiß weniger, als er zu wissen glaubt, und es sieht nicht so aus, als hätte er genug Informationen, um diese zu verwerten. Ich werde

An dieser Stelle brach der Text ab, als hätte der Schreiber einfach den Stift fallen gelassen und sich in Luft aufgelöst. Sam faltete den Brief zusammen und steckte ihn in seinen Beutel, zusammen mit dem bereits adressierten Umschlag.

Es war jetzt zehn vor sieben. Irgendwo in seinen Klamotten musste eine Wanze stecken, die ihm Tinkerbell am Abend zuvor verpasst hatte. Tinkerbell, der bereits seit geraumer Zeit anderen über ihn Bericht erstattete. Anderen, die *Ziele* und eine *Organisation* und eine *Identität* hatten – alles Dinge, die Sam mit der Zeit fürchten gelernt hatte.

Wenn er verwanzt war, dann wussten sie, wo er sich jetzt aufhielt. Er sah sich im Raum um, dann raffte er alles, was er an Fotos und Dokumenten greifen konnte, zusammen und schaffte es auf den Balkon hinaus. Als er das Ganze zu einem Haufen aufgetürmt hatte, zündete er es mit einem kleinen Feuerball an. Mit Befriedigung sah er zu, wie es brannte, und vergewisserte sich, dass nichts übrig blieb außer Asche, die der Wind davonwirbelte. Dann wandte er sich zum Gehen.

Als er fast an der Wohnungstür war, ging sie plötzlich auf. Er warf sich mit der Schulter dagegen und schlug sie wem auch immer auf der anderen Seite ins Gesicht.

Eine Pause. Dann sagte eine bekannte Stimme: »Wohin wollt Ihr gehen?«

»Sag du 's mir, Tinkerbell! Du scheinst doch sonst alles zu wissen.«

Schweigen. Dann donnerte jemand mit der Kraft eines wütenden Stiers gegen die Tür, dass das Holz unter Sams Schultern erzitterte. Wieder Schweigen.

»Ich breche die Tür auf.«

»Klar. Warum nicht?«

Holz splitterte. Die Klinge einer Axt ragte nur zwei Fingerbreit von Sams Kopf entfernt aus dem Türblatt.

»Verdammt!« Sam sprang von der Tür zurück. Er legte die Kette vor, auch wenn das nicht viel bewirken würde, und rannte auf den Balkon, wo er einen Bogen um den Aschehaufen machte.

Wieder erdröhnte die Tür unter einem Axthieb, und die Stimme schrie: »Wie habt Ihr mich so schnell gefunden?«

»Ich hab gesichtet, Tinkerbell!«, schrie er zurück und schwang sich auf die Balkonbrüstung hinauf, wo er sich schwankend aufrichtete. Es ging ziemlich tief hinunter, doch er konnte ein Stockwerk tiefer einen weiteren Balkon sehen, der in Reichweite lag. Sehr vorsichtig hockte er sich nieder, bis seine Hände die Brüstung packten, sodass er sich mit Trippelschritten an der Außenseite hinunterlassen konnte. Aus dem Apartment war ein Krachen zu hören und das rasche Näherkommen von Schritten.

Sams Füße traten ins Leere. Ein paar bange Sekunden lang baumelte er hin und her. Tinkerbells Gesicht erschien über der Balkonbrüstung, und bei Tageslicht sah Sam, dass er ihm wirklich nicht den bestmöglichen Namen gegeben hatte. Der Mann war schwarz, mit einem breiten Gesicht, dessen freundlicher Ausdruck von einem stählernen Glanz in den Augen Lügen gestraft wurde. Das Lächeln sagte: »Du kannst mir vertrauen, ich bin dein Lieblingsonkel«; die dunklen Augen sagten: »Und ich bin dazu fähig, Neffen, Enkel und Urenkel ohne Unterschied zu töten.« Sein Haar war so gut wie nicht existent, und seine riesigen Schlachterhände, die auf dem Balkongeländer lagen, waren von einer Größe, die suggerierte, dass er mit ihnen einen Bären vor dem Frühstück erwürgen konnte.

»Sebastian«, sagte er mit einem Seufzen, »das ist wirklich kein angemessenes Verhalten für einen Sohn der Zeit.«

Warum, von allen meinen Namen, nennt er mich Sebastian?

»Und«, fügte er hinzu, »was genau gedenkst du jetzt zu tun?«

Sam ließ los.

Er fiel – doch nicht annähernd so weit, wie er beabsichtigt hatte. Eine riesige Hand packte sein Handgelenk und hielt seinen Sturz auf. Die Tasche baumelte von einer Schulter, der Hockeybeutel von der anderen, die Beine strampelten wild.

»Soll ich loslassen?«

»Ja, bitte«, brachte Sam mit Mühe hervor. Sein Arm fühlte sich an, als würde er aus dem Gelenk gekugelt.

»Musstet Ihr die Fotos verbrennen?«

»Ja.« Er wollte sagen: *Musstest du mich verwanzen?* Aber es könnte von Vorteil sein, etwas zu wissen, während der andere keine Ahnung hatte, dass er es wusste. Er dachte an den Umschlag in seiner Tasche mit der Adresse. Würde Tinkerbell davon ausgehen, dass er den ebenfalls verbrannt hatte?

»Ihr wisst, dass ich das alles nur getan habe, um Euch zu beschützen.«

»Das hör ich gern.«

Zu Sams Überraschung hielt Tinkerbell ihn mit nur einer Hand am Handgelenk fest. Nun langte er mit der anderen nach unten, um Sam hinaufzuziehen.

»Ähm ...«, machte Sam.

»Jetzt keine Beschwerden, bitte. Es ist dumm genug, dass Ihr mein Gesicht gesehen habt, aber damit werden wir leben müssen.«

»Ähm …«, wiederholte er und rief den Dolch aus der Scheide in seinem Ärmel in seine freie Hand. Als der Griff in Sams Hand schnappte, zerfetzte die Klinge den Saum des Ärmels. Tinkerbell sah die Bewegung und fuhr instinktiv zurück, als Sam den Dolch umgriff und nach dem Arm des Mannes stach. Im letzten Augenblick ließ Tinkerbell los.

Sam fiel. Im Fallen schwang er seine Beine nach vorn und beschwor Magie zu seiner Hilfe herauf. Seine Beine trafen auf den Rand des Balkons unter ihm. Beim Aufprall warf er beide Hände hoch, und unsichtbare Verlängerungen seiner Finger griffen nach dem Balkon darüber als dem nächsten Halt, den seine Magie finden konnte.

Tinkerbell erblasste, als unsichtbare Tentakel aus Magie sich wie Taue um ihn legten. Mit dem riesigen Schwarzen als Gegengewicht schwang sich Sam von der Brüstung, auf der er stand, hinunter auf den Balkon – und direkt in einen Dornenstrauch. Von allen Balkonen auf der Welt hatte er ausgerechnet einen erwischt, dessen Besitzer Rosen liebte. Er rappelte sich auf und überprüfte seine Taschen, um sich zu vergewissern, dass sie nicht aufgegangen waren.

Tinkerbell über ihm grinste, da er sich wieder als Herr der Lage fühlte. »Sebastian, was hofft Ihr damit zu erreichen?«

Sam lag auf der Zunge zu sagen: »Dir den Tag zu vermiesen, was denn sonst?«, aber er hielt es für klüger, sich unwissend zu stellen – insbesondere, was Tinkerbells »Organisation« betraf.

»Arbeitest du nur für einen oder für eine ganze Horde von Idioten?«, schrie er.

»Sebastian, warum macht Ihr solche Umstände? Ich will doch nur dafür sorgen, dass dem Träger des Lichts in diesen unruhigen Zeiten nichts widerfährt.«

»Deine Sorge ehrt dich, aber ich habe null Probleme, danke der Nachfrage.«

»Letzte Nacht sah das nicht ganz so aus.«

»Und wie ich sagte, ich bin dir wirklich sehr dankbar für dein Eingreifen. Aber das wirft für mich trotz alledem die Frage nach dem ›Warum‹ auf. Warum tust du das? Und für wen? Erwartet man von dir, dass du Berichte über mich schreibst: ›Sebastian ging zur Toilette, Sebastian hat sich die Zähne geputzt, Zeit bewahre, es wird ernst‹? Hast du mich jeden Tag beobachtet, schon seit Wochen? Monaten? Jahren? *Nein, das hast du nicht, da gab es, in deinen Worten, eine »bedauerliche Zwischenphase, in der der Kontakt abgebrochen war«. Aber du glaubst, ich weiß das nicht, nicht wahr? Du hältst mich für ahnungslos, was mich in deinen Augen weniger gefährlich macht. Ein kleiner Vorteil für mich. Na ja, ein ziemlich kleiner.*

»Sebastian, kommt rauf. Lasst uns wie vernünftige Leute darüber reden.«

»Komisch, aber ich fühl mich im Moment nicht sehr vernünftig, und ich find's gar nicht übel, so mit dir zu reden wie jetzt, mit genug Abstand zwischen uns beiden.«

Er hörte ein Geräusch in dem Apartment hinter sich und fuhr herum. Drei Männer in Schwarz hatten die Eingangstür aufgebrochen und kamen auf ihn zu.

»Ihr kapiert es einfach nicht, was?«, rief Tinkerbell von oben, immer noch grinsend.

»Kumpel, es war mir ein Vergnügen«, sagte Sam, schwang sich auf den Rand des Balkongeländers und rannte los.

Er rannte durch die Luft, aber das war kein so großes Problem, wie man hätte glauben können. Mit gewöhnlicher Magie war es schwer, sich zum Fliegen zu bringen. Doch man konnte das Problem umgehen, indem man die Gravitation austrickste. Für ein paar Sekunden ging das gut, es ließ sich nur nicht lange durchhalten. Doch bis zum nächsten Balkon reichte es allemal.

Sam blickte sich um. Seine drei schwarz gekleideten Verfolger stürzten auf den Balkon hinaus, den er gerade verlassen hatte, und blickten sich wild um. Sam grinste, winkte und rannte durch die Luft zum nächsten Balkon, dann zum übernächsten und zum überübernächsten. Die ganze Zeit blickte er über die Schulter zurück. Die Männer waren verschwunden; zweifellos hetzten sie jetzt im Gebäudeinneren hinter ihm her. Tinkerbell stand immer noch am Geländer seines Balkons und seufzte. »Ist das alles ermüdend!«, hörte Sam ihn sagen.

Sam machte eine Verbeugung in seine Richtung, dann schwang er sich vom Balkongeländer ein Stockwerk tiefer. Er riss die gläsernen Schiebetüren zur Wohnung auf und stürmte hinein. Ein Mann und eine Frau, die im Bett lagen, begannen bei seinem Anblick zu kreischen. Sam rief: »Sorry, muss nur mal durch!«, und rannte durch ihr Apartment. Auf dem Gang draußen stand ein überraschter alter Mann in einem Morgenmantel. Der Alte ließ seine Zeitung fallen und machte, dass er in seine Wohnung kam, als hätte er den Teufel selbst gesehen. »Sorry«, sagte Sam erneut, als er einen Fuß zwischen die Tür schob. Seine Finger schlossen sich um ein dürres Handgelenk, und der physische Kontakt reichte ihm aus, den Mann in Trance zu versetzen. Der Alte knickte zusammen.

Sobald er in der Wohnung stand, schlug Sam die Tür hinter sich zu. Dann ließ er seine Taschen auf den Boden fallen und begann, seine Kleidung zu durchsuchen. Tinkerbell musste den Sender irgendwo versteckt haben. In einer seiner Jackentaschen, tief im Futter vergraben, fanden seine Finger einen kleinen Plastikgegenstand. Es war ein winziges rundes Elektronikteil, aus dem zwei kleine Drähte ragten. Er seufzte und wickelte die Drähte umeinander, wo sie sich zuvor nicht berührt hatten. Etwas im Schaltkreis gab einen entrüsteten Piepser von sich, und alles war wieder still.

Sam murmelte eine leise Entschuldigung, an den alten Mann gerichtet, der in seinem Morgenmantel auf dem Fußboden lag, und durchsuchte die Wohnung, bis er einen Kleiderschrank fand. Die Kleider darin rochen muffig und nach Mottenkugeln. Dennoch suchte er sich einen langen Mantel heraus und zog ihn über. In den Taschen entdeckte er ein halb volles Päckchen Pfefferminz, einen uralten Busfahrschein und eine vergammelte Bananenschale, die er alle auf den Boden warf. In der Küche fand er eine Mülltüte und steckte seine Umhängetasche und den Hockeyschlägerbeutel hinein. Von einem Haken nahm er einen alten Hut, der aussah wie aus einem Thriller der Dreißigerjahre, setzte ihn auf, zog die Krempe herunter und öffnete die Wohnungstür.

Der Gang draußen war leer. Sam ging los, wobei er sich Mühe geben musste, nicht zu schnell zu laufen. Er erreichte das Treppenhaus. Es war leer. Langsam ging er die Stufen hinab, wobei er einen idiotischen Drang zu pfeifen verspürte. Über sich hörte er Stimmen, aber er blieb nicht stehen. Schnelle Schritte wurden laut; ein Mann in Schwarz kam die Treppe hinaufgehastet, an ihm vorbei, wobei er ihn von oben bis unten musterte, hielt aber nicht an, sondern ging weiter, zwei Treppenstufen auf einmal nehmend.

Einen Augenblick später jedoch hielt der Mann abrupt an. Sam konnte seinen Blick im Nacken spüren. Dann hörte er jemanden sprechen, wie in ein Mikrofon: »Möglicher Verdächtiger auf dem Weg nach unten …«

Sang ging weiter die Treppe hinunter, langsam und bedacht. Er hörte Schritte hinter sich, sah Gestalten vor ihm, aber ließ sich nicht beirren. Er erreichte das Erdgeschoss, legte seine Hand auf die Haustürklinke, als hinter ihm Tinkerbells Stimme ertönte:

»Verzeihung, Sir?«

Er drehte sich nicht um. Er öffnete die Tür, rannte hindurch und schlug sie Tinkerbell ins Gesicht. Ein Lächeln stahl sich in seine Mundwinkel, als aus dem Inneren Rufe und Schreie ertönten. Die Tür erzitterte, als mehrere Körper dagegenprallten, aber nicht einmal eine Axt würde eine so dicke Metallplatte durchschlagen. Sam wartete, den Rücken gegen die Tür gedrückt, bis er sicher war, dass das Schloss eingeschnappt war, dann schlug er mit einer flammenden Hand gegen die Wechselsprechanlage. Mit einem lauten Knall explodierte die Elektronik, und ein dumpfes Knirschen kam von der Tür selbst. Dieses Schloss würde keiner so schnell wieder aufkriegen.

Sam nahm die Beine in die Hand und rannte, so schnell ihn seine Beine trugen, durch die Straßen von Southwark. Er folgte nicht mehr der Karte von London vor seinem inneren Auge, sondern suchte mit aller Macht nach dem nächsten Höllentor, durch das er gehen könnte. Es war schwer, sehr schwer, jemandem durch ein Weltentor zu folgen; man musste schon ziemlich genau wissen, wohin sein Weg führte.

Sam bog um eine Ecke, als ein großer weißer Lieferwagen ihm entgegenkam. Ihm wurde plötzlich bewusst, wie auffällig er wirken musste, wenn er in altmodischer Kleidung mit einer Mülltüte durch Southwark rannte. Er verlangsamte den Schritt. Gehen. Bedächtig, ruhig und vor allem harmlos aussehend.

Er konnte ein Höllentor in der Nähe spüren. Gut. Es war Zeit, diese Welt zu verlassen. Er bog in eine Straße mit starkem Verkehr und riesigen Reklametafeln ein, auf denen Filme angezeigt wurden, die vor Monaten schon ausgelaufen waren. Irgendwo an der Bahnlinie von Blackfriars, da musste das Tor sein. Tore waren oft an den unwahrscheinlichsten Orten, da Menschen um sie herum bauten, ohne etwas zu ahnen.

Er kam an eine lange Reihe von Geschäften, die von aufgemotzten Schicki-Micki-Lokalen bis zum Tante-Emma-Laden reichten. Auf der anderen Straßenseite war ein langer Holzzaun mit mehreren losen Latten ... Er ging daran entlang, bis er eine Lücke fand, die groß genug war, und wand sich hindurch. Dahinter waren die vielen Bahngeleise, die zur Blackfriars Bridge führten. Zwischen hohen Fliederspeerbüschen standen vereinzelt Züge. Sam kletterte vorsichtig über die Gleise auf einen verlassenen Maschinenschuppen zu.

Hinter sich hörte er einen Ausruf. Tinkerbell war an der Lücke im Zaun, aber kam nicht hindurch. Sam war schlanker und geschickter; wo er hindurchgeschlüpft war, blieb der schwarze Riese nun stecken. Sam grinste, winkte und beschleunigte seinen Schritt in Richtung Maschinenschuppen.

Auf der Rückseite des Schuppens, zwischen verrostetem Metallgerümpel und Gestrüpp aus Dornen und Weiderich konnte er das Höllentor spüren. Er wurde langsamer, rief es geistig zu sich. Das Tor tat sich auf, ein Durchgang, der im Nichts hing, von weißem Feuer umrahmt. Nebel strömte hervor, und die Temperatur im Umkreis wurde deutlich kälter. Sam holte tief Luft, da hörte er hinter sich einen weiteren Ruf.

»Sebastian!« Tinkerbell war da, verlangsamte seinen Lauf, als er das offene Tor sah. »Wir müssen uns ...«

Sam schüttelte den Kopf. »Da musst du dir was Besseres einfallen lassen, Tinkerbell. Und tschüss!«

»Wartet!« Tinkerbell machte einen Satz nach vorn. Aber Sam war bereits durch das Tor getreten. Die Erde mitsamt Rangiergleisen, Tinkerbell und Southwark war nicht mehr.

Weißer Nebel. Gesichter darin, Stimmen, die wisperten, riefen. *Lucifer, Lucifer, komm, geh mit uns. Lucifer, komm, spiel mit uns, Lucifer ...*

Es war kalt auf dem Höllenpfad, so kalt wie auf allen Weltenpfaden, und das Atmen fiel schwer – man hatte immer nur so viel Sauerstoff zwischen den Welten, wie man mit sich brachte. Nur die Kinder des Chronos, die Söhne und Töchter von Vater Zeit, konnten sicher zwischen den Welten wandeln. Jedermann sonst kam unweigerlich vom Weg ab. Dies war der Grund, weshalb die Weggeister, die Seelen derjenigen, die die Kluft zwischen den Welten zu überqueren versucht hatten und gescheitert waren, im Tode die Pfade heimsuchten und sich winselnd, rufend, lockend mühten, Wanderer zwischen den Welten ins Verderben zu ziehen. Sie hassten das Leben, insbesondere die Art von Leben, die erfolgreich zwischen den Welten hin und her ging, wo sie versagt hatten.

Sam lief den Pfad entlang, sein Ziel fest vor Augen. Der Pfad spürte es, antwortete, verband Tor mit Tor, lenkte seinen Weg. Die Weggeister zerrten an seinen Füßen, der weiße Nebel war erstickend dicht, seine Lunge brannte. Ein Licht voraus, silbern, in Form einer Tür. Er rannte darauf zu, brach in einem Nebelschauer aus der Zwischenwelt ins Freie.

Hier war es fast noch kälter, als es auf dem Pfad gewesen war. Die Hölle war in zwei ungleiche Abschnitte geteilt. Der größere Kontinent lag neunzig Prozent des Jahres in der Sonnenglut, während auf dem kleineren in dieser Zeit tiefe Dunkelheit herrschte. Zwischen ihnen spannte sich der riesige Mahlstrom-Ozean; nur an ein paar Punkten waren die beiden Gebiete durch Landbrücken verbunden, die, wenngleich schmal, in ihrer Geschichte manche Invasionsarmee gesehen hatten, aus der einen wie aus der anderen Richtung.

Sams Bereich der Hölle, der Teil, den er einst gegründet, geformt, geleitet und schließlich beherrscht hatte, bevor er am Ende von ihm verraten worden war, war der Teil, der in Finsternis und ewiger Kälte lag. Das Reich, das den anderen, heißeren Teil ausmachte, hatte oft seinen Untergang geschworen und zahlreiche Male versucht, ihn zu erobern, aber es nie geschafft.

Sam stand auf einem schneebedeckten Kamm in der Mitte von Nirgendwo, was die Art von Ort war, wo er seine Tore am liebsten hatte. Hier stand wenigstens niemand herum und tönte: »He, da ist grade so ’n Typ aus dem Nichts aufgetaucht!«

Sam blieb nur so lange in der Kälte stehen, wie nötig war, um wieder zu Atem zu kommen. Dann wandte er sich zu dem Tor um. Es war ein bedauerlicher Umstand des Weltenwandelns, dass man nie direkt von einem Tor auf der Erde zu einem anderen Erdentor gelangen konnte. Das einzig Gute daran war, dass man von der Hölle oder dem Himmel zu jedem beliebigen Teil der Erde gelangte, wo man hinwollte.

Sam riss sich den Hut vom Kopf. Auch den Mantel des alten Mannes zog er aus und ließ ihn achtlos in den Schnee fallen. Mit vor Kälte zitternden Händen zog er den Umschlag hervor, den er in Tinkerbells Apartment gefunden hatte.

Die Anschrift lautete: »An den Geschäftsführer, Engelspalast, Berlin.«

Nun, Berlin war leicht genug zu finden, selbst wenn der Engelspalast eine etwas beängstigende Adresse war, wenn man mit Engeln schon die eine oder andere unliebsame Bekanntschaft gemacht hatte. Außerdem kannte Sam jemanden in Berlin, der ihm vielleicht helfen könnte.

Er drehte sich um und trat wieder durch das Tor, eine schattenhafte Gestalt in der Dunkelheit. Doch jetzt, da er ein Ziel vor Augen hatte, war er beinahe glücklich.

4
Fritz der Fälscher

In einer kleinen, dunklen Straße in einem kleinen, dunklen Vorort von Berlin, in einem kleinen, dunklen Haus mit einem kleinen, dunklen Kellergeschoss saß ein Mann namens Fritz. Er war, im Gegensatz zu allem anderen um ihn herum, ausgesprochen gut aussehend, abgesehen von der Tatsache, dass eine lange Zeit des Zorns und Unmuts über die Welt sein Gesicht gezeichnet hatte. Seine Wohnungstür war nicht viel mehr als ein großes Stück verrostetes Blech, und als Sam dagegenklopfte, gab sie ein dumpfes »Klank, Klank« von sich. Fritz warf einen misstrauischen Blick aus einem blauen Auge zur Tür und sah Sam. »Kacke«, murmelte er auf Deutsch. »Ausgerechnet du.«

»Freut mich auch, dich zu sehen, Fritz«, sagte Sam und trat ein, ohne auf eine Aufforderung zu warten.

Der Großteil des Mobiliars bestand aus umgedrehten Kisten, mit zerschlissenen Kissen gepolstert, die aussahen, als ob alles mögliche Getier sich bereits darauf geflätzt hätte. Der Stuhl, auf den Sam sich niederließ, hatte nur drei Beine, doch ein Stapel billiger Leihbücher gab ihm Stabilität.

»Fritz, deine magische Hand wird benötigt«, sagte Sam und warf ihm den Brief nebst Umschlag zu.

Fritz las ihn mit hochgezogenen Brauen. »Was soll ich damit anfangen?«, fragte er schließlich.

»Ich möchte, dass du mir einen neuen Brief schreibst, in derselben Handschrift.«

»Was soll darin stehen?«

»Etwas in der Art von: ›Lieber Geschäftsführer vom Engelspalast und so weiter, der Mann, der diesen Brief überbringt, ist vertrauenswürdig. Er hat den Auftrag, Sebastian Teufel aufzuspüren. Sagen Sie ihm alles, was er wissen muss ...‹«

»Er soll dich aufspüren?«, fragte Fritz mit einem Stirnrunzeln. »Darf ich fragen wieso?«

»Sagen wir einfach, ich bluffe.«

Fritz hob die Schultern. »Was zahlst du?«

»Ich habe kein Geld bei mir – ich komme direkt aus der Hölle.«

»Du bist ein guter Kunde. Ich nehm auch einen Wechsel.«

»Damit du ein Muster meiner Handschrift hast? Fritz, dafür kenne ich dich viel zu gut.«

Fritz grinste. »Sebastian, wie kannst du mir nicht trauen?«

»Da staunst du. Sollen wir sagen, zweihundert Euro, zu zahlen in nächster Zukunft?«

»Drei, Sebastian, dreihundert! Du weißt, du kannst es dir leisten.«

»Mein Konto wird überwacht.«

»Die Entschuldigung zählt nicht«, meinte Fritz und machte eine Handbewegung, als könnte er Sams Probleme mit einem Abwinken vertreiben. »Du kannst ja was klauen.«

»Fritz, nicht jeder ist ein Anarchist. Mach's einfach, ja? Du wirst dein Geld schon kriegen.«

»Na gut, aber nur, weil du so 'n treuer Kunde bist.« Fritz setzte sich an einen Schreibtisch und schaltete ein sehr helles, ruhiges Licht an. Er nahm den Brief näher in Augenschein. »Muss es auch dasselbe Papier sein?«

»Ich glaube nicht. Versuch einfach, es so ähnlich wie möglich hinzukriegen.«

»Das kann dauern.«

»Hast du eine Straßenkarte?«

»Nee.«

»Ich bin in einer halben Stunde zurück«, sagte Sam mit einem Seufzen.

Er nahm die U-Bahn zur Stadtmitte, wo überall triste Betonburgen, auf denen noch die Reste von Graffiti zu sehen waren, neuen Hochhäusern mit gläsernen Fensterfronten wichen, welche in Windeseile aus dem Boden gestampft wurden. Gesäumt wurde das Ganze von Resten feudaler Architektur des neunzehnten Jahrhunderts, von denen das meiste bereits in Auflösung begriffen war. Er ging breite, mit Linden gesäumte Prachtstraßen entlang, vorbei an Cafés und riesigen, hässlichen internationalen Hotels, die in jedem Land die gleichen waren, sowie an einer demolierten Polizeistation, an einer Apotheke, die so neu, hell und sauber aussah, dass sie als eine noch hygienischere Erweiterung des nahe gelegenen Krankenhauses hätte dienen können, und weiter zu einem kleinen, anonymen Gebäude an der Straßenecke. Er stieß die Tür auf, die sich mit einem elektronischen Summton über die Langeweile des Alltags beschwerte.

Straßenkarten bedeckten die Wände; desgleichen Karten der näheren Umgebung und Poster, die Sehenswürdigkeiten in und um Berlin zeigten. Schlösser wetteiferten mit neuen gläsernen Regierungsgebäuden im Stadtzentrum und Bildern von Umzügen und örtlichen Festen. Aus unerfindlichen Gründen gab es dazwischen auch ein Bild von einem weißen Häschen mit einem Glöckchen am Halsband.

Eine junge Dame saß hinter einem Tresen, mit dem breiten, gönnerhaften Lächeln im Gesicht, das für Touristen reserviert war.

»Äh, guten Tag«, sagte er auf Deutsch. »Können Sie mir sagen, wo ich den Engelspalast finde?«

Auf dem Gesicht der Angesprochenen spiegelte sich Enttäuschung, da sie ihre profunden Fremdsprachenkenntnisse nun nicht mehr würde unter Beweis stellen können. Sam war fast versucht, seine Anfrage in gebrochenem Englisch zu wiederholen.

»Was soll das sein?«, fragte sie auf Deutsch. »Ein Museum, ein Kino, ein Theater ...?«

»Ich hatte gehofft, Sie könnten mir helfen, das herauszufinden. Es gibt da einen Geschäftsführer, wenn das irgendwie weiterhilft.«

»Einen Moment!« Ihr Lächeln war fast verflogen, als ihr die Trivialität der Aufgabe bewusst wurde. Sie wandte ihre Aufmerksamkeit einem PC-Monitor zu, der so gedreht war, dass Sam den Bildschirm nicht sehen konnte. Wahrscheinlich spielte sie Solitär darauf. Sam wartete, während sie ihre Anfrage eingab.

»Der Engelspalast«, sagte sie schließlich, »ist ein Nachtklub. Rosenstraße siebenundsechzig.«

Übers ganze Gesicht strahlend und beinahe – wenn auch nicht ganz – pfeifend verließ Sam den Laden.

»Kleine Fische«, sagte Fritz und reichte ihm den frisch gefälschten Brief. Ja, er hatte die Aufgabe so uninteressant gefunden, dass er dem Umschlag noch das Wort »Persönlich zu übergeben« hinzugefügt hatte, nur weil er gerade dabei war.

Sam überflog den Brief und fragte: »Weißt du, wo die Rosenstraße ist?«

»Nicht weit von hier.«

Sam blickte auf. Zweifel lag in seinen dunklen Augen. »Das ist der Punkt, an dem du mit düsterer Stimme sagen solltest: ›Ooooh, Sie wollen da doch nicht *wirklich* hingehen, junger Mann. Es ist nicht *sicher* in der Rosenstraße.‹«

»Die Rosenstraße«, sagte Fritz affektiert, »ist das Zentrum des innerstädtischen mondänen-aber-halbseidenen Gewerbes.«

»Du meinst, wo die Reichen und Privilegierten hingehen, um sich davon zu überzeugen, dass sie Menschen sind wie du und ich?«

»Du hast es erfasst.«

»Gibt's sonst noch was, was du mir sagen willst?«

»Ja.«

»Wird es mich froh und glücklich machen?«

»Nein.«

Sam machte eine ausholende Geste. »Lass hören.«

»Vor zwei Tagen klopfte ein Mann mit roten Haaren, finsterem Blick und einer großen Axt an meine Tür und wollte wissen, ob ich dich in jüngerer Zeit gesehen hätte. Ich sagte nein. Es sagte, wenn du auftauchen würdest, sollte ich ihn anrufen. Es würde mein Schaden nicht sein.«

»Und was hast du gemacht?« Sam war plötzlich angespannt und darauf bedacht, sein Schwert in Reichweite zu halten.

»Ich habe ihm gesagt, ich würde darüber nachdenken. Aber schließlich gehört er nicht zur treuen Kundschaft, nicht wahr? Im Gegensatz zu dir.«

»Hat der geheimnisvolle Fremde seinen Namen genannt?«

Fritz sah, wie Sam sich wand, und genoss es, ihn auf die Folter zu spannen. »Tja«, zierte er sich, »wenn ich 's nicht besser wüsste, würde ich sagen, es war Brüderchen Thor.«

»Aber du weißt es besser?«, meinte Sam hoffnungsvoll.

»Eine Redensart. Es *war* Thor. Es sucht nach dir.« Fritz kostete die Gelegenheit so offensichtlich aus, dass Sam nicht umhin konnte, eine entsprechende Bemerkung zu machen.

Fritz war nicht bereit zur Buße. »Es macht mir einfach Spaß, die Kinder der Zeit erbleichen zu sehen.«

»Nur weil du uns beneidest«, erklärte Sam. »Warum hast du mir nicht gleich davon erzählt?«

»Ich war mir nicht sicher, ob ich dich verkaufen sollte oder nicht.«

Sam seufzte und reichte ihm die Hand. »Fritz, es war mir ein Vergnügen, mit dir Geschäfte zu tätigen, wie immer.«

»Du schuldest mir noch dreihundert Euro.«

»Ich weiß, ich weiß.« Sie schüttelten sich die Hand. »Ich werde die Rechnung begleichen, sobald sich die Lage etwas beruhigt hat.«

Im Gehen grinste Sam, winkte, und versuchte, das Gefühl des Unbehagens abzuschütteln. Natürlich mochte Fritz der Fälscher Thors Namen nur deshalb ins Gespräch gebracht haben, um ihn, Lucifer, zu ärgern und zu verunsichern. Aber Sam war in der Tat ein alter Kunde, und Fritz wusste nur zu gut, dass Verrat sich in seinem Gewerbe nicht auszahlte. Darum ...

Versucht Thor, mich in seine dreckigen Hände zu kriegen? Ich hoffe nicht. Ich hoffe es wirklich nicht.

Die Rosenstraße war eine lange, breite Straße voller Widersprüche. Die wenigen Häuser, die nicht renoviert worden waren, waren seit langem mit Brettern verrammelt und mit Graffiti besprüht worden, die entweder die Rückkehr der Nazis oder die der Kommunisten herbeisehnten. Türkische Billigläden wechselten sich mit dunklen Türen ab, die in unbekannte Souterrains führten, während Cafés mit Flipperautomaten und Billardtischen gegen neuere, nach Massengeschmack konfektionierte Bars mit Tanzflächen und einem Dekor ankämpften, das den Gast an Sommer und Blumen erinnern sollte. Dazwischen lagen die matt erleuchteten Eingänge der Nachtklubs. Ein Bus hielt ein paar Meter entfernt und setzte eine alte Frau ab, doch davon abgesehen war die Straße so gut wie tot.

Der Engelspalast war nur ein weiterer Eingang, höchstens noch etwas düsterer als der Rest, am ruhigeren Ende der Straße. Die Tür stand offen; aus dem Inneren drang ein rötlich blaues Licht nach draußen. Niemand war zu sehen, also ging Sam hinein.

Hinter der Tür lag ein kurzer, nur matt erleuchteter Korridor mit Bildern berühmter Leute, die nie in diesem Etablissement gewesen waren, aber dennoch den unstillbaren Drang verspürt hatten, ein Bild mit den besten Grüßen »an meine lieben Freunde im Engelspalast« zu signieren. Es folgte eine kleine Rezeption, die unbesetzt war. Sam stieß eine gläserne

Doppeltür auf und betrat einen großen quadratischen Raum, dessen niedrige Decke mit Lichterketten in allen möglichen Farben geschmückt war. Die meisten davon waren ausgeschaltet. Eine lange Theke bot mehr Drinks von größerer Vielfalt und vermutlich höherer Unverträglichkeit, als Sam sie je gesehen hatte. Dahinter stand eine eher plumpe Frau mit einer Schürze und spülte Gläser.

In einer Ecke des Raums war Platz für eine kleine Band und eine leere Tanzfläche. Der Boden war voller Müll – weggeworfene Telefonnummern, zerrissene Bierdeckel und leere Schachteln und Folienverpackungen, die alles Mögliche enthalten haben mochten, von Erdnüssen bis Ecstasy-Pillen.

»Wir haben geschlossen.« Ein junger Mann kam mit der Entschlossenheit einer Lawine auf Sam zu. Er trug ein T-Shirt und Shorts und wirkte völlig fehl am Platze.

»Ich würde gern den Geschäftsführer sprechen.«

»Er ist nicht da.«

»Mein Name ist Luke. Ich komme aus London.« Sam zog seinen Brief heraus und zeigte den Umschlag, der Tinkerbells Handschrift trug.

Der junge Mann zog die Brauen zusammen. »Hunter hat Sie geschickt?«

Hunter? Tinkerbells Name ist Hunter? Hunter wie ›Jäger‹? Interessant ... »Ja.«

»Hier entlang, bitte!«

Sam folgte dem Mann durch eine Tür hinter der Bar, die er auf den ersten Blick gar nicht gesehen hatte, so gut war sie in der Dekoration versteckt. Sie gingen durch einen langen, dunklen Gang und eine Treppe hinauf zu einer schlichten weiß gestrichenen Holztür. Der junge Mann klopfte an.

»Onkel? Ein Mann von Hunter ist hier.«

Die Tür öffnete sich fast im gleichen Moment. Sam setzte sein verbindlichstes Lächeln auf.

Der Geschäftsführer war klein, dicklich und fast kahl. Er musterte Sam. »Von Hunter?«

Sam reichte ihm den Brief. Der Geschäftsführer las ihn und zuckte die Schultern. »Na, dann kommen Sie mal rein.«

Vor Erleichterung fast tanzend, trat Sam in das Büro. Es war klein und hatte keine Fenster. Auf der einen Seite befand sich eine Batterie von Monitoren, die mit Überwachungskameras verbunden waren und Bar und Tanzboden aus verschiedenen Blickwinkeln zeigten. Ein Schreibtisch, der den Großteil des Raums einnahm, war übersät mit Papieren, und dahinter war gerade noch Platz genug, dass der Dicke sich zwischen Schreibtisch und Wand quetschen konnte.

Er bot Sam mit einer Handbewegung einen Stuhl an, doch Sam zog es vor, stehen zu bleiben. Der Stuhl, auf dem er Platz nehmen sollte, war bereits mit ungeöffneter Post überhäuft, und Sam wusste nicht, wohin er sie legen sollte.

»Na gut. Wo ist Hunters letzter Bericht?«

»Ich weiß es nicht.«

»Wer sind Sie?«

Der Geschäftsführer war offensichtlich jemand, der schnell zur Sache kam.

»Luke«, sagte Sam schlicht. »Wer sind Sie?«

»Mein Name ist Hintzen. Was wollen Sie von mir? Warum hat Hunter Sie hierhergeschickt?«

»Ich soll Hunter bei der Suche nach Sebastian Teufel helfen.«

Hintzens Nicken deutete darauf hin, dass Sams Schuss ins Schwarze getroffen hatte. Sam riskierte es fortzufahren: »Ich bin mir nicht sicher, für wen ich da eigentlich arbeite, und ich verstehe auch nicht ganz, wie die Lage ist. Ich bin ein Kopfgeldjäger, schlicht und einfach. Sie wollen, dass ich Sebastian Teufel beschütze, und Ihr Wunsch ist mir Befehl. Sie wollen, dass Sebastian Teufel von der Bildfläche verschwindet, und auch das kann ich bewerkstelligen. Aber ich arbeite effektiver, wenn ich eine Ahnung davon habe, worum es eigentlich geht, für wen ich arbeite und wer die Gegenseite ist. Hunter wollte es mir erklären, aber Teufel hat gesichtet, und Hunter musste weg. Er sagte, Sie könnten mir Näheres erklären.«

»Ich wurde nicht darüber informiert, dass man einen Kopfgeldjäger angeheuert hat.«

»Ich gehörte einst zu den Feuertänzern. Ich war einer der besten.«

»Warum haben Sie die Feuertänzer verlassen?«

»Darüber möchte ich nicht reden. Bitte sagen Sie mir, Herr Hintzen, warum ist Sebastian Teufel so gefährlich?«

»Er ist ein Sohn der Magie.«

»Ja, aber selbst die Kinder der Magie haben ihre Schwächen.«

»Er ist auch der Träger des Lichts.«

»Stellt das ein Problem dar?«

Hintzen zuckte die Schultern. »Nicht für uns.«

»Natürlich. Aber das ist ein anderer Punkt, den ich gern aufgeklärt sähe. Das Licht, wie ich es verstehe, kann eine Höhere Macht vernichten. Wie kommt es, dass Sie nichts davon zu befürchten haben?«

»Sebastian Teufel müsste alles Leben in sich aufnehmen, um uns zu schaden.«

»Wieso?«

Wieder ein Schulterzucken. Sam fragte sich, ob er vielleicht zu schnell vorpreschte.

»Wir sind die Ashen'ia«, sagte Hintzen einfach. »Unsere Seelen, unsere Geister sind an Orte gebunden, die er nicht einfach mit einer begrenzten Entladung berühren kann. Und er ist ein Feigling. Er wagt es nicht, seine Macht voll einzusetzen.«

»Die Ashen'ia sind somit vor ihm geschützt?«

»Aber ja.«

»Und wollen ihn vor Seth schützen?«

»Ja.«

»Aber die Ashen'ia sehen in ihm eine mögliche Bedrohung und wollen ihn in diesem Falle neutralisieren.«

»Deshalb haben wir Hunter angeworben.«

»Und ab welchem Punkt, glauben Sie, sollte er als Bedrohung angesehen werden?«

»Na ja, wenn er die Ziele der Ashen'ia entdeckt, wird er sich natürlich gegen uns wenden.«

»Wieso?«

Die Frage schien Hintzen zu überraschen, dann misstrauisch zu machen. »Sie müssen die Akten über Teufel gesehen haben.«

»Die Akten sind ziemlich umfangreich. Ich bin noch nicht lange mit der Sache befasst.«

»Was zahlt man Ihnen.«

»Mein Honorar ist abhängig vom Erfolg.«

»Ich mag Kopfgeldjäger nicht – sie sind Söldner. Sie verstehen nicht, wofür sie kämpfen.«

»Dann klären Sie mich auf.«

Hintzen grinste. »Macht, mein Bester. Wir kämpfen um Macht.«

»Unter Macht kann ich mir was vorstellen.«

»Nicht diese Art von Macht. Wir kämpfen darum, dass die Höheren Mächte sich vor uns verneigen.«

»Und Sebastian Teufel ist ein Teil dieses Plans.« Sam achtete darauf, dass es nicht wie eine Frage klang. Behauptungen, die ganze Zeit Behauptungen aufstellen. Ich bin nur ein unschuldiger Kopfgeldjäger, der versucht, die Fakten klar zu kriegen ...

»Natürlich. Als Träger des Lichts ist er ein wesentlicher Bestandteil unserer Pläne.«

»Darf ich fragen – warum lässt man ihn dann frei herumlaufen, als wandelnde Bombe, die potenziell eine Gefahr für die Pläne der Ashen'ia darstellt? Ich meine, Sie selbst geben zu, dass er sich gegen Sie wenden könnte. Warum ziehen Sie die Zügel nicht an?«

»Das ist ein Balanceakt, Luke. Sebastian Teufel ist allein, er wagt es nicht, sich an jemanden um Hilfe zu wenden, aus Furcht vor den Pandora-Geistern. Wir müssen ihn selbst zu der Erkenntnis kommen lassen, wie allein er ist, ihn an den Rand der Verzweiflung bringen – dann werden der Meister und die Meisterin an ihn herantreten. Wenn er nirgendwohin mehr gehen kann, wenn er, gehetzt, gejagt, getrieben, nicht mehr ein noch aus weiß, dann werden sie an ihn herantreten. Und sie werden sagen: ›Schau, Sebastian, wir sind deine Freunde.‹ Und er wird sich uns aus eigenem freiem Willen anschließen. Mit seiner Hilfe können wir Seth, den Sohn der Nacht, vernichten; seine Macht wird die Waagschale zu unseren Gunsten senken.«

»Sie glauben, er wird Ihnen vertrauen.«

»Er wird keine andere Wahl haben. Er wird nicht in der Lage sein, dem Meister und der Meisterin zu widerstehen. Nicht, wenn er sieht, wer sie sind.«

»Sie erwarten, dass seine Reaktion ihnen gegenüber so extrem sein wird.«

»Natürlich. Er wird erkennen, dass er nicht mehr allein ist, dass nicht alles umsonst war.«

»Sagen Sie, wenn ein Pandora-Geist hier erschiene, in diesem Augenblick, was würden Sie tun?«

»Die Tür abschließen und warten, bis er weg ist. Was würden Sie tun?«

Sam schwieg, doch seine Gedanken rasten. Schließlich fuhr er fort: »Wissen Sie, ich unterhielt mich vor kurzem mit jemandem, der nicht wusste, wer der Meister und die Meisterin sind, und es herausfinden wollte.«

Darauf gab es eine überraschend starke Reaktion von Herrn Hintzen, der sich kerzengerade auf seinem Stuhl aufsetzte, mit funkelnden Augen. »Wie hieß diese Person?«

»Sam. Sam Newcastle. Gibt es da ein Problem?«

»Ashen'ia fragen nicht nach den Namen des Meisters und der Meisterin! Es genügt ihnen zu wissen, dass beide Kinder des Himmels sind. Nach ihren Namen zu fragen hieße, alles aufs Spiel zu setzen!«

Kinder des Himmels? Es gibt Weltenwandler in dieser Organisation – den Ashen'ia? Einer meiner Brüder und eine meiner Schwestern ...? »Was ist so gefährlich daran, wenn jemand es wüsste?«

»Wenn Seth es herausfände ...«

»Wenn Seth ihre Namen herausfände? Das wäre gefährlich?« Sam beugte sich vor. »Nicht einmal Sie kennen die Namen, nicht wahr? Wer kennt sie? Wer sind der Meister und die Meisterin?«

Hintzen war aufgesprungen. Seine Augen waren weit aufgerissen. »Wie können Sie es wagen ...?«

Sams Hand schoss vor und packte Hintzen am Hemdkragen. Im nächsten Augenblick lag der silberne Dolch in seiner Linken. Er presste die Klinge gegen Hintzens wabbeligen roten Hals und zischte: »Die Ashen'ia haben einen Plan, das Licht zu ihren eigenen Zwecken zu gebrauchen. Wie sieht er aus? Und wenn euer Plan so perfekt ist, warum warten, bis Seth kurz davor steht, Uranos freizusetzen? Wer sind die Weltenwandler, dein geliebter Meister und deine Meisterin? Wer sind sie?«

»Ich ... ich weiß es nicht«, stammelte Hintzen, völlig aus der Fassung gebracht. Tränen rannen aus seinen Babyaugen. »Ich richte nur Botschaften aus.«

»Wem schickst du Hunters Berichte, Hintzen? Raus damit!«

Hintzen schloss die Augen. Seine Lippen formten Worte. Sam bekam einen Teil davon mit: »Die du meine Seele behütest ... habe Mitleid mit deinem Diener ... ich rufe dich an ...«

Sam schüttelte ihn. »An wen leitest du die Botschaften weiter? Sprich! Wer sind die Ashen'ia?«

Hintzen öffnete die Augen und starrte ihn an.

Sam hatte nie so einen unmenschlichen Blick gesehen. Die Augen des Mannes waren wie mit einem durchscheinenden silbernen Film bedeckt, wie die eines Fisches, und schienen von innen zu leuchten.

Hintzen grinste – ein grausames, berechnendes Grinsen – und sprach mit einer Stimme, die klang, als käme sie durch ein sehr altes Lautsprechersystem aus den Tiefen des Meeres: »Kleines Licht und kleines Feuer möchte beim großen Spiel mitmachen?«

Sam sah Hintzens Hand kaum, so schnell bewegte sie sich und schloss sich um sein Handgelenk. Er stieß einen Schmerzensschrei aus, ließ den Dolch fallen, als Hintzen ihn mit einer Kraft, die weit über die eines Menschen hinausging, nach hinten drückte. Er wurde gegen die Wand gedrängt, mit auf dem Rücken verdrehter Hand, während dieselbe knisternde Stimme, die aus einem Chor vieler Stimmen zusammengesetzt schien, in sein Ohr flüsterte: »Die Ashen'ia dienen mir, Lucifer. Und weil auch du mir bald dienen wirst, werde ich dich am Leben lassen.«

Sam trat zu. Sein Fuß traf etwas Knochiges und prallte davon ab. Doch was auch immer es war, das in Hintzens Gestalt geschlüpft war, der Augenblick der Überraschung genügte. Eine Sekunde lang ließ der Griff um sein Handgelenk nach. Trotz des Schmerzes, der bei der kleinsten Bewegung seinen Arm durchfuhr, trat Sam erneut zu.

Hintzen taumelte zurück, fiel gegen seinen Schreibtisch und richtete sich wieder auf. Zorn flammte aus seinen Augen. Er schlug mit der offenen Hand zu, und Sam duckte sich, um dem Schlag auszuweichen. Die Hand fuhr durch die Wand hinter Sam und wirbelte eine Staubwolke auf. »Zeit bewahre ...«, keuchte Sam. Hintzen sprang mit einem einzigen Satz auf den Schreibtisch und stieß einen Schrei aus. Dieser war laut, er war wild, er klang wie das Heulen gigantischer großen Hyänen, die aus allen Rohren feuerten. Unter diesem Schrei knackten Sams Trommelfelle, eine Gänsehaut überzog seine Arme, sein Blut wurde zu Eis, sein Magen versuchte, ihm die Kehle hinaufzusteigen, und seine Kehle, sich an seinem Herzen vorbeizustehlen. Es war, kurz gesagt, der Schlachtruf eines Sohns von Krieg.

Aber Hintzen war kein Sohn von Krieg, ihn umgab keine irgendwie geartete magische Aura. Er war so menschlich, wie es nur möglich war. Doch irgendetwas von sehr kriegerischer Überredungskraft hatte sich zeitweise seinen Körper geborgt.

Und was es auch war, es erwartete, dass Sam ihm *diente?*

Während er dagegen ankämpfte, nicht aufgrund des schieren Schalldrucks in dem kleinen Raum ohnmächtig zu werden, hob Sam die Hände vors Gesicht, presste die Finger fest zusammen und schlug die Handflächen gegeneinander. Der Lärm erstarb mit einem abrupten Klicken, als Hintzens Kiefer von Sams Magie gewaltsam geschlossen wurden.

Hintzen funkelte Sam an und sprang vom Tisch, das eine Bein vorgestreckt, das andere unter den Leib gezogen, in einem Karate-Kick, der zahlreiche Macher von Hongkong-Filmen vor Bewunderung auf die Knie gezwungen hätte. Instinktiv hob Sam die Hände, fing Hintzen mitten in der Luft mit Magie auf. Hintzen hing da, den ausgestreckten Fuß eine Handbreit von Sams Kopf entfernt und mit einem überraschten Ausdruck in seinem Gesicht.

Sam grinste und ließ die Hände vorschnellen, was Hintzen rückwärts gegen die Wand schleuderte. Er rief seinen Dolch in die Hand zurück und griff nach seinem Hockeyschlägerbeutel, während Hintzen benommen ein paar Schritte taumelte. Er zog sein Schwert, richtete sich auf, schwang die Klinge ein paarmal langsam in dem beengten Raum hin und her und trieb damit Hintzen wieder zurück an die Wand.

»Ich weiß nicht, wer du bist«, gab Sam ihm zu verstehen, »aber ich mag dich nicht.«

»Du Narr!«, murmelte Hintzen und griff hinter sich. Sam sah den Kolben des Revolvers und war bereits da, rammte den Knauf seines Schwerts in Hintzens Kinn und stach mit dem Dolch nach dessen Revolverhand. Hintzen schien dies jedoch erwartet zu haben und drehte sich im letzten Moment weg, wobei er Sam einen Schlag mit dem Kolben gegen den Rücken versetzte.

Sam taumelte, rutschte auf einem Haufen Papier aus und sackte gegen die Wand. Er kam wieder auf die Füße und drehte sich um – vor ihm stand Hintzen mit erhobener Waffe und grinste. »Schade, dass keiner das hier mit anhören wird.«

Sam schloss die Augen, hörte das Klicken des Abzugs, spürte nichts, öffnete die Augen wieder. Hintzen starrte auf den Revolver, mit Abscheu im Blick.

Sam hätte fast gelacht. »Halte deine Waffen immer geladen«, sagte er vergnügt, während er wieder vorrückte und dabei das Schwert weit ausholend vor sich schwang. »Entweder das, oder habe einen Trick im Ärmel.«

Hintzen wich vor ihm zurück und griff in seine Tasche.

Sam sah das Aufblitzen eines Taschenmessers. »Damit?«, fragte er. »Mit dem Ding willst du einem Sohn der Zeit zu Leibe rücken?«

Hintzen grinste und schüttelte den Kopf.

Zu spät sah Sam, wie er das Messer gegen sich selbst richtete, zu spät streckte er seine Hand aus, um Hintzen mit Magie zurückzuhalten. Der Zauber hatte nur eine partielle Wirkung. Im letzten Augenblick schien Hintzens Hand zu zucken und langsamer zu werden, das Taschenmesser berührte bereits seine Rippen. Sams ausgestreckte Hand, deren Finger vor Magie knisterten, begann zu zittern. Mit jedem Quäntchen jener unglaublichen Kraft, die ihn erfüllte, versuchte Hintzen, sich das Messer in den Leib zu zwingen. Sam konnte spüren, wie die Klinge Millimeter um Millimeter weiter auf Hintzens Herz zuglitt – und konnte nichts tun, um sie aufzuhalten.

Die Tür wurde aufgestoßen.

Der junge Mann, den Sam zuvor getroffen hatte, starrte auf die Szene und rief: »Heilige Scheiße!«

Sams Konzentration riss.

Hintzens Hand vollendete ihren tödlichen Weg. Das Taschenmesser drang tief in sein Fleisch. Sam sah Hintzen lächeln, hörte, wie der junge Mann einen weiteren Schrei ausstieß, sah Hintzen zusammenbrechen. Er warf sein Schwert zu Boden und sprang auf Hintzen zu, um ihn aufzufangen.

Der Film schwand von Hintzens Augen, ließ normale menschliche Züge aufscheinen. Wie die Augen sich veränderten, änderte sich auch der Ausdruck auf dem Gesicht von überheblichem Grinsen zu blankem Entsetzen.

»Gnade mir Zeit«, flüsterte Hintzen heiser, als das Blut aus seiner selbst zugefügten Wunde strömte. »Das Miststück hat mich getötet ...«

»Wer? Wer hat dich getötet?«

Hintzen blickte zu Sam auf. Sein Mund öffnete und schloss sich, er versuchte zu sprechen. »Komm«, rief Sam, »wer hat dir das angetan? Wer – was – hat dich besessen, wer hat dich umgebracht, damit du nicht mehr reden kannst?«

Hintzen hob eine zitternde Hand und zeigte auf etwas hinter Sam. Sam drehte sich halb, um auf das Bild an der Wand zu starren. Es zeigte eine helle, sonnendurchflutete Landschaft, vielleicht in Italien, mit einem Weidenbaum, dessen Zweige über einen Fluss hingen, und einer jungen Frau in Weiß, die allein mit sehnsuchtsvollem Blick dastand.

Sam wandte sich wieder Hintzen zu. »Sag mir, wer das getan hat!«

Hintzens Kopf rollte zurück. »Jesus«, flüsterte der junge Mann. »Oh, Scheiße ...«

»Ruf den Notarzt!«, schrie Sam und tastete nach dem Puls, während er Hintzen in eine Rückenlage brachte. »Beeilung!«

»Sollten wir nicht das Messer ...?«

»Nein, dann verblutet er. Ruf den Rettungsdienst!«

Der junge Mann rannte. Blut war überall, durchtränkte die Papiere, bedeckte Sams Hände. Fluchend riss sich Sam die Jacke vom Leib und wickelte sie um das Messer, das immer noch in Hintzens Brust steckte, drückte sie in die Wunde, um die Blutung zu stillen. »Komm«, murmelte er, »du schaffst es, du kannst weiterleben.«

Hintzen rührte sich nicht. Sam zog seine blutigen Hände zurück und suchte tief in seinem Innern nach den regenerativen Kräften, bereit, sie Hintzen zu geben, wenn es das Leben des Mannes retten würde. Der Neffe erschien wieder in der Tür, zusammen mit zwei anderen großen Männern. »Das ist er!«, kreischte er, mit einem zitternden Finger auf Sam zeigend.

Sam sprang zurück, als die Männer in den Raum traten. Er erwischte den ersten Mann mit einem Tritt zwischen die Beine und den zweiten mit einem Frostzauber. Der junge Mann wich zurück und murmelte: »Heilige Scheiße, wer zum Teufel sind Sie ...?«

Sam traf den Kopf des Mannes mit einem Schockzauber, der wie ein elektrischer Schlag wirkte. Der Getroffene rollte die Augen nach oben, bevor er im Treppenhaus zusammenbrach. Sam steckte seinen Dolch wieder weg und streifte Spuren von magischem Licht von seinen Fingern, als sein Blick erneut auf das Bild an der Wand fiel.

Erde? Luft? Wasser? Liebe? Dies alles vermittelte das Bild, aber Sam konnte damit nichts anfangen. Hintzen war besessen gewesen, aber von wem? Und selbst wenn, so konnten Höhere

Mächte keine Gewalt über einen Sterblichen erlangen, wenn dieser ihnen nicht den Weg freimachte. Warum also war Hintzen solch einen Handel eingegangen?

Wieder schaute er auf das Bild und versuchte, es zu ergründen. Er sah die Signatur in einer Ecke der Leinwand. *Keith Ware, 1994*.

Er schaute zu Hintzen zurück. »Armseliger Narr«, murmelte er leise. »Du hast deine Seele verkauft. Bist du der Einzige, der so dumm war, oder haben all diese Ashen'ia-Leute das getan?«

Er kauerte sich neben Hintzen und legte seine Hände auf die Wunde des Mannes. Er wusste, er konnte nicht einfach sagen: »Sei geheilt!«, und es würde geschehen. Seine einzigen wirklichen Heilkräfte lagen in seiner eigenen regenerativen Kraft, wie sie alle Kinder der Zeit besaßen.

Er schloss die Augen, suchte nach ihr, spürte sie antworten, ließ sie in seine Fingerspitzen aufsteigen, um sie Hintzen zu geben. Hörte, wie sich die Tür ein weiteres Mal öffnete. Blickte auf – und das Regenbogenlicht an seinen Fingerspitzen verblasste, die Selbstheilungskräfte zogen sich wieder zurück.

Die Polizisten hatten Pistolen, und diese waren, zu Sams Leidwesen, auf ihn gerichtet, einen Fremden mit blutigen Händen, der sich über einen sterbenden Mann beugte.

»Äh …«, begann er.

Aber die Männer schienen ihm nicht zuhören zu wollen.

5
Krankenbesuch

Sein Schwert war im Kofferraum des Wagens. Desgleichen seine Tasche. Man hatte sie durchsucht und dabei die Molotowcocktails und Coladosen gefunden. Damit war die Sache entschieden gewesen. Man hatte ihm die Hände mit Handschellen auf den Rücken gefesselt. Die zwei Beamten vorn im Wagen machten keinen sehr verständnisvollen Eindruck, als sie durch den dichter werdenden Verkehr Richtung Polizeistation fuhren. Drei Einsatzwagen und zwei Ambulanzen hatten vor dem Club gestanden, als Sam von der Polizei abgeführt worden war. Er hätte den Männern gern erklärt, dass die Vereisungen und die allgemeine Unordnung nichts waren, was sich nicht bei einer guten Tasse Kaffee beheben ließe, und dass der einzige wirklich Schwerverletzte Hintzen war. Er hätte dem auch noch gern hinzugefügt, wenn Hintzen sterben sollte, dann würden sie ihn mal *richtig* sauer sehen.

Die Polizeibeamten hatten ihn durchsucht, aber da war nichts gewesen, was ein bisschen Illusion nicht hätte tarnen können. Sein Dolch steckte noch im Ärmel.

Sam veränderte leicht seine Position, sodass die Fingerspitzen seiner rechten Hand das Schloss der linken Handschelle berühren konnten. Unsichtbare Fühler streckten sich von seinen Fingerkuppen aus, drangen in das Schloss, schoben und drückten. Das Schloss machte klick; der Laut wurde von seinem Körper gedämpft. Langsam zog er die Hand zurück, tastete nach der anderen Handschelle und öffnete sie auf die gleiche Weise.

Bis jetzt hatten die beiden Polizisten nicht das Geringste gemerkt.

Sam wandte seine Aufmerksamkeit den Türen zu. Er beugte sich vor, die Hände hinter dem Rücken verschränkt, und spähte durch das Gitter, das ihn von dem Fahrerraum und den Kontrollen der Zentralverriegelung trennte. Er sah einen Knopf mit einem Schlüssel darauf, und seine Augen verengten sich. Der Knopf bewegte sich, die Türen gingen auf.

»Was ist das?«, wollte einer der Polizisten wissen, als die Türen summten. Der Wagen wurde vor einer Ampel langsamer. Sam wartete, bis er anhielt, dann wandte er seine Aufmerksamkeit der Beifahrertür zu und zog mit Geisteskraft an dem Griff. Der Griff schnappte, und Sam stieß mit aller mentalen Kraft, die er aufbieten konnte, die Tür auf.

»Scheiße!«, schrie einer der Polizisten, als die Tür in den Angeln krachte. Der Wagen stand nun, und beide Polizisten stiegen aus.

Sobald der Fahrersitz leer war, öffnete Sam vorsichtig eine der Hecktüren. Die Polizisten drehten sich um, als er die Flucht ergriff. Einer hatte gerade noch Zeit, einen Schrei auszustoßen, als Sam, schon mehrere Schritte entfernt, ihm mit einer Handbewegung die Beine unter dem Leib wegzog. Der andere fasste nach seiner Waffe. Sam streckte die Hand aus. Die Pistole sprang aus dem Holster und flog stattdessen auf Sam zu.

Mit der Waffe in der Hand strahlte Sam den Polizisten an. »Ich bin eigentlich kein schlechter Kerl«, erklärte er. »Und unter anderen Umständen würde ich mir die Zeit nehmen, alles zu erklären. Steigen Sie in den Wagen, und fahren Sie mich dahin, wohin man Hintzen gebracht hat.«

Der Polizist rührte sich nicht. Sam seufzte. »Wenn Sie tot sind, nützt das keinem etwas.«

»Du bist einer von den Scheißkerlen, die Leute nur so aus Spaß abknallen«, zischte der Polizist.

Das war das Problem mit guten Menschen in einer schlechten Lage. Sie versuchten, den Helden zu spielen.

»Ich könnte sagen, dass ich dabei bin, die Welt zu retten, aber das würden Sie mir sowieso nicht glauben.« Er richtete die Pistole auf den zu Boden gefallenen Kollegen des Polizisten und nahm den Mann ins Visier. »Wollen Sie jetzt fahren?«

Sam fesselte den Polizisten, den er zu Boden geworfen hatte, mit den Handschellen und versetzte ihn in eine leichte Trance. Leicht deshalb, weil es nötig sein könnte, den Mann schnell wieder aufzuwecken, wenn Sam eine Geisel benötigte. Er bedeutete den beiden, in den Wagen zu steigen. Der andere Polizist setzte sich hinters Steuer und fuhr los, sich ständig dessen bewusst, dass hinter ihm, soweit er es beurteilen konnte, ein Verrückter mit einer Pistole saß.

»Und keine Mätzchen«, sagte Sam freundlich. »Denn woher wollen Sie wissen, dass ich kein psychopathischer Killer bin?«

»In dem Fall wären wir sowieso erledigt«, sagte der Mann auf dem Fahrersitz.

»Wenn ich wirklich böse wäre, hätte ich jedem von euch mindestens einen Knochen gebrochen, um irgendwelche Fluchtversuche zu verhindern. Das sollten Sie berücksichtigen.«

»Sie wirken sehr entspannt.«

Sam wusste, was der Polizist versuchte: ihn in ein Gespräch zu verwickeln, Schwachstellen in seinem Panzer zu finden und ihn indirekt zu überreden, nett und vernünftig zu sein. Doch da Sam gerade von einem Wahnsinnigen angegriffen worden war, der von der Macht des Krieges selbst erfüllt gewesen war, stellten zwei Polizisten für ihn kaum eine Bedrohung dar. Das bedrohte Ende des Universums war das Polizeirevier von Berlin.

»Sie würden es nicht glauben, was ich in letzter Zeit durchgemacht habe«, sagte Sam.

»Wieso? Sind Sie verletzt?«

»Nein«.

»Wollen Sie Hintzen den Rest geben?«

»Nein. Und wo wir gerade beim Thema sind: Er hat versucht, sich selbst zu erstechen.«

»Und was ist mit dem Schwert?«

»Ein Familienerbstück. Ich wollte es Hintzen verkaufen.«

»Warum sollte er versucht haben, sich umzubringen?«, fragte der Polizist, der seine Zweifel nicht verhehlen konnte.

»Würden Sie mir glauben, wenn ich Ihnen sage, dass er von einem Geist besessen war?«

»Sollte ich das?«

Sam seufzte. »Achten Sie auf den Verkehr.«

Der Polizist erwiderte nichts. Doch Sam wusste, dass einiges von dem, was er soeben gesehen hatte, ihm Kopfzerbrechen machte und ihn vermutlich niemals wieder loslassen würde. Er war halb versucht, ihm alles zu erklären, die Weltsicht des Mannes zu zerstören und tiefste Zweifel in seine Seele zu säen. Natürlich würde dies schließlich zu einer Familienkrise führen, seine Frau würde sich von ihm scheiden lassen, worauf er wiederum anfangen würde zu trinken, gefolgt von einer unehrenhaften Entlassung aus dem Polizeidienst, Trennung von seinen Kindern und einer Abwärtsspirale durch Schulden in den Wahnsinn und …

Der Wagen bog um eine Kurve und auf einen Krankenhausparkplatz ein. Vor einem breiten Vordach über einem Eingang mit der Aufschrift »Notaufnahme« kam er zum Stehen. Mehrere Rettungswagen standen draußen, mit blinkenden Lichtern. Sam zog seinen Pullover aus; eine Gänsehaut überlief seine kalten Arme. Er wickelte den Pullover ein paarmal um seine Hand und sagte: »Okay, raus.«

Der Polizist warf einen Blick auf seinen bewusstlosen Kollegen. »Was haben Sie mit ihm gemacht?«

»Nichts, was Sie mir glauben würden«, sagte Sam. »Öffnen Sie den Kofferraum!«

Der Polizist rührte sich nicht. Sam seufzte. »Schauen Sie, da sind viele unschuldige Leute im Krankenhaus, auf die ich schießen könnte. Denken Sie nicht mal daran, mir Schwierigkeiten zu machen!«

Widerstrebend öffnete der Mann den Kofferraum. Sams Habseligkeiten waren alle da. Nachdem er sie wieder an sich genommen hatte, schlug er die Heckklappe zu und strahlte den Mann an, den er mit der versteckten Waffe in Schach hielt. »Wie ist Ihr Name – Vorname, meine ich?«

»Marc.«

Vermutlich gelogen, oder auch nicht. »Also, Marc, weil ich dir nur so weit traue, wie ich spucken kann, möchte ich, dass du mich ins Krankenhaus begleitest. Bitte, mach keine Dummheiten, ich werde nämlich sehr leicht nervös.«

Sie gingen durch die gläserne Doppeltür und weiter zum Empfang. Sam hielt seinen Arm mit dem Pullover tief, sodass man diesen nur sah, wenn man genau hinschaute. »Wir suchen nach einem Patienten namens Hintzen, gerade erst eingeliefert.«

»Einen Augenblick bitte.« Die Frau am Empfang wirkte genervt. Sie warf einen Blick auf Marcs Uniform und konsultierte einen Computerbildschirm, scrollte das Bild herunter, als das Telefon läutete. »Er was? Nein. Nein. Nein, er ist nicht hier. Geben Sie mir die Nummer, ja? Ich geb es weiter.«

Als sie den Hörer ablegte, stand Sam immer noch geduldig vor ihr, ein Lächeln auf dem Gesicht. »Hintzen war der Name.«

»Äh, ja. Hintzen ... Hintzen, Stichwunde. Er ist in der Chirurgie.«

»Wie geht es ihm?«

Die Frau runzelte die Stirn. »Sind Sie ein Verwandter?«

»Ein Freund. Arbeitskollege.«

»Ihr Name?«

Sam konnte sehen, wie Marc hungrig nach dieser potenziellen Information schnappte. »Luke. Luke Satise.« Ein ungewöhnlicher Name, aber zu spät, es jetzt zu ändern.

»Nun, Herr ... Satise ... Ihr Freund war in kritischem Zustand, doch die Ärzte sagen, er könnte durchkommen. Er wird aber noch einige Zeit im OP sein ... Ja, natürlich können Sie warten.«

Er musste Marc aus dem Rezeptionsbereich fortschaffen, wo zu viel passieren konnte. Er dirigierte den Mann die Treppe hinunter in Richtung Untergeschoss. Hier war, wie Sam vermutet hatte, der Wartungsbereich des Krankenhauses. Helle Lampen wurden trüber, geschrubbte Fußböden schmutziger, weiße Wände grauer. Sam stieß eine schäbige grüne Metalltür auf; dahinter führten Betonstufen in einen Raum mit Heizkesseln. Widerwillig ging Marc voraus, die Treppe hinunter in den Heizungsraum, tappte in eine Pfütze unter einem lecken Rohr. Sam zog die Tür hinter sich zu, fand einen Riegel und schob ihn vor.

Marc blickte trotzig zu ihm empor, doch Sam konnte die Angst spüren, die von ihm ausging.

»Was jetzt?«

»Wir warten«, antwortete Sam und setzte sich auf die Stufen.

»Worauf?«

»Dass Hintzen aus dem OP kommt.«

»Sie werden merken, dass ich verschwunden bin. Sie werden den Wagen finden.«

»Und sie werden zweifellos das Gebäude durchkämmen und sich die Aufnahmen von den Sicherheitskameras ansehen, und irgendwann in den nächsten drei Stunden wird ihnen aufgehen, dass wir das Krankenhaus nie verlassen haben. Und in vier Stunden oder so wird irgendjemand auf diesen Raum stoßen, aber zu dem Zeitpunkt sollte Hintzen bereits aus der Chirurgie sein, sodass ich ihm ein paar Fragen stellen kann.«

»Was für Fragen?«

Sam bedachte Marc mit einem müden Blick. »Liebe Zeit, du gibst aber auch nie auf! Hör zu«, sagte er so höflich, wie er konnte, »es gibt Dinge da draußen, die so groß sind, dass Menschen nicht einmal anfangen sollten, darüber nachzudenken. Es gibt Mächte dort draußen im All, die Welten mit einem Fingerschnippen zerstören oder neu erschaffen können. Es gibt immer Krieg um die Herrschaft im Universum; immer geht es dabei um Macht. Doch nicht um ein bisschen Macht, wie man sie braucht, um einen Wachtmeister zum Inspektor zu befördern. Es geht dabei um die Macht, Sonnen leben und verglühen zu lassen, Macht über die Sterne.

Dies« – eine vage Geste mit der Pistole – »ist nur ein kleiner, winziger Punkt auf einem winzigen Punkt auf einem winzigen Punkt auf einem winzigen Punkt in der riesigen, endlosen Schlacht zwischen den Mächten. Und es ist mein unglückliches Schicksal, ein weiterer winziger Punkt zu sein, doch die letzte und einzige Schraube zu besitzen, die die ganze Maschine zusammenhält. Es ist unerheblich, dass die Maschine selbst eine gigantische Kanone ist mit einer Tendenz zum Rohrkrepierer. Was alle wollen, ist die Schraube, sodass sie zumindest über die Kanone verfügen, auch wenn sie nicht wissen, was sie damit anfangen sollen. Und diese Kanone – diese Kanone kann Welten zerstören, kann die Mächte selbst in Angst versetzen. Du siehst also, die Tatsache, dass der winzige Punkt einen anderen winzigen Punkt mit einer Pistole bedroht, ist nicht wirklich relevant. Es ist die fehlende Schraube in der Hosentasche des Punkts, der die Leute nervös macht.«

Marc dachte nach, versuchte – oder tat zumindest so –, wirren Worten von fremden Welten und Schrauben mit seinem Berliner Polizistenverstand einen Sinn zu geben. »Was ist wichtiger? Der winzige Punkt, der die Schraube hat, oder die Schraube selbst?«

»Meiner Meinung nach ist der winzige Punkt unendlich wertvoller als die Schraube. Leider sehen es nicht alle so.«

»Sie sind verwirrt. Es muss einen Grund geben, weshalb Sie so viel riskieren, um mich am Leben zu lassen.«

»Und du bist ein Klugscheißer«, seufzte Sam und lehnte sich gegen die Wand. »Und was den Grund betrifft, weshalb ich dich nicht umbringe? Zum einen wäre es nützlich, eine Geisel zu haben, insbesondere eine mit einem Dienstausweis, der mir, wenn nötig, überall Zutritt verschafft.«

Schweigen. Dann sagte Marc: »Und der andere Grund?«

Sam schien er bereits entfallen zu sein. Er wirkte leicht überrascht. »Ich mag keinen Lärm, das ist alles. Jetzt setz dich und warte. Es kann dauern.«

Nach einer Weile glaubte Marc offenbar, dass es an der Zeit war, etwas zu unternehmen. Sam, den Kopf gegen die Wand gelehnt, die Augen halb geschlossen, konnte sein Atmen und das Knirschen seiner Lederschuhe hören, als Marc sich über die Betonstufen auf ihn zu bewegte.

»Lass es sein«, sagte Sam und schwenkte die Pistole herum.

»Ich dachte, Sie schlafen.«

»Das ist keine Entschuldigung.« Sam reckte sich und sah auf seine Uhr. Er war müde, er war abgekämpft, und er wusste immer noch nicht richtig, was er tun konnte, um irgendetwas zu ändern.

Es war halb drei. Mit etwas Glück war Hintzen inzwischen aus dem OP. Seufzend stand er auf. »Wenn jemand sagt, wir dürften irgendwo nicht durch, zeig ihnen deine Dienstmarke, und sag ihnen was von laufenden Ermittlungen. Gehen wir.«

Am Empfang fragte Sam höflich, ob Herr Hintzen die Operation überstanden habe.

»Er ist auf der Intensivstation. Sein Zustand ist stabil.«

»Stabil« war in Sams Vorstellung ein beunruhigendes Wort. Der Tod war stabil. »Wir würden gern zu ihm.«

»Tut mir leid, aber das ist nicht möglich.«

Sam stieß Marc in den Rücken. Marc zog langsam und widerstrebend seine Dienstmarke heraus. »Dies ist eine offizielle polizeiliche Untersuchung.«

»Er ist noch nicht bei Bewusstsein.«

»Wir würden ihn trotzdem gern sehen«, sagte Sam rasch, bevor eine längere Pause entstehen konnte. »Wir werden ihn nicht wecken.«

Die Rezeptionistin zuckte die Achseln; offenbar war sie unsicher, wusste aber nicht, was sie gegen die polizeiliche Bitte tun sollte. »Den Gang entlang, dann links und danach die erste rechts.«

Sie gingen einen langen Korridor entlang. Marcs Schuhe quietschten auf dem Kunststoffbelag. Sam blinzelte vor Müdigkeit unter dem grellen Neonlicht. Manchmal hatten sehr empfindliche Augen ihre Nachteile. Eine Ärztin kam vor ihnen aus einem Raum, doch nach einem kurzen Blick auf die beiden Männer wandte sie sich sofort wieder ab. Ein Polizist und ein Kriminalbeamter in Zivil waren in der Notaufnahme nichts Ungewöhnliches. Sam war es kalt nur in Hemd und Hose; seine Hand mit der Pistole unter dem darumgewickelten Pullover war klebrig vor Schweiß. Es stank nach Desinfektionsmittel. Irgendwo in der Ferne hustete jemand, von anderswoher kam ein Weinen.

Sie hielten vor einer Tür mit einem Glasfenster. Eine Krankenschwester beugte sich über ein Bett, auf dem Hintzens blasses Gesicht aus den Kissen ragte. Seine Augen waren geschlossen. Schläuche führten in Mund, Nase, Arme. Ringsum piepsten Maschinen, eindrucksvoll, doch in Sams Augen unbedeutend. Er stieß die Tür auf. Die Schwester blickte auf. »Verzeihung, aber Sie können –«

Marc hielt ihr mit versteinertem Gesicht unaufgefordert die Dienstmarke hin.

»Bitte lassen Sie uns mit ihm allein«, sagte Sam. »Wir rufen Sie, wenn wir Sie brauchen.«

»Aber ich –«

»Vielen Dank«, sagte Sam fest und hielt die Tür auf.

»Ich bin in fünf Minuten wieder da.«

Die Tür schloss sich hinter ihr, und Sam blickte auf Hintzen hinunter, dann zu Marc.

»Handschellen!«, sagte er.

»Was?«

»Bist du taub? Gib mir die Handschellen!«

Marc warf sie ihm rüber; sein zuvor ausdrucksloses Gesicht sprach Bände. Sam fesselte ihn mit den Handschellen an einen Heizkörper und sagte: »Schau, ich werde niemandem etwas tun, ja?«

»Ich wünschte, ich könnte das glauben.«

»Habe ich jemanden verletzt oder jemanden getötet? Gib mir 'ne Chance, okay?«

Sam trat von Marc zurück, der ihn nicht aus den Augen ließ, und legte die Pistole mitsamt dem Pullover auf den Boden neben Hintzens Bett. Er beugte sich über den schlafenden Mann und legte vorsichtig die Hände über dessen Gesicht, mit gespreizten Fingern, um so viel Körperkontakt zu haben wie möglich. Dann schloss er die Augen und ließ seinen Geist in den Hintzens einsinken.

Er war versucht gewesen, ihn zu heilen, doch damit wäre er das Risiko eingegangen, nicht nur sich selbst aller seiner Kräfte zu berauben, sondern auch, dass Hintzen nach dem Erwachen wieder Amok gelaufen wäre. Sam war nicht so dumm, diesen Kampf noch einmal ausfechten zu wollen, und dann auch noch ohne seine regenerativen Kräfte. So wählte er eine subtilere Lösung.

Schicht um Schicht konnte er Hintzens schlafenden Geist erspüren. Sanft fädelte er seine eigenen Gedanken hinein, sah, was Hintzen sah, fühlte, wie er fühlte, hörte ...

Das Heulen von Wind in einer leeren Landschaft. Sam blickte sich um. Nie hatte er eine solche Ödnis gesehen. Riesige Krater voller Nebel und Tümpel mit gelbem Gas, zerfetzte Bäume, Stacheldraht, der schlaff um verlassene Gräben hing, geborstene Geschützrohre, die himmelwärts ragten, aufgerissene Sandsäcke, die ihren Inhalt in eine durchnässte Landschaft und aufgepflügten Schlamm ergossen.

Sam drehte sich um, suchte in dieser Landschaft nach Hintzen. Hörte einen Laut, der nicht vom Wind herrührte. Ein Mann in Helm und Militäruniform spähte aus einem der Schützengräben zu ihm herüber. Er hielt ein Gewehr auf Sam gerichtet. Sam starrte ihn an und sagte sich: Dies alles ist nicht real, das gibt es nur in Hintzens Kopf.

»Hintzen«, sagte er ruhig, »nichts von dem hier ist wirklich, das weißt du, nicht wahr?«

Die Hände, die das Gewehr hielten, zitterten; Schrecken stand in dem Gesicht des Mannes geschrieben.

»Du hast deine Seele der Macht des Krieges verkauft. Ich weiß nicht warum, aber es ist nicht zum ersten Mal geschehen. Du hast eine Höhere Macht mit deinem Blut genährt und dafür etwas von ihrer Kraft erhalten. Unglücklicherweise hat sie dadurch auch eine gewisse Kontrolle über dich erhalten. Wenn die Mächte einander direkt bekämpfen würden, würden ihre Schlachten womöglich Welten zerstören. Darum ist es für sie besser, wenn sie durch sterbliche Mittelsmänner kämpfen, meinst du nicht auch?«

»Sie ... sie ... sie ...«

»Du hast sie angerufen, dich zu beschützen, und sie hat von dir Besitz ergriffen, und damit du mir nichts verrätst, hat sie dich getötet. Oder es zumindest versucht.«

»Ich … ich …«

»Du wirst überleben. Das hier« – Sam machte eine Geste, die die ganze verwüstete Landschaft umfasste – »ist nur eine Teil ihrer Macht in dir. Aber Höhere Mächte können Sterbliche nicht auf Dauer beherrschen; sie werden dadurch schutzlos und geschwächt. Darum wird sie dich wohl für eine Weile in Ruhe lassen.« Er bewegte sich vorsichtig auf Hintzen zu, doch das Gewehr ging wieder hoch, zeigte direkt auf Sams Gesicht. Sam ging langsamer und ließ Hintzen seine leeren Hände sehen. »Du liegst auf einer Intensivstation. Es gibt keinen Grund, Angst zu haben.«

»Du … du hast mich …«

»Kennst du mich?«

Hintzen schüttelte den Kopf.

»Ich bin der Mann, der versucht hat, Krieg davon abzuhalten, dich zu töten. Doch Krieg war stark, ich konnte sie nicht aufhalten. Du wirst nie wieder frei von ihr sein, Hintzen. Wenn du aufwachst und ich hier bin, wird sie dich eher töten als zuzulassen, dass du mir etwas erzählst. Und wenn sie entdeckt, dass ich hier mit dir rede, in deinen Träumen, wird sie wieder versuchen, dich zu töten.

Aber die Sache ist, ich werde dich nicht allein lassen. Nie mehr. So kannst du mir entweder jetzt sagen, was du weißt, während die Chance sehr klein ist, dass Krieg dich übermannt und vernichtet, oder du kannst warten, bis ihr beide, du und sie, stark genug seid, um aufzustehen und zu kämpfen. Und dann können wir von mir aus dieses ganze Ding mit Schwert, Messer und Pistole noch mal durchziehen, und ich werde gewinnen, und du wirst wieder verlieren. Doch diesmal wirst du dann wohl nicht mehr mit dem Leben davonkommen.

Also, pack die Gelegenheit beim Schopf, und sag mir, was ich wissen will. Wer ist deine Kontaktperson? Wem erstattest du Bericht?«

»Ich … man ruft mich an. Eine Telefonzelle. Marienburger Straße … um halb sechs.«

»Die Ashen'ia – haben sie alle ihre Seele an Krieg verkauft, oder bist du der Einzige?«

»Nein, nein, sie … sie dienen allen Möglichen. Feuer, Wasser, Krieg, Chaos … bis auf Zeit. Chronos, ihm dient keiner. Wir haben alle zu viel Angst vor ihm.«

»Warum sucht ihr den Träger des Lichts?«

Mit einem Stirnrunzeln auf dem Gesicht blickte er zu Sam auf. »Weil … weil er jeden von uns vernichten kann, wenn er will. Er kann das Universum in Schach halten.«

Es klang so offensichtlich, so einfach.

Sam stand da und rührte sich nicht. *Er kann das Universum in Schach halten.* »Warum gerade jetzt?«, fragte er leise. »Warum nehmt ihr ihn euch gerade jetzt vor?«

»Er ist allein, er ist ungeschützt. Vorher hatte er eine Armee. Jetzt, dank Seth, hat er nichts. Bald wird er aufhören müssen davonzulaufen. Bald werden wir ihn haben, und es wird alles vorbei sein, es wird alles uns gehören …«

Tinkerbell hat den Auftrag, mich am Leben zu halten. Aber wenn ich zu viel darüber in Erfahrung bringe, was die Ashen'ia sind und was sie planen, soll er mich »reinholen«. Der Träger des Lichts kann das Universum in Schach halten …

»Wer sind der Meister und die Meisterin?«

Hintzen öffnete den Mund zu einer Antwort, doch nichts kam heraus außer einem hohen, nicht enden wollenden Schrei.

In der wirklichen Welt öffnete Sam die Augen. Der Schrei war immer noch da, aber er kam nicht von Hintzens friedlichem Gesicht. Wo er herkam, lag dahinter.

Sam löste die Hände von Hintzens kalter Haut und wandte sich um. Die Schwester hatte die Tür geöffnet, ihn bei Hintzen stehen sehen, Marc mit Handschellen an den Heizkörper gefesselt gesehen und schrie und schrie und schrie.

Sam hob die Pistole vom Boden auf, sodass alle sie sehen konnten.

»Nein!«, rief Marc, als Sam sie auf die Schwester richtete, die immer weiter schrie. Sam warf ihm einen Blick zu und sah, wie sich Begreifen auf Marcs Gesicht abzeichnete. Der Polizist wusste, dass Sam den Abzug nicht betätigen würde.

Mit einem ärgerlichen Zischen schnappte Sam seine Sachen, drehte sich um und machte, dass er wegkam. Er stieß die Krankenschwester zur Seite und lief den Gang hinunter. Erst links, dann rechts, nur nicht stehen bleiben ...

Als er den Ausgang vor sich sah, verlangsamte er seinen Schritt. An der Tür standen vier Sicherheitsleute, die sehr groß und sehr beeindruckend wirkten. Er drehte sich um und floh den Gang zurück, den er gekommen war. Sie nahmen die Verfolgung auf. Er kam an eine Treppe und rannte hinauf, immer zwei Stufen auf einmal nehmend.

Hinter ihm ertönten Rufe: »Stehen bleiben!« Er hörte nicht darauf. Diese Worte hatten nie große Wirkung auf ihn gehabt. Sam erreichte den ersten Stock und nahm den nächstbesten Gang. Am Ende des Gangs war ein Schiebefenster, und das Licht dahinter sah so wunderbar hell aus. Er stürmte den Korridor hinunter, wobei er einem Mann vom Putzdienst in die Quere kam. Mopp und Eimer des Mannes flogen durch die Gegend, graues Seifenwasser spritzte über den Flur. Hinter sich hörte Sam jemanden rufen: »Stehen bleiben, oder ich schieße!« Er hatte schon ein Bein aus dem Fenster, als die Kugel das Glas über seinem Kopf zertrümmerte. Glassplitter regneten auf ihn herab, bohrten sich in Hemd und Haut. Er blickte nach unten; es war ein Fall von etwa drei Metern bis zum Rasen. Er ließ den Rahmen los und sprang.

Als er landete, rollte er sich ab, wobei er den Aufprall mit seiner Magie dämpfte. Dennoch hatte er Sterne vor den Augen. Er landete unglücklich mit einem Bein unter dem anderen. Stechender Schmerz schoss durch seine Seite. Er richtete sich auf und humpelte, so schnell er konnte, weiter. Das Blut sang in seinen Ohren, sein Körper schrie nach einer regenerativen Trance. Seine Hände schmerzten stechend, wo er damit über den schlammigen Boden gerutscht war.

Sams Blick fiel auf einen Ambulanzwagen. Der Fahrer saß hinterm Steuer, doch Sam hatte die Nase voll von Sterblichen. Er kletterte zu dem Mann hoch, überraschte ihn mit einem Hieb in den Magen und zerrte den Zusammengekrümmten mit Gewalt aus dem Führerhaus. Der Schlüssel steckte im Zündschloss. Sam schwang sich auf den Fahrersitz, knallte die Tür zu und drehte den Schlüssel. Seine aufgeschürften Hände brannten, als sie das kalte Lenkrad umfassten.

Der Ambulanzwagen schwenkte vom Krankenhausparkplatz in den Straßenverkehr ein. Sam sah sich um, bis er einen viel versprechend aussehenden Schalter fand, und schaltete die Sirene und das Blaulicht ein. Der Verkehr wich zur Seite aus, um ihm den Weg frei zu machen, als er mit Höchstgeschwindigkeit das Weite suchte.

Er war noch mal davongekommen. So gesehen, hätte alles viel schlimmer ausgehen können.

Die Marienburger Straße war eine baumbestandene Nebenstraße im Ostteil der Stadt. Die Häuser hatten schon bessere Zeiten gesehen. Große, von Bäumen verdeckte und mit Gärten umgebene Villen, die einst herrschaftlichen Familien und ihrer Schar von Bediensteten als Wohnsitz gedient hatten, waren zu Mehrfamilienhäusern umfunktioniert worden. Ihre klassizistischen Fassaden wurden nun von den Silhouetten einer Industrieanlage in den Schatten gestellt, deren metallene Schlote giftige Gase in den Himmel stießen. Die Gärten waren voller Abfall und Gerümpel, die Autos, die den Bordstein säumten, waren klein, und viele von ihnen sahen aus, als seien sie lange nicht mehr benutzt worden. An der Ecke hatte eine freundliche kleine Kirche der Betonarchitektur eines großen Warenhauses weichen müssen, das inzwischen Pleite gemacht hatte. In den dunklen Ecken experimentierten gelangweilte Kids mit illegalen Substanzen.

Sam schloss die Wagentüren ab und legte sich hinten im Ambulanzwagen auf die Liege. Seine Arme waren zerschnitten von dem zersplitterten Glas, sein Knöchel pochte, sein Körper schmerzte überall. Er schloss die Augen und ließ sich in die Wärme einer regenerativen Trance sinken, die dumpfen, wortlosen Gedanken Raum gab.

Es hatte einmal einen Weltenwandler gegeben, der seine Seele einer Höheren Macht verkauft hatte. Dies war vor Sams Zeit gewesen, als Baldur noch am Leben gewesen war. Aber Sam wusste trotzdem davon. Er hatte Fragen gestellt.

Er hatte Freya gefragt.

Er konnte sich nicht erinnern, wie sie auf das Thema zu sprechen gekommen waren. Es war in Südafrika gewesen, 1944. Sie hatten auf der Veranda eines kleinen Hauses im Nirgendwo gesessen, selbsterfundene Cocktails geschlürft und zugesehen, wie hinter einem schier endlosen Horizont die Sonne sank. So weit weg von den Kriegen in Himmel, Erde und Hölle, wie es nur ging.

Eine verbotene Liebe. Freya durfte Sam niemals lieben, es war nicht erlaubt. Er war der illegitime Sohn der Magie und ein Verbannter, der zumeist gegen seine eigenen himmlischen Brüder gekämpft hatte. Sie war eine Tochter der Liebe und eine treue Dienerin des Hauses Walhalla. Einander zu lieben war unverzeihlich.

An jenem Abend waren beide bereit gewesen, all das zu vergessen. Sam insbesondere war willens, jede Schuld mit einem Achselzucken abzutun. Schuld, dass er dem Himmel getrotzt hatte, Schuld, dass er und Freya einander aufgrund seines Ungehorsams nie richtig lieben durften. Es war sein Fehler, nicht ihrer. Es war immer sein Fehler gewesen.

»Hast du eigentlich Loki gekannt?«, hatte Sam gefragt.

Sie nippte an ihrem Cocktail. »Ja.«

»Was war er für ein Typ?«

»Bevor oder nachdem er Uranos sein Blut gegeben und seine Seele verkauft hat.«

»Sowohl als auch.«

»Sie seufzte und setzte ihr Glas ab. »Vorher war er nett.«

»Nett?«

»Na ja, ein Scherzbold. Immer zu Streichen aufgelegt, aber dem Hause Walhalla stets treu ergeben. Er hat einen Sinn für schwarzen Humor gehabt, aber er konnte auch der perfekte Gentleman sein.«

»Was ist passiert?«

Sie zuckte die Schultern. »Er hatte Ansichten, die ... der Politik des Hauses zuwiderliefen. Er sagte, dass Chronos ein harter König sei, dass jeder Fürst des Himmels in Chronos' Fußstapfen treten, König des Himmels werden und das Universum neu ordnen könne. Kein Tod mehr, kein Leid, keine Schmerzen mehr. Wir alle glaubten, er scherze, selbst seine Frau.«

»War er ein guter Ehemann?«

»Und ein liebender Vater. Aber seine Söhne haben eine Menge Zeit auf Erden und in der Hölle verbracht, und er ist oft mit ihnen gegangen. Ich glaube, er hat manches gesehen, das ihn bestürzt hat. Er wollte wissen, warum Vater Zeit all dem nicht ein Ende setzte, warum er die bösen Dinge geschehen ließ. Chronos antwortete, Loki brauche nur noch einmal zehntausend Jahre zu warten, dann würde er es verstehen. Loki erwiderte, dass einige Dinge zeitlos seien, Dinge wie Hass und Zorn und Eifersucht, und aus dem Grund würde die Welt ewig bestehen, und die Zeit hätte keine Macht, sie zu zerstören. Je mehr er sah, umso zorniger wurde er, und als seine Ansichten immer radikaler wurden, rückte das Haus von ihm ab. Und das machte ihn nur noch zorniger. Er dachte, das Haus sei zu feige, um wirklich etwas zu ändern. Aber er blieb ein Gentleman bis zum Schluss. Leidenschaftlich, aber nie gewalttätig, nie rüde, nur sehr, sehr eigensinnig.«

»Er dachte, Uranos wäre ein Ausweg.«

»Ja. Er gab Uranos sein Blut, Er dachte, Uranos würde ihm Macht gegen Chronos geben. Er dachte, wenn er Uranos befreien würde, würden Uranos und Chronos sich gegenseitig vernichten, und das Universum wäre frei für ihn, um die Dinge in die Hand zu nehmen und sein Paradies zu schaffen.«

»Da hat er wohl die Rechnung ohne den Wirt gemacht.«

»Ja. Uranos hatte Angst vor Baldur. Er glaubte, Chronos hätte Baldur überredet, das Licht gegen ihn einzusetzen.«

»Und hat er das? War Baldur wirklich bereit, für Vater Zeit zu sterben?«

»Ich glaube schon. Zuerst hat er sich geweigert, einen Einsatz des Lichts auch nur zu erwägen – er sagte, es sei eine üble Waffe. Dann, als ihm richtig klar wurde, was Uranos war, sagte er, er könnte sich vorstellen, es anzuwenden, wenn Uranos je freikäme. Und Uranos hörte diese Worte, und er fürchtete sich. Wenn er die Freiheit gewann, dann wollte er sicher sein, dass der Träger des Licht keine Drohung für ihn darstellte.

»Wie war Loki, nachdem er sich an Uranos verkauft hatte?«

»Wir wussten nicht, was er getan hatte.«

»Aber ihr müsst doch irgendwelche Veränderungen an ihm festgestellt haben.«

»Er war . . . arrogant. Er war auch stärker, so stark, dass er gar nicht merkte, was er tat. Er konnte eine Tür öffnen und sie dabei aus den Angeln reißen. Und er begann plötzlich zu hassen. Zuvor hatte er nie Hass verspürt, doch wenn er jetzt die Kinder der Zeit ansah, tat er es mit Feuer in den Augen. Und wenn er Leid und Schmerz sah, dann schrie er: ›Das muss nicht sein, warum lassen wir das geschehen?‹ Aber niemand hörte ihm wirklich zu. Vater Zeit ließ ihn einmal zu sich kommen, sagte ihm, dass er den Makel des Uranos in seiner Seele trage. Aber Loki lachte nur und sagte: ›Dann vernichte mich!‹«

»Aber Vater Zeit hat es nicht getan. Warum nicht?«

»Einige sagen, Chronos wollte, dass Loki Uranos freisetzt. Er hätte in die Zukunft geblickt und tausend Schicksale gesehen, in denen Loki die Tore zu Uranos' Gefängnis aufschloss und Uranos, der sich von einem Verbündeten befreit glaubte, in das Universum entwich. Es gab nur wenige Zukünfte, ganz wenige, in denen Loki Baldur tatsächlich tötete.«

»Doch eine dieser Möglichkeiten traf ein.«

»Ja. Lokis erster Schachzug bestand nicht darin, Uranos zu befreien, wie Chronos erwartet hatte. Stattdessen tötete Loki den Träger des Lichts. Vater Zeit muss entsetzt gewesen sein, als eine Zukunft nach der anderen verblasste und starb, eine Möglichkeit nach der anderen um ihn herum versiegte. Überall, wohin er sah, füllte nur Baldurs Tod seine Augen. Es heißt, Baldur sei das einzige Kind gewesen, das Vater Zeit je wirklich geliebt hat.

Als die anderen herausfanden, was Loki getan hatte, machten sie Jagd auf ihn. Sie wollten nicht, dass Uranos befreit wurde, wenn der Träger des Lichts tot war. Es gingen Gerüchte um, dass Vater Zeit schwach geworden sei. Seine Liebe zu Baldur, so sagte man, habe ihn blind für die Tatsache gemacht, dass sein eigener Sohn nicht stark genug war, das Licht gegen Loki einzusetzen. Als sie Loki zu fassen kriegten, sperrten sie ihn ein.

Bis zum heutigen Tage liegt er in seinem Kerker, immer noch befleckt vom Makel des Uranos. Aber Chronos will nicht, dass er stirbt. Er will ihn leiden lassen für das, was er getan hat. Und es geht das Gerücht, dass er vielleicht eines Tages wieder Verwendung für ihn haben wird.«

»Wozu?«

Freya hob die Schultern, ohne seinem Blick zu begegnen. »Vielleicht hat Chronos einen weiteren Plan, Uranos herauszulocken. Vielleicht glaubt er, ein anderer Träger des Lichts hätte eine größere Chance als Baldur, Uranos zu vernichten.«

Sam starrte sie an. Sein Mund war trocken. Sie warf einen Blick in seine Richtung, sah das Flackern in seinen Augen und lächelte nervös. »Oder vielleicht auch nicht. Wer weiß?«

»Die Zeit wird es zeigen«, sagte Sam.

»Ja«, antwortete sie gedankenvoll. »Ich hoffe nur, unser Vater weiß, was er tut.«

6
Telefonkontakt

Spät am Nachmittag erwachte Sam aus seiner Trance. Er setzte sich im Rettungswagen auf, blinzelte, um seinen Kopf zu klären, und betastete vorsichtig seinen Knöchel. Alles paletti. Dennoch nahm er sich Zeit, auf die Beine zu kommen.

Unter einem der Sitze fand er eine Jacke mit fluoreszierenden Streifen und dem Dienstabzeichen der Notfallsanitäter mit Schlange und Stab. Die Jacke war schwer und ein bisschen groß für ihn, aber er zog sie über und schob die Pistole in eine Tasche.

Die örtliche Telefonzelle draußen war nicht mehr als ein Apparat unter einem winzigen Schutzdach aus Plexiglas neben einer großen Recycling-Tonne. Sam lehnte sich gegen die Tonne und versuchte, unbeteiligt dreinzuschauen. Er beobachtete die Straße, als hätte die Telefonzelle nichts mit ihm zu tun.

Genau um fünf Uhr dreißig klingelte das Telefon. Sam ließ es ein paarmal läuten, dann nahm er den Hörer ab. Eine Stimme sagte auf Französisch: »Ich habe das erste Rotkehlchen im Frühling gehört.«

Verdammt! Scheiß Wortspiele! Die Möglichkeit eines Erkennungswortes war ihm so absurd erschienen, dass er sie gar nicht erst in Erwägung gezogen hatte. Auf Deutsch schnappte er zurück: »Hintzen ist im Krankenhaus, mit einem Messerstich.«

Schweigen. Dann sagte jemand, auch auf Deutsch: »Wer ist da?« Die Stimme einer Frau, mit einem Akzent, den Sam nicht lokalisieren konnte. Sie klang ungeduldig, misstrauisch. Der zackige Unterton ließ vor seinem geistigen Auge das deutsche Gegenstück einer Welt von Wellington-Stiefeln, Jagd und Fachgesprächen über Cricket aufsteigen.

»Mein Name ist ... Marc. Ich arbeite für Hintzen. Er ist auf der Intensivstation.«

»Was machen Sie an diesem Telefon?«

»Hintzen hat mir gesagt, ich solle herkommen. Er sagte, er hätte eine dringende Nachricht zu übermitteln. Eine Sache von Leben und Tod, hat er gesagt –«

»Wer hat ihn angegriffen?«

»Ein großer Mann. Rothaarig, Typ wie ein Bodybuilder.« *Mit Namen Thor, wie sonst? Schauen wir mal, ob ich mein Brüderchen nicht ein bisschen in Schwierigkeiten bringen kann ...*

»Wie lautet die Nachricht?«

»Keine Ahnung. Er hat mir 'ne CD gegeben und mir nicht gesagt, was drauf ist. Ich sollte einfach zu diesem Telefon gehen und auf einen Anruf warten. Schauen Sie, wenn das irgendwas mit diesem Typen zu tun hat ...«

»Legen Sie die CD auf das Telefon, und gehen Sie.«

»Aber ich ...«

Die Leitung war tot. Sam legte den Hörer auf und versuchte, sehr schnell nachzudenken.

Die Antwort war in seiner Tasche. Der Notizblock, den er in London gekauft hatte, hatte ein Rückblatt aus Pappe, und Sam schnitt daraus mit seinem Dolch eine mehr oder weniger quadratische Form zurecht, die auf den ersten Blick als CD durchgehen würde. Er stopfte sie in den Umschlag, den Franz für ihn geschrieben hatte, und steckte diesen in den Spalt hinter dem Telefon.

Dann zog er sich in den Rettungswagen zurück und wartete.

Zwei Stunden später wurde es dunkel. Der Himmel war graublau, im Westen fast schwarz. Die gelben Straßenlaternen flackerten an und aus, als könnten sie sich nicht entscheiden, was sie tun sollten. Sam kamen allmählich Zweifel, dass jemand auftauchen würde.

Als der Wagen vorfuhr, bemerkte er es zunächst gar nicht. Er sah den Mann nur nach dem Umschlag hinter dem Telefon greifen, weil in genau demselben Augenblick das kleine weiße Licht der Telefonzelle anging.

Es erleuchtete eine graue Kapuze, die einen Schatten über das Gesicht warf. Die Person war von untersetztem Körperbau und trug übergroße Lederhandschuhe, wohl um so viel Haut zu verbergen wie möglich. Rotes Haar blitzte unter der Kapuze auf, als der Mann sich umwandte, um zum Auto zurückzueilen. Sam notierte sich das Kennzeichen und wartete, bis der Wagen losgefahren war. Er wollte dem Kerl nicht zu dicht auf die Pelle rücken. Erst als der Wagen etwa fünfzig Meter entfernt war, startete Sam den Motor des Rettungswagens und folgte ihm.

Sie kamen in dichten Verkehr, und eine ganze Zeit lang schoben sie sich durch ein Labyrinth von Einbahnstraßen und Verkehrsampeln. Schließlich wurde der Verkehr flüssiger, doch Sam achtete darauf, dass stets mindestens zwei Fahrzeuge zwischen ihm und dem anderen Wagen blieben. Als die Nacht endgültig hereinbrach, ging die Straße in eine Umgehungsstraße über, die in ein Hinterland aus Rangiergleisen, stillgelegten Fabriken und leblosen Plattenbauten hinausführte.

Die Stadt blieb hinter ihm zurück und wurde schließlich zu einer Ansammlung verschwommener Lichtreflexe im Rückspiegel. Bäume rechts und links schufen einen Tunnel über dem kleinen Lichtkegel von Sams Scheinwerfern. Er kam sich vor wie auf dem Präsentierteller, da sein Wagen das einzige weitere Fahrzeug auf der Straße und als Rettungswagen an diesem entlegenen Ort umso auffälliger war.

Sam trat auf die Bremse, als die Straße eine Biegung machte. Da war das Auto, abgestellt an einem breiten Metallgittertor, das auf ein Feld führte. Kein Zeichen vom Fahrer. Sam parkte den Rettungswagen am Straßenrand, wo eine Reihe von Bäumen ihn vor Blicken schützte. Vorsichtig stieg er aus und sah sich um. Ringsum herrschte völlige Dunkelheit: kein Mond, kein Licht, nicht einmal ein Stern, der die Felder ringsum erhellt hätte. Nichts, was sich in dieser leeren Landschaft vom Rest der Umgebung unterschieden hätte, nicht einmal ein …

Sein inneres Radar piepste. Er runzelte die Stirn und konzentrierte sich. Ja. Da war ein Gebäude, ein Schatten in der Dunkelheit, kein Licht darin zu erkennen, und genau dahinter … ein Weltentor.

Vorsichtig kletterte er über einen mit Stacheldraht bewehrten Zaun, während seine Augen sich allmählich auf die Dunkelheit einstellten wie die einer Katze. Der kürzlich gepflügte Boden knirschte unter seinen Schritten, als Sam auf das Haus zuschlich. Als er noch etwa fünfzehn Schritte von dem Gebäude entfernt war, ging drinnen ein Licht an. Sam erstarrte, dann sprintete er die letzten Meter zum Fenster und spähte hinein.

Die Gestalt mit der Kapuze stand an einem Küchentisch. Sam sah, wie sie den Umschlag öffnete und beim Anblick der Papp-CD ruckartig den Kopf hob. Sah sie den Blick zum Fenster wenden. Sah die Flecken von roten Schuppen auf bleicher Haut, das hellrote Haar, das unter der Kapuze hervorstach.

Ein Dämon. Ein Dämon aus dem heißen Teil der Hölle, ein Dämon in Berlin …

Der Dämon trat ans Fenster, und einen Augenblick lang fürchtete Sam, man hätte ihn ertappt. Dann erkannte er, dass der Dämon ein Telefon benutzte, das neben dem Fenster stand. Er presste sich mit dem Rücken gegen die Hauswand und wünschte, er könnte hören, was gesagt wurde. Nach einer Weile trat der Dämon vom Telefon zurück und begann nervös, die Arme vor der Brust verschränkt, im Zimmer auf und ab zu gehen.

Nach einer halben Stunde sah Sam Scheinwerfer auf das Haus zukommen. Sie gehörten zu einem roten Opel Kadett, wie man ihn in Berlin zu Dutzenden sah. Drei Gestalten stiegen aus dem Wagen und kamen auf das Haus zu. Ein paar Augenblicke später konnte Sam zwei weitere Dämonen in der Küche ausmachen. Die dritte Person war eine Frau in einem langen Pelzmantel, die Lippen knallrot geschminkt, die Haare mit einer betonierten Dauerwelle und blond gefärbt. Ihr Gesicht trug einen Ausdruck, als wollte sie sagen: »Kinder, bitte ...«

Der Kapuzendämon deutete mehrmals auf Sams Papp-CD. Die Frau tätigte einen Telefonanruf, dann einen zweiten. Sam wurde allmählich ungeduldig. Ein weiterer Wagen fuhr vor, vermutlich auf einen der Anrufe hin. Sam sah eine einzelne Gestalt aussteigen und ins Haus gehen. Mit finsterem Gesicht funkelte sie die Dämonen an, die sich duckten.

Gabriel. Der Erzengel Gabriel – oder Gail, je nachdem, mit wem sie zusammen war – stand in der Küche und redete mit Personen, die, wenn Sam sich nicht täuschte, zum Kern der Ashen'ia gehörten. Dieselbe Gabriel, die Freya in ihrem Kampf gegen Seth beigestanden hatte, die von einer kleinen Farm in Mexiko geflohen war, als die Pandora-Geister sie bestürmt und versucht hatten, ihr Herz mit Hass zu vergiften. Dieselbe Gabriel, die zu finden und zu beschützen er um die halbe Welt gereist war.

Gabriel, hier – und zusammen mit Ashen'ia ...

Er erinnerte sich an seine Sichtung. *Wem dienst du? Ich diene dir. Ich habe dir immer gedient, Meister. Wird der Träger des Lichts kommen? Ja, er wird kommen. Er kann nicht anders, selbst jetzt sucht er nach dir.*

Es dachte etwas länger darüber nach. Gedanken, Regungen, Erinnerungen. Gabriels Stimme in seinem Kopf, als sie während der Sichtung kurz in Kontakt gekommen waren ...

›*Sam?*‹

›*Gail, ich bin hier ...*‹

›*Wo bist du?*‹

›*Auf der Erde.*‹

›*Du bist in Gefahr.*‹

›*Ich weiß.*‹

›*Man sucht nach dir.*‹

›*Ich weiß.*‹

›*Jemand will dir helfen.*‹

›*Wer?*‹

Dieselbe Geschichte. Jemand wollte ihm helfen: die Ashen'ia. Jemand suchte ihn: die Ashen'ia.

Gabriel hatte sich von Mexiko aus direkt zu den Ashen'ia geflüchtet. Wie lange hatte sie für diese Leute gearbeitet? Hatte sie die ganze Zeit gewusst, dass die Ashen'ia Sam im Visier hatten, den Träger des Lichts für sich vereinnahmen wollten, um das Universum mit seiner Macht in Schach zu halten? Hatte sie ihn durch die ganze Welt zu sich gelockt, weil die Ashen'ia es so wollten? Oder weil sie Uranos wirklich fürchtete?

Sam fragte sich, was er jetzt tun sollte. Er konnte spüren, wie sich die Reihen seiner Verbündeten lichteten. Stand die ganze Welt entweder auf Seiten der Ashen'ia oder im Dienste Seths? Zum ersten Mal seit Jahrhunderten war Sam angreifbar. Und die Ashen'ia hatten das erkannt und nutzten es aus, um ihn für ihre eigenen Zwecke zu vereinnahmen.

Auf der anderen Seite glaubte er nicht, dass die Ashen'ia wirklich scharf darauf waren, Uranos auf das Universum loszulassen. Wenn sie den Höheren Mächten ans Leder wollten, würden sie dafür ein Universum des freien Willens brauchen. Was wiederum bedeutete, dass Uranos aufgehalten werden musste. Und dafür brauchten sie Sam, lebendig.

Somit besaß Sam, auch wenn er ganz auf sich allein gestellt war, eine gewisse Verhandlungsstärke. Was freilich nicht hieß, dass er eine Ahnung hatte, wie er jetzt vorgehen sollte.

Nach reiflicher Überlegung kam ihm eine Idee. Sie war nicht brillant, aber sie würde reichen müssen.

Er ging zu Gails Wagen.

Autoreifen, stellte er fest, waren erstaunlich zäh. Er musste eine Menge Kraft aufwenden, bevor sein Dolch einen von ihnen beschädigen konnte. Schließlich schlitzte er einen Vorderreifen und, um sicherzugehen, auch noch einen Reifen hinten auf. Dann durchstach er zwei Reifen an dem Kadett und rannte durch die Dunkelheit über das Feld. Dort benutzte er einen geistigen Fühler, um das Vorhängeschloss am Tor aufschnappen zu lassen, bevor er den Rettungswagen auf das Feld fuhr und ihn in sicherem Abstand vom Haus zum Stehen brachte, weit genug entfernt, dass selbst die Augen eines Erzengels ihn nicht entdecken konnten.

Gail und die Ashen'ia waren immer noch im Haus und redeten – über ihn, hoffte er. Es wäre eine Art Befriedigung, so viel Anlass zu Ärger zu geben.

Sie redeten. Sie redeten weiter, als ob dies das Einzige wäre, was sie konnten. Sam saß unterhalb des Fensters und trommelte mit den Fingern auf die Knie, spürte die Kälte selbst durch die Sanitäterjacke hindurch. Er holte seinen Notizblock heraus und malte Bildchen, um irgendetwas zu tun zu haben. Zuerst zeichnete er eine Comic-Katze mit Zigarre, dann einen Hund mit Zylinder, ein Pferd mit einem blöden Grinsen und schließlich einen großen Drachen, der einen Cheeseburger fraß. Er begann zu frösteln, als der Wind auffrischte.

Endlich ging eine Tür auf. Schritte waren zu hören, und jemand öffnete eine Autotür. Sam hörte einen Motor starten; dann fuhr der Wagen ein paar Meter rückwärts und hielt an. Er hörte, wie die Tür wieder aufging, hörte aufgeregte Stimmen und verbiss sich das Lachen, das in ihm aufwallte.

»Die Reifen sind kaputt!«, sagte jemand. Eine hastige Besprechung folgte. Bald würde ihnen aufgehen, dass vier Reifen an zwei verschiedenen Autos nicht einfach von selbst die Luft verloren. Bevor es so weit kam, musste er handeln.

Sam griff in seinen Beutel und zog einen Molotowcocktail

hervor. Er stand auf und spähte durch das Fenster. Der Raum war leer; alle waren draußen. Er schob den Dolch in die Lücke zwischen den Fensterflügeln und führte ihn nach oben, bis er Widerstand spürte. Die Sperrklinke schnappte zurück, und Sam stieß das Fenster auf. Vorsichtig steckte er seinen Dolch wieder in die Scheide, berührte den benzingetränkten Lappen mit dem Finger, und entzündete ihn und warf die Flasche mit aller Kraft in die Küche.

Sie explodierte. Flammen breiteten sich über den alten Holzfußboden aus, als das Benzin sich ausbreitete. Innerhalb von Sekunden stand die Küche in Flammen. Sam zog das Fenster wieder zu und verdrückte sich in die Dunkelheit. Ungefähr zwanzig Meter vom Haus entfernt ging er in Deckung und wartete.

Sie brauchten ewig lange, um das Feuer zu bemerken. Inzwischen leckte es schon an der Zimmerdecke. »Heiliger Strohsack!«, schrie jemand. »Ruft die Feuerwehr, holt die Polizei ...«

Niemandem fiel die Ankunft von Sams Ambulanzwagen wirklich auf; es war einfach eines von mehreren Rettungsfahrzeugen. Ein Polizeiwagen parkte neben ihm, doch Sam machte sich keine allzu großen Sorgen deswegen. Die Wahrscheinlichkeit, dass er aufgrund seines Auftritts im Krankenhaus erkannt wurde, war gering, insbesondere so weit außerhalb von Berlin.

Die Frau im Pelzmantel redete hektisch gestikulierend mit zwei Polizisten. Gabriel blickte mit gerunzelter Stirn auf das brennende Haus, als versuchte sie, eine Erklärung dafür zu finden. Irgendjemand hatte ihr eine Tasse Kaffee gebracht und sie neben dem Löschfahrzeug Platz nehmen lassen.

Als die Frau im Pelzmantel mit den Polizisten fertig war, gingen diese zu Gabriel hinüber, um mit ihr zu reden. Sam zog einen Erste-Hilfe-Kasten und die Decke hervor. Er trat auf die Frau zu und sagte auf Deutsch: »Alles in Ordnung mit Ihnen?«

Sie sah ihn durch das orangerote Dämmerlicht mit zusammengekniffenen Augen an, als wäre sie unsicher, ob sie ihn schon einmal gesehen hatte oder nicht. »Nur ... ein bisschen durcheinander«, antwortete sie.

»Das ist verständlich. Müssen Sie irgendwo hin?«

Sie hob hilflos die Schultern. »Mein Auto ist kaputt.«

»Ich fahre nach Berlin zurück. Wenn ich Sie irgendwo absetzen kann ...?«

Sie warf einen Blick zu Gabriel hinüber. »Die Polizei ...«

»Ich bin sicher, wenn Sie ihnen Ihre Personalien geben, wird man Sie gehen lassen«, sagte er, die Freundlichkeit selbst.

Sam wartete eine Weile, während sie mit einem Polizisten sprach, der sich umdrehte und ihm mit einer Geste zu verstehen gab, dass alles in Ordnung sei. Dann, als sie auf Gabriel zuging, bückte er sich schnell, um einen Schuhriemen zuzubinden, sodass ihm das Haar ins Gesicht fiel und seine Züge verdeckte. Als er aufblickte, drehte sich Gabriel mit einem Nicken von der Frau weg und drückte ihr noch einmal beruhigend die Hand.

Sam gab sich Mühe, keine allzu große Eile an den Tag zu legen. Er half der Frau auf den Beifahrersitz und gab ihr eine Decke gegen die Nachtkühle. Sobald er den Motor angelassen hatte, war er jedoch erleichtert, so schnell er konnte, von hier wegzukommen.

»Das ist sehr nett von Ihnen«, sagte die Frau, die sich als Ursula vorstellte.

»Es ist mein Job. Was ist da passiert; haben Sie eine Ahnung?«

»Wahrscheinlich Kinder.« Sam wusste, dass sie log. »Ein einsames Haus in der Pampa; Sie wissen, wie das ist.«

Sam sagte ja, er habe eine vage Vorstellung davon. »Was machen Sie sonst?«, fragte er. »Beruflich, meine ich?«

»Ich bin selbstständig.«

»Oh, als was?«

»Äh ... ich berate Firmen. Unternehmensberatung. Nichts besonders Interessantes.«

Mit anderen Worten, es geht dich nichts an. »Verheiratet?«

»Nein.«

»Ein Jammer. Eine hübsche junge Frau wie Sie sollte verheiratet sein.« Er spürte, wie ihr Blick ihn streifte, ihn von oben bis unten taxierte.

»Und Sie? Sind Sie verheiratet?«

»Ich hatte 'ne Freundin, aber sie ist abgehauen. Letzte Woche, um genau zu sein ... Haben Sie einen Freund?«

»Äh ... ja.«

Sam lächelte. »Das klingt nach einer Geschichte.«

Sie lächelte zurück. »Erst sind Sie dran.«

»Da gibt es nicht viel zu erzählen. Ich arbeite immer zu den unmöglichsten Zeiten, und da hat sie einen anderen Typen getroffen, aus der Werbebranche, so 'n Bodybuilder. Ein eingebildeter Kerl, sage ich Ihnen. Na ja, und da ist sie mit ihm nach Frankfurt abgehauen. Und bei Ihnen?«

»Vermissen Sie sie?«

»Ja. Aber jetzt kommen Sie, ich will Ihre Geschichte hören.«

»Oh.« Sie verzog ihr Gesicht zu einer kleinen Grimasse. »Jung, gut aussehend, hat die Panik gekriegt.«

»Wovor?«

»Vor mir.«

»Wieso das?«, fragte Sam, wobei er versuchte, zugleich überrascht und entrüstet zu klingen.

»Weil ich eine Hexe bin, natürlich«, sagte sie mit einem Lachen, das leicht gekünstelt klang. Sam lachte mit ihr, versuchte, den Laut durch Stimmbänder zu quälen, denen plötzlich der Sinn für Humor abhandengekommen war.

Als das Lachen verebbt war, versuchte Sam, das Gespräch in Gang zu halten. »Was war das für ein Haus, das da abgebrannt ist?«

»Oh, das Haus einer Freundin. Wir haben eine Party gefeiert. Sie muss wütend sein.«

Was wohl nicht einmal wirklich gelogen ist.

Als sie sich der Stadt näherten, folgte Sam den Wegweisern Richtung Stadtmitte, in der Hoffnung, Ursula würde nicht bemerken, dass er sich in der Gegend überhaupt nicht auskannte. »Sie sehen müde aus«, bemerkte sie.

»Ich hatte eine anstrengende Woche. Ach, der ganze letzte Monat war die Hölle.«

»Freundinnen«, stimmte sie mit einem Seufzer zu.

»Hexen«, fügte er mit einem Lachen hinzu. Sie lachte auch, plötzlich unbehaglich bei seinem Tonfall.

»Glauben Sie an Magie?«, fragte er, überzeugt davon, dass dies die richtige Strategie war. Geh direkt auf sie los, mach schnell, lass sie nicht zu Atem kommen ...

»Was für eine seltsame Frage.«

»Glauben Sie dran?«

»Manchmal, ja«, gab sie zu. »Sie?«

»Ich weiß, dass es verrückt klingt, aber ... ja, ich glaube wirklich an Magie. Manchmal fühle ich Dinge, denke Dinge, und ich kann sie nicht verstehen. Aber sie ergeben so viel Sinn.«

»Ich kenne das Gefühl«, sagte Ursula, ein ganz klein bisschen zu schnell. Allzu bereit, ihm beizupflichten, sagte ihre Stimme das eine, ihr hungriger Blick etwas anderes.

»Wo in Berlin müssen Sie hin?«, fragte Sam. Füttere sie an, dann lass die Leine wieder locker; halte ihr den Köder hin, aber lass sie noch nicht zuschnappen ...

»Ich kann die U-Bahn nehmen.«

»Nein, das geht schon in Ordnung. Ich kann Sie genauso gut vor der Tür absetzen«, antwortete er, während seine Augen zwischen der Straße und dem Rückspiegel hin- und herwanderten. Er fühlte sich schrecklich müde. Wann hatte er das letzte

Mal geschlafen? Richtig geschlafen, nicht in regenerativer Trance, einen wirklichen, friedlichen Schlaf ...

Ihr Gespräch wandte sich der Politik, Filmen, Musik, Büchern zu. Sam musste die ganze Zeit darum kämpfen, seine Unkenntnis der neueren deutschen Kultur zu verbergen. Schließlich wechselte Ursula das Thema, um ihm Fahrtanweisungen zu geben. Links, rechts, hier, da. Straßenlaternen, an denen sie vorbeifuhren, tauchten das Innere des Rettungswagens für kurze Sekunden in gelbweißes Licht, dann wurde es wieder dunkel.

Sam folgte den Anweisungen und gelangte schließlich in eine Art Innenhof mit einer hohen Platane in der Mitte, der von Garagen gesäumt war, über denen sich Apartmenthäuser mit Balkonen erhoben. Es war spät, und nur wenige Wohnungen waren noch erleuchtet. Ursula stieg aus und dankte Sam für seine Mühe. Er stieg ebenfalls hinaus in die Dunkelheit, sagte, es sei nichts, spielte den netten Kerl. Als sie an eine Treppe kamen, drehte Ursula sich um, wie er es vorausgeahnt hatte, und sah ihn noch einmal an. Dann sagte sie die Worte, auf die er gewartet hatte und die der Zweck der ganzen Übung gewesen waren. »Wollen Sie noch auf eine Tasse Kaffee mit raufkommen?«

Er tat so, als müsse er darüber nachdenken, und starrte einen Moment auf einen Punkt neben ihrem Kopf. »Das wäre großartig.«

Er folgte ihr nach oben und dachte dabei an die Pistole in seiner Jackentasche und den Dolch in seinem Ärmel. Sie kamen an eine Tür, die sich in nichts von den anderen unterschied; Ursula schloss auf und ließ ihn eintreten, wobei sie im Hineingehen das Licht anmachte.

»Das Wohnzimmer ist geradeaus«, sagte sie und verschwand durch einen Perlenvorhang in einen anderen Raum, der offensichtlich die Küche war.

Sam trat in einen Raum voller Kissen. Kristalle hingen von

der Decke, Kerzen, unangezündet, standen umher, lange Seidenvorhänge hingen an den Wänden, und überall waren Spiegel, die einander in tausend Richtungen reflektierten. Als Ursula nach ein paar Minuten eintrat, stellte sie die beiden Kaffeetassen auf den Tisch. Aber statt ihm eine anzubieten, setzte sie sich neben ihn aufs Sofa und sah ihn von oben bis unten an.

»Du hast Potenzial«, sagte sie schließlich. Ihre Stimme war leise und beinahe drohend. Sie lächelte und hielt die Hand hoch.

In ihr glomm ein winziger Feuerfunke auf, wuchs zu einer Kugel von der Größe eines Tennisballs an und blieb dort schweben. Sie ließ ihn eine lange Zeit darauf starren; ein Lächeln umspielte ihre Mundwinkel, bevor sie die Finger schloss und das Licht erlosch.

Er wandte sich zu ihr um und versuchte, Erstaunen in seinen Blick zu legen. »Wie hast du das gemacht?«

»Würdest du es auch gern können?«

Er nickte stumm, da Worte ihn als den Magier entlarven hätten können, der er war. Ein Feuerball war keine besonders eindrucksvolle Leistung, nicht nach seinen Maßstäben, doch für eine Sterbliche war es vermutlich ein bemerkenswerter Trick.

Ursula, immer noch lächelnd, strich ihm mit der Hand die Wange entlang und hielt sie an sein Kinn, drehte sein Gesicht hin und her, um es in Augenschein zu nehmen wie einen besonders guten Braten für den Ofen. »Ja«, sagte sie schließlich, »du bist geeignet.«

Er nahm sanft ihre Hand, roch das Parfum daran. »Was muss ich tun?«

»Du kannst mein Lehrling werden.«

»Wie? Sag es mir.«

Doch das schien sie nicht zu wollen. Was sie anscheinend wollte, war, ihn zu küssen. Sam stand auf und trat einen Schritt zurück. Sie stand auch auf; Enttäuschung stand in ihrem Blick. »Ich beiße nicht, weißt du. Ich werde dir alles beibringen, ehrlich.«

»Wer bist du? *Was* bist du?«

Sie zog eine Schnute, ein Ausdruck von Schüchternheit, der zu jung für sie war. In dem hellen Licht konnte er Linien unter dem dicken Make-up sehen. »Ashen'ia.«

»Was heißt das?«

Sie wirkte ungeduldig, aber erklärte es ihm dann doch. »Und bald werden die Mächte sich uns beugen. Sie werden sich auch dir beugen, wenn du dich uns anschließt«, schloss sie.

»Welcher Macht dienst du?«

»Feuer.« Sie fasste ihn um die Hüfte und zog ihn zu sich. Er war größer als sie, und sie musste den Kopf in den Nacken legen, um zu ihm aufzublicken. »Gib Feuer dein Blut, und er wird dich groß machen.«

»Dienen die Ashen'ia sonst noch jemandem?«, fragte er leise.

»Dem Meister und der Meisterin. Aber sie mischen sich nicht ein, sie werden uns nicht stören ...«

»Wer sind der Meister und die Meisterin?«

Sie seufzte. »Fragen, Fragen.«

»Ich möchte es wissen.«

»Niemand weiß es. Niemand außer Gail.«

»Wer ist Gail?«

»Eine Freundin.« Sie zupfte an seinem Hemd. Er griff hinter sich und nahm ihre Hände, hielt sie sanft, aber fest.

Sie blickte mit einem Mitleid heischenden, unterwürfigen Ausdruck zu ihm auf und versuchte, so zu tun, als sei sie verletzt. »Was machst du?«

»Wo ist Gail?«

»Mal hier, mal da. Aber was soll die Fragerei?«

»Ich würde sie gern treffen.«

»Wieso?«

Sein Griff um ihre Hände wurde fester. »Ich möchte wissen, wer es ist, dem ich dienen soll.«

»Ich kann dich morgen zu ihr bringen.«

»Geht das nicht gleich?«

»Wozu die Eile?« Befremdet wich sie ein Stück zurück.

»Du hast ihre Adresse?«

»Ja, aber warum –«

Sam lächelte, schüttelte den Kopf. »Gib sie mir.«

Ursula hatte endlich genug Verstand wiedergewonnen, um ernsthaft beunruhigt zu sein. »Warum sollte ich?«

»Bitte. Hunter hat mich geschickt. Gabriel ist zum Feind übergelaufen. Man hat mich geschickt, um rauszufinden, ob du auch dazugehörst.«

»Hunter … Gail …« Ihr Mund ging mehrmals auf und zu. Dann stotterte sie: »Du bist … einer von uns? Wem dienst du?«

»Krieg. Hunter hat mich beauftragt, von London aus. Gabriel hat die Ashen'ia verraten; sie arbeitet mit dem Feind zusammen. Entschuldige, wenn ich dich angelogen habe, aber ich musste wissen, ob du mit Gail unter einer Decke steckst. Jetzt hol mir die Adresse, bitte.«

Sie war wie gelähmt.

»Sofort!«, schnappte er.

Der Befehlston in seiner Stimme schien sie wachzurütteln, und sie eilte in ein anderes Zimmer und kam ein paar Sekunden später mit ihrer Handtasche wieder. Sie fischte ein Stück Papier mit einer Adresse und Telefonnummer heraus und reichte es Sam. Sie zitterte vor Schock.

Sam klopfte ihr auf die Schulter. »Keine Panik, es kommt alles wieder in Ordnung.« Er war schon auf dem Weg zur Tür, als das Telefon läutete.

»Nimm ab«, sagte er leise. »Sag keinem, dass ich hier bin.«

Sie nickte und nahm den Hörer auf. Sam sah sich nach einem weiteren Anschluss um und fand einen hinter dem Perlenvorhang in der Küche. Er schnappte sich den Hörer und zog die Schnur straff, sodass er Ursula im Auge behalten konnte, während er sein Ohr an die Muschel hielt.

Eine bekannte Stimme sagte: »Ursula, bist du da?« Tinkerbell. Hunter. Wie auch immer.

»Ja, ich bin da.«

»Alles in Ordnung?«

»Ja.«

»Hör zu, ich rufe an, um dich zu warnen. Wir glauben, dass Sebastian in der Stadt ist.« Ursulas Blick ging zu Sam.

»Was ... wieso meinst du das?«

»Wir haben den Verdacht, dass er irgendwie die Adresse vom Engelspalast in die Finger bekommen hat. Wenn das stimmt, dann war er es wahrscheinlich, der Hintzen verwundet hat. Vermutlich hat er auch deinen Telefonanruf entgegengenommen. Und wenn das so ist, dann ist er dir vielleicht nach Hause gefolgt.«

Schweigen. Dann sagte Ursula mit matter Stimme. »Ich ... Jemand hat mich nach Hause gefahren.«

»Wer?« Schweigen. »Ursula, wer hat dich nach Hause gebracht?«

Ursulas Augen waren immer noch auf Sam gerichtet. Er ließ eine Hand in seine Jackentasche gleiten, griff nach der Pistole. Ihr Blick folgte der Bewegung.

Tinkerbells Stimme war nun drängend: »Ursula! Ursula, wer hat dich nach Hause gebracht?« Sam zog die Pistole heraus, ließ sie sehen, dass er es ernst meinte.

»Ein ... ein Sanitäter. In einem Rettungswagen. Er ist jetzt fort.«

»Hör zu. Rühr dich nicht von der Stelle. Ich komme zu dir.«

»Okay«, sagte sie leise.

Sam bedeutete ihr mit der Pistole, den Hörer aufzulegen. Sie gehorchte. Sie standen da und sahen einander an.

Sam sagte: »Okay, ich weiß, dass dies jetzt blöd aussieht, aber es hat seinen Grund, glaub mir. Und die Ashen'ia sind verrückt, wenn sie glauben, sie könnten mich irgendwie dazu bringen, das Licht gegen eine Höhere Macht einzusetzen. Sag ihnen das. Die Ashen'ia haben Recht: Ich bin allein, und ihr seid vielleicht meine einzigen potenziellen Verbündeten. Aber ihr müsstet mir helfen und mich nicht behindern. Und ihr habt zu lange darauf gewartet, dass ich schwach genug wäre, um mich für eure Zwecke einzuspannen. Mit anderen Worten: Ihr habt es ziemlich verpatzt.«

»Du wirst an unserem Sieg teilhaben.«

»Süße, wenn du so viele Löcher in eurem Plan sehen würdest wie ich, würdest du das nicht sagen.«

Sie gab keine Antwort. Sam lächelte dünn. »Wie dem auch sei, es war nett mit dir. Du bist zwar nicht ganz mein Typ, aber das ist verzeihlich. Tut mir leid, Baby.«

Sie versuchte noch, sich zu wehren, aber sie war nicht schnell genug. Die Luft flimmerte, als Sam seine Hand hob und drückte. Die Impulswelle hob Ursula von den Füßen und schleuderte sie zurück. Ihr Kopf prallte gegen einen Bücherschrank. Sie zuckte noch einmal kurz, dann sackte sie zusammen.

Sam steckte die Pistole wieder in die Tasche, blickte auf die Adresse in seiner Hand und ging, um sich auf die Suche nach Gabriel zu machen.

7
Waffenstillstand

Auf dem Weg zu Gabriels Berliner Apartment spürte Sam, während er sich gerade mit einem vertrackten Kreisverkehr abmühte, wie jemand nach ihm sichtete. Schwindel überkam ihn, und Bilder flackerten vor seinen Augen auf. Schnell fuhr er rechts ran und legte seinen Kopf in die Hände, auf das Lenkrad gestützt, und versuchte, sich auf die Quelle der Sichtung zu konzentrieren.

Er sandte seinen Geist aus und spürte ...

›Hallo, Jehova.‹

›Sam. Wollte nur mal hören, wie es dir geht.‹

›Oh, mir geht's gut. Was macht das Ende der Welt? Fortschritte?‹

›Danke der Nachfrage.‹

Er konnte spüren, wie Jehova an seinen Schilden herumhämmerte und versuchte, Sams genaue Position ausfindig zu machen. Und hinter Jehova spürte er einen anderen Geist. Sam tastete danach, spürte Zorn vereint mit Stärke in einer besonders klobigen Kombination. ›Hallo, Thor‹, fügte er hinzu.

Thor gab keine Antwort. Ein plötzlicher Schmerzstich, als Jehova sich in Sams Augen hineinzuwinden versuchte, um zu sehen, was er sah, und Sam schlug zurück, peitschte mit Fühlern aus wilder Magie, zog eine Brandspur durch Jehovas Sinne. Die Sichtung hörte abrupt auf und ließ Sam zitternd zurück.

Er packte das Lenkrad und versuchte, ruhig zu atmen. Er fragte sich, wie viel Jehova und Thor wohl in Erfahrung gebracht hatten. Jedenfalls erinnerte ihn dieser Vorstoß auf beunruhigende Weise daran, dass es dort draußen noch andere

Dinge gab, die mächtiger und gefährlicher waren als die Ashen'ia.

Doch was konnte er ohne die Hilfe der Ashen'ia dagegen ausrichten?

Er fuhr weiter.

In einem Hinterhof zwischen hohen Ziegelsteinbauten, tropfenden schwarzen Eisenrohren und Treppen mit rutschigen schwarzen Eisenstufen wohnte Gabriel. Sam konnte das Licht in ihrem Apartment sehen. Er konnte auch sagen, wo sie war, da er ihre Erzengel-Aura spürte. Er stieg die Treppen zu ihrer Eingangstür hinauf und klopfte an, wobei er sich außerhalb des Sichtkegels des Türspions hielt. Gabriels Schritte erklangen in der Diele, und nach einer Pause ging die Tür auf.

Sam wartete, bis sie auf die Metalltreppe vor der Tür hinausgetreten war. Er vergewisserte sich, dass ihre Hände leer waren, und trat vor. Als ihr Blick auf ihn fiel, erstarrte sie. Furcht ließ ihr Gesicht erbleichen.

»Hallo Kasperle«, sagte er in das darauf folgende hallende Schweigen, »ich bin der Räuber.«

Gabriel gab keine Antwort. Er deutete auf die Tür. »Sollen wir?«

Sie bewegte sich wie ein Roboter, da sie wusste, dass er sie, auch wenn seine Hände keine Waffen trugen, jeden Augenblick mit dem ganzen Zorn eines Sohns der Magie treffen könnte.

Das Apartment sah aus, wie sich Sam Gabriels Wohnung vorgestellt hatte. Kunstvolle Farbkleckse in Bilderrahmen zierten die Wände, eine Sammlung von kleinen, gepflegten Topfpflanzen säumte die Fensterbank, der Tisch war leer bis auf ein paar ordentlich zusammengelegte Zeitungen, die Teppiche waren sauber und passten zu den Tapeten, die Tapeten zu den Sofas, und die makellose Küche, die zum Wohnzimmer hin offen war,

war ganz aus Edelstahl. Sam ließ sich auf ein riesiges Sofa nieder und schenkte Gabriel, die dastand und dumm aus der Wäsche schaute, ein dünnes Lächeln.

»So«, sagte er, »du gehörst also zu den Ashen'ia. Aber du bist auch ein Erzengel. Außerdem nach eigenem Bekunden eine Verräterin, die sich geweigert hat, Jehovas Befehlen zu folgen, als du das mit den Pandora-Geistern und Uranos herausgefunden hattest. Du hast doch nicht wirklich geglaubt, ich würde euer Spielchen mitmachen, erst mal die Mächte mit dem Licht zu bedrohen und dann zu schauen, was passiert?«

Gabriel zuckte die Schultern und sah ihm ins Gesicht. »Wir brauchen die Ashen'ia, Sebastian, wenn wir Seth davon abhalten wollen, Uranos zu befreien. Wenn wir damit fertig sind, sollen sie selbst sehen, wo sie bleiben.«

»Wer ist ›wir‹? Du und der geheimnisvolle Meister nebst Meisterin?«

»Sebastian«, sagte sie tadelnd. »Du erinnerst dich, wie wir wegen der Pandora-Geister aus Mexiko fliehen mussten. Bei meiner Flucht wurde ich von den Ashen'ia angesprochen. Sie hatten dich seit langem im Auge. Sie sagten, wenn der Träger des Lichts die Höheren Mächte mit Vernichtung bedrohen würde, würden die Mächte keine andere Wahl haben, als den Ashen'ia Magie an die Hand zu geben, die weit über das hinausginge, was irgendjemand, ob sterblich oder unsterblich, sich je erträumt habe. Ich sollte ihnen lediglich bei der Suche nach dir helfen.«

Sams Gesicht sagte nichts, doch seine Augen sprachen Bände. »Wem hast du deine Seele verkauft, Gail?«, fragte er bitter.

Sie senkte den Blick. »Das tut nichts zur Sache.«

»Hat es dich glücklich gemacht?«

Ihre Augen sprühten Blitze. »Sebastian, hör mir zu. Ich habe den Ashen'ia gesagt, wenn wir dich zu sehr drängen, würdest du uns bis aufs Messer bekämpfen. Ich habe ihnen gesagt, je länger du gegen Seth tätig wärest, umso eher würdest du einsehen, dass du uns brauchst!«

»Doch du wolltest nicht, dass ich dich finde.«

»Ich wusste, dass du dich auf keinen Fall bereit erklären würdest, den Ashen'ia zu helfen.«

Sams Stimme war leise und gefährlich. »Wenn du es wusstest, warum dann das ganze Theater?«

»Die Ashen'ia werden gegen Seth in den Krieg ziehen, auch wenn sie sich dabei mit an Sicherheit grenzender Wahrscheinlichkeit selbst vernichten. Doch sie werden Seth dabei erheblich schwächen. Vielleicht so, dass du, der Träger des Lichts, den Rest erledigen kannst.«

Sam stand auf und wandte sich dem Fenster zu, starrte hinaus in die Dunkelheit. »Das alles könnte ein raffinierter Trick sein.«

Sie zuckte die Schultern. »Aber vielleicht auch nicht. Sam, du weißt, dass du allein nicht gewinnen kannst. Und du weißt, dass nur die Ashen'ia der Macht der Pandora-Geister widerstehen können, weil die Geister sich gegen Seelen richten, und unsere Seelen sind gespalten, verborgen an Orten, die sie nicht finden können.«

»Wenn die Ashen'ia so mächtig sind, dann sollen sie sich doch Seth zur Brust nehmen. Ich kann mich derweil in eine ruhige Ecke der Hölle verkriechen und abwarten, was passiert.«

Bei ihrem Lachen überlief es ihn kalt, und seine Hand zuckte zur Pistole. Sie sagte: »Die Ashen'ia werden überhaupt nichts tun ohne das Licht. Irgendwie werden sie dich mit hineinziehen – vorausgesetzt, Thor findet dich nicht vorher.«

Er sah sie an, sah den Ausdruck auf ihrem Gesicht und wandte sich wieder dem Fenster zu. »Mit Thor werde ich fertig«, sagte er leise. Er fügte hinzu: »Wer sind der Meister und die Meisterin?« Seine Stimme hatte einen gefährlichen Unterton.

Das Lächeln in ihren Augen erstarb, und Härte überzog ihr

Gesicht. »Sie sind Weltenwandler, die ihre Seelen verpfändet haben.«

»An wen, Gail?«

Sie sagte es nicht.

Er blickte traurig auf sie hinab. »Als du Freya dientest, habe ich so viel von dir gehalten. Du hattest Jehova verlassen, der über Tausende von Jahren dein Herr gewesen war, weil er die Pandora-Geister freisetzen wollte; du hast dein Leben für andere aufs Spiel gesetzt, hast alles riskiert, bist eine Ausgestoßene des Himmels geworden. Was ist mit dem Erzengel geschehen, den ich kannte?«

»Uranos wird freikommen, Sebastian. Nicht zu leben, nicht zu sterben, sich nicht zu wandeln. Das lässt keine Seele kalt.«

Sam ließ sich elend gegen das Fenster sinken. Seine Augen starrten auf einen fernen Punkt. »Du weißt, ich habe niemanden, an den ich mich sonst wenden könnte.« Zeit bewahre, er war müde. »Du weißt, ich habe keine Wahl.«

»Du hattest nie eine wirkliche Wahl, Sebastian«, antwortete sie. »Von deiner Geburt an war dein einziger Lebenszweck, Seth davon abzuhalten, Uranos zu befreien. Deshalb nannte man dich auch das notwendige Kind.«

Sam sagte nichts; er sah sie mit einem Gesichtsausdruck an, der halb Verständnis, halb Abscheu widerspiegelte. Abscheu wovor? Vor ihr? Nein, das war es nicht.

Gabriel ignorierte seinen Blick. »Natürlich konntest du kein legitimes Kind sein. Das ist offensichtlich. Je mehr du in die Rolle des Einzelgängers gedrängt worden bist, desto weniger abhängig von anderen wurdest du. Du bist geschärft gegen Verrat, zynisch, misstrauisch, ein Kämpfer. Du bist alles, was Baldur nicht war.«

»Vater Zeit hat Baldur geliebt«, sagte Sam rau. Am liebsten hätte er seine Augen geschlossen, alles um sich herum vergessen, geschlafen ...

»Und sein geliebtes Kind ist gestorben. Wie viel leichter wäre es dagegen, ein Kind zu verlieren, das man nicht liebt?«

Sam lächelte matt. »Du hast gelernt, mit schmutzigen Tricks zu arbeiten, Gail. Ich hätte damit rechnen können.«

»Warum weigerst du dich immer noch, Sebastian?«

»Ich weiß nicht«, sagte er mit einem angedeuteten Schulterzucken. »Stolz? Unbelehrbarkeit?«

Ein Klopfen an der Tür, dann ein Hämmern. Sam seufzte. »Das wird Tinkerbell sein. Weiß er von deinem Plan, die Ashen'ia zu opfern?«

»Nein«, sagte Gabriel und ging auf die Tür zu. »Zwar glaube ich nicht, dass es ihm um die Macht geht, doch beteiligt ist er, was immer sein Grund sein mag, und ich werde seine Treue zu den Ashen'ia nicht auf den Prüfstand stellen.«

Sie zog die Tür ein paar Zentimeter auf. Eine große rote Faust traf sie mitten aufs Kinn, packte sie dann und schleuderte sie rücklings über den Boden. Ein großer roter Arm folgte der Faust, ein Ärmel, der sich über schwellenden Muskeln spannte. Eine rote Nase, ein vierschrötiges rotes Gesicht, rotes Haar. Thor selbst trat durch die Tür, drehte sich um, sah Sam und lächelte.

»Kleines Licht, kleines Feuer«, flüsterte er. Mit einer seltsamen Stimme, die Sam an irgendetwas erinnerte.

Sam seufzte und zog die Pistole aus der Tasche. »Es war wirklich ein beschissener Monat, habe ich das schon gesagt?«

Thor sah mit einem Stirnrunzeln auf seinem riesigen Schlachtblockgesicht auf die Pistole hinab, als wüsste er nicht, worum es sich handelte.

»Man betätigt den Abzug, und das Ding tötet Leute«, erklärte Sam müde, als Thor sich nicht rührte. »Ich zeige es dir.« Er hob die Pistole und pumpte mit tödlicher Genauigkeit vier Schüsse in Thors Brust.

Das Problem war, Thor hatte sich bewegt.

Und Sam hatte noch nie jemanden so gedankenschnell reagieren sehen. Nicht einmal ein Sohn von Krieg sollte dazu imstande sein. In der Mauer hinter Thor waren vier Löcher – und ein lautes Klingen dröhnte in Sams Ohren –, und Thor baute sich vor ihm auf, mit der erhobenen Axt in einer riesigen Hand und einem Grinsen auf seinem großen, dümmlichen Bartgesicht.

Seine Augen waren von einem durchscheinenden Film überzogen, wie bei einem Fisch. Wie bei Hintzen.

»Ich fasse es nicht! Du hast dich wirklich an Uranos verkauft«, knurrte Sam. Die Ungläubigkeit drängte kurzzeitig sogar seine Angst zurück. Er steckte die Pistole wieder in die Tasche und suchte nach seinem Schwert. Thor packte Sams Handgelenk, als dieser versuchte, das Schwert aus dem Beutel zu ziehen, riss Sam hoch und schleuderte ihn gegen die Wand. Das Klingen in Sams Ohren wuchs an. Thors Gesicht war eine Handbreit von seinem entfernt. Sein Atem stank nach faulen Eiern.

Thor ließ die Axt fallen und schloss seine Finger um Sams anderes Handgelenk, zog es über seinen Kopf empor neben das andere und drückte ihn so gegen die Wand. Aus dieser Nähe betrachtet, löste sich der graue Film über Thors Augen in einem Wirbel von seltsamen Farben und Mustern auf. Thor grinste und sprach mit der seltsamen, verzerrten Stimme, die Sam von Hintzen noch im Gedächtnis hatte, als dieser von Krieg besessen gewesen war. »Kleines Licht, kleines Feuer«, sagte er wieder. »So haben sie dich doch im Himmel genannt, stimmt's?«

Sam riss das Knie hoch und rammte es Thor zwischen die Beine. Thors Augen weiteten sich; er stieß einen leisen, keuchenden Laut aus und taumelte. Sein Kopf prallte gegen Sams Stirn, aber sein Griff an Sams Handgelenken ließ kaum nach. Langsam, als er wieder Luft kriegte, hob Thor den Kopf und grinste. Seine Zähne waren gelb und unregelmäßig: Offenbar waren die Neuerungen auf dem Gebiet der Zahnchirurgie an diesem Sohn der Zeit vorbeigegangen.

»Kleines Licht, kleines Feuer muss erwachsen werden«, sagte er leise. Knochen mahlten in Sams Handgelenken gegeneinander und trafen dabei auf einige Nervenbahnen.

»Du bist gefangen, Uranos«, stieß Sam zwischen zusammengepressten Zähnen hervor. »Du hast von einem Sohn der Zeit im Universum der Zeit Besitz ergriffen. Und ich schätze, Papa wird darüber nicht glücklich sein; also zieh Leine, bevor die Kavallerie eintrifft!«

»Ich komme wieder, kleines Licht, kleines Feuer. Ich komme wieder – und dann wollen wir mal sehen, was dein ›Papa‹ tun kann, um dich zu schützen.«

»Das macht dir wohl Sorgen.« Sam keuchte, als der Schmerz in seinen Armen zu seinen Ellbogen hinunter- und zu den Fingern hinaufschoss, die sofort taub wurden. »Deshalb hast du so großes Interesse daran, mich umzubringen: Du hast Angst. Uranos, der Feigling, wagt es nicht, aus seinem Gefängnis rauszukommen, aus Angst vor kleinem Licht, kleinem Feuer ...«

Thor – oder das Wesen, das Thors Geist beherrschte – knurrte tief in der Kehle und schüttelte Sam wie eine Puppe. Sam zwang sich zu einem Lächeln, das wie Sandpapier in der Kehle kratzte. »Thor, du warst noch nie der Hellste. Ich sehe, dass Uranos vom gleichen Kaliber ist.«

Uranos/Thor stieß ein wütendes Schnauben aus und nahm eine Hand von Sams Handgelenken, um ihm damit hart ins Gesicht zu schlagen. Sam fiel auf den Boden und versuchte wegzukriechen, doch der besessene Weltenwandler bewegte sich immer noch schnell. Ein Stiefel traf Sam in die Seite, dann packten ihn Hände und stießen ihn zurück gegen die Wand. Sein Kopf kippte zur Seite, und alles verschwamm vor seinen Augen.

Thors Gesicht kam in seinen Gesichtskreis. »Kleines Licht, kleines Feuer stirbt so leicht wie sein Vorgänger«, grollte er.

»Sein Vorgänger?«, wiederholte Sam stumpf. »Oh, du meinst Baldur. Nur, weißt du, Baldur war sehr sanftmütig.«

Der Dolch war draußen, Sams Hand schoss vor, traf Thors Schenkel. Ein leiser Seufzer, ein Wimmern entfloh Thors Lippen, als Sam mit aller Macht die Klinge in ihn hineintrieb.

»Das kann man von mir nicht sagen«, murmelte Sam und entwand sich Thors Griff. Thor taumelte, starrte voll Schrecken auf den Dolch, der in seinem Schenkel stak. Die Waffe eines Sohns der Zeit schlug Wunden, die sich nicht so leicht durch Regeneration beheben ließen, sondern Zeit zum Heilen brauchten, wirkliche Zeit ...

Sam sah zu, wie Thor die Zähne zusammenbiss, nach unten griff und den Dolch herauszog. Der bloße Akt, Sams Klinge zu berühren, schien ihm weiteren Schmerz zu bereiten, und Sam sah es nicht ein, eine Waffe in der Hand eines anderen zu vergeuden, wenn diese speziell auf ihn eingestimmt war. Er rief nach ihr, von Feuer und Lava flüsternd, und die Klinge glühte in Thors blutigen Händen rot auf.

Thor schrie auf, ließ den Dolch fallen und wich zurück. Gleichzeitig ging die Tür wieder auf, und Sam sah Tinkerbell mit je einer Armbrust rechts und links in der Hand. Thor drehte sich zu Tinkerbell um und hob seine Hände mit einem Gebrüll, welches die Luft in Schwingung versetzte, die den Ankömmling von den Füßen riss. Thor rief seine Axt durch den Raum in seine Hand zurück und wandte sich erneut Sam zu, der in der Ecke hockte.

Doch statt den erwarteten Schlag zu tun, lächelte er – ein mattes Lächeln, das in einen Ausdruck des Schmerzes überging, als seine Augen sich klärten. Thor wankte ein paar Schritte zur Tür und hielt inne; und Sam sah auf dem Gesicht des alten Weltenwandlers einen Ausdruck von solcher Sehnsucht und Qual, dass er fast so etwas wie Schuld verspürte. Thors Mund bewegte sich, mit einem heiseren Flüstern, das Thors gewöhnlicher

Stimme glich. »Für Freya.« Dann wandte er sich um und humpelte davon.

Sam sah alles nur verschwommen, und ihm brummte der Schädel. Seine Pistole war in seiner Tasche, sein blutiger Dolch lag auf dem Boden. Er rief den Dolch in seine Hand zurück, wischte ihn an dem bereits schmutzigen Hemd ab, steckte ihn in die Scheide und versuchte aufzustehen. Er taumelte zum Waschbecken in der Küche, drehte den kalten Hahn auf und hielt den Kopf unter den Wasserstrahl. Das eisige Wasser war ein willkommener Schock. Hinter sich hörte er einen Laut. Er riss die Pistole aus der Tasche und fuhr herum, da er fürchtete, Thor sei zurückgekommen.

Tinkerbell lehnte an der Wand und hielt beide Armbrüste nun auf Sam gerichtet. Weitere Leute drängten durch die Tür, Männer in dunkler Kleidung, die Sam irgendwie bekannt vorkamen, vielleicht von dem Apartment in Southwark. Gabriel raffte sich gerade wieder auf. Alle Augen waren auf Sam und auf die Pistole gerichtet, die er mit beiden Händen ruhig vor sich hielt.

Sam überlegte. Er blickte von Gabriel zu Tinkerbell und zu den Männern in der Tür, und eine winzige Stimme in ihm flüsterte: *Du hast keine Wahl. In dem Punkt hat Gail jedenfalls Recht behalten.*

Er verzog das Gesicht zu einem matten Lächeln und ließ die Pistole sinken. Tinkerbell näherte sich ihm. Unterwürfigkeit, schätzte Sam, gehörte nicht zu Tinkerbells Eigenschaften.

»Hallo, Sebastian.«

»Hallo allerseits. Gib mir einen Grund, warum ich nicht wild um mich schlagen sollte, wie es nur ein Sohn der Magie vermag. Abgesehen von den Armbrüsten, meine ich.«

Tinkerbell dachte nach. »Vielleicht ... weil wir die ganze Zeit versucht haben, Euch zu beschützen?«

»Das nennt ihr Schutz?«

»Ihr seid nur einer, Sebastian. Ein mächtiger Bursche, aber immer noch ziemlich allein. Ihr müsst wissen, dass wir – die Ashen'ia – die Einzigen sind, die Euch helfen können.«

»Wo liegt der Pferdefuß? Vielleicht an dem Punkt, wo ihr den Träger des Lichts benutzen wollt, um die Höheren Mächte zu erpressen?«

Tinkerbells Lächeln war zu freundlich, um wahr zu sein. »Betrachtet es als das geringere von zwei Übeln. Ihr könnt weiter frei herumlaufen, bis Thor, Odin, Seth oder Jehova Euch zur Strecke gebracht haben. Oder Ihr schließt Euch den Ashen'ia an und werdet zu einem der Erben des Universums.«

Sam seufzte und rieb sich mit der Hand über die Augen. »Ich hoffe, du weißt, was du tust«, murmelte er. »Und glaub nicht, dass das heißt, ich wäre deiner Meinung. Aber ... wie du sagtest, ich scheine am Ende meiner Möglichkeiten zu sein. Ich nehme an, diese Herren hier sind weniger für das Geben als für das Nehmen zuständig, was unseren Deal betrifft.«

Tinkerbells Lächeln verkrampfte sich. »Ihr helft uns, wir helfen Euch. Ihr möchtet Uranos aufhalten – wir auch. Dann schließt Euch uns an. Verkauft, wenn ich es so ausdrücken darf, Eure Seele dem Teufel.«

Sam hob die Hand und sprach mit einer langsamen, überlegten Stimme: »Du willst einen Waffenstillstand, richtig? Kein Abkommen.«

»Natürlich.«

»Das«, erklärte er mit einem Seufzer, »klingt jetzt nicht sehr originell. Aber manchmal muss man einfach solche Dinge sagen: Bringt mich zu euren Anführern!«

8
Wahrheiten

Sie hatten einen weißen Kombi. Sam hatte sich immer vorgestellt, dass Dämonen in weißen Kombis fuhren, Fahrzeugen, die eine gewisse Haltung gegenüber der Straße ausdrückten. Sie nahmen ihm die Pistole, den Dolch und das Schwert. Er ließ sie gewähren. Es schien keine Alternative zu geben. *Keine Wahl.*

Einmal, erinnerte er sich, hatte ein Freund ihm ein Computerspiel gezeigt. Und ganz gleich, was man tat, ob man redete oder kämpfte oder sich seinen Weg durch die Erzählung auf dem Bildschirm stahl, die Geschichte passte sich dem an, was man tat. Wenn man gut im Bluffen war, konnte man durch clevere Fragen herausfinden, wo die Socken der Macht – oder um was auch immer es bei dem Spiel ging – sich befanden. War man ein Dieb, konnte man einen Brief klauen, in dem geschrieben stand, was man wissen wollte. Und wenn man ein Meuchelmörder war, konnte man den Typen umbringen und dann in der nächsten Schublade den praktischen Zauberspruch finden, der ihn wiederbelebte, worauf er einem als Zombie alles erzählen würde. Mit anderen Worten, ganz gleich, wie sehr man sich anstrengte, man konnte die Story nicht vermasseln.

Wenn er nur in seinem eigenen Leben die Möglichkeiten immer wieder durchspielen, Situationen wieder und wieder neu laden könnte, um zu sehen, ob Diebstahl, Mord oder Lügen die beste Methode war. Derzeit freilich saß er im Fonds eines abgedunkelten Kombis mit Dämonen rechts und links und Ashen'ia von der misstrauischen Sorte, die einen nicht aus den Augen ließen, auf den Vordersitzen. Sam fror. Die Jacke des Sanitäters war zu groß. Und er war müde. Er wollte einfach nur schlafen.

Gegen alle Erwartung, eingelullt durch das Schaukeln des Kombis, schlief er wirklich ein.

Vor langer Zeit, als Sam noch jung gewesen war, im Himmel und somit mit Zugang zu den Edentoren, hatte er die Abwehrzauber auf dem Edenpfad studiert. Er hatte Gerüchte über die Schönheit und Majestät von Eden gehört, die den Himmel im Vergleich armselig erscheinen ließen. Er war zum nächsten Edentor gegangen und hatte stundenlang vor dem frei schwebenden, schimmernden weißen Portal gesessen und mit seinen magischen Sinnen die Zauber erkundet, die den Weg beschirmten. Die Zauber waren mächtig, stark genug, um selbst der vereinten Kraft von Weltenwandlern zu widerstehen, aber das war zu erwarten gewesen. Immerhin waren sie von einer Höheren Macht gewirkt worden. Ihre Schwäche war, *dass* sie so offensichtlich von einer Höheren Macht gewirkt worden waren; darum waren sie ganz Licht und nichts sonst. Wenn man Dunkel heraufbeschwören konnte, jene schwer fassbare Höhere Macht, die im Himmel – von anderen Welten ganz zu schweigen – nie anerkannt worden war, dann könnte man die Zauber brechen.

Aber genau darin lag das Problem. Wie er da saß, mit untergeschlagenen Beinen, völlig entspannt und im Geiste weit, weit weg, hatte Sam sich so seine Gedanken gemacht. Dunkel wurde nicht ohne Grund gemieden. Sie existierte nur, um Zwietracht zu säen, doch zugleich besaß sie eine Verführungskraft, die ihren Schwestern im Pantheon der Höheren Mächte Angst machte. Wenn man ihr den Vorwand verschaffte, dass die Kinder der Zeit sie herbeigerufen hatten, würde sie in den Himmel kommen, um unter diesen Kindern so viel Schaden anzurichten wie möglich, und sei es nur, um sich an ihren Schwestern zu rächen.

Sam hatte Odin darauf angesprochen. Auch wenn Odin in Sams Augen alles viel zu ernst nahm, war er einer der älteren

Söhne von Vater Zeit, und Sam bewunderte seine Hingabe an das Haus Walhalla. Er wirkte wie jemand, der nichts falsch machen konnte und der für Sams Sorgen ein offenes Ohr haben würde.

Doch Odin hatte wie die anderen reagiert, mit einer Arroganz, wie sie nur ein Sohn der Zeit an den Tag legen konnte. Wir können sie in Schach halten, hatte er gesagt. Dunkel ist eine alte Höhere Macht, sie lässt sich kontrollieren. Mach dir darüber keine Sorgen.

Es war jene letzte, ein wenig herablassende Bemerkung, die Sam dazu gebracht hatte, sich nicht nur Sorgen zu machen, sondern regelrecht wütend zu werden. Insbesondere, als es ihm bei Jehova nicht besser ergangen war.

»Ich wäre glücklich, wenn sich der Weg nach Eden wieder beschreiten ließe«, hatte Sam zu seinem Bruder gesagt, »und ich glaube nicht, dass Licht etwas dagegen hätte, wenn wir ihn benutzen. Was mir Probleme macht, ist eure Methode, ihn zu öffnen. Ihr wollt eine Höhere Macht beschwören, um Bannzauber zu brechen, die von einer anderen Höheren Macht errichtet wurden. Ihr wollt die Energie des Dunkels gegen das Licht einsetzen, gegen eine Macht von genau entgegengesetzter Ausrichtung. Ist euch klar, dass dies die Weltenpfade selbst ins Wanken bringen könnte? Wir könnten das Edentor auf ewig verlieren. Was dann? Was willst du tun, wenn die Tore zusammenbrechen und Dunkel sich über die Welt ausbreitet und eure Seelen verschlingt?«

Jehova hatte es fertig gebracht, sein versteinertes Gesicht traurig wirken zu lassen. »Also willst du uns nicht helfen.«

»Sieht so aus.«

»Du kannst uns nicht aufhalten. Der Weg nach Eden wird geöffnet werden, koste es, was es wolle.«

»Licht hat diese Zauber gewirkt, ihr könnt sie nicht einfach ausschalten.«

»Du könntest es. Du bist der Träger des Lichts. Wenn du mit deiner Kraft gegen diese Zauber angehen würdest, würden sie zerfallen, ohne Gegenreaktion, ohne überzuquellen, ohne –«

»Du weißt so gut wie ich, wenn ich meine Kraft gegen Licht richten würde, würde die Energie mit an Sicherheit grenzender Wahrscheinlichkeit außer Kontrolle geraten, und ich würde auf diese Weise eine Höhere Macht auslöschen.«

Jehova hatte die Schulter gezuckt. »Schade, dass du es so siehst. Aber der Weg nach Eden wird geöffnet werden. Nichts, was du tun kannst, wird es verhindern.«

Und Sam war gegangen, nicht nur wütend, sondern gedemütigt. Das Schlimmste war, zu wissen, was seine Brüder planten, und sich dabei fast sicher zu sein, dass er nichts dagegen ausrichten konnte ...

Irgendwo in einem kleinen weißen Kombi, umgeben von Dämonen, träumte Sam weiter, und in seinen Träumen verschwammen Erinnerungen mit Ängsten.

Der Raum der Uhren. Der Thronraum von Vater Zeit. Es war schwer, ihn nicht wiederzuerkennen, selbst wenn man träumte. Uhren aller Art bedeckten Wände, Fußboden und Decke, und sie alle liefen genau im Takt, ein gewaltiges Dröhnen, das jede Sekunde ertönte. Und am Ende des Raums, jenseits des einfachen steinernen Throns, stand eine weitere Uhr, deren Zeiger sich so schnell bewegten, dass man sie nicht sehen konnte. Diese Uhr maß den Herzschlag des Universums nicht in Sekunden, sondern in den Wellenlängen sichtbaren Lichts.

Sam trat auf den Thron zu. Neugierig blickte er auf die Uhr, versuchte Zahlen darauf zu erkennen. Er hörte ein Geräusch hinter sich und drehte sich um. Eine Sekunde lang glaubte er, einen Schatten vorbeiziehen zu sehen. Eine dunkle Gestalt mit schwarzen Augen und schwarzem Haar, die vorüberhuschte und fort war. Er kniff die Augen zusammen und schaute genauer hin. Ein Huschen, dann wieder nichts. Auch der Raum selbst wurde dunkler. Sam glaubte, eine Stimme zu hören, mit entrüstetem Klang, doch sie verhallte rasch. Er hörte einen anderen Laut und wandte sich um und sah sich selbst ins Gesicht.

Nicht ganz sich selbst, wie ihm alsbald klar wurde, sondern einer jüngeren Version, die mit lebhaften Gesten redete. Er konnte Wortfetzen vernehmen, die aus der leeren Luft herangetrieben wurden, am Rande des Hörvermögens. *Eden … Dunkelheit … Arroganz …* Die Gestalt verblasste, dann erschien sie wenige Sekunden später ein paar Meter entfernt, erregt, im Zorn mit den Händen fuchtelnd, das Gesicht zu einer Miene des Entsetzens verzerrt. Mehr Worte, diesmal verständlicher. *Hilf mir, Vater. Meine Brüder wollen Dunkel heraufbeschwören, und sie wird den Edenpfad in Schutt und Asche legen, so viel zerstören, wie sie kann, ja, sie alle vernichten und vielleicht die ganzen Weltenpfade aus purer Mutwilligkeit unbegehbar machen. Du musst sie aufhalten.* Schweigen. Die Gestalt blinkte hier und da auf und verschwand wieder. *Lässt dich das alles kalt? Du darfst das nicht zulassen.* Hier und wieder fort, dort, da.

Sam suchte einen immer dunkler werdenden Raum ab, spähte in die Ecken, versuchte, sich selbst wiederzufinden, den Hall seiner eigenen Worte, die aus der Vergangenheit zu ihm kamen. Verschiedene Ichs in den Schatten, die alle mit einer Stimme sprachen. *Du lässt es zu, dass sie sich selbst zerstören? Sie sind doch deine Kinder!*

Mehr von seinen Ichs erschienen, füllten die Halle, dunkle Gestalten in der Finsternis, die alles Licht auf sich zogen, schwarze Augen, die ihn von überall anblickten. Schritt für Schritt drängten sie Sam zurück. Worte wurden hörbar, ein leises Murmeln, das zu einer Flut anschwoll: »Hast du denn gar kein Mitgefühl, Vater? Halte sie auf. Halte sie auf, oder ich werde es tun. Halt sie auf, Vater. Halt sie auf, halt sie auf, halt, halt, halt –«

Sam taumelte rücklings gegen irgendetwas. Gestalten aus der Vergangenheit, *seiner* Vergangenheit bedrängten ihn von allen Seiten. Stimmen dröhnten in seinen Ohren. Dunkle Augen funkelten anklagend. Er spürte, wogegen er gestolpert war. Halb fiel er, halb setzte er sich auf den steinernen Thron und bedeckte seine Ohren, um das betäubende Dröhnen fernzuhalten. »Was hast du vor, Vater, warum lässt du es zu, warum verhinderst du es nicht, warum tust du nichts ...?«

Sam hörte Freyas Stimme in der Menge, lauter als alle anderen. Sie sprach von Loki, Baldurs Mörder, inmitten von Stimmen, die immer lauter wurden ... *Er wollte wissen, warum Chronos untätig blieb, warum er die ganzen bösen Dinge geschehen ließ.* »Warum tust du nichts dagegen, Vater, warum hältst du sie nicht auf, warum sagst du nicht halt, halt, halt ...?«

»Hört auf!«, schrie er. Schweigen, abrupt und lauter als der Lärm, der ihm vorausgegangen war. Er öffnete die Augen. Tausend Sams starrten zurück. Sie sagten kein Wort, sahen ihn nur an. Er duckte sich hinter die Rückenlehne des Throns, kalt und verängstigt. »Wer seid ihr?«, fragte er. »Was wollt ihr?«

Und sie sprachen wie mit einer Stimme, alle zugleich, ein Flüstern, dennoch betäubend laut: »Wir sind der Plan und die Tat, die Stärke und die Schwäche, das Licht und das Dunkel, der Einzelne und das Ganze. Wir sind du. Du bist wir. Der eine ist die vielen.«

»Nett, euch zu treffen. Jetzt lasst mich allein«, keuchte er, am ganzen Leibe zitternd.

Die Menge teilte sich. Eine Frau trat auf ihn zu, verführerisch lächelnd. »Du erinnerst dich an mich?«

»Natürlich, du bist ...« Seine Stimme erstarb. Die anderen Sams starrten ihn unbewegt an. »Ich habe dich nie gesehen«, murmelte er und ließ seinen Blick erneut in die Runde schweifen.

»Und an mich?«, fragte eine andere Stimme.

»Und mich?«

»Und mich?«

»Und mich?«

»Und mich?«

Er wandte sich jedem neuen Gesicht zu, das durch die Menge nach vorn kam, während die Sams Platz machten, um sie durchzulassen. »Ich ... ich bin nie jemandem von euch begegnet.«

»Aber du kennst mich.«

»Und mich.«

»Und mich.«

»Und mich.«

»Und mich.«

»So wie wir dich kennen.«

»Wir sind der Plan und die Tat.«

»Die Stärke und die Schwäche.«

»Das Licht und das Dunkel.«

»Der Einzelne und das Ganze.«

»Geht weg!«, zischte Sam. »Lasst mich allein!«

»Du kannst nicht allein sein. Du bist der Träger des Lichts«, sagte jemand, als sei es offensichtlich. Die Sams im Saal ringsum wurden mehr und mehr von anderen verdrängt, von neuen Gesichtern, bis schließlich nur noch er selbst in einem Meer von Fremden übrig blieb. Von Fremden, die er so gut kannte ...

»Wir sind Einer.«

»Der Eine ist Teil der Vielen.«

»Die Vielen sind Eins.«

»Ist das ein Trick?«

»Das ist eine Albtraum«, drang eine Stimme in sein Ohr. Er wandte den Kopf. Freya lächelte ihn an. »Du entgleitest, Sebastian. Du ertrinkst in den Stimmen.«

»Wer hat mir diesen Albtraum geschickt?«

»Du selbst tust dir das an.«

»Nein, das ist zu real. Ich habe zu viel Kontrolle darüber.« Er hob die Hand und zwickte sie in die Nase. Überrascht fuhr sie zurück. »Siehst du?«, sagte er. »Kontrolle. Irgendjemand füllt meinen Kopf ...«

»Ich«, flüsterte jemand.

»Und ich.«

»Und ich.«

»Und ich.«

»Und –«

»Ruhe!«, brüllte er. »Raus aus meinem Kopf! Lasst mich allein!«

Dunkelheit. Er kniete vor dem leeren Thron. Ringsum tickten dröhnend die Uhren. Thor blickte aus seinen gequollenen Fischaugen traurig auf ihn herab. »Für das hier willst du sterben, kleines Licht, kleines Feuer?«, fragte er.

Sam hob den Kopf, öffnete den Mund, um etwas Grobes zu sagen, und der Boden tat sich unter ihm auf.

Er fiel. Er ertrank; Wasser füllte seine Lungen, brannte in seiner Brust. Stimmen dröhnten in seinen Ohren, so viele Stimmen, und er sprach mit ihnen, doch er konnte seine eigene Stimme nicht hören. Alles, was er wusste, war, dass er bersten würde, wenn er die Worte nicht sagte, und dass irgendwo irgendjemand, der einmal ein winziger Funke in einem Meer von Funken gewesen sein könnte, mit einer Milliarde anderer sprach. *Wir sind der Plan und die Tat, die Stärke und die Schwäche, die Magie und ... und –*

Lasst mich allein, geht aus meinem Kopf.

Du entgleitest, Sebastian. Du ertrinkst in den Stimmen.

Das Licht und das Dunkel, die Magie ... die Magie und ... und –

Für Freya. Einer ist Viele, Viele sind Einer. Auch Thor hat Freya geliebt ...

Keine Einsamkeit mehr! Vielleicht nicht zusammen, aber auch nicht allein!

Aber schließlich hat jeder Freya geliebt ...

Lasst mich allein! Geht weg, lasst mich allein, fort mit euch, fort, fort!

Er schreckte auf. Ihm war kalt, und er hatte Angst. Gabriel nahm ihre Hand von seinem Arm, als wäre es ihr peinlich, ihn berührt zu haben. Der Wagen hielt an. Sam hatte keine Ahnung, wo sie sich befanden.

»Komm mit«, sagte sie leise. Die Fondtüren des Kombis wurden aufgerissen, und Sam blinzelte gegen das Sonnenlicht. Die Fahrt hatte Stunden gedauert. Tinkerbell lächelte, als Sam aus dem Wagen stieg, doch ob es ein Lächeln des Triumphs war oder der Beschwichtigung diente, konnte Sam nicht sagen. Was es auch war, er war nicht in der Stimmung, es zu erwidern.

Da war ein Haus. Es war klein, weiß gestrichen und stand mitten in der Landschaft, als wäre es dort von einem achtlosen Touristen vergessen worden. Eine Katze döste auf der Veranda und gönnte den Ankömmlingen nur einen skeptischen Blick, als gäbe es viel interessantere Dinge zu beobachten als diese Zweibeiner. Die Küche enthielt einen großen gusseisernen Herd in einer Ecke, schwarz von Alter und mangelnder Pflege; die Schränke waren leer bis auf ein paar Dosen, hauptsächlich mit Katzenfutter, und unter der Spüle hätte jemand eine tote Maus gefunden, die vermutlich von der Katze angeschleppt worden war, als Geschenk für ihre Gastgeber. Die Fußböden bestanden aus rissigen alten Holzbohlen, und die knarrende Treppe sah aus, als würde sie im nächsten Moment zusammenbrechen. Am Herd rührte eine alte Frau mit einer hässlichen Lücke zwischen den Schneidezähnen, die alle Blicke auf sich zu ziehen schien, in einem Topf, in dem etwas Undefinierbares köchelte, das ebenso gut ein Unsterblichkeitselixier wie Tomatensuppe aus der Dose sein mochte.

Tinkerbell, der sich zweifellos fragte, was Sams Sinneswandel hervorgerufen hatte, führte ihn hinauf in ein Zimmer, das verdächtig im Takt mit der Heizung rumpelte. Er warf Sams Beutel auf das Bett. In dem Beutel waren die Krone, Kleidung zum Wechseln, die Telefonkarte und der Schokoriegel, den zu essen Sam immer noch keine Zeit gefunden hatte. Die Molotowcocktails waren verschwunden. Man hatte ihm aber, wie Sam mit einem leisen Lächeln bemerkte, sowohl die Coladosen als auch das Waschbenzin gelassen. Offenbar hatte in der Dunkelheit des Soho Square nicht einmal Tinkerbell gesehen, was für eine nützliche Waffe Coladosen sein konnten.

Das Zimmer selbst war klein und sah aus, wie Gästezimmer überall aussehen. Da gab es die staubigen alten Bücher, die niemand lesen wollte, die Uhr, die vor drei Jahren stehen geblieben war, das alte Tonband, das nicht mehr funktionierte, und das Kreuz über dem Bett mit dem toten Christus daran, ein Symbol, das Sam immer als ein etwas befremdliches Kultobjekt empfunden hatte. Auf dem Bett wölbte sich eine Tagesdecke mit Blümchenmuster und Fransen. Sam streifte seine Schuhe ab, kroch unter das Federbett und ließ seinen Kopf auf das etwas muffige Kopfkissen sinken. In der Matratze war eine gesprungene Feder, die ihm in die Rippen drückte, sodass er gezwungen war, sich auf die Seite zu drehen, um einigermaßen bequem liegen zu können. Über der Tür war ein Spinnennetz; sein Besitzer wartete geduldig darauf, dass ihm die nächste Mahlzeit in die Falle ging.

Sam schloss die Augen und berührte den Geist der Spinne. Das Geschöpf war praktisch blind, vollständig taub, was menschliche Stimmen betraf, und als Spion nicht zu gebrauchen. Doch es reagierte äußerst sensibel auf die kleinste Bewegung innerhalb seines Netzes. Sam flüsterte ihm zu, scheuchte es auf, sodass es huschend unter der Tür durchkrabbelte, auf den Flur hinaus und die Treppe hinunter, wobei die Welt aus der Horizontalen in die Vertikale kippte, wenn es die Senkrechten der Stufen hinunterkroch, als wäre das ganz selbstverständlich. Von Sams Geist und seinen kurzen Eindrücken des Hauses geleitet, stieß die Spinne gegen einen Pfosten des Treppengeländers und krabbelte hinauf. Dort begann sie ein neues Netz zu weben. Als es fertig war, zog Sam seinen Geist zurück und verfiel in einen Halbschlaf.

Das Spinnennetz zitterte. Sam konnte spüren, wie es den ganzen Spinnenkörper durchschüttelte, als seine feinen Fäden hin und her summten. Jemand kam die Treppe herauf, und die Vibration der Schritte hatte die Spinnenseide in Schwingungen versetzt, und dies hatte das Tier aufgestört. Was wiederum Sam alarmiert und mit einem Ruck aus dem Schlaf gerissen hatte.

Die Tür ging auf. Tinkerbell lächelte auf Sam hinab. »Was haltet Ihr von einem kleinen Schwätzchen?«

Er folgte Tinkerbell hinunter in die Küche. Etwa ein Dutzend Leute, einige von ihnen Dämonen, saßen diskutierend um einen langen Tisch herum, auf dem ein improvisiertes Mahl angerichtet war: Brötchen, ein unglaublich stinkiger Käse und Aufschnitt. Als Sam hereinkam, wandten sich aller Augen mit einer Mischung von Argwohn und Ehrfurcht ihm zu.

»Ist das für mich?«, fragte Sam aufgekratzt und setzte sich. »Ich hab seit Ewigkeiten nichts mehr gegessen.« Er schnappte sich ein Brötchen und grub die Zähne hinein.

Am Kopf des Tisches hielt Gail wie eine Königin Hof. »Ihr alle wisst, warum wir uns hier versammelt haben –«

Sam hob die Hand und sagte mit vollem Mund: »Äh, nein. Aber es würde mich schon interessieren, da ich ja offenbar eine entscheidende Rolle dabei spielen soll.«

Von zwei Paar Dämonen in der Ecke war ein Grummeln zu hören. »Hi«, sagte Sam ungerührt. »Gibt's ein Problem?«

»Wir sind hier«, mischte sich Gail mit Entschlossenheit ein, »um das anstehende Problem zu diskutieren. Seth. Und Uranos.«

»Warum ist *er* hier?«, zischte jemand, Gails Worte ignorierend.

»Sebastian ist hier, weil er mehr über Uranos und Seth weiß als irgendjemand sonst. Und weil er der Träger des Lichts ist.«

»Und außerdem, weil er so ein netter Kerl ist«, knurrte Tinkerbell, halb zu sich selbst.

»Genau!«, rief Sam. »Ich bin hier – wie ich gehört habe –, weil ihr ohne den Träger des Lichts nicht die Höheren Mächte erpressen könnt. Und weil ich befürchte, dass ich es ohne die Ashen'ia nicht verhindern kann, dass Uranos freikommt. Wie bedauerlich diese Situation auch sein mag – und glaubt mir, ich bedaure sie sehr –, wir brauchen einander. Zumindest momentan.«

Sein Blick traf sich mit Gails, und er sah etwas in ihren Augen wie ... Furcht?

»Richtig«, sagte sie gegen ein anschwellendes Gemurmel. »Die Situation ist ... ein Kompromiss. Für beide Seiten.«

»Im Gegenteil«, sagte jemand laut mit dem schweren Akzent des Hades. »Jetzt, da der himmlische Bastard uns schutzlos ausgeliefert ist, können wir unsere Forderungen stellen.«

Sam verzog den Mund zu einem feinen, gefährlichen Lächeln. »Wenn ihr den Eindruck habt, ihr könntet Uranos ohne meine Hilfe aufhalten, dann solltet ihr das noch mal überdenken. Für die unwahrscheinliche Möglichkeit, dass Uranos befreit wird – und zu diesem Zweck hat Seth eine große Armee aufgestellt –, braucht ihr einen Träger des Lichts, der eurer Sache äußerst gewogen ist.«

»Dazu wird es nicht kommen«, behauptete Gail. »Niemand hier hat die Absicht, Uranos zu befreien. Was wir erreichen wollen, ist einfach. Du« – sie blickte Sam fest in die Augen – »wirst bei den Ashen'ia bleiben, bis Seth besiegt ist. Auf diese Weise werden wir uns die Macht sichern, die wir anstreben.«

»Macht? Gail, du hast dich verändert. Was ist passiert?« Er sah sie scharf an, durchforschte ihr Gesicht, und wieder sah er ... etwas.

Welches Spiel treibst du? Die Gail, die ich kannte, war an Macht nicht interessiert. Ihr Interesse begann und endete mit der Erhaltung dessen, woran sie glaubte – Leben, schlicht und einfach. Warum hat sie sich den Ashen'ia angeschlossen? Und warum kommt mir das alles so falsch vor?

»Er ist gefährlich«, schnaubte jemand.

»Halt's Maul«, gab ein anderer zurück.

»Feuer-Hirn, wenn du sehen könntest, was ich sehe –«

»Sprich nicht schlecht vom Feuer; mein Herr ist genauso mächtig wie deiner.«

»Wasser löscht Feuer. Daran hättest du denken sollen, bevor du einer so instabilen Macht die Treue geschworen hast!«

Bei diesen Worten brach ein Aufruhr los. Schimpfworte wurden durcheinandergebrüllt. Sam, der bereits das Gefühl hatte, dass er wusste, was er von dieser Gesellschaft zu halten hatte, aß ungerührt weiter, mit einem leisen Lächeln auf dem Gesicht und den Blick in weite Fernen gerichtet.

Es dauerte einige Zeit, bis Gail sich durch den Lärm wieder Gehör verschaffen konnte. »Meine Herren!«, rief sie. »Meine Herren! Es reicht! Ich habe Sie als Vertreter der jeweiligen Mächte hierhergebeten. Aber wir sind hier, um über die Zukunft zu diskutieren, nicht über die Natur unserer Organisation!«

»Und wie könnte die sein?«, murmelte Sam, mehr zu sich selbst als zu jemandem sonst. Ein wenig lauter sagte er: »Und warum ist Chronos nicht mit im Boot? Warum hat Vater Zeit nicht seine Schmutzgriffel mit im Spiel, wenn ihr so viele Karten auf der Hand habt?« Er sah Gail an und runzelte die Stirn, als er in ihrem Gesicht nach Antworten suchte, die nicht da waren. »Warum ist er anscheinend nicht aktiv beteiligt?«

»Ist er wohl«, spie einer. »Durch dich! Sein notwendiges Kind.«

»Ist er das? Nun ja, wenn man es so sieht. Doch scheint mir das ein bisschen wenig zu sein.« Sam zog die Brauen enger zusammen, als sein Blick vorbei an Gail zu der Stelle glitt, wo Tinkerbell lauerte. Irgendwie schien das alles hier nicht zusammenzupassen.

»Wir Ashen'ia«, sagte Gail mit fester Stimme, als einen Augenblick Schweigen eingekehrt war, »haben Jahrhunderte lang auf solch eine Gelegenheit gewartet. Niemand hier soll denken, dass uns in einer Zeit wie dieser irgendetwas im Weg stehen wird.«

Sam drehte sich auf seinem Stuhl um und sah sie besorgt an. »Du sprichst wie Chronos selbst – nichts steht ihm im Weg. Aber die Ashen'ia glauben doch wohl nicht, dass sie eine Höhere Macht bedrohen können, selbst mit dem Träger des Lichts.«

»Und du glaubst doch wohl nicht, dass du irgendwas anderes bist als unser Gefangener!«, rief jemand.

Schweigen. Sam wandte sich halb um, um den Mann anzusehen, der gesprochen hatte, und sagte mit leiser Stimme. »Das ist *eine* Art, es zu sehen. Doch nur ein Narr würde es laut aussprechen.«

Er legte seine Hände mit den Handflächen nach oben auf den Tisch und betrachtete sie, als versuche er, seine eigene Zukunft daraus zu lesen. In ruhigem Ton fuhr er fort: »Nun gut. Wir haben keinen Grund, einander zu trauen. Aber wir können es uns nicht leisten zu streiten. Ich kann nicht behaupten, dass ich viel von eurer Verschwörung gegen die Höheren Mächte halte, insbesondere, da ich nicht die Absicht habe, mir dabei das Hirn verbrutzeln zu lassen. Doch ihr sollt eure Belohnung haben.«

»Die einzige Belohnung, die wir wollen –«

»Schnauze! Wenn du nichts Nützliches zu sagen hast, dann halt das Maul!«, knurrte Tinkerbell aus der Ecke. Es war das erste Mal, dass er sich bemerkbar gemacht hatte.

Mehrere Augenpaare wandten sich ihm zu. Jemand griente: »Halt selber das Maul, Nachtbrut! Du glaubst, wegen deines Blutes stehst du höher als wir. Aber du bist noch weniger als er.« Ein Finger stach in Sams Richtung. »Wenigstens ist sein Blut erste Generation.«

»Ich kenne die Natur meines Blutes. Kennst du die Hure, die dich in der Hölle geboren hat?«

Gail schlug mit der Faust auf den Tisch. »Wir sind nicht hier, um zu streiten!«

»Aber ist das nicht unvermeidlich?«, murmelte Sam. »Wenn hier so viele Mächte vertreten sind? Einschließlich solcher Rivalen wie Ordnung und Chaos. Zeit bewahre! Gail, mich wundert, dass du dich an so etwas beteiligst.«

Gails Blick bohrte sich in Sams. »Du verstehst die Natur der Ashen'ia nicht«, sagte sie mit leiser Stimme. »Ich glaube, es ist am besten, Sam, wenn du diese Versammlung verlässt.«

Sam beobachtete ihr Gesicht lange, dann stand er auf. Tinkerbell löste sich aus den Schatten, und zusammen verließen sie den Raum.

Tinkerbell folgte Sam hinauf zum Schlafzimmer. In der Tür hielt Sam inne und runzelte leicht die Stirn. »Nachtbrut?«, fragte er.

»Diese Dämonen haben keine Ahnung«, antwortete Tinkerbell mit einem Achselzucken.

»Nein. An dir ist mehr, als es den Anschein hat, Tinkerbell. Nicht wahr?«

»Ach was«, winkte er ab und bewegte tadelnd den Finger. »Ihr seid der Star, nicht ich.«

»Aber was sind deine Interessen? Wenn die Ashen'ia sich

nicht gegenseitig in Stücke reißen, werden die Mächte sie vernichten, denen sie ihre Seelen verkauft haben. Warum hast du dich mit diesen Schwachköpfen eingelassen?«

»Und warum stellt Ihr Fragen, auf die Ihr keine Antwort erwarten könnt? Ihr braucht die Ashen'ia. Ich ebenfalls. Lassen wir es dabei.« Tinkerbell schob Sam sanft in das Zimmer zurück und zog die Tür zu. Sam hämmerte dagegen.

»Was ist mit Chronos?«, schrie er. »Braucht er die Ashen'ia nicht? Wo ist Vater Zeit bei dieser ganzen Farce?«

Niemand antwortete.

Etwas später spürte er das Spinnennetz erneut erzittern. Sam schloss die Augen. Ein Anflug von Angst überkam ihn. *Worauf habe ich mich hier eingelassen?*

Er legte sich auf das Bett, tat so, als schliefe er, und lauschte. Er konnte nicht einmal die Schritte hören und war dankbar für das feine Gespür der Spinne, das ihm eine rechtzeitige Warnung hatte zukommen lassen. Die Tür quietschte. Sam hielt sich völlig still, auch wenn seine Augenlider sich öffnen wollten, um zu sehen, wer da war. Sehr vorsichtig streckte er seine Fühler aus und traf auf einen Schild von solch vollkommener Ausbildung, dass kein Sterblicher ihn errichtet haben konnte. Ein Weltenwandler stand in der Tür und blickte auf ihn herab.

Er hörte eine Männerstimme auf Elysisch fragen: »Ist alles in Ordnung mit ihm?« Die Stimme wirkte vertraut, aber Sam konnte sie nicht gleich einordnen.

»Es geht ihm gut. Er ist müde.« Gabriels pragmatische Stimme war leicht zu erkennen.

»Thor sucht nach ihm. Er ist hier nicht sicher.«

»Wir verlegen ihn, sobald Ihr es wünscht.«

»Weiß sie, dass er hier ist?«

»Nein.«

»Nun, es macht auch kaum einen Unterschied. Wie ist sein Zustand?«

»Er ist erschöpft, innerlich und äußerlich. Er hat eine Menge durchgemacht.«

»Wird er das Licht einsetzen?«

»Vermutlich. Er hat nicht mehr viel, für das sich zu leben lohnt. Wenn der letzte Tropfen das Fass zum Überlaufen bringt, wird er es tun, glaube ich. Aber wenn er es im Voraus weiß, wird er uns bekämpfen. Und er ist immer noch ein zäher Kämpfer, ganz gleich, wie viel er durchgemacht hat. Er könnte immer noch imstande sein, uns aufzuhalten.«

»Wir werden dafür sorgen, dass es nicht dazu kommt, keine Angst. Wann hat er das letzte Mal etwas gegessen?«

»Etwas Brot vor kurzem, doch ich glaube nicht, dass er seit Ewigkeiten ein richtiges Mahl gehabt hat. Ich bezweifle auch, dass er richtig geschlafen hat. Er hat sich regeneriert, wohl wahr, aber das ist nicht dasselbe.«

Stimmen, die zurückwichen, Vibrationen auf der Treppe. »Hat er einen Verdacht?«

»Ich glaube nicht.«

»Wir müssen ihn in Gewahrsam halten. Wenn er es herausfindet und auf eigene Faust etwas unternimmt, wird Thor oder Seth oder sogar Odin ihn finden und ausschalten ...«

Stille. Sam öffnete die Augen. Nun kannte er die Stimme. Hölle, er kannte sogar den Geist, jene steinerne Mauer der Leere, die nur die stärksten Sondierungen durchließ. Er krabbelte aus dem Bett und eilte zum Fenster, wobei er die halbe Bettdecke hinter sich herschleifte. Er sah einen Mann, hoch gewachsen, schlank, mit einer Kapuze wie die meisten der verdammten Ashen'ia, in einen roten Sportwagen steigen, der überhaupt nicht zu seinem Kleidungsstil passte. Weiße Gewänder, fast wie aus einer biblischen Darstellung. Nun beugte sich der Mann aus dem Fenster und sprach zu Gabriel. Seine Hand gestikulierte langsam, als wollte er damit andeuten, dass das Ende der Welt wirklich etwas war, das man entspannt und ruhig auf sich zukommen lassen sollte.

Heilige Scheiße, sie haben mich verraten und verkauft ...

Sam versuchte, das Fenster zu öffnen. Es war verschlossen. Er blickte zum Himmel auf und auf die Straße, als der Wagen zurücksetzte, dann wieder auf den Wagen. Sein Blick konzentrierte sich auf einen der Hinterreifen. Er biss sich auf die Lippe und kniff die Augen zusammen, als er ihn scharf genug in den Blick zu nehmen versuchte, um ihn in Brand zu setzen.

Komm jetzt, komm ...

Kontakt, Gefühl, drück gegen das Ventil, so gut du kannst, mach ihn heiß, so schnell du kannst, denke Feuer, denke Lava, denke Herz der Sonne, denke rosige rote Glut, komm jetzt, komm ...

Der Wagen rollte immer noch zurück, was die Zielgenauigkeit erschwerte. Sam konzentrierte sich, bis ihm die Augen wehtaten – und hörte einen Knall. Der Reifen war geplatzt. Schwarzer Gummi schoss nach oben und auf die Straße, flappte wie ein Fisch auf dem Trockenen. Der Wagen schleuderte; Funken sprangen von der qualmenden Nabe. Das Auto krachte in einen Holzzaun, schleuderte in die Luft und flog direkt in ein Weizenfeld. Dort kam es auf einem kleinen Erdwall zum Stehen. Die Vorderräder drehten sich in der Luft. Das Fahrzeug sah jetzt kaum noch wie ein Sportwagen aus, eher wie eine Comicstrip-Katastrophe.

Sam grinste und rieb sich die Augen. Die Fahrertür ging auf, und der Kerl in dem langen Gewand stieg aus. Aus der Art, wie er die Hände zu Fäusten ballte, und dem raschen Heben und Senken seiner Brust war klar wie dicke Tinte, dass er alles andere als glücklich war. Er drehte sich zum Haus um, und Sam fuhr vom Fenster zurück und lehnte sich mit dem Rücken an die Wand. Er konnte sich ein idiotisch fröhliches Grinsen nicht verkneifen. Es lag eine immense Befriedigung darin, den Wagen eines geheimnisvollen Fremden zu verschrotten, wenn man mit der Vermutung richtig lag, wer dieser geheimnisvolle Fremde war.

Denk nach, Sam. Was will er hier, und warum haben sie dich nicht einfach umgelegt, wenn er *hier ist?*

Zeit, die Kurve zu kratzen, sagte er sich. Wie groß oder klein seine Dankbarkeit gegenüber den Ashen'ia auch sein mochte, er sollte ihre Gastfreundschaft besser nicht überstrapazieren ...

Sam bückte sich nach seiner Tasche, fand die Flasche mit dem Waschbenzin und zog sie hervor. Er kippte etwas davon auf den Boden vor der Zimmertür; das Benzin strömte einen stechenden Geruch aus, als es das Holz durchtränkte. Waschbenzin, auch wenn es nicht die Explosivkraft von normalem Benzin oder Whisky hatte, war ein hervorragender Katalysator für Kaltfeuer, wie er herausgefunden hatte. Es brannte vielleicht nicht so gut wie richtiges Feuer, aber es eignete sich ausgezeichnet dazu, schweren Schaden anzurichten, gegen den sich höchstens schweres magisches Geschütz auffahren ließ.

Sam hört Schritte auf der Treppe, während sich zugleich die Spinne vor den Vibrationen all dieser Füße zurückzog. Er goss mehr Benzin auf die Türritze und sah zu, wie sich die klare Flüssigkeit unter der Tür hindurch auf dem Gang draußen ausbreitete. Ein quatschendes Geräusch ertönte, und eine Stimme fragte: »Was ist das für ein Gestank?«

»Benzin«, sagte Tinkerbells Stimme. Dann lauter, für Sams Ohren bestimmt: »Das ist sehr beeindruckend, doch es macht die Dinge für beide Seiten nicht einfacher.«

»Sag mir, Tinkerbell, stehst du womöglich in dem Zeug?« Langes Schweigen, das Sam als ein Ja deutete. »Es macht ›Wuff!‹, wenn man einen Funken Kaltfeuer daraufwirft.«

Immer noch Schweigen. Dann: »Warum tut Ihr das, Sebastian? Ich dachte, Ihr wäret auf unserer Seite.«

»War ich auch. Aber ich hab das Gefühl, dass ihr hier ein falsches Spiel treibt. Da habe ich meine Meinung ein wenig geändert.«

Ein noch längeres Schweigen als vorher. Sam ließ es andauern und zählte die Sekunden. Die Typen draußen mussten sich wirklich sehr verunsichert fühlen, wenn ihnen fünfzehn qualvolle Sekunden lang nichts zu sagen einfiel. »Wie kommt Ihr darauf?«, fragte Tinkerbell schließlich.

»Na ja, wie wohl? Könnte es daran liegen, dass soeben ein Kerl versucht hat, das Haus zu verlassen, der von der Stimme, dem Aussehen und dem scheußlichem Modegeschmack her eine erstaunliche Ähnlichkeit mit Jehova hat?«

»Dann habt Ihr den Reifen platzen lassen?«

»Das ist dir aufgefallen?« Sam schlang sich seinen Beutel über die Schulter, und ging zum Fenster. Er legte eine Hand auf den Schließmechanismus und sandte einen geistigen Fühler aus. Das Schloss war durch einen Zauber blockiert.

»Schaut, es ist nicht so, wie es scheint ...«

»Nein. Es ist nur ein Liter Kaltfeuer-Katalysator, ein Mann, der in diesem Augenblick darauf hinarbeitet, Uranos zu befreien, und der mehrmals in netten Gesprächen mit einer gewissen Gail meinen Untergang geschworen hat und ein ziemlich enttäuschter Träger des Lichts. Nichts ist jemals, wie es scheint, nicht wahr?«

Der Schließmechanismus war als einziges Teil magisch gesichert, was Sams Meinung nach den Effekt zunichtemachte. Das war das Problem mit Magiern. Sie dachten nur daran, was sie tun würden, wenn sie in einem Schlafzimmer in der deutschen Prärie eingeschlossen wären, aber bedachten selten die alternativen Möglichkeiten. Er nahm das Kreuz, das über dem Bett hing, von der Wand, wickelte die Ecke der geblümten Tagesdecke darum und schwang es gegen das Glas. Das Fenster zerbarst mit einem Klirren; Splitter regneten nach draußen.

»Sebastian? Was macht Ihr?«

»Ich habe keine Lust, so jung zu sterben, das ist alles.« Nachdem er den Rest des Glases herausgeschlagen hatte, brachte sich Sam in Position, bis er auf dem Fensterrahmen hockte. In diesem Augenblick ging die Tür auf. Ein Dämon stand im Rahmen und sah ihn an.

Sam grinste, winkte und warf einen dicken blauen Funken in die Benzinpfütze zu Füßen des Dämons. Als der Funke auftraf und sich in hellen blauen Flammen entzündete, drehte Sam sich herum und griff nach einem Regenrohr. Das Rohr ächzte vernehmlich, als er sein Gewicht daranhängte, aber es hielt. Stück für Stück ließ er sich hinunter. Die Tasche baumelte auf seinem Rücken hin und her, er hatte die nackten Füße wie ein Affe um das kalte Metallrohr gelegt, und er versuchte, möglichst nicht nach unten zu sehen, während er sich mit angelegten Ellbogen Griff um Griff herunterließ.

Nach einer halben Ewigkeit berührten seine Füße endlich festen Boden. Aus dem Fenster über ihm drang ein unnatürliches blauweißes Licht und warf einen flackernden Schein über das Land. Sam rannte los.

Hinter ihm wurde eine Tür aufgerissen. Sam drehte sich halb um und sah einen Dämon mit einer Armbrust. Er nahm eine Coladose und warf sie in Richtung Tür; noch im Flug löste er den Entzündungszauber aus. Hinter ihm war eine dumpfe Explosion zu hören, nicht laut, aber mit dem beruhigenden Pfeifen von Metallsplittern, die in alle Richtungen flogen, ganz zu schweigen von der kochend heißen Cola. *Wenn das der Hersteller wüsste,* dachte er, als er an dem roten Sportwagen vorbeilief. Er hatte sich keinen Plan zurechtgelegt, wollte einfach nur weg. Er fühlte sich schrecklich schutzlos; jeden Moment könnte sich etwas schmerzhaft in seinen Rücken bohren, und dann würde die regenerative Trance ihn zu Boden ziehen. Oder schlimmer noch, keine Trance. Nur der Tod mit einem großen Grinsen und vielleicht noch schlechterem Kleidergeschmack als Jehova.

Er versuchte, sich zu konzentrieren. Ein Tor, das war es, was er brauchte. Ein schönes Höllentor irgendwo, einen Zufluchtsort, jetzt, da er sicher war, dass die Ashen'ia unter niemandes Kontrolle standen außer der seines Feindes ...

Neben dem Feld war eine Straße, vom Rest der Welt durch hohe Hecken getrennt. Sam folgte ihr. Nach dem Gras der Wiese war der Asphalt hart und rau unter seinen bloßen Füßen. Seine Fußsohlen protestierten.

Er lief um eine Biegung, verlangsamte den Schritt, hielt an. Da war er. Er lehnte ruhig auf seinem Stab, fast wie ein alter Mann. Sein brauner Bart war sauber geschnitten, seine durchdringenden Augen glänzten mit jener Intensität, die Sam immer geärgert hatte. Selbst als er jung war, hatte Jehova immer einen Glanz des Alters in seinen Augen gehabt. Sam stellte sich vor, wie er jede Nacht vor einem Spiegel stand und versuchte, seinem eigenen Blick standzuhalten. Der Kerl trug sogar seine Dornenkrone, die angeblich jeden stach außer ihn. So wie Sams Krone, wenn ein anderer sie aufsetzte, diesen Träger in den Wahnsinn trieb.

Sam versuchte, sich nichts anmerken zu lassen. Von all seinen Geschwistern hatte Jehova ihm seine Abneigung am deutlichsten gezeigt. Es hatte gewiss etwas damit zu tun, dass sich Sam, der einer seiner ergebenen Diener gewesen war, selbst als Weltenwanderer und Sohn des Chronos herausgestellt hatte. Aber die Erkenntnis, dass der Weltenwandler nicht nur ein illegitimer Sohn der Zeit, sondern auch der Träger des Lichts war – das war für Jehova mehr gewesen, als er hatte ertragen können.

Er hatte Sam seitdem immer gehasst, mit einer mehr oder weniger zur Schau getragenen Höflichkeit. Er war auch jetzt höflich. So höflich wie ein Eisberg, der auf einen Ozeandampfer wartet.

Sam zog eine Coladose hervor und wog sie in der rechten Hand. Jehova lächelte leicht und schüttelte den Kopf. Wieder spielte er die Vaterfigur. Ein Zornesfunke glomm in Sam auf, und er griff danach wie nach einem Rettungsseil. Zorn war das, was er im Moment brauchte; Zorn gab Kraft, selbst wenn es die Verteidigung schwächte. Davon abgesehen, war in diesem Fall Angriff sowieso die einzig mögliche Verteidigung.

»Es ist nicht so, wie es scheint, weißt du«, sagte Jehova.

9
Jehova

»Es ist wahrlich nicht so, wie es scheint.«

»Freut mich zu hören«, sagte Sam zu Jehova.

»Nun, da du weißt, wer ich bin, musst du verstehen, dass du für mich eine doppelte Bedrohung darstellst.«

»Nein. Erleuchte mich, wie Buddha sagen würde.«

»Weil«, sagte Jehova und schwang seinen Stab leicht vor und zurück, »Seth und Odin mich umbringen werden, falls sie entdecken, dass ich sie an die Ashen'ia verraten habe. Und die Ashen'ia werden ihren Informanten verlieren. Ich kann verstehen, dass du versuchst, dich aus dem Staub zu machen. Du weißt, dass ich einer von denen war, die die Pandora-Geister befreit haben, und die Situation zwischen uns« – er lächelte – »ist kaum brüderlich. Du hast Angst. Ich verstehe das.«

Sam zählte innerlich die Sekunden, während seine Gedanken rasten. »Du bist sicher, dass du kein Tripelagent bist? Einer, der alle verrät außer sich selbst?«

Jehova zuckte die Achseln. »Es steckt mehr dahinter, als es den Anschein hat.«

»Was du nicht sagst. Einer von den großen drei Verrätern spielt mit gezinkten Karten. Wie lange schon?«

»Nicht so lange, wie du glaubst. Zuerst hatte ich wirklich die Absicht, durch die Pandora-Geister Macht zu erlangen. Seitdem hat sich meine Haltung etwas geändert.«

»Hast du Freya getötet?«

»Nein.«

Sam stieß ein kleines verächtliches Lachen aus. »Klar. Du hast den Geist des Argwohns befreit?«

»Das gebe ich zu.«

»Warum hast du das getan?«

»Wie ich sagte: Macht im Himmel. Ich wollte König sein.«

»Und jetzt willst du das nicht mehr?«

»Nein. Ich sehe, dass es unmöglich ist.«

»Und so überkam dich ein wundersamer Gesinnungswandel?«

»So könnte man es sagen. Aber mir wurde auch klar, dass es nützlich sein könnte, eine Machtbasis innerhalb von Seths Armee zu haben, um ihn aufzuhalten. So spielte ich das Spiel weiter mit.«

»Und schlugst dich heimlich, still und leise auf die Seite der Ashen'ia. Wie bewundernswert.«

»Hättest du mich lieber als Feind denn als Freund?«

»Ehrlich gesagt, ja. Es macht die Sache lustiger, wenn ich dich in kleine Stücke zerhacken und Freund Thor als Katzenfutter servieren kann. Und wenn du die Dinge so offensichtlich unter Kontrolle hast, brauchst du mich doch eigentlich nicht mehr, oder?«

»Du bist der Träger des Lichts.«

»Ehrlich gesagt, nein. Es ist alles Teil eines raffinierten Plans. Ich bin seit Jahrtausenden auf einer geheimen Mission für Vater Zeit, um den wirklichen Träger des Lichts zu decken, damit seine wahre Identität unerkannt bleibt.«

Jehova seufzte und bedachte Sam mit einem kummervollen Blick, als sei er über ihn enttäuscht.

Sam zuckte die Schultern. »Na gut, dann eben nicht. Aber du hast eine winzige Sekunde gezweifelt, stimmt's?«

»Die Übermacht, gegen die wir kämpfen, ist immer noch gewaltig. Seth hat Odin und Thor auf seiner Seite, und Thor hat –«

»– seine Seele an Uranos verkauft, ich weiß. Ich habe ihn getroffen und mit ihm darüber geplaudert.«

Jehovas stets so unbewegtes Gesicht schien zu zucken. Er hatte es nie gemocht, wenn man ihn unterbrach, erinnerte sich Sam, und er schwor sich innerlich, ihn so oft wie möglich aus dem Konzept zu bringen.

»Es gibt immer noch die Möglichkeit, dass Seth Uranos befreit. Für diesen Fall brauchen wir dich lebend.«

»Damit ich sterben kann, um Uranos zu vernichten«, sagte Sam bitter.

»Im Prinzip ja. Oder du könntest es durch ein Wunder überleben. Du bist doch der Wundertäter, oder?«

»Du versuchst nur, mich für deine Zwecke einzuspannen. Kleines Licht, kleines Feuer, so haben sie mich genannt, den kleinen Lucifer, den armen illegitimen Sohn des Chronos, der nie den Mumm hatte, seine volle Macht anzuwenden, aus Angst vor all den Geistern in seinem Kopf, all diesen Stimmen. Du willst mich gegen Uranos einsetzen und dabei sterben lassen. Und am Ende der Schlacht wirst du dich erheben, und es wird keinen Feind mehr geben, der sich dir entgegenstellen kann. Du wirst die Gefilde der Lebenden durchschreiten und sagen: ›Seht, ich habe diese bösen Mächte bezwungen, den Bastardsohn der Zeit, der den Weg nach Eden versiegelt hat, und die bösen Söhne von Krieg und Nacht, und das alte Chaos selbst wurde durch mich überwunden. Betet mich an, ihr Völker aller Welten; denn wenn ihr es nicht tut, werde ich euch vernichten.‹ Und nur ein Wunder wird dich aufhalten können. So ist es doch?«

»Aber du kannst keine Wunder wirken, wenn du tot bist«, sagte Jehova mit einem leisen Lächeln, das fast an Mitleid zu grenzen schien.

»Nein«, pflichtete Sam ihm bei. Er wirkte klein und ziemlich traurig, eine Gestalt mit zerrissenen Kleidern, barfuß, mit einem schäbigen alten Beutel über der Schulter und einer Coladose als Waffe. »Das kann ich nicht, nicht wahr? Und du lügst, ebenso wie Gail.«

Jehova hob die Augenbrauen. »Wie das?«

Das war vielleicht das Ärgerlichste an Jehova. Man konnte ihm sagen, dass er ein Gesicht wie eine verschimmelte Rübe hatte, die durch den Verdauungstrakt eines Elefanten gerutscht war, und er würde nicht mal blinzeln. Sam widerstand dem Drang, ihm die Fresse zu polieren.

»Wenn du keinen Hintergedanken dabei gehabt hättest, Seth bei seinem aberwitzigen Plan zu helfen, wärest du direkt zu mir gekommen. Sag mir, *Bruder*, wie hat es sich angefühlt, als sich unsere Geschwister ängstlich vor dir geduckt haben, als du mit den Pandora-Geistern im Schlepptau in den Himmel einmarschiert bist? Ich kann mir lebhaft vorstellen, dass dir das gefallen hat, während du zweifellos jedem erzählt hast, es sei nur zum Nutzen der Allgemeinheit. Und wenn jemand gewagt hat, anderer Meinung zu sein, hast du nur geseufzt, ihm den Kopf getätschelt und gesagt: ›Keine Panik, ein paar Jährchen im Kerker werden deine Ketzerei schon kurieren.‹ Das muss ein Heidenspaß für dich gewesen sein, lieber *Bruder*.«

»Bestimmt lustiger, als sich erschießen, erstechen, jagen und fangen zu lassen, und das zum Teil auch noch gleichzeitig!«, schnappte Jehova.

Sam war verblüfft. Erfreut, aber vor allem überrascht. Sein Bruder hatte tatsächlich so etwas wie Zorn gezeigt. Er senkte die Stimme. »Warum hat Vater dich nicht aufgehalten? Der unartige Bub spielt sein eigenes Spielchen. Der einzige Grund, warum er dich nicht verbrutzelt hat, ist der, dass Vater Zeit gern andere die dreckige Arbeit für sich machen lässt und auf diese Weise nicht nur die Ashen'ia, sondern auch Seth loswird.«

»Ich bin nicht Chronos' Handlanger, im Gegensatz zu dir«, sagte Jehova. Seine Stimme klang wieder beherrscht, doch in seinen Augen stand noch das zornige Funkeln. »Du warst das notwendige Kind. Du wurdest nur geschaffen, um zu sterben.«

»Und da fragst du dich, warum ich mich wehre?«, gab Sam

mit einem ungläubigen Schnauben zurück. »Seit Tausenden von Jahren weiß ich, dass ich für einen bestimmten Zweck geschaffen wurde. Mein Vater hat mich gezeugt, damit ich für ihn sterbe! Aber das heißt nicht, dass ich damit einverstanden bin! Ich werde Seth ohne dich aufhalten!« Sams freie Faust öffnete und schloss sich an seiner Seite, als er Jehova die Worte entgegenschleuderte. »Ich werde es ohne dich tun, ohne die Ashen'ia. Uranos wird eingekerkert bleiben, und die Ashen'ia werden mich nie kriegen. Und du wirst bleiben, was du immer warst – ein Messias mit einer zwangsrekrutierten Gemeinde.«

Jehova sagte nichts. Er sprang Sam nicht ins Gesicht, ging nicht mit den Fäusten auf ihn los. Er schwang einfach seinen Stab, eine weit ausholende Geste, welche den Weg und einen Teil der Hecken am Rand in Feuer badete. Sam bedeckte seinen Kopf mit den Armen, als er es kommen sah, und blinzelte gegen die Helle, als die Flammen auf seinen Schutzschild trafen und wie fließendes Wasser davon abglitten. Das Feuer erlosch, und Sam hob den Kopf.

Jehovas Stab traf ihn voll in den Bauch. Er klappte nach vorn und schnappte nach Luft. Tränen standen ihm in den Augen. Über ihm stehend, während er zusammengekrümmt auf dem Boden kniete, packte Jehova ihn am Hemdkragen und zischte: »Auf! Steh auf!« Sam versuchte, sich aufzurichten, und rammte, noch halb geduckt, Jehova die Coladose in den Leib.

Jehova grinste verblüfft, riss ihm die Dose weg und stieß ihn zurück. »Das hier?«, fragte er und blickte verächtlich auf die Dose. »Ist das deine große Waffe?«

Sam taumelte von Jehova zurück und wartete darauf, dass die Welt sich wieder beruhigte. »Pass auf!«, krächzte er und löste den Bann.

Die Dose explodierte in Jehovas Hand. Sam hörte seinen Bruder schreien, und als er hinunterblickte, sah er ihn auf dem Boden knien und seine blutige Rechte umklammern. Jehova sah zu ihm auf, Mordlust stand in seinen Augen. »Verdammter Idiot ...«, zischte er. Doch Sam war nicht sicher, wen von ihnen beiden er meinte.

Sam packte seinen Beutel und floh. Seine nackten Füße klatschten auf dem Asphaltweg, als er rannte und rannte und rannte. Sein Atem zischte zwischen zusammengebissenen Zähnen. Von einer Verfolgung war nichts zu hören. In der Ferne läuteten Kirchenglocken, und er spürte aus ungefähr derselben Richtung die Anziehungskraft eines Höllentors.

Er rannte weiter. Die Hecken wichen offenen Feldern mit Baumgruppen dazwischen. Die Luft war frisch und kalt, die Wolken hingen tief. War er im Hochland? Ringsum erstreckten sich Hügel, und am Horizont war eine Kette hoher Felsformationen zu sehen.

Ein Dorf voraus. Er verlangsamte den Schritt, sah sich um. Eine Kirche mit einem gemauerten Turm, ein Postamt, ein paar Autos am Straßenrand. Ein oder zwei Katzen auf der Straße. Ein angeketteter Hund hinter einem Eisenzaun mit Wechselsprechanlage. Kleine, schmucke Häuser mit Blumengärten davor, zweifellos von Menschen gepflegt, die stolz auf ihr Häuschen und ihr Dorf waren. Fast ein Dorf wie aus dem Märchen, abgesehen von einer hinkenden alten Frau mit schütterem weißem Haar, die ihm etwas Unfreundliches nachrief, als er vorbeihumpelte. Er sah aus wie ein Landstreicher, wurde ihm klar. Sein Magen knurrte; er fühlte sich auch wie einer.

Da war eine Bäckerei, die gerade öffnete. Eine junge Frau half dabei, einen kleinen Lieferwagen zu beladen, eher einen Kasten auf einem Motorrad. Sie hielt inne, als er näher kam, und wo die alte Frau geflucht hatte, war ihr Blick eher mitleidig. Er beschwor die Illusion eines Zwei-Euro-Stücks herauf und fragte nach Brot. Sie gab ihm nicht nur Brot, sie nahm ihn auch mit in den kleinen Laden und reichte ihm ein Glas Wasser.

So saß er also am Fenster der Bäckerei auf einer leeren Holzkiste, kaute auf seinem Brot herum, das er mit illusorischem Geld bezahlt hatte, und trank Wasser aus einem Glas, das vom Alter fast weiß war, als er es hörte:

Du traust niemandem, nicht wahr, kleines Licht, kleines Feuer? Wir kommen, wir sind die Mächte, die ihr geschaffen habt, ihr Sterblichen. Wir kommen nun, um Rache zu nehmen, werden stark, indem wir euch nichts hören lassen als unsere Stimmen, mästen uns an dem Leid, das ihr einander antut. Wir kommen, und ihr könnt euch nicht verstecken ...

Musik, angefüllt mit Worten, der Gesang eines Pandora-Geistes. *Du traust niemandem, nicht wahr?* Der Argwohn kam, ausgesandt von Jehova. Der Argwohn würde Sam zur Strecke bringen, und es gab nichts, was Sam tun konnte, um ihn aufzuhalten.

Außer das Licht aussenden.

Wir kommen, kleines Licht, wir kommen, um die Seelen der Menschen zurückzufordern, du kannst dich nicht verstecken ...

Mein Geist ist viele Geister. Ich bin, was du nicht treffen kannst. Ich bin Viele mit all ihren Widersprüchen. Du kannst nicht auf zu viel zugleich zielen. Also geh.

Der Gesang füllte seine Ohren, der Pandora-Geist tanzte durch die Luft um ihn herum und lachte. *Du kannst die Macht des Argwohns nicht bekämpfen.*

Doch. Ich bin mehr, als du bist, denn du bist nur eine zeitlose Wesenheit. Ich bin Viele. Ich bin der Träger des Lichts.

Und was ist der Träger des Lichts? Ein Schwächling, ein Narr mit Stimmen in seinem Kopf?

Es ist das, was die Stimmen sagen, was zählt. Ich bin der Plan und die Tat, das Licht und das Dunkel. Ich bin Vieles, du bist nur Eins, ein Teil von mir. Nur ein weiteres Konzept, welches das Leben geschaffen hat. Das Leben ist in mir, du bist in mir, ich bin größer als du, weil ich mehr als nur ein verkörpertes Konzept bin. Ich habe die Geister der Welt gesehen, und in gewisser Hinsicht sind sie alle ein kleiner Teil von mir, wie ich ein kleiner Teil von ihnen bin. Du kannst mich nicht beeinflussen.

Nein? Vielleicht nicht. Aber – und das ist viel wirksamer – wir können die anderen beeinflussen.

Schweigen. Vergeblich stand Sam auf und suchte verzweifelt nach der Stimme des Argwohns. Aber der Gesang war noch da und füllte seine Ohren.

Dann hörte er eine andere Stimme, leicht ungehalten: »Haben Sie dafür bezahlt?«

»Was?« Er wandte sich um und sah die Frau aus der Bäckerei an, ein wenig irritiert, aus seinen dunklen, drängenden Gedanken herausgerissen zu werden.

»Haben Sie das bezahlt?«

»Ja, sicher. Ich habe Ihnen zwei Euro gegeben.«

»Wo sind die?«

»Ich habe Sie Ihnen gegeben.« *Zugegeben, ich habe die Illusion unmittelbar danach fallen gelassen.*

»Ich kann sie nicht finden.«

»Hören Sie, ich bezahl Ihnen das Brot ...«

»Wer sind Sie überhaupt? Wie kommt es, dass Sie in einem solchen Zustand hier rumlaufen?«, fragte die Frau, die plötzlich gar nicht mehr an seinem Geld interessiert war. Der Junge, der das Liefer-Motorrad fuhr, drückte seine Nase neugierig gegen die Fensterscheibe.

Sam wurde es plötzlich sehr kalt, und er wusste genau, was den Argwohn bewirkt hatte. Er sagte: »Also, ich muss jetzt wirklich gehen«, und bewegte sich auf die Tür zu.

Die Frau folgte ihm. »Wer sind Sie? Willi, halt ihn auf!«, sagte sie zu dem Jungen. Der Junge hielt ihn aber nicht auf, sondern tanzte um Sam herum, als dieser die Straße hinunterging, und rief: »Dieb! Dieb!«

Türen öffneten sich, als Sam sich flott den kleinen Hügel zur Kirche hochbemühte. Seine Füße und sein Gesicht brannten gleichermaßen. Andere Gesichter blickten neugierig, als die Frau und der Junge ihn umkreisten und riefen: »Dieb! Haltet den Dieb!«

Weitere Leute kamen auf die Straße, selbst einige, die Morgenmäntel und Hausschuhe trugen, und begannen ihnen zu folgen. Weitere Stimmen nahmen den Ruf auf: »Dieb! Dieb! Dieb!«

Und dann das Unvermeidbare. Ein Polizist kam auf sie zu, blieb vor Sam stehen und hob die Hand. Sam blieb auch stehen und die Menge mit ihm. Der Polizist sagte kein Wort, doch sah er Sam langsam von oben bis unten an. Dann flüsterte er sehr leise: »Dieb.«

Die Menge nahm das Wort auf, flüsterte leise dasselbe Wort, immer und immer wieder. »Dieb, Dieb, Dieb, Dieb ...«

Wild hob Sam seine Hände, bereit, Magie heraufzubeschwören. Frauen, Männer, Großmütter, Großväter, Enkel, jeder im Dorf schien auf der Straße zu sein. Hände griffen nach ihm, packten ihn, drehten ihn immer wieder um sich selbst.

»Ich habe nichts getan!«, schrie er, als Hände seine Arme und sein Gesicht zerkratzten. Er versuchte, sich seinen Weg durch die Menge zu bahnen; sofort packten ihn weitere Arme und hielten ihn fest, sosehr er sich auch wehrte. Die Stimmen dröhnten in seinen Ohren, das Lied des Argwohns sang in seinem Kopf. *All diese Geister ... du bist ganz einfach zu feige, das ist deine Schwäche ...*

Viel wirksamer.

Kleines Licht, kleines Feuer.

All diese Stimmen.

Du entgleitest, Sebastian.

Auch Thor hat Freya geliebt.

»Bitte, ich war's nicht!« Hände überall, zerrend, stoßend, reißend, klammernd. Stimmen, die schrien, kreischten, dröhnten, sangen. »Glaubt mir doch!«, schrie er.

Ein helles weißes Licht um seine Fingerspitzen. Er starrte es voll Schrecken an und zitterte. *O Zeit, nein ...*

Wachsend, durch seinen Geist brausend, ein Feuer, das weitere Feuer entzündete, heller brannte, immer heller, sich nach außen weitete. Stille trat ein, als die Menschen das brennende weiße Licht sahen, das Sams Hände füllte, ein Licht heller als der Mond. Sams schwarze Augen wurden selbst allmählich weiß, und als die Menge um ihn zurückzuweichen begann, erhob er sich unsicher, mit vor der Brust zusammengepressten Händen, als versuchte er, das Licht mit Gewalt zurückzuhalten. Er taumelte ein paar Schritte wie ein Blinder und öffnete die Hände.

In völligem Schweigen schoss das Licht in alle Richtungen, breitete sich wie eine weiße Decke über das Land, wurde dünner, als es sich ausdehnte, um die Wiesen und Wälder ringsum zu bedecken.

Er versuchte, es zurückzuhalten, selbst als es durch seinen Kopf raste. Schließlich bekam er es in den Griff und stoppte es. Er wankte, dem völligen Zusammenbruch nahe, als das Licht am Rand seiner Kontrolle darum bettelte, losgelassen zu werden, um all jene wartenden Geister zu umfassen, so viele Geister, in die es sich versenken konnte, so viel Macht ...

Verzweifelt hielt er es fest, und einen Augenblick lang hing das Licht über dem Land im Radius von gut einem Kilometer, schwebend, unbeweglich. Er hörte den Gesang des Argwohns und richtete das Licht darauf.

Bitte, glaubt mir. Vertraut mir.

Jeder Geist innerhalb des Radius des Lichts war berührbar. Er spürte, wie das Licht durch sie hindurchpflügte, ohne dass er es kontrollieren konnte, und das Vertrauen in ihnen weckte. Einige vertrauten ihm instinktiv, wie die Frau aus der Bäckerei. Andere hatten wenig Vertrauen zu geben, wie die alte Frau auf der Straße. Doch immer noch wirkte das Licht weiter, suchte dieses eine Gefühl und verstärkte es. Habt Vertrauen in den abgerissenen, müden Mann in Schwarz, in euren Mann, eure Frau, euer Kind, euren Nachbarn, eure Tante, euren Onkel, Postboten, Hund …

Sam wandte sich dem Argwohn zu. Auch wenn Sam, gestützt auf diese wenigen Geister, nicht annähernd genug Macht besaß, um ihn zu zerstören, hatte der Argwohn Angst vor ihm. Sam spürte es genau. Als die Stimmen durch seinen Kopf hinaufstiegen, hob er die Hände zum Himmel und öffnete sie. Das Licht kam über das Land zu ihm zurückgeflossen, verdichtete sich und wurde heller, als es sich wieder zusammenzog. Es traf ihn. Er schien körperlich zu schwanken unter dem Aufprall des Lichts, das zu ihm zurückflutete, doch ansonsten blieb er starr und regungslos. Einen langen Augenblick geschah nichts.

Du entgleitest, Sebastian.

Viel wirksamer.

Ich bin Viele, du kannst mich nicht beeinflussen.

Geh fort, lass mich allein …

Er spürte, wie das Licht sich in ihm bewegte. Das Licht fand sein Ziel. Aus seinen offenen Fingerspitzen schoss ein Strahl blendend weißen Lichts himmelwärts. Er traf etwas, das über dem Dorf hing, und eine Sekunde lang wand sich eine undeutliche Gestalt, menschenähnlich, doch zur Unkenntlichkeit verzerrt, mit einem riesigen Kopf auf einem winzigen Körper und krallenförmigen Finger- und Zehennägeln, in Todespein.

Dort hing sie gefesselt eine Sekunde lang. Dann verlosch das Licht, und auch das grausige Bild verschwand. Tief unter ihm, auf einer Straße voller Menschen, taumelte eine kleine schwarze Gestalt und sank in sich zusammen. Einen langen Augenblick stand sie so da, dann hob sie ihr schmerzverzerrtes Gesicht erneut. Sie legte die Hände auf die Ohren und kniff ihre Augen so fest zu, wie sie konnte, um die Flamme jedes lebendigen Wesens in der Umgebung auszuschließen, die so hell vor Leben waren, dass sie sie zu blenden drohten. Sie versuchte, das Brüllen all jener Stimmen aus ihrem Geist zu verbannen …

Was ist passiert?

Warum bin ich hier?

Wieso bin ich aufgestanden?

Weiß er es?

Hat sie es gesehen?

Ist es hier?

Sind wir da?

Was tun wir hier?

Bin ich das?

Wer ist das?

Warum hält er sich die Ohren zu?

Was war das für ein Licht?

Warum hat er die Augen geschlossen?

Welche Stimme gehört mir?

Geht fort, lasst mich allein, geht fort, lasst mich allein …

Eine Hand berührte seinen Arm. Er öffnete die Augen. Ein Mann stand da, dunkel, gesichtslos, dunkel wie Ebenholz, und sein Geist –

Sam legte die Hand auf den Mund, um nicht laut zu schreien, und biss fest auf die Stelle zwischen Daumen und Handgelenk. Dunkel wie Ebenholz, nicht brennend vor Leben wie jedermann sonst. Und wenn er dem Geist lauschte, hörte er das endlose Ticken des Universums, ein Dröhnen von Uhren, welche die Zeit bis zum Jüngsten Tag zählten, der nun unmittelbar bevorstehen konnte. Ein Geist, dessen Besitzer Platz gemacht hatte, um einen anderen Besitz ergreifen zu lassen, einen, der nicht von der Aussendung des Lichts berührt worden war …

Sam taumelte und wäre fast gestürzt. Eine Hand fasste seinen Ellbogen, stützte ihn. »Vorsichtig, mein Sohn«, flüsterte die verzerrte, knisternde Stimme von Vater Zeit, der durch Jehova sprach. »Ich will nicht, dass du dir wehtust.«

»Vater, bitte …«

Jehova half ihm zu einem in der Nähe wartenden Wagen. Dieser war voll von gleichfalls leeren Leuten, deren Leben und Geist von Höheren Mächten übernommen worden war. *Jehova hat seine Seele an Chronos verkauft.*

Sie legten ihn auf den Rücksitz des Wagens und fuhren los. Die Stimmen wurden leiser, als der Abstand sich vergrößerte, doch immer noch brannte die Welt in Sams Augen. Er krümmte sich zusammen, vergrub den Kopf in den Händen und zitterte, mit Jehovas Händen oder möglicherweise Chronos' Händen, je nachdem, wie man es sah, auf seinen Schultern. Er spürte eine Bewegung neben sich und blickte mit brennenden weißen Augen auf, um zu sehen, wie Jehova eine Spritze zückte. »Was ist da drin?«, fragte er heiser.

»Es wird helfen.«

»Bitte …«

»Schon in Ordnung. Alles ist in Ordnung. Es gibt einen Plan, weißt du.« Er sah die Nadel, aber wollte nicht hinblicken, wie sie in seinen Arm drang, und kurz darauf spürte er nichts mehr.

10
Tinkerbell

Er erwachte in einem warmen Bett in einem warmen Raum, umgeben von orangefarbenem Licht. Eine lange Zeit rührte er sich nicht, sondern lauschte in seinen Kopf hinein. Keine Stimmen dröhnten in seinen Ohren, doch wenn er sich anstrengte, konnte er das leise Wispern von tausend Geistern hören, das nach und nach verklang.

Und ich.

Und ich.

Und ich.

Welche Stimme gehört mir?

Und mir ...?

Er konnte niemanden im Raum spüren. Also setzte er sich langsam auf und sah sich um. Es war mehr eine Art Grotte, die in den Felsen getrieben worden war. Das gelbliche Gestein war grob und unregelmäßig behauen, sodass das Bett die Wand nur an ein paar Stellen berührte und wackelig auf dem unebenen Boden stand. Es war ein seltsames Bett: Die Decken waren rau und kratzig, die Matratze roch nach ... irgendwas. Irgendeiner Art Tier, und nicht besonders hygienisch.

Am Fußende des Bettes hatte jemand frische Kleidung ausgebreitet. Sie war aus schwarzer Seide und sah aus, als wäre sie entworfen worden, um ihm ein besonders teuflisches Aussehen zu geben. Immerhin waren die Sachen besser als die Lumpen, die er trug, also nahm er sie an sich. Auf der einen Seite der Höhle war ein Durchgang, so niedrig, dass er sich ducken musste. Dahinter hatte jemand einen Vorhang aufgespannt. Sam schob ihn beiseite und sah im Halbdunkel ein kleines steinernes Bad vor sich mit einem Becken voll lauwarmem stehendem Wasser.

Das Wasser sah einigermaßen klar aus, also steckte Sam den Kopf hinein, wusch sich, zog sich um, und als er aus dem winzigen Bad herauskam, fühlte er sich schon viel besser. Neben dem Bett stand sogar, wie er mit einem Lächeln feststellte, ein Paar Turnschuhe in seiner Größe. Sie passten nicht wirklich zu der schwarzen Seidenkleidung, die an seinem schlanken Körper schlaff herunterhing, doch sie waren bequem, und das allein zählte. Er ging zu der einfachen Holztür, die aus groben, zusammengenagelten Bohlen bestand, und zog an dem Knauf. Die Tür war abgeschlossen.

Neuer Versuch. Er ging zur anderen Seite des Raums, wo die weite Höhlenöffnung auf einen kleinen Sims hinausführte. Darunter fiel der Fels mehr als dreißig Meter in die Tiefe. Der Vorsprung hatte kein Geländer, aber Sam konnte die Magie in der Luft riechen. Er schnippte mit den Fingern und war nicht einmal überrascht, als ein gelber Funke von dem Schirm abprallte, der den Sims umgab. Er trat so weit an den Rand des Vorsprungs, wie es ging, und blickte hinunter auf Ausstellungsstück B. Es war groß, es war hell, es war gelborange, und es erstreckte sich verdammt weit.

Es gab keinen Hinweis auf irgendetwas Lebendes in dieser Wüste, und die Felswand, in die seine Höhle eingelassen war, war über die Jahrtausende von Sandstürmen glatt geschliffen worden. Er wollte sich lieber nicht ausmalen, wie irgendetwas, ob Schlange, Käfer oder Wurm, dort draußen überleben konnte. Die selten untergehende Sonne der Hölle hing groß und grell über dem Horizont. Es kümmerte sie nicht, ob jemand durstig war und einen Platz im Schatten suchte. Es reichte ihr schon, dass sie gezwungen war, wenigstens ein paar Tage im Jahr hinter dem Horizont zu versinken.

Sam wandte sich von der Höhlenöffnung ab. Es würde einige

Zeit dauern, sich einen Weg durch diese schweren Schutzzauber zu bahnen, und vermutlich mehr Aufmerksamkeit erregen, als es der Mühe wert war. Außerdem, wohin sollte er gehen?

Er klopfte an die Tür und rief: »He!« Keine Reaktion. Er ging auf und ab und wartete auf eine Antwort. Immer noch nichts. Das war entmutigend, denn »He« war eines jener universellen Worte, die in allen Sprachen dasselbe zu bedeuten schienen, selbst für Leute, die es nie zuvor gehört hatten. Nach einer Weile ging er zu der Tür zurück, hämmerte noch einmal dagegen und schrie auf Elysisch, so laut er konnte: »Es kommt durch die Wände, es kommt durch die Wände, o ihr Götter, wir werden sterben!«, und stieß einen gurgelnden Laut aus.

Die Tür ging auf. Ein Dämon stand da mit gezücktem Schwert. Sam strahlte. »Danke für die prompte Bedienung. Ich habe nur ein paar Fragen –«

Die Wache, die sich vergewissert hatte, dass nichts wirklich durch die Wände kam, knallte die Tür zu. Sam seufzte und fuhr fort, auf und ab zu gehen. Nach ein paar Minuten ging die Tür wieder auf, und ein weiblicher Dämon kam herein, mit einem Tablett in den Händen. Die Dämonin stellte das Tablett neben Sams Bett auf dem Boden ab und wandte sich zum Gehen. »Warte!«, sagte er und sprang auf sie zu. Sie drehte sich um und zog, ohne etwas zu sagen, von irgendwo in ihrer Kleidung ein kleines, aber scharf aussehendes Messer hervor.

Ihr Gesichtsausdruck war unmissverständlich. Also hielt Sam inne. »Ich wollte nur was fragen«, sagte er. »Wo bin ich hier?«

Ohne ein Wort drehte sie sich um und schloss im Gehen die Tür hinter sich.

Sam ging zu dem Tablett hinüber und ließ sich im Schneidersitz daneben nieder. Er hob einen Steingutdeckel an und spähte darunter. Es war leider *Cuisine à la Hölle,* aber der Hunger würde es reintreiben. Es schmeckte ein bisschen, wie die Matratze roch – aber letztlich war alles in der Hölle aus denselben drei Tieren gemacht, seien es Bettbezüge oder Frühstück. Er wollte lieber nicht darüber spekulieren, woraus die seltsame rote Soße bestand, die seinem bereits trockenen Mund alle Feuchtigkeit zu entziehen schien. Sie schmeckte ungefähr wie eine Tomate, die man einen Monat lang in Chlor eingelegt hatte, und die schwarzen Stücke, die darin schwammen, sahen beunruhigend fleischig aus. Er aß den Teller trotzdem leer und legte sich wieder auf das Bett. Er fragte sich, wo wohl die Sonnencreme abgeblieben war, die er für diese Art von Ausflügen mit sich herumzuschleppen pflegte. Hatte er sie aufgebraucht? Vermutlich nicht. Wahrscheinlich war sie an irgendeinem Punkt seiner Reise eingeäschert, aufgelöst, zerquetscht oder in tausend kleine Stücke zerbombt worden.

Wieder öffnete sich die Tür. Mit einem sorgfältig einstudierten Gesichtsausdruck völligen Desinteresses wandte er den Kopf. Tinkerbell grinste ihn an und zog die Tür hinter sich zu, als er in den Raum trat.

»Wenn du bloß gekommen bist, um dich in mysteriöses Schweigen zu hüllen, kannst du gleich wieder abhauen«, sagte Sam.

»Das ist aber keine nette Begrüßung für Euren Schutzengel.«

Sam richtete sich langsam auf seine Ellbogen auf. »Weißt du, du hast völlig Recht. Kann ich dir was anbieten? Gutbürgerliche Höllenküche.«

»Nein, danke. Ich hab mir 'ne Pizza kommen lassen.«

»Ich habe es geahnt«, sagte Sam säuerlich. »Pizza Hut hat jetzt endlich auch in der Hölle eine Filiale aufgemacht. Jetzt weiß ich, dass das Ende der Welt nahe ist.«

»Tatsächlich habe ich sie mir selbst geholt. Über die Weltenpfade«, sagte Tinkerbell. Er ließ sich auf die Bettkante nieder, mit dem Rücken zu Sam, und begann an einem losen Faden in der Matratze zu zupfen.

Sam hob die Augenbrauen. »Du bist kein Weltenwandler!«, sagte er schließlich und sah den riesigen Mann von oben bis unten an.

»Dritte Generation. Eshú war mein Großvater.«

Sam durchforschte sein Gedächtnis. »Ein Sohn von Chaos. Ging nur auf die Erde für Sex, Drogen und das Glastonbury-Festival. Ich bin ihm einmal begegnet.«

»Ich nie. Wie war er?«

»Ehrlich gesagt, er war nicht mein Typ. Chaossöhne können sehr temperamentvoll sein. Er hat versucht, mir das Tanzen beizubringen, und als er merkte, dass ich nicht nach seiner Pfeife tanzen wollte, kriegte er den Rappel und versuchte, mir zu zeigen, wie man einem mit der reinen Macht des Chaos die Innereien herauspustet. Also zeigte ich ihm, wie man sich mit Magie gegen Chaos schützt, und er zeigte mir, wie man durch entsprechend langes Draufhauen einen auf Ordnung gebauten Schild zerdeppert, und ich zeigte ihm, wie man jemanden hart genug auf die Rübe haut, um ihm die Nase zu brechen. Darauf brachte er eine sehr gute Imitation von jemandem zuwege, der auf dem Boden zusammenklappt, worauf ich mich dann verabschiedete.«

»Klingt nach einer kurzen, aber wunderbaren Freundschaft.«

»Vor allem kurz. Ich hoffe, wir können trotzdem Freunde sein. Wenn du ein Sohn von Chaos bist, wieso ›Nachtbrut‹?«

Tinkerbell seufzte. Stand auf. Ging auf und ab. Er machte einen aufgewühlten Eindruck. »Wisst Ihr, wo Ihr seid?«, fragte er plötzlich, ohne auf Sams Frage einzugehen.

»Sag's mir.«

»Ihr seid in der Festung der Ashen'ia, hundert Kilometer östlich von Pandämonium.«

»Freut mich zu hören.«

»Natürlich benutze ich den Begriff ›Festung‹ nur im übertragenen Sinne. James Bond würde darüber lachen.«

»Ist der Meister hier?«

»Ja.«

»Und die Meisterin?«

»Ja, auch.«

»Und wo ist Seth?«

»Irgendwo da draußen«, sagte er mit einer vagen Handbewegung in Richtung Wüste.

»Tinkerbell«, sagte Sam streng. »Seth ist mein Feind, nicht die Ashen'ia.«

»Ihr seid vor dem Meister fortgelaufen«, sagte Tinkerbell. »Hattet Ihr Angst vor ihm, oder war es etwas anderes? Ich weiß, er ist ein Weltenwandler, ein Sohn von Vater Zeit in erster Generation. Welcher Weltenwandler könnte Euch dazu bringen, fortzulaufen oder zu kämpfen?«

»Wir könnten Verbündete sein«, sagte Sam vorsichtig und setzte sich weiter auf. »Sag mir, was du willst, und ich sage dir, was ich will.«

»Ich weiß, was Ihr wollt«, sagte Tinkerbell. »Euer Ziel ist einfach: Ihr wollt überleben, wollt frei sein, wollt glücklich leben bis ans Ende aller Tage. Im Idealfall wollt Ihr ein Paar Pantoffeln und Euren Frieden.«

Sam zuckte die Achseln. »Für den Augenblick würde das reichen. Und du? Was willst du?«

Tinkerbell lächelte. Es war ein langes, langsames Lächeln, das genug Zeit in Anspruch nahm, um Sams Gesicht zu studieren und dessen Wurzel zweiter und dritter Potenz. »Ich? Ich bin ein Sohn des Chronos in dritter Generation. Halb taub, halb blind stolpere ich über die Weltenpfade. Ich gehöre in keine Welt, weder zu Himmel noch Hölle noch Erde. In meiner Situation, was würdet Ihr wollen?«

»Vielleicht hätte ich die Frage präzisieren sollen: Was willst du, wobei die Ashen'ia die helfen können? Oder ich«, fügte Sam mit einem dunklen Unterton in der Stimme hinzu.

Einen Moment lang dachte er, Tinkerbell würde die Frage wirklich beantworten. Dann grinste der Mann, schüttelte den Kopf und sagte: »Ihr gebt nicht leicht auf, nicht wahr?«

»Also hör auf herumzuzicken, und antworte auf die Frage!«

»Ich will ... Rache.«

»Wofür, an wem und wie? Vorzugsweise in dieser Reihenfolge, mit Bildchen, wenn nötig.«

Allenfalls der Anflug eines Lächelns erschien auf Tinkerbells Gesicht. Sam fragte sich, wie bewusst Tinkerbell sein Lächeln einsetzte. »In dieser Reihenfolge – erstens: für den Verrat an meiner Familie, zweitens: das sage ich nicht, und drittens: mit einer scharfen Klinge.«

»Dieser Verräter – ist er ein Engel, Mensch, Elf, Dämon, Weltenwandler oder was sonst?«

»Weltenwandler.«

»Irgendjemand, den ich bei diesem kommenden Konflikt im Auge haben sollte?«

»Nein.«

»Also nicht Jehova, Seth, Odin –«

»Nein«, fiel er ihm scharf ins Wort.

»›Nein, keiner von ihnen‹ oder ›Nein, das sage ich nicht‹?«

»Wenn Uranos besiegt ist, dann kann ich an Rache denken. Sie hat mit dieser kommenden Schlacht nichts zu tun.«

»Aber sobald das Ende der Welt verhindert worden ist, willst auch du mich für deine Zwecke benutzen? So wie die Ashen'ia es planen?«

»Ja.«

»Und ... ich schätze, du willst auch die Ashen'ia dafür benutzen.«

»Wie kommt Ihr darauf?«

»Du kommst mir nicht wie einer von der Sorte vor, der seine Seele für einen Pipifax verkauft.«

Tinkerbells Augen verengten sich ein ganz klein wenig, aber

das Lächeln blieb wie eingefroren. »Ich habe es immer als Ironie empfunden, dass die Leute ihre Seele dem Satan verkaufen sollten. Welchen Nutzen hätte er davon?«

»Außerdem«, stimmte Sam mit einem Seufzer zu, »kann nur ein Vampir einem die Seele rauben. Oder eine Höhere Macht. Und ich bin keins von beidem. Also, wenn dies alles vorbei ist, würdest du mich holen kommen?«

»Wenn sich die Dinge entwickeln, wie ich hoffe, werde ich Eure Hilfe vermutlich nicht brauchen.«

»Und was hoffst du, Tinkerbell?«

Der große Mann legte den Kopf zur Seite, in einer seltsam kindlich wirkenden Geste des Bedauerns. Schließlich sagte er: »Das bringt uns jetzt nicht weiter ... War's das?«

»Fast. Wie ist dein wirklicher Name?«

Auf dem Weg zur Tür drehte sich Tinkerbell um und grinste. »Brian Hunter.«

Sam wog diese Information ab; sein Gesicht sprach Bände, als er den Namen hin und her wälzte. Ein Urenkel von Vater Zeit, über eins achtzig groß und mit einer Axt bewaffnet. Name: Brian. Lieblingsessen: Pizza. Es passte irgendwie nicht zusammen.

»Freut mich, dich kennen zu lernen. Meinen Namen dürftest du ja kennen.«

»Ich fürchte, ja. Obwohl ich immer gedacht habe, dass Ihr eine so schlechte Presse nicht verdient.« In der Tür hielt er inne. »Denkt darüber nach, Lucifer!«

11
Ashen'ia

Er hatte erwartet, dass sie bei Nacht kommen würden, aber in der Hölle war das schwierig. Stattdessen kamen sie mit dem Sturm.

Der Mahlstrom-Ozean, der sich zwischen dem Teil der Hölle, der kaum je die Nacht sah, und jenem Teil erstreckte, der in Dunkelheit versank, hatte aufgrund der Wärmeunterschiede Konvektionsströmungen, bei denen irdischen Geografen vor Ehrfurcht die Tränen gekommen wären. Als Folge davon konnte er Stürme von gigantischen Ausmaßen erzeugen.

Als Sam den ersten Donner hörte, dachte er: *Das ist es. Seth hat Uranos befreit, und wir alle werden sterben.* Als der Tod nicht kam, rollte er sich auf dem Bett herum und blickte hinaus auf die Wüste, gerade rechtzeitig, um zu sehen, wie sich ein Schatten darüberschob. Er wiederholte den Gedanken, doch diesmal fluchte er dabei. Und als die Wolken hereinrollten wie in einer BBC-Naturdokumentation im Zeitraffer, lag er praktisch auf den Knien und bat einen Gott, dessen Existenz er stets geleugnet hatte, um Vergebung und flehte darum, von seinen Sünden erlöst zu werden. *Bitte, Herr, der Teufel hat mich verführt. Er ist an allem schuld.*

Doch das Ende der Welt kam nicht, noch nicht – auch wenn der Temperaturabfall, der heulende Wind und der Blitz, der auf die Wüste hinabzuckte, als hasste er jedes Sandkorn und jede Kreatur, die gewagt hatte zu glauben, sie könnte unter solchen Bedingungen überleben, an Dramatik nichts zu wünschen übrig ließen.

Dann, als die schwarzen Wolken sich über jeden Quadratzentimeter des Himmels ausgebreitet hatten und die Winde nach Blut schrien, als der Mann hinter den Kulissen unter dem tosenden Beifall der Bühnenarbeiter mit vollem Einsatz seine Donnerbleche schüttelte und der Blitzingenieur in seiner kleinen Box im Bühnenhimmel die Anweisung erhalten hatte, es richtig krachen zu lassen – dann endlich kam der Regen. Sam schob sich an der Wand entlang zum Höhleneingang und wollte seinen Augen nicht trauen. Der Regen traf den Schirm mit solcher Kraft, dass bald die gesamte Halbkugel aus Magie um die Öffnung von grünem Feuer erleuchtet war, das Funken sprühte und zischte, wenn die Tropfen darauf trafen. Der Wind fetzte um den Schild wie Nägel über Sandpapier, der Regen schoss Nadeln hernieder, und über der Wüste tanzte weiter der Blitz, ein entfesselter Chor, der versuchte, das Ensemble von der Bühne zu drängen. Der Donner mühte sich wacker mitzuhalten, aber gegen die Dunkelheit, den Wind, den Regen und den Blitz hatte er keine Chance.

Sam hörte jemanden lachen. Er war es selbst. Er versuchte, dem Gelächter Einhalt zu gebieten – aber dann lachte er erneut, wieder und wieder. Wenn das Ende des Universums gekommen war, dann konnte er genauso gut mit einem Lachen sterben.

Die Tür wurde geöffnet, doch er merkte es kaum. Er stand mit den Händen in den Taschen da und sah dem Sturm zu und fühlte sich dabei besser, was das Universum betraf, als er sich seit einer langen Zeit gefühlt hatte. Es war belebend, all diese Energie zu sehen und zu wissen, dass ihn das alles nicht betraf.

»Sam«, sagte Jehova hinter ihm, »sei jetzt bitte nicht gekränkt. Es ist nur eine Vorsichtsmaßnahme.«

»Brüderchen, da müsste schon einiges passieren, um mich jetzt zu kränken.«

»Gut«, sagte Jehova, als sie ihm eine Augenbinde umlegten und den Sturm aussperrten und ihn in Dunkelheit hüllten.

Als er mit verbundenen Augen durch die Gänge tappte, wünschte sich Sam, er wäre einer von jenen Leuten, die im Dunkeln den Weg erkennen – fünfzig Schritte, dann linksherum, zehn Schritte, rechts, dann drei Treppen rauf, wieder rechts – und sich später mit schlafwandlerischer Sicherheit daran erinnern können. Aber er hatte Probleme, sich den Weg zu merken. Und den Film später noch einmal rückwärts ablaufen zu lassen, daran war gar nicht zu denken.

Selbst hier, in den unterirdischen Gängen und Gewölben, welche die Ashen'ia sich zu eigen gemacht hatten, konnte er den Donner durch seine Sohlen spüren. Er konnte auch andere Dinge spüren, am äußersten Rande seiner Wahrnehmung. Die Dämonen fürchteten sich; sie hatten schreckliche Angst vor dem Sturm. Die Furcht schwappte über die gewöhnlichen Grenzen des Gehirns und erfüllte den ganzen Ort mit einem scharfen Geschmack des Schreckens, den jedermann spüren konnte, ob unsterblich oder nicht, selbst ohne einen sechsten Sinn. Bei jedem Blitzschlag, bei jedem Donnergrollen erbebten die Dämonen.

Sie hielten an. Die Hände, die ihn bis hierhin geführt hatten, nahmen ihm die Binde von den Augen. Sam blinzelte, bis seine Augen sich an das Licht gewöhnt hatten. Er hörte eine Tür hinter sich zufallen und drehte sich um.

Jehova beobachtete ihn mit einem undeutbaren Lächeln. Er war die einzige andere Person im Raum. Sam blickte sich um. Die Höhle sah so aus, als sei sie mit Mühe und Sachverstand aus dem Fels gehauen worden, eine glatte, runde Wand, in die auf der einen Seite ein Spiegel eingelassen war.

Der Spiegel schien keinen besonderen Zweck zu haben; er saß einfach da in der Wand. Rechteckig, silbern und glatt. Sam klopfte mit dem Fingerknöchel darauf, tastete über den Rand. In der Hölle gab es, soweit er sich entsinnen konnte, keine solchen Dinge wie »gewöhnliche« Spiegel. Es gab Bronze und bei seltenen Gelegenheiten angelaufenes Silber, doch ein Spiegel von dieser Größe …

»Sam?«

Er drehte sich um, bereits mit einem Lächeln bewaffnet. »Jehova. Es gibt einen Grund für das alles, hab ich Recht? Ist das jetzt die Stelle, an der du mir von dem Piranha-Tank, den ausgehungerten, Menschen fressenden Pinguinen und den tanzenden Sichelmönchen erzählst?«

Jehova seufzte und blickte demonstrativ zu Boden. Sam schaute nach unten, um zu sehen, was da so interessant war.

Es war ein Bannkreis, so viel war klar. In seinem Inneren war etwas in Blau und Rot eingezeichnet, das sich bei jeder Drehung und Wendung in neuer Komplexität verzweigte und den Blick immer weiter in sich hineinzog. Sam drehte den Kopf und sah ein Schwert, drehte ihn anders und sah eine Taube, drehte ihn wieder anders und sah eine Uhr, dann ein Quadrat, dann einen Sturm, einen Blitz, einen Vulkan, eine Flutwelle, einen Wald …

»Sam.« Jehova hielt ihm ein Messer hin. Es war klein und blinkte matt und sah aus wie etwas, das jemand lange Zeit mit viel Geduld geschärft und dann in Seide gewickelt hatte, um unverständliche Worte darüber zu murmeln. Sam nahm das Messer und warf einen beunruhigten Blick über seine Schulter auf den Spiegel.

Dann blickte er zurück zu dem Kreis auf dem Boden, und eine schreckliche Vorahnung beschlich ihn. »Es ist ein Bannkreis«, sagte er mit ausdrucksloser Stimme. »Wen willst du beschwören?«

»Eine Höhere Macht.«

»Welche?«

»Chronos.«

Sams Blick fuhr hoch. *Sie dienen allen Möglichen … bis auf Chronos. Ihm dienen wir nie. Wir haben alle zu viel Angst vor ihm.*

Niemand wagt, ihm seine Seele zu verkaufen. Er sieht zu viel, er weiß zu viel.

»Erzähl mir von Seth«, versuchte er abzulenken. Bei dem Thema war ihm auch nicht wohl, aber es war alles, was ihm einfiel. »Was treibt er so?«

Jehova sagte nichts. »Schau«, sagte Sam, so vernünftig, wie er es fertig brachte, »du bist der Spion in Seths Mitte, oder? Du musste irgendeine Ahnung davon haben, wohin er marschiert. Wo Uranos' Schlüssel verborgen liegt.«

»Ich weiß, wo sich die Tür zu Uranos' Gefängnis befindet.«

»Das weiß ich auch. Jeder Weltenwandler weiß das. Wichtig ist der Schlüssel. Wo ist er?«

»Da gibt es eine Stadt.« Jehova hielt inne.

»Ja?«, hakte Sam nach. »Und?«

»Lange bevor die Kinder der Zeit das Licht des Himmels erblickten, versuchte diese Stadt, sich gegen Vater Zeit zu erheben. Mithilfe ihrer Magie versuchten sie, eine Waffe zu schaffen, dem Licht vergleichbar, und sie gegen Chronos einzusetzen. Natürlich gelang es ihnen nicht – es gibt keinen Ersatz für das Licht selbst.

Chronos hat sie bestraft. Er hat Heere von Engeln, Dämonen, Walküren und Avataren gegen diese Stadt ausgesandt und die Seelen der erschlagenen Bürger auf ewig an ihre Stadt gebunden.«

»Was für eine ausgefallene Idee«, sagte Sam. Sein Gesichtsausdruck war so kalt wie seine Stimme.

»Jeder, der die Stadt betritt und nicht das Zeichen einer Höheren Macht trägt, wird von den Geistern vernichtet, die sie bewachen.«

»Können die Geister auch vernichtet werden?«

»Wenn man die Stadt zerstört, an die sie gebunden sind – ja, dann sterben sie.«

»Aber ich schätze, dazu braucht man eine Armee.«

Eine Pause. Dann, in einem fast verlegenen Ton: »Ja.«

»Und darum hat dieser Schweinehund Seth beschlossen, sich meine Armee unter den Nagel zu reißen?«

Ein längeres Schweigen. Jehova tat sein Bestes, um majestätisch und weise dreinzublicken, aber schaffte es angesichts von Sams steinerner Beharrlichkeit nicht ganz. »Ja«, sagte er schließlich.

»Danke, das wäre damit wohl geklärt. Wo ist diese Stadt? Wie heißt sie?«

»Tartarus.«

»Wie in ›Sauce tartare‹? Die so gut zu Fisch passt?«

»Ich wusste, dass du so etwas sagen würdest, Bruder. Ich sah, wie du den Mund aufmachtest, und ich dachte, gleich wird er irgendetwas völlig Irrelevantes und Banales von sich geben, wie immer, wenn er in Panik ist.«

»Ich bin nicht in Panik. Ein bisschen in Sorge, ja. Aber ich bin nun schon über ein Jahrhundert lang ziemlich in Sorge, und ich habe mich daran gewöhnt. Willst du mir ernsthaft erzählen, dass jenes höhere Wesen – Paps, ich rede von dir –, welches das Universum schuf, kein besseres Versteck für Uranos' Schlüssel gefunden hat als direkt neben der Kerkertür?«

»Die Ashen'ia wissen nicht, dass ich den Ort des Schlüssels kenne.«

Sam schwieg. Er blickte über seine Schulter auf den Spiegel, dann hinunter auf das Messer in seiner Hand. Seine Augen glitten hinauf zu der Tür auf der anderen Seite und schließlich zu Jehova. »Warum?«

»Sie wollen Macht. Stell dir vor, wie viel Macht sie haben würden, wenn sie den Schlüssel in der Hand hätten und zu Chronos sagten: ›Sieh, wir können deinen Feind befreien, wenn du nicht vor uns niederkniest.‹ Darum habe ich ihnen nicht gesagt, wo der Schlüssel liegt.«

Sam dachte darüber nach. »Nein«, sagte er. »Du lügst. Zum

Teil zumindest; ich bin mir nicht sicher, was die Details betrifft. Aber die Sache lässt sich von zwei Seiten betrachten: Entweder die Ashen'ia wissen wirklich nicht, wo der Schlüssel ist. Oder sie wissen es, haben aber zu viel Angst vor Uranos, um ihn zu benutzen. Darum brauchen sie den Träger des Lichts, nicht nur um die Höheren Mächte zu erpressen, sondern auch, um sich gegen Uranos' Befreiung abzusichern.«

Jehova hob die Augen, und sie brannten. Auf seinem Gesicht lag eine Dunkelheit, die Sam eine Gänsehaut über den Rücken laufen ließ, doch er gab Jehovas Blick zurück. Plötzlich, ohne einen ersichtlichen Grund, lächelte Jehova. »Du bist nah dran. Beunruhigend nah, aber ich glaube noch nicht, dass es ein Problem darstellt.«

Er begann um den Rand des Kreises herumzugehen, auf Sam zu. Es lag keine Drohung in seinen Augen, keine Gefahr in seinem Schritt, doch Sam wich instinktiv zurück, während die Worte über seine Lippen purzelten. »Du benutzt also die Ashen'ia, schön. Mit mir als Köder. Ich verstehe, kein Problem. Du brauchst etwas Großes, um eine Armee zu ködern, wie die Ashen'ia sie bieten, und der Träger des Lichts ist ein geeignetes Mittel dafür, okay. Aber ich kann nicht glauben, dass du, als ein Fürst des Himmels und ein Sohn der Zeit, im Besitz eines Pandora-Geistes, skrupellos bis zum Äußersten, Seth so einfach an Uranos' Schlüssel lassen würdest. Also, wenn du weißt, wo er ist, warum hast du ihn nicht anderswo versteckt?«

Jehova machte einen Satz auf ihn zu. Sam unterdrückte einen Aufschrei, als Jehova seine freie Hand packte und sie hochhielt und hin und her drehte. Nicht gewaltsam, doch mit einer festen, unbezwingbaren Kraft.

Jehova lächelte Sam zu. »Ich werde dir alles sagen, wenn ich meine Garantien habe.« Er griff nach Sams anderer Hand, die mit dem Messer, zog sie ebenfalls hoch und drückte die Klinge leicht gegen Sams leere Handfläche. Nicht fest genug, dass es blutete, doch die Bedeutung war klar. Als er sicher war, Sams volle Aufmerksamkeit zu haben, gab er ihm einen sanften Stoß, und Sam stolperte in das Zentrum des Kreises.

»Beschwöre Chronos. Rufe ihn.«

»Die Ashen'ia fürchten Chronos«, sagte Sam ruhig. »Er ist die einzige Höhere Macht, die sie nicht anrufen wollen.«

»Kein Ashen'ia dient Vater Zeit.«

»Aber du dienst ihm«, sagte Sam. »Ich habe den Herzschlag des Universums gespürt, als ich deine Gedanken hörte. Das Licht hat mir deine Seele gezeigt, und sie ist nur noch um Haaresbreite dein. Die Fäden, die dich lenken, werden von Chronos gezogen. Du kannst kaum bestimmen, welchen Finger du bewegst, ganz zu schweigen, nach welcher Melodie du tanzt. Und doch willst du, dass ich Chronos beschwöre. Die Ashen'ia würden das vermutlich übel aufnehmen. Dass ihr erlauchter Meister ein Diener der Zeit ist.«

Jehova lächelte und nickte langsam. »Vielleicht sind die Ashen'ia nicht nur meine Schachfiguren, vielleicht sind sie auch Figuren im Spiel der Zeit. Weißt du, Vater hat vor Jahrhunderten schon gesehen, dass Seth sich eines Tages gegen ihn auflehnen würde. Und er sah damals auch voraus, dass die Ashen'ia eine Rolle bei Seths Sturz spielen würden. Das ist der Grund, weshalb er sie weitermachen ließ. Doch es zahlt sich immer aus, sich abzusichern, nicht wahr?«

Sam spürte, wie die Erkenntnis ihn durchkroch, wie Frost den Fels überzieht. »Du bist seine Absicherung. Wie lange dienst du Chronos schon?«

Jehova wirkte verlegen. »Ich ... gab ihm meine ungeteilte Loyalität, bevor die Pandora-Geister befreit wurden. Ursprünglich hatte ich aus vollem Herzen zugestimmt, Seth und Odin beizustehen. Doch mir wurde bald klar, dass ihre Absichten den meinen zuwiderliefen.

Vater sagte mir, ich würde vernichtet, wenn ich seine Macht

nicht akzeptierte. So ließ ich ihn ein, und auf seinen Rat ging ich zu den Ashen'ia. Es war leicht, ihre Führung zu übernehmen. Sie waren schwach und verstreut und voller Ehrfurcht vor einem Weltenwandler. Ich verbarg jedoch meine Identität, weil ich fürchtete, dass einer von ihnen mich verraten könnte, wenn er in Odins oder Seths Hände fiel.«

»Hast du Freya getötet?«

»Nein. Das habe ich dir schon einmal gesagt.«

»Du lügst!« Sam stürzte auf Jehova los, ohne auch nur eine Sekunde an die Folgen zu denken. Ein unkontrollierter Schlag traf Jehova auf den Mund, und Sam riss das Messer hoch. Jehovas Hand schloss sich um Sams Handgelenk und hielt es fest, Zentimeter von seiner Kehle entfernt. Sams Auge war nur noch eine Handbreit von Jehovas entfernt; er konnte sein eigenes Spiegelbild in der Iris sehen. »Du Schwein«, zischte er und versuchte, das Messer ins Ziel zu treiben. »Du mörderisches, verlogenes Schwein ...«

Jehova schlug zurück, doch Sam merkte es kaum. Er tastete nach der Magie in seinem Inneren. Sie hatten das wahre Ausmaß seiner Macht nie gekannt, seine Brüder und Schwestern. Doch sie hatten ihn immer gefürchtet, als einen Sohn der Magie, weil sie nie verstanden hatten, wie wirkungsvoll dieses Element sein konnte. Die Kinder der Magie waren diejenigen, die im letzten Moment eine Schlacht wenden, den sterbenden König heilen, den fliehenden Meuchler fangen, das sinkende Schiff retten, den tobenden Vulkan beruhigen, die Seuche eindämmen konnten. Sie lebten in jenen seltenen, flüchtigen Zukünften, die so gut wie keine Chance hatten, Wirklichkeit zu werden. Sie konnten mit ihrer Magie alle von Vater Zeit geschmiedeten Pläne in allerletzter Sekunde zum Scheitern bringen, und Chronos war außerstande, den unmöglichen und häufig ungewollten Ausgang von Ereignissen zu verhindern ...

Feuer flammte um Sams Fingerspitzen, legte sich um ihn,

bedeckte seine Arme, seine Schultern, seinen Kopf, seine Hüften, seine Beine, mit hellgelbem Licht. Jehova öffnete den Mund und schrie wie ein Tier, als das Feuer von Sam auf ihn übersprang. Doch wo es bei Sam nicht gebrannt hatte, erfasste es die Ärmel von Jehovas Gewand und setzte sie in Brand.

Mit einem Stoß schob Jehova Sam von sich, dass dieser in das Zentrum des Bannkreises fiel, umhüllt von magischem Feuer. Sam kam taumelnd auf die Füße und streckte seine Arme aus, zwang das Feuer, sich weiter und weiter auszudehnen, bis der ganze Raum davon erfüllt war.

Durch das Lodern traf der Blick seiner schwarzen Augen auf die Stelle, wo der Spiegel gewesen war. Er hatte genug Zeit, um sich über die Öffnung zu wundern, die sich dort aufgetan hatte, bevor etwas Schweres und mit lebender Flamme Brennendes aus dem Inferno kam und ihn traf. Er stolperte und ging zu Boden. Das Feuer erlosch. Jehova umklammerte eine Hand – dieselbe, die von den Splittern der explodierenden Coladose verletzt worden war; sie blutete jetzt erneut. Sam hob den Kopf und fragte sich, wer es war, der ihn getroffen hatte. Wer es auch sein mochte, ließ nicht locker und traf ihn erneut. Und wieder. Und nur um sicherzugehen, noch einmal.

Er lag im Zentrum des Bannkreises auf dem Boden und fragte sich, ob die Rettung des Universums dies alles wirklich wert war.

Jehova kam auf ihn zu, packte Sams Kinn mit einer blutigen Hand und zog ihn zu sich her, spuckte ihm durch die Zähne Worte ins Gesicht.

»Freya war es, die mich überzeugt hat, Chronos die Treue zu schwören«, zischte er. »Sie diente ihm bereits, sie war Baldurs Geliebte! Sie hat Chronos ihre Seele gegeben, als Baldur starb, vor vielen hundert Jahren. Sie ist nur deshalb zu dir gegangen, weil Chronos ihr befohlen hatte, dich zu beobachten, den Träger des Lichts zu überwachen.

Sie hat dich nie geliebt! Sie hat dich benutzt wie uns andere auch. Seit Jahren hat sie dich benutzt, und *sie* hat mich dazu gebracht, Chronos meine Seele zu verkaufen, niemand sonst! *Sie* ist diejenige, die die Ashen'ia in Wirklichkeit kontrolliert; sie hat alles von Anfang an geplant. Wie, glaubst du, hat sie herausgefunden, was Seth vorhatte? Sie hat es Jahre im Voraus gewusst, bevor Seth selbst auch nur etwas davon ahnte.«

Sam sagte nichts, weigerte sich zu glauben, versuchte die Worte zu überhören. *Lügen. Er ist ein Sohn von Glaube, er lügt ...*

Jehova lehnte sich zurück, ließ Sams Kopf auf den Boden fallen und umfasste seine blutende Hand. »Sie hat dich dazu gebracht, sie zu lieben. Dann ließ sie Seth erkennen, dass sie von seinen Plänen wusste, sodass Seth Meuchelmörder ausschicken würde. Sie ließ sich mit Absicht verraten, damit du ins Spiel kommen und versuchen würdest, ihren Tod zu rächen. Sie musste dich mit hineinziehen, verstehst du? Du bist der Träger des Lichts.«

»Sie ist tot«, flüsterte Sam, ohne sich zu regen. »Du hast sie umgebracht.«

»Nein. Sie ist nicht tot.«

»Du lügst. Ihr alle lügt. Ihr lügt schon seit Jahrhunderten.« Er schloss die Augen, versuchte, mehr als nur die Worte zu verdrängen. Seine anderen Sinne nahmen eine weitere Person im Raum wahr, jemanden, der sich hinter ihm befand, die Gestalt, die hinter dem Spiegel gestanden und zugesehen hatte. Er versuchte, sie nicht zu spüren, bemühte sich vergeblich, nicht zu erkennen, wer da hinter ihm stand. »Du willst, dass ich Chronos meine Seele verkaufe, wie du es getan hast. Du lügst. So funktioniert es nicht.«

»Warum belügst du dich selbst, Sam?«

»Ich folge nur dem Trend.«

Und sie sprach. Er hatte gewusst, dass es so kommen würde, hatte es von dem Augenblick an geahnt, als der Spiegel sich zurückgeschoben und die dunkle Gestalt freigegeben hatte, die heraustrat, hinter dem Vorhang aus Flammen.

Er hatte es gewusst. Er wünschte, es wäre nicht so.

»Es tut mir leid, Sebastian.«

Sam sagte nichts. Er wusste nicht, was er sagen sollte. Er lag da, eine kleine Gestalt in Schwarz in einem Kreis von wirbelnden Farben, und vergrub sein Gesicht in den Händen.

Eine Hand berührte ihn an der Schulter, warm. Genau wie ihre.

»Es tut mir so leid.«

Er hob den Kopf und starrte in den Raum, als hätte er ihn nie zuvor gesehen.

»Ich habe die Ashen'ia gegründet«, sagte sie ihm ins Ohr, eine schlichte Feststellung, kein Versuch einer Rechtfertigung. »Ich habe ihnen versprochen, dass sie dich haben könnten. Genauer, deine Macht. Ich wusste, dass Seth jemanden ausschicken würde, mich zu töten. Jehova hat mir geholfen, meinen eigenen Tod vorzutäuschen. Ich musste aus Seths Gesichtskreis verschwinden, verstehst du?

Und ich musste dich ins Spiel bringen. Wir brauchten dich, um Seth aufzuhalten, bis wir bereit waren. Wir mussten dir auch einen Grund geben, für den du kämpfen würdest. Und ich wusste, das Einzige, wofür du garantiert kämpfen würdest, war ich.«

»Geh weg.«

»Sebastian –«

»Geh. Lass mich allein.« *Lass mich allein, geh aus meinen Kopf. Du entgleitest, Sebastian. Du versinkst in den Stimmen ...*

Sie sprach so sachlich, so kalt, wie eine Spionin, die ihrem Auftraggeber berichtete, doch immer noch strich ihre warme Hand das Haar aus seinem Gesicht, und ihre Stimme kitzelte sein Ohr, als hätten sie nie aufgehört, ein Paar zu sein. Wären da nicht die Worte gewesen, die sie sprach, hätte er fast glauben können, sie wären nie getrennt gewesen.

»Ich wurde geschickt, damit du mich lieben solltest.«

Du entgleitest, Sebastian.

Das Licht und das Dunkel, die Magie ... die Magie und ... und ...

»Geh. Bitte, geh.«

Für Freya.

»Ich ... liebe dich wirklich.«

So viele Geister, die meine Seele erfüllen, meine Stimme übertönen, kein Entkommen.

»Das ist nur ein Trick.«

»Es war nicht geplant, dass ich dich lieben sollte, Sebastian. Ich konnte nicht anders.«

Nicht einmal die Magie kann mich halten, treibend in einem Meer von Gedanken.

»Geh weg!«

Er hatte es geschrien, spürte, wie ihre Hand von seinem Gesicht zurückzuckte, als hätte er sie gestochen. Er sah, wie Jehova Freya bei der Hand nahm und fortzog. Er zog die Knie ans Kinn und presste sein Gesicht dagegen, schlang die Arme um die Unterschenkel, um sich zu schützen.

Er spürte, wie sie gingen, fühlte Freyas Blicke bei jedem ihrer Schritte auf sich, hörte die Tür zufallen. Als er sicher war, dass sie fort waren, hob er den Kopf. Sein Gesicht brannte, Tränen stachen ihm in die Augen. Er hielt sich die Ohren zu.

Du entgleitest, Sebastian, nicht einmal die Magie kann mich halten, aber schließlich hat jeder Freya geliebt, geht weg, lasst mich allein, geht weg, und ich und ich und ich, treibend in einem Meer von Gedanken, geht weg, nicht mehr allein, geht weg, geht weg, für Freya, lasst mich allein, lasst mich allein ...

Sein Mund öffnete sich zu einem Schrei, der nicht kommen wollte. Zusammengekrümmt in dem Bannkreis, hielt der Träger des Lichts seinen Kopf fest, als wollte dieser explodieren. Tausend Stimmen brüllten Freyas Namen in seinem Geist, und keine von ihnen war seine eigene. *Geht weg, lasst mich allein, geht weg, geht weg, geht weg . . .*

Von allen allein gelassen, fiel der Träger des Lichts auf den Boden und weinte wie ein kleines Kind.

12
Vater und Sohn

Er versiegelte die Tür mit einem Zauber, damit niemand hereinkam, und erkundete die Nische hinter dem Spiegel. Es war nur ein dunkler kleiner Raum, doch der Spiegel erwies sich als Einwegspiegel, der von der anderen Seite Licht durchließ.

Sam ließ sich mit untergeschlagenen Beinen am Rande des Bannkreises nieder und sah auf das Messer, das in der Mitte lag. Schließlich sagte er in die Luft hinein: »Es ist eigentlich ein unnötiges Ritual. Du bist überall, warum also sollte ich mein Blut vergießen müssen, um dich zu rufen? Das ist nur der schmerzhafte Teil eines Zaubers, den man erfunden hat, damit dumme Menschen sich bei ihrer schwachen Magie besser fühlen. Aber ich weiß es. Du bist überall. Du wirst immer überall sein, denn es gibt keine Möglichkeit, der Zeit zu entkommen. Also zeig dich. Rede mit mir.«

Und wo niemand gewesen war, stand jetzt einer. Oder hatte vielleicht sogar die ganze Zeit dort gestanden. Er trug einen silbernen Kronreif, das Gegenstück zu Sams, und in der Hand hielt er ein kurzes silbernes Schwert, ebenfalls identisch mit dem von Sam. Doch sein Haar war blond, und seine Kleider waren weiß, und anders als Sam trug er den Dolch im Gürtel und nicht irgendwo in der Kleidung versteckt, wo niemand ihn vermutete.

Sam erkannte ihn von den Gemälden im Himmel, und Baldur wusste, dass er ihn erkannte, denn er lächelte. Oder nicht Baldur, sondern jemand, der Baldurs Gestalt angenommen hatte; denn Sam wusste auch, dass Baldur tot und begraben war.

»Nun?«, sagte Baldur schließlich, als Sam nicht sprach. Seine

Stimme klang hell und unschuldig. »Du hast mich gerufen. Was willst du?«

»Das weißt du.«

»Ich weiß, was du höchstwahrscheinlich willst. Ich kann Millionen und Abermillionen möglicher Zukünfte sehen, in denen du Antworten und Wahrheiten willst, und sehr, sehr wenige, in denen du etwas anderes willst. Doch um diese Zukünfte Wirklichkeit werden zu lassen, musst du fragen.«

»Du hast sie geschickt.«

»Ja«, sagte er einfach, ohne Skrupel.

»Wie lange hast du das geplant?«

»Seit vielen tausend Jahren. Ich hatte gedacht, es würde Baldurs Sache sein, diesen Kampf auszufechten, doch er ist tot. Du nicht. So ist das Licht dein, ist die Pflicht dein.«

»Alles, damit ich Seth aufhalte?«

Baldur zog die Augenbrauen hoch und sah Sam mit einem feinen Lächeln auf den Lippen an. Dann lachte er. »Wer hat dir denn das in den Kopf gesetzt?«

Sam hatte den Mund schon zu einer Antwort geöffnet, als Baldurs Worte in sein Gehirn durchschlugen. Er blickte mit Entsetzen in den Augen zu Baldur. »Du ... du hast Seth so weit kommen lassen, weil du *willst,* dass er Uranos befreit?«

Baldur zuckte die Achseln und ging im Kreis auf und ab, als kümmerte es ihn nicht und als wäre er milde amüsiert zuzusehen, wie ein bloßer Unsterblicher seine Pläne aufdeckte.

»Damit ich das Licht gegen Uranos einsetze«, fügte Sam hinzu. Ein weiteres Achselzucken, eine beiläufige kleine Sache, keiner besonderen Aufmerksamkeit wert. »Und dich von deinem großen Feind befreie.«

»Genau.«

»Und dein Sohn?«

Ein weiteres Achselzucken. »Jeder Krieg fordert Opfer.«

Sam folgte dem Auf-und-ab-Gehen und sprach mit leiser,

sanfter Stimme: »Du Mistkerl. Du hast die ganze Zeit hinter allem gesteckt ... Aber warum befreist du Uranos nicht selbst?«

»Weil er den Braten riechen würde. Uranos hat einen begrenzten Einflussbereich, doch er kann spüren, ob jemand ihn wirklich in Freiheit sehen will. Seth will es. Also ist es notwendig, dass Seth die Tür zu Uranos' Kerker öffnet.«

»Du wusstest, dass es so kommen würde. Du hast Freya ausgeschickt, um sicherzugehen, dass ich mit von der Partie wäre. Du wusstest, dass Jehova sich dann dir zuwenden, dir seine Seele verkaufen würde. Du wusstest, dass ich bei den Ashen'ia landen würde. Deshalb hast du dafür gesorgt, dass Jehova mich überwachen und beschützen ließ, um sicherzugehen, dass ich nicht starb. Du musst aber noch mehr gewusst haben. Du musst gewusst haben, dass ich Adam erstechen würde, wenn ein Pandora-Geist von ihm Besitz ergriffe, dass all dies geschehen würde, dass ich Freya lieben würde! Du hast es gewusst!«

»Natürlich«, sagte Baldur. »Aber du hast etwas verändert, nicht wahr? In nahezu allen Zukünften, die ich sah, hast du deinen Freund Adam getötet. Aber du hast es nicht getan. Du bist der Wunderwirker, du musst dich einfach gegen das Schicksal auflehnen. Von jenem undenkbaren Ereignis haben sich mögliche Zukünfte eröffnet, die ich vorher nicht gesehen hatte.« Er hob seine Stimme nicht, blickte nicht einmal in Sams Richtung, wanderte einfach im Kreis herum mit dem irritierten Interesse eines Touristen, der etwas mehr erwartet hatte.

Sam bebte vor Zorn. »All das? Nur damit du Uranos ein für alle Male vernichten kannst?«

»Du wirkst überrascht. Ich hatte mehr von dir erwartet, Sohn.«

»Du hast Welten in Aufruhr versetzt, um dich von einem hilflosen Feind zu befreien!«, schrie Sam. »Du hast die Hölle auf den Kopf gestellt, Hades dem Erdboden gleichgemacht, Tausende und Abertausende von Dämonen gegen die Ashen'ia in

Marsch gesetzt, die die ganze Zeit nichts anderes sind als Figuren in deinem großen Spiel! Auf der Erde sollte mein Freund Adam unter dem Einfluss der Pandora-Geister sterben, zusammen mit wer weiß wie vielen anderen! Im Himmel hat Jehova den Argwohn losgelassen, und jetzt ducken sich all deine Kinder in Angst! Und das alles, um Uranos zu vernichten?«

Baldur seufzte, als würde er durch eine lästige Fliege gestört. »Du kannst die Zukunft nicht sehen. Mehr Gutes wird daraus erwachsen, als du weißt.«

Sam stieß ein seltsames, verzerrtes Lachen aus. »Oder als ich je wissen werde, Vater. Denn ich werde tot sein oder wahnsinnig oder ein wandernder Geist, dessen Seele auf Milliarden andere Geister verteilt ist, ob Ameisen, Engel, Menschen oder Mäuse. Das also ist dein großer Plan. Seth zu überzeugen, dass er Uranos aus eigenem Antrieb und eigener Kraft befreit, damit es für Uranos den Anschein hat, als würde einer seiner Diener das Tor öffnen. Und Uranos wird herausstürmen, und dein kleiner Sohn, kleines Licht und kleines Feuer, wird vor ihm stehen wie ein Zwerg, der sich einem Riesen in den Weg stellt. Und ich werde das Licht aussenden, und wir werden beide sterben.

Glückwunsch, Vater, du hast die Welt auf einen Schlag von zwei Teufeln befreit. Hurra für die neue Weltordnung, gestiftet von Vater Zeit! Denn er hat nichts mehr zu fürchten, während kleines Licht und kleines Feuer von allen, die er liebte, verraten und betrogen wurde.«

Sam hielt inne, um Atem zu holen. Sein Zorn brodelte wie siedendes Öl, seine Finger öffneten und schlossen sich, als suchten sie nach einer geeigneten Waffe. *Aber du hast eine Waffe, kleines Licht, kleines Feuer,* flüsterten die Stimmen in seinem Kopf. *Wir sind deine Waffe. Wir sind der Plan und die Tat, die Stärke und die Schwäche, die …*

Seid still!

Es gibt einen Teil von uns, der stärker ist als die Zeit. Denn die Zeit ist Einer, und wir sind Viele.

Schweigt!

Du entgleitest, Sebastian ...

»Fertig?«, fragte Baldur, als er Sam elend vor sich stehen und von einem Fuß auf den anderen treten sah, als wäre ihm in seinem eigenen Körper nicht mehr wohl.

»Nein«, schnappte dieser. »Wie viel von meinem Leben hast du vorausgeplant?«

»Alles«, sagte Baldur gnadenlos, trieb das Wort in Sam hinein wie eine Turnierlanze. »Von deiner Geburt bis zum heutigen Tag bin ich immer um dich gewesen. Ich bin die Zeit. Ich bin das Schicksal. Ich bin das Unvermeidliche. Du kannst mir nicht entkommen.«

»Nicht ein Mal?«, fragte Sam und schien in sich zusammenzuschrumpfen. »Habe ich dir kein einziges Mal getrotzt und gewonnen?«

Baldur schien zu zögern, für den Bruchteil eines Augenblicks. Dann seufzte er und blickte weg. »Doch, ein Mal. Ich wollte nicht, dass man dich wegen der Sache mit Eden aus dem Himmel verstieß. Ich wollte dich dem Himmel entfremden, nicht durch deine eigene Tat daraus verbannen.«

»Aber du musst vorhergesehen haben, dass ich den Weg nach Eden versiegeln würde.«

»Ich habe es gesehen. Aber ich glaubte, es ginge über deine Kräfte hinaus.«

Er wandte sich wieder Sam zu, und da war etwas in seinem Gesicht, das Sam nicht deuten konnte. Es war nicht Zorn, es war nicht Hass, auch wenn es beidem nahe kam. Etwas anderes verzerrte seine geliehenen Züge – senkte die Augenbrauen, verdrehte den Mund und ließ die Haut erbleichen.

»Du hast wahrlich ein Wunder gewirkt, indem du den Weg nach Eden versiegelt hast. Ich glaubte, dass du weder den Mut noch die Stärke noch das Wissen dazu hättest. In allen drei Punkten lag ich falsch.«

»Ich kann keine Wunder wirken, wenn ich tot bin«, sagte Sam.

»Nein«, antwortete Baldur mit einem leisen, beinahe traurigen Lächeln. »Aber vielleicht, solange du lebst?«

»Wenn ich dich durch ein Wunder aufhalten kann, werde ich es tun. Ich werde nicht zulassen, dass du wegen einer Millionen Jahre alten Fehde, die solche Zerstörung nicht braucht, Welten ins Unglück stürzt.«

»Nicht zulassen?«, wiederholte Baldur, und sein Lächeln wurde zynisch. »Wie willst du das anstellen?«

»Ich bin der Wunderwirker, ich werde einen Weg finden. Du hast mich schon einmal unterschätzt, nicht wahr, Vater? Warum sollte ich nicht imstande sein, auch jetzt deine Pläne zu vereiteln?«

Baldur sprach ruhig, seine blauen Augen bohrten sich in Sam. »Du hast natürlich Recht. Ich habe dich fast zu gut geschaffen für das, was du tun sollst. Doch du bist immer noch nicht fähig, eine Höhere Macht herauszufordern.«

»Und doch soll ich für dich Uranos vernichten.«

»Uranos fordert dich heraus, nicht du ihn. Dein Konflikt mit ihm ist nicht zu vermeiden.«

»Wetten?« Sam fühlte nach der Magie in seinem Innern, formulierte seine Gedanken, sein Ziel. *Seth. Sage Seth, was hier vor sich geht, warne ihn.*

»Wenn du versuchst, Seth zu kontaktieren«, sagte Baldur mit so leiser Stimme, dass es kaum hörbar war, »werde ich Freya töten.« Er trat auf Sam zu, drohend, anmutig wie eine Katze; doch Sam zweifelte nicht daran, dass diese Katze Krallen hatte. »Du verlierst bereits die Kontrolle«, flüsterte Baldur. »Du entgleitest.«

Es gibt einen Teil von uns, der stärker ist als die Zeit. Denn die Zeit ist Einer, und wir sind Viele.

»Nicht einmal die Magie kann dich jetzt noch halten, nicht wahr?«

Wir sind der Plan und die Tat, die Stärke und die Schwäche.

»Du hast das Licht zu oft angewandt, Sohn.« Vater Zeit streckte die Arme aus und fasste Sams Kopf mit beiden Händen, als wüsste er um die Stimmen, die in Sams Schädel vor sich hin summten und ihm das Gehirn zu sprengen drohten.

... das Licht und das Dunkel, der Einzelne und das Ganze ...

»All diese Stimmen werden in deinem Geist zu einer, nicht wahr? So viele Stimmen, du kannst sie nicht mehr auseinander halten. Und wie sie ihre individuelle Existenz verlieren und mit einer Stimme sprechen, so beginnen deine Gedanken mit ihnen zu sprechen. Du erinnerst dich schon an Dinge, die nicht aus deinem eigenen Erleben kommen.«

... du entgleitest, von dem Einen in die Vielen ...

»Sie sagen ... ich kann dich vernichten«, sagte Sam, überrascht über die Schwäche seiner eigenen Stimme und das Rasen seines Herzens. »Sie sagen, sie sind das Leben, denn das Leben ist viele Dinge, und du bist nur ein anderer Teil des Seins. Sie sagen, es gibt viel in diesem Universum, das zeitlos ist; du wirst nicht unbedingt gebraucht.«

»Es sind nur Erinnerungen. Bruchstücke von anderen Gedanken, die sich in deinem Geist eingenistet haben.«

»Nein«, flüsterte Sam und umfasste die Handgelenke seines Vaters mit seinen Händen, hielt sie fest, als fürchtete er, die Hände um seinen Kopf könnten abrutschen und die Stimmen würden hervorbrechen, die Welt erfüllen, ihn in ihrem Gesang ertränken. »Wenn ich das Licht anwende, wird ein Teil meines Geistes den Geistern derer, die ich berühre, einbeschrieben. Und umgekehrt. So viele Geister, alle verbunden durch das Licht, und durch das Licht sprechen sie als Einer. Viele werden Einer, doch es gibt nur Einen der Vielen, so viele Geister in meinem Geist, und sie gehen nie weg, sie bleiben ewig da, und je mehr Geister ich in meinem eigenen Geist habe, desto lauter werden sie, bis ich mich kaum selbst noch denken hören kann!«

... so viel in so wenig, so viel in mir ...

Baldur lächelte immer noch. »Wenn man es so sieht«, sagte er, »was ist dann am Tod noch zu fürchten?«

»Ich fürchte mich«, flüsterte Sam.

»Ich weiß.« Baldur zog Sam näher, schlang seine langen Arme um ihn und hielt ihn fest. »Ich weiß. Wer hat keine Angst vor dem Unbekannten?«

»Seth, zum Beispiel. Uranos ist nicht das Ende des Universums, Vater. Er ist das Ende des Universums, wie wir es kennen. Das ist ein großer Unterschied. Vielleicht ist Uranos ganz nett.«

»Glaubst du das wirklich?«

»Nein. Aber ich habe nie einen Beweis dafür gesehen, dass der Mensch auf dem Mond gelandet ist oder dass Odins Krone mehr ist als bemaltes Stanniolpapier. Doch ich glaube dies alles. Warum kann ich dann nicht daran glauben, dass Uranos uns Glück und Frieden bringen wird?«

»Wegen des Lichts«, entgegnete Baldur, neigte seine Wange gegen Sams Haar und rieb dessen schlaff herunterhängende Arme. »Das Licht berührt alle Geister, und alle zusammen enthalten sie jeden Aspekt des Lebens: Vertrauen, Hass, Argwohn, Gier, Liebe, Eifersucht, Zorn, Frieden, Zufriedenheit, Unwillen – es ist alles da. Und auch wenn es dich in den Wahnsinn treibt, hast du gelernt, das Leben zu lieben und dessen Ende zu fürchten.

Das ist auch der Grund, weshalb du instinktiv gegen mich kämpfst. Weil auch ich letztendlich der Tod bin, und auch der ist unvermeidlich. Und indem du alle Geister des Universums berührt hast, hast du auch für einen Augenblick in einem kleinen Maße den meinen berührt. Daher weißt du, dass ich sie töten werde.«

»Ich brauche ...« – ein mattes Lächeln umspielte Sams Lippen in Anbetracht der Ironie – »Zeit.«

»Du hast drei Tage, bis Seth Tartarus erreicht. Es sei denn, er wird durch ein Wunder davon abgehalten. Aber ich glaube nicht, dass es dazu kommen wird, oder?«

»Lass mich nicht allein«, flüsterte Sam und presste die Augen gegen die brennenden Tränen zusammen, die erneut zu fließen begannen.

»Du bist nie allein. Du bist der Träger des Lichts. Ich werde dir deine Zeit geben, aber in drei Tagen sei bereit.«

Und Sam starrte in die Luft. Oder vielleicht war da die ganze Zeit nichts gewesen. Er sank auf den Boden und ließ sich zurückfallen. Mit weit offenen Augen starrte er auf die Decke, während ihm in seinem Kopf tausend Stimmen etwas zuflüsterten.

13
Vergebung

Als man Sam in seine Zelle zurückbrachte, sah er Jehova draußen auf dem Sims sitzen. Er war allein und hatte sich eine Zigarette angesteckt. Sam setzte sich zu ihm. »Ich wusste gar nicht, dass du rauchst.«

»Eine neue und schlechte Angewohnheit. Es bewirkt, dass ich alle zwanzig Jahre oder so Lungenkrebs kriege und in eine regenerative Trance verfalle.«

»Wie oft hattest du schon Lungenkrebs?«

»Drei Mal. Doch auch wenn es bedeutet, mehrere Wochen in Trance verbringen zu müssen, finde ich die Gewohnheit« – er drehte die Zigarette zwischen den Fingern – »seltsam reizvoll.«

»Ich will fort von hier.«

»Ich weiß. Vater hat es mir gesagt.«

»Das ging aber schnell.«

»Natürlich. Er hält es für sinnvoll, dass du Geleitschutz erhältst. Ich sehe das ebenso.«

»Ich habe nicht die Absicht, mich umzubringen, wenn es das ist, was du fürchtest. Ich brauche nur ein bisschen Zeit, um ein paar Dinge zu klären.«

»Was für einen Handel hast du mit ihm abgeschlossen? Hast du ihm deine Seele verkauft?«

»War er darauf aus?« Sam lachte leise auf. »Nein. Er hat mich nicht einmal danach gefragt. Ich glaube, ihm ist klar, dass es andere Wege gibt, an mich ranzukommen.«

»Also, wie lautet der Handel?«

»Zwei Leben gegen eines.«

»Wessen Leben?«

»Meins. Eines der anderen ist das von Uranos, wenn man es als Leben bezeichnen kann.«

»Und das dritte?«

Sam gab keine Antwort.

Jehova blickte zur Seite und sagte mit leicht gequälter Stimme: »Ah.«

»Wo ist sie?«

»In der Nähe.«

»Hat Gabriel es gewusst?«

Jehova sah ihn an und zog die Brauen hoch.

Sam lächelte entwaffnend und hob abwehrend die Hände. »Sie hat Freya gedient, als sie dich verließ. Hat Freya sie in ihren Plan eingeweiht?«

»Ich habe es getan, nachdem ich zu den Ashen'ia gestoßen war. Es war nicht einfach für mich, in die Fußstapfen einer Dienerin zu treten. Gabriel hatte mich meiner Verfehlungen wegen verlassen, und als mir klar wurde, was meine Sünden waren, hatte ich keine Wahl, als sie um Vergebung zu bitten.«

»Was ist mit dem Rest? Michael, Uriel, was ist mit ihnen? Michael hat auf mich geschossen, aber nur mit Blei statt mit Silber. Wussten sie, auf wessen Seite du in Wirklichkeit standest?«

»Michael hatte den Befehl, dein Leben zu schonen. Aber ich habe ihm nicht gesagt, weshalb. Ich hielt es für besser, wenn so wenige Leute wie möglich die Wahrheit wussten. Du weißt sie jetzt. Gabriel weiß sie. Und Freya, sonst niemand.«

»Es muss dir schwergefallen sein, zugeben zu müssen, dass Gabriel Recht hatte.«

Er lächelte und schüttelte den Kopf. »Nicht mehr, als zugeben zu müssen, dass du mit dem Christentum Recht hattest.«

»Du hast nie irgendwas dergleichen zugegeben.«

»Nicht öffentlich. Aber vor mir selbst.«

»Wann?«

»Als es mit den Kreuzzügen losging. Ich habe versucht, etwas Himmlisches auf Erden zu errichten. Ich habe versucht, eine Religion zu schaffen, welche die Sterblichen inspirieren würde, große Taten zu vollbringen, einander zu lieben und nach guten Regeln zu leben. Du warst von Anfang an der Meinung, dass es schiefgehen würde.«

Sam starrte hinaus auf die Wüste und schwang seine Beine über den Rand des Simses, auf dem er saß. Der Sturm war vorübergezogen, und die Wüste war ein Meer aus dunkelbraunem Schlamm. Jedes Landschaftsmerkmal, das er zuvor gesehen hatte, war verschwunden. In der Ferne konnte er das Grollen von Donner hören und schwarze, ambossförmige Wolken erkennen, aber ringsum war alles still. »Du hättest das mit der Kreuzigung nicht zulassen sollen. Eine Religion, die aus Blut geboren ist, wird in Blut sterben.«

»Da magst du Recht haben. Das Christentum hätte wunderschön sein können. Doch die Sterblichen verdrehen alles, und ich kann keine Wunder wirken.«

»Ich schon. Was der Grund ist, weshalb du mir nie vergeben wirst.«

Jehovas Stimme war ruhig und sachlich, als er antwortete. »So ist es.«

Sam beobachtete seine eigenen Füße, die über dem tiefen Abgrund hin und her schwangen. Am Fuß der Klippe war der schlammige Sand von Regentropfen durchlöchert. Es sah aus wie eine Galaxie aus winzigen Sternen in einer braunen Leere. »Weil die richtige Art von Wunder all diese heiligen Kriege, all diese Vorurteile, all das hätte beenden können. Doch dein großer Plan erfuhr dieses Wunder nicht. Weil ich verbannt worden war und du dabei mitgeholfen hattest.«

»Es war allein deine Schuld, dass der Weg nach Eden versiegelt wurde«, sagte Jehova und stach anklagend mit der Zigarettenkippe in Sams Richtung. »Niemand hat dich gebeten, es zu tun. Dir missfielen unsere Methoden, und darum hast du beschlossen, die Sache selbst in die Hand zu nehmen. Typisch für dich, wie ich hinzufügen möchte.«

»Nun, es ist passiert und kann nicht mehr ungeschehen gemacht werden. Also kein Grund, sich deshalb in den Hintern zu beißen.«

»Wohin willst du gehen?«, fragte Jehova.

»Ich weiß es nicht.«

»Du könntest in den Himmel zurückkehren«, sagte er, Sam aus dem Augenwinkel abschätzend. »Ich kontrolliere den Himmel, weißt du. Und ich würde dir gewiss nichts antun. Jetzt nicht mehr.«

»Du würdest mir Seth und Odin vom Leib halten?«

»Sie sind ganz auf die Hölle fixiert.«

»Was ist mit Thor? Er dürfte immer noch nach mir suchen.«

»Deshalb bekommst du ja auch einen Geleitschutz mit.«

»Oh, ja. Tinkerbell – ich meine, Brian Hunter. Eshús Enkel.«

Jehovas Gesicht war eine Maske des Unverständnisses. »Hunter ist kein Nachkomme von Eshú. Sein Großvater war ein Sohn der Nacht. Seine Großmutter war eine Zauberin, doch sie hat ihren Kindern nie gesagt, wer ihr Vater war. Hunter hat seine Seele der Nacht verkauft, und Nacht ist in seinem Blut. Mit Eshú verbindet ihn nichts.«

»Warum hat er mich dann angelogen?«

»Keine Ahnung.«

»Er sagte, er wolle sich an einem Weltenwandler rächen.«

»Hat er irgendeine Andeutung gemacht, an wem?«

»Nein. Aber er hat mir versichert, es hätte nichts mit dieser Sache hier zu tun.«

»Nimm dich vor ihm in Acht. Er hat eine große Anhängerschaft innerhalb der Ashen'ia. Im Rang steht er nur wenig unter Gabriel.«

»Das wusste ich nicht.«

Sie blickten hinaus in die Wüste. Die Sonne, allen Gesetzen der Wahrscheinlichkeit zum Trotz, weigerte sich unterzugehen. »Ich hasse das Warten«, sagte Jehova schließlich. »Ich warte schon so lange, dass es mir jetzt, da das Ende zu nahen scheint, irgendwie banal vorkommt.«

»Du glaubst, du hast ein Problem?«

Jehova bedachte ihn mit einem Blick von der Seite. Ein angedeutetes, leicht verunglücktes Lächeln verzog sein Gesicht. »Ich habe dir Unrecht getan.«

»Ach ja?«

»Und ich habe gegen meine Brüder und Schwestern Intrigen geschmiedet. Ich habe geholfen, einen Pandora-Geist freizusetzen. Ich habe meinen Namen für ein Unterfangen hergegeben, von dem ich von Anfang an wusste, dass es zu einem Konflikt im Himmel führen würde. Für nichts davon bin ich bislang abgestraft worden.«

»Du hast bereut. Du hast Vater Zeit deine Seele verkauft.«

»Ja, aber ich bezweifle, dass es mit Tartarus enden wird.«

»Für mich wird es mit Sicherheit dort enden, wenn nicht ein Wunder geschieht.«

»Du kannst keine Wunder wirken, wenn du tot bist, Bruder.«

»Du auch nicht«, stellte Sam sanft fest.

»Ich konnte es nie.«

»Aber du hast es bestimmt versucht.«

»Ja. Ich schätze, jeder hat es versucht.«

»Auch Freya?«

»Zweifellos. Geh und finde es raus, Sam.«

Sam blickte argwöhnisch auf Jehova und lächelte, mehr oder weniger. »Vielleicht ein andermal bald. Wenn ich Zeit habe.«

Draußen in der Wüste war ein Tor, wie Tinkerbell ihm bestätigte. »Wir machen einen Ausflug?«

»Hm-hm.«

»Und wohin soll's gehen.«

»Schau'n wir mal.«

»Ist mir auch recht«, antwortete Tinkerbell und schwenkte seine Armbrust in eine bequemere Position. »Oh, und ich soll Euch das hier geben.« Er warf Sam seinen Beutel zu. Darin waren das Schwert, der Dolch und die Krone, zusammen mit dem Rest seines explosiven Arsenals. »Ich schätze, Ihr habt einen Handel mit der obersten Heeresleitung abgeschlossen.«

»Das kannst du laut sagen«, antwortete Sam und schob den Dolch in die Armscheide.

»Ich bin Euer Leibwächter auf diesem kleinen Trip.«

»Irgendwie hatte ich so was vermutet.«

Tinkerbell führte ihn über grob behauene Steinstufen, durch natürliche Höhlen und durch in rotes Gestein getriebene Gänge abwärts und weiter über eine hölzerne Leiter durch eine klaustrophobisch enge Röhre, die mit einem matschigen Geräusch unter Sams Schuhen endete. Er blickte nach unten, um zu sehen, in was er getreten war. Das höllische Pendant zu einer Fledermaus hatte eine Flügelspanne von über eins achtzig und einen riesigen, aufgeblähten Hals, um das kostbare Wasser darin zu speichern, das durch den Fels sickerte – und es benutzte große, natürliche Höhlen als Toilette.

»Iiih«, sagte Sam.

Der Gestank war außergewöhnlich, doch Tinkerbell schien er nicht zu stören. »Ich habe viel Zeit in der Nähe dieser Biogas-Fabrik in Indien verbracht. Ihr glaubt nicht, was einem dort unterkommt«, meinte er frohgemut und stakste über den glitschigen Boden in Richtung eines Lichtflecks in der Ferne.

Sam erwartete halb, Höhlenmalereien und riesige Stalagmiten zu sehen, doch selbst hier hatte der Sand alles sauber gefegt.

Sie traten aus der Höhlenöffnung auf den Wüstensand hinaus, der in dem grellen Sonnenlicht bereits getrocknet war. Tinkerbell blinzelte auf das endlose gelbe Meer hinaus und zog eine Sonnenbrille hervor. Sie ließ ihn wie den Helden aus einem besonders blutrünstigen amerikanischen B-Movie aussehen.

Sam streckte seine Fühler aus und spürte das Tor in der Nähe. Er spürte auch etwas anderes, direkt hinter der nächsten Düne. »Äh, Tinkerbell?«

»Stets zu Diensten, Hook.«

»Da ist jemand, der mit mir reden will. Allein.«

Tinkerbell runzelte die Brauen und blinzelte. Sam konnte fühlen, wie auch er sich umhorchte. Dann zuckte er die Schultern. »Zur Hölle, Eure Sinne sind besser als meine. Ich kann nichts spüren.«

»Sie schirmt sich ab. Es ist eine Art Instinkt bei Weltenwandlern.«

»Fünf Minuten?«

»Bitte.«

Sam stapfte die nächste Düne hinauf. Die Füße rutschten ihm weg und lösten dabei winzige gelbe Lawinen aus. Er erreichte den Kamm und blickte nach unten. Sie stand da, leicht auf ihren Stab gelehnt, gekrönt mit ihrer Krone aus lebendem grünem Efeu. Er staunte darüber, wie unverändert sie war: Wie sie immer noch lächelte, selbst wenn sie traurig war; wie sie sich instinktiv zur Sonne stellte, um das Sonnenlicht einzufangen, nicht aus Eitelkeit, sondern weil sie es liebte, die Wärme auf ihrem Gesicht zu spüren.

So gesehen hatte Freya niemals vorgespiegelt, etwas anderes zu sein als sie selbst. Er hatte nur versäumt, sie zu fragen, ob jenes Selbst eine Agentin von Chronos war, ausgeschickt, um die Zukunft zu manipulieren und den großen Plan der Zeit zu verwirklichen. Er blickte sie unbewegt an.

Sie blickte zurück. Ihre Augen verengten sich nachdenklich. Schließlich sagte sie: »Es tut mir leid.«

Er nahm sich Zeit für die Antwort, trat nicht näher an sie heran, sondern blieb, wo er auf sie hinuntersehen konnte. »Vater Zeit in seiner unendlichen Weisheit scheint zu glauben, dass ich dich immer noch liebe.«

»Hat er Recht?«

»Gut möglich.«

»So.« Sie nickte gedankenvoll. »Du hast ihm also schließlich doch deine Seele gegeben. Das hätte ich nicht für möglich gehalten.«

»Nein. So war es nicht.«

»Er sagte mir, ich solle dir vertrauen. Er sagte, ihr beide hättet eine Übereinkunft erzielt.«

»Ja, das stimmt. Aber ich bin immer noch frei. Immer noch ich. Die Frage ist, bist du noch du?«

Sie ging ein paar Schritte auf ihn zu und legte den Kopf in den Nacken, um ihn gegen die brennende Sonne sehen zu können. Dann stieg sie die Düne hinauf, bis sie auf gleicher Höhe mit ihm war. Aus näherer Entfernung studierte sie nun sein Gesicht, suchte nach Zeichen von Alter oder Verzweiflung und fand keine. »Ich bin mehr ich, als du du bist«, entgegnete sie. »Denn ich habe nur einen, der mein Herz teilt. Du hast Tausende.«

»Hast du je daran gedacht, mir reinen Wein einzuschenken?«

»Zuerst nicht. Du warst für mich nur der nächste Auftrag. Ich bin eine Tochter der Liebe, es ist mein Segen und mein Fluch, dass viele mich lieben. Du warst nicht anders als der Rest.«

»Es gibt ein Wort dafür, und es ist nicht nett.«

»Ich weiß, aber der Sebastian, den ich liebe, wusste es sowieso, als wir uns das erste Mal trafen, auch wenn er die wirklichen Gründe nicht verstand.« Sie seufzte. »Wie dem auch sei, als die Tage vorübergingen, begann ich, dich mehr zu mögen als die anderen. Und ich begann, dich immer mehr zu mögen. Bis ich eines Tages aufwachte und mir klar war, dass ich in meine eigene Falle hineingetappt war und dass nicht nur du mich liebtest, wie geplant, sondern ich dich auch.«

»Es klingt wie ein Märchen von der wenig überzeugenden Art, mit sprechenden Hasen, gelegentlichen Lied- und Tanzeinlagen und Glück bis ans selige Ende.«

»Meine Lieblingsmärchen.«

Er runzelte die Stirn. »Ich ... ich glaube das alles nicht mehr. Du hast es geschafft, den Träger des Lichts zu zähmen, ihn deinen Zwecken dienstbar zu machen. Doch du bist zu weit gegangen. Er glaubt das Märchen nicht.«

»Wofür kämpft er dann?«

»Ich ...« Seine Stimme verebbte. »Ich weiß es nicht«, sagte er und schüttelte den Kopf.

»Ich liebe dich, Sebastian.«

»Du sagst das so gut. Wie oft hast du diese Worte gesagt, zu hundert anderen begierigen Ohren? Und klang es immer so überzeugend, immer so leidenschaftlich?«

»Wenn du nicht mehr daran glaubst, warum dann die Mühe, mich zu finden?«, fragte sie und legte ihre Hand in die seine.

Er drehte ihre Hand um und betrachtete sie aufmerksam. Schließlich ließ er den Kopf sinken und murmelte: »Ich habe keine Ahnung.«

»*Willst* du glauben?«

»Ich bin zu alt. Ich habe zu viel gesehen.«

»Wunder gibt es immer wieder. Du *kannst* glauben.«

»Wunder gibt es heute im Dutzend billiger. Aber selbst wenn, ich habe keine Münze mehr übrig für diesen Automaten. Ich hoffe, dass innerhalb der nächsten drei Tage ein Wunder geschieht. Aber ich glaube nicht daran.«

»Du bist der Wunderwirker, Sebastian.«

Er starrte sie an und fragte sich, was er sagen sollte. *Ich liebe dich nicht, doch bald werde ich wie ein fahrender Ritter für seine Dame sterben. Und das ist kaum die Handlungsweise des Fürsten der Finsternis, eines Experten im Überleben. Es muss einen Grund für diesen Kamikaze-Kurs geben. Und Liebe wäre nicht der schlechteste.*

»Ich kann keine Wunder wirken, wenn ich tot bin.«

»Wer hat hier was von Sterben gesagt?«

Er starrte sie lange Zeit staunend an. »Du hast dich nicht verändert, überhaupt nicht. Du bist genau, wie du warst. Nur wird mir erst jetzt klar, dass du nicht warst, für was ich dich gehalten habe. Komisch, nicht wahr? Ich habe in so viele Seelen geblickt, und irgendwann in meinem Leben habe ich auch die deine berührt. Aber ich habe nie gesehen, was darin lag. Vielleicht habe ich nicht richtig hingesehen. Vielleicht.«

Ein unbehagliches Schweigen entstand. Er fühlte sich irgendwie zu groß für seinen eigenen Körper. War sich bewusst, dass seine Arme herabbaumelten und sein linker Fuß im Sand zur Seite zeigte, während sein rechter nach vorn ausgerichtet war, und wie seine Augenbrauen miteinander um Platz stritten, wie sein Mund trocken war und seine Finger schlaff an den Enden seiner schweren Hände hingen. Schließlich konnte er nicht mehr anders. »Hast du mich vermisst?«, fragte er.

Sie tat so, als würde sie überlegen, sog die Wangen ein und spitzte die Lippen. »Nicht deine Kochkünste«, gab sie zu. »Du warst immer ein lausiger Koch.«

»Was hilft es, dass einem die ganze Welt offen steht, wenn man nicht zum Essen ins Restaurant gehen kann?«

»Das ist eine dekadente Haltung, und das weißt du.«

»Es gibt Tausende von Restaurants allein in New York. Wir hätten jede Nacht in jeder Stadt in jedem beliebigen Land in ein neues Restaurant gehen können. Und was taten wir?«

»Ich habe angeboten zu kochen.«

»Freya, nun, da das Ende der Welt nahe ist, kann ich dir bekennen, dass deine Ente à l'orange wahrscheinlich das widerlichste Essen war, das mir je vorgesetzt wurde. Wir haben beide zu viel Zeit damit verbracht, die Sprachen der drei Welten zu lernen und die Kunst des Überlebens zu studieren, um irgendetwas Schwierigeres kochen zu lernen als weiße Bohnen in Tomatensoße auf Toast und Sandwiches mit Schinken und Ei.«

Sie lachte, doch nicht sehr laut. Ihre Augen verließen nie die seinen. Wieder schwiegen sie.

Er war sich nicht völlig sicher, ob er sie küsste oder sie ihn oder ob es von beiden Seiten kam. Es war nichts Spektakuläres. Keine Chöre schluchzender Geigen, kein Engelsgesang markierte das Ereignis. Nur der schweigende Wind und das Rieseln des Sandes.

»Stör ich bei irgendwas?«, fragte eine Stimme.

Freya zog sich sofort von Sam zurück und baute eine Illusion auf, um sich zu tarnen. Er sah, wie die Luft um sie sich verzerrte und ihre Züge vor ihm verbarg.

Tinkerbell kam zum Dünenkamm hinaufgestiegen und starrte Freya an wie eine blinde Maus, die die Katze zu finden versucht. »Äh ... sollten wir uns kennen?«

»Ich bin niemand Besonderes.«

»Ihr zwei habt Euch geküsst.«

»Wir sind alte Freunde«, schnappte Sam. »Kann ich sonst noch was für dich tun, Tinkerbell?«, fragte er und spürte Freyas Erheiterung bei dem Namen.

»Ich wollte nur darauf hinweisen, dass es Zeit wäre ...«

»Ja, natürlich. Die Zeit eilt, und wir eilen mit ihr.« Er lächelte und wandte sich mit einem Achselzucken an die verhüllte Freya. »Vielleicht ...«

»... ein andermal«, stimmte sie zu. Und ohne ein weiteres Wort wandte sie sich um und begann, über die Dünen fortzugehen.

Tinkerbell sah ihr nach. »Wer war das?«

»Ein Läufer auf dem Brett.« Sam sah den Ausdruck auf Tinkerbells Gesicht und grinste, wenngleich halbherzig. »Komm«, sagte er. »Es gibt noch einiges zu tun, bevor das Spiel gewonnen ist.«

14
Der Weg nach Eden

Sie nahmen den Weltenpfad zur Erde. Sam ging voran. Als er Tinkerbell seine Hand anbot, sah dieser darauf, als wäre Sam verrückt. Doch als er das klaffende Portal sah und den weißen Nebel, der daraus hervorströmte, änderte er seine Meinung. Im Tor spürte Sam, wie Tinkerbells Hand heiß und feucht wurde, als sie das Tor durchschritten, und gegen das Flüstern derWeggeister klang sein Atem laut und keuchend. Sam hatte Tinkerbell nie ängstlich gesehen, doch er war bereit zu schwören, dass es Angst war, die Tinkerbell in solcher Eile über den Weg zur Erde trieb.

Sie kamen in Dunkelheit und Kälte an.

»Wo sind wir?«, fragte Tinkerbell und blickte durch die Gläser seiner Sonnenbrille zu fremden Sternen auf.

»Sibirien. Es gibt niemanden hier, der uns sehen könnte«, erklärte Sam.

»Ihr hättet einen etwas angenehmeren Ort wählen können.«

»Du glaubst es nicht, aber es gibt immer irgendwo ein Kind, das Verstecken spielt und dich sieht. Oder irgendeinen fanatischen Sterblichen mit einem Hang zum Okkulten, der um ein Tor herumhängt und vor der ersten Person, die hindurchtritt, auf die Knie fällt. Oder versucht, sie zu Hühnerklein zu zerlegen. Jetzt komm.«

Sie gingen den Weg wieder zurück. Sam konzentrierte sich nicht auf ein bestimmtes Ziel, denn er hatte keins. Aber er suchte ... die Nacht. Den Rand der Nacht, genau genommen. In der Hölle war es entweder Nacht oder Tag, wobei die Dämmerungsgrenze gewöhnlich irgendwo über dem Mahlstrom-Ozean lag. Was Sam suchte, war Nacht in der Wüste, wo die Sonne kaum je unterging. Nicht wirklich dunkle Nacht, weil das bedeuten würde, sich tief in Seths Machtbereich zu begeben. Nur den Rand der Nacht, die äußerste Zone.

Sie traten an einer Stelle aus der Zwischenwelt hinaus, wo der Himmel sich von blau über lila und violett zu schwarz verfärbte, so weit das Auge reichte. Das Tor führte auf eine Klippe hinaus, auf der ein paar struppige Büsche vergeblich Fuß zu fassen versuchten. Unterhalb davon, Richtung Norden, breitete sich die Nacht über das Land wie eine vor kurzem hereingebrochene Flut. Nach Süden war die Wüste so hell, wie sie immer gewesen war, und die Sonne stand hoch am Himmel und schien nicht die Absicht zu haben, sich von der Stelle zu rühren.

Tinkerbell blickte nachdenklich in die Richtung des fließenden Ozeans aus Dunkelheit. »Das ist Seths Werk?«

»Hm-hm. Er ist ein Sohn von Nacht, für ihn ist das ein einfacher Trick. An einem guten Tag kriegt er auch 'ne Sonnenfinsternis hin, aber nicht im richtigen, astronomischen Sinn.«

»Und irgendwo da drinnen«, Tinkerbell wies auf den fließenden Schatten, »ist eine Armee?«

»Ja. Gut versteckt, sodass wir sie nicht sehen können.«

»Warum wollt Ihr sie sehen? Wir haben eine grobe Vorstellung. Tausende von höllischen Truppen unter dem Befehl von Seth, Odin und Jehova.«

»Ich will es. Es ist wichtig für mich.«

Tinkerbell sah Sam von oben bis unten an und runzelte die Stirn. »Der Meister hat gesagt, Ihr wärt jetzt einer von uns. Ich habe da meine Zweifel.«

»Du traust niemandem, nicht wahr?«

»Insbesondere nicht dem Meister.«

»Und du nennst mich einen Optimisten.« Sam wies auf die

Dunkelheit. Wie zu sich selbst sagte er: »Selbst wenn es dort Tausende von Kriegern gibt, in drei Tagen werden sie alle tot sein. Sie werden ihr Ziel erreichen, sie werden die Ashen'ia bekämpfen und höchstwahrscheinlich vernichten. Dann werden sie diese Stadt stürmen, und die Stadt wird sie vernichten. Doch nicht, bevor sie geschafft haben, sie dem Erdboden gleichzumachen.

Und dann wird Seth in die Stadt einziehen und den Schlüssel zu Uranos' Gefängnis an sich nehmen, und das ganze Sterben wird umsonst gewesen sein. Tausende tot, für nichts und wieder nichts.«

»Dann verhindert es.«

»Ich habe nicht die Macht.«

»Das ist eine Lüge, und Ihr wisst es. Ihr seid der Träger des Lichts. Ruft das Licht an, jetzt! Schickt es in die Dunkelheit hinaus, und vertreibt Seths Macht! Wenn Ihr wirklich einer der Ashen'ia seid, seid Ihr verpflichtet, ihn zu bekämpfen!«

»Die Ashen'ia wollen mich nur benutzen. Warum sollte ich versuchen, ihnen zu helfen?«

»Die Ashen'ia sind Euer einziger Verbündeter gegen Seth.«

Sam sah Tinkerbell an und lachte. »Hast du es immer noch nicht kapiert? Die Ashen'ia sind nur Kanonenfutter. Opfer für Seth, um ihn –« Er hielt inne, stolperte ein paar Schritte, hielt sich die Ohren zu. Stimmen dröhnten in seinem Kopf, schrien. *Du entgleitest, Sam …*

Er keuchte. »Die Ashen'ia werden sterben«, stieß er hervor. »Die Armeen Seths werden sterben. Die Stadt wird fallen, Seth wird den Schlüssel finden, Uranos wird freikommen. Und ich kann nichts dagegen tun.«

»Warum wolltet Ihr dann hierherkommen?«

Die Stimmen wurden wieder schwächer. *Ich hätte es ihm fast gesagt. Und dann konnte ich es nicht. Das Licht ist Leben, und das Leben will leben. Selbst wenn Tausende dafür sterben müssen.*

»Ich ... wollte mich von etwas überzeugen. Du musst mir glauben: Wenn ich etwas tun könnte, um das Leben dieser Leute zu retten, würde ich es tun.«

»Wie lautet Euer Handel mit den Ashen'ia, Sebastian? Was haben sie Euch angeboten?«

Sam drehte ich um, schaute hinaus in die Dunkelheit. »Ein Leben. Sie werden jemanden töten, der mir sehr nahesteht, wenn ich nicht tue, was sie wollen.«

»Ihr habt mit dem Meister selbst verhandelt, nicht wahr? Wer ist der Meister?«

Sam sagte nichts.

»Der Meister will überhaupt nicht, dass Ihr Seth aufhaltet, stimmt's? Und während sie diese bestimmte Person als Geisel halten, werdet Ihr einfach untätig bleiben. Auch wenn es eine Schlacht gibt, in der Tausende sterben? Tausend Leben für eines? Ist das moralisch? Oder seid Ihr wie alle anderen Fürsten des Himmels – wen kümmert es, wie viele Sterbliche zugrunde gehen, solange die Fehden der Unsterblichen überleben? Ist es das?«

»Gib mir eine Alternative. Sag mir, wie ich das Leben all dieser Wesen retten kann, ohne mich selbst zu verraten.«

»So wollt Ihr also drei Tage rumjammern und hoffen, dass etwas passiert? Ist das Eure brillante Lösung für alle Probleme des Universums?« Tinkerbell verschränkte die Arme und spuckte verächtlich in den Sand. »Wie erbärmlich.«

»Vielen Dank, sehr freundlich, Tinkerbell.« Sam blickte ein letztes Mal in die Dunkelheit, dann drehte er sich um. »Gehen wir. Ich muss nachdenken.«

Sie gingen zur Erde. Tinkerbell schmollte und war nicht sehr gesprächig. Sie gingen vom Tor am Soho Square zum Picadilly Circus und dann weiter nach Osten, Richtung Covent Garden.

»Wohin gehen wir?«, fragte Tinkerbell, als sie am Leicester Square vorbeikamen.

Sam sah sich um. Er war sich nicht sicher. Am Odeon waren Arbeiter dabei, das Kino für eine weitere Premiere zu schmücken. Vor dem riesigen Kinokomplex, neben der vielleicht schlechtesten Pizza-Bude der Welt, standen Dutzende von Menschen Schlange, um hineinzukommen.

Sam fragte sich, woher sie die Zeit nahmen. Auf der anderen Seite …

»Gehen wir ins Kino«, sagte er.

In der Dunkelheit saß er, die Knie bis zum Kinn hochgezogen, und dachte nach. Der Film war irgendetwas Kommerzielles: Ein berühmter Filmstar verliebte sich in einen vielleicht noch berühmteren Filmstar in einer »amüsanten und bewegenden Liebeskomödie im Paris gegen Anfang des zwanzigsten Jahrhunderts, ein Kinoerlebnis für die ganze Familie«.

Der Film plätscherte an ihm vorbei. Tinkerbell saß neben ihm, mampfte Popcorn und machte ein Gesicht, als würde er am liebsten einem der Hauptdarsteller den Hals umdrehen. Nicht, wie Sam klar war, weil sie so schlecht spielten, sondern weil ein Kinobesuch nicht unbedingt Tinkerbells Vorstellung davon entsprach, wie er den Träger des Lichts in einer Zeit der Krise zu beschützen hatte.

Wenn er nur wüsste. In der Dunkelheit des Kinosaals, umgeben von gebannten Zuschauern, deren Aufmerksamkeit völlig auf das Geschehen auf der Leinwand gerichtet war, konnte er sich ohne das irritierende Summen zahlloser Laute, Gefühle und Anblicke rings um ihn her konzentrieren. Ausnahmsweise brauchte er sich keine Sorgen darüber zu machen, dass er sich unter vielen Menschen befand, weil diese Menge im Wesentlichen wie Einer dachte.

Seine Gedanken gingen zurück ...

Vor Seth, vor Freya, vor den Pandora-Geistern und vor den einsamen Stunden des Exils auf der Erde hatte er im Himmel gewohnt. Im Himmel hatte er gegen das Eden-Projekt gekämpft. Und zu jedermanns Überraschung, sein Vater eingeschlossen, hatte er gewonnen.

Edentore waren schwer aufzuspüren, insbesondere nachdem sie so sorgfältig von einer Höheren Macht versteckt worden waren. Drei Mal schon hatte er geglaubt, eines gefunden zu haben, und jedes Mal hatte es sich als Tor zur Erde herausgestellt. Er hatte fast schon aufgegeben, als er, verborgen am Fuß eines sanft gerundeten Hügels, etwas Unnatürliches durch die Bäume hatte aufragen sehen. Seinen Instinkten folgend, geleitet von dem Rauschen fließenden Wassers, bahnte sich Sam einen Weg durch wucherndes Farnkraut und Dorngestrüpp darauf zu. Als er aus den Bäumen ins helle Sonnenlicht trat, sah er, was hier so unnatürlich wirkte.

Es war eine Art Totempfahl, der aus reinem weißem Marmor gehauen war. Er stand am Ufer eines kleinen Bachs, welcher munter über die Steine plätscherte, und war so ausgerichtet, dass er das Sonnenlicht einfing und in tausend Richtungen zugleich zurückwarf. Am unteren Ende des Pfeilers befand sich die Skulptur eines schlafenden Löwen, darüber ein Hundekopf, dann eine Schlange, ein Adler, ein Falke, und die Spitze bildete ein Werk, das einen Menschen hätte darstellen können, wenn Menschen quadratisch wären. Der Körper und seine Gliedmaßen waren unproportional kurz und nur grob behauen, aber das Gesicht war perfekt herausgemeißelt, mit melancholischen Augen und einem leisen, traurigen Lächeln, das zu sagen schien: »Ich sehe dich auch.«

Ein Arm der Figur zeigte auf den Wasserlauf. Sam wandte

sich um, um ihm zu folgen, und in dem Augenblick, als er es am wenigsten erwartete, spürte er ein Portal an seinen Sinnen zupfen. Hastig streckte er seine Fühler aus, um das Signal nicht zu verlieren. Über dem Bach, direkt zwischen den zwei Ufern, öffnete sich langsam und widerstrebend ein silbernes Tor.

Sam erkundete es und spürte die warme Signatur, die es von allen anderen Toren unterschied. Im Vergleich dazu waren Erdentore kalt, während Höllentore direkt eisig wirkten. Er zog die Schuhe aus und watete in das Kiesbett des Bachs hinaus. Das kalte Wasser zerrte mit erstaunlicher Kraft an seinen Knöcheln.

Er hielt vor dem Edentor an und nahm es in Augenschein. Es sah aus wie jedes andere Weltentor, doch unmittelbar jenseits der Grenze konnte er etwas spüren ... aber was? Sehr vorsichtig ließ er seinen Geist hineindringen. Sofort spürte er, wie eine Macht ihn hineinsog. Er versuchte sich zu stabilisieren, als seine Welt sich mit weißem Nebel füllte, der mit hoher Geschwindigkeit an ihm vorbeiströmte – doch er hatte sich nicht bewegt, er stand immer noch außerhalb des Tores. Weiter voraus wurde ein Licht heller und immer heller, füllte sein Gesichtsfeld, wurde unerträglich und traf ihn plötzlich voll zwischen die Augen.

Er taumelte zurück und landete im Bach. Seine Hände fanden auf den losen Kieseln im Bachbett keinen Halt, und so platschte er ins Wasser, sodass er schließlich völlig durchnässt war. Das Tor schnappte mit einer solchen Schnelligkeit zu, als wäre es entrüstet über die Störung.

Sam saß im Wasser. Ihm war kalt, und er kam sich blöd vor; er hoffte nur, dass keiner ihn gesehen hatte. Schließlich rappelte er sich wieder auf, tropfnass, und rief mit verstärkter Entschlossenheit das Tor zurück. Es öffnete sich vor seinen Augen, als wäre nichts geschehen.

Sam sah es finster an und streckte erneut seinen Geist aus,

doch diesmal sehr viel langsamer und vorsichtiger. Sein Geist streifte die Ränder der Bannzauber, als er sie umschiffte, und er bemerkte, wie dicht sie gewirkt waren, und staunte über die Stärke der Höheren Macht, die sie errichtet hatte.

Die Zauber waren nicht, wie er vorher gedacht hatte, auf ein einziges Portal beschränkt. Sie waren einfach auf dem Pfad in der Mitte zwischen Himmel und Eden aufgestellt worden, sodass man in jedem Fall, ganz gleich, welches Tor man nahm, auf sie traf und zurückgeschleudert wurde.

Schade, dass sie eine Schwachstelle besaßen. Alles, was nötig war, um die Zauber zu durchbrechen, war ein Stoß von Dunkel, und Sam hatte keinen Zweifel, dass seine Brüder gern für so einen kleinen Schubs sorgen würden.

Er zog seinen Geist zurück, ließ aber das Tor offen. Er fragte sich, warum er das hier tat. Weil er die Macht des Dunkels fürchtete? Vielleicht. Oder weil er seinen Brüdern etwas beweisen wollte – beweisen, dass der illegitime Sohn der Zeit kein schlechterer Kämpfer war, als sie es waren, und womöglich sogar ein bisschen mehr? Vielleicht auch das.

Angst und Stolz. Nie eine besonders gute Kombination, dachte ein Teil seines Verstandes, der immer die falschen Dinge zur falschen Zeit sagte.

Ach, sei still!

Er holte tief Luft und versuchte, sich stark und zuversichtlich zu fühlen, trotz seiner durchnässten, zerzausten Erscheinung.

Er schickte seinen Geist ein letztes Mal auf den Pfad und richtete seine Gedanken auf die Bannzauber.

›Willst du das? Soll ich es versiegeln?‹

Schweigen.

›Ich weiß, dass du mich hören kannst. Ich bin der Träger des Lichts. Ich bin der Erbe deines Sohnes. Baldur, dein Sohn, ist tot. Das Licht wurde an mich weitergegeben. Ich weiß, dass du nach dem Tod deines Sohnes nach Eden geflohen bist und den Zugang verschlossen hast. Doch selbst die Bannzauber einer Höheren Macht können gebrochen werden, wenn der Widerpart dieser Macht sie angreift. Ich weiß, dass es zu spät ist, Wiedergutmachung für Baldurs Tod zu leisten. Doch wenn du willst, werde ich den Weg auf ewig gegen meine Brüder versiegeln.‹

Die Stimme war da: keine Erklärung, keine plötzliche Offenbarung, keine Wärme, kein Feuer, kein Licht, nur das Wort. Es war das erste Mal, dass er direkt mit einer Höheren Macht gesprochen hatte, außer mit Magie, seiner Mutter, und mit Vater Zeit. Eine Audienz bei irgendeiner anderen Höheren Macht zu erlangen war, wie es hieß, eine verwickelte Prozedur, die langer zeremonieller Vorbereitungen bedurfte. Doch da sein Geist die Zauber einer Höheren Macht gestreift und sie vor einer möglichen Zerstörung gewarnt hatte, gab es nach Sams Einschätzung für die Verkörperung des Lichts und frühere Königin des Himmels keine andere Wahl, als zu antworten.

Er hatte Recht. ›Wie?‹ Die Stimme war keineswegs besonders, was eine weitere Überraschung war. Er hatte etwas Klangvolles, Weiches, Mütterliches erwartet. Es war einfach eine direkte Frage, die Antworten verlangte.

›Schatten‹, sendete er zurück und fühlte sich plötzlich unbehaglich mit der Situation. *Zeit bewahre, ich werde es wirklich tun, nur um etwas zu beweisen. Und um Dunkel fernzuhalten, weil ich Angst davor habe, was geschehen könnte, wenn eine solche Macht heraufbeschworen wird . . .*

›Erkläre.‹

›Schatten hat keinen Widerpart. Ein Bann, der aus Schatten gewirkt ist, kann nicht zerstört werden außer von dem, der ihn errichtet hat.‹

›Dann werde ich von deinem guten Willen abhängen.‹

›Du hast dem ersten Träger des Lichts vertraut.‹

›Er war mein Sohn. Baldur, Fürst des Himmels, Sohn von Zeit und Licht, der Träger des Lichts …‹

›Warum vertraust du dann nicht dem zweiten Träger des Lichts?‹

›Das Licht, das du trägst, und das Licht, dessen Verkörperung ich bin, sind zwei verschiedene Wesenheiten. Ich bringe die Wärme, den Trost, die Freude und die Helle des neuen Tages. Du bringst Zerstörung. Mein Licht und dein Licht sind zweierlei. Ich habe keinen Grund, dir zu vertrauen.‹

›Dann wird der Weg nach Eden gewaltsam geöffnet werden.‹

Schweigen. Dann: ›Warum tust du das?‹

›Meine Brüder wollen Dunkel beschwören. Ich … ich habe Angst vor dem, was dann passiert.‹

›Dunkel bringt Zwietracht.‹

›Ja.‹

›Sie ist auch sehr schwer loszuwerden, meine Schwester Dunkel.‹

›Ja.‹

›Du hast Angst, das Licht gegen sie einzusetzen.‹

›Ja.‹

›Du hast Angst, dabei den Verstand zu verlieren.‹

Sehr leise, kaum ein Flüstern: ›Ja.‹

›Du glaubst, den Weg auf Dauer zu versiegeln sei die Antwort. Du brauchst weniger Geister, um Bannzauber in Schatten zu wirken, als um eine Höhere Macht zu vernichten. Ich verstehe jetzt. Angst, nicht Güte, treibt dich an.‹

Er sträubte sich ein wenig. ›Höre, Herrin, willst du jetzt, dass ich das tue, oder nicht?‹

›Ich habe nichts gesagt. Das ist deine eigene Idee. Du hast Angst, dass der Weg nach Eden gewaltsam geöffnet wird.‹

›Du doch auch‹, schnappte er.

Schweigen. Schließlich flüsterte die Königin: ›Ja.‹

›Warum?‹

›Ich fürchte die Kinder der Zeit. Sie haben meinen Sohn getötet.‹

›Du bist eine Höhere Macht.‹

›Und du bist es, der uns vernichten kann. Kitzelt es dich nicht in den Fingern, Fürst des Himmels? Du könntest dich gegen Chronos selbst erheben und ihn vom Thron stürzen, dir die Krone aufsetzen und das Universum nach deinem eigenen Bild gestalten ... Aber warte, ich vergaß. Du hast Angst, nicht wahr?‹

›Jetzt reicht's‹, sagte Sam trotzig. ›Wenn du willst, dass Dunkel über den Edenpfad kommt, dann soll's so sein. Du kannst hinterher aufräumen.‹ Er begann, sich zurückzuziehen. Er wusste genau, dass sie es nicht so weit kommen lassen würde.

›Warte!‹ Er wartete. ›Was willst du als Gegenleistung dafür?‹

›So weit hatte ich noch gar nicht gedacht.‹

›Wenn es dir gelingt, was unwahrscheinlich ist, rufe nach mir, und du hast eine Bitte frei. Wenn es dir nicht gelingt und deine Brüder tatsächlich Dunkel heraufbeschwören, werde ich dir Schutz in Eden gewähren. Weil du es versucht hast.‹

›Danke.‹

Schweigen. Er tastete voraus. Nichts da, außer den Schutzzaubern. Er fragte sich, ob er sich umdrehen und fortgehen sollte.

Du hast Angst.

Ja.

Sie ist sehr schwer loszuwerden, meine Schwester Dunkel. Du hast Angst, das Licht gegen sie einzusetzen.

Ja.

Du hast Angst, dabei den Verstand zu verlieren.

Es war eine Entscheidung zwischen zwei Optionen, erkannte er, und er war erleichtert, dass etwas so Großes sich auf eine so einfache Sache reduzieren ließ. Entweder er ließ seine Geschwister Dunkel heraufbeschwören – in diesem Fall könnte er, der Träger des Lichts, sich gezwungen sehen, die Geister von

Tausenden und Abertausenden anzuzapfen, um sie zu vertreiben –, oder er konnte den Edenpfad auf ewig versiegeln, ein Prozess, der weit weniger Kraft erfordern würde und darum ein weit geringeres Risiko beinhaltete, seinen Verstand zu ruinieren.

So gesehen, gab es eigentlich nur eine Möglichkeit.

15
Asgard

Du musst vorhergesehen haben, dass ich den Weg nach Eden versiegeln würde.

Ich habe es gesehen. Aber ich glaubte, es ginge über deine Kräfte hinaus.

Im Kino sitzend, öffnete Sam die Augen und sah zu Tinkerbell hinüber, der mit entschlossener Miene sein Popcorn mampfte, als wollte er so viel Lärm wie möglich machen.

Du hast eine Bitte frei. Schutz in Eden. Weil du es versucht hast.

Schutz.

Er erinnerte sich.

Um den Weg nach Eden ein für alle Mal zu schließen, waren gewisse Vorkehrungen notwendig. Ein größerer Bannzauber, um zu verhindern, dass ihn jemand überraschte, während er, nun ja, beschäftigt war. Ein kleinerer Schild, um zu vermeiden, dass jemand seine Absichten sichtete. Eine Flasche der alkoholreichsten Substanz, die er auf der Erde finden konnte, für den Fall eines Fehlschlags. Oder auch des Erfolgs. In beiden Fällen würde er vermutlich danach einen guten Schnaps brauchen können. Ein Schwert und ein Dolch, falls doch jemand versuchen sollte, seine Bannzauber zu durchbrechen und ihn mit gewaltsameren Methoden aufzuhalten. Einigen seiner Brüder traute er das durchaus zu. Ein Satz sauberer Kleidung und ein Handtuch, für den Fall, dass der Schock groß genug war, ihn wieder in den Bach fallen zu lassen, und er danach in der Lage wäre, sich umzuziehen.

Nachdem er seine Vorbereitungen getroffen hatte, öffnete er zum allerletzten Mal das Edentor. Es war wichtig, die Angst zu verdrängen. Wenn er sich auf seine Angst konzentrierte, würde diese Angst für jeden Geist, den das Licht berührte, in den Vordergrund rücken, und die Bannzauber, die er errichtete, wären aus Angst statt aus Schatten gewirkt. *Denke an Schatten. Denke ... denke vorsichtig. Nur nichts übereilen.*

Er hob die Hände, doch er rührte das Licht noch nicht an. Seine Finger trafen sich, woben sich um eine Höhlung zwischen seinen Handflächen. Er schloss die Augen. Immer noch rührte er das Licht nicht an. *Keine Angst. Kein Gefühl, kein ... nichts. Etwas zu fühlen, heißt, jenem Gefühl Stärke zu geben, die durch das Licht nur vergrößert wird. Schatten fühlt nichts. Schatten hat keine Meinung. Schatten liebt nicht, hasst nicht, es ist das ultimative Nicht-Extreme, doch es umfasst alles, was sein könnte.*

Nichts kann Bannzauber aufbrechen, die aus Schatten gewirkt wurden.

Und da war es. Er hatte es nicht einmal bemerkt. Es war in seine Finger geschlüpft, ohne zu brennen, ohne das übliche Dröhnen in seinem Schädel, ohne das übliche Gieren nach Blut. Keine Gefühle diesmal. Nur Schatten. Das Licht füllte seine hohlen Hände und blieb dort. Er blickte mit einem seltsamen Ausdruck auf dem Gesicht darauf und fragte sich, was er fühlen sollte.

Keine Gefühle. Das Licht würde es nicht zulassen. Es wusste, was er erreichen wollte, und würde sich durch so etwas Simples wie Persönlichkeit oder freien Willen nicht davon abhalten lassen.

Er schloss die Augen gegen die Helligkeit und öffnete die Finger. Das Licht verbreitete sich in völligem Schweigen. Er spürte den ersten Geist eine Sekunde später, spürte dessen Überraschung, eine Mauer aus brennender heller Weiße – zu hell, um darauf zu schauen – in Hüfthöhe über das Land rasen zu sehen. *Nur ein Geist*, dachte er überrascht. Bienen dachten mit nur einem Gedanken. Viele in Einem und Einer aus Vielen.

Dann mehr Geister, die kompliziertere Gedanken mit sich brachten. Engel, die sich umwandten, als das Licht vorbeizog, ihre Finger durch die helle Flut gleiten ließen und darüber staunten. Avatare kamen hinzu. Stimmen begannen ihre Identität zu verlieren, als die Menge sich in einer einzigen Sekunde verzehnfachte, in der das Licht die Stadt Arcadia erreichte.

Irgendwo in der dröhnenden Masse von Gedanken schlug ein winziger Sam seine Finger zusammen und schloss sie fest. Das Licht gefror, raste zurück über das Land auf Sam zu, schlug mit der Wucht eines aufprallenden Expresszuges ein und schoss dann weiter in den wartenden Schlund des Edentors.

Die Stimmen in Sams Kopf verstummten. Zumindest wurden sie leiser. Sie dröhnten immer noch, heulten und übertönten alles, was Sam zu dem machte, was er war, kreischten ihre Individualität so laut, dass keine davon auszumachen war. Alle verschmolzen zu einer einzigen Kakophonie. Doch diesmal gab es keine starken Gefühle darin – kein Feuer, kein Licht, kein Dunkel, keinen Zorn, keinen Hass, keine Liebe, keine Angst. Nur das stille Dröhnen von tausend Geistern, deren Gedanken weder gut noch böse waren. Triviale Dinge zumeist. Wo ist das Papier? Wo ist die Feder? Kein »ich« oder »wir« oder irgendetwas, um irgendwem eine Persönlichkeit zu geben. Nur flache, unpersönliche Gedanken, die Sams Geist erfüllten.

Die Sidhe, Elfen von legendärer Macht, so hatte Sam einst gehört, besaßen eine Fähigkeit, über die wenige andere Völker verfügten. Sie konnten seitwärts aus der Wirklichkeit hinaustreten, in die Welt des Schattens. Und je tiefer sie in diese hineingingen, desto ferner erschien die wirkliche Welt, bis Vergangenheit und Gegenwart verschmolzen und die Sidhe durch Mauern gehen konnten. Sam verstand nun, wie sich das anfühlte. Alles schien Tausende Kilometer entfernt zu sein, und auch wenn er irgendwie die Tatsache registrierte, dass er ertrank, dass er in einem Mahlstrom von Stimmen versank, aus dem er nicht entkommen konnte, kümmerte es ihn nicht. Es erschien so irrelevant. Kein Grund, sich darüber Gedanken zu machen.

Zauber. Wirke die Zauber, wisperte eine klitzekleine Stimme, die vielleicht mit ihm zu tun haben könnte.

Jetzt! Ein Ruck ging durch seinen Geist, wie ein elektrischer Schlag. Ein extremes Gefühl, eine Stimme in den vielen, panikerfüllt. Seine Stimme – die einzige in den vielen, die sich bewusst war, was hier vor sich ging – hing verzweifelt an einer hohen Klippe, während unter ihm das Meer der Geister brodelte. Und schrie nutzlose Anweisungen. *Sam an den Träger des Lichts, bitte kommen! Träger des Lichts, kannst du mich hören?*

Irgendwo hob ein kleiner dunkler Mann, der vor einem offenen Weltentor stand, die Hände und begann, sie durch die Luft zu bewegen. Seine Finger zogen weiße Funkenbahnen hinter sich her, während er Kreise und Spiralen beschrieb, sodass bald die Luft um ihn von wirbelnden Mustern und Formen aus Feuer erfüllt war. Er knüpfte hier einen Knoten, dort einen Knoten, schlang eine Flammenlinie unter die andere, bis ein Flechtwerk aus brennender Glut in all seiner komplexen Herrlichkeit vor ihm stand. Mit einer Geste schob er es auf das Tor vor seinen weißen, blicklosen Augen zu. Es trieb hinein.

Ein langes Schweigen folgte, während der weißäugige Mann reglos und mit schlaff herabhängenden Armen dastand. Dann wurde das Licht im Tor plötzlich schwächer. Silberner Nebel wurde grau, verdüsterte sich fast zu Schwarz und erhellte sich dann wieder abrupt. Etwas Hartes, Schnelles, Dunkles explodierte in dem Portal und rammte den Mann, schleuderte ihn zurück, dass er gegen seinen eigenen Schutzzauber prallte. In einem Regen blauer Funken ging er zu Boden.

Das dunkle Ding richtete sich auf – und auf und auf – und dehnte sich weiter nach oben aus, bis Sam den Hals verrenken musste, um es zu sehen. Die Inkarnation des Schattens blickte emotionslos auf den Mann hinab, der ein so perfektes Ebenbild von ihr selbst in den Geistern der Menschen geschaffen hatte. Dann verblasste der Schatten zusammen mit dem Portal, aus dem er gekommen war, und verschwand, und Sam war allein.

Fast allein.

So viele Stimmen, die meine Ohren erfüllen, doch sie sprechen als Einer, und sie sagen alle dasselbe ...

Taumelnd kam er auf die Füße, ging ein paar Schritte und brach dann zusammen. *Wir sind der Plan und die Tat, die Stärke und die Schwäche, das Licht und das Dunkel.*

Und, ja, wir sind auch Schatten. Alles Leben, wenn es zu Einem verschmilzt – alles ist darin enthalten. Licht, Dunkel, Schatten, Einzelne, Viele ...

Lauter schrien die Stimmen im seinem Kopf, Gefühle krochen wieder hinauf durch den Mantel des Schattens, den er darübergelegt hatte, wurden ungehalten, wurden mächtig, wurden laut.

Der Edenpfad, sagte eine Stimme, die Jehova gehört haben könnte.

Er ist versiegelt!, heulte eine Stimme, die wie Odins klang.

Und irgendwo hinter dem allen eine weitere Stimme, am Rande der Wahrnehmung. *Mein Sohn hat es getan. Ich habe ihn zu gut geschaffen ...*

Und ganz gleich, wie sehr er sich bemühte, er konnte seine eigene Stimme kaum hören. *Wo bin ich? Bin ich du? Bin ich du?*

Und ich?

Und ich?

Und ich?

Und ich?

Und ich?

Geht weg, lasst mich allein, geht weg, geht weg, geht weg!

Irgendwo an einem kleinen Bach im Himmel rannte eine kleine Gestalt in den Wald, wo die Schatten sie verschlangen.

Im Kino öffnete Sam die Augen. Sie glühten. »Tinkerbell«, sagte er leise.

»Ähm?«

»Ich hab's.« Er stand auf.

»He, der Film! Gleich wird sie ihm sagen, dass sie –«

»Ein andermal, Tinkerbell.«

»Ach, zur Hölle.« Sie bahnten sich ihren Weg nach draußen.

Auf dem Leicester Square blickte Sam sich um und blinzelte in das helle Sonnenlicht. Eine Gruppe japanischer Touristen posierte vor einem Theater mit einem Plakat, das »eine glitzernde, aufregende Show – ich habe Tränen gelacht« versprach. Ein Mann in einem abgewetzten Militärparka führte ein zahmes Frettchen spazieren, während zwei Mädchen kichernd auf ihn zeigten. Die übrigen Menschenmassen bewegten sich in ähnlicher Weise hin und her, ohne die geringste Ahnung von dem, was auf dem Spiel stand.

»Wo ist das nächste Himmelstor?«, fragte er Tinkerbell.

»Das wisst Ihr nicht?«

»Ich war seit mehr als zweitausend Jahren nicht mehr im Himmel.«

Tinkerbell runzelte die Stirn, drehte sich hierhin und dorthin. Schließlich streckte er den Finger aus. »Dort. Long Acre entlang. Warum gehen wir zum Himmel?«

»Es gibt da jemanden mit wirklich viel Einfluss, der mir einen Gefallen schuldet.«

»Jemand, den ich kenne?«

»Ich bezweifle es.«

»Und Ihr wollt es mir nicht sagen?«

»Und die Überraschung verderben? Warum in aller Welt – welcher auch immer – sollte ich das tun? Außerdem wird das, was ich vorhabe, ein paar Leute ziemlich vergrätzen.«

Tinkerbell seufzte. »Es ist ein ziemlich beschissenes Jahrhundert.«

»Du hast es erfasst.«

Das Tor war, wo Sam es am wenigsten erwartet hatte. »Da drin?«, fragte er ungläubig, als er das riesige Gebäude sah.

»Ähem. Die Freimaurer haben ihren Tempel direkt auf ein Himmelstor gebaut.«

»Mit Absicht?«

»Ich glaube nicht, dass sie wussten, was sie taten. Sie suchten vermutlich nach irgendeinem zentralen Ort, der etwas Geheimnisvolles ausstrahlte.«

Sam sah erneut an dem hohen weißen Gebäude mit seinem Turm empor, der die Skyline beherrschte. »Und so haben sie das Himmelstor zugebaut.«

»Genau.«

»Und wie kommen wir jetzt da rein? Ich bin kein Freimaurer.«

»Ich auch nicht.«

»Also …?«

»Die beste Methode dürfte sein, wenn wir einfach reinmarschieren, direkt auf das Portal zuhalten und hindurchgehen, als wäre es das Normalste auf der Welt.«

Sam starrte ihn entgeistert an. »Du machst Witze.«

»Wem sollen die Freimaurer was erzählen? Der Polizei? Und überhaupt, wer würde ihnen glauben? Alle würden sagen, es sei nur ein Trick, um an kostenlose Publicity zu kommen.«

»Eine Geheimgesellschaft, die auf Publicity aus ist?«

»Schaut Euch doch bloß mal den Kasten an!«

Sam schaute. Am Ende von Long Acre, im Herzen von London gelegen, war das Gebäude nicht gerade unauffällig. »Okay. Ich verstehe, was du meinst. Doch ich möchte betonen, dass ich aus Prinzip absolut dagegen bin.«

»In drei Tagen endet das Universum. Da kam man schon mal ein Risiko eingehen.«

Also wählte Sam das Risiko. Er ging geradewegs zum Eingang des Freimaurertempels hinauf, stieß die Tür auf, schritt selbstbewusst durch die Eingangshalle, als wüsste er genau, was er wollte, fasste Tinkerbell am Arm und öffnete das Tor. Zu dem Zeitpunkt, als der Mann im dunklen Anzug an der Treppe sich umgedreht und gesagt hatte: »Entschuldigen Sie?«, traten sie bereits durch den silbernen Durchgang und auf den Himmelspfad.

Es war vielleicht ganz gut, dachte Sam, dass er nicht lange gezögert hatte. All diese Erinnerungen an den Himmel, und trotz der zweitausend Jahre, die sie zurücklagen, waren sie in keiner Weise verblasst! Wenn er gewartet hätte, überlegt hätte, zum Himmel zurückzukehren, hätte er es vielleicht doch nicht getan. Vielleicht hatte er Angst vor dem, was geschehen könnte, vor dem, woran er sich erinnern könnte, auch wenn er sich so große Mühe gegeben hatte, es zu vergessen. Indem er direkt durch das Portal gestürmt war, hatte er sich keine Zeit zum Überlegen gelassen.

Es war wie immer. Das Bild stand klar vor seinem geistigen Auge, kein bisschen getrübt durch die Jahre des Exils. Doch obwohl das Ziel klar war, war der Weg mühsam, das Tor am anderen Ende schwer zu öffnen, die Entfernung zu lang. Was hatte die Hallen von Asgard verändert, dass der Himmelspfad nun Schwierigkeiten hatte, die Bilder zu erkennen, die Sam ihm vorgab?

Er konnte Tinkerbells wachsende Furcht spüren, als der Weg sich in die Länge zog, hörte ihn um Atem ringen, als die Luft knapp wurde. Doch Sam ging unbeirrt weiter, voll konzentriert, mit dem Bild deutlich vor Augen. Ein Tor tat sich vor ihm auf, und er rannte fast darauf zu, brach aus dem Weltenpfad ins Freie und sog aufatmend die Luft in die Lungen.

Er hatte sich diesen Ort ausgesucht, weil es hier, in den Höhlen von Asgard, tief unter Walhalla, zahlreiche Weltentore und nur wenige Wächter gab. Asgard war ein Ort von Schatten, Geistern und scharfen Klingen.

Oder war es einmal gewesen.

»Verdammt!« Sam blickte sich um. Er sah dunkle Gänge mit morschen Stützen, Haufen von Steinen, die aus den Wänden gebrochen waren, blutbefleckte Schwerter auf dem Boden. Er roch den Tod, hörte den kalten Wind, spürte die Leere.

»Heilige Höllen«, keuchte Tinkerbell. »Was soll das hier sein?«

»Ich schätze, jemand hat versucht, Seth, Odin und Jehova Widerstand zu leisten. Und sich dabei eine blutige Nase geholt.«

»Sind sie ... alle tot?«

»Vermutlich.«

»Wer hat hier gelebt?«

»Hauptsächlich Walküren. Asgard war wie ein Gefängnis, doch es gab hier jede Menge Tore. Sie waren der einzige Weg rein und raus, verstehst du? Man musste ein Weltenwandler sein, um reinzukommen. Es war eine Rückversicherung dagegen, dass gefangene Elfen oder Dämonen oder selbst Sterbliche, die ein bisschen zu viel mit Magie herumgespielt hatten, entkommen konnten.«

»Das hier«, fragte Tinkerbell mit einem Blick auf die zerfallenen Stollen, »ist Asgard?«

»Hm-hm. Walhalla liegt direkt darüber.«

»Warum sind wir hierhergekommen?«

»Weil es hier von Weltentoren aller Art nur so wimmelt.«

Tinkerbell bedachte Sam mit einem scharfen Blick aus dem Augenwinkel, während er über einen Haufen Geröll kletterte. »Aber es gibt nur zwei Arten von Weltentoren im Himmel – Eden- und Erdentore.«

»Was du nicht sagst.« Sam versuchte das nächste Edentor zu erspüren.

»Aber Ihr habt den Weg nach Eden versiegelt.«

»Das weiß ich auch.« Sam wies einen dunklen Stollen hinab. »Hier entlang.«

»Bin ich zu dumm oder nur schwer von Begriff?«

»Das ist eine dumme Frage, und das weißt du. Du könntest zu dumm sei, um es zu begreifen; oder du könntest es nicht begreifen, auch wenn du nicht dumm bist; oder du könntest es begreifen und trotzdem dumm sein. Es gibt mehrere mögliche Antworten.«

»Was wollt Ihr mit dem Edentor?«

»Jemand schuldet mir einen Gefallen, habe ich das nicht gesagt?«

»Mir gefällt es hier nicht. Hättet Ihr Euch nicht einen anderen Ort aussuchen können?«

»Asgard hat eine höhere Rate an Weltentoren als irgendein anderer Bereich des Himmels«, erklärte Sam, als zitiere er etwas, was er vor langer Zeit gelesen hatte. »Es gibt zumindest ein Edentor alle siebenhundert Meter. Die Schwierigkeit besteht darin festzustellen, welche siebenhundert Meter.«

Er bog um eine Ecke, sah einen Geröllhaufen, der den Gang blockierte, und seufzte. »Hast du dir jemals ein goldenes Fadenknäuel gewünscht?«

»Was?«

»Erinnerst du dich an Theseus?«

»Das war vor meiner Zeit. Ich bin erst ein paar hundert Jahre alt.«

»Ah, die Unschuld der Jugend!« Sam seufzte und trat vorsichtig um eine Tür herum, die von einer unbekannten Kraft aus den Angeln gerissen worden war. »Wie dem auch sei, du weißt, wie Theseus das Ungeheuer in seinem Labyrinth wirklich besiegt hat?«

»Ich werde es bestimmt gleich erfahren.«

»Sein Vater war einer der Anderen. Theseus hing am Rande der Anderswelt herum und lockte das Ungeheuer hinein, wo es sich verirrte und starb. Er selbst schlüpfte durch das Anderswelttor hinaus und präsentierte sich mit einem großen schmutzigen Schwert und einem Grinsen auf dem Gesicht dem König.«

»Lasst mich raten. Ihr mochtet ihn nicht.«

»Wir sind uns einmal begegnet. Er war arrogant. Er sagte mir, ich sei ein Dämon aus der Unterwelt und der ewigen Verdammnis preisgegeben und dass ich ihn, den Göttersohn, nicht anrühren dürfe.«

»Und was habt Ihr getan.«

»Ich hab ihm Feuer unterm Arsch gemacht.«

Tinkerbell dachte darüber nach. »Ihr seid etwas nachtragend, nicht wahr?«

»Tink, ich bin der Teufel. Schon vergessen?«

»Ich dachte, Ihr wollt euch nicht in eine Schublade stecken lassen.«

»Manchmal mache ich eine Ausnahme. Ah.«

Er hielt an und strahlte, als er sah, was vor ihm lag. Ein weiterer Stollen. Tinkerbell spähte in die Tiefe. »Es ist eine Sackgasse.«

»Es ist die Antwort auf eine Menge Probleme.«

»Verzeiht mir die Frage, aber wen wollt Ihr diesmal reinlegen?«

»Ich habe dir dieselbe Frage gestellt, und du wolltest mir keine Antwort geben. Warum sollte ich also?«

Tinkerbell blickte besorgt. »Ich bin hier, um Euch zu beschützen. Das heißt, auch vor Euch selbst, wenn notwendig. Doch ich kann nichts machen, wenn Ihr einer Höheren Macht ins Gehege kommt und vom Blitz getroffen werdet.«

»Keine Sorge, dazu wird es nicht kommen. Ich verspreche es.«

»Ich würde Euch gern glauben, ehrlich. Doch Ihr macht es mir nicht leicht.«

»Sachte, sachte. Warum regst du dich so auf?« Als Sam seine eigenen Worte hörte, wurde ihm plötzlich klar, dass sein Begleiter wirklich nervös war. *Warum? Ob das mit diesem Ort zu tun hat?*

»Ich will nur sicherstellen, dass alles seine Ordnung hat«, sagte Tinkerbell und hob abwehrend die Hände. Ein bisschen zu bereitwillig, dachte Sam, ein zu plötzlicher Sinneswandel. Irgendetwas stimmte da nicht.

Jetzt war Sam an der Reihe, nervös zu werden. Er drehte sich um und sah Tinkerbell ins Gesicht. »Was ist los mir dir? Warum bist du so kribbelig?«

Er dachte, er sähe einen Schatten, der sich bewegte, glaubte, ein Wispern in der Luft zu hören. Gefahr ...

»Können wir nicht woanders nach einem Edentor suchen? Dieser Ort ist ... gefährlich. Er kann jederzeit einstürzen.«

»Dieser Ort ist tot, Tinkerbell. Es gibt hier nichts, was dir oder mir etwas anhaben könnte.«

Ein leichter, kalter Luftzug und wiederum das Wispern. Er ist da? Sam drehte den Kopf und versuchte, die Stimme einzufangen.

›Helft mir.‹ Ein deutliches Signal jetzt, doch immer noch nicht mehr als ein Flüstern. Irgendjemand sendete direkt in Sams Geist.

›Wer ist da?‹

›Wer immer du bist, hilf mir.‹

›Wer ist das?‹

»Warum würde Jehova Asgard zerstören wollen?«, fragte Sam leise, während sein Blick zurück zu Tinkerbell ging. »Was ist sein Ziel?«

»Kommt, gehen wir.«

›Bitte. Ich sterbe.‹

›Wer bist du?‹

Tinkerbell runzelte die Stirn. »Ihr sendet. Wer ist da? Ich kann es fast hören, aber –«

›Hilf mir.‹

›Wo entlang?‹

›Nach unten. Immer nach unten.‹

Sam setzte sich in Bewegung, doch als er an Tinkerbell vorbeikam, schoss dessen Hand hervor und packte ihn an der Schulter. Tinkerbells Augen brannten im Halbdunkel. »Ist *er* es, der dich ruft. Ist es das?«

»Du weißt, wer es ist?«, fragte Sam.

»Wir gehen jetzt besser. Wir hätten nicht herkommen sollen.«

»Sag mir, wer ist es?«

›Immer nach unten ...‹

Tinkerbells Griff verstärkte sich, bis es wehtat. »Wir gehen zurück!«

»Du weißt etwas, Brian Hunter, und ich gehe keinen Schritt zurück, ehe ich es nicht auch weiß.«

›Bist du es?‹

›Wer? Wer, glaubst du, bin ich?‹

»Wer ist in Asgard gefangen?« Sam riss sich von Tinkerbell los. »Und wieso weißt du etwas davon?«

›Brian? Bist du das? Hast du ihn schon hergebracht?‹

Sam erstarrte.

Tinkerbell ebenfalls. Auch er musste den Gedanken gehört haben, der Asgard mit seinem Flehen erfüllte. Oder vielleicht sah er es in Sams Augen. Was es auch immer war, er schwang seine Faust. Sam duckte sich, und der Schlag verfehlte ihn um Haaresbreite. Er machte einen Satz zur Seite, sprang über herabgefallenes Geröll hinweg und rannte, so schnell er konnte. Er war ein Sohn der Zeit in erster Generation, während Tinkerbell nur dritte Generation war. Sein Erbe, wie stark es auch sein mochte, war durch sterbliches Blut verwässert. Sam konnte immer noch gewinnen.

Er hörte einen Schrei hinter sich. »Lucifer!« Er antwortete nicht, sondern hetzte weiter durch die Dunkelheit, die Angst bekämpfend, und lief und lief. Er sah eine Treppenflucht zur Rechten und folgte ihr. *Nach unten. Immer nach unten.*

Auf der Treppe drehte er sich um, sah Tinkerbell auf sich zukommen, runzelte die Stirn und hob die Hände. Verstreut auf dem Boden lagen die unverdauten Teile, die irgendein Monster aus den Wänden gebissen hatte. Die Ziegel begannen, sich zu bewegen, flogen den Gang hinauf auf Tinkerbell zu. Tinkerbell errichtete einen Schutzschild, doch Sam riss ihn mit einer Handbewegung ein und sah, wie ein Stein Tinkerbell an der Schulter traf. Ein weiterer streifte seine Wange und hinterließ eine Blutspur, ein dritter traf seine zur Abwehr erhobenen Arme, ein anderer sein Knie und brachte ihn zu Fall. Sam ließ die übrigen harmlos auf den Boden sinken und schrie zu dem keuchenden, blutenden Tinkerbell hinauf: »Du hast es selbst gesagt: Ich bin der Sohn der Magie!«

Tinkerbell umklammerte sein getroffenes Knie und gab keine Antwort. Sam lief die Stufen hinunter. Das Halbdunkel wich einer tieferen Dunkelheit. Er machte Licht, eine glühende weiße Kugel, die um seinen Kopf schwebte, doch sie reichte kaum aus, die Steine unter seinen Füßen zu erhellen. Mit einer Geste schickte er die Lichtkugel voraus, um den Weg zu erleuchten. Hier gab es kein Licht außer dem, das er heraufbeschworen hatte. Er hörte die Stimme wieder.

›Beeile dich. Ich sterbe …‹

›Ruhig, ganz ruhig. Die Wahrscheinlichkeit, dass du genau in dieser Sekunde stirbst, ist gering.‹

Sam sah eine weitere Treppenflucht, erfüllt von einer tintigen Schwärze, die der Schein seiner Lichtkugel kaum durchdringen konnte. Er rief noch mehr Licht herbei, drei Kugeln, die ihn in größer werdenden Umlaufbahnen umkreisten. Er schickte eine vierte voraus, während er vorsichtig die Stufen hinabstieg. Die Treppe wand sich spiralförmig nach unten; die alten Steine waren lose. Es gab kein Geländer, und die Mauer war warm unter seiner Hand. Er konnte Magie geradezu riechen, und der Geruch wurde stärker, je tiefer er kam. Stufe um Stufe ging er weiter, während seine Finger an der Wand des Treppenhauses entlangtasteten.

Plötzlich stolperte er; er hatte gar nicht gemerkt, dass er am Fuß der Treppe angelangt war. Er spähte in die Dunkelheit. Eine schwere Holztür sah aus, als hätte jemand sie aufgebrochen. Die Schutzzauber darüber waren durch starke Magie zerstört worden. Dahinter lag ein Raum mit brutal scharfen Metallgegenständen, die für das Besteck eines Chirurgen zu groß und für das eines Jongleurs zu unheilvoll aussahen.

Sam stieß die vernarbte Tür auf und sah den Käfig. Zauber jeglicher Art waren darin eingewirkt, ein dichtes Geflecht starker Bannzauber, wie sie nur eine Höhere Macht zuwege brachte. Der Käfig sah groß aus – zumindest konnte Sam die Rückwand nicht erkennen –, doch die Dunkelheit war schließlich überall. Er trat vor und berührte einen der Stäbe. Der Schock ließ seinen Arm taub werden. Mit einem Aufschrei sprang er zurück.

»Das tut weh«, sagte eine schwache, raue Stimme zu seiner Rechten.

Er folgte ihrem Klang. Der Mann im Käfig war alt. Dünnes weißes Haar fiel über einen Körper, der von Alter und Hunger und Krankheit so ausgezehrt war, dass er wenig mehr als ein

Haufen Knochen zu sein schien, der viel zu zerbrechlich wirkte, um die schlaffe weiße Haut zu tragen, die alles zusammenhielt. Die Augen des Mannes lagen tief in den Höhlen, was die Nase viel zu groß erscheinen ließ, und das dünne Haar war so schütter, dass die Ohren grotesk abstanden und nichts dieses seltsame Missverhältnis kaschierte. Er war von Narben bedeckt und trug nur ein paar Lumpen, die vor Schmutz starrten – wovor genau, konnte Sam nicht sagen.

»Wer bist du?«, fragte Sam. »Warst du es, der um Hilfe gerufen hat?«

»Ja. Wo ist Brian?«

»Er musste draußen bleiben. Ich bin für ihn gekommen.«

»Hast du was zu essen?«

Ohne die Augen von dem Mann zu nehmen, öffnete Sam seinen Beutel und zog den viel geschmähten Schokoriegel hervor. Der Mann rührte sich, stand taumelnd auf und kam durch den Käfig auf ihn zu. »Essen lässt sich durchreichen. Sie wollten nicht, dass ich verhungere, nein, nein, das wollten sie nicht.« Er lachte, ein hustender Laut, der sich für Sam fast so anhörte, als würde er dem alten Mann, dessen ganze Gestalt von der Anstrengung geschüttelt wurde, den Rest geben.

Vorsichtig reichte Sam den Schokoriegel durch die Gitterstäbe hindurch. Der Mann nahm ihn, dann schoss eine dünne Hand vor und packte Sams Handgelenk, hielt es mit unerwarteter Kraft fest. Zwei seltsam vernünftige Augen starrten Sam aus dem Gesicht eines Wahnsinnigen entgegen, als der Gefangene Sams Hand in den Käfig zog und zischte: »Alle tot. Nur wir sind noch übrig.«

»Wer bist du?«

Der Alte ließ Sam abrupt los und trat zurück. Er machte ein paar tappende Schritte, fort von den Gitterstäben, als hätte er vergessen, dass Sam existierte. Er riss das Papier von dem Schokoriegel und begann schmatzend zu essen, während Sam sich fragte, wie es mit diesem Mann so weit hatte kommen können. Plötzlich fuhr der Alte herum und rief aus: »Ich soll hier verrecken!«

»Aber du kannst nicht sterben«, sagte Sam auf eine Ahnung hin. »Du bist ein Weltenwandler.«

Der Mann verstummte und hörte auf zu kauen. Dann verzog er das Gesicht zu einem breiten, zahnlosen Grinsen und begann wieder zu essen. »Du hast ganz Recht, junger Mann, gut gemacht, ganz richtig, du wirst es weit bringen. Und du, denke ich, bist auch ein Sohn der Zeit.«

»Ja. Wie bist du hier gelandet? Und was ist mit dir geschehen? Weltenwandler altern nicht.«

»Sie haben es mir angetan, alles wegen ... wegen ... wo ist Brian?«

»Woher kennst du Brian?«

»Er ... er hat sie umgebracht. Wegen mir, um mir zu helfen – ist das nicht nett – meinetwegen. Er ist mit seinen Freunden hergekommen und hat sie erschlagen.«

»Brian hat die Wachen erschlagen? Mit den Ashen'ia?«

»Heißen sie so? Ashen'ia, ja? Ashen'ia, ein Baum der tropischen Region im Wendekreis des Krebses, mit großen rosafarbenen Früchten und Vögeln. Das stimmt doch, nicht wahr, das ist doch richtig?«

»Warum hat Brian sie umgebracht?«

»Sie wollten mich verrecken lassen, aber du ... du hast mich gerettet, nicht wahr?« Er hob verzückt den Schokoriegel. »Du hast mir was zu essen gebracht, du ... du bist ein guter Junge, nicht wahr?«

»Wenn Brian dir helfen will, warum lässt er dich nicht frei?«

»Kann den Zauber nicht brechen, hat nicht die Macht – er ist nur ein Enkel, weiß nicht, was wirkliche Macht ist, er kann kaum zwischen den Welten wandeln ...«

Sam blickte zu den Bannzaubern auf, dann trat er zurück,

um sie aus einem anderen Winkel zu betrachten und einen guten Überblick zu gewinnen. Der Mann sah aus seinem Käfig mit beunruhigend wachen Augen zu.

Ein Weltenwandler könnte etwas so dicht Gewirktes nicht zerstören. Doch wenn man die Grundlage der Zauber ausfindig machen könnte – zum Beispiel, wenn sie hauptsächlich auf Nacht basierten –, dann könnte der Träger des Lichts sie brechen, indem er sie mit der entgegengesetzten Macht attackierte.

Was die interessante Frage aufwirft – wer ist dieser Mann, den man mit so starker Zaubermacht gefangen hält, dass nur der Träger des Lichts sie aufheben kann?

Sam blickte auf den kleinen Mann, der nun auf und ab ging und seine Hände gegen die Seiten schlug, als versuchte er zu fliegen. Er fragte: »Brian möchte dich befreien?«

»Ja, er ist ein guter Junge, das ist Brian, ein guter Junge.«

»Er braucht dafür den Träger des Lichts?«

»Ja, das ist richtig. Er wird den Träger des Lichts herbringen, der Träger des Lichts wird die Zauber zerstören, immer der Träger des Lichts, auch wenn ich ihn zuletzt umgebracht habe, aber Brian weiß, was er tut, nicht wahr, Brian weiß es ...«

Auch wenn ich ihn zuletzt umgebracht habe. »Du bist Loki.«

Der Mann hielt abrupt inne. Mit Angst in den Augen blickte er zu Sam auf. »Ich war's nicht«, flüsterte er. »Ich hab's nicht getan. Ich wollte es nicht, bitte, nein ...«

»Du hast Baldur getötet.«

Der Mann wich zurück, hob die Hände, um sein Gesicht zu schützen. »Nein, ich ... ich war's nicht. Ich habe es nie gewollt. *Er* war es. Uranos hat es getan. Ich konnte ihn nicht aufhalten. Ich hab es versucht, aber ich konnte ihn nicht daran hindern. Ich schwöre es!«

»Warum will Brian dich befreien?«

»Bitte, ich bin ganz brav, ich verspreche es. Ich werde niemandem mehr wehtun, nie wieder.«

»Das ist der Grund, weshalb Brian mich braucht, nicht wahr? Um die Zauber zu brechen?«

»Sie wollen mich verrecken lassen, aber ich schwöre, ich war's nicht ...«

»Loki!«

Der alte Mann fuhr zusammen, stand still, dann versuchte er, sich zu fassen. »Sie wünschen, Sir?«, stieß er hervor. Es sollte geschäftsmäßig klingen, war aber eher ein Schluchzen.

»Ich bin der Träger des Lichts.«

Loki ließ die Augen über Sams Gestalt wandern. »Nein«, sagte er. »Er ist blond. Ich weiß es, ich habe ihn umgebracht.«

»Ich bin sein Erbe. Ich bin Lucifer, der neue Träger des Lichts.«

»Freut mich, Sie kennen zu lernen, Sir. Darf ich Ihnen unser Sonderangebot an Badesalz empfehlen?«

»Loki! Hör mir zu!«

Loki drehte sich um, lächelte, begann seine Hände zu reiben, Wärme in die Knochen zu massieren. »Der alte Herzog von York hatte zehntausend Männer, Sir. Wussten Sie das?«

»Ich kann dich befreien, Loki. Ich werde dich freilassen.«

»Warum sollten Sie das tun, Mister Lucifer, warum sollten Sie das tun? Ich bin nur ein tatteriger alter Mann, Mister Lucifer. Ich habe kein Zuhause, keine Familie, nicht einmal einen Hügel, den ich mit meinen zehntausend Mann hinaufmarschieren könnte. Warum ... warum sollten Sie das tun?«

»Ich werde dich freilassen, wenn du mir sagst, an wem Brian sich rächen will.«

»Oh, das, das ist doch klar, was für eine dumme Frage, und dabei sind Sie doch ein so netter junger Mann.«

»Sag es mir, Loki. Ich werde dich freilassen.«

»Jehova natürlich. Der große Bruder Jehova, der kleine Jehova, der große Jehova, Jehova der mittlere. Jehova, Größe fünfzig, Schuhgröße elf, Maße eins achtzig ...«

»Warum? Warum will er sich an Jehova rächen?«

»Religion ist scheiße, Junge, ich sag's dir, lass die Finger davon – mittlere Größe, durchschnittliche Maße, normaler Farbton ...«

»Loki! Hör mir zu!«

Lokis Augen huschten an Sam vorbei, und ein Grinsen überzog sein Gesicht. »Brian, ist dieser Mann nett?«

Sam drehte sich um und langte nach seinem Dolch. Die Faust traf ihn am Kinn, und er taumelte zurück und ging zu Boden. Tinkerbell ragte über ihm auf, dunkel in jedem Sinne, mit einer Axt in der Hand. Sam versuchte wegzukriechen, aber Tinkerbell setzte einen Fuß auf Sams Brust und drückte ihn zurück. Sam hob die Hände, um Magie herbeizurufen, und erstarrte, als die Axt durch die Luft zischte. Er schloss die Augen.

Aber der Tod kam nicht. Sam machte die Augen wieder auf und fragte sich, ob das eine so gute Idee gewesen war. Die Axt hing eine Handbreit über seinem Hals. Sein Herz raste, sein Magen rebellierte. Er hörte Loki sagen: »Oh. Dann ist er nicht nett?«

Tinkerbells Augen wichen nicht von Sams Gesicht. »Er ist nett, Großpapa. Er ist nur ein bisschen übereifrig.« Zu Sam sagte er: »Wir hätten nicht nach Asgard kommen sollen. Ihr hättet es mir sagen können. Ich hätte es Euch ausgeredet.«

»Wenigstens halte ich dich in Schwung«, antwortete Sam, ohne den Blick von der Axt zu wenden.

»Gehen wir.«

»Schon?«, fragte Loki. »Du bist gerade erst gekommen! Leiste Großpapa noch ein bisschen Gesellschaft.«

Sam kniff die Augen zusammen. »Ein Sohn der Nacht, nicht ein Sohn von Chaos«, hauchte er. Die Axt senkte sich ein bisschen weiter, doch Sam ignorierte sie. »Kein Wunder, dass du mich über deine Herkunft angelogen hast. Dein Großvater hat Baldur ermordet.«

»Und er hat dafür gebüßt.«

»Du hast Anhänger bei den Ashen'ia, so viel hat mir der Meister erzählt. Du hast sie hierhergeführt. Du hast die Wachen ausgeschaltet, alle getötet, aber deinen Großvater am Leben gelassen. Weil du ihn befreien wolltest?«

»Er hat genug gelitten«, sagte Tinkerbell mit zusammengebissenen Zähnen.

»Du brauchst mich, um die Bannzauber zu zerstören.«

»Ja.«

»Dann ist das mit der Axt vielleicht keine so gute Idee.«

Tinkerbell lächelte. »Die Axt wird Euch nicht umbringen, Lucifer. Sie wird Euch eine Woche lang in eine regenerative Trance versetzen, nachdem ich Euch die Kehle aufgeschlitzt habe, und wenn Ihr aufwacht, ganz kalt und verstört und ausgelaugt, werde ich Euch wieder die Kehle aufschneiden. Und wenn Ihr wieder aufwacht, werde ich Euch wieder töten und wieder und wieder, denn das ist der Vorteil, den Ihr als Weltenwandler habt. Ihr könnt leiden, aber Ihr sterbt nicht so einfach.«

»Ich würde ihn trotzdem befreien«, sagte Sam rundweg. »Jetzt gleich.«

»Nein. Nicht jetzt. Noch nicht.«

»Warum?«

»Er hat Uranos sein Blut gegeben. Das ist die Art von Band, das die Zeit nicht zerreißt. Wenn Ihr ihn jetzt befreien würdet, wäre es Uranos, nicht Loki, der aus dieser Zelle käme.«

Sam überlief es eiskalt. Tinkerbell lächelte traurig und nickte ganz leicht. »Damit das Band zerrissen wird, muss Uranos sterben. Damit Uranos stirbt, muss er von jemandem befreit werden, dem er vertraut. Von Seth, um genau zu sein. Damit Seth glaubt, dass er das Richtige tut, muss er auf Gegenwehr stoßen, wenn er versucht, Uranos zu befreien. Denn sonst würde er nicht glauben, dass er aus eigenem Antrieb handelt und nicht etwa nach Chronos' Plan. Für die nötige Gegenwehr sorgen die Ashen'ia. Die Ashen'ia werden sterben. Uranos wird freikommen. Ihr werdet ihn vernichten. Das Band zwischen meinem Großvater und ihm wird zerrissen. Loki kommt frei. Wer ist der Meister, Sebastian?«

Sam ließ den Kopf auf den Boden zurückfallen. Er bedeckte seine Augen mit der Hand und sagte: »Das ist so ein beschissenes Jahrtausend.«

»Jehova ist der Meister, richtig?«

Sam nickte. Er fühlte sich schwach und elend. *Jeder scheint den einen oder anderen Grund zu haben, Uranos zu befreien. Jeder außer mir.*

»Ich habe es mir gedacht. Ich wollte einen Beweis, wisst Ihr. Wenn die Ashen'ia wirklich nur ein Teil von Chronos' Verschwörung sind, dann wird Chronos sich absichern wollen, dass sie ihre zugedachte Aufgabe erfüllen und Seth sein Ziel erreicht. Jehova schien mir der geeignetste Kandidat für dieses Doppelspiel zu sein: Seth in sein Schicksal laufen zu lassen und die Ashen'ia in das ihre. Jehova ist der Meister. Jehova wird sicherstellen, dass Uranos befreit wird.«

»Du hast mich übertroffen«, sagte Sam säuerlich. »Du hast die Sache durchschaut, und ich nicht.«

»Ihr wart damit beschäftigt zu überleben. Ich verstehe das.«

»Wenn ich Uranos vernichte, werde ich wahrscheinlich dabei draufgehen.«

»Nein. Ihr werdet verrückt werden, den Verstand verlieren, Eure Identität verlieren, alles verlieren, was Euch zu dem macht, was Ihr seid. Ihr werdet nicht sterben.«

»Verzeih mir, aber das beruhigt mich nicht gerade.«

Tinkerbell zuckte die Achseln, zog die Axt weg und hielt ihm die Hand hin. Sam blickte ihn finster an, aber ließ sich dann widerstrebend von Tinkerbell aufhelfen. Loki starrte die beiden an. »Uranos kommt? Uranos soll befreit werden?«

»Es ist schon in Ordnung, Großpapa. Lucifer wird ihn aufhalten.«

»Aber ... aber er kommt! Er ist überall, er kommt!«

Sam runzelte die Stirn. Er konnte etwas in Lokis Stimme hören, etwas wie ... »Äh ... Tinkerbell?«

Und da war es wieder, der durchscheinende Film, der sich über Lokis Augen legte, der knirschende Unterton in seiner Stimme, als er sich Sam zuwandte und sagte: »Hallo, kleines Licht und kleines Feuer.«

»Hallo, Uranos, alter Drückeberger.«

Lokis Hände schossen vor, packten nach den Gitterstäben. Funken stoben auf, doch er hielt sie trotzdem fest im Griff und grinste, während die Blitze der Schutzzauber auf und ab flackerten. »Kleines Licht und kleines Feuer wird sterben«, sagte er.

»Der alte Drückeberger hat sie nicht alle.«

Tinkerbell sagte nichts, wich aber zur Seite, als befürchtete er, sich etwas Ansteckendes von dem Mann einzufangen, der es wagte, mit einem von Uranos Besessenen zu reden.

»Hast du dir je überlegt, wie es sein würde, mir zu dienen?«, fragte Loki/Uranos.

»Wie bitte? Kleines Licht und kleines Feuer, der Kerl, den du versucht hast zu töten, als du Thor im Griff hattest, soll dir dienen?«

»Kleines Licht und kleines Feuer ist nur eine kleine Figur in diesem Spiel.«

»Kleines Licht und kleines Feuer wird seinen eigenen Weg finden, trotzdem vielen Dank. Und jetzt zieh Leine, denn du weißt so gut wie ich, dass es für eine Höhere Macht kaum möglich ist, die Beherrschung eines Geistes länger als ein paar Minuten aufrechtzuerhalten. Ganz zu schweigen für eine Höhere Macht, die seit ein paar Millionen Jahren hinter Gittern sitzt.«

»Ich habe Baldur vernichtet. Mit dir werde ich auch noch fertig.«

»Freut mich zu hören. Aber ganz so weit ist es noch nicht. Ich bin noch im Spiel, und es kann immer noch allerhand passieren. Und, Kumpel, ich glaube nicht, dass du es wirklich hinkriegst. Ich werde nämlich Seth einen Tritt in den Arsch geben und dich in deinem Loch verrotten lassen, denn ich mag dich genauso wenig wie du mich.«

»Ich werde dich vernichten.«

»Und der Mond ist aus grünem Käse.«

Beinahe widerwillig verschwand der Film von seinen Augen, und Loki taumelte zurück, krallte sich die Finger ins Gesicht und heulte: »Armer alter Mann, lasst einen armen alten Mann allein!« Sam sah ihn mitleidig an, machte aber keine Bewegung.

»Ihr habt gerade dem früheren Herrn des Universums eine Abfuhr erteilt«, sagte Tinkerbell.

»Schau mal, entweder bleibt er gefangen, dann ist er keine Gefahr für mich, oder er kommt frei. In diesem Fall werde ich entweder den Verstand verlieren, wenn ich ihn vernichte, oder bei dem Versuch sterben. Was auch passiert, er kann mir nichts anhaben.«

»Ist Euch klar, was passiert, wenn Ihr das Licht gegen ihn einsetzt? Um eine Höhere Macht zu vernichten, müsstet Ihr den Geist von allem, was lebt, berühren – und selbst Uranos zeigt bis zu einem gewissen Grad Zeichen von Leben. Ihr werdet auch seinen Geist berühren müssen.«

»Und deinen und den von Chronos und den von jedermann im Universum – aber, weißt du, ich werde mir kaum dabei Notizen machen können.«

»Es tut mir leid, dass es so sein muss, Lucifer.«

Sam seufzte und klopfte sich imaginären Staub von seiner Kleidung. »Tinkerbell, du musst mir einen Gefallen tun.«

»Welchen?«

»Fünf Minuten allein mit einem Edentor.«

Tinkerbells Augen verengten sich leicht. »Wen wollt Ihr jetzt an der Nase herumführen, kleines Licht und kleines Feuer?«

»Das ganze Universum, mein Freund.«

Aber Tinkerbell gab ihm seine fünf Minuten, was mehr als ausreichend war.

16
Alte Schulden

In den Tunneln von Asgard sah das Edentor wie jedes andere aus. Aber so war es immer gewesen, da die Bannzauber den Pfad, nicht das Tor blockierten.

Sam ließ seinen Geist hineinsinken und erkannte die Zauber wieder. Schließlich war er es, der sie gewirkt hatte. Beim Anblick seines eigenen Werkes staunte er über dessen Stärke. So viel Kraft, aus so wenigen Geistern gewonnen, für Bannzauber, die womöglich noch dichter gewoben waren als die von Licht selbst geschaffenen. Sie versperrten den Edenpfad wie ein riesiges Tuch, das sich über den ganzen Horizont spannte, sodass man sich wenden konnte, wohin man wollte, und sie doch immer vor sich hatte. Grau und unauffällig, doch hart wie Fels. Zauber wie diese konnte man nicht durchlöchern. Sie würden den Vorstoß einfach auffangen und die Energie absorbieren. Es gab nichts Extremes in ihnen, und keine extreme Gewalt vermochte diese Zauber zu zerstören. Doch zugleich wäre ein nicht mit äußerster Kraft vorgetragener Angriff ebenso wirkungslos, wie mit einer Stecknadel auf einen Blauwal loszugehen.

Dennoch rief er: ›Herrin.‹

Sie antwortete sofort. Sie musste darauf gewartet haben, dass er sie ansprach. ›Sohn der Magie.‹

›Du hast von Schutz gesprochen.‹

›Das war vor Tausenden von Jahren.‹

›Gilt das Angebot nicht mehr?‹

›Doch. Ich staune nur über dein Gedächtnis.‹

›Ich brauche Schutz.‹

›Dann tritt durch. Ich werde dir den Zugang nach Eden nicht verwehren. Du bist willkommen hier, Träger des Lichts.‹

›Es geht nicht um mich. Es sind, fürchte ich, einfach zu viele andere Kräfte gegen mich am Werk. Ich erbitte Schutz für eine, die mir lieb und teuer ist.‹

›Auch das ist machbar.‹

›Ich brauche dich, um sie vor Chronos zu schützen.‹

Schweigen. Dann: ›Du verlangst viel. Er ist der König des Himmels.‹

›Du bist die Königin von Eden.‹

›Ich habe mich von seinen Taten und denen seiner Kinder distanziert.‹

›Sie ist eine Tochter der Liebe. Sie tut niemandem etwas zuleide. Dennoch droht Vater Zeit, ihr etwas anzutun.‹

›Du widersetzt dich dem Lauf der Dinge, die Chronos beschlossen hat?‹

›Ja.‹

›Dann, fürchte ich, wirst du nicht lange in dieser Welt sein. Ich kann nur eine Person vor dem Zorn des Chronos schützen.‹

›Mehr erbitte ich nicht. Schütze sie. Ich muss sie in Sicherheit wissen.‹

›Liebe ist meine teuerste Schwester. Ich habe ihr immer sehr nahegestanden.‹

›Hüte ihre Tochter für mich.‹

›Sag mir den Namen des Kindes.‹

›Freya. Sie hat Chronos ihr Blut gegeben. Er hat gedroht, sie in seine Gewalt zu bringen und zu vernichten.‹

›Ich kann sie schützen. Wo ist sie?‹

›In der Hölle. Kannst du sie finden?‹

›Sie wird sicher sein. Ich verspreche es. Aber dies begleicht alle Schuld, die ich dir gegenüber habe, Träger des Lichts.‹

›Bald, Herrin, bald wird ohnehin alles vorbei sein.‹

›Viel Glück, Licht und Feuer.‹

›Klein in beidem, wie man mir ständig vorhält.‹

›Das sind die Worte derer, die dich fürchten. Du wirkst Wunder. Baldur wäre stolz auf dich.‹

Sie war fort.

Sam saß vor dem Portal und staunte. Er stand auf, und ein Lächeln überzog sein Gesicht. Er lief den Gang hinunter.

Tinkerbell stand am Ausgang. »Lucifer«, sagte er leise, »wen habt Ihr jetzt wirklich geleimt?«

»Wie ich sagte: das ganze gottverdammte Universum.«

»Ihr scheint sehr glücklich darüber zu sein.«

»Tinkerbell, glücklich ist gar kein Ausdruck. Komm. Ich muss sichten.«

Ein einfaches Ziel. Sie gingen zum Trafalgar Square, und Sam setzte sich auf den Rand eines Brunnens und schaute hinab in das klare Wasser. Wie nicht anders zu erwarten, trippelten hundert Tauben zu ihm hin in der Hoffnung auf Futter. Dann merkten sie, mit einem besseren Instinkt, als Menschen ihn besitzen, wer er war, und eilten in alle möglichen Richtungen davon.

Er blickte in das Wasser. Eine einfache Sichtung, die keinerlei Vorbereitungen erforderte. Nur von einem Geist zum anderen.

›Freya.‹ Schweigen. ›Freya, kannst du mich hören?‹ Schweigen. ›Freya, ich bin's, Sebastian. Bist du da?‹ Schweigen.

›Sebastian. Es ist alles in Ordnung, Sebastian, ich verstehe, ich bin sicher, sie hat mir –‹

Und das Wasser, in das Sam starrte, wallte auf und explodierte ihm ins Gesicht. Er taumelte zurück und wischte sich die Tropfen aus den Augen. Tinkerbell war mit einem Aufschrei – »Scheiße!« – aufgesprungen und folgte nun seinem überraschten Blick mit einem schiefen Grinsen. »Das war's wohl nicht, was Ihr gewollt habt.«

»Ich glaube, ich habe da jemanden verärgert.«

»Jemanden, den ich kenne?«

»Oh, nur den Herrscher des Universums. Komm, lass uns gehen.«

»Ihr habt Chronos gelinkt?«

»Nur ein ganz kleines bisschen.«

Sie gingen flott in Richtung Themse, vorbei am geschäftigen Charing Cross und das Embankment entlang.

»Was genau habt Ihr getan? Ich dachte, Ihr und er hättet euch verständigt.«

»Er sagte, er würde jemanden töten, der mir sehr viel bedeutet, wenn ich nicht tue, was er will. Ich habe ihm nun diese Option genommen. Eine seiner Königinnen bietet ihr Asyl.«

Tinkerbell blieb stehen und fasste Sam am Arm. »O nein«, sagte er. »Ich weiß, wohin das führt. Du bringst Tag ins Spiel, und Nacht versucht, sie töten. Du bringst Feuer ins Spiel, und Wasser versucht, ihn umzubringen. Du bringst irgendeine Höhere Macht außer Chronos ins Spiel, und –«

»Die Königin von Eden, die Verkörperung des Lichts, gewährt ihr Schutz. Als ich den Edenpfad verschloss, nahm ich meinen Brüdern den Grund, Dunkel heraufzubeschwören. Dunkel ist das Gegenteil von Licht, aber sie ist schwach, nicht als Königin des Himmels anerkannt, und das Licht verbirgt sich in Eden, wohin niemand sonst seinen Fuß setzen darf. Weil ich verhindert habe, dass Dunkel heraufbeschworen wurde, schuldete mir Licht einen Gefallen. Ich habe ihn jetzt eingefordert. Vater Zeit wird nicht gegen eine seiner Königinnen vorgehen, noch die anderen Höheren Mächte, weil Licht in Eden Königin von eigenen Gnaden ist und bei weitem größer als irgendeine ihrer Schwestern. Das ist der Grund, weshalb Vater Zeit von ihr ein Kind haben wollte – Baldur, das größte, goldene Kind, geboren von der größten, goldenen Macht. Niemand wird jemandem ein Leid tun, der unter dem Schutz von Licht steht.«

Niemand außer Ungeheuern wie Uranos.

»Lasst mich raten. Man wird es an Euch auslassen, weil Ihr das alles eingefädelt habt.«

»Tja. Das ist der einzige Nachteil dabei.«

Tinkerbells Lächeln sah nun schmerzlich verkniffen aus. »Dann habt Ihr also gewonnen?«

»Noch nicht.«

»Aber ... Ihr werdet jetzt Uranos nicht mehr vernichten müssen. Chronos kann Euch nicht mehr erpressen.«

Sam blickte sich um. Langsam und vorsichtig verschränkte er die Finger und begann, sie gegeneinander zu bewegen. Eine kleine, winzige Geste, die sich vielleicht der Nervosität zuschreiben ließ, hinter der aber auch mehr stecken konnte. Die Passanten auf der belebten Straße schenkten den beiden keine Aufmerksamkeit, als Sam stehen blieb und Tinkerbell ansah. Auf der Themse fuhr ein Touristenboot vorbei; der Lautsprecherkommentar verkündete: »Und hier sehen wir das faszinierende ...«, und war schon wieder außer Hörweite. Schall trug weit übers Wasser.

»Du bist ein seltsamer Mann, Brian Hunter. Tinkerbell. Du hast mir gesagt, ich solle versuchen, das Leben von Tausenden zu retten. Potenziell ist es das, was ich jetzt getan habe. Ich bin frei, etwas gegen Chronos' Plan zu unternehmen, bei dem eben diese Tausende sterben sollen.

Doch obwohl du die Leben vieler über das einzelne stellst, schreckst du nicht davor zurück, viele zu opfern – für einen. Für einen tatterigen alten Mann, der den Sohn von Licht ermordet, dem Feind seines Vaters seine Seele verkauft, sich seinen Weg durch seine Jugend erlogen und getrickst und schließlich den Verstand verloren hat. Für ihn würdest du in

Kauf nehmen, dass ich sterbe. Warum? Weil er dein Großvater ist?«

»Wenn Chronos Euch nicht mehr erpressen kann, Sebastian, habt Ihr keinen Grund mehr, Uranos zu vernichten.«

Sam schien ihn nicht zu hören. »Du hast von Rache gesprochen. Rache an einem Weltenwandler? Wer ist es? Wen suchst du zu vernichten?«

»Wenn Uranos nicht getötet wird, dann wird Loki nicht freikommen.«

»Es muss etwas mit Loki zu tun haben. Ein Weltenwandler, der mit Loki in Zusammenhang steht.«

»Lucifer.« Etwas in Tinkerbells Stimme ließ Sam aufmerken. Er blickte hoch. Seine Stirn war immer noch von Fakten des Nachdenkens durchzogen, die Finger standen nicht still. »Ich kann nicht zulassen, dass Ihr das zunichtemacht«, sagte Tinkerbell.

»Ich wusste, dass du das sagen würdest.«

Tinkerbell zögerte. Und als Sam die geballte Magie wie eine aufschnappende Springfeder von seinen Fingern schnellen ließ, lächelte Tinkerbell. Er hatte es gewusst, wie Sam mit einem Mal klar wurde. Er hatte um die Magie gewusst, die sich in Sams Händen aufbaute, und nichts dagegen getan. Selbst als sie ihn in die Seite traf und ihn in eine Drehbewegung versetzte, genau in Sams Gegenzauber hinein, und er zurückgedrängt wurde, war es das, was er vorausgeahnt hatte. Und selbst als er gegen die Kante der Mauer prallte, die das Ufer auf dieser Seite des Flusses säumte, hintenüberkippte und in den Fluss hinabstürzte, stand immer noch das Wissen in seinen Augen. Er hatte gewusst, dass Sam ihn mit dem Zauber treffen würde, und hatte nichts dagegen getan.

Als Sam sich über die Mauer beugte und auf den Fluss hinunterblickte, um zu sehen, wie Tinkerbell wieder an die Oberfläche kam und mit kraftvollen Stößen gegen die Gezeitenströmung ankämpfte, fragte er sich, warum.

17
Satan

Noch mehr Erinnerungen aus alten Zeiten …

Er hatte in seiner naiven Art geglaubt, dass er einfach den Weg nach Eden verschließen und in sein geräumiges Schlafgemach in Elysium zurückkehren könnte. Er hatte sich geirrt.

Drei Stunden, nachdem Sam seine Bannzauber auf dem Edenpfad errichtet hatte, war sein Kopf wieder klar genug, dass er es wagte, nach Hause zurückzukehren. Die Wachen am Tor der Stadt hatten ihn passieren lassen, da sie ihn als einen Weltenwandler erkannten. Doch er hatte ihre Blicke gesehen. Er wusste, dass seine gewöhnlich schwarzen Augen jetzt grau waren, nachdem das Tosen des Lichts in seinen Ohren schwächer geworden war und die Weiße seiner Iris, die nur allmählich zum Normalzustand zurückkehrte und sich verdunkelte. Sie hatten Angst vor ihm.

Sein Gemach war nicht im Palast gelegen, sondern in einer Straße in der Nähe. Er war schließlich nur ein illegitimer Sohn der Zeit, keiner der ersten Garnitur.

Das Haus war eine rauchende Ruine.

Er hörte die Gedanken der Leute ringsum, hörte, dass sie wussten, was er hätte wissen sollen – dass seine eigenen Brüder das Haus niedergebrannt hatten, als Vergeltung dafür, dass er den Edenpfad versiegelt hatte. Es war unwahrscheinlich, dass dies alles sein würde.

Und in jenem Meer von Gedanken, während die Auswirkungen des Lichts verblassten, spürte er zwei andere Geister, die weder auf die Menge noch auf das zerstörte Haus gerichtet waren, sondern einzig und allein nach ihm Ausschau hielten. Und diese Geister waren … kalt. Sie auch nur zu berühren machte ihm eine Gänsehaut. Sie erinnerten ihn an Schlangen, doch Schlangen hatten zumindest eine echte Motivation zu töten. Diese Geschöpfe existierten nur, um zu töten, aus keiner anderen Befriedigung als dem Mord selbst. Und sie waren darauf aus, *ihn* zu töten.

Es war diese Erkenntnis, die ihn veranlasste, sich mithilfe eines Verzerrungszaubers abzuschirmen. Darum prallte auch der erste Armbrustbolzen harmlos auf das Pflaster, und der zweite bohrte sich nur eine Handbreit neben seinem rechten Ohr in eine Tür. Sam ergriff die Flucht. Er wusste, dass diese Meuchelmörder nicht so einfach abzuschütteln waren. Feuertänzer waren hartnäckig. Er floh zum Palast, wo er hoffte, vielleicht Schutz zu finden. Die Palastwachen hatten schließlich einen Eid geschworen, alle Kinder der Zeit zu beschützen.

Die gewöhnlichen Wachen machten denn auch keinen Versuch, ihn aufzuhalten. Doch er spürte, wie die Furcht ihn erneut packte, als er die bevölkerte große Halle betrat und sah, wie Jehova mit seinen Erzengeln flüsterte. Als Jehova ihn erblickte, richtete er sich auf und berührte den Erzengel Michael an der Schulter. Michael drehte sich um, sah Lucifer und kam auf ihn zu. Die anderen Erzengel folgten, fächerten sich um Michael zu einem Keil von Kriegern mit ausdruckslosen Gesichtern und gezückten Schwertern auf. Ein freier Raum entstand zwischen ihnen und Sam, und unmerklich wich die Menge im Saal beiseite und blockierte die Ausgänge mit ihren Leibern.

Sam sah sich nach Hilfe um, und jeder, dessen Blick den seinen kreuzte, wich ihm aus und schaute anderswohin. Am Ende des Saals stand Jehova auf und blickte gnadenlos auf ihn herab, während die Erzengel einen stählernen Ring um Sam bildeten.

Innerhalb des Kreises drehte Sam sich um sich selbst wie ein gefangenes Tier, bevor er sich erneut Jehova am anderen Ende des schweigenden Saals zuwandte.

Dann, ohne Warnung, lächelte er.

»Du weißt, dass ich Recht hatte«, rief er laut genug, dass Jehova es hören konnte.

»Das wird die Zeit erweisen«, antwortete Jehova.

Immer noch lächelnd, schüttelte Sam den Kopf. »Du hast das wahre Ausmaß meiner Macht nie gekannt.« Er bewegte keinen Finger, sagte kein Wort, sondern verschwand einfach. Die Erzengel schauten verblüfft auf die Stelle, wo er gestanden hatte.

Immer noch erfüllte Schweigen die Halle, das von allen Seiten zugleich kam.

»Rührt euch nicht«, schnappte Jehova. »Er ist innerhalb eures Rings. Es ist eine Illusion. Nehmt eure Schwerter, und ihr werdet es sehen.«

So, vorsichtig zunächst, und dann mit wachsendem Selbstvertrauen stachen die Erzengel mit ihren Schwertern in die Leere im Inneren des Kreises. Aber ihre Klingen blieben blank.

»Das kannst du nicht«, schrie Jehova. »Du kannst so eine Illusion nicht lange genug aufrechterhalten, um zu entkommen.«

Keine Antwort. Hoch oben sprang eine Fensterscheibe mit einem knirschenden Laut. Die Augen aller richteten sich nach oben. Aber da war keiner. Alle Blicke sprangen im Raum umher, als ein Fenster nach dem anderen Risse bekam, auch wenn keines zersplitterte.

»Wo bist du?«, rief Jehova.

Das Licht in der Halle verdunkelte sich, der Sonnenschein, der durch die gesprungenen Fenster drang, schien sich zu trüben, als aus jedem Schatten Dunkelheit hervorkroch und sich verdichtete.

›Ich bin überall. Ein Teil von mir ist in jedem von euch. So wie ein Teil von euch in mir ist. Ich kenne eure Schwächen. Ich weiß, ihr habt Angst vor Schatten, wenn nicht vor Dunkel.‹

Schatten krochen durch die Halle, Schatten mit Klauenfingern und scharfen Krallen, Schatten, die sich durch die Reihen der Umstehenden wanden und alle auf Jehova zuströmten.

»Wo bist du?«, wiederholte Jehova.

›In dir. Und dir und dir und dir und dir ...«

Und mir und mir und mir und mir und mir.

›Und auch sonst überall.‹

Am anderen Ende der Halle zersplitterte ein Fenster, doch niemand bemerkte es. Sie starrten alle nur auf die Schatten, die sie umtanzten und in der Vorstellung jedes Einzelnen den schlimmsten Albtraum heraufbeschworen, der in den verborgenen Winkeln seines Geistes lauerte.

So sah niemand die kleine, dunkle Gestalt, die sich zitternd vor Anstrengung, bleich wie der Mond, durch das zersplitterte Fenster wand. Sie blutete aus Wunden von einem Dutzend Schwertern. Man konnte eine vollständige Tarnung gegenüber einem Weltenwandler nicht allzu lange aufrechterhalten. Geschweige denn konnte man die Waffen anderer mit Magie unschädlich machen, während man sich unsichtbar machte. Man musste Kompromisse eingehen.

»Dafür wirst du sterben, Satan!«, schrie Jehova, als ihm klar wurde, dass seine Zielperson das Weite gesucht hatte.

Nicht sehr originell, dachte Sam, doch er sagte nichts. Es wurde bereits zu viel gesagt, *und ich und ich und ich und ich, meinen Kopf füllend, kein Entkommen ...*

Schweigen flutete herein und erstickte alles, was es berührte.

Ganz oben auf seiner Liste stand die Notwendigkeit, Seth eine Botschaft zukommen zu lassen, und zwar ohne dabei Kopf und Kragen zu riskieren. Wenn er Seth in eigener Person um ein Treffen bat, würde Seth nicht kommen, das wusste er. Die einzige Alternative war, ihm die Botschaft mit Gewalt aufzuzwingen.

Sam wandelte zurück zum Rand der Nacht.

Es war ein seltsames Gefühl, in einer rosafarbenen Wüste zwischen Tag und Nacht zu stehen, ohne ein Lebenszeichen Hunderte von Kilometern ringsum, und doch zu wissen, zu *wissen*, das irgendwo in der Dunkelheit eine ganze Armee auf dem Marsch war und langsam auf Tartarus vorrückte. Sam hielt es für besser, sich nicht allzu weit von dem Weltentor wegzubewegen, da er fürchtete, unerwartet von Angreifern entdeckt zu werden, und sich einen raschen Rückzug sichern wollte. Er legte seine verbliebenen Molotowcocktails bereit und öffnete den Schwertsack, während er auf die trostlose Landschaft hinausblickte und vorsichtig mit allen Sinnen nach Zeichen der Gefahr Ausschau hielt.

Er spürte nichts. Das Tor stand mitten in der Wüste; es gab nichts Lebendes im weiteren Umkreis, das irgendwelche Schutz- oder Tarnvorrichtungen erforderlich gemacht hätte. Alles, was es einmal an Erhebungen oder Formationen um das Tor herum gegeben haben mochte, war vom Sand abgetragen worden, und jetzt blieb allein das Tor noch übrig: ein leerer Fleck Luft in Sams Rücken, der nur wenig interessanter aussah als irgendein anderer leerer Fleck.

Er schickte seinen Geist in die Nacht hinaus. ›Seth‹, sendete er leise. Keine Antwort. Lauter also? Warum nicht! ›Seth! Seth, ich weiß, dass du da irgendwo steckst!‹

Schweigen, doch irgendwo am Rande der Wahrnehmung … ein anderer Geist, der den seinen streifte? ›Seth, ich muss mit dir reden.‹

Eine Regung von Gedanken. Dann: ›Hallo, kleines Licht und kleines Feuer.‹

Sam lächelte und wunderte sich über sich selbst, dass er so erleichtert war, die Stimme seines Feindes zu hören. Dann wurde er wieder ernst. ›Du bist in Gefahr. Du bist getäuscht worden, man hat dich belogen. Du gehst in den sicheren Tod. Chronos hat alles vorausgeplant …‹

Und ein anderer Geist schob sich zwischen Sams und Seths. ›Kleines Licht, kleines Feuer‹, wisperte er.

›Jehova? Jehova, zieh Leine! Lass mich mit Seth reden!‹

›Tut mir leid, kleines Licht, kleines Feuer. Du kannst nicht gewinnen.‹

›Du hast das wahre Ausmaß meiner Macht nie gekannt‹, schnappte Sam. ›Selbst jetzt kennst du es nicht. Geh da weg! Du kannst mich nicht aufhalten!‹

Seths Geist drängte sich dazwischen. ›Jehova? Hat kleines Licht, kleines Feuer Angst? Ist er auf der Flucht? Versteckt er sich? Du hast es versprochen.‹

›Lucifer gehört mir‹, zischte Jehova.

›Seth! Jehova hat –‹, begann Sam und spürte, wie die Wand wieder herunterkam.

›Gib auf, Bruder. Du kannst nicht gewinnen.‹

›Ich werde Tausende Leben retten! Uranos muss nicht befreit werden. Es muss keinen Krieg geben. Ich werde nicht zulassen, dass so viel für so wenig zerstört wird!‹

›Du hast gut daran getan, Freya solch … wirksamen Schutz zu verschaffen und sie nach Eden zu bringen. Doch dir muss klar sein, dass dieser Konflikt unausweichlich ist. Mit Freya als Faustpfand waren die Dinge einfacher für uns alle. Einfacher für Chronos, weil er deiner Mitwirkung sicher war; einfacher für mich, weil ich nicht nach einem Weg suchen musste, dich zu zwingen; einfacher für dich, weil du nicht gezwungen werden musstest. Du musst verstehen – du kannst nicht gewinnen.

Nun werden wir dich einfach zwingen, statt zu versuchen, dich zu überreden.‹

›Freya ist sicher. Freya ist frei, ihr könnt ihr nichts anhaben!‹

›Nein. Aber das gilt nicht für dich.‹

Sam schlug zu. Er schlug zu mit allem, was er hatte, und spürte, wie Jehova getroffen zurücktaumelte, fühlte, wie das Summen der Magie seinen Geist erfüllte. Und dann, als er Jehovas Schmerz spürte, schlug er noch einmal zu, mit einem kleinen bisschen mehr, jenem bisschen Magie, das er nie irgendjemandem gezeigt hatte.

Hab immer noch eine Karte im Ärmel, das war seine Devise. Niemand wusste, wie hoch das Potenzial eines Sohns der Magie war, niemand ahnte, über welche Reserven er verfügte.

Wieder und wieder und wieder schlug Sam auf Jehova ein, spürte, wie dessen Geist unter dem Druck nachgab. Und selbst als Jehovas Schutzschilde versagten, schlug er noch einmal in die weichen, formbaren Teile von Jehovas Geist hinein, getrieben von jahrhundertealtem Groll und Zorn, verwandelte seine Gefühle in Magie, seine Magie in Pfeile, und schoss diese Pfeile mit unerbittlicher Genauigkeit ins Ziel.

Ein anderer Geist warf sich vor den getroffenen Jehova, eine andere Stimme.

›Lucifer!‹, kreischte Seth. ›Du kannst nicht gewinnen.‹

Und direkt hinter Sam, eine leise Stimme: »Lucifer.«

Sam fuhr herum. Thor stand da, auf seine Axt gelehnt, und lächelte. »Kleines Licht, kleines Feuer«, sagte er. »Du glaubst, du kannst dir deinen Weg in die Freiheit erkämpfen?«

Sam zog sein Schwert, doch er machte keine Anstalten, gegen Thor vorzugehen, sondern lehnte sich vielmehr auf die Klinge und holte schwer Atem. Er fühlte sich ausgelaugt; der geistige Angriff hatte ihm seine letzten Kräfte abverlangt. »Es ist eine Falle«, sagte er. »Uranos sieht durch deine Augen, lass ihn meine Worte sehen! Du läufst in eine Falle hinein.«

»Du lügst doch nur, um deine Haut zu retten.«

»Bitte, hör mir zu«, flehte Sam und wich zurück, als Thor auf ihn zukam. *»Hör mir nur einmal zu!«*

»Es ist zu spät, kleines Licht und kleines Feuer. Du hast verloren. Seit Jahrhunderten bist du schon auf der Verliererstraße. Ich glaube, es gibt keine einzige Schlacht, die du je gewonnen hast.«

»Kleine Leute werden immer unterschätzt. Das letzte Mal bist du mit einem Stich im Bein davongehumpelt.«

Thor klopfte sich auf den Schenkel. »Ich fühle mich viel besser, danke sehr. Und ich habe nicht vor, noch mal denselben Fehler zu machen.«

»Das sagen sie immer. ›Verkauf mir deine Seele, Lucifer, mach schon. Ich werde dich nicht unterschätzen, Lucifer. Lauf und versteck dich, komm und kämpfe, es ist alles für einen guten Zweck, Lucifer. Einer als Opfer für die Vielen, Viele für den Einen; es ist alles dasselbe, Lucifer.‹ Es ist Schwachsinn, aber manche Leute glauben das wirklich.«

Thor trat einen Schritt auf Sam zu, der sein Schwert fallen ließ und seine andere Hand hochhielt. Er hielt darin eine Flasche mit Benzin. »Weißt du, was das ist?«

Thor zuckte die Achseln, doch Magie brandete um ihn auf, ein Schutzwall gegen Feuer. Sam lächelte und schüttelte den Kopf. »Nein, nein, nein. Du siehst das völlig falsch. Das ist nicht für dich gedacht, sondern für *sie.*« Er wies hinter Thor.

Thor grinste zurück. »Nein, den Trick kenne ich nur zu gut, Lucifer. Damit legst du mich nicht rein.«

»Wie du meinst«, sagte Sam. »Tinkerbell wird das freuen.« Thor runzelte die Stirn, als er in Sams Stimme etwas erkannte, was nicht dorthin gehörte.

Sam hörte das Singen einer Armbrust. Auch Thor musste es

gehört haben, denn er bewegte sich auf die Weise, die nur Uranos zu eigen war, wurde ein verwaschener Schemen und fing den Armbrustbolzen in der Luft auf. Ein triefend nasser Tinkerbell, flankiert von mindestens einem Dutzend Ashen'ia, spannte bereits wieder die Waffe.

Thor fuhr zu Sam herum. Der hob die Schultern. »Schau mich nicht an. Du läufst in eine Falle hinein; du hast keine Chance.«

Uranos knirschte in Thors Stimme und sprang zurück, als ein weiterer Bolzen durch die Luft zischte. Ohne ein Wort ging er rückwärts. Ein Weltentor tat sich hinter ihm auf. Sam machte keine Anstalten, ihn aufzuhalten, als Thor in das Tor trat und dieses sich hinter ihm schloss.

Das ließ Sam mit zwei Dutzend Ashen'ia zurück, die überhaupt nicht verständnisvoll dreinblickten. Ein unbehagliches Schweigen entstand. Vorsichtig nahm Sam sein Schwert wieder auf.

»Helft mir«, sagte er. »Man hat euch reingelegt. Ihr sollt alle sterben. Viele für den Einen. Ihr werdet von Seths Armee wie Opferlämmer zur Schlachtbank geführt und abgemetzelt. Helft mir, ihn aufzuhalten.«

»Hört nicht, was er sagt«, sagte Tinkerbell, dessen Augen nicht von Sams Gesicht wichen.

Sam bedachte Tinkerbell mit einem beinahe mitleidigen Blick. »Auch du wirst sterben, genau wie die anderen. Du wirst mit dem Rest von ihnen in Tartarus sein, und Nacht wird dich überschatten, dich auf das Schlachtfeld führen, und du wirst in einem Meer von Blut untergehen, zusammen mit tausend anderen unschuldigen Seelen, die in einer sinnlosen Schlacht verheizt werden. Das wird auch dein Schicksal sein. Hilf mir.«

»Nacht wird mich schützen. Ich bin von ihrem Blut. Ich kämpfe, um ihren Sohn zu befreien. Nacht wird ihre Hand über mich halten.«

»Chronos würde seine eigene Tochter, seinen eigenen Sohn opfern. Glaubst du im Ernst, dass Nacht mehr Skrupel hat? Nacht hatte Loki; Loki hat Baldur getötet. Nacht hatte Seth; Seth versucht, Uranos zu befreien. Das stimmt einen nicht gerade hoffnungsvoll.«

Tinkerbell hob die Armbrust. Ihr Bolzen war auf Sam gerichtet. »Das ist eine Stahlspitze, Lucifer. Sie wird dich in Schlaf versetzen, aber nicht töten.«

»Sie wird mich tagelang außer Gefecht setzen. Ich werde zu lange für meine Regeneration brauchen, um das Universum zu retten.«

»Du kannst nicht gewinnen, Lucifer.«

»Aber ich kann's trotzdem versuchen.« ›Seth!‹ Er schrie die Botschaft über das Land. ›Seth, du läufst in eine Falle. Chronos hat alles von Anfang an –‹

Die Ashen'ia hörten seine Worte und griffen an. Sam schleuderte ihnen einen Molotowcocktail entgegen und riss sein Schwert hoch, als die erste Klinge auf sein Gesicht zufuhr. ›Seth, Chronos hat alles von Anfang an so geplant. Du sollst Uranos herauslocken. Du sollst –‹ Ausfall, Parade, Drehung, Parade, Riposte, Parade, zu viele Klingen, die aus zu vielen Richtungen zugleich kamen. ›Du sollst an das glauben, was du tust, sodass er dir glaubt, wenn du ihn befreist –‹ Parade, Parade, Drehung, ein heißer Schmerz in seinem Rücken, Schmerz in einem Arm, jede Drehung und Wendung verbunden mit Magie, doch immer noch waren es zu viele, aus zu vielen Richtungen zugleich. ›Du sollst glauben, dass du es aus freiem Willen tust! Er kann es spüren, verstehst du, er wird nur rauskommen, wenn –‹ Ein Gesicht ragte über ihm auf, grinsend, die Augen verschleiert von einem durchscheinenden Film. ›Wenn er glaubt –‹

Eine Faust. Ende der Durchsage. Ein großer, dunkler Ort irgendwo in der Tiefe. Ein langer Weg nach unten. Ein stilles, glattes Meer, das gegen schwarze Felsen anrollt. Ein Augenblick am Rande der Klippe. Ein Stoß.

Wasser schlug über seinem Kopf zusammen, zog ihn trotz all seiner Bemühungen hinab. ›Seth …‹

Am Ende Dunkel.

18
Dunkel

Er erwachte in Schüben, wobei er das Gefühl hatte, er sei viel zu groß für seine Haut. Alles schien aus dem Maß geraten zu sein: Seine Hände waren größer als sein Magen, sein Kopf größer als seine Brust, seine Zehen größer als seine Füße, seine Füße größer als seine Beine. Er versuchte zu sprechen, aber es gab keine Feuchtigkeit in seinem Mund, und als er versuchte, sich zu bewegen, konnte er es nicht. Er war sich nicht völlig sicher, warum.

Tief in seinem Innern konnte Sam spüren, wie die regenerative Kraft in ihm summte, aber es war ein unbehagliches, unstetes Summen. Jede Sekunde wollte die Trance reißen, der Gefahr wegen, in der er schwebte. Doch als die Gefahr eine Hintergrundkonstante wurde, begann die Trance dennoch zu wirken, Wunden zu heilen, Energie zu sammeln, ihn in einer warmen, leeren Dunkelheit zu halten.

Er glaubte, Gesichter zu sehen, Stimmen zu hören. Das Bild einer Injektionsnadel. Sie vergifteten ihn. Gaben ihm jeweils eine kleine Dosis, genug, um einen gewöhnlichen Menschen zu töten und jemanden wie ihn am Aufwachen zu hindern. Immer wenn er aufwachte, bevor sie es wollten, vergifteten sie ihn ein bisschen mehr, sodass ein Toxin in seinem Blut, das durch das regenerative System neutralisiert worden war, sogleich durch ein anderes ersetzt wurde.

Bald, dachte er, würden ihnen die Gifte ausgehen, sein System würde eine Immunität aufbauen und er würde sich nicht mehr regenerieren müssen. Bald, aber nicht bald genug. Nicht innerhalb von drei Tagen. Es gab genug Gifte auf der Welt, um ihn einige Wochen außer Gefecht zu setzen.

Ausgehen würden sie ihnen, irgendwann, mit der Zeit. Zeit, das war der alles bestimmende Faktor ...

Treibend, träumend.

»Warum hast du dich mir widersetzt?« Eine leise Stimme, die seinen Geist erfüllte.

An Händen und Füßen ans Bett gefesselt, überall umgeben von Bannzaubern, Giften. *Gift im Blut.* Er versuchte zu sprechen, er wusste, dass es nicht wirklich war, wusste, dass es kein Entkommen gab. *Vater ...*

»Du hast Freya verschwinden lassen. Warum hast du das getan?«

Du hättest sie getötet, Vater. Sie getötet, damit ich Uranos vernichte. Viele Leben für Eines, Eines für Viele ...

»Du kannst nicht gewinnen. Ich werde mir jetzt nehmen, was du mir immer schon geben wolltest.«

Lass mich gehen, bitte, lass mich.

»Gib mir deine Seele, Lucifer.«

Du entgleitest, Sebastian.

»Lass mich ein. Ich werde den Schmerz wegnehmen. Ich werde das Gift aus deinem Blut ziehen. Bei mir wirst du sicher sein. Nichts soll dir etwas anhaben. Du wirst mein neues goldenes Kind sein, und dein Name soll als Retter des Universums gepriesen werden. Du wirst im Himmel willkommen geheißen, ein Held genannt werden. Du wirst wieder zu uns gehören, mein geliebter Sohn, mein Erbe. Gib mir deine Seele.«

Ich habe es immer als Ironie empfunden, dass die Leute ihre Seele dem Satan verkaufen sollten. Welchen Nutzen hätte er davon? Geh weg, lass mich allein.

»Lass mich ein. Es wird alles in Ordnung kommen, wenn du mich nur einlässt. Es wird ganz leicht sein. Kein Schmerz, keine ...«

Es gibt einen Teil von uns, der stärker ist als die Zeit. Denn Zeit ist Eins, und wir sind Viele.

»Das Licht wird dich nicht vor mir schützen, Lucifer. Ich habe das Licht geschaffen, und du entgleitest bereits an einen dunklen Ort im Innern.«

Wir sind der Plan und die Tat, die Stärke und die Schwäche, das Licht und das Dunkel, der Einzelne und das Ganze, die Magie und ... und ...

Ich kann keine Wunder wirken, wenn ich tot bin.

Du entgleitest, Sebastian ...

Gift im Blut ...

»Wenn du nicht aufgibst, werde ich mir mit Gewalt nehmen, was ich auf sanfte Weise hätte erlangen können. Uranos wird freikommen. Uranos wird fallen, und du wirst ihn stürzen. Aber wenn du mich einlässt, werde ich dich sicher bewahren, wenn die Zeit kommt. Ich werde deinen Geist hochhalten über die anderen.«

Ich bin viele Dinge, aber du bist nur eines, ein Teil von mir. Ich habe die Geister der Welt gesehen, und in einem kleinen Maße sind sie alle Teil von mir.

»Ich werde dir Frieden geben.«

Viele, die für Einen sterben, Einer, der für Viele stirbt, aber das macht für dich keinen Unterschied. Nur ein Teil von mir ...

»Lucifer? Lucifer, warum versteckst du dich in anderen? Warum vergräbst du deine Seele? Bei mir wirst du sicher sein. Ich werde dich bewahren. Ergib dich mir, und es wird alles vorbei sein.«

Ergib dich mir ...

»Vater?« Er stand im Zentrum des Bannkreises, mit dem Messer in der Hand. Ein Lächeln. Sam blickte auf den Boden hinunter. Sein Blick ging durch die wirbelnden Bilder hindurch, bis er, nur für eine Sekunde, die Uhr sah. Er griff nach ihr, zerrte sie in den Vordergrund seines Geistes, konzentrierte sich darauf. Hob das Messer.

Ergib dich mir ...

Er zog eine blutige Linie über seine Hand und bewegte sie versuchsweise auf das Bild zu. Das Bild tanzte und schimmerte in Vorerwartung. »Vater?«

Und sein Vater spürte es. Er musste es gespürt haben, weil das Bild zuckte und sich wand, sich zu entziehen versuchte. *Es gibt einen Teil von uns, der stärker ist als die Zeit.* Er zog das Messer über das Bild der Uhr, aber das Messer war kein Messer mehr, und in seinen Händen hinterließ es eine Spur aus reinem weißem Feuer. So hell und so weiß wie das Licht. Sam schob seine blutige Hand in den Riss, drückte ihn mit seiner ganzen geistigen Kraft auf. Nur ein Wunder würde ihn retten, das stand fest. *Ich kann keine Wunder wirken, wenn ich tot bin ...*

Er sank ein in den Geist von Vater Zeit, spürte dessen Geist wirkungslos an seinem zerren. Zu viele andere Geister standen zwischen Chronos und seinem eigenen. Und je mehr Chronos wühlte, desto mehr Geister schob ihm Sam in den Weg, versperrte ihm den Zugang, bis Sam hinter einer Schar anderer Geister versank. Immer noch ließ Chronos nicht locker, griff durch diese anderen Geister nach Sam, versuchte, ihn mit Tentakeln der Macht zu ergreifen, um ihn zu einer weiteren Marionette zu machen, einem Diener, der für ihn leben, kämpfen und sterben würde. Er kroch durch Sams Blut, fischte nach seinem flüchtigen Geist, der nur ein kleiner, winziger Punkt in einem Meer von anderen war, so klein und unbedeutend, dass er sich zwischen den anderen verlor.

Es gibt einen Teil von uns, der stärker ist als die Zeit. Denn Zeit ist Einer, und wir sind Viele ...

Schließlich stand nur noch ein Geist im ganzen Universum zwischen Chronos und Sam. Sam lächelte, wickelte sich in die Erinnerung dieses einen Geistes, den das Licht nur so kurz berührt hatte, und benutzte ihn als Schild. Und sosehr Chronos sich auch bemühte, er konnte diesen Geist, den Sam in seinem eigenen gefunden hatte, nicht zerstören, weil jeder Druck einen gleichwertigen Gegendruck erzeugte.

»Es ist dein Geist, Vater«, rief Sam. »Ein Teil deines Ichs ist in meine Seele einbeschrieben, so wie ein Teil meiner Seele nun in dich. Du kannst mich nicht bezwingen.«

»Du kannst nicht gewinnen.« *Es wird leichter sein. Bei mir wirst du sicher sein. Ich werde dich bewahren.*

Es gibt einen Teil von uns, der stärker ist als die Zeit. Denn Zeit ist Einer, und wir sind Viele.

»Du kannst mich nicht bezwingen«, wiederholte Sam, wie um sich selbst davon zu überzeugen. »Aber ich«, sagte er mit einem Funkeln in den Augen, »kann dich bezwingen.«

»Lucifer –«

Sam hob das Messer, aus weißem Feuer gemacht, drehte sich um und stieß es ohne ein Wort in das Herz seines Vaters.

Chronos klammerte sich an ihn. Sein Gesicht war ein Oval der Überraschung, als es sich veränderte – von Jehova zu Seth zu Odin zu Thor. Und schließlich in Sams eigenes Gesicht. »Du ... du würdest mich töten?«, keuchte er und zog Sam mit sich hinab auf den Boden.

»Dich töten?« Sam lachte. »Wer sagt denn das? Ich verschaffe mir lediglich Rückendeckung.« Sein Gesicht verdunkelte sich. Er beugte sich vor, drückte die nutzlose, hilflose Kopie seiner selbst an seine Brust und flüsterte in seines Vaters Ohr: »Sag Jehova, wo er mich finden kann.«

Er zog den anderen Sam in sich hinein. Zwei Sams wurden zu einem, Dunkelheit verschmolz mit Dunkelheit, einem großen schwarzen Ort irgendwo tief drunten, einem langen Weg in die Tiefe, dort, wo ein schwarzes Meer gegen dunkle Klippen anrollte. Für den Bruchteil eines Augenblicks stand er am Rand der Klippe, dann sprang er mit ausgebreiteten Armen in die Tiefe. Das Wasser schlug über ihm zusammen, zog ihn dorthin hinab, wie er es wollte. Schließlich Schweigen.

Er dachte, er sähe Jehova auf der Kante seines Bettes sitzen. Einen blassen Jehova, der fast so krank aussah, wie Sam sich fühlte. Einen müden Jehova, den die Attacke von Sams Geist schwer angeschlagen hatte. Sam versuchte zu sprechen, und es war wohl doch Wirklichkeit, denn Jehova streckte die Hand aus und träufelte vorsichtig etwas Wasser in Sams Mund, wischte die Tropfen, die danebenliefen, mit dem Ärmel weg.

»Wo ...?«, stöhnte Sam mühsam.

»Bei den Ashen'ia.«

»Was ...?«

»Seth steht vor den Mauern von Tartarus. Es ist Zeit zu gehen.«

Was bedeutete das? Zeit zu gehen? Zeit zu ... Oh. Richtig. *Das.* »Bitte ...«

»Es tut mir leid, Lucifer.«

»Tausende werden sterben.« Er war überrascht, wie gleichmütig es aus seinem Mund klang, ein letzter Versuch einer tauben Zunge, die auf taube Ohren stieß.

»Du wirst nichts sehen.«

Eine weitere Nadel. Ein weiteres Gift.

»Jehova, bitte.«

Jehova rollte Sams Ärmel hoch, platzierte die Spitze der Nadel vorsichtig in der Armbeuge.

»Bruder, bitte!«, flehte Sam. Er versuchte sich zu wehren, doch er war hilflos wie ein Kätzchen in den Händen eines Golems.

Jehova blickte auf ihn hinab. »Es tut mir leid«, wiederholte er, fast unhörbar.

Sam spürte die Nadel. Er spürte das Brennen des Giftes. Er flüsterte: »Vater Zeit. Er wollte, dass ich ihm ... meine Seele verkaufe.«

»Du hast dich geweigert.«

»Nein. Ich hab ihm gesagt, ich will seine ... Sag mir eins, Bruder: Was ist mit Loki passiert?«

»Loki? Wieso, nachdem er Baldur getötet hatte, ist er geflohen. Zu seinen eigenen Leuten, nach Walhalla. Doch nicht einmal sein Lieblingsbruder wollte ihm noch beistehen. Er hat ihn Chronos ausgeliefert, damit der ihn einkerkert.«

»Welcher Bruder ...?«

»Odin. Ist das wichtig?«

Sam lächelte zur Decke hinauf. »Ah ... ich begreife ...«

Jehova runzelte die Stirn, doch sein Gesicht begann bereits zu verschwimmen. Schwarze Statik flimmerte vor Sams Augen. »Wenn es vorbei ist ... such mich.«

»Wo soll ich denn dann nach dir suchen?«

Sam lächelte matt. »Überall. Doch ganz besonders ... in dir drin.«

»In meinem Geist?«

»In deiner Seele, Bruder. Dem Teil, den du verkauft hast ...«

Jehovas verwirrtes Gesicht wurde von der allzu bekannten Dunkelheit verschluckt.

Sam wachte auf. Er war sehr, sehr vorsichtig beim Aufwachen, denn allzu oft war er wach geworden, nur um mit einer neuen Injektion wieder schlafen geschickt zu werden. Als Erstes wurde ihm bewusst, dass er ziemlich unbequem lag. Man schien ihn einfach wie einen Sack auf dem Boden deponiert zu haben. Der Boden selbst war hart und kalt und roch nach nichts. Was in der Hölle ungewöhnlich war.

Sam ließ diese Empfindungen einsinken und öffnete die Augen. Der Boden war aus schwarzem Marmor und endete an einer schwarzen Marmorwand, auf der die groben Umrisse Dutzender menschlicher Gestalten gezeichnet waren, wie von einem verrückten Kind mit zu viel Zeit zum Spielen. Zwischen Sam und der Mauer lag eine Hand. Nach ein wenig Herumprobieren kam er zu dem Schluss, dass es seine eigene war, und war beruhigt.

Als Nächstes der Kopf. Der schien intakt zu sein, und als Sam versuchsweise seinen Geist aussandte, fand er keinen Widerstand. Er fühlte sich nicht ausgelaugt, er fühlte sich nicht … eigentlich fühlte er gar nichts. Nur das warme Glühen einer regenerativen Trance, die endlich, *endlich* ihren gewohnten Lauf hatte nehmen dürfen, ohne dass seinem Blutkreislauf zwischendurch mehrere Kubikzentimeter Gift zugeführt wurden.

Er setzte sich auf. Es gab, wie er feststellte, einen kleinen Haken bei der ganzen Sache, aber er hatte auch nicht erwartet, dass sein Glück ewig anhalten würde. Irgendjemand schien ihn an die Mauer gekettet und die Ketten dabei mit ziemlich starken Zaubern gesichert zu haben. Dicht gewirkten Zaubern, die jede Art von Magie enthielten, die man sich vorstellen konnte. Wer dafür verantwortlich war, verstand sein Handwerk. Was wiederum auf Jehova hindeutete.

Mit vor dem Leib zusammengeschlossenen Händen betastete er die Ketten um seine Fußknöchel. Alles fest. Es gab nichts in erreichbarer Nähe, womit man die Schlösser hätte öffnen können, und die Zauber zu entflechten dürfte geraume Zeit in Anspruch nehmen.

Er sah sich noch einmal im Raum um. Der Saal, in dem er sich befand, war überwölbt von einer Kuppel, einem riesigen Rund aus demselben schwarzen Material wie die Wände, und von Fackeln erleuchtet, die mit einer hellen blauen Flamme brannten, welche die Fackel selbst nicht verzehrte. Kaltfeuer vermutlich. An einem Ende der Halle war eine riesige zweiflügelige Tür aus schwarzem Eisen und auf der anderen Seite ein zweiter, kleinerer Eingang.

Auf die Kuppeldecke hatte dasselbe verrückte Kind das riesige Gesicht einer Frau gezeichnet, ein Gesicht mit rotem Haar und einem leicht traurigen Ausdruck. Sie schien zu schlafen, aber ihre geschlossenen Augen schienen trotzdem auf den schwarzen Marmor des Bodens hinunterzuschauen. Auf allen anderen Wänden waren weitere Figuren zu sehen. Sam kroch ein Stück, so weit es seine Ketten erlaubten, und rieb mit den Fingern über eine der Zeichnungen. Die weiße Linie ließ sich nicht abwischen, aber er spürte ein leichtes Zucken wie von Magie. Doch als er seine mentalen Fühler ausstreckte, war da nichts.

Sam ließ sich gegen die Wand sinken. Er fühlte sich elend. Er war versucht, um Hilfe zu rufen, doch er befürchtete, dass ihm das nur wieder eine Giftspritze einbringen würde.

Er hörte ein Geräusch und blickte in Richtung der riesigen Tür. Ein dünner weißer Lichtstrahl war erschienen. Instinktiv rollte sich Sam wieder zusammen, schlug die Hände vor den Kopf und schloss die Augen. Er hörte Schritte, und die Tür schlug zu. Die Schritte kamen näher, und eine Hand berührte ihn an der Schulter. Er bewegte sich nicht. Die Hand überprüfte seinen Puls und fühlte seine Stirn. Sam hielt sich ganz still und konzentrierte sich darauf, ruhig zu atmen.

Schließlich wurde die Hand weggenommen, und der Fremde, anscheinend zufrieden mit dem, was er gesehen hatte, entfernte sich wieder. Sam öffnete die Augen einen Spalt weit und sah einen Ashen'ia, der sorgfältig eine Spritze in ein Kästchen legte. Kein Bedarf, wie es schien. Patient schläft.

Wieder allein, setzte Sam sich auf und blickte sich erneut um.

Ein Stoß warf ihn um. Der Boden bebte. Innerhalb von ein paar Sekunden waren die Erdstöße vorbei, doch er hatte die einleitenden Fanfaren einer Auseinandersetzung von Weltenwandlern vernommen. Fang an mit dem großen, eindrucksvollen Kram, der im Grunde nicht viel Wirkung hat, und sieh, ob du den Feind beeindrucken kannst.

Er richtete sich wieder auf – und biss sich vor Schreck auf die Zunge.

Die Augen der Frau an der Decke waren nun weit geöffnet,

hellblau und sahen ihn direkt an. Sam winkte. Das Gesicht bewegte sich nicht.

Er hörte wieder ein Geräusch an der Tür und rollte sich hastig zusammen und lag still. Schritte kamen näher, hielten bei ihm an. Dann spürte er, wie sich jemand bückte und etwas neben ihm niederlegte. Dieselben Hände berührten seine Handgelenke, und er hörte das Klicken, mit dem die Schlösser geöffnet wurden, auch wenn das Gewicht der Ketten noch blieb. Die Schritte entfernten sich.

Er rollte sich herum, um einen Blick auf seinen Befreier zu werfen, und die Ketten klirrten. Der Mann erstarrte, mit dem Rücken zu Sam, aber Sam erkannte ihn dennoch. Er blickte von Tinkerbell zu seinen freien Händen und Füßen und zu dem silbernen Schwert und Dolch an seiner Seite.

Schließlich sagte er: »Ich kann nicht glauben, dass ich jetzt diese Frage stelle.«

Tinkerbell wandte sich halb um, ohne ihn direkt anzusehen. »Dann lasst es besser sein.«

»Vielleicht könntest du mir die Mühe ersparen? Fang an mit ›weil‹ und lass deine Fantasie den Rest besorgen.«

»Versteht mich nicht falsch«, sagte Tinkerbell, »ich glaube nicht, dass Ihr gewinnen könnt. Dafür ist es längst zu spät.«

»Aber?«, hakte Sam nach.

»Ich glaube … Ihr verdient eine Chance, auch wenn ich weiß, dass es sinnlos ist.«

»Hm«, überlegte Sam. »Ich schätze, du möchtest nicht unbedingt, dass Jehova hiervon erfährt.«

»Nein. Aber es macht letztlich keinen Unterschied. Ihr werdet trotzdem Eure Seele verlieren. Es ist unvermeidlich.«

»Wenn ich weiß, wo ich sie finden kann, wie kann sie dann verloren gehen?«

»Wo wollt Ihr sie finden, wenn so viele andere Geister Euch überfluten?«

»Überall.«

»Das ist ein weites Feld.«

»Ich werde nicht allein sein.«

»Doch, das werdet Ihr. Ihr werdet mit vielen anderen zusammen sein, doch Ihr werdet mehr allein sein, als Ihr es in Eurem ganzen Leben jemals wart. Ich dachte, Ihr verdient eine Chance, dem zu entgehen.«

»Obwohl du glaubst, dass ich sowieso keine Chance habe?« Sam lächelte und richtete sich ein Stück weiter auf. »Danke, Tinkerbell.«

»Keine Ursache«, sagte der andere und eilte aus der Halle, bevor Sam noch irgendetwas sagen konnte.

Tinkerbell, schloss Sam, war nicht wohl dabei, im Grunde seines Herzens ein guter Kerl zu sein.

Er wartete noch ein paar Minuten, ehe er vorsichtig aufstand. Tinkerbell, so stellte er fest, hatte sogar seine alte Dolchscheide mitsamt Riemen mitgebracht.

Mit einem etwas besseren Gefühl blickte er noch einmal zur Kuppeldecke auf. Das Bild sah ihn immer noch an, doch irgendwie hatte es sich verändert. Es hatte eine Hand ausgebildet, wo vorher keine gewesen war. Sie schien offen zu sein, wie zum Gruß.

Wieder erbebte die Welt. Schlag und Gegenschlag. Sam starrte auf die Hand. Der bittere Geschmack von Magie lag in der Luft. Doch es war keine zielgerichtete Magie, eher ein allgemeines weißes Rauschen, ein Dröhnen, das wie Nebel vom Boden aufstieg und den Raum erfüllte. Er bewegte eine Hand auf und ab, und Funken blitzten von seinen Fingerspitzen. Etwas baute eine Ladung auf, die mit nichts vergleichbar war, was er je zuvor gesehen hatte. Er wich aus der Mitte des Raums zurück, bis er gegen die Wand stieß.

Sie war glühend heiß.

Heilige Höllen! Sam ruderte hastig zurück, als die Figuren an der Wand sich zu bewegen begannen. Zuerst waren es nur winzige Bewegungen, kaum wahrnehmbar, als ein Umriss die Seitenwand entlangzuckte. Er floss wie Öl in Wasser, wie durch sehr klares Glas gesehen, das alles zweidimensional erscheinen ließ. Sam trat einen weiteren Schritt zurück und noch einen, als ihm plötzlich bewusst wurde, dass er auf allen Seiten von sich bewegenden Figuren umgeben war. Er spürte mehr Magie, von einer anderen Art, und warf einen Blick zum Eingang. Das bisschen Licht, das durch den Spalt zwischen den Türflügeln gedrungen war, hatte sich eingetrübt, wurde immer dunkler und schwand schließlich ganz. Mit der Dunkelheit kam eine unnatürliche Kälte, die wie eine Flutwelle hereinrollte und seinen Atem zu einer weißen Wolke kondensieren ließ.

Das war kein Teil der allgemeinen Hintergrundmagie. Das waren Seth und seine Macht. Sam versuchte, ihn zu erreichen. ›Seth! Es ist eine Falle!‹ Welcher Zauber es auch immer sein mochte, in den Seth verwickelt war, er war zu stark, als dass Sams Stimme hätte hindurchdringen können.

Er sah sich erneut im Raum um, und sein Magen tat einen kleinen Hüpfer, als eine Figur *aus der Wand hervorkam.* Eine einzelne weiße Hand, die ein strahlend weißes Schwert hielt, schob sich aus der Mauer und wedelte ein paar Sekunden in der Luft herum, bevor sie in die Wand zurückkehrte.

Bitte, sag mir, dass es nicht so schlimm ist, wie es aussieht . . .

Weitere Hände lösten sich aus der Mauer, verwandelten die Wände in ein seltsames Tier mit schwarzer Haut und weißen Stacheln, die hervorstachen und herausschossen wie Fische aus dem Wasser. Hinter den Händen kamen weiße Arme, kränklich weiß, gefolgt von weißen Schultern, weißen Hälsen und weißen Gesichtern, umrahmt von weißem Haar. Von allen Seiten kamen sie, Männer und Frauen jeden Alters, alle weiß wie Geister, und traten aus den Wänden.

Hinter sich ließen sie nichts zurück, nicht einmal einen Fleck, der darauf hingedeutet hätte, dass da etwas gewesen war. Einige trugen weiße Schwerter, andere weiße Äxte. Der Großteil jedoch trug Sicheln. Ein endloser Zug von Sicheln, so weiß wie die Hände, die sie hielten. Und als die letzte Gestalt aus der Wand getreten war, wandten sie sich alle dem Zentrum des Raumes zu und starrten mit pupillenlosen Augen ins Leere.

Sam bewegte eine Hand auf und ab. Sie starrten immer noch ins Leere. Er stellte sich auf ein Bein und streckte die Zunge raus. Sie starrten weiter. Er spürte, wie eine irre Welle des Gelächters in ihm aufwallte, und biss sich auf die Lippen, um sich zusammenzureißen.

Die weißen Gestalten standen da und taten nichts. Sam erinnerte sich an Jehovas Worte.

Chronos hat sie bestraft. Er hat die Seelen der erschlagenen Bürger auf ewig an ihre Stadt gebunden.

Tartarus. Ich bin in Tartarus. Und das sind die Bewohner.

Er erinnerte sich an noch etwas. *Jeder, der die Stadt betritt und nicht das Zeichen einer Höheren Macht trägt, wird von den Geistern vernichtet, die sie bewachen.*

Als hätten sie seine Gedanken gelesen, schien jeder der Anwesenden sich plötzlich auf ihn zu konzentrieren. Köpfe drehten sich zu ihm herum, hundert leere Augen starrten ihn an. Ein dumpfer Schlag ertönte, als hundert Füße einen Schritt auf ihn zu machten, wiederum in perfektem Einklang. Er blickte zu der Figur in der Kuppel auf, die ihre Pupillen verloren hatte, aber es immer noch schaffte, ihn anzustarren, als lese sie in ihm wie in einem Buch.

Er nahm sich eines der auf ihn zukommenden Wesen vor, sah ihm direkt ins Gesicht und sagte mit leiser, fester Stimme auf Elysisch: »Ich bin ein Sohn der Zeit und der Träger des Lichts. Ihr könnt mir nichts anhaben.« Ein weiterer Schritt, noch einer. »Ich trage das Zeichen aller Höheren Mächte in dem ganzen beschissenen Universum! Ihre Geister sind in meinem, meiner ist ihn ihren, wir sind Eins.«

Ein weiterer Schritt. Der Kreis zog sich enger. Er schloss die Augen und rief mit gepresster, panikerfüllter Stimme: »Ich bin der Plan und die Tat, die Stärke und die Schwäche, das Licht und das Dunkel, der Einzelne und das Ganze! Ich bin ... ich werde ... alles, was lebt. Es wird zu mir!«

Schweigen. Er öffnete die Augen einen Spalt. Hundert leere Augen starrten zurück. Hundert Klingen hingen in der Luft, bereit zu töten, und genau da blieben sie auch hängen. Dann fuhren die Sicheln mit einem hörbaren Schnappen nach unten, und die Blicke gingen an Sam vorbei, als wäre er gar nicht da. Die weißen Gestalten schwenkten herum und marschierten auf die Tür zu. Ihr Zug strömte an ihm vorbei, teilte sich vor ihm und schloss sich wieder hinter ihm wie ein Fluss, der einen Felsen umspülte.

Draußen war Dunkelheit hereingebrochen. Tiefe, satte Finsternis, kalt in mehr als einem Sinne. Nacht war mehr als nur das Fehlen der Sonne. Sie verkörperte alles, was an der Dunkelheit schrecklich war, all die kindlichen Albträume, all die Geschöpfe, die unter dem Mond einherschlichen, all die Magie und das Geheimnis. Seth war ein Sohn der Nacht und konnte sie herbeirufen.

Auch wenn die Finsternis vollkommen war, bewegten sich darin schwärzere Schatten, und Laute waren zu hören, halb vernommen und wieder verklungen, sobald Sam sich ihnen zuwandte, um herauszufinden, woher sie stammten. Auch wenn es kein Licht gab, glaubte er, Dinge zu sehen. Ein Aufblitzen von Zähnen. Eine Hand mit einem Messer, die aus den Schatten hervorzuckte und wieder verschwand. Ein Paar glühende Augen. Und ... er glaubte es zu sehen und wusste, dass es Unsinn war. Er sah nicht *wirklich* einen Leichnam. Um es zu beweisen, beschwor er eine kleine Lichtkugel und ging mutig auf die Stelle zu. Der vermeintliche Leichnam erwies sich als ein weißer Fensterladen in einem Haus aus schwarzem Marmor, auf das ein Paar steinerner Säulen seltsame Schatten geworfen hatte.

Im warmen Licht seiner kleinen Leuchtkugel konnte Sam mehr von der näheren Umgebung erkennen. Er befand sich in einer Wohnstraße. Aus einigen Gebäuden lösten sich weiße Gestalten, mindestens eine pro Haus, und traten aus den Wänden heraus. Auf ewig an Tartarus gebunden, waren sie zur Verteidigung gegen Seth aufgerufen.

Die Verteidigung, richtig. Er blickte auf und sah einzelne Feuer entlang einer hohen schwarzen Mauer, gelegentlich verdeckt von vorbeihuschenden Gestalten. Ashen'ia zweifellos. Die Ashen'ia hatten ihre Seelen an eine Höhere Macht verkauft und waren darum sicher vor den unheimlichen Hütern der Stadt. Bis zu einem gewissen Grad konnten sie die Mauern zu ihrer eigenen Verteidigung benutzen.

Ihr Narren! Wenn sich abzeichnen sollte, dass ihr durch irgendeinen Zufall doch gewinnen könntet, werden die Mächte, denen ihr euch verkauft habt, einfach die Kontrolle übernehmen und dafür sorgen, dass ihr trotzdem draufgeht.

Ein weiterer Gedanke kam ihm in den Sinn. *Uranos ist eine Höhere Macht. Thor ...*

Sam lief los. Er hielt auf das nächstgelegene Feuer zu. Als der Boden erneut erbebte, begann er zu rennen. Es würde nicht mehr lange dauern, bis sie die schwere Magie ins Feld führten, die wirklichen Weltenbrecher. Er sah vor sich eine Phalanx von weißen Gestalten und stieß hindurch. Sie machten ihm widerstandslos Platz.

Die Mauer schien immer noch sehr weit entfernt zu sein, als die Katapulte zu feuern begannen. Es sah aus, als wollten sie die Mauern einreißen. Doch die ersten Schüsse gingen übers Ziel hinaus, und die flammenden Geschosse von den Katapulten flogen in hohem Bogen über die Mauern und explodierten auf den Häusern im Inneren, ließen überall Feuer herunterregnen. Oder vielleicht war das die Absicht – die Häuser zu zerstören, an die die Geister gebunden waren, um so die Geister selbst zu vernichten.

Als die Ashen'ia auf den Mauern sahen, dass der Angriff begonnen hatte, fingen sie an zu schreien. Es sollte wohl, wie Sam vermutete, eine Art Kriegsgeschrei sein, doch es klang mehr nach einem sehr schlecht eingesungenen Kirchenchor, der einen Rap versuchte.

Er hörte in der Ferne Trommeln dröhnen und erkannte sie als die eines der Fürsten der Hölle. Truppen rückten heran …

Mehr Kugeln aus flammendem Tod sausten durch die Luft. Irgendwo auf einer der Mauern gab es einen direkten Treffer, und der Kriegsgesang der Ashen'ia kam ins Stocken. Geschosse regneten auf die Stadt hinter der Mauer herab, färbten die künstliche Nacht orangerot, wo sie ihre Bahn zogen. Doch wo sie auftrafen, gab es keine Schreie. Es gab dort keine lebenden Wesen, die leiden konnten.

Sam spürte, wie sich neue Magie dem bereits erstickenden Miasma hinzugesellte, das die Luft zusammen mit dem Gestank von Rauch und Schwefel erfüllte. Von überall her begann Dunst aus der Nacht aufzusteigen, und die Nebelschwaden schränkten die Sicht noch weiter ein.

Gegen alle Erwartungen dämpfte der Nebel den Schlag der Trommeln nicht. Er schien ihn vielmehr zu verstärken, und das dumpfe Dröhnen drang durch jede Straße, hallte in Sams Ohren wider und kroch brummend durch seine Fußsohlen hoch. Er roch Tod und Angst. *Odin. Das ist Odins Werk. Er ist ein Sohn von Krieg; er versucht es mit Einschüchterung.*

Wieder erbebten die Mauern. Der Regen von brennenden Steinen und Schwefel war zu einem Sturm geworden. Es hörte nicht auf, erfüllte den Himmel auf allen Seiten mit Feuer. Sam hörte das Fauchen der geschäftigen Katapulte, das Zischen der

Steine, die durch den Himmel rasten, das Krachen, mit dem sie einschlugen, die Trommeln, die Schlachtrufe der Ashen'ia, und er fragte sich verwundert, wie tödlich still die Stadt sonst gewesen wäre. Ohne Krieg wäre es in ihr völlig lautlos gewesen, und das endlose Sonnenlicht der Wüste, das sich in dem schwarzen Marmor fing, und die schlafenden Gestalten im Innern hätten ihr eine eigene Schönheit verliehen. Wenn überhaupt, machte ihn das noch entschlossener. Er rannte schneller.

Sam sah ein dunkles Treppenhaus, das in einen Turm der Außenmauer führte, und hetzte die Stufen hinauf. Er erreichte die Mauerkrone, als Seths Armee ihren eigenen Schlachtgesang anstimmte und gegen ihre Schilde schlug. Es klang nicht viel überzeugender als die Gesänge der Ashen'ia.

Es waren mehr aufmarschiert, als er sich vorgestellt hatte. Seth musste Tausende in seinen Dienst gezwungen haben, als er durch die Hölle zog und sie mit der Macht der Pandora-Geister zu vernichten drohte, wenn sie seinem Ruf nicht Folge leisteten. Das Heer breitete sich über die ganze Wüste aus, beinahe hübsch anzuschauen, hunderttausende Feuerfunken in der Dunkelheit wie Sterne am irdischen Nachthimmel. Hunderte von Katapulten, die geladen wurden und schossen. Sam konnte Dämonen spüren, Engel, Avatare; selbst ein paar Menschen befanden sich in der Menge. Alle waren im Begriff, die Ashen'ia anzugreifen, alle bereit zu sterben. Für Einen. Viele, die für Einen starben, die äußerste Umkehrung des hohen Ideals. Viele, die für den Plan seines Vaters sterben sollten.

Er konnte die Pandora-Geister in der Luft singen hören. Sie kreisten über Seths Lager und warteten auf den Befehl zum Angriff. Argwohn, Jehovas Geist, war auch da. Zweifellos war Jehova bei ihm und tat so, als würde er Seths Absichten fördern, wobei er in Wirklichkeit die Dinge in seinem Sinne zu lenken suchte. Und ja, hier kam Jehovas Macht zum Einsatz, erfüllte Seths Armee mit dem inbrünstigen Glauben, dass sie für die größte Sache starb, die es je gegeben hatte. Erfüllt von dieser Art von Magie, konnten sie sich mit Zähnen und Klauen durch die Mauern hindurchwühlen.

Die Wirkung war jedoch schwächer, als Sam sie in Erinnerung hatte. Jehova hatte sich offensichtlich von Sams Attacke immer noch nicht völlig erholt.

›Seth!‹, schrie Sam wortlos. ›Seth, hör auf!‹

Niemand hörte ihn. Er spürte, wie das Lied der Pandora-Geister anschwoll und sie sich vereint auf die Stadt stürzten. Immer noch flogen die Katapultgeschosse, erfüllten die Stadt mit Feuer und Brand und zerrissen die Nacht und dic Stille. Geborstene Steine fielen von den schwarzen Mauern, Risse zogen sich durch den Marmor. Sam schaute die Mauer entlang und sah eine Anzahl von Lichtern ausgehen. Sah das Stadttor erbeben. Ahnte, was los war.

›Thor!‹, schrie er. ›Lucifer ruft dich, Thor! Komm und kämpfe, in Freyas Namen! Komm und kämpfe gegen den, der sie mehr geliebt hat, als du es je konntest!‹

Schweigen. Aber er wusste, dass Thor ihn gehört hatte. ›Für Freya, kleines Licht und kleines Feuer?‹, flüsterte es in seinem Geist.

Sams Geist blieb auf das Stadttor konzentriert. Vielleicht würden die Ashen'ia es merken. Vielleicht würden sie es rechtzeitig schließen. Vielleicht hatte Thor nicht geschafft, es aufzukriegen, vielleicht ... vielleicht hatte Sam ihn genug abgelenkt.

›Komm her zu mir!‹, sendete er und versuchte im Stillen, Thor mit reiner Willenskraft vom Tor fortzulocken.

›Ich komme, ich komme.‹

Er wandte sich den Ashen'ia zu, in demselben Augenblick, als Seths Armee mit einem letzten allgemeinen Aufbrüllen ihren Sturmlauf auf die Stadt antrat. ›Das Tor ist auf! Thor hat das Stadttor geöffnet!‹, schrie er mit höchster mentaler Lautstärke, doch selbst in seinen Ohren klang der Ruf dünn, verglichen mit dem Donner der Armee, die wie ein riesiges Ameisenheer über den Sand hereinbrach. ›Das Stadttor ist offen!‹ Er wusste nicht, ob ihn irgendjemand hörte oder nicht.

Fluchend lief er die Treppe zum Fuß des Turms hinab. Er hatte Thor abgelenkt, und jetzt musste er sehen, dass er fortkam, bevor Thor ihn tatsächlich fand. Sam lief durch Straßen, in denen jetzt überall Feuer loderten. Die Katapulte begannen erneut zu feuern; ihr Beschuss hatte jetzt nur noch ein Ziel: Sie versuchten, die Stadt zu zerstören, Haus für Haus, und die Geister zu vernichten, die daran gebunden waren. *Also weiß Seth, dass das Stadttor offen ist.* ›Seth kommt durch das Tor!‹

Er rannte weiter, ohne auf den Feuerregen von oben zu achten. Wieder bebte die Erde, und er hörte Donner grollen, als dunkle Wolken heraufzogen, schneller als in der Natur. Irgendwo in der Nähe schlug ein Blitz ein. Weitere Erdstöße, diesmal heftiger. Das Beben wurde stärker, als die drei Weltenwandler vor den Mauern ihre Kräfte vereinten, um das felsige Fundament selbst aufzureißen.

Sam stolperte und stürzte. Er fing sich mit den Händen ab und versuchte, die Handflächen gegen die Erde gepresst, den Aufruhr zu dämpfen. Doch sie waren drei, und er war einer, und nicht einmal er hatte so viel Macht. Das Beben nahm wieder zu, nahm die ganze Welt und schleuderte sie herum wie in einer Waschtrommel, nur mit Feuer und Blitz statt Seife und Wasser. Sam hörte Steine bersten, hörte das schreckliche Knirschen, mit dem das uralte Mauerwerk nachgab. Er schloss die Augen, wartete, dass die Erdstöße sich legten, versuchte, sich zu erinnern, was man ihm in Japan über das Überleben bei Erdbeben gesagt hatte. Finde einen geschützten Ort, oder gehe irgendwohin, wo alles weit, weit offen ist. Keine von beiden Möglichkeiten bot sich an, so rollte er sich zusammen und wartete. Der Lärm erschütterte ihn am meisten, das schreckliche Knirschen einer Welt, die in Stücke gerissen wurde. Und selbst als das Beben schwächer wurde, blieb doch der Lärm bestehen – das Prasseln fallender Steine, das dumpfe Knirschen von Gebäuden, die sich zur Seite neigten, das Geschrei der Armeen, das Knistern der Flammen, das Schnappen der Katapulte, die ihre Lasten schleuderten.

Als er sich vorsichtig wieder aufrappelte, hörte er irgendwo im Westen ein sanftes »Whumph« und sah den Himmel jenseits der Stadtmauer orange aufleuchten. Er hörte Schreie. Irgendjemand hatte einen Kessel mit siedendem Öl auf die unglückseligen Angreifer ausgegossen. Sam fragte sich, wie viele Dämonen Jehova absichtlich auf den am besten verteidigten Abschnitt der Stadtmauer angesetzt hatte. Bald würden die Ashen'ia anfangen zu sterben. Bald würde niemand mehr übrig sein außer Seth, Odin und Jehova. Und irgendwo, vielleicht, Sam.

Und nicht zu vergessen Thor.

»Kleines Licht, kleines Feuer, wo versteckst du dich?« Die Stimme hallte, verstärkt durch den unnatürlichen Nebel, durch die Straßen, und schaffte es irgendwie, den Schlachtenlärm zu übertönen. Thor erschien am Ende der Straße, sah Sam und grinste.

Sam zögerte, hielt inne. ›Seth‹, sendete er hektisch. ›Bitte, Seth, es ist eine Falle, blas es ab, hör auf damit.‹ Keine Antwort.

Thor lächelte und kam langsam auf Sam zu, ohne jede Eile, ganz locker. Nur eine kleine Prügelei mit dem kleinen Bruder, alles kein Problem ...

›Seth!‹

Thor lächelte immer noch. »Ich kann dich schreien hören, kleines Licht und kleines Feuer. Wie ein Baby. Hast du Angst vor der Nacht?«

›Warum hört mir niemand zu? Warum glaubt mir keiner?‹

Sie haben alle zu viel in diese Sache investiert und können es sich nicht leisten, ins Unrecht gesetzt zu werden. Und außerdem, wer hat dem verbannten, illegitimen Sohn des Chronos je geglaubt, der den Weg nach Eden versiegelt hat?

Thor hielt ein paar Meter vor Sam an. Er hatte die Axt gesenkt, doch Sam sah, wie fest er sie gepackt hielt. Einen Augenblick lang sahen die beiden einander in die Augen, versuchten, den Gegner einzuschätzen. Sam hatte ihre letzten beiden Kämpfe gewonnen, doch in beiden Fällen hatte er Hilfe gehabt. Damit war jetzt wohl kaum zu rechnen.

Thor strahlte. Der Feuerschein ringsum brachte seine Augen zum Leuchten; Wahnsinn funkelte darin. »Hörst du das?«, fragte er. »Es ist der Lärm des Krieges. All diese Wesen kämpfen und sterben. Es ist interessant. Es ist ein Teil von mir. Ich bin ein Sohn von Krieg.«

»Du hast deine Seele an Uranos verkauft; du bist weniger, als du je warst. Und selbst vorher war es nicht gerade ein erbaulicher Anblick.«

»Willst du wissen, warum ich es getan habe? Warum ich Uranos mein Blut gegeben haben?«

Sam zögerte. Er war versucht, etwas sehr Unhöfliches zu sagen. Doch Thor war eine wandelnde Killermaschine, und jeder Trick, um zu überleben, selbst Beichtvater zu spielen, war angebracht.

»Erzähl.«

»Ich habe es für Freya getan.«

Ein langes Schweigen. »Quatsch«, sagte Sam. »Immer noch ziemlich unerbaulich.«

Thor trat einen Schritt auf Sam zu – und der erhaschte ein Aufflackern von … Verzweiflung? Sam hatte Thor nie anders gekannt als einen groben Klotz mit einer großen Axt. Er vergaß manchmal, dass vielleicht irgendwo da drinnen ein kleines Gehirn um Beachtung bettelte, das in dem ungeschlachten Körper gefangen war.

»Ich kann nicht ohne sie leben, verstehst du? Ich schaffe es nicht! Uranos war Frieden, er war Freiheit! Ohne Freya will ich nicht mehr!«

Sam sah Thor mit einem fast schon mitleidigen Blick an und fragte sich, ob er es ihm sagen sollte. *Er würde mich einen Lügner nennen, Zeter und Mordio schreien und es gleich in die Tat umsetzen.*

»Ich bezweifle, dass es in Freyas Sinn wäre, was du jetzt tust.«

Thors Gesicht wurde starr. Er richtete sich zu seiner vollen Größe auf und blickte mit einem leisen, höhnischen Lächeln auf ihn hinab. »Du hast sie nie wirklich gekannt.«

Da ist was dran. »Du hast ja keine Ahnung«, seufzte Sam müde.

Thors Lächeln verbreiterte sich zu einem Grinsen, das sein Gesicht ins Unmenschliche verzerrte. »Ein letztes heroisches Aufbäumen, Lucifer?«

»Sei nicht albern«, knurrte Sam, drehte sich um und floh.

Thor setzte ihm nach, aber Sam hatte den Vorteil der Überraschung und ein paar lebenswichtige Meter Vorsprung gewonnen. Und außerdem rannte er, wie nur ein Fürst des Himmels rennen konnte, so schnell, dass ein Anhalten ihn wie einen Baum umgeworfen hätte. Niemand hatte je gestoppt, wie schnell ein Weltenwandler laufen konnte, da die meisten gewöhnlich vor nichts und niemandem davonlaufen mussten. Doch Sam, der jahrtausendelang Erfahrung darin gesammelt hatte, der illegitime Sohn, das notwendige Kind, der Verbannte, der Teufel zu sein, hatte gelernt zu rennen wie kein Zweiter.

Irgendwann, als er das Gefühl hatte, nicht weiter laufen zu können, blieb er schließlich stehen. Hier waren die Straßen leer und ruhig; der Kampflärm war weit weg. Er stützte die Hände auf die Knie und stand im Nebel da, die mentalen Fühler ausgestreckt, und seine Gedanken rasten so schnell wie sein Herz.

Stille. Der Geruch von Rauch und Tod, dann die Schreie der Sterbenden, Explosionen, Krachen, das Knistern von Flammen, der gelegentliche Hall einer Posaune, mit der Truppen hierhin und dorthin dirigiert wurden.

Ein Lied trieb durch den Rauch, gesungen von einer tragenden, angenehmen Tenorstimme. »Ein feste Burg ist unser Herr …«

Sam blickte auf.

»… ein gute Wehr und Waffen …«

Er wich ein paar Schritte zurück, bis er an eine Mauer stieß. Das Gefühl von etwas Hartem im Rücken gab ihm ein wenig Sicherheit, und er packte sein Schwert fester.

»… Er hilft uns frei aus aller Not …«

Unkontrollierbar zitternd, lehnte er sein Schwert gegen die Knie und wischte seine verschwitzten Hände an den Ärmeln ab, desgleichen den Schwertgriff. Er versuchte, langsam und tief zu atmen, doch jedes Mal, wenn er einatmete, flatterte die Luft in seinen Lungen. Er fühlte sich kalt, blind und schutzlos.

»… die uns jetzt hat betroffen.« Plötzliches Schweigen. »Komm raus, komm raus, wo du auch bist.«

»Und wenn die Welt voll Teufel wär«, sang Sam sehr, sehr leise, »und wollt uns gar verschlingen …«

Doch Thor war bereits auf einem anderen Liedertrip. »Seele, dein Heiland ist frei von den Banden …«

»… so fürchten wir uns nicht so sehr …«

»… glorreich und herrlich vom Tode erstanden …«

»… es soll uns doch gelingen.«

»… Freue dich, Seele, die Hölle erbebt …« Schweigen, plötzlich und abrupt. »Ist er?« Die Stimme war nur ein paar Meter entfernt. Licht erglühte um Thor, der auf seine Axt gelehnt dastand und einem bleichgesichtigen Sam direkt in die Augen sah. »Auferstanden, meine ich?«

»Ein Sohn Jehovas?«, gab Sam heiser zurück. »Zweite Generation? Wer's glaubt, wird selig.«

»Angeblich soll er ja nachher in Südfrankreich gesehen worden sein.«

»Dann müsste er an zwei Orten zugleich gewesen sein. Hältst du das für wahrscheinlich?«

»Nein.« Thor lächelte entwaffnend. »Wie schade für dich, dass du auch nicht an zwei Orten gleichzeitig sein kannst. Aber wenn ich mit dir fertig bin, wird sich das schon irgendwie arrangieren lassen.«

Sam grinste, ein kränkliches Grinsen des Schreckens. »Thor – oder vielleicht auch Uranos, je nachdem, auf welchen Namen du gerade hörst –, irgendein fleißiger Drehbuchschreiber hat sich die ganze Nacht über Zeilen wie diese den Kopf zerbrochen, und eigentlich sollten sie von einem Schurken mit einem komischen Akzent und einer weißen Katze, ganz zu schweigen von einem hohlen Vulkan und einem tragbaren Piranha-Tank, gesprochen werden. Deine Darbietung wird dem einfach nicht gerecht.«

»Jammerschade, dass wir keine Freunde sein konnten«, seufzte Thor und griff an.

Sam hatte dazugelernt. Uranos und Thor gleichzeitig zu bekämpfen, konnte er vergessen. Auch irgendwelche heroischen Anwandlungen würden ihm nichts bringen. Nur die Kavallerie konnte jetzt noch helfen. Er wehrte den Hieb nicht ab, er duckte sich nicht, er ging nicht zum Gegenangriff über. Er verschwand einfach.

Thors Axt grub sich tief in den Türrahmen hinter Sam. Thor zog überrascht die Brauen hoch, dann riss er seine Axt wieder los und sah sich um. »Du kannst eine solche Illusion nicht lange beibehalten«, sagte er laut und deutlich. »Ich habe von diesen Illusionen gehört. Sie schützen nicht vor Verletzungen.«

Keine Antwort. Etwas bewegte sich im Nebel. Im Bruchteil

einer Sekunde war Thor herumgefahren und hatte seine Axt geschleudert. Sie prallte auf eine Wand, doch vorher hatte sich etwas Dunkles davor zu Boden geworfen, sodass eine Sandwolke aufstob. Thor hob die Hand, rief die Axt zurück und machte sich hinter Sam her, der sich wieder aufrappelte, eine schwarze Gestalt in der Finsternis.

Sam rannte. Thor ihm nach. Für jeden Schritt, den Sam tat, schien Thor zwei zu schaffen. Sam bog um eine Ecke und sah eine Sackgasse.

Keine Panik. Angetrieben von einem stillen Schrecken, den er nicht für möglich gehalten hätte, rannte er auf die Mauer am Ende der Straße zu und lief sie einfach hinauf. Es hatte mehr mit Magie zu tun als mit besonderer Übung. Menschen, die es sich zur Aufgabe gemacht hatten, Wände hinaufzulaufen, waren gewöhnlich aufgrund ihrer ständigen Übung im Mauerlaufen nicht imstande, zwei und zwei zusammenzuzählen. Sam hatte die Technik nie wirklich studiert. Doch mit Magie bekam er die Oberkante der Mauer zu fassen, und wie an einem Seil, das so fein war wie Schatten, zog er sich hinauf.

Er befand sich auf einem Dach. Es war mattschwarz und ungefähr so interessant wie die Dunkelheit ringsum. Er hielt nicht an, da er sich sagte, wenn er imstande war, das Dach zu erreichen, war Thor es auch. Er lief weiter, übersprang die kurzen Distanzen von Dach zu Dach und rannte blind in die Richtung, die ihm am besten erschien. Eine Straße kreuzte seinen Weg. *Keine Panik.* Er lief geradeaus weiter durch die Luft, getragen von Magie. Das Hemd klebte ihm von der Anstrengung am Leib. *Das Leben ist ein einziger langer Lauf in die Dunkelheit, und wenn man sich darüber philosophische Gedanken macht, dann meist zum unpassendsten Zeitpunkt …*

Eine weitere Straße. Ein weiterer Magieschub. Noch ein Dach. Das regelmäßige Trommeln seiner Schritte, als er seinen Rhythmus fand. *Tap, tap, tap, tap …* und direkt dahinter ein weiterer Laut, der seine eigenen Schritte akzentuierte wie Triller zwischen jeder langen Viertelnote und Musik daraus machte: *Toptoptoptoptoptoptop* . . .

›Seth!‹, sendete er hektisch. ›Es ist eine Falle, verdammt noch mal!‹

Er erreichte eine Straße und fühlte sich zu müde, um darüberzulaufen. So ließ er sich stattdessen fallen, rollte sich ab und kam mit erhobenem Schwert in Abwehrhaltung hoch.

Thor landete ein paar Meter entfernt auf den Füßen. Er sah aus, als hätte er gerade einen belebenden Dauerlauf vor dem Frühstück hinter sich und sei in der Stimmung für eine kalte Dusche und ein bisschen Gymnastik. Sam wich zurück. Er keuchte schwer, und sein bleiches Gesicht glänzte vor Schweiß.

»Komisch«, sagte Thor, und seine Augen verwandelten sich in die von einem milchigen Film bedeckten Augen eines Fisches, während seine Stimme zu dem rauen Krächzen von Uranos hinabsank, »ich hatte gedacht, der Träger des Lichts wäre schwerer zu töten.«

»Komisch, ich auch.«

Diesmal rannte Sam nicht fort. Thor griff an, und er war bereit. Was nicht hieß, dass er Thor zu dessen Bedingungen zu bekämpfen gedachte. Er riss seine freie linke Hand hoch und stieß Thor hart zurück. Thor prallte gegen das Haus hinter ihm, taumelte, schüttelte den Kopf und griff erneut an. Sam wiederholte die Prozedur, und wieder und wieder, aber Thor ließ nicht locker, und jedes Mal kam er ein bisschen näher, wurde Sam ein bisschen schwächer. Bis Thor auf Armlänge heran war, ehe Sam genug Energie hatte sammeln können, um ihn erneut abzuwehren. Thors Kopf blutete von den Stürzen, doch er kam immer näher. Und näher und näher und näher . . .

Die Axt zischte auf Sams Gesicht zu, und er hatte keine andere Möglichkeit, als sie zu parieren. Sein Arm zitterte, als seine Klinge Zentimeter um Zentimeter nach unten auf den

Boden gedrückt wurde. Thors wildes Gesicht war nur eine Handbreit von Sam entfernt, und in seinem Atem war der süße, widerliche Gestank der Verwesung zu riechen. »Wo ist Papa, wenn du ihn brauchst?«, fragte Thor leise.

»Zur Hölle mit Papa, Mama, Onkel, Tante und dir«, zischte Sam und trat gegen Thors Knie. Die Tatsache, dass Thor nicht vor Schmerz zusammenklappte, wie Sam gehofft hatte, bewies einmal mehr, dass er nicht menschlich war. Thor grinste und brachte seinen Ellbogen hoch. Er traf Sam im Gesicht, und Sam taumelte zurück. Das Schwert glitt ihm aus der Hand. In seinem Kopf drehte sich alles, und als er sich nach dem Schwert bücken wollte, trat Thor es mit dem Fuß weg. Sam versuchte, aus Thors Reichweite zu gelangen, und sammelte seine letzten Reserven an Magie für ein letztes, heldenhaftes Aufbäumen. Thors Axt sauste herab, als Sam seine Hände hob, und hielt eine Handbreit vor seinem Hals an. Sam erstarrte.

»So«, sagte Uranos mit Thors Stimme, »willst du also das Universum retten?«

»Tinkerbell ist hinter dir«, sagte Sam leise.

Er sah Zweifel in Thors Augen aufkeimen und wusste, dass Thor an das letzte Mal dachte, als er Sam nicht geglaubt hatte. Er drehte sich halb um, und Sam hatte den Dolch draußen; er bemühte nicht einmal seine Hände, sondern trieb ihn mit Geisteskraft durch die Luft. Der Dolch wirbelte im Flug um die eigene Achse. Sam sah den Ausdruck der Überraschung auf Thors Gesicht. Thor taumelte einen Schritt nach hinten, drehte sich wieder um und schwang die Axt erneut in Sams Richtung.

Sam warf die Hände hoch und schleuderte Thor ein letztes Mal zurück, mit einer Reserve an Magie, von der er gar nicht gewusst hatte, dass er sie besaß. Thor stolperte, prallte gegen eine schwarze Marmorwand und sackte zu Boden. Die Axt entglitt seinen Fingern. Mit Schrecken blickte er auf den Dolch, der bis zum Heft in seiner Seite steckte. Es war jedoch nicht ganz die Stelle, auf die Sam gezielt hatte; es würde ihn nicht umbringen. *Kein Problem.*

Er streckte die Hand aus, und das zu Boden gefallene silberne Schwert flog zu ihm zurück. Er griff um und wandte sich Thor zu, der ihn mit wilden, klaren Augen ansah. »Lucifer ...«, begann er. Sam beugte sich hinab und zog seinen Dolch aus Thors Seite, was einen überraschend weibischen Schrei von dessen zitternden Lippen löste.

Er hob das Schwert. Die Spitze zielte auf Thors Herz.

»Lucifer!«, schrie eine Stimme hinter ihm.

Sam wandte sich um. Eine dunkle Gestalt stand am Ende der Straße. Sie hielt ein blankes Krummschwert in der Hand.

Seth.

Sam richtete die Spitze seines Schwerts auf Seth. Adrenalin und Hass gaben ihm neue Kraft, doch es war ihm bewusst, dass dies nicht lange anhalten würde. *Dann sollte ich sie besser nicht vergeuden.* »Du gehörst mir!«, rief er. »Wenn es mit deinem Tod enden muss, so sei es! Ich habe nichts mehr zu verlieren!«

Und vielleicht sah Seth, dass Sam jedes Wort ernst meinte, dass er aufs Töten aus war, denn die dunkle Gestalt am Ende der Straße drehte sich um und rannte davon. Mit einem hasserfüllten Zischen rannte Sam ihm nach. Im Laufen schleuderte er eine Lichtkugel voraus, die Seths Kopf umkreiste und so verriet, wo er entlanglief, auch wenn er sie gereizt mit der Hand wegzuschlagen versuchte. Sam hatte keine Ahnung, wohin sie rannten. Er wusste nur, wenn Seth tot war, würde alles vorbei sein. Uranos würde weiterschlafen, die Schlacht wäre weder gewonnen noch verloren, und er würde frei sein ...

Vor ihnen ragte der Kuppelbau aus schwarzem Marmor auf. Sam sah, wie Seth die Tür öffnete, und stürzte ihm nach. Er rannte in den Kuppelraum, sah Seth zurückblicken und hörte die Tür hinter ihm zuschlagen. Er drehte sich um. Odin stand da und versperrte den Ausgang. Jehova trat aus den Schatten.

Sein Gesicht war dunkel. Seth rang keuchend nach Luft und grinste.

Sam blickte von einem Verschwörer zum anderen, bevor er sich erneut Seth zuwandte. »Du«, zischte er. »Du bist an allem schuld.«

»Haltet ihn auf«, schnappte Seth zu Jehova und Odin.

Sam lachte. »Thor hat es nicht geschafft, und er hatte seine Seele verkauft.« *Aber das hat Jehova auch, nur wissen sie es nicht.*

Seth schüttelte nur den Kopf, drehte Sam den Rücken zu und ging langsam davon.

»Halt!«, rief Sam. Seth ging weiter. Sam riss die Hand hoch, packte ihn mit Magie. Sofort traf ihn ein Schlag von Jehovas Seite und ließ ihn taumeln. Sein Schutzschirm erzitterte unter dem Aufprall. Ein weiterer Stoß von Odin, und er fiel zu Boden. Eis kroch ihm über die Haut.

In der Tür am anderen Ende der Halle drehte Seth sich halb um und lächelte. »Ich habe gewonnen, Lucifer.«

»Du bist ein Narr«, schaffte er es zu krächzen, auch wenn seine Zähne aufeinanderschlugen.

»Und ich habe den goldenen Schatz gefunden«, gab Seth zurück.

»Oh, *Ihr* seid der Schwachkopf, der das alles für eine gute Idee hielt!«, sagte eine freundliche, überschwängliche Stimme von der Tür her. Alle drehten sich zu ihr um außer Sam, auf dessen Gesicht sich ein wildes, manisches Grinsen ausbreitete.

Seth runzelte die Stirn. »Wer bist du?«

»Ich?«

Sam schaffte es, sich auf dem Boden herumzudrehen, um Tinkerbell sehen zu können. Dieser hielt seine getreuen Armbrüste in den Händen. Beide Bolzen waren auf Seth gerichtet. »Ich bin der Kerl mit dem Rache-Komplex.«

Eine selige Sekunde lang glaubte Sam wirklich, Tinkerbell würde auf Seth schießen. Dann fuhr Tinkerbell mit einer blitzschnellen Bewegung herum und betätigte die Abzüge. Beide Bolzen schlugen in Odins Körper ein, rissen ihn von den Füßen, wirbelten ihn herum und schleuderten ihn zu Boden. Blut rann aus den Einschusswunden in seiner Brust. Seth schnaubte und wollte zurückkommen.

»Nein«, schnappte Jehova und trat vor, um ihm den Weg zu versperren. »Ich werde mit den beiden schon fertig.«

Seth zögerte, dann nickte er. »Ich verlass mich drauf.« Er drehte sich um und rannte auf die Tür zu.

Sam sah, wie eine Hand sich in Augenhöhe zu ihm herabsenkte. Er nahm sie dankbar und ließ sich von Tinkerbell aufhelfen. »Warum Odin?«, stöhnte er. »Du hättest auf Seth schießen können.«

»Odin«, sagte Tinkerbell mit ruhiger Stimme, »war derjenige, den Loki um Schutz und Zuflucht gebeten hat. Odin hat Loki an Chronos verkauft.«

Sam blickte auf Odin hinab, aus dessen Brust die beiden Bolzen ragten. Odin atmete kaum, und seine Augen waren geschlossen, aber Sam konnte noch Leben in ihm spüren. »Stahlspitzen?«, fragte er leise.

»Ja, aber meine Axt ist verzaubert und wird ihm den Rest geben.«

Sam blickte von dem am Boden liegenden Odin zu Tinkerbell und schließlich zu Jehova. Er stolperte ein paar Schritte nach vorn und schob Tinkerbell zurück. »Odin gehört dir«, erklärte er. »Jehova mir.«

Er sah ein Aufflackern von Furcht in Jehovas Augen. *Ah, zum ersten Mal begreifst du meine Macht.*

»Lass mich vorbei, Bruder«, sagte Sam.

»Du weißt, das kann ich nicht.«

»Ich werde Seth töten. Dann wird niemand mehr da sein, um Uranos zu befreien. Dann ist alles vorbei. Und wir haben unseren Frieden.«

»Du hast verloren, Sam. Die Ashen'ia sterben und Seths Armee ebenso. Seth wird Uranos befreien.«

»Ich werde ihn aufhalten.«

»Du weißt, dass du das nicht kannst.«

»Ich glaube, dass ich es kann. Also geh mir aus dem Weg.«

»Nein. Und ich glaube nicht, dass du die Kraft besitzt, mich dazu zu zwingen.«

Sams Stimme war nahe daran, sich zu überschlagen, doch er hatte sie immer noch in seiner Gewalt. »Odin liegt im Sterben. Thor auch. Du stehst zwischen mir und dem Überleben.«

»Du hattest nie eine Chance.«

»Jehova«, sagte Sam mit einem kleinen Seufzer, »ich will offen mit dir sein. Ich kann nicht gewinnen.«

Jehova zögerte. Er hatte offensichtlich nicht erwartet, das aus Sams Mund zu hören. Sam strahlte. »Aber ich kann dir etwas sagen, das zu deinem Vorteil sein könnte.« Mit voller Absicht steckte er sein Schwert in den Gürtel, ließ den Dolch in die Scheide gleiten und ging auf Jehova zu. Jehova trat unbehaglich von einem Fuß auf den anderen. Er wusste nicht, wie er auf diese neue Eröffnung Sams reagieren sollte.

Sam beugte sich vor und flüsterte in Jehovas Ohr. »Kämpfe niemals fair.« Er trat zurück und nickte Jehova eifrig zu, als erwarte er eine Antwort auf diese Aussage. Als keine Reaktion kam, zuckte er die Schultern, seufzte und stieß sein Knie hart nach oben zwischen Jehovas Beine. Als Jehova sich mit einem entrüsteten Ausdruck auf dem Gesicht zusammenkrümmte, knallte Sam den Ellbogen gegen Jehovas Hinterkopf und trat ihm gegen das Schienbein. Mit rotem Gesicht und vor Schmerz geblähten Wangen ging Jehova zu Boden. Sam hockte sich neben ihm nieder und zischte: »Manchmal ist eben nicht die Kraft entscheidend, Bruder, sondern die Intelligenz. Macht ist nicht immer gleich Recht. Merk dir das.«

Er stand auf, blickte zu Tinkerbell hinüber und lächelte.

»Jehovas Schwachstelle. Er denkt immer in Schwarz und Weiß.«

»Ihr habt trotzdem keine Chance«, sagte Tinkerbell, mit einer Mischung von Bewunderung und Ehrfurcht in der Stimme.

»Ich weiß«, antwortete Sam frohgemut, öffnete die Tür am anderen Ende des Kuppelsaals und trat hindurch.

19
Seth

Wer auch immer Tartarus erbaut hatte, hatte es den Angreifern leicht gemacht, an den Schlüssel zu gelangen. Und zwar mit Absicht, dachte Sam. Alles, was man tun musste, war, die Stadt dem Erdboden gleichzumachen, ein paar tausend Soldaten zu opfern und in dem Durcheinander durch die Hintertür zu schlüpfen. Chronos musste gewusst haben, dass Tartarus einen Weltenwandler nicht aufhalten würde. Er musste damit gerechnet haben.

Sam schlich leise die langen, dunklen Gänge entlang, die nur gelegentlich von einer flackernden Fackel erhellt wurden. Hier und da hielt er inne und öffnete im Vorbeigehen eine Tür. Ein paar von den weißen Gestalten lagen auf dem Boden. Mattrotes Blut sickerte aus zahlreichen Wunden, doch sie waren nicht tot. Sie regenerierten sich nur wie Weltenwandler. Anders als Weltenwandler, schien es, konnten sie auch Verletzungen heilen, die von verzauberten Klingen hervorgerufen wurden. Es kostete sie jedoch sehr viel Zeit.

Es gab noch andere Körper dort. Einige tote Ashen'ia und ein paar Dämonen. Offenbar hatte Seth Truppen in die Gänge geschickt, bevor er selbst gewagt hatte einzutreten; Kanonenfutter für seinen sicheren Weg. Bei dem Gedanken, dass einer seiner Brüder so etwas tun konnte, spürte Sam Galle und Scham in sich aufsteigen. Je tiefer er hinabstieg, desto zahlreicher wurden die Leichen, bis der ganze Ort nach Tod stank. Seth hatte Tausende geopfert, um an diesen Punkt zu gelangen, und es schien ihn nicht zu kümmern. Sam ging weiter, versuchte, seine Sinne gegen das Bombardement von Anblicken,

Gerüchen und Lauten ringsum abzuschirmen. Und gegen die Dunkelheit.

Eine kleine, eher unscheinbare Tür lag vor ihm. Er trat hindurch. Ab hier wurden die Tunnel komplizierter, verzweigten und teilten sich, drehten und wanden sich wie in einem Irrgarten. Bei jeder Abzweigung, an die er kam, wählte er den dunkelsten, am übelsten stinkenden Gang und folgte ihm hinab, mit halb geschlossen Augen, um nicht sehen zu müssen, was sein Bruder getan hatte.

Er wusste nicht, wie lange er durch die Tunnel ging, die mit jeder Biegung kleiner und enger und klaustrophobischer zu werden schienen, bis die Wände seine Schultern berührten und ihm den Atem auszusaugen schienen, als er sich zwischen ihnen hindurchquetschte. Aber er ging weiter. Das Blut pochte in seinem Kopf. *Keine Panik, nur keine Panik, ruhig bleiben, o Zeit bewahre, ich will ruhig bleiben ...*

»Im Frühtau zu Berge wir gehn, fallera«, sang er leise, im Flüsterton. *Das ist es. Musik, ganz ruhig, konzentrier dich aufs Singen.* »Es grünen die Wälder, die Höh'n, fallera.« *Atme, ruhig, ganz entspannt, konzentrier dich.* »Wir sind hinausgegangen, den Sonnenschein zu fangen ...«

Eine Tür voraus. Er stieß sie auf. Helles Licht flutete herein. Viele Fackeln brannten mit blasser, kalter Flamme. Bannzauber an einer schweren Tür waren zerfetzt worden, doch Sam konnte in ihrem Nachglühen sehen, dass sie von jeher schwach und blass gewesen waren. Kein ernsthaftes Hindernis für einen Weltenwandler.

Und auf einem Podest in einem Teich stillen Wassers ein einzelner kleiner Messingschlüssel, grün vom Alter. Seth beugte sich darüber, streckte begierig den Arm aus.

»Seth«, sagte Sam sehr leise.

Seth blickte auf und hob die Brauen. »Oh. Du lebst«, sagte er. Es klang nicht sehr interessiert. »Ist Jehova tot?«

»Außer Gefecht. Fürs Erste. Das ist also der Schlüssel.«

»Ja. Sieht nicht sehr eindrucksvoll aus. Aber die kleinsten Dinge sind gewöhnlich die wichtigen.«

»Ist dir noch nicht der Gedanke gekommen, dass er ein bisschen leicht zu finden war für so ein kleines Ding?«, fragte Sam und trat langsam um den Teich herum. Seth wich ihm auf der anderen Seite mit gleicher Behutsamkeit aus. Seine schlauen kleinen Augen funkelten. Seine Waffe war ein Krummschwert, und Sam wusste, dass er irgendwo am Körper auch ein winziges, blitzblankes Stilett verborgen trug. Darüber hinaus hatte er die Frechheit, seine Krone zu tragen. Ein protziges Goldding mit spitzen Zacken. *Meine hatte nie Zacken,* dachte Sam bitter. *Aber ich bin ja auch der Bastardsohn …*

»Ich schätze, niemand hat damit gerechnet, dass ich so weit kommen würde«, antwortete Seth hochmütig. »Ich gebe zu, die Ashen'ia waren eine Überraschung, aber meine Armee wird mit ihnen fertig. Ich habe gedacht, Thor würde dich Zeit kosten, aber ich habe mich nie der Illusion hingegeben, dass er dich stoppen könnte. Du würdest dich nicht durch etwas so Einfaches wie eine Höhere Macht im Körper eines Weltenwandlers aufhalten lassen. Du hast viel zu lange gelernt, wie man kämpft.«

»Du bist ein arroganter Schweinehund«, murmelte Sam. »Aber ich versuche es trotzdem. Warum, weiß Chronos allein. Und wenn nicht er, wer sonst?« Er holte tief Luft. »Du *solltest* den Schlüssel finden. Damit jemand, dem Uranos vertraut, die Tür zu seinem Gefängnis aufschließt.«

»Entschuldige, wenn ich nicht völlig überzeugt bin«, sagte Seth in seinem blasiertesten Tonfall.

»Oh, du bist wirklich ein Idiot. Unser Vater will, dass Uranos freikommt, nur damit ich ihn töten kann.«

»Kannst du das?«, fragte Seth milde. »Oder sollte ich sagen, willst du das? Vielleicht hätte ich das vorher fragen sollen.

Willst du dein Leben auf einen bloßen Verdacht hin wegwerfen, indem du versuchst, eine Macht aufzuhalten, deren Wesen du nicht einmal ansatzweise begreifen kannst?«

»Du meinst, ob ich mein Leben kämpfend wegwerfen oder lieber bibbernd warten will, bis es verlischt? Eine dumme Frage. Aber wie dem auch sei, ich habe da keine Wahl. Ich bin nur ein Teil des Plans.«

»Dann sollte ich besser sichergehen, dass ich dich vorher töte, oder? Das sollte den großen Plan etwas ins Schleudern bringen.«

»Ich weiß nicht, warum ich mir die Mühe mache«, murmelte Sam, wobei er versuchte, ganz ruhig zu bleiben, auch wenn seine Befürchtung wuchs. »Dieser Schlüssel wurde mit Absicht dort platziert! Ihr alle seid nur Figuren in einem Spiel, Opfer für den Feind, genau wie ich.«

»Wir sind keine Opfer«, berichtigte Seth rasch. »Die unter meinem Banner sterben, sterben kämpfend für eine Sache, an die sie glauben. Kein Leid mehr. Kein Tod. Kein Schicksal. Du bist nur eine Puppe, ohne ein wirkliches Ziel, zu schwach, um deine eigenen Schlachten zu schlagen, und leicht dazu zu bringen, für andere die Kastanien aus dem Feuer zu holen.«

»Das scheint ein wirklich beschissenes Zeitalter zu werden, nicht wahr?«

»Schade, dass du dich nicht auf unsere Seite geschlagen hast«, murmelte Seth aus seiner eigenen kleinen Welt. »Du hättest Freiheit gefunden.«

»Ich dachte immer nur, ich hätte einen schlechten Tag erwischt«, fuhr Sam in demselben Plauderton fort, »doch jedes Mal, wenn irgendwas passiert, werde ich nachdenklicher. Und nach einer Menge Nachdenken bin ich zu dem Schluss gekommen, dass schon die Erschaffung der Planeten nicht die allerbeste Idee war.« Er bedachte Sam mit einem schiefen Lächeln. »Und ich hätte keine Freiheit gefunden. Aus tausend Gründen, für deren Erklärung ein französischer Philosoph mehrere

Stunden und eine besonders gute Flasche Wein bräuchte, hätte ich keine Freiheit gefunden. Ich glaube nicht, dass ich sie je finden werde. Die interessantere Frage ist, wie man mit der Gefangenschaft zurechtkommt.«

Ein triumphierendes Grinsen erhellte Seths Gesicht. »Ah. So bist du schließlich doch deines Vaters Kind.«

»Und du nicht?«

»Ich habe die Freiheit gefunden.«

»Und auf dein Grab wird man schreiben, dass du frei und glücklich gestorben bist. Ganz sicher.«

»Ob man mir ein Denkmal setzen wird?«

»Ich kriege bestimmt keins«, meinte Sam leichthin.

»Sie sollten mir eins setzen. Ich habe versucht, die Dinge zu ändern. Wir haben alle so viel Angst vor Veränderung. Das Universum der Zeit funktioniert gut, sagen wir. Warum sollten wir ein neues System ausprobieren wollen? Uranos ist nicht das Ende, weißt du. Er ist ein Neubeginn.«

»Ist das derselbe Uranos, der sich Thors bemächtigt hat und mich auf zwei Stellen zugleich verteilen wollte?«

Seth hörte ihm gar nicht zu. Seine Augen hatten das Glühen eines Wahnsinnigen. »Man hat uns immer gesagt, Uranos sei das Ende von allem, aber das stimmt nicht. Er ist das Ende von allem, wie wir es kennen. Ein Gefangener hat nach langer Zeit manchmal Angst, das Gefängnis zu verlassen, weil er nichts über die Welt draußen weiß. Nicht weiß, wie wunderbar sie sein kann. Das Gefängnis ist alles, was er kennt. Das Gefängnis ist alles, was er bis zu seinem Tode kennen will. Sobald er aus dem Gefängnis ist, wird er ein Verbrechen begehen, weil die Welt so groß und weit und voller Möglichkeiten ist, dass er sich nicht traut, ihr ins Auge zu blicken. Weil er Angst hat.«

»Hattest du eine glückliche Kindheit?«, fragte Sam unvermittelt. »Du hast da nämlich dieses nervöse Zucken im Augenwinkel . . .«

»Warum setzt du das Licht nicht ein, Lucifer?« Sam sagte nichts. Das schien Seth aufzuheitern. »Ah. Du entgleitest bereits, ist es nicht so? Du erinnerst dich an Dinge, die dir nie widerfahren sind, fühlst Dinge, die du nie gefühlt hast, nennst dich mit Namen, die nicht die deinen sind, denkst Gedanken, die in einem anderen Geist geboren wurden. Du bist nur ein unbedeutender Funke in einem Feuer. Du bist ein Steinchen im Ozean. Und du weißt es besser als irgendwer sonst, denn du hast den Ozean gesehen. Du hast die große weite Welt gesehen, und wie der Gefangene hast du Angst.«

Sie standen ein paar Meter auseinander. »Seth«, sagte Sam, »ich glaube nicht, dass dies der Beginn einer wunderbaren Freundschaft ist.«

Seths Grinsen wurde breiter. »Ich auch nicht.«

Es war die alte Routine. Stoß, Parade, Hieb, Finte, Ducken, vorwärts und rückwärts hüpfen wie ein Moriskentänzer auf heißen Kohlen, nach einer Öffnung suchen, sich allein des regelmäßigen Rhythmus bewusst. Klack, klack, zisch, kratz, klack. Es gab keine Magie, keine Spezialeffekte, kein Wutgeschrei, kein Fluchen und kein Beten. Nur die endlose Monotonie, eins, zwei, eins, zwei.

Sam kämpfte ohne ein wirkliches Ziel und ohne wirkliche Leidenschaft. Er fühlte sich so müde, körperlich und geistig, dass er kaum etwas anderes wahrnahm als das Gewicht seiner Arme und das Kratzen seines Atems, der sich seinen Weg die Kehle hinab bahnte. Er wusste nicht, warum er sich überhaupt noch abmühte. Eins, zwei, Finte nach links, Hieb nach rechts, Klingenbindung, hoch, Parade in die Mitte, Drehung, Ausfall, Drehung, Stoß, eins, zwei. Er fühlte sich völlig losgelöst. Es war nicht er, der da focht, es war jemand anders. Es war nicht er am Rande des Todes, es war jemand anders. Es war nicht er, der für etwas tanzte, an das er nicht glaubte, mit einem Partner, der genauso gern mit Schlangen tanzte wie mit seinesgleichen. Er hatte sein ganzes Leben lang getanzt, und seine Schritte setzten sich nun automatisch. Er fragte sich, ob er den Verstand verlor. Er fragte sich, ob es für einen Weltenwandler überhaupt möglich war, verrückt zu werden, oder ob ihre Gehirne durch einen sadistischen Zug des Schicksals so verdrahtet waren, dass sie nicht durchdrehen konnten. Er blickte auf Seth und dachte mit einem Seufzen, dass der Wahnsinn wahrscheinlich auch die Großen befallen konnte. Er fragte sich, ob er selbst wohl in diese Kategorie fiel.

Eins, zwei, Ausfall, Parade, Riposte. Diverse Grundbewegungen, die in England gelehrt, in Frankreich vervollkommnet, in Russland unterlaufen und in China erweitert worden waren. Hundert Grundbewegungen aus hundert verschiedenen Ländern wurden gegen Seth vorgebracht. Sam stellte sich vor, dass es ein eindrucksvoller Kampf war, von außen betrachtet. Doch innerhalb der Mauer aus scharfem Silber, die er für sich selbst geschaffen hatte, erschien dieser Kampf nur endlos und unsinnig. Eins, zwei, einundeinhalb, wenn man die Finte mitzählte, zwei, nur mithilfe eines hastigen Schritts nach hinten und eines Stoßes nach unten, um einen wohlgezielten Schlag von Seth mit der Klingenspitze abzufangen. Eins, zwei, niemals ein dritter Schritt, denn drei hieße, den Rhythmus zu brechen, und bedeutete, dass jemand anders den Gang bestimmte. Oder wenn es einen dritten Schritt gab, dann musste man einen vierten bereits vorbereitet haben, den Geist des Gegners kennen, ohne dessen Gedanken zu lesen. Eins, zwei, drei, vier. Bewegungen, die komplizierter wurden, eine dritte, die auf eine zweite traf, wo sich die beiden zuvor nach nur einem Stoß und einer Parade getrennt hatten und zu einer neuen Eröffnung zurückgekehrt waren. Wie beim Schach. Die Eröffnungszüge waren vorbei, jetzt trat man in den schwierigeren Mittelteil des Spiels ein. Stoß trifft Parade, gefolgt von Riposte, gefolgt von Reprise, gefolgt von Bindung, gefolgt von Lösung, gefolgt von Stoß. Der Rhythmus wird härter, wird schneller, mehr Blößen tun sich auf. Eins, zwei, drei, vier, fünf, sechs. Atmen. Nicht vergessen zu atmen. Bewegungen, die er nie gelernt hatte, kamen aus Erinnerungen, die nicht die seinen waren. Empfindungen erfüllten ihn, die nicht ihm gehörten, Echos von Gefühlen aus vorangegangenen Gefechten, die er nie geführt hatte. Fließen wie das Wasser, hacken wie die Axt, einschlagen wie der Blitz, tanzen wie der Wind. Methoden, die er nie gelernt hatte, in Worte gefasst, die er nie gehört hatte, aber er kannte sie dennoch.

Er blickte mit einem Gefühl der Entrücktheit auf seine eigenen Empfindungen und fragte sich, ob er das Licht einsetzen sollte? Es würde ihn zumindest von seinen morbiden Gedanken ablenken.

Er blickte auf Seth und sah, dass das Gesicht seines Bruders blass und verschwitzt war. Sein eigenes vermutlich auch. Er blutete aus einem Dutzend kleinerer Schnitte, und Seth erging es nicht anders. Sam hatte den Schmerz nicht einmal gespürt. Seth hatte an irgendeinem Punkt des Gefechts sein Stilett gezogen, und er stellte zu seiner Überraschung fest, dass er ebenfalls seinen Dolch in der Hand hielt. Er sah Seth an. Seth sah ihn an. Sam verspürte den Drang zu lachen und wusste nicht, worüber.

»Hi, Bruder«, sagte er, aus Mangel an etwas Besserem.

»Hi«, sagte Seth.

Eins, zwei, drei, vier, fünf, sechs, Schritt und Ducken und Stoß und Drehung und Stich und Ausfall. Dolch umgreifen, ihn in der Drehung runterführen, Drehung beenden, Schwert rauf, Hieb beiseiteschlagen, Ausfall abwehren, treten, atmen, eins, zwei, drei, vier ...

Es hätten Laute von draußen zu hören sein können, aber er war sich nicht sicher. Alles, was zählte, war das Schweigen, der Frieden, seinen Gedanken zu lauschen, seine Gefühle zu spüren, seine Waffen zu führen. Wen kümmerte es, dass Seth da einen Stoß machte und dort einen Hieb? Die Arme, die Sam Linnfer gehörten, kamen auch da und dort und hier zurecht, und die linke Hand, die *seinen* Dolch hielt, *seinen*, kam da hoch und dort und hier, und *sein* Geist dachte *seine* Gedanken, und *seine* Augen sahen Dinge, die nur *er* sehen konnte, und *sein* Herz pumpte das Blut schneller durch *seinen* Körper und schneller und schneller.

Und Seth taumelte zurück, öffnete den Mund und zischte: »Warum stirbst du nicht, Bru–«

Und *Sams* Dolch durchschnitt die Luft, geführt von *seinem* ruhigen Willen, gehalten von *seiner* bebenden Hand und bohrte sich in Seths Herz. Und Seth starrte auf *ihn*, mit großen, erstaunten Augen. Und das Krummschwert fiel aus Seths Hand, und Seth griff nach *seinen* Armen, stützte sich auf ihn und ging zu Boden. Sam stürzte mit ihm, das Schwert fiel aus seiner Hand. Seth öffnete den Mund, um etwas zu sagen, hustete, sah Sam an, blickte an ihm vorbei und lächelte matt. »Das war gut«, flüsterte er leise. »Du hast dazugelernt.«

»Es tut mir leid. Es war ... notwendig.«

Sam grinste, ein schwaches, blasses Grinsen. Sam hatte gar nicht gemerkt, wie viel Blut sie beide verloren hatten oder wie müde sie beide waren. »Sag ihnen, meine letzten Worte waren irgendwas Tiefsinniges.«

»Sicher. Es war eine wirklich beschissene Ewigkeit, nicht wahr?«

Und Seth starb. Kein Feuerwerk, keine Magie. Eine Sekunde lang ein Lebensfunke, in der nächsten Sekunde nichts.

Sams Dolch steckte in der Brust seines Bruders. Er zog ihn heraus, doch er fühlte sich nicht stark genug, ihn zu halten. Seine Hände waren blutig und zitterten, er fühlte sich schwach wie ein Kind, und der Gedanke, je wieder eine Waffe zu führen, verursachte ihm Übelkeit. Er wusch seine Hände in dem Wasserbecken, war sich kaum bewusst, was er tat, und setzte sich auf den Boden, den Blick auf die Tür gerichtet. Und wartete auf das, was geschehen würde.

Er wusste, es sollte jetzt vorbei sein, was immer »es« sein mochte, doch sein Magen rebellierte noch immer, und seine Finger brannten. Seine Finger. Seine Erinnerungen. Seine Leere, die wartete, von etwas gefüllt zu werden. Das Licht regte sich, bereit, dem Ruf zu folgen.

Eine Stimme, die definitiv die seine war, seufzte in dem Kopf, der definitiv ihm gehörte. *Ach, sei still!* Er lächelte. Es war gut zu wissen, dass da drinnen noch etwas war.

Die Tür öffnete sich. Jehova trat an den Rand des Wasserbeckens, warf einen Blick auf den Schlüssel auf dem Podest und ignorierte ihn. Tinkerbell half Sam auf die Füße. Sam steckte Schwert und Dolch ein und lehnte sich gegen die nächste Mauer, als stünde sie allein zwischen ihm und dem Zusammenbruch. »Wir haben gewonnen, nicht wahr?«

»Noch nicht«, sagte Jehova, und zum ersten Mal blickte er auf Seths kleinen, unbedeutenden Körper hinab. Ein Kriegsopfer mehr. »Pandora ist freilich am Verblassen.«

»Ist das so? Ich habe es kaum bemerkt. Auch wenn ich hoffe, dass ich euch die Suppe ziemlich versalzen habe.«

Sie sagten kein Wort, als sie ihm halfen, zurück durch die Gänge zu humpeln. Die Verletzungen aus dem Kampf begannen sich bemerkbar zu machen, doch er achtete nicht darauf. Er fühlte sich zu müde, und außerdem, wozu hatte er schließlich regenerative Kräfte? Sie brachten ihn in den Kuppelsaal, und er blickte zu dem Gesicht an der Decke auf. Die Augen der Frau waren geschlossen, aber irgendjemand hatte ein paar Tränen eingezeichnet, und sie sah entschieden unglücklich aus. »Hi. Hast du mich vermisst?«, fragte er sie.

Das Gesicht bewegte sich nicht.

Jehova führte ihn sanft in die Mitte des Raums, wo Sam auf die Knie sank.

»Ich habe gewonnen, richtig? Wir können jetzt aufhören. Es ist vorbei.«

Jehovas Gesicht trug einen freundlichen, väterlichen Ausdruck. »Nein. Ein paar Zentimeter haben gefehlt.«

»Seth ist tot, Odin liegt im Sterben. Was sind da ein paar Zentimeter mehr oder weniger?«

»Die Katapulte sind verstummt. Der Befehl ist ausgegeben worden, die Kampfhandlungen einzustellen. Du hast Tausende von Leben gerettet, ohne es zu merken.«

»Ich habe gewonnen.«

»Nein. Ein paar Zentimeter, Sam, ein paar Zentimeter.«

Sam blickte sich in der Halle um, sah auf die leeren Wände, auf Jehova, der an seiner Seite stand, auf Tinkerbell, der still neben Odins ausgestrecktem Körper saß, und wieder zurück auf den Boden. »Ich will einfach nur schlafen.«

»Bald, Bruder, bald.«

»Ein paar Zentimeter, sagst du? Die paar Zentimeter, die ich gebraucht hätte, um Thor, Uranos' letzten Anhänger, zu töten?«

»Genau.«

Er blickte auf die Tür, die ins Innere führte. »Er ist in den Gängen verschwunden?«

»Wahrscheinlich beugt er sich in diesem Moment über Seths Leiche. Er hat sich versteckt, als wir vorbeikamen. Hast du nichts gespürt?«

»Nein.« Sam blickte noch einmal im Saal umher, als wollte er sich mit ihm vertraut machen. »Wie lange noch?«, fragte er müde.

»Ich würde sagen, fünf Minuten, um durch die geringe Abwehr zu gelangen, die noch zwischen ihm und Uranos steht.«

»Was, wenn es nicht funktioniert? Was, wenn ich Uranos nicht vernichte?«

Jehova zuckte die Achseln. »Man darf die Hoffnung nicht aufgeben. Weißt du, Uranos ist nicht tatsächlich das Ende des

Universums. Nur unseres Universums. Wenn er gewinnt, ist das nichts, wovor man sich fürchten müsste.«

Sam lächelte leicht, doch die Stimme blieb ihm in Halse stecken. »Bitte, sag so was nicht.«

»Tut mir leid.«

»Quatsch.«

»Wirklich.«

»Dann … dann hör auf damit …« Seine Stimme versiegte, doch sein ungewolltes Lächeln blieb, als wäre es so erstarrt, als der Wind sich drehte. In einem Flüstern, das alle Kraft aus ihm zu nehmen schien, murmelte er: »Ich habe nicht mal eine Henkersmahlzeit gekriegt.«

»Du wirst das Licht einsetzen, ja?«

»Das weißt du doch. Du hast es die ganze Zeit gewusst, auch wenn ich es selbst nicht wahrhaben wollte.«

In dieser Stille, dachte Sam, *könnte man eine Maus furzen hören.* »Übrigens, Seth hat etwas Tiefgründiges gesagt, als er starb.«

»Wirklich? Was?«

»Ich kann mich nicht erinnern. Aber es fällt mir bestimmt wieder ein. Fragt mich in ein paar Minuten noch mal, wenn ich Zeit hatte, darüber nachzudenken.«

Schweigen. Dann: »Ich habe einen Marsriegel, wenn du ihn willst«, sagte Jehova.

»Nennst du das eine Henkersmahlzeit?«

»Besser als Currywurst mit Fritten.«

Sam zögerte. »Ja, ich schätze wohl. Okay, gib ihn her.«

Jehova suchte in seiner Tasche herum, und Sam nahm den leicht matschigen, halb geschmolzenen Schokoriegel. Seine Hand zitterte so sehr, als er das Papier aufriss, dass Jehova ihm helfen wollte; doch Sam winkte ab und schaffte es schließlich mit den Zähnen.

»Schmeiß das Papier nicht weg«, sagte Sam. »Wenn ich Glück habe, könnte irgendein Okkultist es später als ein heiliges Artefakt in Ehren halten und für die besonders Frommen Tausende von Postkarten davon drucken lassen.«

»Wäre ein bisschen leicht zu fälschen.«

»Du meinst, verglichen mit einem Stück Holz von einem Kreuz, einer Feder vom Engel Gabriel, Knochen von einem Heiligen oder dem Zweig eines brennenden Dornbuschs?«

»Zumindest habe ich eine breite Auswahl an Reliquien.«

»Wirklich? Oh, gut, ich kann mich von meinem eigenen Bruder nicht ausstechen lassen. Hast du eine Flasche Wasser, aus der ich trinken, oder vielleicht eine Blume, die ich auf rituelle Weise quälen kann? Die heilige Evian-Flasche, für die Ritter in künftigen Zeiten auf Pilgersuche gehen? Biologisch nicht abbaubar. Könnte ein Hit werden.«

Keine Antwort. Sam starrte auf den Boden; seine angespannte, hysterische Stimme verstummte, als die Gedanken, die er nicht denken wollte, sich wieder Gehör verschafften. »Wie werden wir es wissen?«

»Das werden wir schon.«

»Bitte ...«

»Nein. Was geschehen muss, wird geschehen.«

»Kein Plan B?«

»Diesmal nicht. Du bist sehr gut darin, die besten Pläne von Menschen, Mäusen und Monstern zunichtezumachen.«

»Die Pläne von Mäusen sind zu klein, die von Menschen sind zu offensichtlich, die von Monstern sind zu vulgär«, dozierte Sam mit ausgestrecktem Zeigefinger. »Und die Pläne von Gottheiten leiden unter Arroganz.« Schweigen. »Wo ist Thor jetzt?«

»Ich weiß es nicht. Vermutlich gratuliert er sich zu einem gut gemachten Job.«

»Wird er Uranos befreien? Was ist, wenn er den Braten riecht?«

»Er wird Uranos befreien«, sagte Jehova müde. »Gottheiten sind arrogant.«

»Und Monster sind vulgär«, pflichtete Sam ihm bei.

»Und Reliquien leicht zu fälschen.«

»Wohl wahr.«

Schweigen. »Bruder ...«, sagte Jehova plötzlich.

Sam hob eine Hand. »Horch«, flüsterte er.

Sie lauschten. Nichts. »Bruder, es tut mir leid«, sagte Jehova. »Die ganze Geschichte.«

»Was du nicht sagst.«

»Es gibt noch eine Chance«, flüsterte Jehova, so leise, dass selbst Sam Mühe hatte, es zu hören. »Ein Wunder.«

»Ich kann keine Wunder wirken, wenn ich tot bin«, antwortete Sam, ohne Groll oder Bitterkeit.

»Ich weiß. Verzeih.«

Sam sah zu ihm auf. Dann sagte er: »Rufe nach Chronos, wenn es vorbei ist. Rufe ihn in deine Seele, lass ihn von dir Besitz ergreifen.«

»Warum?«

»Bitte.«

»In Ordnung.«

Stille. Dann flüsterte Sam erneut: »Horch.« Jehova erhob sich. Sam kniete immer noch auf dem Boden, eine winzige Gestalt in einem viel zu großen Raum. Er wandte Jehova seinen ausdruckslosen Blick zu. »Sag ihnen, meine letzten Worte wären nicht nur tiefgründig, sondern auch sentimental gewesen.« Er runzelte die Stirn. »Freya ...«, begann er.

»Still«, flüsterte Jehova und legte einen Finger an die Lippen. Und jetzt hörten sie es. Ein Klang wie ... Kinderlachen. Wie Flügel an einem leeren Himmel. Wie Donner in der Ferne. Wie das Klirren einer kleinen Glocke, die zu Boden fällt.

»Und was meine letzten Worte betrifft«, fuhr Sam fort, die Augen starr auf die Tür gerichtet, »ich habe eins frei.«

Ein kalter Wind, der von überall zugleich aufstieg, zerrte an Haaren und Kleidern, machte blasse Haut noch bleicher. Sam stand auf, öffnete die Arme, wie um die ganze Welt zu umarmen. Seine Hände zitterten, er konnte sich kaum auf den Beinen halten, Tränen standen in seinen Augen und Schrecken in seinem blassen, bleichen Gesicht. »Ihr könnt mich mal«, sagte er leise, als die Welt sich mit dem Gebrüll eines erwachenden Gottes füllte.

Alle Fackeln in der Halle erloschen, ließen Sam in Dunkelheit zurück. Er lächelte. Dunkelheit, wie viele andere Dinge auch, war überwindbar.

20
Retter der Welt

Nur ein einziges Mal hatte es je eine Entladung des Lichts von dieser Größe gegeben, damals, als der junge Sam auf der Suche nach der Wahrheit über seine Herkunft im Raum der Uhren eine silberne Krone aufgesetzt hatte und zum Träger des Lichts geworden war.

Diesmal jedoch hatte das Licht einen Zweck. Auf der Erde nannten sie es atmosphärische Störung, und ein paar Monate später sollte es eine Episode von *Akte X* zu diesem Thema geben, in der die Protagonisten schlüssig die Existenz von Dämonen bewiesen. In der Hölle duckten sich die Dämonen und flehten um Gnade. Im Himmel blickte Loki aus der Ecke seines dunklen Käfigs auf und lachte wie ein Kind, als das Licht ihn erfasste.

In Tartarus suchte Sam den Geist von Uranos und fand ihn. Er war klein, wie er feststellte; die paar Milliarden Jahre, in denen er mit nur sich selbst als Gesellschaft vergeblich Pläne und Verschwörungen gegen Chronos gewälzt hatte, hatten ihn kleiner gemacht. Sam erfasste ihn und brauchte dann nichts mehr zu tun. Das Licht war bereits dabei zu tasten, zu graben, nach dem richtigen Weg zu suchen, diesen Feind zu vernichten. Alles, was Sam noch blieb, war, es strömen zu lassen, unkontrolliert mehr und mehr Seelen in den Mahlstrom der Macht hineinziehend, der ihn und Uranos in sich hinabsaugte.

Keine Empfindungen, nur reines Denken. Kein Geruch, kein Geschmack, keine Berührung. Nur die immer noch wachsende Flut von Geistern, die sich wie eine mächtige Welle hinter einem Schleusentor staute, bereit, das Tor zu zerschmettern und Uranos mit aller Kraft hinwegzuspülen. Nicht *sein* Geist, nicht mehr. *Ihr* Geist. Er war nur eine Erinnerung, eine, die sie alle teilten. Es war die Erinnerung, die sie zurückhielt, nicht er.

Ich hätte dir alles bieten können. Ich kann es immer noch, flüsterte Uranos. Die Stimme war überall, erfüllte das Nichts mit Klang. Sie war so freundlich und väterlich, wie die Stimme von Chronos in seiner Vorstellung geklungen hatte, bevor er sie erstmals vernommen hatte. Es war die musikalischste und mitfühlendste Stimme, die er je gehört hatte. Doch er hatte keine Kontrolle über die Dinge. Nicht mehr. Irgendwo trieb der Geist von Sam Linnfer, ein winziger Funke. Und irgendwo in der Nähe trieb auch der Geist von Chronos, der Geist der Zeit, nicht mehr und nicht minder wichtig als Sams eigener. Sie sprachen, und die Welt sprach im Einklang mit ihnen. Sie waren keine Individuen, nur eine riesige Persönlichkeit, die aus einer riesigen Anzahl von Persönlichkeiten gebildet wurde und ihre volle Aufmerksamkeit auf die Stimme gerichtet hatte. Auf Uranos.

Was könntest du uns wohl anbieten?

Freiheit. Frieden. Einen Schluss.

Es gibt keinen Schluss. Wir sind der Plan und die Tat, die Stärke und die Schwäche, das Licht und das Dunkel, der Einzelne und das Ganze. Wir sind das Leben. Du bist nichts.

Lucifer, wo versteckst du dich?

Der Funke, der ein Name war, hört dich.

Er kontrolliert euch.

Nichts kontrolliert uns. Wir sind das Leben. Wir sind die Macht, die einen Weg findet, wir beenden Höhere Mächte. Denn sie sind ein Teil von uns. Und wir sind alles für sie.

Wenn Lucifer mich hören kann, und ich weiß, er kann es, sollte er wissen, dass er seinem Vater keine Treue schuldet. Sein Vater ist bereit, ihn sterben zu lassen. Sein Vater wird ihm wehtun. Sein Vater hat ihm bereits wehgetan. In allen Zeiten, gebunden in der Zeit, eine Ewigkeit der Gefangenschaft. Hat, hatte, wird. Es ist alles, was er kennt. Er hat Angst vor Veränderung.

Wir haben vor nichts Angst.

Ihr habt Angst vor mir.

Du hast Angst vor uns. Wir sind das Leben. Du bist das Nichtsein.

Die Zeit ist der Tod. Chronos ist euer Verderben.

Tod ist Freiheit. Wir sind das Sein. Es ist besser, dass Sein und Freiheit zusammenwirken, als dass Nichtsein die Oberhand gewinnt.

Wo ist Lucifer?

Keine Namen. Es gibt keine Namen mehr. Ein Funke verbirgt sich im Ganzen; er hat mehr Angst als wir alle. Der Funke weiß. Der Funke weiß von uns und von dir und von Leben und Tod. Wir wissen nichts davon. Der Funke hat Angst vor dem, was er weiß. Wenn das Wissen den Funken mehr verschreckt als Unwissenheit, dann ist es vernünftig, jene Unwissenheit und die Unschuld zu erstreben, die er verloren hat.

Ihr habt Angst.

Immer.

Ihr könnt mich nicht vernichten. Ihr seid das Leben. Das Leben kann nicht zerstören.

Das Leben findet einen Weg. Das Leben ist übermächtig. Du bist nichts. Wir sind alles. Du wirst ein Teil von uns werden. Ein Funke. Nichts mehr.

Das Leben hat nicht die Macht.

Das Leben endet und schafft Leben. Das Leben ist alles.

Wo ist Lucifer?

Der Funke hat seinen Namen vergessen. Solange er vergisst, ist er sicher. Und frei.

Ihr wagt es nicht.

Immer.

Ihr könnt es nicht.

Immer.

Ihr werdet es nicht.

Immer.

Wo ist Lucifer? Er kontrolliert euch. Er kann mich nicht verleugnen!

Der Funke verbirgt sich in uns. Der Funke wusste, dass du kommen würdest, und hatte Angst. Der Funke verbirgt sich unter den Vielen. Der Funke wird nicht zuhören. Der Funke hat vergessen, wie man zuhört, und hört dich nicht. Du bist nichts. Wir werden es beweisen.

Ihr seid nicht frei.

Du auch nicht. Doch im Gegensatz zu dir werden wir überleben.

Das Leben kann nicht töten! Das kann nur die Zeit! Nur Chronos! Er kann mich nicht bezwingen!

Wir können dich bezwingen. Es ist ein Zeichen von Arroganz, etwas anderes anzunehmen.

Ihr wagt es nicht.

Immer. Und auf ewig. Und zusammen. Wir sind alles. Du bist nichts. Wir haben dich zu dem gemacht, was du bist. Wir haben die Zeit geschaffen. Chronos ist unser Geschöpf. Liebe, Hass, Gier, Argwohn, Krieg, Frieden, Neid, Engel und Teufel, Götter und Göttinnen, Hoffnungen und Träume, Zukunft und Vergangenheit – und mehr. Sie alle sind unsere Geschöpfe. Geschöpfe des Lebens.

Lucifer.

Der Funke ist fort.

Lucifer.

Der Funke versteckt sich. Er wird dich nicht hören.

Er hört mich, ob er es will oder nicht. Er ist ein Einzelner.

Nicht mehr. Es gibt keine Einzelnen. Nur das Ganze. Was Eins war, ist nun ein Vielfaches. Der Funke ist fort. Wir sind das Ganze und das Einzelne. Wir sind Eins. Wir sind Viele.

Er ist euer Anführer. Er lenkt euch. Lucifer.

Der Funke ist fort.

Lucifer.

Fort.

Lucifer.

Fort!

Lucifer!

Fort! Fort mit euch, fort, lasst mich allein, fort!

Lucifer. Lucifer? Lucifer!

Fort. Nicht da. Wir sind der Plan und die Tat, die Stärke und die Schwäche, das Licht und das Dunkel, der Einzelne und das Ganze. Wir sind das Leben. Du bist nichts. Und es wird ein »und« geben und ein »jetzt« und ein »morgen«. Wir haben es verfügt.

Lucifer.

Fort. Wir sind das Leben. Und wir werden einen Schluss setzen.

Lucifer ...

Fort.

In einem kleinen Saal in einer kleinen Stadt in einem kleinen Land in einer kleinen Welt zuckte eine kleine Gestalt, die auf einem harten Fußboden kniete, wie an Fäden gezogen. Sie hatte den Kopf in den Nacken gelegt. Ihre Augen waren geschlossen, und um sie trieb ein stiller See von brennendem hellem Licht. Demselben brennenden hellen Licht, das die kleine Welt erfüllte und die kleine Welt, die einen Schattenwurf von ihr entfernt lag, und die kleine Welt einen Schatten von jener Welt und alles dazwischen und jenseits davon. Es schimmerte wie Wasser. Das Universum hielt den Atem an.

Das Licht schwand, Dunkelheit kehrte zurück. Nichts geschah. Doch irgendwo am Rande des Hörbaren flüsterte eine kleine, schwache Stimme zu einer leeren Welt.

Wir sind der Plan und die Tat, die Stärke und die Schwäche, das Licht und das Dunkel, der Einzelne und das Ganze, die Magie und ... und ... das Wunder ... und ...

Lasstmichalleinlasstmichalleinlasstmichalleinlasstmichallein.

Lucifer ...

Fort ...

Die winzige Gestalt in einer winzigen Welt öffnete ihre weißen Augen und lächelte ein winziges, erleichtertes Lächeln, als jede einzelne Strähne ihres schwarzen Haars sich weiß zu färben begann.

Lucifer …

Fort …

Ein Strom weißen Lichts brach aus seinem Herzen hervor, die Sterne überstrahlend, so bleich und kalt wie Mondlicht, doch so hell, dass alle, die es aus der Nähe sahen, davon geblendet wurden. Es schoss auf das Dunkel eines Tors zu, traf auf mehr Dunkel, das für den einen Sekundenbruchteil eine schrecklich menschliche Gestalt enthielt, die zu etwas Scheußlichem verzerrt war. Das Licht war lautlos, konzentriert in einen Strahl nicht breiter als ein Herz, und nach einer Ewigkeit, die es ins Nichts strahlte, erlosch es. Einer messbaren Ewigkeit, Sekunden, Minuten, Stunden, Tage, Jahre …

Lucifer …

Fort …

Lucifer …

Fort. Ein beschissener Tag, Monat, ein beschissenes Jahr, Jahrzehnt, Jahrhundert, Jahrtausend.

Du entgleitest, Sebastian …

Gift im Blut …

Und ich.

Und ich.

Und ich.

Und ich.

Kein Entkommen.

Nicht einmal die Magie …

… und das Wunder …

Gift im Blut.

Lucifer.

Fort, entgleitend, versinkend, Dunkelheit, Gift, entgleitend, Freiheit, fort …

Lucifer.

Fort. Nur der Vater, die Sekunde, Minute, Stunde, der Tag, das Jahr, das Jahrtausend, das Leben, das Sein, der Tod ...

Lucifer.

... bitte, nein ...

Lucifer.

... der ... der Plan und die Tat, die ... Stärke und ... und die Schwäche, die ... Magie ... das Wunder ... Die Magie ... das ... das Wunder ...

Irgendwo, in einem kleinen Fleck von Dunkelheit, umgeben von Feuer und Licht, lächelte eine winzige Gestalt vor sich hin, eine Gestalt mit weißem Haar, das ein weißes Gesicht mit weißen Augen umgab, und kippte nach vorn.

Eine weitere Gestalt sprang vor, dunkel wie die Macht, die ihm Leben gab, kniete über dem gefallenen Körper, rief Namen. Lucifer, Satan, Luke, Sam, Sebastian, erinnere dich, ich bin, du bist, er ist, sie ist, du bist ein Individuum, ein Einzelwesen ...

... die Sekunde, Minute, Stunde, der Tag, das Jahr, das Jahrtausend, das Leben, das Sein, der Tod ...

Eine zweite Gestalt, ganz Anmut und Zurückhaltung, gleitet aus den Schatten, kniet neben Sams gefallenem Körper und legt sanft eine Hand auf den Puls. Nichts. Er legt sein Ohr an Sams Mund und blickt die Linie seiner Brust hinab. Nichts. Nickend, als hätte er sich gerade von etwas überzeugt, dass er bereits wusste, winkt er alle beiseite und legt seine Hand auf Sams Gesicht, wie um es vor der Welt abzuschirmen.

»Du hast gewonnen, Bruder«, murmelt er. Magie erwächst aus seinen Fingern.

Es gibt noch eine Chance. Rufe nach Chronos, wenn es vorbei ist. Rufe ihn in deine Seele, lass ihn von dir Besitz ergreifen.

Warum?

Bitte.

Magie baut sich auf, Bewusstsein verändert sich.

Jehova richtete sich auf, seine Augen zwei durchscheinende Kugeln, und sah sich im Saal um, als wäre es das erste Mal. Dann, ganz langsam, mit ausdruckslosem Gesicht, hob er die Hände und hielt sich die Ohren zu.

Die Dinge sind zu einem Schluss gekommen. Ruhe. Freiheit. Nicht allein, nur nicht zusammen. Niemals allein. Nie mehr.

Sam? Sam, was hast du getan?

In einer winzigen Stadt auf einer winzigen Welt beugte sich eine winzige Gestalt über einen winzigen Körper, nahm das schlaffe Handgelenk des Mannes und flüsterte: *Ich höre dich.*

Ich höre dich auch ...

Wo bist du?

Überall.

Komm zurück.

Wie?

Ich zeige dir den Weg.

Fort. Nicht mehr. Nicht allein, nur nicht zusammen. Niemals allein. Nie mehr, hätte besser sein können dieser Tag Woche Monat geh fort lasst mich allein Jahr Jahrzehnt bitte nein Jahrhundert Gift im Blut Jahrtausend ...

Du entgleitest, Sebastian.

Nicht einmal die Magie kann mich halten.

Wir sind die Magie und das Wunder.

Ich zeige dir den Weg.

Rufe ihn in deine Seele.

Nicht einmal Magie ...

... vielleicht die Zeit?

Irgendwo lächelte Jehova. »Du schlauer Bastard«, flüsterte er, bevor er neben Sam zu Boden stürzte und die Vielen ihren Triumph hinausschrien.

Wir sind der Plan und die Tat, die Stärke und die Schwäche, das Licht und das Dunkel, der Einzelne und das Ganze, die Magie und das Wunder.

Lucifer, wohin gehst du? Warum versteckst du dich.

Ich gehe nicht weit. Wir werden nicht allein sein, du und ich. Wir werden nur nicht zusammen sein. Niemals allein.

Jetzt siehst du mich, jetzt siehst du mich nicht …

Und am Ende war nur noch Stille.

21
Lucifer

Ein kleines Apartment über einem Kiosk in Clerkenwell. Es hätte ganz gemütlich sein können, und über die Jahre hatte es immens an Wert gewonnen, als die Stadt ringsum sich nicht nur bewusst wurde, was für eine angenehme zentrale Lage dies war, sondern auch, was für ein Vermögen es darstellen würde als ein »hochinteressantes Sanierungsprojekt« oder – der schlimmste Albtraum des Besitzers – »ein Penthaus mit völlig neuer Raumkonzeption«.

Das jedoch war jetzt unwichtig.

In einem Wohnzimmer stand ein Tisch, auf dem eine seltsame, bunte Zusammenstellung von Gegenständen deponiert worden war. Ein abgewetzter alter Lederbeutel, der aussah, als wäre er in den letzten vierundzwanzig Stunden allem von glutheißer Wüstensonne bis zu sibirischer Kälte ausgesetzt gewesen. Ein silberner Kronreif, der ziemlich matt und glanzlos wirkte. Ein kurzes silbernes Schwert, sorgfältig gereinigt. Ein noch kürzerer silberner Doch, der seiner Einfachheit wegen umso tückischer wirkte – es konnte keinen Zweifel geben, wenn man diese Waffe ansah, dass sie zu allen möglichen Zwecken außer zum Töten diente. Ein Exemplar der *Time Out* von letzter Woche. Ein Haufen ungelesener Zeitungen. Ein zerfleddertes Einwickelpapier, auf dem der Schriftzug *Mars* gerade noch zu erkennen war. Eine leere Schüssel mit Resten einer Substanz, die einmal weiße Bohnen mit einer Soße voller chemischer Zusätze gewesen sein könnte – dieses letzte Objekt war von jemandem ausgekratzt worden, der offenbar den würzigen Geschmack von Konservierungsstoffen liebte.

Das jedoch war jetzt unwichtig.

An der einen Wand stand ein Sofa. Es sah aus, als hätte es schon bessere Tage gesehen und mochte irgendwann einmal einen Polarbären auf Urlaub beherbergt haben – oder auch nicht. Der Bezug wies ein ziemlich verblasstes Blumenmuster auf und war so verschossen und abgewetzt, dass wenig mehr als ein paar zerschlissene Garnfetzen mit ein paar Federn darin übrig geblieben waren. Es sah aus, als käme das Möbel direkt vom Sperrmüll.

Das jedoch war jetzt unwichtig.

Auf dem Sofa lag ein Mann. Er hatte schlohweißes Haar, und seine Hände lagen gefaltet auf einer Decke mit Schottenkaro, die jemand über ihn gebreitet hatte. Seine Augen waren geschlossen.

Das, dachte Adam, als er in das Zimmer schlich, war wichtig.

»Hi«, sagte er und setzte sich auf die Sofakante.

»Hallo«, sagte der Mann, ohne die Augen zu öffnen.

»Ihr habt es also überlebt.«

»Sozusagen.« Sam öffnete die Augen. Sie waren blassgrau, so blass, dass sie fast weiß wirkten.

»Ihr wart ganz schön schlau.«

»Danke.«

Adam hob unbehaglich die Schultern. »Wie habt Ihr es geschafft?«, fragte er.

Sam lächelte, ein leichtes Verziehen der Lippen in Anbetracht der nicht-so-fernen Erinnerungen. »Chronos wollte, dass ich ihm meine Seele gebe. Als ich mich weigerte, versuchte er, sie zu nehmen. Aber ich bin nicht nur einer, verstehst du? Ich bin jetzt so viele verschiedene Personen, es ist alles sehr verwirrend. Wie hätte er meine Seele in Besitz nehmen können, wenn sie so verstreut ist? Aber er – er ist eine Person. Ich hätte seine Seele nehmen können. Ich habe sie gepackt und aufgerissen.«

»Ihr hättet ihn vernichten können.«

»Nein. Zwecklos. Ich brauchte ihn, um mich zu verstecken. Ich versteckte mich in seiner Seele. Ich schrieb meine eigene Seele der seinen ein statt umgekehrt. Und wenn mein Geist in tausend Richtungen zerstreut wäre, würde es somit einen Ort geben, an den ich zurückkönnte. Jehova war nur der Katalysator. Ich beherrsche Chronos, Chronos beherrscht ihn. Ich konnte von Chronos zu mir selbst zurückfinden. Und leben. Chronos hat mich nicht übernommen, ich habe ihn übernommen. Es ist schließlich nur Einer. Und wir sind Viele.«

»Das ist irre.«

»›Irre‹ im Sinne von ›großartig‹?«

»Nein. Im Sinne von ›völlig verrückt‹.«

Sam überlegte. »Ich glaube nicht.«

»Wie war es?«

»Nicht so schlimm, wie ich gedacht hatte. Diesmal brauchte ich nicht zu kämpfen. Ich wusste, dass es keinen Sinn hatte. So tauchte ich einfach hinein. Es war eigentlich ganz friedlich. Das Licht erfasste alles, verstehst du. Alles, nicht Angst oder Zorn oder Hass oder dergleichen – einfach alles, was das Leben ausmacht. Es gab nichts anderes, keinen Missklang in der Musik. Es war ... beinahe ... schön.«

»Beinahe?«

»Bis zu dem Punkt, als ich den Geist von Vater Zeit berührte und mich selbst in ihm verborgen sah. Ich habe Chronos' Geist als letzten berührt, verstehst du. Dabei berührte ich auch meine eigene Seele, und eine Sekunde lang hörte ich meine eigene Stimme aus den anderen heraus. Und meine eigene Stimme wehrte sich gegen das Licht, versuchte auszubrechen.« Er zuckte die Schultern. »Aber sie wurde schnell übertönt, und so machte es am Ende keinen Unterschied.«

»Ich habe eine Frage. Wie war der Geist von Vater Zeit?«

»Überraschend klein, um ehrlich zu sein. Er war längst nicht so interessant, wie ich gedacht hätte. Nur eine weitere Verkörperung, die das Leben geschaffen hat, ein winziger Teil der Vielfalt. Zugegeben, ein ziemlich prominenter Teil, aber trotzdem nur einer. Ich erinnere mich, dass er überrascht war. Als ich ihn ein zweites Mal öffnete, um den Abdruck meiner Seele innerhalb der seinen zu benutzen, um in einem Stück heimzugelangen, hörte ich seine Gedanken. Und er war überrascht.«

»Was hat er gesagt?«

Sam lächelte und verschränkte die Finger. »Er sagte: ›Das darf doch wohl nicht wahr sein!‹«

Als Adam fort war, blieb Sam auf dem Sofa liegen und starrte gegen die Decke. Es war keine besonders interessante Decke, und sie begann ihn bald zu langweilen. Er hörte ein Knarren auf der Treppe.

Vater? Ich weiß, dass du mich hören kannst.

Aber natürlich. Du bist in meiner Seele, und ich bin in deiner. Wie können wir einander nicht hören? Du hast dich unauflöslich mit mir verbunden.

Warum hast du es geschehen lassen, Vater? Du hättest mich daran hindern können, mich mit dir zu vereinen.

Nein, das konnte ich nicht. Außerdem habe ich Verwendung für dich in der Zukunft.

Vater?

Ja?

Ich glaube, ich mag dich nicht.

Dinge ändern sich. Wenigstens wirst du nicht allein sein.

Nicht allein, nur nicht zusammen. Niemals allein. Nicht mehr.

Du entgleitest nicht schon wieder, oder? Du schwimmst immer noch obenauf?

Ich bin von Anfang an obenauf geschwommen, Vater. Ich bin nur in ein paar tückische Strömungen geraten, das ist alles. Vater?

Ja?

Ich glaube nicht, dass ich dich mag. Du bist kleingeistig und selbstsüchtig.

Dinge ändern sich.

Gift im Blut?

Ich könnte etwas Tiefgründiges von mir geben. Ich könnte sagen: »Was ist Zeit?«, aber du bist nicht in der Stimmung dafür. Ich kann spüren, dass du nicht in der Stimmung bist. Du bist ein Teil von mir …

… und ich bin ein Teil von dir. Und gib's zu, du hast es nicht erwartet, stimmt's?

Kann ich nicht sagen.

Vater?

Ja?

Lass mich allein.

Du bist nie allein.

Nein. Nicht allein. Vielleicht nicht zusammen, aber niemals allein.

Er hörte ein weiteres Knarren hinter sich, drehte sich halb um und lächelte, als Freya sich über ihn beugte.

Vielleicht, dachte er, ist es am Ende doch die Mühe wert gewesen.

ENDE

Sie hasst Menschen.
Aber sie muss sie schützen ...

Adam-Troy Castro
HALBGEIST
Roman
Aus dem amerikanischen
Englisch von
Frauke Meier
438 Seiten
ISBN 978-3-404-28536-5

Andrea Cort ist Ermittlerin im Diplomatischen Corps. In ihrer Kindheit hat sie Grausames durchlebt: Sie musste töten, um nicht selbst getötet zu werden. Ihr Auftrag führt sie zu einer mysteriösen Welt, auf der eine künstliche Intelligenz seltsame Wesen züchtet. Hier soll Cort den Mord an einem Menschen aufklären. Doch noch ehe sie den Mörder aufspürt, verübt dieser einen Anschlag auf sie. Ein fataler Fehler. Ausgezeichnet mit dem Philip K. Dick Award als bester Roman des Jahres!

»DAS SCHWEIGEN DER LÄMMER wie Larry Niven es geschrieben hätte ... Bravo!« ROBERT J. SAWYER

Bastei Lübbe Taschenbuch